HEYNE <

Das Buch

Seit 850 Jahren besteht die estoreanische Konkordanz, und an ihrer ruhmreichen Spitze steht die Advokatin Herine Del Aglios. Als die straff organisierten Truppen der Konkordanz das Nachbarreich Tsard überfallen, stößt die siegessichere Armee jedoch auf größeren Widerstand als erwartet. Und es sind nicht nur territoriale Ansprüche, die Estorea verfolgt. Die konkordantische Staatsreligion lässt keinen Raum für einen anderen Glauben, und jedes Abweichen von der offiziellen Lehre wird von dem Orden der Allwissenheit unerbittlich verfolgt: Felice Koroyan, die Kanzlerin des Ordens, ist entschlossen, alle Ketzer mit Feuer und Schwert auszurotten. Als in einer abgelegenen Provinz des Reiches vier Kinder zur Welt kommen, die über höchst außergewöhnliche magische Fähigkeiten verfügen, kann dies von den Bürgern ihrer Heimatstadt zunächst verheimlicht werden. Doch als die Kanzlerin Wind davon bekommt, will sie diesem Frevel persönlich ein Ende bereiten ...

»Das verlorene Reich« ist der atemberaubende Auftakt zu James Barclays großem Fantasy-Epos DIE KINDER VON ESTOREA.

Der Autor

James Barclay wurde 1965 in Suffolk geboren. Er begeisterte sich früh für Fantasy-Literatur und begann bereits mit dreizehn Jahren, die ersten eigenen Geschichten zu schreiben. Nach seinem Abschluss in Kommunikationswissenschaften besuchte Barclay eine Schauspielschule in London, entschied sich dann aber gegen eine Bühnenkarriere. Seit dem sensationellen Erfolg seiner Serien »Die Chroniken des Raben« und »Die Legenden des Raben« konzentriert er sich ganz auf das Schreiben. James Barclay lebt und arbeitet in Barnes, England.

Mehr zu Autor und Werk unter:
www.jamesbarclay.com

JAMES BARCLAY

Das verlorene Reich

Die Kinder von Estorea

Erster Roman

Deutsche Erstausgabe

WILHELM HEYNE VERLAG
MÜNCHEN

Titel der englischen Originalausgabe
CRY OF THE NEWBORN (Part 1)
Deutsche Übersetzung von Jürgen Langowski

FSC
Mix
Produktgruppe aus vorbildlich bewirtschafteten Wäldern und anderen kontrollierten Herkünften
Zert.-Nr. SGS-COC-1940
www.fsc.org

Verlagsgruppe Random House FSC-DEU-0100
Das für dieses Buch verwendete
FSC-zertifizierte Papier *München Super*
liefert Mochenwangen.

Deutsche Erstausgabe 03/2008
Redaktion: Rainer Michael Rahn

Printed in Germany 2008
Titelillustration: Paul Young/artist partners
Umschlaggestaltung: Nele Schütz Design, München
Satz: Christine Roithner Verlagsservice, Breitenaich
Druck und Bindung: GGP Media GmbH, Pößneck

ISBN: 978-3-453-52377-7

www.heyne.de

Für Clare,
die den Mittelpunkt meines Lebens bildet.

Personenliste

DIE BÜRGER VON WESTFALLEN

ARDOL KESSIAN:
Vater des Aufstiegs, Windleser
WILLEM GESTE:
Autorität des Aufstiegs, Feuerläufer
GENNA KESSIAN:
Autorität des Aufstiegs, Schmerzfinderin
ANDREAS KOLL:
Autorität des Aufstiegs, Landhüter
HESTHER NARAVNY:
Autorität des Aufstiegs, Landhüterin
GWYTHEN TEROL:
Autorität des Aufstiegs, Herdenmeisterin
MEERA NARAVNY:
Autorität des Aufstiegs, Feuerläuferin
JEN SHALKE:
Autorität des Aufstiegs, Wassergeborene
ARDUCIUS:
Aufgestiegener
GORIAN:
Aufgestiegener
MIRRON:
Aufgestiegene
OSSACER:
Aufgestiegener

Elsa Gueran:
Leserin von Westfallen
Bryn Marr:
Schmied

WÜRDENTRÄGER DER ESTOREANISCHEN KONKORDANZ

Herine Del Aglios:
Advokatin der Estoreanischen Konkordanz
Paul Jhered:
Schatzkanzler der Einnehmer
Felice Koroyan:
Kanzlerin des Ordens der Allwissenheit
Arvan Vasselis:
Marschallverteidiger von Caraduk
Thomal Yuran:
Marschallverteidiger von Atreska
Katrin Mardov:
Marschallverteidigerin von Gestern
Orin D'Allinnius:
Erster Wissenschaftler der Advokatin
Harkov:
Hauptmann der Palastwache
Harin:
Ein Einnehmer
Erith Menas:
Eine Einnehmerin

LEGIONEN AN DER NORDFRONT

Roberto Del Aglios:
General des Heeres
Davarov:
Schwertmeister, Einundzwanzigste Ala

	ELISE KASTENAS: *Rittmeisterin, Achte Legion* GORAN SHAKAROV: *Schwertmeister, Fünfzehnte Ala* DAHNISHEV: *Leitender Wundarzt* ROVAN NERISTUS: *Ingenieurmeister* ELLAS LENNART: *Ordenssprecher*
LEGIONEN AN DER OSTFRONT	GESTERIS: *General des Heeres* PAVEL NUNAN: *Schwertmeister, Zweite Legion* DINA KELL: *Rittmeisterin, Zweite Legion*
LEGIONEN AN DER SÜDFRONT	JORGANESH: *General des Heeres*
BÜRGER UND ANDERE PERSONEN	HAN JESSON: *Töpfer aus Gullford* RENSAARK: *Sentor der tsardonischen Streitkräfte*

1

834. Zyklus Gottes, 1. Tag des Genasauf
1. Jahr des wahren Aufstiegs

Da waren sie nun und schliefen den Schlaf der Gerechten. Neugeboren und hilflos. So schön und zerbrechlich. Darin unterschieden sie sich nicht von allen anderen Kindern, die auf Gottes gesegneter Welt geboren wurden.

Noch nie jedoch hatte man vier Neugeborene so ausgiebigen, stummen Beobachtungen unterzogen und sie mit solcher Angst und Hoffnung und voller Staunen untersucht. Eine Spannung lag in der Luft, die sie hätte wecken und ärgerlich weinen lassen müssen. Sie schliefen.

Um die Reihe der Bettchen hatten sich diejenigen versammelt, für die diese drei Jungen und das Mädchen den Höhepunkt einer generationenlangen Hingabe darstellten, und betrachteten die winzigen Gesichter der Kinder, die erst vor wenigen Stunden das Licht der Welt erblickt hatten. Trotz all der gesammelten Weisheit und der umfangreichen schriftlichen Aufzeichnungen derer, die vorher gelebt hatten, war noch nicht klar, ob diese vier den Erwartungen gerecht werden würden.

So lange sie die Kleinen auch anstarrten, ein Zeichen würden sie nicht bekommen. Die Kinder gaben nicht zu erkennen, ob sie alles oder überhaupt irgendetwas von dem besaßen, was die erschöpfenden Berechnungen vermuten ließen. Dennoch starrten sie andächtig. Einmütig hatte sich die Autorität des Aufstiegs versammelt. Alle spürten, dass etwas Besonderes geschah. Nach unzähligen Enttäuschungen und falschen Hoffnungen war es dieses Mal anders. Es musste einfach so sein.

Shela Hasi stand hinter den kleinen Betten, sechs der acht Mitglieder der Autorität drängten sich vor ihr. Nun begann die unvermeidliche, unbestimmbar lange Wartezeit, bis sich die wahre Begabung zeigte. In den kommenden Jahren konnten sie nur hoffen und träumen, dass sich ein Schicksal erfüllen werde, das in den Nebeln der alten Religion und der überkommenen Glaubenssätze vorgezeichnet war.

In Gegenwart der Autoritäten empfand sie Ehrfurcht. Alle in Westfallen standen einander nahe, und doch besaßen die Autoritäten eine Ausstrahlung, die sie von den anderen abhob. In ihnen schlummerten die Fähigkeiten, sie besaßen eine außerordentliche Hingabe und eine unerschütterliche Entschlossenheit.

Shela konnte nicht verhehlen, dass sie gelegentlich auch etwas Neid empfand. Bis zu ihrem zehnten Geburtstag war sie selbst eine Wassergeborene gewesen. Eine wundervolle Zeit, die sie nie vergessen würde. An dem Tag, als die Gabe sie im Stich gelassen hatte, wäre sie beinahe ertrunken.

Das war jetzt fast vierzig Jahre her, und immer noch schmerzte sie der Verlust gelegentlich so sehr wie damals. Eine Verletzung ihres Körpers. Der Raub von etwas, das sie als selbstverständlich zu betrachten gelernt hatte. So beneidete sie die Autoritäten um ihre weiter bestehende Verbindung zum Aufstieg, um ihren Zugang zu dem Potenzial, das diese Kinder hoffentlich ebenfalls besaßen.

Gleichzeitig empfand sie Mitleid mit ihnen, da sie sich Tag für Tag ängstigen mussten. Gewöhnlich verblasste die Gabe schon früh im Leben, es konnte jedoch auch erst in späteren Jahren zu diesem Bruch kommen, wenn der Schmerz ungleich schwerer zu ertragen wäre. Jede Nacht betete sie wie alle Angehörigen ihrer Linie, der

Autorität möge nichts Böses widerfahren. Bisher hatte Gott ihre Gebete erhört.

Lächelnd beobachtete sie die erhabensten unter den Einwohnern Westfallens, die ihrerseits hingerissen die Kinder betrachteten. Ardol Kessian, einer von nur drei Überlebenden der ersten Linie. Jen Shalke, noch keine zwanzig und sehr bemüht, sich mit ihrer hohen Bestimmung abzufinden. Ardol Kessian war ein ausgesprochen liebenswürdiger Mann von mittlerweile einhundertzweiunddreißig Jahren, völlig haarlos und gebeugt, aber ungebrochen. Sein Lächeln vermochte einem kalten Tag die Schärfe zu nehmen, und seine tiefe, wohltönende Stimme spendete der Autorität seit Generationen Trost. Er war ein unvergleichlicher Windleser und hatte ihnen bereits erklärt, wie warm es während der Geburten und in den folgenden Tagen sein würde. Ihn und seine beachtlichen Fähigkeiten würden sie sehr vermissen, wenn er eines Tages unweigerlich in die Erde und in Gottes Umarmung zurückkehren musste.

»Sind sie nicht schön?«, sagte Shela. Laut durchbrach ihr Flüstern die Stille in der behaglichen, von der Sonne durchfluteten Kinderstation. Durch die offenen Fenster wehte eine leichte Brise frischer Seeluft herein. Shela hörte den warmen Wind durch das Hypokaustum unter den Bodenfliesen streichen. Auf diese Weise wurden die empfindlichen Neugeborenen zusätzlich von unten gewärmt.

Kessians unergründliche grüne Augen blitzten unter den haarlosen Augenbrauen. »Wundervoll und kostbar. Auf ihnen ruhen all unsere Hoffnungen und Wünsche, auch wenn sie es nicht wissen.« Er nickte. »Auch ihre Namen billige ich, alle sind gut gewählt.«

Er streckte seine leicht zittrige Hand aus und berührte der Reihe nach jedes Kind an der Stirn, während er leise Worte sprach.

»Mirron, vieles wird auf deinen Schultern ruhen. Du wirst neben allen anderen Bürden auch die Schmerzen der Mutterschaft ertragen müssen. Deine Linienbrüder, die heute neben dir liegen, werden dich stets so unterstützen, wie du sie unterstützt. Ossacer und

Arducius, ihr tragt zwar die Namen großer Kriegshelden, aber niemals sollt ihr euch gezwungen sehen, einen anderen zu erschlagen. Euer Schicksal ist der Friede. Gorian, du bist mit dem Namen unseres Vorvaters gesegnet. Werde ihm gerecht und ehre sein Andenken. Erfülle deine Bestimmung und erreiche zusammen mit deinen Brüdern und deiner Schwester, was wir nicht vermögen. Nutze die Gabe zu unser aller Wohl unter den Augen des Allwissenden.«

Er wandte sich an Willem Geste von der zweiten Linie, der seit hundert Jahren sein Freund war. »Willem, ein Gebet.«

Die Autoritäten rückten zusammen und ließen sich auf ein Knie nieder. Eine Hand berührte den Boden, die andere hoben sie geöffnet zum Himmel. Shela legte die Hände auf zwei Kinderbetten und schloss in Gedanken auch die anderen Neugeborenen ein.

»Vor dir, unserem Gott, stehen die Vertreter des Aufstiegs und empfehlen diese Neugeborenen deiner Obhut an. Wir beten, dass diese Kinder deine mächtigsten Diener auf unserer Erde werden. Wir geloben, sie zu ernähren und auszubilden, damit sie dein Werk verrichten, solange du ihnen zu leben gewährst. Wir bitten dich, sie zu schützen, über sie zu wachen und sie zu lieben, wie du alle deine Kinder liebst. Darum bitten wir dich im Namen des wahren Glaubens an den Allwissenden. Wir von den reinen Linien des Aufstiegs senden dir, unserem Gott, dieses Gebet. So soll es sein.«

»Wie es immer war«, schlossen die anderen.

»Danke, Willem«, sagte Kessian, während er sich wieder erhob. »Bevor Shela uns alle hinauswirft, sollten wir vielleicht freiwillig Abschied nehmen und die Kleinen ruhen lassen.«

»Darf ich noch etwas bei ihnen bleiben?« Jen Shalkes Frage klang sehr enttäuscht.

Kessian legte einen Finger auf die Lippen. Shela lächelte in sich hinein.

»Gleich, junge Jen«, sagte er. »Aber zuerst, Gwythen und Meera, müsst ihr wieder ins Bett. Was ist nur in euch gefahren, dass ihr so kurz nach der Geburt so lange bei uns steht? Ihr müsst erschöpft sein.«

»Wir sind Autoritäten des Aufstiegs«, erwiderte Gwythen Terol, Mirrons Mutter. »Es ist unsere Pflicht.« Sie sprach voller Stolz, doch ihr Gesicht war verschlossen.

»Dennoch, ruht euch jetzt bitte aus«, sagte er sanft, und trotz des milden Vorwurfs klang seine Stimme so warm wie immer.

»Willem, Genna, wir haben viel Arbeit, wir müssen die Texte studieren. Dort gibt es Antworten, die wir noch nicht gefunden haben, auch wenn ich glaube, dass vieles von dem, was wir wissen wollen, dort in diesen Kinderbetten schlummert. Alles andere muss warten, bis wir erkennen, was aus ihnen wird.

Und was dich angeht, junge Jen, so bin ich sicher, dass Shela sich in den kommenden Tagen und Jahreszeiten über deine Gesellschaft freuen wird. Heute aber muss unsere Amme sich allein mit ihren Schutzbefohlenen bekannt machen. Unterdessen gilt es, Fische zu fangen, und die Fischer möchten wissen, wo sie ihre Netze auswerfen sollen. Es ist ein schöner Tag, das Meer ist warm. Vielleicht findest du einen Schwarm für uns? Denn sonst wird das Fest heute Abend nicht so schön, wie es werden sollte.«

Jen lächelte anbetungsvoll, und wieder empfand Shela einen Funken Neid auf die Fähigkeiten der jungen Wassergeborenen. Auch sie selbst hatte eine Weile die Freiheit der Welt unter den Wogen auskosten dürfen, bis ihr alles wieder entrissen worden war. Oft träumte sie von den Dingen und Orten, die sie gesehen und besucht hatte. Wenn Jen darüber sprach, durchlebte sie noch einmal ihre eigene Vergangenheit, und wenn es nach ihr ging, dann war sie die Einzige, die diese junge Frau wirklich verstehen konnte. Sie standen einander sehr nahe. Shela senkte den Blick. Auch wenn sie als Angehörige der Linie und für ihre Fähigkeiten als Amme geachtet wurde, sie war doch keine von ihnen und blieb ausgeschlossen von dem Ruf des Aufstiegs, den die anderen so selbstverständlich in sich vernahmen.

Die Tür der Kinderstation ging auf, Hesther Naravny trat ein und schloss die Tür hinter sich. Die Landhüterin der fünften Linie war eine leidenschaftliche, temperamentvolle Frau von Mitte sechzig. Hesther wandte sich an die Aufgestiegenen, und ihr Gesicht verfinsterte sich.

»Meera, was hast du hier zu suchen? Auch du, Gwythen. Ihr solltet das Bett hüten.«

»Die Autorität hat sich versammelt, um die Neugeborenen zu segnen«, erwiderte Meera. »Vielleicht sollte ich eher fragen, warum du *nicht* hier warst?«

»Immer das quengelige Kind«, murmelte Hesther. »Muss ich denn auf dich aufpassen, bis du alt und grau bist, Meera?«

»Ich habe dir schon tausendmal gesagt, dass du nicht meine Mutter bist.«

Etwas freundlicher gestimmt, trat Hesther nahe an Meera heran und nahm deren Gesicht in beide Hände. »Nein, aber ich bin deine Schwester, und ich liebe dich mehr als jedes andere Geschöpf unter Gottes Himmel. Du bist eine Mutter der neunten Linie, und wir alle beten, dass diese Linie uns den Einen schenken möge, der uns zum Aufstieg führt. Ich kann nicht dulden, dass du dich selbst in Gefahr bringst. Bitte, Meera, du hast eine schwere Geburt hinter dir. Du musst dich schonen.«

Meera lenkte ein und nickte. »Ich weiß. Aber es ist so ... sieh dir nur mein schönes Kind an.«

Hesthers Miene hellte sich auf. »Ich bin eine stolze Tante und Schwester, noch bevor ich Angehörige der Autorität bin. Du hast einen wunderschönen Sohn, der für uns alle sehr wichtig ist. Aber jetzt komm. Gwythen, du auch. Helft einander ins Bett.«

Die Autoritäten machten ihnen Platz, Willem hielt ihnen die Tür auf.

»Gott segne euch«, sagte er. »Schlaft gut.«

»Nun denn«, fuhr Hesther fort, als die Tür wieder geschlossen war. »Ardol, das Forum ist seit dem Morgengrauen brechend voll. Sie üben sich in Geduld, aber es ist doch gewiss an der Zeit, ihnen die Neuigkeiten mitzuteilen.«

Kessian nickte. »Wir wollen sie nicht länger auf die Folter spannen. Es gibt noch viel zu tun.«

»In der Tat«, stimmte Hesther zu. »Shela, wie geht es den Kindern?«

»Sie schlafen friedlich, aber etwas Ruhe könnte ihnen nicht schaden.«

Hesther zwinkerte ihr zu und ging zur Tür. »Ich spreche zu den Einwohnern der Stadt. Ihr anderen, hinaus mit euch.«

Direkt hinter der Kinderstation begann die mit Marmorfliesen ausgelegte Kolonnade, die den Innenhof und den Garten vor der Villa der Aufgestiegenen umgab. Hesther lief eilig zwischen den Säulen hindurch und trat ins Sonnenlicht hinaus, das die Steinplatten unter ihren Sandalen wärmte und das Wasser der vier Springbrunnen funkeln ließ. All die Düfte und Farben der Blumen, Gräser und kleinen Bäumen zeugten vom aufkeimenden Leben. Hesther atmete tief ein.

In der Kinderstation ruhten nun die kühnsten Hoffnungen des Aufstiegs. Mit einer geradezu kindlichen Erregung trottete sie durch den schönen Garten und durch die lange Vorhalle, durch den kühlen Empfangssaal und schließlich auf die Straßen von Westfallen hinaus.

Der Ort lag am Ende einer von hohen Klippen umgebenen Bucht, die sich hundert Meilen im Süden zur Weite des Ozeans hin öffnete. Eine halbe Meile jenseits der Hafenmauern ergossen sich die spektakulären Genastrofälle über tausend Fuß tief ins Meer. Sie bildeten den Abfluss des Weidensees, der zwei Meilen östlich der Stadt lag.

Die Villa stand auf einem Hügel oberhalb der Stadt und überblickte die prächtige goldene Bucht und den aus Stein und Beton erbauten Hafen. Die sanften Hänge ringsum wurden von größeren Wohnsitzen und dem zugehörigen Ackerland eingenommen. Das Korn reifte auf den Feldern, die Tiere grasten oder dösten an diesem beschaulichen Tag in der Sonne. Unten, in der Nähe des Forums, drängten sich an den Pflasterstraßen und Plätzen dicht an dicht niedrige Wohnhäuser und Gebäude mit ebenerdigen Geschäften.

Die Stadt war wie verlassen. Sämtliche Fischerboote lagen hoch auf dem Strand, unter den träge flatternden Markisen der Läden rührte sich nichts. Alle waren auf dem Forum. Hesther hörte bereits das Summen der Stimmen und hatte die vor dem Oratorium versammelte Menge längst bemerkt. Hunderte Menschen warteten dort auf Neuigkeiten. Während sie so schnell lief, wie sie konnte, ohne außer Atem zu geraten, hörte Hesther Gelächter aufbranden. Immerhin war jemand auf die Idee gekommen, den Wartenden einen Zeitvertreib zu bieten.

Von der Rückseite des Oratoriums aus betrat sie das Forum und stieg die wenigen Stufen zum Podium hinauf. Die Läden und Stände, die den gepflasterten Platz umgaben, waren verlassen. Die polierten Säulen, die gekalkten Wänden und die rot gedeckten Dächer strahlten in der Sonne. Die Menschen verstummten, kaum dass Hesther erschienen war. Die jungen Akrobaten und Jongleure verschwanden rasch in der Menge.

Sie atmete tief durch, um sich zu beruhigen, strich ihr einfaches ärmelloses blaues Kleid glatt und rückte die Gürtelschnalle zurecht. Dann ordnete sie ihre langen brünetten Locken und blickte zu den Stadtbewohnern hinab, die den ganzen Tag auf die Neuigkeiten gewartet hatten. Jetzt spürte sie das Gewicht ihrer fünfundsechzig Jahre und die Erwartungen, die auf ihr lasteten, ebenso wie die Hoffnung, ihnen allen möge endlich ein Erfolg beschieden sein.

Alle hier wollten weiterleben wie bisher, ohne den Druck, irgendetwas verändern zu müssen. Doch was sie zu verkünden hatte, war der Vorbote eines sehr grundlegenden Wandels. In allen Gesichtern sah sie die Erwartung. Bei denen, die keiner Linie angehörten, erkannte sie auch Erregung und Naivität. Die Menschen sehnten sich nach den Neuigkeiten, die sie überbrachte, und hatten keine Ahnung, wie sehr ihr Leben sich verändern würde, wenn die Neugeborenen die in sie gesetzten Hoffnungen erfüllten.

Schuldgefühle hatte sie keine, vielmehr war sie begeistert, weil die Mienen der Einwohner zum Ausdruck brachten, dass sie unerschütterlich zum Aufstieg stehen würden. Die Stille war unerträglich, sie musste endlich sprechen.

»Meine Freunde, sie sind geboren und wohlauf.«

Das Freudengebrüll hätte sie fast von den Beinen geworfen.

Ardol Kessian stemmte die Ellenbogen auf den Tisch und stützte das Kinn auf die Hände. Unbehaglich grunzend rutschte er auf der harten Bank hin und her. Eigentlich hätte ihm doch längst jemand ein Kissen holen sollen. Inzwischen war es Nacht, der ganze Himmel bis zum Horizont von Sternen übersät. Die Luft war klar und immer noch warm. In den nächsten sieben Tagen würde es keinen Regen geben, auch wenn in zwei Tagen vereinzelte Wolken die Luft etwas abkühlen würden.

Vor ihm drängten sich die Menschen auf dem Forum, ihre Gesichter leuchteten hell im Schein des Feuers und der Laternen. Die Kapelle, die auf dem Oratorium spielte, brachte die müden Tänzer noch einmal mit einem bekannten Stück in Schwung. Handtrommeln und Kesselpauken bestimmten den Rhythmus, Lyren und Flöten lieferten die Melodien, eine kräftige Stimme leitete die Tänzer an.

Es war lange her, dass er es gewagt hatte, sich zum Tanz mitten auf das Forum zu wagen. Er hatte das vermisst. Die Lebenskraft und die Freude, die Nähe der Frauen, ihr Duft, wenn sie sich drehten. Ihre Blicke, die auf ihm ruhten, während sie tanzten und sprangen.

Jetzt gab er sich damit zufrieden, die jüngeren Generationen dabei zu beobachten, wie sie all die Fehler wiederholten, die auch er in der Jugend begangen hatte. Ja, es war lange her. Er blickte nach rechts und nahm Gennas Hand.

»Weißt du noch, wie wir uns beim Tanzen kennengelernt haben?«

»Ja, Ardol«, erwiderte Genna ergeben. »Das fragst du mich jedes Mal, wenn wir Leute tanzen sehen.«

»Wirklich?« Kessian lächelte. »Das vergesse ich immer wieder.«

»Weil es dir so passt.«

Er drückte Gennas Hand. Er würde zuerst gehen. Genna war dreißig Jahre jünger als er. In den letzten achtzig Jahren hatten sie zusammen das Land bestellt. Er fragte sich, wie sie ohne ihn zurechtkäme. Wahrscheinlich wäre sie froh, endlich Frieden und Ruhe zu finden.

»Jen hat ihre Sache heute gut gemacht«, sagte er, um in einer festlichen Nacht wie dieser nicht vollends in Melancholie zu versinken.

»Ja, das hat sie«, stimmte Genna zu.

Die Gerüche von gebratenem Fisch und Holzrauch, schmorendem Fleisch und der Hefegeruch von verschüttetem Bier wehten herüber. Jen hatte Seebarsch und Sardinen gefunden, die Netze waren prallvoll gewesen, und wenn die Katerstimmung am nächsten Morgen verflogen waren, würde es auf dem Markt viel zu kaufen geben.

»Ich hoffe, ich störe nicht?«

Kessian schaute auf. Vor dem Tisch stand Arvan Vasselis, der Marschallverteidiger von Caraduk. Er war am Nachmittag mit seiner Frau und seinem kleinen Sohn eingetroffen, nachdem er fünf Tage zuvor die Botschaft erhalten hatte, dass die Geburten unmittelbar bevorstanden. Seine dunkelblaue, golden eingefasste Flagge, die zwei auf den Hinterläufen stehende Bären zeigte, flatterte über seiner Residenz, die einen unvergleichlichen Ausblick auf Bucht und Hafen bot.

»Dein Zeitgefühl ist makellos wie immer«, sagte Kessian und machte Anstalten, sich zu erheben. Vasselis winkte ab.

»Eine Feier in Westfallen habe ich noch nie verpasst. Ich habe sogar etwas Wein mitgebracht.« Damit stellte Vasselis zwei wundervoll modellierte Keramikkrüge mit einem zweifellos sehr alten und kostspieligen Inhalt auf den Tisch. »Darf ich mich setzen?«

»Da musst du doch nicht eigens fragen«, sagte Kessian.

»Ein hoher Rang ist kein Freibrief für Unhöflichkeit«, erwiderte Vasselis, während er die gegenüberstehende Bank zurechtrückte. Bevor er sich niederließ, beugte er sich vor und küsste Genna auf beide Wangen. »Nun schenk schon ein.«

Genna kippte den Rest in ihren Kelchen aus und schnappte sich einen weiteren, den jemand auf ihrem Tisch stehen gelassen hatte. Nachdem sie alle drei mit einem Tuch, das sie an der Hüfte trug, ausgewischt hatte, teilte sie Vasselis' Wein aus.

»Wo ist denn die erste Dame unseres Landes?«, fragte sie.

»Netta? Oh, ich nehme an, sie bringt Kovan ins Bett. Das hier ist wohl alles ein wenig zu viel für ihn. Es ist am besten, er schläft einfach durch bis morgen früh.«

»Hast du denn für solche Arbeiten keine Diener?«

»Wir kommen als Eltern ganz gut allein zurecht«, erwiderte Vasselis. »Außerdem müssen wir uns wohl kaum Sorgen machen, oder? Jedenfalls nicht hier.«

»Du wirst dich wohl nie an die Begleiterscheinungen deines Ranges gewöhnen, was?«

Vasselis kicherte. »Wenn du aus der Reihe tanzt, Kessian, dann wirst du feststellen, dass ich meinem Rang sehr wohl gerecht zu werden weiß.«

Er hob seinen Kelch, die drei stießen an und tranken.

»Sehr gut«, lobte Kessian, als der Rotwein samtig durch seine Kehle glitt und einen Nachgeschmack von saftigen, reifen Pflaumen hinterließ.

»Hast du auch nur einen Augenblick daran gezweifelt?«, fragte Vasselis.

Die Freunde verstummten. Kessian betrachtete Vasselis, der seinerseits die Tänzer und die Festlichkeit beobachtete. Er war stolz, diesen Mann mitten unter seinem Volk sitzen zu sehen, völlig entspannt; offenbar fühlte er sich weder als etwas Besonderes, noch sah er seine Autorität in irgendeiner Weise bedroht.

Kessian hatte ihn von einem jungen, vom Meer faszinierten Burschen zum Herrscher von Caraduk heranwachsen sehen. Er war der mächtigste Verbündete des Aufstiegs und ein entschlossener Hüter seiner Geheimnisse. So unerschütterlich er auch auf ihrer Seite stand, es war ein ständiger, von ewigen Sorgen begleiteter Kampf, die Geheimnisse Westfallens zu hüten. Wenn sich ihre Hoffnungen erfüllten, würden sie ihn in den kommenden Jahren mehr denn je brauchen.

Unvermittelt hörte Vasselis auf, mit den Fingern im Takt der Trommeln auf den Tisch zu klopfen, und richtete die großen braunen Augen auf Kessian. Vasselis hatte kurzes dunkles Haar und ein weiches, freundliches Gesicht, was einige Unglückliche gelegentlich als Anzeichen von Schwäche missverstanden.

»Nun«, sagte er, »sind sie es?«

Kessian zuckte mit den Achseln. »Es hängt wohl davon ab, ob man eher an Vorzeichen glaubt oder sich lieber auf die Wissenschaft verlässt. Selbst für mich ist das Zusammentreffen aufregend. Mathematisch gesehen würde ich mich allerdings auf nichts verlassen.« Er lächelte und schüttelte den Kopf. Vergeblich versuchte er, die Anspannung zu vertreiben, die ihn erfasste, sobald er an die Kinder dachte. »Alle wurden zur gleichen Stunde von Müttern innerhalb und außerhalb der Autorität geboren, und alle hatten eine schwere Geburt zu einer Stunde, in der es zu regnen aufhörte, die Wolken sich auflösten und die Sonne durchbrach. Wenn man Andreas Koll und Hesther Naravny glauben will, war es auch eine Stunde, in der alle Vögel schwiegen und jede Kuh, jedes Schlaf und jedes Schwein, jeder Hund und jede Katze den Kopf zur Villa wandte.«

»Glaubst du das wirklich?«, fragte Vasselis.

Kessians Lächeln wurde breiter. Er trank sein Glas aus. »Ich glaube, dass um die Geburtsstunde etwas in der Luft lag, das die ganze Gemeinschaft gespürt hat. Außerdem glaube ich an die Theorie der Massenempathie, wenn Gefühle wie Hoffnung oder Liebe ausgesandt werden. An Vorzeichen und Omina glaube ich jedoch nicht. Jedenfalls bemühe ich mich.«

»Ardol, mein alter Freund, du weichst meiner Frage aus. Sind sie es?«

Kessian nagte an der Unterlippe. Er blickte zum Forum, zu den Tänzern und den anderen, die sich angeregt unterhielten und tranken. Die Musik und das Lachen, die Essensgerüche und das grelle Licht der Flammen und Laternen ließen ihn fast schwindelig werden, was der Wein auf unangenehme Weise noch verstärkte. Er fragte sich, wann das Gefühl eingesetzt hatte.

»Ich bin alt, Marschall Vasselis. Ich könnte es nicht ertragen, wenn sie es nicht sind.«

2

838. Zyklus Gottes, 25. Tag des Solasab
5. Jahr des wahren Aufstiegs

In einer Reihe vorrücken.« Rittmeisterin Elise Kastenas von der Kavallerie der Zweiten Legion, den Bärenkrallen aus Estorr, führte ihre Kompanie im Schritt weiter. Auf der anderen Seite des Forums folgte Rittmeisterin Dina Kell ihrem Beispiel, und zwischen ihnen marschierten die Hastati mit erhobenen Schilden in wohlgeordneten Reihen, fünf Kämpfer tief. Vor ihnen wichen die Aufständischen auf dem von Trümmern übersäten Platz zurück.

Die Hufschläge klapperten laut auf dem Pflaster. Elise blickte über ihren kleinen Rundschild hinweg. Ihr Pferd war bereit. Zu dessen Geschirr gehörten auch Scheuklappen, damit es sich auf das Gelände vor ihnen konzentrierte. Der Pöbel stand dicht gedrängt und war zu allem entschlossen. Rufe, Drohungen und Schmähungen hallten zwischen den Mauern der umgebenden Gebäude. Hinter den Aufständischen erhob sich die Basilika, die sie, angestachelt vom Zorn der dornosianischen Rebellen, vor zwei Tagen besetzt hatten. Sie hatten den Einnehmern den Zugang zu den Büchern und den Kisten mit den Steuergeldern verwehrt und so die Legion auf den Plan gerufen. Von Roberto Del Aglios, Sohn der Advokatin und Schwertmeister der Bärenkrallen, hatte Elise erfahren, dass im Innern sogar einige Einnehmer als Geiseln festgehalten wurden.

Sie schüttelte den Kopf. Aufstände wegen der Steuern. Dass so etwas ausgerechnet hier in Cabrius geschah, der gewöhnlich so friedlichen Hauptstadt des Staates Dornos, war bezeichnend für die Probleme, die inzwischen häufig in der ganzen Estoreanischen Konkordanz auftraten. Die Bärenkrallen waren nach einem Massaker zur Erntezeit aus Tundarra herübergekommen. Sie betete, dass es nicht auch dieses Mal mit einem Gemetzel enden möge.

Die vordersten Reihen der Menge wichen zurück, und dadurch drängten sich die hinteren noch stärker zusammen. Zornige Rufe wurden laut.

»Nachsetzen«, befahl Kastenas. Sie hob den Schwertarm.

Auf der rechten Seite beschleunigten die Kämpfer und schwenkten ab, um die Aufständischen in die Zange zu nehmen. Links hielt Kell ihre Linie gerade, um der Menge den Ausgang zum zentralen Garten der Stadt offen zu lassen, wo sie besser zu kontrollieren war. Im Zentrum befahl Del Aglios den Leuten mit lauten Rufen, die Waffen niederzulegen und sich mit den Händen hinter dem Kopf hinzuknien. Niemand befolgte den Befehl. Es waren mehrere Hundert Aufständische, die johlten und die Streitmacht der Konkordanz mit verächtlichen Rufen bedachten.

Die Abteilung der Zweiten Legion bewegte sich mit makelloser Disziplin weiter. Alle Rüstungen glänzten frisch poliert. Jeder Gladius und jede Speerspitze war in den Stunden vor der Dämmerung geschärft worden. Elise hatte feindliche Heere schon beim bloßen Anblick der Konkordanz-Truppen zerfallen sehen. Diese Meute gewöhnlicher Bürger wich zwar zurück, weigerte sich jedoch, sich zu zerstreuen. Die Leute glaubten nicht, dass die Konkordanz angreifen würde, und hatten recht damit. In gewisser Weise.

Als die Krieger noch zwanzig Schritte entfernt waren, flogen die ersten Steine, und es wurde hässlich. Die klagenden Rufe der Bürger, die ihren Protest für berechtigt hielten, mischten sich unter die Schmähungen. Einige Aufwiegler hofften, die Menge zu mehr als zum Austausch bloßer Worte aufstacheln zu können.

»Schildkröte!«, befahl Del Aglios.

Die Hastati, die ein Stück weiter hinten liefen, hoben die golden und grün geschmückten Langschilde über die Köpfe. Klappernd prallten die Steine auf das Metall, dann klirrte berstendes Steingut, als bunte Töpfe geworfen wurden.

»Gleichschritt«, befahl der Schwertmeister mit seiner kräftigen Stimme. »Rechts vorstoßen.«

Die Pferde stampften und schnaubten, die Legionäre trommelten mit Schwertern und Speeren von innen gegen die Schilde. Kastenas befahl ihrer Kompanie, im Trab vorzustoßen. Vor ihr wich die Menge in Richtung Ausgang zurück, doch die Leute bewegten sich nur widerstrebend. Da sie die Blockade der Basilika nicht aufgeben wollten, bestärkten und ermunterten die Rädelsführer ihre Mitläufer durch laute Rufe. Immer noch kamen die Wurfgeschosse geflogen, die meisten vom oberen Ende der Treppe, wo Kastenas Stapel von Steinen bemerkt hatte. Auch sah sie blankes Metall und hier und dort sogar einen Bogen. Um der Einwohner willen hoffte sie, dass niemand in der Menge beschloss, seine Waffen einzusetzen.

Auf dem Forum herrschte ein geradezu ohrenbetäubender Lärm. Viele Gesichter wirkten jetzt unsicher und ängstlich, da die Entschlossenheit der Leute ins Wanken geriet. Die meisten waren unschuldige Bürger, die von den Rädelsführern aufgestachelt worden waren. Letztere standen natürlich ganz hinten, wo ihnen keine unmittelbare Gefahr drohte. Sie warf einen Blick zu Del Aglios hinüber. Er drehte ebenfalls den Kopf, erwiderte ihren Blick und nickte. Es war Zeit, der Sache ein Ende zu setzen. Sie zog das Schwert und hob den Arm. Jeder auf dem Forum wusste, was die Geste zu bedeuten hatte.

»Die Krallen! Vorstoß!« Sie ließ den Arm sinken, und die Kavallerie stürmte vor. Die Infanterie folgte sofort. »Achtet auf die Deckung, bleibt dicht zusammen.«

Die vordersten Reihen der Menge lösten sich auf, die Leute

flohen nach links und strebten zu dem Ausgang, zu dem Kell und ihre Truppe ihnen gern den Weg wiesen. Der harte Kern zeigte sich nach wie vor unbeeindruckt. Trotzig standen sie vor den Flaggen der Konkordanz, die an den mächtigen Marmorsäulen vor dem Eingang der Basilika hingen. Immer noch flogen Steine, weiterhin zerschellten Töpferwaren auf den Schilden, die Splitter flogen auf dem Forum in alle Richtungen.

Auf der untersten Stufe trafen die Kräfte aufeinander. Kastenas hielt ihre Kavallerie zurück, während die Infanterieschilde gegen die Aufständischen prallten, die tapfer genug waren, an dieser Stelle auszuharren. Es roch nach Gewalt. Vor den versperrten Holztüren der Basilika stand eine Traube von Männern und Frauen. Das Gebäude war für eine Basilika der Konkordanz ungewöhnlich gedrungen, doch wegen der Wirbelstürme, die gelegentlich diese Gegend heimsuchten, war dies die beste Bauweise gewesen.

Von hinten angetrieben, stürmte die Menge die Treppe hinunter. Einige wurden unerbittlich gegen den Schildwall gepresst. Die Legionäre reagierten und stießen ihrerseits hart nach. Blutige Nasen und Knochenbrüche waren die Folge. Vom hinteren Rand der Meute kam ein Speer geflogen, der mitten in der Infanterie landete. Kastenas fluchte.

»Löst die Meute auf!«, befahl Del Aglios.

Kastenas führte ihre Truppe die Treppe hinauf, die Bürger wichen zurück.

»Die Krallen, nachsetzen! Nachsetzen!«

Sie benutzten die Schäfte der Speere und die Schwertknäufe und drangen wie ein Keil in die Menge ein. Wer nicht schnell genug ausweichen konnte, wurde niedergeschlagen. Die Infanterie stieß sofort mit den Schilden nach, bisher hatte aber noch kein Soldat seine Waffe gezogen. Statt wütender Schreie waren jetzt schmerzvolle, ängstliche Rufe zu hören. Die Menge zerstreute sich allmählich, die Leute machten kehrt und rannten nach links. Draußen im Garten wartete schon der Rest der Bärenkrallen. Die Legionäre setzten sofort nach und nutzten die Gunst des Augenblicks. Sie sangen und trieben die Leute vor sich her.

Kastenas ritt hinter ihnen und sah den Fliehenden nach. Zwischen den Steinen, die immer noch einschlugen, traf ein Pfeil ihren Schild. Er war von den Säulen vor der Tür abgeschossen worden. Sie nahm den Schild herum, um sich zu schützen, und befahl ihrer Kompanie, ihrem Beispiel zu folgen. Dann wandte sie sich an den großen Mann, der hinter der Kavallerie marschierte. Er trug einen Helm mit grünem Federbusch und hatte ein markantes Gesicht. Sein Umhang flatterte hinter ihm, als er eilig ausschritt.

»Schatzkanzler Jhered, Pfeile vom Eingang.«

Paul Jhered nickte.

»Levium«, rief er. »Die Schilde hoch, marsch.«

Er zog seinen Gladius, hielt den Schild vor seinen Körper und führte sein Levium, die dreißig Elitekämpfer der Einnehmer, hinter den Pferden die Treppe hinauf. Hier und dort lagen Bürger am Boden, die Hände vor die Gesichter oder die Körperteile gepresst, an denen sie getroffen worden waren. Er hatte weder Zeit noch Mitgefühl für sie übrig und stieg über sie hinweg, ohne auch nur einmal zu zögern.

Im Laufschritt eilte er das Dutzend Marmorstufen hinauf und an den ersten Säulen vorbei, die den Eingang der Basilika zierten. Mehr als fünfzig Menschen standen vor den Türen. Die Legion hatte wie geplant den größten Teil der Meute zerstreut und die Rädelsführer und alle, die zu störrisch oder zu dumm waren, um mit den anderen fortzulaufen, ihm überlassen.

Jhered bemerkte Speere, Klingen und Bogen, doch keiner trug eine Rüstung. Er und seine in dunkelgrüne Tuniken gekleideten Leviumkrieger besaßen dagegen gegossene Harnische, Beinschienen und Schilde. Es wäre ein ungleicher Kampf. Pfeile flogen, es waren drei. Einer verfehlte deutlich, die beiden anderen schlugen links und rechts neben ihm in die Schilde der Männer ein. Jhered beschleunigte seine Schritte und bleib keine zwei Schritte vor der Schwertspitze des vordersten Gegners stehen.

»Ich sehe darüber hinweg, weil ihr Angst habt. Leistet noch weiter Gegenwehr, und ich greife euch an«, sagte er.

»Wir ergeben uns nicht, Einnehmer. Nicht einmal dir«, sagte ein Mann, der vorne stand. Er war groß, bärtig und sehr stark.

»Ihr werdet euch ganz sicher ergeben«, erwiderte Jhered leise.

Er winkte den Leviumkriegern auf der linken Seite, weiter vorzurücken. Mit ängstlichen Mienen verfolgten die Aufständischen die Bewegungen und hofften, die Angelegenheit ließe sich noch friedlich beilegen. Weiter links hatten Kavallerie und Infanterie das Forum bereits verlassen, einige Soldaten hielten ringsum Wache.

»Die Steuern sind zu hoch«, erwiderte der Mann. »Ich kann es mir nicht leisten, Samen zu kaufen. Ich habe zu wenig Vieh, um weiter zu züchten. Du reißt unseren Kindern das Essen aus dem Mund und holst die Bürger von unseren Feldern, damit sie für dich kämpfen. Welche Steuern willst du beim nächsten Mal einnehmen? Ich habe jetzt schon nichts und keine Möglichkeit mehr, etwas zu verdienen.«

Jhered ließ den Schild sinken. »Die Steuern werden von euren Gesetzgebern festgelegt und zu Beginn jeder Einnahmeperiode bekannt gegeben. Wenn du dich über deine persönlichen Zahlungen beschweren willst, musst du dich an deine Quästoren und deinen Magistrat wenden. Aber frage dich, ob du wirklich zu viel für Futter oder Arbeiter bezahlst, oder ob du nicht vielleicht allzu oft teuren Tand kaufst, den du dir nicht leisten kannst. Wir sind die Einnehmer, wir ziehen die Steuern ein.«

»Steuereintreiber.« Der Mann spuckte auf den Boden. »Du weißt nichts über unsere Not.«

»Ich verstehe deine Sorgen, werde mich aber Drohungen nicht beugen. Du musst mit deinen Gesetzgebern reden.« Er hielt inne und betrachtete die Menge. »Ihr seid alle gesetzestreue, schwer arbeitende Bürger. Das sieht man sofort. Bleibt das, was ihr seid, und tretet zur Seite.«

Der Bauer schüttelte den Kopf. »Du lässt uns keine Wahl.« Die anderen machten sich bereit.

Jhered nickte knapp. Links und rechts rannten Leviumkrieger los und drängten die Protestierenden mit den Schilden zurück. Jhered trat blitzschnell vor, schlug mit dem Schild nach dem Schwertarm des Mannes und unterband den Schlag, zu dem dieser gerade ausholen wollte. Gleich darauf zielte sein Gladius auf den Hals des Bauern. Völlig überrumpelt von der Geschwindigkeit und eingeschüchtert, weil er auf sich allein gestellt war, starrte der Mann ihn an.

»Eines Tages«, sagte Jhered leise, »wirst du froh sein, dass ich nicht zugestoßen habe. Wer würde dann deine Familie ernähren? Die Konkordanz gibt euch alles, was ihr hier um euch herum seht, und sie nimmt, was sie nehmen muss. Ergib dich jetzt, und du kannst wieder nach Hause gehen.«

Der Bauer runzelte die Stirn und sah ihn verwundert an. »Du lässt uns ohne weitere Maßnahmen abziehen?«

Jhered zog das Schwert zurück. »Ich könnte deinen Groll verstärken, indem ich dich für ein Jahr in eine Zelle sperre, aber wem würde das nützen? Verbrecher sitzen in Gefängniszellen, ehrliche Männer haben dort nichts zu suchen. Ich brauche dich, denn du sollst für die Konkordanz arbeiten und ihr treu ergeben sein. Steck dein Schwert weg, kehre zu deiner Familie und deinem Hof zurück. Wie ist dein Name?«

»Jorge Kyinta, Herr.«

»Ich bin Schatzkanzler Paul Jhered. Die Konkordanz wird für euch sorgen. Ich komme zurück und rede wieder mit euch. Sollte ich feststellen, dass die Steuern euch wirklich in Not bringen, werde ich sie für euch entrichten.«

Den großen Bauern verließ zusehends die Kampfeslust. Jhered winkte den Leviumkriegern, beiseite zu treten, damit Kyinta seine Leute vom Forum führen konnte. Dann wandte er sich lächelnd zur Basilika um. Auf die Türen waren Sprüche gemalt, die eine Senkung der Steuern, das Ende der Konkordanz und den Tod der Einnehmer forderten. Es war nicht das erste Mal.

»Hinein«, befahl er seinem Levium. »Wir wollen alle herausholen, die dort noch sind, meine Leute befreien, die Kisten holen und wider verschwinden. Vermutlich werden es auch die Bärenkrallen leichter haben, wenn wir fort sind.«

»Habt Ihr wirklich gemeint, was Ihr gesagt habt, Herr? Dass Ihr für den Bauern die Steuern entrichten wollt?«

Jhered starrte den jungen Mann an. Er stand im Range eines Addos und war gerade erst der angesehenen Truppe der Advokatin zugeteilt worden.

»Du wirst noch lernen, Addos Harin, dass ich alles, was ich sage, durchaus ernst meine.«

Jhered lief die Treppe vor der Basilika hinunter, gab einem Adjutanten seinen Schild und steckte das Schwert in die Scheide. Ein Mann, dem nicht nur dank des Helmbusches seiner Familie Großes bestimmt war, kam ihm entgegen.

»Roberto!«, rief er, nahm den Helm ab und klemmte ihn sich unter den Arm.

Der junge Del Aglios winkte und kam herüber. »Hat es einen befriedigenden Ausgang genommen, Paul?«

»Mit knapper Not«, sagte Jhered. Er deutete auf den Unrat, der das Forum bedeckte. »Allerdings mache ich mir Sorgen wegen dieser Ereignisse. Es sind zu viele, als dass wir sie ignorieren dürften.«

»Das ist eine unvermeidliche Folge der Expansion.«

Jhered zog die Augenbrauen hoch. »Es ist eine unvermeidliche Folge übermäßiger Besteuerung. Du hörst zu sehr auf deine Mutter, Roberto, und sie bringt mich allmählich in Verlegenheit.

Meine Einnehmer stoßen überall auf Widerstand und Verweigerung, wohin sie auch kommen. Wir pressen der Konkordanz den Lebenssaft aus dem Leib. Irgendwann müssen wir innehalten und Atem schöpfen.«

»Sie ist die Advokatin«, erwiderte Roberto achselzuckend. »Du weißt, wie sie ihr Amt und die Zukunft der Konkordanz sieht.«

»Das sind Sprüche, die ich schon im Schlaf wiederholen kann«, grollte Jhered. »Sicherheit und Wohlstand durch Eroberung und Expansion. Ich nehme an, die letzten Schatzkisten waren nicht für Verbesserungen der Abwasserkanäle und Wasserläufe gedacht?«

Roberto kicherte. »Nein, mein erlauchter Schatzkanzler.« Das Lächeln verflog rasch wieder. »In Estorr ist vieles im Umbruch. Die Steuern sind nur ein Teil davon. Wir heben in der ganzen Konkordanz zahlreiche neue Legionen aus. Meine Mutter plant einen Angriff gegen Omari.«

Jhered riss die Augen weit auf und reagierte mit spontaner Empörung. »Dornos ist nicht sicher genug, um von dort aus einen Feldzug zu beginnen. Sie wird doch hoffentlich nicht in Erwägung ziehen, die Front in Gosland zu eröffnen, oder? Gewiss nicht, da die Lage an der Grenze zu Tsard so schwierig ist.« Jhered hielt inne und runzelte die Stirn. »Sollst du den Oberbefehl über dieses Unternehmen bekommen?«

Roberto schüttelte den Kopf. »Nein, das nicht, aber du bist näher an der Wahrheit, als dir klar ist. Dies war mein letzter Einsatz für die Bärenkrallen und der letzte Einsatz der Zweiten Legion im Norden.«

Ein warmer Schauder berührte Jhereds Herz. »Dann bekommst du tatsächlich ein eigenes Kommando.«

»Zwei Legionen, zwei Alae. Von frischen Rekruten bis zu erfahrenen Legionären. Mindestens für die nächsten zwei Jahre werde ich keinen Kampfeinsatz bekommen, aber immerhin.«

Jhered erkannte, wie sehr Roberto sich darüber freute, und fasste ihn bei den Schultern. »Meinen Glückwunsch. Und wenn ich das sagen darf: Es wurde auch langsam Zeit.«

»Danke. Meine Mutter wird sicher froh darüber sein, nicht mehr anhören zu müssen, wie du dich darüber auslässt. Ich bin dir zu Dank verpflichtet.«

»Ich hätte mich nicht zu Wort gemeldet, wenn ich dich nicht für fähig hielte, General.« Die Männer lachten. »Das klingt gut, was? Wir wollen heute Abend darauf trinken. Ich bin sicher, dass sie ihre Pläne mit dir hat.«

»Oh, gewiss«, bestätigte Roberto. »Große Pläne. In vier Jahren will sie in Tsard eine dreifache Front eröffnen.«

Jhered blieb wie vor den Kopf geschlagen stehen, fasste Roberto am Arm und zog ihn ein Stück fort von den neugierigen Augen und den gespitzten Ohren. Sein Herz schlug ihm bis zum Halse. Er konnte das nicht so stehen lassen.

»Sie darf das nicht tun«, zischte er. »Das ist töricht. Gosland mag ein Juwel sein und die Konkordanz stützen, aber Atreska ist zu neu. Ich würde mein Leben darauf verwetten, dass es dort einen Bürgerkrieg geben wird. Vier Jahre, das ist eine viel zu kurze Zeit. Wir werden noch ein ganzes Jahrzehnt lang nicht stark genug sein, um das Königreich anzugreifen. Sie wird der Bürgerschaft das Herz aus dem Leibe reißen. Roberto ... du weißt, dass ich recht habe.«

»Dann musst du selbst mit ihr sprechen, Paul«, erwiderte Del Aglios scharf. »Ich habe keinen großen Einfluss auf meine Mutter, und du bist viel zu oft unterwegs. Wenn sie auf dich nicht hört, dann hört sie auf niemanden.«

Jhered blies die Backen auf und schüttelte den Kopf. »Tsard. Sie hält uns für mächtiger, als wir es sind. Da könnte sie auch gleich Sirrane angreifen ...« Er hielt inne, auf einmal wurde ihm siedend heiß. »Gott behüte uns alle. Sirrane wird nicht schweigend zusehen, wenn wir Omari und Tsard gleichzeitig angehen. Ich nehme doch an, sie hat bereits Diplomaten geschickt?«

»Der Marschallverteidiger Vasselis leitet die Abordnung«, bestätigte Roberto.

»Gut«, sagte Jhered. »Wenigstens haben wir damit die größten Erfolgsaussichten. Angesichts dieser Gefahren können wir jede Unterstützung brauchen.«

»Ich weiß«, sagte Roberto. »Rede mit meiner Mutter. Es gibt noch andere, kleinere und verwundbare Gegner, die wir vorher angehen sollten.«

»Das werde ich tun, junger Del Aglios. Sobald ich kann.«

Jhered kehrte zu seinem Levium an der Basilika zurück. Schon jetzt hatte er das Gefühl, dass ihm die Zeit zwischen den Fingern zerrann.

3

838. Zyklus Gottes, 40. Tag des Dusasauf
5. Jahr des wahren Aufstiegs

Eine dicke Reifschicht überzog die Wege im Garten des Solastro-Palasts. Ein unpassender Name war es, da die Jahreszeit der Ernte und der Sonne der schneidenden Kälte eines besonders bitteren Dusas gewichen war. Der im Dreiländereck von Estorea, Phaskar und Neratharn erbaute Palast war der Sitz der Konkordanz außerhalb von Estorr und ein Symbol für deren Größe und Stärke.

Herine Del Aglios, Advokatin der Estoreanischen Konkordanz, wanderte so beschwingt, wie sie es wagte, über den trügerischen Boden. Paul Jhered und Arvan Vasselis, die sie in die Mitte genommen hatten, boten sich als willkommene Stützen an. Wo Herines kniehohe Pelzstiefel ausglitten, zertraten die mit Metall verstärkten Stiefel der Männer den Reif. Alle drei hatten sich in dicke Wollmäntel im Grün der Konkordanz gehüllt, die mit dem weißen und goldenen Pelz der tundarranischen Berglöwen abgesetzt waren.

Der Himmel war schiefergrau und verhieß ausgiebige Schneefälle. Herine schauderte. Am dunklen Abend wäre der kurze Weg von der Primatkammer bis zum Kreuzgang des Palasts außerordentlich unangenehm gewesen. Jhered schien sich über ihr Unbehagen zu amüsieren. Sie blickte zu seinem Gesicht hoch. In den eisblauen Augen funkelte eine kaum verhohlene Belustigung. In den Haaren seiner großen Nase und den dicken Augenbrauen hingen Eiskristalle.

»Du willst mir sicher gleich erzählen, dass man in Tundarra immer noch ärmellose Hemden unter der Toga trägt«, sagte sie, während sie sich mit ihrer behandschuhten Hand an seinem Arm festhielt.

Jhered lachte. »Nicht ganz«, sagte er. »Ich wollte nur daran erinnern, wie empfindlich der durchschnittliche Estoreaner ist. Was übrigens auch für die Caradukier gilt.«

Vasselis, der auf der anderen Seite ging, schnaubte. »Im Eis würde ich mit bloßer Brust länger überleben als du, Jhered. Der Süden meines Landes ist so öde wie eine Gebirgsspitze in dem deinen, sobald der Dusas beginnt.«

»Hört euch doch nur an, wie ihr redet, ihr zwei«, sagte Herine kopfschüttelnd. »Ihr führt euch auf wie die Schuljungen. Macht das ja nicht in der Primatkammer. Neben allem anderen sollen nicht auch noch eure Ernennungen infrage gestellt werden.«

»Aber du wirst doch auf sie hören, Herine?«, fragte Jhered. »Ihre Bitten, vorsichtig zu sein und langsam vorzugehen, sind mehr als dummes Geblök.«

Herine stieß zwei Dampfwölkchen aus ihren Nasenlöchern aus. »Ja, und wie die Schafe auf den Feldern hören wir sie Tag für Tag, ohne dass sich die Geräusche ändern.« Sie lenkte ein wenig ein. »Aber ja, ich werde zuhören, und natürlich werde ich tun, was ich kann. Meine Pläne werde ich allerdings nicht ändern. Die Zukunft der Konkordanz muss gesichert sein.«

»Das wünschen wir alle«, stimmte Vasselis zu. »Nun ja, fast alle.«

Wieder kicherte Jhered. »Höre ich da einen Seitenhieb gegen unsere geschätzte Ordenskanzlerin?«

»Du solltest sie wirklich nicht ständig verärgern, Arvan«, sagte Herine, obwohl auch ihr durchaus danach zumute war.

Vasselis seufzte. »Meine Advokatin, bei allem Respekt gegenüber deiner Position als Oberhaupt des Ordens der Allwissenheit, Kanzlerin Koroyan ist eine Nervensäge. Zweifellos auch für dich. Ihr

Wunsch nach einer Macht, die nicht den Gesetzen des Staates unterworfen ist, bereitet mir Sorgen. Zudem wissen wir alle, wozu ihre geliebten Gottesritter fähig sind, sobald wir ihnen den Rücken kehren.«

»Du meine Güte«, sagte Jhered. »Wie ich hörte, sorgt sie sich schon wieder um gewisse Teile von Caraduk. Welche Ketzerei verbirgst du denn nun eigentlich vor ihr?«

»Ich wünschte, das wüsste ich selbst«, erwiderte Vasselis, dem die Ironie in Jhereds Frage entgangen war. »Ihre Leser und Sprecher suchen mich heim wie das Nesselfieber. Sie stellen Fragen über die alte Geschichte, während sie sich doch eigentlich um die vielen Bürger kümmern sollten, die ihrer Zuwendung bedürfen. Ihr unablässiges Misstrauen behagt mir nicht.«

»Oh Arvan, nun sei nicht so ein Dickkopf. Gerade du hast sie doch oft genug in helle Aufregung versetzt.« Herine schaute lächelnd zu ihm auf, und auch seine Miene entspannte sich ein wenig. »Da du nichts zu verbergen hast und ich unerschütterlich zu dir stehe, solltest du uns wirklich nicht das Vergnügen rauben, indem du mich zwingst, sie davon abzuhalten. Sie bekommt so eine wundervolle Farbe, wenn sie sich in aller Öffentlichkeit zur Närrin gemacht hat.«

Die Wachen der Advokatur auf der Treppe vor der Primatkammer nahmen Haltung an. Die drei stiegen die weitläufige Marmortreppe zu dem mit Säulen geschmückten Eingang hinauf und wanderten durch die Vorhalle, in der Büsten aller Advokaten seit dem Ersten Zyklus Gottes und der Einrichtung der Estoreanischen Konkordanz standen.

Es war eine hell erleuchtete Halle, zu beiden Seiten mit riesigen Bogenfenstern versehen und von großen Feuern in sechs Kaminen erwärmt. Dennoch fand Herine den Anblick eher deprimierend denn prachtvoll.

»Lasst mich nur nicht ebenso enden«, murmelte sie.

Adjutanten umschwärmten sie, nahmen ihnen die Mäntel, die Pelze, die Handschuhe und Hüte ab und strichen ihre Togen glatt. Dann setzten sie sich, zogen angemessene Sandalen an und ließen sich das Haar richten, während andere Diener die Spiegel hielten.

»Soll ich vor dir eintreten?«, fragte Vasselis.

Herine zuckte mit den Achseln. »Eigentlich spielt das keine große Rolle. Die Versammlung wird weiterhin glauben, ich bevorzugte Caraduk, was auch immer wir tun. Komm schon. Wir müssen nicht singen und tanzen, rede einfach weiter mit mir.«

Vor ihnen ragten die geschlossenen Türen der Primatkammer auf. Das mehr als vierzig Fuß hohe Portal reichte bis zur gewölbten Decke, die weiß lackierten Paneele trugen das geschnitzte Wappen der Estoreanischen Konkordanz. Als die Würdenträger sich näherten, wurden für sie die Türflügel geöffnet, und sie konnten in den dahinter liegenden Saal blicken. Nach dem Vorbild des Senatsgebäudes in Estorr zogen sich auch hier vier Marmorbänke übereinander durch die gesamte Halle, in deren Mitte ein langer Läufer bis zum Sitz der Advokatin führte. Dahinter blieb Platz für sechs ihrer wichtigsten Berater, die ihr jede noch so kleinste Information zukommen lassen konnten, die sie brauchte, und die jedes gesprochene Wort aufzeichneten. Dank des unterhalb angelegten Hypokaustums war es im Saal angenehm warm. Die hell gestrichenen Wände und die Reihen der Delegierten in ihren weißen und grünen Togen erweckten den Eindruck, dies wäre ein schöner Nachmittag im Solastro.

Mehr als dreihundert Abgeordnete erwarteten die Ankunft der Advokatin. Die Marschallverteidiger aller Territorien waren zugegen, begleitet von ihren Ädilen und Proprätoren. Näher am Sitz der Advokatin hatte Felice Koroyan, die Kanzlerin des Ordens der Allwissenheit, auf der linken Seite mit ihren engsten Vertrauten, den vier Hohen Sprechern, Platz genommen. Rechts waren die Prätoren und Konsuln nach ihrem Alter angeordnet. Jhereds aus zwölf Mitgliedern bestehender Rat der Einnehmer blieb die unterste Bank darunter vorbehalten.

Alle Gesichter drehten sich zu ihr um. Herine Del Aglios schritt erhobenen Hauptes über den grünen Teppich und grüßte links und rechts nickend die Anwesenden. Einmal im Jahr versammelten sich die Oberhäupter aller Territorien an einem Ort und legten die Vorhaben für den nächsten Zyklus fest, die zentral von Estorr aus umgesetzt werden sollten. Die Tagesordnung war jedes Jahr mehr oder weniger die gleiche. Herine verkniff sich ein Lächeln, als sie wieder an blökende Schafe denken musste.

Als sie ihren Sitz erreichte und sich niederließ, um die Versammlung zu betrachten, verstummten alle Gespräche. Während Jhered und Vasselis ihre Plätze einnahmen, bemerkte sie die eifersüchtigen Blicke, mit denen viele ihre Vertrauten bedachten. Ehre und Ehrerbietung waren gleichbedeutend mit Gunst. So war es schon immer gewesen.

»Willkommen, meine Freunde.« Ihre Stimme erfüllte mühelos den ganzen Saal. »Draußen ist ein kalter Tag, aber der Ruhm der Konkordanz wärmt uns hier drinnen. Gern würde ich diesen Ruhm über die gegenwärtigen Grenzen der Konkordanz hinaustragen.« Sie wartete ein wenig, bis die gemurmelten Unterhaltungen abebbten. »Zuerst aber will ich eure Berichte über den Zustand eurer Flotten und Heere hören, ob sie nun stehen oder marschieren. Dann will ich die notwendigen Verstärkungen dieser Kräfte besprechen und schließlich Fragen beantworten, bevor wir uns den einfacheren Angelegenheiten der Verwaltung zuwenden. Marschallverteidigerin Katrin Mardov, berichtet uns bitte über den Zustand der bewaffneten Streitkräfte in Gestern. Der Saal gehört Euch.«

Herine lehnte sich zurück wartete, dass Katrin aufstand. Katrin war eine großartige Frau. Herine machte es sich auf ihren Kissen gemütlich, um dem Bericht zu lauschen.

Hesther Naravny blies sich in die hohlenHände und legte sie auf den Baumstamm. Gegen den Wind, der vom Meer heulend über das hochgelegene offene Gelände strich, in dicke Felle gewickelt, stand Lucius Endrade, der Besitzer des Obstgartens, in der Nähe.

»Ich wünschte, du hättest es mir früher gesagt«, schalt Hesther ihn.

»Ich habe es nicht für etwas Ernstes gehalten«, verteidigte er sich. »Ich dachte, es seien nur Frostschäden.«

Hesther drehte sich um und betrachtete die anderen Orangen- und Zitronenbäume. Jeder einzelne Baum wurde von einer mit Sackleinen eingehüllten Holzkiste geschützt, damit ihm die kurze kalte Jahreszeit in Westfallen nichts anhaben konnte. Bei dreien waren die Kisten teilweise entfernt worden, damit Hesther sie untersuchen konnte. Lucius sagte, dreißig weitere seien betroffen, alle in ein und demselben Bereich des Obstgartens.

»Aber das hast du doch selbst nicht geglaubt, oder?«, erwiderte sie ziemlich schroff.

Es begann zu schneien, und mit jeder Schneeflocke kühlte sich ihr Zorn ein wenig ab. Sie betrachtete die jungen Aufgestiegenen, die sich um sie geschart hatten. Ardol Kessian hatte darauf bestanden, dass die jungen Leute sie begleiteten, da dies eine gute Gelegenheit sei, um festzustellen, ob einer von ihnen über die Fähigkeiten eines Landhüters verfügte. Im Augenblick wollte sie die jungen Leute eigentlich nur noch auf den Wagen scheuchen und zur Villa zurückbringen. Zuerst waren sie kreischend herumgelaufen und hatten Schneebälle geworfen, aber die Kälte hatte sie rasch eines Besseren belehrt. Jetzt standen die vier Schüler dicht beisammen, die Hände durch Handschuhe geschützt und die Körper in Tücher, Pelzmäntel und Wollmützen gepackt, unter denen blaue Nasen hervorragten.

»Was ist es denn dann?«, wollte Lucius wissen. In seinen jungen Jahren war er, sehr zur Freude seines Vaters, selbst ein Landhüter gewesen. Mit acht Jahren hatte ihn die Fähigkeit jedoch verlassen.

»Gleich.« Sie lächelte die Aufgestiegenen an. Inzwischen waren sie fünf Jahre alt, und ihre Kernfähigkeiten entwickelten sich recht gut. Aber bisher gab es noch keine Anzeichen einer Erweiterung. »Gorian, dir sollte es am leichtesten fallen. Willst du es mal versuchen?«

Gorian strahlte sie an, warf seinen Gefährten einen herablassenden Blick zu, der Hesther überhaupt nicht gefiel, und kam zu ihr.

»Du bist nicht besser als die anderen«, ermahnte sie ihn. »Es ist so ähnlich wie bei einem kranken Tier, dem du die Hände auflegst. Verstehst du das?«

Gorian nickte.

»Gut. Aber diesen Blick will ich nicht noch einmal sehen, verstanden?«

»Ja«, antwortete Gorian kleinlaut.

Sie beließ es dabei. »Also gut. Und jetzt leg deine Hände auf den Baumstamm. Du musst dazu die Handschuhe ausziehen. Komm, ich halte sie für dich. Lass sie nicht in den Schnee fallen. Dann sagst du mir, was du spürst.«

»Es ist kalt und rau, Hesther«, erklärte Gorian.

Hinter ihnen ertönten Kichern und Prusten. Gorian sah sich um.

»Still, Ossacer. Sonst bist du der Nächste.«

»Wenn ich das nicht kann, kann er es auch nicht«, prahlte Gorian.

Hesther zog die Augenbrauen hoch. »Vielleicht doch. Er ist ein Schmerzfinder, und wenn er spüren kann, wo es den Menschen wehtut, dann kann er vielleicht auch herausfinden, was den Bäumen fehlt.«

»Das kann er nicht«, meinte Gorian geringschätzig.

Hesther runzelte die Stirn. »Konzentriere dich. Fühle, was unter der Rinde ist. So, wie du es bei einem verletzten Hund tun würdest, wenn du wissen willst, wie der Arzt ihm helfen kann.«

Gorian schwieg einen Moment. Seine kleinen Hände, weiß vor

Kälte, betasteten die Rinde. Wie er es gelernt hatte, kniff er die Augen fest zusammen, um sich besser zu konzentrieren. Sie lächelte, erwärmt von der Liebe zum Kind ihrer Schwester. Wie bei den anderen waren auch seine Anlagen sehr vielversprechend. Obwohl noch jung, verstanden sie schon sehr viel. Man konnte sofort sehen, dass sie etwas Besonderes waren. Ob es sich halten würde, musste die Zeit zeigen.

Nach einer Weile drehte Gorian sich zu ihr um und nahm die Hände von der Rinde. »Er muss tot sein. Ich kann drinnen nichts fühlen.«

Hesther küsste ihn auf den Kopf und gab ihm die Handschuhe zurück. »Macht nichts, mein Liebling. Er ist nicht tot, nur krank.«

»Er ist tot«, beharrte Gorian.

Hesther streichelte seine Wange, drehte seinen Kopf zu sich herum und kniete vor ihm nieder. »Du hast dich bemüht, und mehr kann man nicht von dir verlangen. Ich bin sicher, dass du beim nächsten Mal das Gleiche spüren wirst wie ich.« Er starrte sie wütend an. »Sei nicht zornig, es ist gut. Du hast nichts falsch gemacht.«

Sie stand auf und betrachtete die anderen Aufgestiegenen. Immer noch spürte sie Gorians Zorn, und das gab den Ausschlag. »Also gut, hier oben ist es zu kalt. Steigt wieder auf den Wagen, wir kommen gleich zu euch. Nun geh schon, Gorian. Gib dem Maultier einen Apfel aus dem Sack, ja?«

Strahlend trottete er zum Wagen. Die anderen folgten ihm sofort. Zweifellos würden sie darüber streiten, wer das Tier füttern durfte und wer sich als Erster unter die Decken kuscheln durfte, um es warm zu haben.

»Also«, sagte sie, und legte noch einmal die frierenden Hände auf den Stamm, um ihre Diagnose zu überprüfen.

Es war nicht schön, eine kranke Pflanze oder einen Baum zu berühren. Übelkeit erfasste ihren ganzen Körper, aber sie hatte im

Laufe der Jahre gelernt, das zu ertragen. Ein gesunder Baum schenkte ihr Lebenskraft, doch dieser hier war stumpf, und seine getrübte Energie war erschreckend. Die oberen Zweige waren noch einigermaßen gesund, aber er war innerlich vergiftet. So etwas hatte sie schon ein- oder zweimal gesehen. Sie zog die Hände zurück und schob sie dankbar wieder in die Handschuhe. Lucius sah sie fragend an.

»Hoffentlich kommen wir nicht zu spät. Dieser hier ist jedenfalls schon sehr geschwächt. In diesem Bereich ist der Boden zu sauer. Das musst du ausgleichen. Tu es noch heute.«

»Bist du sicher? Ist es kein Pilzbefall?« Er deutete auf den Stamm, wo innerhalb der Kiste einige zähe Pilze gewachsen waren.

»Deshalb hast du mich doch geholt. Es ist die Säure, es liegt nicht an den Pilzen. Vertrau mir.«

»Du weißt doch, dass ich dir vertraue.«

»Du kannst sie retten«, sagte sie. »Und selbst wenn nicht, musst du die Säure im Boden ausgleichen, bevor die Krankheit um sich greift.«

Lucius wollte antworten, aber eine laute, zornige Kinderstimme unterbrach ihn. Hesther zog die Augenbrauen hoch.

»Komm schon«, sagte sie. »Wir sollten zurückkehren, bevor uns die Kinder erfrieren.«

Hesther wandte sich zum Wagen. Alle Aufgestiegenen hatten sich vor dem Maultier versammelt. Das Tier blickte traurig in die Runde, während sie stritten. Es ging jedoch nicht um den Apfel. Sie hörte Vorwürfe und Spott. Ohne Vorwarnung schlug Gorian mit bloßer Hand zu, das Klatschen klang in der kalten Luft wie ein Peitschenknall. Ossacer ging kreischend zu Boden.

»Gorian!«, brüllte sie. »Komm sofort her.«

»Aber ...«

»Auf der Stelle!«

Widerstrebend schlurfte er herüber, und sie beschleunigte ihre

Schritte, um ihn abzufangen. Sie fasste die Hand, mit der er zugeschlagen hatte.

»Er hat gesagt, ich könnte es niemals schaffen«, sagte Gorian, fast außer sich vor kindlicher Wut.

»Was schaffst du nie?«

»Den Baum zu fühlen.«

»Und was hast du vorher zu ihm gesagt?«

»Nichts.«

»Das glaube ich nicht«, entgegnete sie gereizt, nicht zuletzt wegen der Kälte. »Er hat nicht angefangen, weil er das nie tut, nicht wahr? Jetzt hör mir zu, Gorian. Du darfst niemals, niemals wieder deine Brüder oder deine Schwester schlagen. Du darfst überhaupt niemanden schlagen. Wenn ich noch einmal höre oder sehe, dass du jemanden schlägst, dann darfst du nicht mehr weiterlernen.«

Er wollte sich ihr entziehen; auf einmal trat ein Funke der Angst in seine Augen, und er war den Tränen nahe. Sie hielt seine Hand fest.

»Verstehst du das?« Er nickte, seine Augen wurden feucht. »Dann lerne, dich zu benehmen. Jetzt geh und entschuldige dich bei Ossacer, und dann steig auf den Wagen. Ich will nichts mehr von dir hören, bis wir wieder in der Villa sind.«

Damit ließ sie ihn seufzend los.

»Wütende kleine Jungs«, sagte Lucius. »Ihm ist nur kalt.«

Hesther schüttelte den Kopf. »Du hast sicher recht.«

Herine musste sich Mühe geben, eine unverbindliche Miene aufzusetzen und äußerlich entspannt zu wirken. Auf beiden Seiten der Primatkammer ertönten Rufe, und die Abgeordneten fuchtelten mit Papieren herum. Männer und Frauen waren aufgesprungen, zeigten mit Fingern aufeinander und stießen Vorwürfe aus. Der Zorn richtete sich auf Marschallverteidiger Thomal Yuran aus Atreska. Das neueste Mitglied der Konkordanz war ohnehin eine umstrittene Gestalt, da sein Land am Rande eines Bürgerkriegs stand. Herines Ankündigung weiterer Feldzüge hatte ihn zornig aufspringen lassen.

Sie wartete und sah zu, wie er die Rufe seiner Widersacher beantwortete und hin und wieder zu ihr schaute, ob sie nicht Schweigen gebieten sollte. Er hätte eigentlich wissen sollen, dass sie dies nicht tun würde. Seine eigenen Worte hatten den Ausbruch provoziert, er selbst war die Ursache. Nach einer Weile ließ der Lärm nach, und Herine hob gelassen eine Hand. Alle bis auf Yuran setzten sich wieder. Er blieb stolz stehen, unter seinem ergrauenden Haar funkelten seine großen braunen Augen. In der formellen Toga, einem Kleidungsstück, das man in Atreska nicht kannte, fühlte er sich sichtlich unwohl.

»Marschall Yuran, es war eine Nachlässigkeit von mir, Euch nicht offiziell in der Primatkammer der Estoreanischen Konkordanz zu begrüßen. Ich bitte Euch um Verzeihung und heiße Euch nunmehr willkommen.«

Ironische Jubelrufe ertönten, dann erhob sich Applaus. Die Atmosphäre entspannte sich, und der Marschall lächelte sogar. Sein estoreanischer Konsul, der neben ihm saß, sprach einige ermunternde Worte.

»Danke, meine Advokatin«, erwiderte er.

»Es war vielleicht auch eine Nachlässigkeit meinerseits, Euch nicht früher über unsere Absichten zu unterrichten, obwohl ich anmerken muss, dass eben diese Neuigkeiten die geschätzten Marschälle von Gestern und Gosland keineswegs aufspringen ließen.«

»Bei allem gebührendem Respekt, meine Advokatin, die Lage in Gestern und Gosland ist ganz anders als bei uns. Nach einem erbitterten Krieg sind wir gerade erst in die Konkordanz aufgenommen worden. In diesem Krieg wurden Legionen aus allen früheren Nachbarländern gegen uns ins Feld geschickt. Das Gedächtnis der Menschen in meinem Land ist lang, und viele werden sich nicht für unsere Sache gewinnen lassen.«

Er hielt inne, als sich abermals Gemurmel erhob.

»Meine geehrten Mitglieder der Primatkammer«, fuhr er schließlich fort. »Ich entschuldige mich für meinen heftigen Ausbruch, aber nicht für dessen Anlass. Atreska und seine Bürger lernen gerade erst, sich mit dem Anblick des Wappens der Konkordanz und mit den Legionen abzufinden, die in jedem Winkel des einst unabhängigen Königreichs stationiert sind. Sie lernen gerade erst, mich als Marschallverteidiger der Konkordanz in der Position zu sehen, die einst ihr König eingenommen hat. Viele sind ihm immer noch treu ergeben und wären ihm mit Freuden in den Tod gefolgt.

Die inneren Schwierigkeiten, vor denen wir stehen, sind beispiellos in der Geschichte der Konkordanz. Und selbst wenn ich meine persönlichen Ansichten über eine Invasion von Tsard zurückstelle, so müsst Ihr doch erkennen, wie eng Atreska diesem Königreich verbunden ist.«

»Genau genommen«, sagte Herine, »würde ich sogar sehr gern erfahren, was Ihr über diese Invasion denkt. Nach den Vorträgen von Schatzkanzler Jhered und Marschall Vasselis scheint Ihr mit Euren Einwänden nicht ganz allein zu stehen. Bitte sprecht, da Ihr schon einmal steht.«

Yuran verneigte sich. »Danke, meine Advokatin.« Er richtete sich auf und wandte sich mit einer ausholenden Geste an die ganze Kammer. »Geehrte Abgeordnete, hier dürfte niemand sein, der mehr über die Haltung der Tsardonier weiß als ich. Die tsardonischen Krieger und die Steppenkavallerie haben mit uns gegen die Konkordanz gekämpft. Wir hängen einem gemeinsamen Glauben an, wir haben eine gemeinsame Familiengeschichte und treiben Handel miteinander. Wir sind Freunde. Natürlich sind sie äußerst besorgt, nachdem die Konkordanz sich nun auch Atreska einverleibt hat.

Ihr wisst alle von den beständigen Scharmützeln an der Grenze zu Gosland. Ähnliches wird zwangsläufig auch weiter im Süden bei uns geschehen. Im Augenblick schenkt man unseren Versicherungen

Glauben, dass Frieden herrschen und der Handel ungestört bleiben soll, aber falls sich herumspricht, dass neue Kräfte der Konkordanz ausgehoben und verlegt werden, dann gelten wir als Feind. Die Grenzfestungen, die errichtet werden, schaffen Misstrauen und beeinträchtigen den Handel. So entstehen Spannungen in meinem Land, die unsere Einnahmen mindern, was aber, wie ich bemerke, nicht zu einer Verminderung der Steuerlast geführt hat.

Das Königreich von Tsard ist groß und weitläufig und besitzt gemeinsame Grenzen mit Kark und Sirrane, genau wie die Konkordanz. Aber jedes der Reiche hat eine bestimmte, ihm gemäße Größe. Sie wissen, dass sie die ihre erreicht haben. Ich glaube, dass wir nun die unsere erreicht haben. Eine Invasion von Tsard oder auch nur eine entsprechende Drohung hätte verhängnisvolle Folgen. Das Land ist zu groß, das Volk zu zahlreich und das Gelände zu schwierig. Sie sind stolz und entschlossen, und wir in Atreska werden zu den ersten Opfern zählen. Sie hassen nichts mehr als einen Freund, der sich gegen sie wendet.

Bitte hört auf mich. Gebt Euch mit dem zufrieden, was Ihr habt. Wenn Ihr schon expandieren müsst, dann tut es im Norden, wo die primitiven Länder durch die Herrschaft der Konkordanz nur gewinnen können. Tsard wird ebenso wenig aufblühen wie wir, wenn es angegriffen wird. Der Handel mit dem Königreich ist ungleich nutzbringender für unsere Zukunft. Ich brauche Eure Hilfe, um mein Land zu stabilisieren. Was ich nicht gebrauchen kann, ist eine Invasionstruppe, die durch mein Land marschiert und einen Feldzug beginnt, der unweigerlich mit einer Niederlage enden wird.«

Während seiner Ansprache waren die Kommentare immer lauter geworden, und als er sich setzte, schwollen die verächtlichen Rufe, da er die Konkordanz beleidigt und ihre Stärke in Zweifel gezogen hatte, zu einem ohrenbetäubenden Lärm an.

»Genug!« Herine stand auf. Sofort senkte sich Schweigen über den Saal. »Ich werde nicht untätig zuschauen, wie Ihr Schmähungen austeilt. Tragt das draußen im Schnee aus. Es gibt keine einmütige Zustimmung zu den Plänen der Advokatur, was die Invasion von Tsard angeht, und ebenso wenig in Bezug auf unseren Feldzug gegen Omari. Ihr habt die Argumente vernommen. Ich bin die Advokatin der Konkordanz und spreche für Euch, aber ich bin keine Diktatorin. Wir werden abstimmen, wie das Gesetz es für den Fall vorsieht, dass es unterschiedliche Ansichten gibt.« Sie winkte einen ihrer Proprätoren nach vorn, der die Abstimmung überwachen sollte, und setzte sich wieder.

Die freie Abstimmung ging mit einer eigenartigen, fast kindlichen Aufregung einher. Immerhin bestand ein gewisses Risiko, dass die Advokatin ihren Willen nicht durchsetzen konnte. Solche Niederlagen kamen selten genug vor, aber eigentlich nie in Zusammenhang mit einer Expansion. Herine war sicher, dass die Abstimmung, wenngleich knapp, zu ihren Gunsten ausgehen würde.

Als aber die Hände gehoben wurden und die Stille in der Kammer um sich griff, zerfielen ihre Hoffnungen zu Asche. Sie rutschte auf ihrem Sitz hin und her und beobachtete den Proprätor genau, als noch einmal die Hände gehoben wurden, um die Auszählung zu überprüfen. Als ihr das Ergebnis vorgelegt wurde, schlug ihr das Herz bis zum Hals. Gosland, Atreska, Dornos, Gestern. Alle hatten sich gegen sie gewandt. Ebenso Tundarra und Phaskar. Sie konnte dankbar sein, dass Marschall Vasselis schließlich doch noch Partei für sie ergriffen und seine Delegation aus Caraduk für sie gewonnen hatte. Das hatte ihr eine gewisse Peinlichkeit erspart, ihr aber keineswegs Sicherheit geschenkt. Jetzt musste sie sich ausgerechnet auf einen höchst launenhaften Geist verlassen.

»Wir sind uneins«, übertönte sie das Stimmengewirr. »Bei Gott dem Allwissenden, wir sind uneins. Die Mehrheit, die sich für die Expansion nach Tsard ausgesprochen hat, ist zu klein und nicht tragfähig. Wie es das Gesetz erlaubt, soll die Entscheidung deshalb unter Gottes Augen von denen getroffen werden, die ich ernannt habe, um das Wort und das Gesetz Gottes zu verkünden. Felice, Ihr habt das Wort.«

Sie winkte der Kanzlerin Felice Koroyan, die sich anmutig erhob. Der Orden beteiligte sich nicht an Abstimmungen über Staatsangelegenheiten und trat als Ratgeber nur dann in Erscheinung, wenn es zu einem Patt kam. Dieses letzte Wort hatte der Senat stets respektiert.

»Meine Advokatin, ich bin überrascht, dass die Abstimmung unentschieden ausging, während für mich die Angelegenheit völlig klar ist. Der Orden breitet sich aus, indem er in der Konkordanz und darüber hinaus Gottes Weisheit verkündet. Allerdings breitet er sich schneller aus, wenn neue Länder erobert werden. Wir verlangen nicht, dass andere sich unserem Glauben anschließen«, Vasselis hustete vernehmlich, »noch verlangen wir, dass irgendjemand unserem Glauben blindlings folgt. Wir wollen nur die Gelegenheit bekommen, allen Völkern die Augen zu öffnen, damit sie die Pracht und Gnade des Allwissenden Gottes erkennen. Der beste Weg, um die Stabilität in Atreska zu fördern, besteht darin, die Verbreitung des Glaubens an den Allwissenden in einem Volk zu fördern, das am tsardonischen Glauben festhält, welcher doch nichts weiter ist als Götzenanbetung.

Der schnellste Weg, sie von ihrer tsardonischen Vergangenheit zu befreien, besteht wiederum darin, Tsard in die Konkordanz aufzunehmen und sie alle unter Gottes Segen zu vereinen. Expansion ist nicht nur der Wunsch der Konkordanz, sondern auch unsere Pflicht. Wir schließen uns der Advokatur an.«

Als die Jubelruhe und Buhrufe anschwollen, sah Herine, wie Yuran die Hände vors Gesicht schlug. Bald würde er den Weg erkennen. Mit einem Nicken dankte sie Kanzlerin Koroyan, die vermutlich auf diese Anerkennung gewartet hatte. Das war jedoch nicht der Fall. Vielmehr starrte sie mit unverhohlener Abscheu Marschallverteidiger Vasselis an.

Herine schüttelte den Kopf. Eines Tages, wenn sie die Zeit dazu fand, musste sie herausfinden, was auf Gottes Erde da nur im Gange war. Bis dahin musste sie jedoch neue Heere aufstellen und einen Kriegsplan entwerfen.

Tsard war ein höchst gefährlicher Gegner.

4

842. Zyklus Gottes, 10. Tag des Solasauf
9. Jahr des wahren Aufstiegs

Rittmeisterin Dina Kell führte ihre Kavalleriekompanie in scharfem Tempo durch das lichte Waldland bis zum östlichen Ende des Tals, während Pavel Nunan dreihundert leichte Infanteristen der Zweiten Legion im Laufschritt zum näher gelegenen westlichen Ende verlegte. Unterdessen stießen auch die Triarii vor und erkletterten den steilen Hang im Süden, um die beweglicheren Feinde an der Flucht zu hindern.

Nur zehn Meilen von der tsardonischen Grenze entfernt griffen atreskanische Rebellen eine kleine Festung an. Es handelte sich nur um einen vorgeschobenen Posten mit einer Unterkunft für die Wachmannschaften und Schlafsälen für die Arbeiter, die eine Hauptstraße bis zur Grenze vorantreiben sollten. Außerdem lag der Posten recht isoliert am Ende eines dicht bewaldeten Tals. Die Zweite Legion, die Bärenkrallen aus Estorr, hatte sich am Aufmarsch beteiligt, der dem tsardonischen Feldzug im kommenden Genasauf voraus ging. Sie sollten die Grenze sichern, für den Feldzug üben und in der kalten Jahreszeit des Dusas den Aufbau der Artillerie überwachen. Ringsumher sammelte sich das Heer bis zur Sollstärke von fast dreißigtausend Kämpfern.

General Gesteris hatte sie vor den Rebellen in dieser Region gewarnt, da der Bürgerkrieg in Atreska um sich griff. Die Legionen selbst waren kaum verwundbar, aber ihre Nachschubwege konnten empfindlich gestört werden. Als dann zwei Meilen entfernt der Rauch aufgestiegen war, hatte der General seinem Ärger Luft gemacht und ohne Zögern seine Entscheidungen getroffen.

»Das sind keine Bürger, die der Konkordanz treu ergeben sind«, erinnerte Nunan die vorrückenden Soldaten. »Es sind Verräter an Estorea und an Gott. Ihr Lächeln ist falsch, ihre Worte sind heimtückisch. Sie werden kuschen, sobald sie uns sehen, und es ist nur richtig, dass sie sich fürchten. Wir sind die Bärenkrallen, wir werden sie zerschmettern.«

Nunan hatte den breiten Eingang des Tals erreicht. Auf beiden Seiten versperrte ihnen dichter Wald den Weg, als sie die steile Böschung hinunterkletterten. Die vorderen hundert Krieger waren mit Bogen bewaffnet, die übrigen zweihundert hatten Speere. Außerdem waren alle mit dem Gladius, einem Schuppenpanzer und einem leichten Rundschild ausgerüstet. Vor ihnen öffnete sich das weite, von Felsen übersäte Tal. Dort unten trat auch der Fluss zwischen den Felsen hervor und verlief oberirdisch. Die neue Straße folgte dem Flusslauf. Eine Meile weiter im Osten lag die Festung auf einem natürlichen Plateau. Es brannte dort; schwarzer Rauch kräuselte sich zum bewölkten Himmel empor.

Vor der Festung bewegten sich viele Menschen, es mussten Hunderte sein. Auf dem freien Vorfeld, das bis zur Straße reichte, lagen viele Tote. Hier und dort leisteten in den brennenden Gebäuden noch einige Überlebende der Konkordanz Widerstand, aber sie würden sich nicht mehr lange halten können. Im Tal lagen umgekippte Wagen und deren Ladung herum. Der Fluss war rot verfärbt und trug tote Männer, Ochsen und Pferde fort. Es war ein vernichtender Angriff von einer gewaltigen Rebellenstreitmacht gewesen.

»Vorrücken!«, rief Nunan.

Er rannte die Straße hinunter und hoffte, dass er den Zeitpunkt richtig abgepasst hatte, damit Kell und ihre Kavallerie die Feinde zugleich vom anderen Ende des Tals aus angreifen konnten. Es dauerte nicht lange, bis die Gegner den Marschtritt seiner Infanterie hörten und das Blitzen der Rüstungen im Sonnenlicht bemerkten. Einige Rufe wurden laut. Soldaten, Bogenschützen und Reiter sammelten sich auf der Straße und stellten die Angriffe auf die Festung ein.

Aus dem Rauch und Staub tauchte eine unordentliche Kampfreihe auf. An Nunans linker Flanke formierten sich gegnerische Reiter zum Angriff. Grob geschätzt, hatte er es dort mit vierhundert Gegnern zu tun. Kein sehr günstiges Verhältnis, aber auf seiner Seite standen kampferprobte Bürger. Vor ihm befanden sich dagegen schlecht organisierte Aufständische, müde nach dem langen, harten Kampf, den sie schon gewonnen geglaubt hatten. Die Konkordanz würde siegen.

»Ausschwärmen zum Kampf«, rief Nunan, als sie bis auf eine Viertelmeile heran waren. »Bogenschützen, zielt auf die Reiter.«

Seine Befehle wurden durch die Reihen weitergegeben. Bald darauf hatten ihn die Bogenschützen überholt und postierten sich an einer etwas höher gelegenen Stelle. Seine Fußsoldaten trotteten unterdessen in einer dreißig Schritt breiten Linie, mit der sie die Straße und das unebene Gelände zu beiden Seiten abdecken konnten. Bei einer Entfernung von zweihundert Schritt sah er die feindlichen Bogenschützen ihre Bogen spannen. Bei hundertfünfzig Schritt, ein wenig zu früh, begannen sie zu schießen. Bei einhundert Schritt machten sich die feindlichen Reiter zum Angriff bereit.

»Schritt halten.«

Nunan hob den Schild vor sein Gesicht und packte den Wurfspeer fester. Pfeile zischten über ihm vorbei und trafen mit dumpfem Aufprall Holz und Körper. Links ritt die feindliche Kavallerie scharf an. Seine Bogenschützen blieben stehen und schossen. Blitzschnell überwanden die Pfeile die Distanz und trafen die feindlichen Reiter. Männer und Tiere stürzten, doch die Gegner stellten den Angriff nicht ein. Eine weitere Salve. Und noch eine. Der Angriff kam ins Stocken, die Gegner mussten sich neu formieren. Dann kamen sie rasch näher.

Nunan war noch vierzig Schritte von der Kampflinie der Rebellen entfernt. Er bemerkte gestohlene Rüstungen der Konkordanz, atreskanische Helmbüsche und ein Durcheinander verschiedener Waffen und Helme. Und er erkannte die Furcht in ihren Augen.

»Speere.«

Nunan stellte sich auf und warf. Kurzspeere flogen, die Gegner hoben die Schilde. Die Wurfgeschosse trafen, prallten ab, durchbohrten die Gegner und erzeugten einen Lärm wie Hagel auf einem Eisendach. Männer und Frauen kreischten, als Antwort kamen Pfeile geflogen. Nunan hob den Schild, ein Pfeil bohrte sich tief in das Wappen der Konkordanz. Die Spitze drang sogar ein Stück durch und ritzte seinen Unterarm. Er nahm den zweiten hinter dem Schild befestigten Speer.

»Speere.«

Wieder trafen die mächtigen kurzen Waffen die feindlichen Reihen. Dieses Mal aber setzte die Zweite Legion sofort nach. Ein gewaltiger Lärm brach los, als die Feinde plötzlich stark unter Druck gerieten. Nunan legte sein ganzes Gewicht in den Vorstoß, rannte den ersten Gegner einfach über den Haufen und trampelte über den Liegenden hinweg. Der hervorstehende Pfeil brach ab. Links und rechts folgten die Infanteristen seinem Beispiel, unter lautem Gebrüll griff die Konkordanz an.

Als er langsamer wurde, befand er sich bereits inmitten der feindlichen Reihen. Er stieß mit dem Schild nach links und rechts und spürte den Aufprall, wenn er die Gegner traf. Vor sich entdeckte er eine ungeschützte Flanke. Er stieß seinen Gladius bis zum Heft hinein und versetzte dem fallenden Körper einen Tritt, während er den Schild als Deckung zurücknahm. Einen Herzschlag lang hielt er inne. Rechts verlor er einen Mann durch einen nach unten geführten Hieb, der ihm den Hals spaltete. Es war die letzte Tat des Rebellen. Nunans Klinge traf oberhalb des Schildes die ungeschützte Kehle des Gegners.

»Die Krallen, weiter!«

Sein Befehl wurde in der kurzen Kampflinie weitergegeben. Pferde wieherten, Hufe trampelten. Wieder erhob sich Lärm, erneut trommelten zahllose Schwerter auf Schilde. Nunan blickte nach links. Die Überreste der Rebellenkavallerie griff die Kämpfer der Konkordanz von der Flanke her an. Von hinten rückte Infanterie nach, um sich dem Angriff anzuschließen. Bogenschützen liefen den Abhang hinunter, sie hatten die Bogen abgelegt und die Klingen gezogen.

Ein Schwerthieb sollte ihn treffen; es war ein wuchtiger, senkrecht nach unten geführter Schlag. Er fing den Angriff mit seinem Schild ab, der Aufprall jagte ihm Nadelstiche durch den Arm. Dann wich er einen Schritt zurück. Nunan war kein kleiner Mann, aber der Rebell war riesig und führte sein altes Langschwert mit beiden Händen. Der Kerl hatte unzählige Narben, trug einen dichten Bart und war mit einer verrosteten, dutzendfach gebrochenen Halsberge gerüstet. Andere Rebellen scharten sich um ihn.

»Zu mir«, befahl Nunan.

Der Mann schlug noch einmal zu. Er war schnell, es war ein vernichtender Schlag, der den Schild von oben traf und Nunan seiner Deckung berauben sollte. Er konnte nur noch darauf vertrauen, dass die anderen ihn gehört hatten, denn der Hieb hatte ihm die Schulter verrenkt. Ein drittes Mal hob der Rebell sein Schwert. Nunan stieß schnell und entschlossen mit dem Schild zu und traf die Brust des Mannes. Er bewegte sich kaum, hatte aber keinen Platz mehr für einen weiteren Streich und musste nun sein Schwert herumziehen, um Nunans Klinge abzublocken, die in Hüfthöhe zustieß.

Der Mann kämpfte rücksichtslos und schlitzte in seiner Abwehrbewegung einem anderen Rebellen die Seite auf, war aber schnell genug, um dem Angriff zu entgehen. Darauf hielt Nunan seinen Gladius schräg, um die Klinge des Rebellen weiter abzulenken, und stieß erneut mit dem Schild zu. Dieses Mal zielte er höher, und die Nase des Rebellen begann zu bluten. Der Mann wich zurück und holte in einem weiten Bogen aus, wobei er einen hinter ihm stehenden Rebellen nur knapp verfehlte. Nunan setzte Gladius und Schild gleichzeitig ein, fing die Klinge des Feindes ab und lenkte sie nach links unten.

Dann trat Nunan auf den Rebellen zu, knallte ihm den Schild in die Rippen und warf ihn fast von den Beinen. Der Mann musste sich einen Moment auf sein Schwert stützen, um nicht zu stolpern. Nunan nutzte die Lücke in der Deckung und stieß dem Mann seinen Gladius von unten in den Brustkasten, um das Herz zu treffen. Der Rebell keuchte, schwankte und stürzte rückwärts zu Boden. Ein Baum, der zwischen Schösslingen fiel.

»Weiter!«, brüllte Nunan. Ein Horn übertönte den Schlachtlärm. Kell. Gerade im richtigen Augenblick. »Bärenkrallen, vorstoßen, vorstoßen.«

Ohne Rücksicht auf die schmerzende Schulter und den tauben Arm stürmte Nunan weiter. Nach ein paar Schlägen konnte er kaum noch den Schild heben, war jedoch inmitten seiner Fußsoldaten in Sicherheit. Die Rebellen wankten. Schon hörte er die ersten besorgten Rufe, und durchs Gewirr von Gliedmaßen und Klingen konnte er beobachten, wie weiter hinten die Ersten das Weite suchten.

Nach und nach klärte sich das Chaos. Hauptleute riefen ihre Bürger in Reih und Glied zurück und formierten den Schildwall neu. Männer drängten sich vor ihn und schoben ihn langsam nach hinten. Die Zweite Legion schloss ihre Reihen und rückte in enger Formation erbarmungslos vor, öffnete den Schildwall, um zuzuschlagen, und schloss ihn wieder, um mit den Schilden zu stoßen. Die überlebenden rebellischen Kavalleristen hatten bereits die Flucht ergriffen und rasten hinter ihm davon. Seine Bogenschützen nahmen die Bogen wieder auf, laut dröhnten die Hufschläge von Kells Kavallerie in seinen Ohren. Er blickte über die Köpfe seiner Leute hinweg.

»Halt!«, rief er.

Sie blieben stehen. Unsicher und zwischen zwei Fronten gefangen, hielten auch die Rebellen inne. Sie hofften, eine Gelegenheit zur Kapitulation zu bekommen. Doch es würde für sie keine Gnade geben. Seine Infanterie zog sich in perfekter Schlachtordnung zurück. Auf Dina Kells Ruf hin wurden hundert Lanzen ausgerichtet. Jetzt erkannten die noch lebenden Rebellen, was ihnen blühte, und gerieten in Panik. Vor sich hatten sie eine unbezwingbare, von Schilden geschützte Formation, hinter sich die galoppierende Kavallerie.

Nunan spuckte auf den Boden und wandte sich ab. Was nun kam, wollte er nicht sehen.

Prätorin Lena Gorsal wischte sich die Hände an der Tunika ab und ging zur offenen Westseite der Basilika. Es war ein prächtiger Tag in Gullford, einer atreskanischen Kleinstadt etwa hundert Meilen westlich der tsardonischen Grenze. Eine erwartungsvolle Spannung lag in der Luft. Ein Stück von der neuen Hauptstraße entfernt, die im Süden gebaut wurde, mochte man mitunter kaum glauben, dass Atreska in einem Bürgerkrieg steckte und die Konkordanz sich für einen Krieg rüstete. Nach Osten und Westen lief der Handel ausgezeichnet, und die Einwohner hielten einen neuen Feldzug vor allem für geschäftsschädigend.

Weder Gorsal noch irgendein anderer Bürger von Gullford wollte damit etwas zu tun haben. Wer in Haroq auch herrschte, es war den meisten Leuten hier egal, zumal sie auch vor fünf Jahren, als Atreska an die Konkordanz gefallen war, von der grausamen Realität der Schlachten verschont geblieben waren. Den Leser des Ordens der Allwissenheit hatten sie freundlich begrüßt, und er hatte sich in der Tat als vernünftiger Ratgeber und guter Lehrer erwiesen. Viele hatten den Glauben gewechselt. Diejenigen, die es nicht taten, sahen sich in ihrer Entscheidung respektiert.

Kurz zuvor waren auf dem Forum drängende Rufe laut geworden. Reiter, ihrer ersten Schätzung nach etwa zwanzig, waren dort eingetroffen. Es waren Tsardonier aus der Taritebene, wo die Steppenkavallerie im Angesicht der konkordantischen Grenzbefestigungen in Atreska und Gosland eine starke Präsenz aufrechterhielt. Als sie sich ihnen näherte, stiegen die Reiter ab. Sie lächelte, als sie den Anführer erkannte.

»Sentor Rensaark«, sagte sie in einem atreskanischen Dialekt, den sie beide fließend beherrschten. »Das war ein langer Ritt für einen heißen Solastag.«

»Wir lagern nicht weit von hier entfernt«, erwiderte der Sentor, ein schroffer Mann mit kalten Augen.

Wie seine Männer trug er leichte Wollsachen, die Schuppenpanzer waren an die Sättel gebunden. An den Hüften trugen sie Schwerter.

»Um Handel zu treiben?«, fragte sie.

Rensaark schüttelte den Kopf. »Um zu reden«, antwortete er.

»Soweit ich weiß, ist die Grenze für alle, die keinen Handel treiben, geschlossen«, sagte sie. »Wie bist du durchgekommen?«

»Ein wenig Geld macht jeden Mann blind«, erklärte er.

»So kann man es ausdrücken«, stimmte sie zu. »Darf ich dir etwas zu trinken anbieten? Oder wenigstens etwas Schutz vor der Hitze für deine Männer und Pferde, solange wir reden.«

»Vielen Dank, das ist sehr großzügig.«

»So behandelt man Freunde«, sagte sie.

»Ja«, antwortete der Sentor steif.

Sie kehrten in die kühle Basilika zurück. Gorsal führte ihn in ihre Schreibstube und ließ verdünnten Wein, Apfelsinen und gebratenes Fleisch bringen. Rensaark fühlte sich offenbar nicht wohl in seiner Haut. Oft leckte er sich über die Lippen, und ständig runzelte er die Stirn, als plagten ihn unangenehme Erinnerungen. Gorsal wusste nicht, was auf sie zukam, als sie ihn, inzwischen ein wenig nervös, nach dem Grund seines Besuchs fragte.

»Es sind schwierige Zeiten«, erklärte Rensaark. »Alte Verbündete haben sich gegen uns gewandt, und die Konkordanz erhebt die Faust, um weitere Feinde zu zerquetschen. Trotz der Eroberung ist Atreska jedoch unser Freund geblieben. Marschall Yuran ist ein großer Mann, und er legt Wert darauf, sein Bündnis mit unserem König aufrechtzuerhalten, doch wird sein Auge durch die Verheißung konkordantischer Reichtümer abgelenkt.«

»Viele in Atreska teilen seine Ansichten und greifen zu drastischeren Maßnahmen als dem Protest mit Worten«, erwiderte Gorsal.

»Ich weiß. Dafür sind wir dankbar. Seit fünf Jahren setzen wir Hoffnungen in den Widerstand. Wir haben geholfen, wo wir konnten, mussten aber auch an unsere eigene Sicherheit und unsere eigenen Truppen denken. Gosland ist uns inzwischen fremd geworden. Die Herrscher dort führen sich auf, als wären sie schon mit einer Toga auf einer Säule sitzend geboren worden, so sehr sind sie der Konkordanz inzwischen hörig. Wir dachten, in Atreska sei dies anders. Inzwischen sind wir nicht mehr ganz so sicher.«

»Uns droht ein Bürgerkrieg«, erklärte Gorsal. »Wir wollen keinen Krieg mit Tsard, nachdem wir so lange im Frieden gelebt haben.«

Rensaark nickte. »Aber endgültig fortschicken wollt ihr die Konkordanz auch nicht.«

»Der Handel läuft gut«, räumte Gorsal ein.

»Die Zeit ist gekommen, eine Entscheidung zu treffen.« Rensaarks Stimme war so kalt wie seine Augen. »Estorea zieht in Gosland und Atreska hinter der Grenze in einem nie gesehenen Ausmaß Truppen zusammen. Die besten Generäle führen das Kommando, die besten Legionen stehen vorn. Keine dreißig Meilen von hier entfernt haben die Bärenkrallen treue Atreskaner abgeschlachtet, die sich ihnen in den Weg gestellt haben. Ihr müsst den Rauch am Horizont bemerkt haben. Ihrem eigenen Glauben zum Trotz verbrennen sie die Leichen derer, die sich ihnen widersetzen. Sie steuern auf einen Krieg mit Tsard zu, und Atreska muss sich entscheiden, wem es treu ist und auf wessen Seite es steht. Eine Spaltung darf es nicht geben. Jetzt nicht mehr.«

Gorsal schluckte und bekam eine Gänsehaut. »Was meinst du damit? Wir verwehren euch nichts. Wir sind eure Freunde und werden es immer bleiben. Allerdings schmieden unsere Herrscher die Gesetze in Haroq. Ich bin eine treue Atreskanerin und werde mich den Gesetzen fügen.«

»Ich vermag deine Haltung zu verstehen und zu respektieren«, erwiderte Rensaark. Er erhob sich. »In aller Freundschaft will ich dich jedoch warnen, Prätorin. In dem Augenblick, in dem ein Soldat der Konkordanz den Fuß auf unseren Boden setzt, befinden wir uns im Krieg, und dieser Krieg wird auch Atreska berühren. Trotz aller Versprechungen ist keiner von euch sicher. Alle werden unter diesem sinnlosen Konflikt leiden. Ich jedenfalls werde tun, was man mir befohlen hat.«

»Das verstehe ich nicht«, sagte Gorsal.

Rensaark war schon an der Tür. »Es ist noch nicht zu spät. Atreska muss sich gegen die Torheit erheben, die durch sein Gebiet marschiert. Ihr müsst euch von der Konkordanz abwenden. Sie haben nicht die Kraft, uns zu besiegen. Hindert sie daran, es zu versuchen. Mit Yuran können wir nicht reden, uns wird kein Zugang zu ihm gewährt. Euch ist dies möglich. Ihr seid seine Untertanen, euch muss er anhören. Bitte, Lena, sprich mit ihm, bevor der Krieg uns alle vernichtet.«

Noch lange, nachdem er gegangen war, starrte Gorsal die Tür an und versuchte, ihr Herz und die zitternden Hände zu beruhigen.

Ardol Kessian saß mit Arducius auf einem mit Gras bewachsenen Hang und blickte zum unter ihnen liegenden Westfallen hinab. An einem solchen Tag konnte man sich unmöglich alt fühlen. Goldenes Korn wiegte sich im leichten Seewind, in den Obstgärten glänzten die reifen Zitrusfrüchte. Schafe und Kühe grasten friedlich, Schweine schlummerten im Schatten. In das lebhafte Lachen der Kinder mischten sich das ferne Rauschen der Wellen am Strand, das Klirren der Hämmer auf Stahl, das Kreischen der Sägeblätter im Holz.

Der junge Aufgestiegene hockte mit Kessian unter einem Sonnenschirm, der die Hitze der Sonne abhielt. Vor ihren Füßen stand ein Krug mit Wasser, zwischen ihnen ein halb geleerter Teller mit Früchten. Der normale Schulbetrieb war fast vorbei, aber die Aufgestiegenen mussten weiterlernen.

»Was fühlst du, wenn du den Himmel überprüfst, Arducius?«, fragte Kessian.

Arducius war noch nicht einmal neun Jahre alt, aber trotzdem schon ein hervorragender Windleser. Seine Vorhersagen waren fast so zuverlässig wie die von Kessian selbst, und seine Begabung hatte sich schon in jungen Jahren gezeigt. Liebevoll dachte Kessian an die ersten Momente. Arducius hatte noch nicht gewusst, wie er die Veränderungen mitteilen sollte, die er im Wetter und im Klima rings um sich wahrnahm. So hatte er auf absurde, aber sehr praktische Weise reagiert und war an einem heißen Solastag mit lederner Regenkleidung hinausgegangen. Damals hatte er den Zeitunterschied zwischen dem Aufspüren einer Gewitterfront und ihrem tatsächlichen Eintreffen noch nicht begriffen. Kessian kicherte.

»Was ist so komisch?«, fragte Arducius.

»Ich dachte nur daran, wie du durch die Straßen gelaufen bist und unter deinem Lederumhang geschwitzt hast, während du den Himmel angestarrt und dich gewundert hast, wie blau er war.«

Auch Arducius musste lachen. Einige Leute hoben die Köpfe und sahen sich um, als die glockenhellen Laute ertönten. »›Dann gibt es morgen wohl Regen, was?‹, haben sie immer zu mir gesagt.«

»Du bist wütend geworden und hast behauptet, es würde noch am gleichen Tag regnen. Mit fünf Jahren konntest du wirklich sehr zornig werden.«

»Ihr habt mich alle ausgelacht«, klagte Arducius.

Kessian zauste sein Haar. »Aber jetzt lacht keiner mehr über dich, nicht wahr?«

»Richtig«, stimmte Arducius zu. »Die meisten sehen mich nur an, nein, uns alle sehen sie an, als erwarteten sie etwas von uns.«

»So ist es. Wir alle erwarten etwas von euch.«

In der Tat. Acht Jahre waren sie alt und schon hervorragend in ihren jeweiligen Begabungen. Aber der Rest ... die vielfältigen Fähigkeiten, die Manipulation der Elemente – keine Spur. Die Autoritäten hatten alle Schriften des älteren Gorian untersucht und geprüft und nach Fehlern in den Theorien geforscht, aber keinen gefunden. Inzwischen gewann die Befürchtung an Gewicht, dass es eben doch nur Theorien waren, da sich nirgends greifbare Beweise finden ließen.

Fragen drängten sich auf. Waren diese vier aus der neunten Linie des Aufstiegs wirklich die Ersten? Wie lange musste man denn noch warten? Jeden Tag betete Kessian, er möge es noch mit eigenen Augen sehen dürfen, und jeden Tag spürte er, dass Gott ihn ein wenig fester zupfte, damit er in die Erde zurückkehrte. Er glaubte nicht, dass die Neugeborenen der zehnten Linie irgendetwas Besonderes an sich hatten. Andere trugen jetzt Kinder unter dem Herzen. Er würde sie nicht mehr heranwachsen sehen. Inzwischen war er hundertvierzig und spürte sein Alter mit jedem Knacken seiner Knochen und jedem holpernden Schlag seines Herzens.

»Geht es dir nicht gut, Vater Kessian?«, fragte Arducius.

Kessian zwang sich zu einem Lächeln. »Doch, mir geht es gut. Zurück zu deiner Lektion. Was spürst du? Sage es mir.«

»Ich spüre den Wind, als striche er durch meinen Kopf und meinen Körper«, begann Arducius. »Ich rieche einen Regentropfen, der dreihundert Meilen entfernt gefallen ist, weil der Wind ihn hergetragen hat. Ich taste mich in die Luft hinauf und erkunde, ob die Temperatur steigen oder sinken wird. Ich spüre, wie dick die Wolken sind und kann dir sagen, wie viel Regen aus ihnen fallen wird. Ich kann die Oberfläche des Meeres betrachten und erkennen, dass ein Sturm aufzieht.« Arducius zuckte mit den Achseln. »Es ist so wie immer, genau wie bei dir.«

Es klang ein wenig niedergeschlagen, und Kessian konnte ihm keinen Vorwurf machen. Große Erwartungen lasteten auf diesen jungen Schultern. Das war noch nichts verglichen mit der Woge der Enttäuschung, die sie spüren würden, wenn sie den Erwartungen nicht gerecht wurden.

»Es tut mir leid, Arducius«, sagte Kessian.

»Was denn?«

»Dass dies dein Schicksal sein muss.«

Arducius runzelte die Stirn. »Ja, aber viele in Westfallen hatten doch irgendwelche Fähigkeiten.«

»Nur sind sie bei keinem in so jungen Jahren so deutlich hervorgetreten. Und es gab niemanden, auf dem so große Hoffnungen ruhten.« Kessian seufzte. »Es war ungerecht von uns, so viel zu erwarten und zu unterstellen. Andererseits haben wir noch Zeit, viel Zeit.«

Arducius starrte ihn an, und seine Miene spiegelte seine Unsicherheit, bevor er sprach. »Aber wir sind besser als alle anderen in unserem Alter. Sogar besser als du, nicht wahr?«

Kessian nickte. »Oh ja, das seid ihr.«

Ein Kind vermag immer Hoffnung zu spenden, und an diesen Strohhalm wollte Kessian sich klammern. Unter ihnen saß Gorian mit Gwythen Terol zusammen, zwei Herdenmeister bei der Arbeit. Gorian lernte bis ins kleinste Detail den Körperbau einer Kuh. Wie immer beruhigte sich das Tier, sobald er sich ihm näherte. Und wie immer, wenn er und nur er zur Herde kam, versammelten sich die Tiere kauend und glotzend um ihn wie ein andächtiges Publikum. Die Tiere wussten es.

Was sie aber nicht wussten, war, warum auf Gottes Erde die Aufgestiegenen nicht den nächsten Schritt tun wollten. Es musste bald geschehen.

5

843. Zyklus Gottes, 35. Tag des Solasauf
10. Jahr des wahren Aufstiegs

Die Rauchwolke über Gullford wurde dichter, die Flammen von zwei Dutzend Bränden verstärkten die Hitze des Tages. Im Süden der Stadt flimmerte die Luft, und von dort kamen weitere Reiter schnell herüber. Dunkel zeichneten sich die Gestalten vor den lodernden Feldern ab.

Mitten auf der Hauptstraße versuchte der Garnisonskommandant, die verängstigten Freiwilligen zu organisieren. Sie waren hoffnungslos in der Unterzahl, schlecht ausgerüstet und unzulänglich ausgebildet. Dennoch stellten sie sich, vier Reihen tief, mit nach vorn gerichteten Piken zur Verteidigung auf. Hinter ihnen wartete eine Handvoll Bogenschützen mit gespannten Jagdbogen.

Han Jesson schüttelte den Kopf. Es war wirklich traurig und so sinnlos. Beinahe wollte er sie schon drängen, wegzulaufen und sich zu verstecken, um sich wenigstens selbst zu retten. Doch sie konnten den anderen etwas Zeit verschaffen, sich in Sicherheit zu bringen, und sein Selbsterhaltungstrieb war stärker als sein Mitgefühl.

Die Nordseite der Stadt war verloren. Auf der ganzen Strecke bis zum Fluss brannten Häuser. Immer noch hörte er Kampfgeräusche, aber die Reiter räumten dort gerade auf und trieben die Tiere der Bauernhöfe nach Nordosten. Jetzt galt ihre Aufmerksamkeit dem

Zentrum des Ortes. Er hatte zwei Möglichkeiten. Er konnte bleiben, sich im Haus verstecken und Gefahr laufen, bei lebendigem Leibe zu verbrennen, oder er konnte zusammen mit seiner Familie nach Süden fliehen und hoffen, niemand werde auf ihn achten, bis sie die Ställe erreichten, wo der Wagen und die Pferde standen.

Er trat vom Fenster zurück und ließ seinen Blick über das Geschäft schweifen. Die Angst machte es ihm schwer, einen klaren Gedanken zu fassen. Er wusste nicht, was er tun sollte.

In einer Ecke tröstete seine Frau ihren kleinen Jungen. Der Angriff war ohne Vorwarnung gekommen, die Reiter waren, als die Sonne im Zenit stand, aus dem eine halbe Meile entfernten Wald gebrochen. Der Lärm, die Schreie und die Panik der Leute hatten ihn zu Tode erschreckt, und sein kleiner Junge zitterte am ganzen Körper. Der arme Hanson war erst fünf Jahre alt. So etwas sollte er nicht ansehen müssen.

Er starrte seine Frau an, die ihn stumm anflehte, irgendetwas zu tun. Überall standen Amphoren, Töpfe, Teller, Vasen, Pokale und Kunsthandwerk. Alles im eigenen Laden entworfen, gebrannt und mit Hand bemalt. Das alles aufzugeben, war gleichbedeutend mit der Vernichtung seiner Existenz. Zu bleiben bedeutete, lebendig verbrannt zu werden.

Draußen schwoll der Lärm an, er hörte die Hufschläge der sich nähernden Pferde. Die Leute rannten Hals über Kopf nach Süden. Wie konnte so etwas überhaupt geschehen? Sie waren mehr als drei Tagesreisen von der tsardonischen Grenze entfernt. Jedenfalls nahm er an, dass die Angreifer von dort gekommen waren. Er rieb sich die Augen trocken und presste sie wieder an den Spalt im Fensterladen, um das Ende der Straße zu betrachten. Er hatte zu lange gezögert, jetzt war es zu spät, um noch wegzulaufen.

»Uns wird hier nichts passieren«, sagte er. »Wir sind hier in Sicherheit. Bleibt einfach dort hinten und verhaltet euch ruhig.«

»Han, was ist denn los?«, fragte Kari ängstlich.

»Die Miliz kann sie nicht aufhalten, die Leute rennen fort. Ich verspreche dir, hier drinnen sind wir sicher.«

Er glaubte seinen eigenen Worten nicht und hatte einen kalten, harten Klumpen in der Magengrube, während ihm die Tränen immer wieder den Blick trübten.

Die Reiter griffen die unsichere Verteidigungslinie der Pikeniere an. Sie kamen direkt von vorn, es mussten mehr als fünfzig sein. Pfeile trafen die ersten Verteidiger, einige Männer stürzten lautlos, andere wanden sich kreischend. Ein paar Pfeile flogen den Angreifern entgegen, nicht mehr als zwei Reiter wurden getroffen. Darauf zogen die feindlichen Bogenschützen ihre Pferde herum und schossen eine weitere Salve ab. Dieses Mal löste sich die Reihe der Piken auf der linken Seite auf. Einige Reiter stießen in die Lücke vor und ließen die Schwerter herabsausen, Blut spritzte hoch. Die Bogenschützen der Verteidiger machten kehrt und rannten fort.

Laut hallten die Hufschläge zwischen den Gebäuden auf dem Pflaster. Jesson duckte sich, als die ersten Reiter vorbeidonnerten. Direkt vor seinem Haus machten sie einen Mann nieder, den er kannte. Der Tote prallte schwer gegen die Mauer, sein Blut spritzte aufs Pflaster, die blicklosen Augen richteten sich auf ihn.

Eine Hand vor den Mund gepresst, wich er taumelnd zurück. Übelkeit übermannte ihn, er würgte und atmete keuchend.

»Oh guter Allwissender Gott, behüte uns, die wir deine Diener sind«, murmelte er. »Wir bitten dich um Gnade.«

»Er hat sich von uns abgewandt«, zischte Kari. »Vergeude nicht deine Zeit mit Gebeten, sondern kümmere dich lieber darum, deine Familie zu retten.«

Jesson zuckte beschämt zusammen. Er ging zu ihnen hinüber, allmählich klärten sich seine Gedanken. Draußen verklangen die Hufschläge, allerdings hörte er aus nördlicher Richtung immer noch Menschen rennen, außerdem ängstliche und erschrockene Rufe, das Krachen dünner Balken.

»Wir sind hier am richtigen Ort«, sagte er, indem er sich vor sie hockte und seinem Sohn übers Haar strich. »Wenn sie vorbeikommen, können sie uns nicht sehen. Falls sie ein Feuer legen, können wir nach hinten oder nach vorne entkommen, oder wir fliehen, wenn nötig, durchs Lager und das Wohnzimmer. Unsere Wertsachen haben wir bei uns. Gott wird über uns wachen.« Als er die letzten Worte aussprach, sah er Kari fest an. Sie musste ihm glauben.

»Dann können wir im Augenblick nichts weiter tun als warten?«

»Ich bin kein Kämpfer«, erwiderte Han. »Wir gehören hierher.«

Im benachbarten Geschäft ertöte ein lautes Poltern. Durch die Wand drangen fremde Stimmen herüber, dann ein Schleifen, als würde Holz über Stein geschleppt. Unverkennbar auch das Knacken von Flammen.

»Wir werden hier drinnen verbrennen«, sagte Kari verzweifelt. »Warum sind wir nicht gleich beim ersten Angriff weggelaufen?«

Er konnte ihren Blick nicht erwidern, sondern richtete sich nur auf und wich zurück. »Wir müssen verteidigen, was uns gehört.«

»Womit denn? Wir sind nicht hinausgegangen, weil du zu große Angst hattest, dich zu bewegen. Jetzt sitzen wir in der Falle. Wird dein Gott uns vor den Flammen und den Klingen retten?«

Die Läden wurden aufgebrochen, die Holzsplitter regneten in den Laden. Vom Rauch und den Flammen auf der anderen Straßenseite umringt, blickte ein Reiter herein. Zufrieden nickte er, rief etwas und sprang durch das Loch herein. Zwei weitere Reiter zertrümmerten die breite Vordertür. Kari kreischte und presste Hanson an sich. Han stellte sich vor sie. Mehr konnte er nicht tun.

Mit erhobenen Händen wollte er die Angreifer aufhalten.

»Lasst sie in Frieden«, sagte er mit bebender Stimme.

Sie hielten nicht einmal inne. Die mit leichten Rüstungen und Reitmäntel bekleideten Angreifer näherten sich, einer versetzte ihm mit der Rückhand einen Schlag vor den Kopf, dass er gegen einen anderen Mann taumelte. Der Geruch von Schweiß und gefettetem

Leder stieg ihm in die Nase. Er wehrte sich, aber die anderen waren zu stark. Einer drückte ihm die Schwertspitze in die Seite, und er fügte sich.

Ein Reiter beugte sich hinunter und brüllte die kreischende Kari an. Er wiederholte die Worte, und als sie sich nicht rührte, riss er den Jungen aus ihren Armen und übergab ihn einem anderen Mann.

»Schon gut«, quetschte Han heraus. »Bleib ruhig.« Tränen rannen ihm über die Wangen. »Bitte tu uns nichts«, sagte er. »Bitte.«

Der Reiter drückte ihm die Schwertspitze etwas fester in die Seite. Sein Kamerad versetzte der kreischenden Kari eine Ohrfeige, um sie zum Schweigen zu bringen. Dann fasste er mit einer behandschuhten Hand ihr Kinn und drehte mit anerkennendem Grunzen ihr Gesicht hin und her.

»Lass sie los.« Wieder begann Han, sich zu wehren. »Lass sie sofort los, du tsardonischer Bastard.«

Die Schwertspitze bohrte sich in seine Haut und drang ein Stückchen ein. Die Schmerzen waren außerordentlich. Heißes Blut lief an seiner Seite herab.

Der Reiter packte Karis Kleid am Halsausschnitt, und es sah danach aus, als wollte er es zerreißen, aber dann richtete er sich auf, zog sie hoch und stieß sie vor sich her.

»Han, hilf mir!«, kreischte sie. »Hilf uns!«

Doch mit der Schwertspitze in der Seite konnte Han sich nicht wehren. Hilflos musste er zusehen, wie sein Sohn und seine Frau aus dem Geschäft auf die Straße gescheucht wurden. Abrupt zog der andere Mann das Schwert zurück. Han drehte sich um, doch der Tsardonier versetzte ihm einen festen Stoß. Wütend starrte er zum harten Gesicht hoch, ballte die Hände zu Fäusten und griff an, während er nach seiner Frau und seinem Kind rief.

Der Reiter lachte nur und schlug Han den Schwertgriff auf die Schläfe.

Von Gullford bis nach Haroq, der Hauptstadt von Atreska, war es ein voller Tagesritt. In allen Einzelheiten hatte er seine Leute Atreskas Bücher überprüfen lassen, bevor er die Steuern für das kommende halbe Jahr festgelegt hatte. Er hätte bei ihnen sein sollen. Atreska war noch nicht einmal sechs Jahre Mitglied der Estoreanischen Konkordanz und galt nach wie vor als schwierige Provinz.

Die Steuererhebung war unzulänglich, und im fernen Norden sowie an den Grenzen zu Gosland und Tsard gab es noch erheblichen Widerstand. Die atreskanischen Steuereinnehmer sträubten sich, wo sie nur konnten, und so hatte Jhered mehr als fünfhundert Einnehmer einsetzen müssen, die das zugegebenermaßen recht komplizierte System inmitten eines hochkochenden Bürgerkrieges einrichten und durchsetzen sollten.

Die Überfälle und Vorstöße aus Tsard machten es ihm noch schwerer, als es ohnehin schon war. So verstand er, warum er nach Gullford geführt wurde. Er hatte allerdings schon eine Menge gesehen und rechnete auch dieses Mal nicht mit irgendeiner neuen Entwicklung.

Mit sechs eigenen Leuten und fünfzig atreskanischen Soldaten ritt Jhered zur kleinen Stadt. Seine Kavallerieabteilung war schwer bewaffnet und gerüstet, und in der Hitze des Tages fühlten sich die Männer unwohl. An den Spitzen der aufrecht getragenen Lanzen flatterten die Banner. Die Bogen hatten sie über den Rücken geschlungen, die Schwerter steckten in den Scheiden. Polierte Arm- und Beinschienen, Helme und Brustharnische glänzten in der Sonne.

Sie hatten auch Wagen im Tross, auf denen sie Notvorräte, eine Feldschmiede und Segeltuch beförderten, um den Obdachlosen eine Unterkunft zu bauen. Es war eine Demonstration der Unterstützung, der Kraft und der Absicht für alle Augen, die es sehen wollten. Thomal Yuran, der Marschallverteidiger von Atreska, war stolz auf sein Land, und Jhered hätte nichts anderes von ihm erwartet.

Die beiden Männer ritten an der Spitze des Zuges auf der Hauptstraße, die von Haroq nach Tsard führte. Die für die Heere der Konkordanz gebaute Straße verlief nicht weit an Gullford vorbei. Auf beiden Seiten erstreckte sich von der Sonne verbrannte Steppe, vor ihnen ging es leicht bergauf. Am Horizont stiegen links neben der Straße Rauchwolken auf. Die kleine Siedlung war nicht mehr weit entfernt.

»Dies ist ein friedlicher Ort«, sagte Yuran unvermittelt nach längerem Schweigen. Seine barsche, tiefe Stimme klang unter dem Helm, der am Kinn zu stramm saß und seinen Kiefer beim Sprechen behinderte, etwas gedämpft.

Jhered, der bolzengerade ritt, drehte sich zu ihm um. Der Schweiß lief unter seinem Helm mit dem Federbusch hervor. Er achtete Yuran wegen dessen Loyalität seinem Volk gegenüber, war aber unendlich frustriert über dessen Weigerung, die Auswirkungen der Unruhen in Atreska auf die gesamte Konkordanz zu begreifen. Wegen Yurans Bedenken und dessen Wunsch, sich vom Imperium abzusondern, hatte er sich gegen die Ernennung des Mannes ausgesprochen. Der Senat in Estorea hatte sich jedoch über seine Bedenken hinweggesetzt, obwohl seiner Ansicht nach sogar die Advokatin selbst gewisse Zweifel hegte. Eine Schande.

»Das glaube ich gern«, erwiderte Jhered gelassen. »Allerdings weiß ich immer noch nicht, ob es eine kluge Entscheidung war, mich hierherzuführen, Marschall Yuran. Mein Besuch wird nur drei Tage dauern, und in dieser Zeit werde ich mir aufmerksam anhören, welche Sorgen Euch plagen. Allein für diese Reise werden wir jedoch schon zwei Tage unterwegs sein, und Ihr habt noch nicht viel mit mir geredet. Soll ich das so verstehen, dass diese unglückliche Stadt Eure einzige Sorge ist?«

Yuran drehte sich herum und sah ihn mit schmalen Augen an.

»Wie immer fürchte ich, die aufgeplusterte Vorstellung von Eurer eigenen Wichtigkeit könnte Euch davon abhalten, den Problemen Gehör zu schenken, die Atreska plagen.«

Jhered ließ sich nicht anmerken, was in ihm vorging, während Yuran seinen Ängsten Luft machte.

»Ich führe Euch nach Gullford, weil ich glaube, dass es Eure Ansicht ändern wird, wenn Ihr seht, wie sehr uns die Konkordanz im Stich lässt. Worte könnt Ihr vielleicht ignorieren, Bilder aber nicht.«

»Ich habe die Folgen der Übergriffe und Überfälle von Banditen öfter gesehen, als es mir lieb ist, Thomal. Ich habe mehr Schlachten geschlagen, als Ihr an Jahren auf Gottes Erde gelebt habt. Wie ich müsst Ihr lernen, solche Ereignisse als schmerzhafte Schritte auf dem schwierigen Weg zu Frieden und Stabilität zu verstehen.«

Yuran stieß ein kurzes, verbittertes Lachen aus. »Meine Achtung wäre größer, wenn Ihr mit Eurem eigenen Kopf denken würdet. Lasst Euer Herz fühlen, was wir fühlen, lasst Euren Mund aufrichtig antworten, nicht mit den abgedroschenen Phrasen, die aus den Federkielen der Advokatur fließen und von Schreibern und Politikern verbreitet werden. Diese Leute haben das Zerstörungswerk nie mit eigenen Augen gesehen, sie wissen nicht, was Krieg ist. Sie können unsere Not nicht verstehen. Ihr aber habt die Macht, uns zu helfen. Es schmerzt mich, dass Ihr sie in all den Jahren, die wir uns kennen, nicht ausgeübt habt.«

»Ich spreche nur Worte aus, von denen ich überzeugt bin«, erwiderte Jhered. »Und ich arbeite für das, woran ich glaube. Ich bin ein Bevollmächtigter der Estoreanischen Konkordanz und ihrer Advokatin. Meine Arbeit ist bei allen unbeliebt, aber damit muss ich leben.« Er zuckte mit den Achseln. »Ich bin ein Steuereinnehmer, und deshalb mag mich niemand. Dennoch diene ich allen, wenn ich meine Arbeit tue. Sogar den Einwohnern von Gullford. Sogar in einer Zeit wie dieser.«

»Ihr fragt Euch, warum ich heute noch nicht mit Euch geredet habe? Vielleicht kennt Ihr die Antwort bereits.«

»In diesem Fall, Marschall, werde ich Euren Wusch zu schweigen respektieren.«

Gullford lag zwischen den sanften Hügeln eines Tals, durch das der Fluss Gull von Norden nach Süden strömte. Der Fluss entsprang im Seengebiet südlich von Gosland und mündete ins Tirronische Meer. Die Furt, um die sich der Ort entwickelt hatte, befand sich am Südrand der Siedlung. Dort querte die wichtige Handelsroute den Gull von Osten nach Westen. Seit der Ankunft der Estoreanischen Konkordanz und nach Beginn der Feldzüge gegen Tsard war weiter stromabwärts eine Steinbrücke gebaut worden, die einen besseren und direkteren Zugang zu den Unternehmungen im Feindesland ermöglichte.

Gullford war in den letzten Jahren dennoch aufgeblüht, da die Heere der Konkordanz häufig in großem Maße Vorräte einkauften und Beutegut aus Tsard eintauschten. Die Händler aus Gullford belieferten auch den Markt in Haroq und konnten Waren, die in der Hauptstadt sehr begehrt waren, zu günstigen Preisen anbieten. Die Bedeutung des Ortes hatte letzten Endes sicherlich auch dazu geführt, dass die Tsardonier hier eingefallen waren.

Zwei Tage nach dem Überfall und gerufen von einem Boten, der auf seinem erschöpften Pferd in Yurans Burghof geritten war, sahen die Atreskaner und Jhereds Leute einen zerstörten Ort vor sich. Ein großer Teil von Gullford lag in Trümmern. Die Felder an den Hügelflanken und darüber hinaus waren schwarz und zerstört, viele Villen nur noch schwelende Ruinen; der Rauch stieg in den klaren blauen Himmel auf. Im Ort selbst markierten verbrannte Gebäude, dunkle Flecken auf dem Pflaster und verstreute, zerbrochene Habseligkeiten den Weg der Angreifer: Kleidung, Töpferwaren, Möbel. Einige Häuser und Wege hatten sie ganz ausgelassen und sich lieber auf die Hauptstraßen und das Ackerland konzentriert.

Kaum ein Tier stand noch auf der Weide. Die Luft stank nach Asche und Fäulnis.

Der Ort war still. Einige Leute bewegten sich in der Siedlung und räumten auf, so gut sie konnten. Die Leichen waren bereits entfernt und vermutlich begraben worden. Vor dem Haus der Masken wehten viele neue Flaggen und zeugten von den gewaltsamen Todesfällen, die sich vor Kurzem ereignet hatten. Jhered nahm sich vor, im Haus zu beten und eine Handvoll Erde zu wenden, bevor er zurückkehrte.

Er war sich seiner Erscheinung durchaus bewusst, als er in die Stadt einritt. Im Gegensatz zu den schimmernden Rüstungen der atreskanischen Kavallerie bevorzugten er und seine Leute eine Kleidung, die für lange Reisen geeignet war. Sein leichtes Kettenhemd trug er über einem ledernen Unterhemd, die Hosen waren mit eingenähtem Leder verstärkt, sein Mantel nur dazu gedacht, in kalten Nächten die Kälte abzuhalten. In den Satteltaschen trug er sein Siegel und seine amtlichen Dokumente bei sich, an der Hüfte steckte sein estoreanischer Gladius in der Scheide.

All dies war nicht besonders auffällig, doch auf dem Rücken seines Mantels, auf der Schärpe, die er angelegt hatte, und auf dem Rundschild seiner Leute prangte das Abzeichen der Einnehmer – zwei Arme, die das Wappen der Estoreanischen Konkordanz und der Familie Del Aglios umschlossen. Schon für sich genommen war das Wappen geeignet, in Atreska Misstrauen zu wecken. Wenn es aber auf diese Weise eingerahmt war, schlug das Misstrauen an Orten wie diesem leicht in offene Feindschaft um.

Die Aufräumarbeiten gerieten ins Stocken, als die Truppe die Aufmerksamkeit der Leute von ihrer schrecklichen Aufgabe ablenkte. Die Einwohner sammelten sich. Yuran führte die Truppe zum Forum der Stadt, stieg ab und befahl seinen Männern, seinem Beispiel zu folgen. Jhered und seine Untergebenen saßen ebenfalls ab. Die Einnehmer waren vorsichtig und postierten sich rings um ihren

Kommandanten, um ihn im Notfall schützen zu können. Unterdessen versammelten sich die Bürger, doch in ihren Bewegungen war keine Angriffslust zu erkennen. Sie wollten Neuigkeiten hören, sie brauchten Hilfe, und der Marschallverteidiger Yuran war gekommen, um ihnen beides zu geben. Niemand lächelte jedoch zum Gruß, und keine Dankbarkeit erhellte die verdreckten, erschöpften Mienen. In ihnen spiegelten sich nichts als Trauer, Verwirrung und Angst.

Eine Frau in mittleren Jahren trat vor und wischte sich die von der Asche schmutzigen Hände an einem Kleid ab, das einst dunkelgrün gewesen sein mochte, inzwischen aber voller schwarzer Flecken und Streifen war. Sie hatte sich das graue Haar mit einem roten und weißen Tuch zurückgebunden. In den Falten ihres Gesichts hatte sich der Ruß gesammelt, ihre Augen waren blutunterlaufen und gereizt. Sie nahm Yurans ausgestreckte Hand und verflocht ihre Finger mit den seinen, wie es dem althergebrachten atreskanischen Gruß entsprach.

»Marschallverteidiger Yuran, ich heiße dich willkommen.« Dabei schoss sie einen empörten Blick auf Jhered ab.

»Leider komme ich zwei Tage zu spät. Ich grüße eure Toten, Prätorin Gorsal, und ich will später mit eurem Leser im Haus der Masken beten. Aber vorher sage mir, was ich für dich tun kann.«

Gorsal ließ die Schultern hängen. »Wo soll ich beginnen? Unsere Häuser, die Ernte und die Läden sind verbrannt. Leute wurden verschleppt, das Vieh fortgetrieben. Wir waren nicht in der Lage, uns gegen die Tsardonier zu verteidigen, wir wurden überwältigt. Erwachsene Männer und Frauen sahen sich gezwungen, ihre Häuser zu verlassen und ihr Heil in der Flucht zu suchen. Unsere tapfersten Kämpfer wurden niedergemacht. Marschall, einige wurden zu Asche verbrannt, und ihre Zyklen sind beendet. Niemals wieder werden sie auf Gottes Erde wandeln. Es gibt hier viel Zorn. Sie waren Unschuldige, die angeblich unter dem Schutz der Konkordanz standen.«

Ein Murmeln lief durch die Menge. Jhered schätzte, dass sich inzwischen mehr als einhundert Leute versammelt hatten. Mit einer kleinen Geste wies er seine Leute an, sich zu entspannen. Verbitterung und Zorn herrschten vor, und Yuran schien diese Gefühle eher noch zu fördern.

»Ich verstehe deine Enttäuschung, Lena«, sagte Yuran. »Auch mir hat man versichert, unsere Grenzen seien sicher. Alle Kräfte, die ich entbehren konnte, befinden sich in unseren Grenzbefestigungen. Ich tue alles, was in meiner Macht steht, um die Sicherheit aller Atreskaner zu gewährleisten. Aber du musst begreifen, dass unsere Finanzen sehr angespannt sind. Die meisten Soldaten sind fort. Du weißt, wie viele Atreskaner sich inzwischen auf dem Feldzug gegen Tsard befinden. Wir haben erst vor zehn Tagen im Rat darüber gesprochen.«

»Was soll ich jetzt meinem Volk sagen? Sollen wir jeden Morgen darum beten, dass die Reiter nicht zurückkehren, da wir sie nicht aufhalten konnten? Soll ich den Leuten sagen, dass uns die Konkordanz nicht beschützen wird? Dass unsere eigenen Herrscher in Haroq untätig herumsitzen und uns nicht die Mittel an die Hand geben, damit wir uns verteidigen können?«

Die Stimme der Prätorin wurde schriller und schriller, bis sie schließlich brach und ihre Verzweiflung zum Vorschein kam. Hinter ihr regten sich die Leute unbehaglich und murmelten. Hier und dort konnte Jhered sogar eine Beleidigung hören. Er räusperte sich. Yuran drehte sich kurz um.

»Seid Ihr sicher, dass Ihr damit erreicht, was Ihr wollt?«, fragte Jhered leise. Er verschränkte die Hände vor der Brust.

»Ich höre mir an, was mein Volk zu sagen hat«, erwiderte Yuran. »Zollt ihnen so viel Respekt.«

Jhered trat näher an Yuran heran und sprach leise genug, damit niemand in der Menge ihn hören konnte. »Ich will es nicht an Achtung mangeln lassen, aber es bringt uns nicht weiter, wenn Ihr den

Zorn der Leute weiter anstachelt. Begutachtet lieber mit der Prätorin die Schäden, vergewissert Euch, was getan werden muss, und hört die Regenten der Stadt in der Basilika an, wie es dem Protokoll entspricht. Bald wird es dämmern, und ich bin nicht bereit, vor dem Pöbel Fragen zu beantworten.«

»Es sind Eure verheerenden Steuern, die uns angreifbar machen«, zischte Gorsal. »Ihr seid unmittelbar für die Toten hier verantwortlich.«

Jhered hob das Kinn und war sich wohl bewusst, dass er Yuran und die Prätorin überragte. Warnend hob er einen Zeigefinger, der noch im schwarzen Handschuh steckte.

»Solche Behauptungen erfordern Beweise. Glücklicherweise habe ich Fachleute dabei, die eure Bücher prüfen und Fehler und Versäumnisse in eurer einheimischen Wirtschaft aufdecken können. Vielleicht gibt es für euch sogar mehr Möglichkeiten, Geld zu verdienen, als ihr selbst denkt. Aber eins nach dem anderen. Ich will eure Stadt besichtigen und mit eigenen Augen die Schäden begutachten und feststellen, welche Besteuerung wir vor diesem Hintergrund im kommenden halben Jahr von euch erwarten können. Falls Ihr mir oder der Konkordanz insgesamt irgendein Fehlverhalten vorzuwerfen habt, solltet Ihr dies innerhalb der Basilika tun. Wir befinden uns im Krieg, alle müssen zu dessen Erfolg beitragen. Jetzt aber sollten wir unsere Kräfte auf etwas Nützliches konzentrieren, statt uns gegenseitig ermüdende Vorwürfe zu machen.«

Sie würden sich ihm nicht widersetzen. Man durfte die Einnehmer und besonders ihren Anführer nicht zu sehr reizen. Irgendwie waren sie trotz ihres Zorns von seiner Erscheinung beeindruckt. Nur wenige Menschen bekamen Paul Jhered mit eigenen Augen zu sehen, ganz zu schweigen davon, direkt mit ihm zu sprechen. Seit siebzehn Jahren leitete er jetzt die Einnehmer und war mit seinen siebenundvierzig Jahren immer noch ein junger Mann in diesem Amt. Er kannte alle Gerüchte, die über ihn erzählt wurden, und dasjenige, das der Wahrheit am nächsten kam – es betraf seine enorme Körpergröße –, war auch dasjenige, das am stärksten übertrieben wurde. Beispielsweise war er sicher nicht größer als ein Haus. Manchmal wünschte er allerdings, er wäre es.

Er wandte sich an seine Mitarbeiter, vier Männer und zwei Frauen. Fünf bekleideten als Addos den untersten Rang, einer war vor Kurzem zum Appros befördert worden. Sie alle hatten noch nicht viel Erfahrung mit Reisen zu entlegenen Orten und waren entsprechend nervös.

»Ich gehe allein durch die Stadt«, sagte er. »Ihr prüft unterdessen die Berichte und Bücher. Zweifellos werdet ihr Geschichten über Not und Elend hören. Haltet euch an die Tatsachen. Bleibt wachsam und sucht in den Hauptbüchern nach Vertuschungen. Notiert alles, was euch auffällt. Ich erwarte von euch eine ehrliche Einschätzung der hier erhobenen Steuern, und ob sie den Leuten wirklich nicht mehr genügend Mittel ließen, um sich zu verteidigen. Unterdessen überlege ich mir, wie viel es kosten wird, Gullford wieder aufzubauen, die Pflanzen neu zu setzen und die Lager aufzufüllen. Wir sollten ihnen, was die Abgaben für das kommende halbe Jahr angeht, wenigstens eine aufmunternde Neuigkeit verkünden, nicht wahr? Gibt es sonst noch Fragen?«

Sie schüttelten die Köpfe.

»Gut. Appros Harin, du weißt, wo mein Siegel und meine Befehle sind. Weise dich damit aus, bevor du um Informationen bittest. Tragt keine Waffen. Geht jetzt.«

»Ja, Herr.«

Er sah ihnen noch einen Augenblick nach. Sie alle waren gute Schüler. Harin besaß durchaus das Potenzial, später einmal ein hohes Amt zu bekleiden, falls er das anstrengende, hektische Leben als Einnehmer aushielt. Dann drehte Jhered sich um und betrachtete die Stadt vom Forum aus. Er wollte durch die beiden zentralen Straßen laufen, die beide zum Forum führten, und außerdem eine Villa auf dem Hügel und das Haus der Masken aufsuchen. Zwei Stunden Arbeit, kaum mehr. Dann ein langer Abend, an dem er sich die Klagen von Leuten anhören musste, die keine Ahnung hatten, wie die Konkordanz funktionierte.

Jhered wanderte über das Forum, winkte den Leuten, ihm Platz zu machen, und unterstellte einfach, Yuran und Gorsal würden ihm folgen. Es machte immer einen guten Eindruck, wenn die einheimischen Anführer traben mussten, um mit ihm Schritt zu halten. Die braven Leute von Gullford respektierten ihre Anführer, mussten aber auch verstehen, wer die wahre Autorität verkörperte. Atreska war eine stolze, mächtige Nation, aber vor allem doch eine Dienerin der Estoreanischen Konkordanz.

So wanderte er mitten auf einer einstmals hübschen, gepflasterten Straße. Überall auf dem Pflaster und in der Gosse lag Abfall herum, die Abflüsse waren verstopft, und auf den getrockneten Blutflecken hatten sich die Fliegen gesammelt. Links und rechts klafften in den vom Rauch geschwärzten Wänden dunkle Löcher, wo einst die Fenster gewesen waren. Dachziegel waren gebrochen und heruntergefallen, als die Brände in der Geschäftsstraße ein Gebäude nach dem anderen vernichtet hatten.

Die Gerüche waren so beißend und bitter wie die Stimmung der Bürger. Jhered wanderte die Straße hinunter, seine mit Metall verstärkten Schuhe klirrten hell auf dem Pflaster. Er konnte sich gut vorstellen, welcher Schrecken Gullford getroffen hatte. Diese Leute waren keine Soldaten. Ein höchst unglückliches Ereignis, das Atreska während des tsardonischen Feldzuges getroffen hatte, aber keinesfalls das erste dieser Art und sicherlich nicht das letzte.

»Wir sind hier fast einhundert Meilen von der tsardonischen Grenze und nur eine Tagesreise von Haroq entfernt«, sagte Gorsal, als hätte sie seine Gedanken gelesen. »Dennoch haben sie uns am helllichten Tage überfallen. Die Tsardonier waren unsere Freunde. Euer unnützer Krieg hat sie zu Feinden gemacht. Meine Freunde wurden von Leuten getötet, mit denen sie Handel getrieben und getrunken haben. Ihr wisst, warum sie das tun, nicht wahr? Und Ihr wisst auch, warum sie gesagt haben, sie würden wiederkommen.«

»Weil sie verzweifelt sind. Das ist eine beliebte Taktik bei denen, die den Krieg verlieren. Auch Atreska hat sie angewandt. Ihr seid relativ neue Mitglieder der Konkordanz. Die Narben des Krieges, der zu Eurer Annektierung durch Estorea führte, sind noch frisch. Außerdem glauben die Feinde, sie könnten mit ihren Überfällen Euren Glauben an die Konkordanz untergraben.«

»Sie haben einen gewissen Erfolg damit«, erwiderte Gorsal kurz angebunden und erwiderte Jhereds strengen Blick. »Ihr habt die Stimmung der Leute gesehen. Was sollen wir denn glauben? Eure Kassierer werden feststellen, dass wir nach den uns auferlegten Steuern nicht mehr genügend Mittel hatten, um unsere Miliz zu unterhalten. Wir mussten uns mit Freiwilligen und verrosteten Waffen begnügen. Das Ergebnis seht Ihr hier.«

Jhered schwieg einige Augenblicke. »Ihr müsst mir doch zustimmen, dass ihr noch nie so wohlhabend wart. Die Konkordanz hat euch wirtschaftliche Stabilität und die Möglichkeit geschenkt, eure Lage sogar noch weiter zu verbessern, falls ihr es wollt. Ihr müsst mir auch glauben, dass die Konkordanz euch Frieden und Sicherheit bringen wird.«

»Wann denn? Ich sehe hier keinen Wohlstand. Überhaupt, was soll das denen nützen, die hier zu Asche verbrannt sind?« Gorsal deutete auf die Ruinen ringsum. »Wie oft sollen wir noch aus unseren Häusern verscheucht werden, ohne dass wir uns verteidigen können?«

Jhered blieb stehen und sah sie an.

»Ich bin im Grenzland aufgewachsen und habe in einem Dorf gelebt, das unter Überfällen litt. Wie Euch hat niemand mich oder mein Volk gefragt, ob wir uns der Konkordanz anschließen wollten. Wir wurden genau wie Ihr und alle anderen Provinzen von Atreska in einem Krieg besiegt. Wie ich müsst Ihr Euch mit der Realität abfinden und erkennen, dass Eure Zukunft unter der Konkordanz auf eine Weise gesichert werden kann, wie es mit eurem von Zufällen abhängigen Handel und den Verträgen mit Tsard niemals möglich war. Die Konkordanz wird sich um euch kümmern. Einstweilen habe ich Mitgefühl mit euch, wegen eurer Verluste und derer, die ihr noch erleiden werdet. Die Besetzung der Grenzbefestigungen ist nicht der einzige Weg, die Sicherheit zu gewährleisten. Vergesst nicht, dass euer Herrscher euch jeden Schutz gewährt, den er euch nur geben kann. Das liegt in seiner Verantwortung.«

Yuran gab ein ersticktes Geräusch von sich. Jhered starrte ihn ungerührt an.

»Wollt Ihr etwas sagen, Marschall?«

»Schatzkanzler Jhered, ich finde Eure Anspielung beleidigend.« Im abendlich blassen Sonnenlicht war sein Gesicht hellrot. »Mein Volk weiß, dass ich alles tue, was in meinen Kräften steht. Ich traure um jeden, der für die Konkordanz fällt, während jene, die das Land verteidigen sollten, für den Feldzug gegen Tsard zum Dienst gezwungen wurden. Euer Versuch, auf diese Weise Misstrauen zu säen, ist verachtenswert.«

Jhered lächelte humorlos. »Ich will nur gewährleisten, dass jeder bekommt, was er verdient hat. Der Schatzkanzler ist ein leichtes Ziel für Schmähungen. Ich habe lediglich darauf hingewiesen, dass es auch andere Sichtweisen geben könnte.«

Sie gingen weiter. Jhered schätzte den Schaden und die Kosten ein, stellte im Geiste Berechnungen an und prägte sich alles ein. Vielleicht war der Besuch am Ende doch keine Zeitverschwendung. Die Stadt war schwer getroffen worden. Sehr schwer, wenn man bedachte, wie weit sie von der Grenze entfernt war. Eine Weile würde sie noch leiden.

Yuran stolzierte hinter ihm her, während seine Empörung sich langsam legte. Prätorin Gorsal ging links neben ihm, blieb aber auf

Abstand. Sie gab sich einsilbig und wagte es offenbar nicht, noch einmal das Wort zu ergreifen.

Einige Schritte vor ihnen stolperte ein Mann aus einer geborstenen Tür auf die Straße. Er war unrasiert und schmutzig. Sein Haar hing in Strähnen herab, und seine Miene barg eine Verzweiflung, die Jhered berührte. Der Mann bemerkte sie, betrachtete sie genau, schließlich fiel sein Blick auf Jhered. Er schnappte sich einen zerbrochenen Krug und ging auf den Einnehmer los.

Gorsal erstarrte vor Schreck, nicht einmal ein Schrei kam ihr über die Lippen. Jhered jedoch duckte sich unter dem Schlag weg und blockte ihn energisch mit dem linken Arm ab. Die Scherbe flog davon und zerbrach an einer Mauer. Jhered packte den Mann an den Oberarmen und hielt ihn fest. Speichel spritzte Jhered bei jedem anklagenden Wort ins Gesicht.

»Deinetwegen ist sie fort, du Schweinehund. Sie sind beide fort. Wir wollten nur in Frieden leben, aber deinetwegen haben sie uns alles genommen. Alles, was ich geliebt habe, ist verloren.« Er entspannte sich ein wenig. »Ich will sie zurück, ich will sie doch nur wiederhaben. Wo sind sie? Sie haben meine Frau und meinen Sohn mitgenommen. Du musst mir helfen, du musst.«

Der Mann sackte in sich zusammen. Jhered nahm ihn in den Arm und zog ihn an sich. Der Arme schluchzte jetzt haltlos und bebte am ganzen Körper. Jhered spürte jede Erschütterung und hielt ihn fest.

»Tsard wird fallen«, versprach er. Sein Atem strich durch die Haare des Mannes. »Die Konkordanz wird die Ordnung wiederherstellen, und alles, was euch weggenommen wurde, soll zurückgegeben werden. Gott wird dich und deine Angehörigen schützen. Glaube mir. Vertraue der Advokatin, vertraue der Konkordanz. Wie heißt du?«

»Jesson.« Seine Stimme war gedämpft, weil sein Gesicht noch an Jhereds Brust lag. »Han Jesson.«

»Sei stark, Han Jesson. Ich bin Paul Jhered. Ich bin der Schatzkanzler der Einnehmer und spreche für die Konkordanz. Wir werden dir deine Frau und deinen Sohn zurückgeben.«

Er überließ Jesson der ungläubig starrenden Prätorin Gorsal.

»Der Mann sollte nicht allein bleiben«, fuhr Jhered fort. »Hört mir zu. Der einzige Weg, die Überfälle zu verhindern, ist der Sieg über Tsard. Dorthin gehen eure Steuern, und für diesen Feldzug werden eure Bürger einzogen. Es wird wieder Frieden herrschen, Atreska wird aufblühen, seine Einwohner werden im Herzen der Konkordanz leben. Niemand kann sich dieser Schlacht entziehen, aber wir werden siegen. Und jetzt gehe ich zum Haus der Masken. Ich muss für die kommenden Zyklen der Gefallenen beten.«

6

844. Zyklus Gottes, 40. Tag des Solasauf
11. Jahr des wahren Aufstiegs

Nun beruhigt euch doch«, sagte Shela Hasi und klatschte in die Hände.

Die anderen drei schütteten sich fast vor Lachen aus, und selbst Gorian musste grinsen, was selten genug geschah. Zehn Jahre alt und schon so ernst. Anscheinend war er seinem Alter erheblich voraus. Kessian wollte den wundervollen Moment auskosten, doch es musste einmal vorbei sein, und die Nerven stachen in seinem alten Kopf, auch wenn er es die Kinder nicht merken lassen würde. Bald schon. Es musste bald geschehen. Heute, bei Gott, bitte.

Die vier waren mit Shela und Kessian den langen Abhang bis zum Obstgarten über dem Hafen hinaufgewandert. Zweifellos war es der bisher schönste Tag des Jahres. Die Sonne strahlte von einem makellosen blauen Himmel herab, eine Brise kühlte die Tageshitze.

Von ihrem unvergleichlichen Aussichtspunkt aus konnten sie beobachten, wie zwischen den Fischerbooten in der Bucht das Sonnenlicht auf den Wellen spielte und sich auf den bemalten Rümpfen der Handelsschiffe spiegelte, die ein Stück vor dem Strand geankert hatten. Auf den Hängen rings um Westfallen grasten Schafe und Kühe oder dösten in der Hitze. Auf den Terrassen wiegte sich träge das beinahe reife Korn. Es würde eine gute Ernte werden, genau wie Hesther es damals, noch im frühen kalten Genasauf, vorhergesagt hatte.

Kessian lehnte sich an den Stamm des Orangenbaums, unter dem er saß. Dankbar für den Schatten hörte er über sich die Blätter zwischen den reifenden Früchten rascheln. Im Augenblick hatten sich alle aus dem prallen Sonnenlicht zurückgezogen. An so einem Tag konnte sogar die gebräunte Haut der Kinder verbrennen. Er betrachtete die jungen Aufgestiegenen, die sich auf Shelas sanftes Schelten hin versammelten. Alle trugen leichte, pastellfarbene Tuniken und die roten Schärpen des Aufstiegs, dazu offene Sandalen und breitkrempige Strohhüte.

Gorian lächelte nicht mehr, sondern hatte das hübsche junge Gesicht zu einem Stirnrunzeln verzogen. Seine hellblauen Augen lugten unter seinem dichten Lockenhaar hervor und beobachteten seine Kameraden. Die Arme hatte er vor der Brust verschränkt. Mirron, die ihm nicht von der Seite wich, bemerkte den Stimmungswandel und ahmte seine ernste Miene nach. Kessian lächelte.

»Siehst du das?«, fragte er Shela.

»Ich sehe es«, sagte sie. »Ist sie nicht süß?«

»Sehr«, stimmte Kessian zu. »Nun kommt, ihr zwei. Arducius, Ossacer. Kommt schon. Es gibt noch viel zu lernen, und ich bin ein alter Mann.«

Die beiden Jungen versuchten, aufmerksam zu lauschen, hatten aber Mühe, nicht ständig zu kichern.

»Gorian. Unser Vater …«, machte Ossacer sich mit so tiefer Stimme, wie es ihm möglich war, über ihn lustig. Dann blickten die beiden zu Gorian hinüber und begannen wieder zu lachen.

»Die dürfen mich nicht auslachen«, sagte Gorian.

»Oh, das tun sie doch gar nicht«, griff Shela beschwichtigend ein. »Das war nur ein alberner Witz über Väter, nicht wahr?«

»Sie lachen über meinen Namen«, sagte Gorian, dessen Stimme auf einmal eiskalt klang. »Sie lachen über unsere Geschichte.«

Kessian sah Gorian scharf an und suchte nach einem Anzeichen, dass der Junge einen Scherz gemacht hatte.

»Nun, vielleicht tun sie das, auch wenn es ihnen nicht bewusst ist«, wandte Kessian sanft ein. Er warf ihnen einen scharfen Blick zu, der ihnen den Spaß schlagartig verdarb. »Vielleicht sollten sie auch mehr Rücksicht auf deine Gefühle nehmen. Aber böse meinen sie es nicht, das weißt du doch, oder?«

Gorian antwortete nicht auf die Frage. »Gorian ist als Held gestorben und hat uns allen das Leben geschenkt. Arducius und Ossacer waren bloße Krieger. Beide sind im Schlaf gestorben. Das ist kaum heldenhaft. Sollen wir über sie lachen?«

»Du musst nicht als Held sterben, um ein Held zu sein«, erwiderte Kessian. »Die Taten im Leben entscheiden darüber, wie du gesehen wirst.«

»Zwei alte Männer«, sagte Gorian. »Wie Neugeborene haben sie ihr Bett nass gemacht und sind gestorben wie hilflose Babys. Darüber kann man schon lachen.«

Was er dann auch tat. Er äffte Arducius' und Ossacers Gelächter nach, brach dann aber abrupt ab – nicht, weil er erkannte, dass er zu weit gegangen war, sondern um ihre Reaktionen zu beobachten. Eine kalte Wut erfasste Kessian, seine Hand spannte sich um den Stock an seiner Seite.

Mirrons anfängliche Unterstützung war tiefer Verwirrung gewichen, und die beiden Jungen baten Kessian mit Blicken um Gerechtigkeit. Jeder andere hätte Gorian vermutlich längst verprügelt. Nicht so diese beiden. Sie waren ausgesprochen friedlich, Ossacer war empfindlich und kränklich, und Arducius ein dürrer, zierlicher Bursche. Beide waren schrecklich schwach im Vergleich zum kräftigen Körperbau ihres Altersgenossen.

Kessian wandte sich an Gorian, der seinen Blick trotzig erwiderte. Es war genug.

»Du wirst nicht das Andenken an die Helden des Aufstiegs beschmutzen«, ließ er seine immer noch mächtige Stimme durch den Obstgarten hallen. Die vier Kinder zuckten zusammen.

»Aber …«, setzte Gorian an und deutete nach rechts.

»Ihr schlechter Scherz war von Wärme und Liebe getragen. Deine Sticheleien sollten verletzen und die Erinnerung an unsere besten Verteidiger schmähen. Lerne den Unterschied, bevor du wieder etwas sagst.«

»Ich …«

»Hältst du mich für einen gebrechlichen alten Mann, dem du ungestraft Widerworte geben kannst?« Kessians Augen funkelten; er zitterte vor Zorn, seine Stimme hallte laut. Das Echo war noch unten in der Genastrobucht zu hören. »Hältst du dich für gebildet genug, um dich mit mir zu messen? Du bist erst zehn und ein Knirps. Ich bin hundertvierzig Jahre alt und der Vater der Autorität. Das einzige Mitglied der ersten Linie, das noch lebt.« Leiser sprach er weiter. »Und ich kann dir versichern, dass ich immer noch die volle Gewalt über meine Blase habe.«

Mirron hielt sich eine Hand vor den Mund. Gorian kämpfte seine Tränen nieder und war vor allem bemüht, nicht das Gesicht zu verlieren.

»Nun«, fuhr Kessian fort, wieder ganz der sanfte Lehrer, »wir wollen uns über eines im Klaren sein. Alle eure Namen haben in der Geschichte des Aufstiegs einen ruhmreichen Klang. Ohne eure großen Vorbilder wäre keiner von uns hier. Vielmehr wären eure Vorfahren Asche, zerstreut vom Orden der Allwissenheit, damit ihre Zyklen unter Gott keine Fortsetzung finden. Du hast recht damit, Gorian, dass dein Ahne der Vorvater aller Aufgestiegenen war. Er war der Mann, der die Zusammenhänge begriff und alles, was er sah, hörte und lernte, auf Pergament bannte, damit all jene, die nach ihm kamen, seine Arbeit fortsetzen konnten. Er brachte sich sehenden Auges in große Gefahr und widersetzte sich entschlossen dem Orden, da er glaubte, nur der Aufstieg sei die richtige Entwicklung für die Menschen.

Er stand jedoch nicht allein. Mirron legte für diejenigen, die Gorian fangen wollten, mehr falsche Spuren, als du in deinem ganzen

Leben warme Suppen gegessen hat. Sie liebte und unterstützte Gorian. Sie war seine Kraft, sie war der Fels, an den er sich klammern konnte, um nicht unterzugehen. Sie zeichnete die Karten und Diagramme, die wir heute noch benutzen. Sie ging das gewaltige Risiko ein, vor den neugierigen, diebischen Augen alles zu verbergen, was sie gelernt hatten, als Gorian fliehen musste und letzten Endes gefangen und ermordet wurde. Wenn Gorian der Vater des Aufstiegs war, dann war Mirron unsere Mutter.«

Inzwischen hörten sie ihm so hingerissen zu, dass er unwillkürlich lächelte. Im Schneidersitz saßen sie vorgebeugt da und nahmen alles auf, was er ihnen zu geben hatte. In diesem Moment waren sie einfach nur Kinder. Im nächsten Augenblick würden sie viel, viel mehr sein. Ihm war bewusst, wie schwer es ihnen fiel, Tag für Tag das Gleichgewicht zu halten, und es würde mit der Zeit nicht einfacher werden.

»Aus allen unseren Schriften und den Geschichten, die über die Generationen überliefert worden sind, geht außerdem ganz eindeutig hervor, dass ihre Taten ohne die unermüdliche Unterstützung von Arducius und Ossacer nicht möglich gewesen wären. Sie haben die Organisation treuer Männer und Frauen aufgebaut, die jede Bewegung des Ordens beobachtet hat. Sie kamen jungen Angehörigen der Linien zu Hilfe, die in Gefahr geraten waren. Sie kämpften in der Schlacht von Carao Seite an Seite mit Gorian, und sie ermöglichten ihm am Tag vor der Hinrichtung die Flucht aus den Kerkern von Cirandon, lange bevor er überhaupt auf die wichtigen Dinge stieß, die wir heute wissen.

Ja, Arducius und Ossacer sind als alte Männer gestorben. Doch sie starben in den Armen anderer, die sie liebten und im Wissen, dass sie ihr Leben damit verbracht hatten, alles möglich zu machen, was seitdem geschehen ist. Dazu gehört auch ihr vier. Wie ihr gesehen habt, gibt es wieder Neugeborene, und fünf Linienmütter sind schwanger. Wir haben große Hoffnungen.

Sie waren alle Helden, und ihr sitzt hier, weil sie alle ihr Bestes gegeben haben. Vergesst das nicht. Ich will keine Sticheleien und Scherze mehr hören, so unschuldig sie für euch auch klingen mögen.« Sein Lächeln wurde breiter. »Ihr habt mich doch verstanden, nicht wahr?«

»Ja, Vater Kessian«, antworteten sie im Chor.

»Gut. Und jetzt an die Arbeit.«

Er sah ihre eifrigen Mienen und nickte erfreut. Wie alle Linienmitglieder hatten sie ihre Fähigkeiten einfach akzeptiert. Das Problem bestand darin, ihnen zu erklären, dass nicht alle so großes Talent besaßen wie sie, und dass sie über die Maßen begabt waren. In den folgenden Generationen sollte jeder von Geburt an irgendeine Begabung haben. Dies war doch gewiss das, was Gott für sein Volk auf seiner Erde vorherbestimmt hatte. Bis dahin aber ...

»Heute sollt ihr über das hinausdenken und hinausgreifen, was euch normalerweise wie von selbst zur Verfügung steht.« Stöhnen erhob sich im Obstgarten. Er hob die Hände. »Ich weiß, ich weiß, wir haben es schon hundertmal versucht, wie ihr mir so gern erzählt. Allerdings glaube ich, wir waren beim letzten Mal nahe daran. Mir ist schon klar, dass ich eure Geduld auf eine harte Probe stelle, aber auch für uns ist das neu.« Er hob die Hände. »Wer weiß, vielleicht werden diese Lehren in der Zukunft für alle etwas Selbstverständliches sein. Vielleicht werden nach euch Schüler kommen, die euch ganz ähnlich sind.«

Mirron hob eine Hand.

»Ja, meine Kleine?«

»Wir verstehen das nicht. Du willst es uns nicht verraten. Warum müssen wir andere Begabungen suchen?«

»Es gehört zu der Ausbildung, die wir alle durchlaufen. Mirron, du bist eine Feuerläuferin, wie es sie in der Geschichte des Aufstiegs noch nie gegeben hat. Auch die Fähigkeiten deiner Brüder werden mit jedem Tag stärker.« Er zwinkerte Arducius zu. »Wir brauchen dringend einen großen Windleser, junger Mann. Der jetzige wird allmählich sehr müde. Aber die Lehren Gorians sagen, dass ein wahrer Aufgestiegener noch mehr zeigt, und wenn dies geschieht, dann ist er sogar fähig, seine eigene Begabung und die Welt um sich herum zu verändern. Und das wird erst der Anfang sein.«

Kessian war nicht sicher, ob sie es verstanden hatten, aber es schien ihnen zu gefallen.

»Nun gut, Mirron, willst du beginnen? Du musst dich nicht bewegen. Wir sind aus einem bestimmten Grund im Orangenhain. Die Bäume sind ebenso wie das Gras darunter voller Leben. Du kannst es riechen, nicht wahr? Aber kannst du es auch fühlen? Lege deine Hände auf den Boden. Lass auf dich wirken, was deine Fingerspitzen ertasten. Sage mir alles, aber sei ehrlich. Blindes Raten hilft uns nicht.«

»Warum ist Hesther nicht hier?«, fragte Ossacer. »Sie könnte uns erklären, was wir hier suchen sollen.«

»Aus genau diesem Grund ist sie nicht hier, mein junger Krieger«, erwiderte Kessian. »Wenn du keine Ahnung hast, kannst du auch nicht beeinflusst werden. Alles, was du fühlst, kommt dann aus deinem eigenen Herzen. Mirron, fahre bitte fort.«

Sie warf einen raschen Blick zu Gorian, dann senkte sie den Kopf, weil sie unter seinem scharfen Blick errötete. Als sie die Hände aufs Gras legte und die angenehme Wärme spürte, war sie sich zugleich auch aller anderen in der Runde bewusst. Vater Kessian sprach leise mit ihr und ermunterte sie. Wie sie es gelernt hatte, leerte sie ihren Geist von überflüssigen Gedanken und versuchte, sich auf den Raum in ihrer unmittelbaren Umgebung zu konzentrieren.

Beim Feuer fiel es ihr leicht, das war schon immer so gewesen. Es war für sie wie ein Freund, und mit geschlossenen Augen sah sie Bilder von Flammen, sie sie einhüllten, streichelten und beschützten. Auch konnte sie Wege durch die Flammen entdecken und spüren, wo ein Feuer großen Schaden anrichtete, genau wie sie kühle Stellen in einem Feuer oder in frisch geschmiedetem Stahl entdecken konnte. Der Schmied liebte sie.

So sollte es auch mit der Erde unter ihren Füßen und Händen sein. Mirron beruhigte sich, verlangsamte und vertiefte ihre Atemzüge. Sie spreizte die Finger im Gras, konzentrierte sich auf sie und versuchte, die Erde und die einzelnen Grashalme zu spüren.

»Nun«, sagte Kessian, »forsche in der Tiefe nach der Energie, die unter der Erdoberfläche existiert. Nach der Kraft, die alles miteinander verbindet und jeder Pflanze, die im Wind schwankt und unter der wärmenden Hand der Sonne wächst, ihre Lebenskraft schenkt. Was spürst du, Mirron, mein Kind? Sage es uns.«

Mirron versuchte es. Sie wollte einen Wurm entdecken, der sich durch die Erde bohrte. Sie wollte die winzigen Bewegungen der Wurzeln spüren, die einen neuen Halt suchten, sich verdickten und wuchsen. Sie wollte die winzigen Wassertropfen finden, die das Leben in die Erde trugen. Sie wollte herausfinden, ob der Fleck Erde gesund war oder nicht.

So öffnete sie sich, wie sie es für ein Feuer getan hätte, um die Energien durch sich strömen zu lassen, und versank zugleich im Land unter ihren Fingern. Nichts. Kein Murmeln, kein Flackern. Sie runzelte die Stirn.

»Ich spüre nichts. Nur das Gras. Es klappt nicht. Ich weiß nicht, was ich fühlen soll.«

Es war sinnlos. Sie musste sich dumm vorkommen. Wie konnte man auch von ihr erwarten, dass sie spürte, was dort unten vor sich ging? Sie war eine Feuerläuferin, keine Landhüterin. Sie öffnete die Augen.

»Vielleicht sind wir nicht das, was ihr glaubt«, sagte Arducius, dem es immer leicht fiel, seine Gedanken in Worte zu kleiden.

»Du hast das nicht richtig gemacht«, meinte Gorian geringschätzig.

»Dann versuch du's doch«, fauchte Mirron. Seine Worte spürte sie wie einen Kratzer auf dem Herzen.

»Geduld, Geduld«, beruhigte Kessian die Kinder. »Arducius, lass dich bitte nicht von einem kleinen Rückschlag zu sehr enttäuschen. Vergesst nicht, dass ihr jetzt schon die Besten auf eurem Gebiet seid, und das in so jungen Jahren. Ihr seid etwas Besonderes. Aber ihr braucht noch viel mehr Zeit, um zu lernen. Leider hat Gorian, der erste Gorian, uns nicht gesagt, wie lange es dauert, bis sich der wahre Aufstieg zeigt.« Sein Blick fiel auf Gorian. »Es gibt keinen falschen Weg, weil wir den richtigen überhaupt nicht kennen. Aber wenn du es uns vorführen kannst, dann wären wir alle sehr, sehr glücklich. Bitte.«

Gorian lächelte, schnitt eine höhnische Grimasse und begann. Doch auch er konnte es nicht, so wenig wie Arducius und Ossacer. Obwohl Vater Kessian ihnen schmeichelte und sie ermutigte, dass sie eines Tages Erfolg haben würden, sollte es nicht an diesem Tag geschehen. So ging Mirron enttäuscht voran, als sie den Obstgarten verließen, während die Sonne hinter den Klippen versank und die Tageshitze nachließ.

An diesem Abend aß Kessian zusammen mit Genna, Hesther, Willem Geste und Andreas Koll. Es war eine bedrückte Versammlung, und zu allem Überfluss drang vom Garten das ständige Gezanke der Kinder durch die Fenster herein.

Kessian blickte nach draußen, an den Kolonnaden vorbei, und zum ersten Mal seit ihrer Geburt nagten echte Zweifel an ihm. Shela saß dort draußen auf einer Bank vor einem Brunnen und beaufsichtigte ihre Schützlinge. Begonnen hatte es mit aufschneiderischen Behauptungen, welches ihrer Talente am nützlichsten wäre. Ein im Grunde harmloser Streit, den sie wohl zum tausendsten Mal ausgetragen hatten. Einige ihrer Begründungen und Bewertungen waren sogar derart absurd gewesen, dass sie tatsächlich für eine gewisse Heiterkeit gesorgt hatten.

»Wenigstens zeigen sie eine Fantasie, die weit über die der anderen, nicht zu einer Linie gehörenden Zehnjährigen hinausgeht«, meinte Genna.

»Besonders hat mir die Vorwarnung vor einer Flutwelle im Gegensatz zu der Errettung Westfallens vor der Viehseuche gefallen«, stimmte Willem Geste zu.

»Ja, Katastrophen«, überlegte Kessian. »Und darunter eine, die sich mit den Wirbelstürmen messen könnte, die wir hier aber glücklicherweise nie zu sehen bekommen. Immerhin ist Arducius sicher, er könne ihre Entstehung beobachten. Das sollte uns alle ruhig schlafen lassen.«

Das Kichern, das darauf folgte, klang hohl und brach rasch wieder ab, während die Kerzen im kühlen Abendwind flackerten und die streitenden Kinderstimmen sogar noch lauter hereindrangen. Kessian wusste, was die anderen dachten. Das war nicht schwer zu erraten.

»Gibt es denn überhaupt irgendwelche Fortschritte?«, wollte Andreas wissen.

»Wenn ich ehrlich bin, müsste ich nein sagen, aber wir wissen nicht, was sich in ihren Köpfen und Körpern wirklich abspielt«, erklärte Kessian. »Sieht einer von euch irgendeine Veränderung?«

»Wir sind deiner Meinung«, erwiderte Hesther. »Wir kennen die Begabungen, die sich deutlich zeigen, wissen aber nichts über ihre Fähigkeit der Manipulation.« Sie zuckte mit den Achseln. »Wie sollten wir das auch erkennen, solange es sich nicht zeigt?«

Kessian ließ die Schultern hängen. »Ich habe so hart mit ihnen gearbeitet, so sorgfältig. Aber nun sagt mir, ihr alle, wie auf Gottes Erde können wir sie etwas lehren, das wir selbst nicht beherrschen?«

Darauf folgte ein tiefes, nachdenkliches Schweigen. Ein böser, lauter Ruf von Gorian durchbrach die Stille. Kessian explodierte.

»Um Gottes willen, Shela, nun bring doch diese nörgelnden Kinder zur Ruhe«, brüllte er, um sofort danach sowohl die Worte wie die Lautstärke zu bereuen. »Bitte, wir brauchen ein wenig Frieden.«

Eine Pause, ein kurzes Schweigen. Dann ermahnte Shela die Kinder, die keine Widerworte mehr gaben. Kessian sammelte sich noch einen Moment, ehe er fortfuhr.

»Es tut mir leid«, sagte er. »Ich bin ein alter Mann, dem es manchmal an Geduld mangelt.«

Die beschwichtigenden Worte der anderen hörte er kaum.

»Die Frage ist nun, wie lange wir es noch versuchen sollen«, meinte Willem schließlich müde. Kessian verstand, wie der Mann sich fühlte.

»Wir haben keine Wahl als weiterzumachen, bis der Allwissende uns in die Erde zurückruft«, sagte Kessian. »Wir kennen keine klare zeitliche Grenze, nach welcher der Aufstieg nicht mehr erreicht werden kann. Vorbilder gibt es auch nicht. Was sollten wir sonst tun?«

Hesther massierte sich das Kinn. »Wir müssen uns auch fragen, ob es an unseren Unterrichtsmethoden liegt.«

Willem lachte und spreizte die Finger. »Wie können wir das herausfinden?« Er füllte seinen Weinkelch nach und gab den Krug nach rechts weiter. Hesther nahm dankbar an. »Ich wüsste gern, ob wir in Gorians Schriften irgendetwas übersehen haben. Oder ob er vielleicht sogar in seinen Schlussfolgerungen einen Fehler begangen hat.«

»Wir müssen alles infrage stellen, was wir zu wissen glauben«, stimmte Kessian zu. »Zugleich sollten wir natürlich auch unsere Lehrmethoden anpassen. Einen Gedanken, der uns allen durch den Kopf geht, muss ich noch aussprechen. Verschwenden wir etwa unsere Zeit? Unsere Ehre verpflichtet uns, die Ausbildung fortzusetzen, aber ist es vielleicht dennoch eine Torheit? Gibt es eine Zukunft für den Aufstieg?«

Dieses Mal kündete das Schweigen von zerstörten Illusionen.

Brutal hatte sich die Realität eingemischt. Kessian wollte nach dem Weinbecher greifen, doch seine Hand zitterte zu sehr, und er zog sie zurück. Der Hammel auf seinem Teller kam ihm verdorben vor, die Soße darauf bereitete ihm Übelkeit, das Gemüse war verschrumpelt und schmeckte bitter. Er betrachtete Gennas vom Alter gezeichnetes Gesicht. Sie versuchte zu lächeln, doch es gelang ihr nicht. Dann legte sie ihm eine Hand auf den Unterarm und drückte.

»Sie sind noch so jung«, sagte sie. »Ihre Geister sind noch nicht geformt. Sie sind doch nur Kinder, Ardol. Lass ihnen etwas Zeit.«

»Alle Hinweise, die wir überhaupt haben, deuten darauf hin, dass sie inzwischen fähig sein sollten, echte mehrfache Begabungen zu entwickeln«, wandte er ein. Tausend Gedanken schossen durch seinen müden Kopf, und keiner erfüllte ihn mit Zuversicht. »Seit drei Jahren versuchen wir, es ihnen zu entlocken. Seit ihre Hauptbegabungen sich entwickelt haben.« Er lächelte. »Wisst ihr noch, wie wir uns damals gefreut haben? Wie sie ihre Begabungen ganz und gar und auf so natürliche Weise begriffen haben, dass wir sie ohne jeden Schatten irgendeines Zweifels als die ersten wahren Aufgestiegenen erkennen konnten? Wundervolle Tage waren das.«

»Gerade deshalb hast du recht, und wir dürfen nicht aufgeben«, sagte Willem. »Niemals. Ardol, deine Kraft stützt uns seit Jahrzehnten, und in den letzten zehn Jahren war sie so stark, dass du Leute beschämt hast, die vierzig Jahre jünger sind als du. Ich bin froh, dass du heute Abend deine Zweifel und Ängste ausgesprochen hast. Unter uns ist keiner, der nicht ebenso empfunden hätte wie du. Aber damit muss es jetzt aufhören, mein alter Freund. Wir können es uns nicht erlauben, unsere Taten durch unsere Zweifel färben zu lassen. Wir haben viel zu lange gelebt, um jetzt noch besiegt zu werden. Ich spreche für uns alle, Ardol. Wir stehen hinter dir. Wir werden diese Kinder ihrer Bestimmung entgegenführen. Ich weiß, was du denkst, und ich versichere dir, dass wir es tun werden, ehe du in die Erde zurückkehrst.«

Kessians Augen füllten sich mit Tränen. Dankbar nickte er und sah sich außerstande, die freundlichen Worte auszusprechen, die Willem verdient hätte. Diese Menschen, diese Autorität, sie waren stärker, als er es sich je ausgemalt hätte. Ihre Zuversicht steckte ihn an.

Dann riss ihn der laute Schrei eines Kindes aus seinen Gedanken und brachte ihn in die Gegenwart zurück. Kessian drehte sich zum Fenster um. Er konnte sie draußen im Hof noch gut erkennen, da im Springbrunnen Windlichter in Schalen trieben. Die Kinder zeichneten sich als Silhouetten vor dem Licht ab.

»Lass ihn los!«, rief Mirron mit hoher, zitternder Stimme.

Arducius stieß einen Schmerzensschrei aus. »Bitte«, sagte er.

»Du wirst ihm den Arm brechen, pass doch auf«, warnte Mirron.

»Gorian, lass ihn sofort los«, befahl Shela.

»Er soll sagen, dass es ihm leidtut«, sagte Gorian. »Er muss es sagen.«

»Das werde ich nicht tun«, quetschte Arducius mit schmalen Lippen hervor. »Ich habe nichts getan, was mir leidtun müsste.«

»Dann werde ich fester drücken, bis du nachgibst.« Gorians Stimme klang böse und drohend.

»Lass ihn sofort los«, schaltete sich Shela mit leiser zorniger Stimme ein.

Kessian stand mühsam auf, Willem drückte ihm den Gehstock in die Hand. Andreas trat als Erster in den Hof hinaus.

»Nicht, du brichst ihm den Arm!«, schrie Mirron. »Hör auf, Gorian, hör auf!«

Arducius heulte voller Schmerzen, aber Gorian ließ immer noch nicht los.

»Gorian!«, donnerte Kessian, der inzwischen am Fenster stand.

Es gab einen Blitz, hinter Shela stiegen im Becken Flammen empor, dann erloschen alle Kerzen. Gorian fiel mit einem Schrei auf den Rücken und hielt sein Handgelenk fest. Arducius lief zu Shela; er barg seinen rechten Arm, der zweifellos gebrochen war, auf der

Brust. Ossacer deutete auf Mirron und murmelte etwas Unverständliches. Das kleine Mädchen war zusammengebrochen und lag zitternd auf der Wiese.

Kessian stieg einfach übers Fensterbrett hinaus und eilte in den Garten. Hesther war schon zu Mirron unterwegs, Willem und Andreas kümmerten sich um Gorian.

»Was ist passiert?«, fragte Kessian. »Was ist hier passiert?« Er bückte sich und legte Ossacer eine Hand auf die Schulter.

»Ossacer«, sagte er. »Was ist geschehen? Hast du es gesehen?«

Fassungslos und entsetzt starrte der Junge ihn an. Im Zwielicht waren seine Augen riesengroß, die Lider flatterten, seine Lippen bebten.

»Mein Gott«, flüsterte er. »Genna, komm her und kümmere dich um Ossacer. Versuche, ihn zum Reden zu bringen.«

Kessian drehte sich um. Andreas hatte inzwischen den schwer atmenden Gorian in die Arme genommen. Der Junge starrte Mirron an, die in Hesthers Umarmung weinte. Willem untersuchte unterdessen Gorians Handgelenk.

»Es ist verbrannt«, sagte er, und seine Stimme klang staunend und ungläubig zugleich.

»Sie hat das gemacht«, schniefte Gorian. »Mirron hat das gemacht. Sie hat mich verbrannt.«

Er hatte große Angst, und als Mirron den Kopf hob und ihn ansah, barg er sein Gesicht an Andreas' Brust.

»Du wolltest nicht loslassen«, schluchzte Mirron. »Ich wollte dich nur aufhalten. Es tut mir leid, Gorian.«

»Du hast mich verbrannt«, erwiderte Gorian. »Wie ist das möglich?«

Kessian fing Willems Blick auf und musste sich sehr bemühen, sein Lächeln zu verbergen. Es war ein höchst unglücklicher Zwischenfall, aber was hier geschehen war, durfte nicht unterschätzt werden. Entscheidungen, Entscheidungen.

»Shela, nimm Ossacer. Genna, du bringst Arducius zum Arzt. Sein Arm muss gerichtet und geschient werden. Du kannst ihm zeigen, wo die größten Schmerzen sind. Versuche, mit ihm zu reden und herauszufinden, was er gesehen oder gefühlt hat. Andreas, sorge dafür, dass Gorians Verletzung verbunden wird. Im Schrank neben meinem Waschgeschirr findest du eine Brandsalbe. Die Kinder schlafen heute Nacht getrennt voneinander.«

Er kniete sich neben Mirron und Hesther. Seine alten Knochen knackten und protestierten. Irgendjemand würde ihm helfen müssen, sich wieder aufzurichten.

»Nun, Mirron, weißt du, was geschehen ist? Versuche mir zu erklären, was du getan hast.«

Mirron drehte das tränenüberströmte Gesicht zu ihm herum. Die Kleine war kreidebleich und hatte große Angst. Er strich ihr übers Haar, worauf sie sich eng an Hesther schmiegte.

»Schon gut, meine Kleine«, flüsterte er. »Niemand ist böse auf dich.«

»Gorian ist böse«, sagte sie mit einem winzigen Stimmchen.

Kessian lächelte. »Ja, das mag sein. Aber er wird dir verzeihen. Kannst du mir jetzt erklären, was geschehen ist?«

Sie schniefte und fuhr sich mit einer Hand über Nase und Mund. »Er wollte Arducius nicht loslassen. Er wusste, dass er ihm wehgetan hat, aber er wollte nicht aufhören. Ich wollte doch nur, dass er aufhört.«

»Ich weiß, Mirron. Es ist gut, dass du deinen Bruder beschützen wolltest. Kannst du mir denn erklären, was in deinem Kopf passiert ist?«

Sie schwieg einen Moment und ordnete ihre Gedanken. In Kessians Herzen keimte eine neue Hoffnung.

»Die Flammen haben zu mir gesprochen«, sagte sie schließlich. »Sie haben mich gewärmt.«

Kessian blickte zum Springbrunnen und den rauchenden, erloschenen Kerzen. Sie waren gut zehn Fuß entfernt. »Was ist dann passiert?«

Sie runzelte die Stirn. »Das war schlimm.«

»Was denn?«

»Ich wusste, dass die Flamme Gorian wehtun würde. Er ist ja kein Feuerläufer. Aber die Kerzen waren zu weit weg, und Arducius hat geweint. Gorian hat ihm den Arm gebrochen.« Sie schluchzte wieder, und Hesther umarmte sie.

»Sch-sch«, machte sie. »Schon gut.«

»Du musstest ihn also aufhalten«, sagte Kessian. Mirron nickte bedrückt. »Und du dachtest, er lässt los, wenn er eine Flamme spürt?« Wieder ein Nicken. »Aber was hast du da eigentlich gemacht?« Er blickte auf sie herab, und sie sah ihn an, als sei er dumm. Sie hatte sich wieder gefangen, und ihre Augen verrieten ihre innere Sicherheit.

»Ich habe die Kerzenflammen zusammengeholt und damit nach ihm geworfen«, sagte sie.

Kessian richtete sich auf. Es hatte begonnen.

7

844. Zyklus Gottes, 41. Tag des Solasauf
11. Jahr des wahren Aufstiegs

Nach einem von Albträumen geplagten Schlaf erwachte Mirron mit einem beklommenen Gefühl in der Magengrube. Draußen hörte sie die Rufe der Möwen. Heißes Sonnenlicht fand einen Weg durch die Lücken zwischen den Blenden der geschlossenen Fensterläden. Westfallen war wach und vollkommen wie immer.

Gestern wäre sie aus dem Bett gesprungen und hätte gerade noch innegehalten, um ihre Tunika überzustreifen, bevor sie in den wundervollen Tag hinausgestürmt wäre. Aber gestern war nicht heute. Heute pochte es in ihrem Kopf, ihr Magen verkrampfte sich vor Übelkeit, und vor ihrem inneren Auge liefen immer wieder die Ereignisse des vergangenen Abends ab.

Sie fühlte sich, als hätte man ihr etwas weggenommen, und als sei heute alles anders. Irgendwie hatte sie sich auch verändert, und das verwirrte sie. Es gelang ihr nicht, wieder zu dem zurückzukehren, was vorher gewesen war. Vielmehr sah sie immer wieder den Feuerstoß aus den Kerzen im Becken emporspringen und Gorians Handgelenk verbrennen. Sie konnte alles ganz genau verfolgen, das Zucken der Flammen und den Schaden, den sie angerichtet hatten. Sogar den Geruch der verbrannten Haare und der Haut konnte sie noch wahrnehmen, und sie wusste ganz genau, welch schreckliche Verletzungen die Flammen verursacht hatten. Gorian würde für immer mit einer Narbe gezeichnet sein. Er würde ihr nie verzeihen, und auch sie selbst würde sich nicht vergeben.

Wieder rollten ihr die Tränen über die Wangen. Alle hatten sie angelogen. Vater Kessian, Willem, Hesther. Sogar ihre eigene Mutter. Sie hatten ihr erzählt, der Aufstieg sei etwas Wunderbares und würde sie alle Gott näher bringen. Aber das stimmte nicht. Was sie getan hatte, hing auf jeden Fall mit ihren Gaben zusammen, aber es war weder schön noch friedvoll gewesen. Sie hatte einen anderen Menschen verletzt.

Es war das erste Mal, dass jemand seine Gabe auf diese Weise eingesetzt hatte, und ausgerechnet sie hatte einem anderen wehtun müssen. Nicht nur irgendeinem. Gorian. Dem Letzten auf der ganzen Welt, dem sie etwas Böses wünschte, und sie hatte es getan. In jenem Augenblick hatte sie es sogar gewollt. Sie hatte Angst vor dem, was sie angerichtet hatte. Was würde beim nächsten Mal geschehen?

Es sollte kein nächstes Mal geben. Sie presste den Kopf ins Kissen und weinte. Es klopfte leise an der Tür.

»Geh weg!«, heulte sie.

Der Türknauf drehte sich, die Tür wurde geöffnet, frische Luft strömte herein. Sie drehte sich um.

»Ich hab dir doch gesagt ...« Es war Vater Kessian. »Ich dachte, du wärst meine Mutter.«

»Sprichst du so mit deiner Mutter, mein Kind? Sie liebt dich und will nur dein Bestes. Das weißt du doch, oder?«

Sie schüttelte den Kopf. »Warum hat sie mich angelogen? Warum habt ihr mich alle angelogen?«

Kessian runzelte die Stirn, trat ganz ein, zog den Stuhl an ihr Bett und setzte sich. Im Dämmerlicht schien er sehr alt zu sein, seine Haut war ganz runzlig und faltig. Aber seine Augen strahlten warm, und er zerschmolz ihren Widerstand mit seinem Lächeln, wie er es immer tat.

»Warum glaubst du, wir hätten dich angelogen?«, fragte er und legte eine Hand auf sein Herz. »Es würde mir wehtun, wenn ich glauben müsste, dass ich es wirklich getan habe.«

»Du hast mir gesagt, ich würde ein guter Mensch, weil ich eine wahre Aufgestiegene bin. Aber ich habe Gorian verbrannt, und jetzt wird er mich für immer hassen. Ich will keine Aufgestiegene mehr sein.«

Kessian beugte sich vor und wischte ihr mit dem Daumen die Tränen ab. »Oh mein Kind, mir ist klar, dass du dich heute Morgen nicht so gut fühlst. Niemand will einem Freund und Kameraden wehtun, aber manchmal sind wir wütend und tun es trotzdem mit Worten oder Taten.

Du musst aber daran denken, dass du mit den besten Absichten im Herzen gehandelt hast. Du wolltest verhindern, dass Gorian Arducius noch mehr verletzt, und das ist dir gelungen. Dabei hast du allerdings etwas getan, das du lieber vermieden hättest. Das kannst du jetzt nicht mehr ändern, aber du musst dich nicht dafür hassen, dass es geschehen ist.«

»Es wird nicht noch einmal geschehen, das verspreche ich. Ich werde das Feuer nie wieder berühren.«

Kessian lehnte sich zurück. »Das würde mich noch trauriger stimmen als alles andere. Mirron, du bist eine geliebte Tochter des Aufstiegs. In dem, was du gestern Abend getan hast, liegt etwas sehr Bedeutendes und Wundervolles.«

»Aber ich habe ihm wehgetan!«, rief Mirron. Gorians rotes Handgelenk mit der Brandblase erschien abermals vor ihrem inneren Auge.

»Das wird heilen. Er ist ein starker Junge. Du aber kannst dich nicht vor dem verschließen, was du bist. Mir ist klar, wie schwierig das ist. Du bist so jung und unschuldig. Aber du musst uns helfen zu verstehen, wie du es getan hast, damit wir dir helfen können, es zu kontrollieren, und damit wir deinen Brüdern helfen können, es ebenfalls zu tun. Siehst du das ein?«

»Niemand sollte das haben«, erwiderte sie. Seine Stimme und seine Worte verwirrten sie. Ihr Herz raste. Er konnte doch nicht wollen, dass es noch einmal geschah, oder? Nicht nach dem, was sie angerichtet hatte. »Es ist gefährlich.«

»Ja, das ist es«, stimmte Kessian zu. »Es sei denn, es wird kontrolliert. Wenn wir es alle begreifen, kannst du es mit deinen Brüdern einsetzen, um zu helfen und zu heilen. Damit könnt ihr all das tun, was die Menschen wollen und brauchen. Dann werdet ihr auch mit euch selbst zufrieden sein. Ich verspreche dir, so wird es kommen.«

Wieder schüttelte sie den Kopf. »Ich kann nicht, Vater Kessian. Ich habe Angst.« Abermals war sie den Tränen nahe.

»Ich weiß, meine Kleine. Wenn ich ehrlich bin, haben wir alle ein wenig Angst. Du hast uns einen ganz schönen Schreck eingejagt.« Er lächelte. »Pass auf, ich habe jemanden mitgebracht, der dich sehen will. Vielleicht kann er dir helfen. Komm rein, Gorian.«

Er folgte dem Ruf. Groß und stattlich war er, aber sehr müde. Er lächelte, seine blaue Tunika war sauber und frisch gebügelt, und sein Haar war gebürstet und glänzte. Sie wünschte, sie hätte Haare wie er. Die Locken waren so hübsch. Dann fiel ihr Blick auf seinen Arm, und sie hätte sich am liebsten irgendwo verkrochen. Der Verband reichte von der Handfläche bis zum Ellenbogen hinauf. Dabei wurde ihr bewusst, dass sie sich an die Hoffnung geklammert hatte, es sei vielleicht doch nicht ganz so schlimm, wie sie es in ihren Albträumen gesehen hatte. Doch das war es.

»Hallo, Mirron. Wie geht es dir?«

Sie brach in Tränen aus. Gorian wandte sich Hilfe suchend an Kessian, der ihn einfach weiter zum Bett schob. Der Junge legte ihr eine Hand auf den Arm. Sie spürte den Verband und sah ihn an.

»Es tut mir leid, Gorian«, quetschte sie zwischen den Schluchzern heraus.

Kessian hatte ein Taschentuch gefunden, das er Gorian in die Hand drückte, damit er es ihr geben konnte. »Danke«, sagte sie.

»Ich weiß, dass es dir leidtut«, sagte Gorian. »Du wolltest mir nicht wehtun, du wolltest nur Arducius helfen. Ich habe mich schon bei ihm entschuldigt.« Er ließ den Kopf hängen. »Sein Arm ist gebrochen.«

»Das hättest du nicht tun sollen«, sagte Mirron, während sie sich die Augen auswischte.

Gorian riss den Kopf wieder hoch. »Und du ... wir haben gestern Abend beide etwas falsch gemacht. Arducius sagt, er verzeiht mir. Ich verzeihe dir.«

Die Erleichterung brach über Mirron herein, als stünde sie unter einem klaren Wasserfall. Sie fühlte sich erfrischt, als sei der Schmutz von ihr abgewaschen worden.

»Ich habe gebetet, dass du das sagen würdest.«

»Wir wollen alle tun, was du getan hast ... nein, so meine ich das nicht. Ich meine, wir wollen unsere Begabungen richtig einsetzen. Vielleicht hilft uns das, neue Fähigkeiten zu entdecken. Ich kann dir helfen, es zu verstehen. Das können wir alle tun. Bitte, Mirron, komm raus und spiel mit uns. Vater Kessian sagt, wir müssen heute nicht lernen.«

Mirron lächelte, und dieses Mal weinte sie Freudentränen. Er hatte ihr wirklich verziehen. Sie atmete die frische Luft tief ein und fühlte sich wieder ganz lebendig.

»Ja, gut. Ich will mich nur anziehen. Hunger habe ich auch.«

Als Gorian aufstand, bemerkte sie seinen Blick. Er war eigenartig, weder warm noch glücklich. Erleichtert vielleicht. »Das ist schön. Wir sehen uns dann draußen im Hof. Vielleicht können wir schwimmen gehen.«

»Aber nur, wenn Jen mitkommt.«

»Ich frage sie.«

Er lief aus ihrem Zimmer, seine Schritte verhallten auf dem Marmorboden der Villa. Kessian drückte sich wieder hoch und küsste sie auf die Stirn.

»Danke, Mirron. Du bist für einen so jungen Menschen schon sehr erwachsen.«

Sie kicherte und wand sich verlegen.

»Vergiss nicht, dass wir immer da sind, um dir zu helfen und dich zu unterstützen. Du und deine Brüder, ihr seid uns sehr wichtig. Wir wollen nicht, dass euch etwas zustößt.«

Mirron strahlte ihn an. Vielleicht würde dieser Tag nun doch wie der gestrige werden.

Im Laufe der nächsten paar Tage, während die Menschen in Westfallen unter einem wunderschönen wolkenlosen Himmel arbeiteten und Handel trieben, begannen Kessian und die Autorität, das Wirken eines wahren aufgestiegenen Verstandes zu begreifen. Kessian hatte gleich am Morgen nach dem Vorfall im Hof eine Nachricht an den Marschallverteidiger Vasselis geschickt, und ihr Herrscher war bereits von Cirandon unterwegs, um die Fortschritte persönlich in Augenschein zu nehmen. Er brachte seine Frau und seinen Sohn mit, da er beschlossen hatte, im beschaulichen Dorf einen kleinen Urlaub zu verbringen.

Kessian stand hingegen unter einer gewissen Anspannung, da er nicht wusste, ob Mirron ihre Erfahrungen auf eine verständliche Weise weitergeben oder das Ganze wiederholen konnte. Nachdem er noch am Abend Gorians Aufzeichnungen gründlich durchgesehen hatte, war er jedoch sicher, dass sie einen Durchbruch erzielt hatten, genau wie Gorian es geschildert hatte: »Das Erwachen der Fähigkeit wird weder vom Ausübenden noch von den Zeugen übersehen. Es wird so natürlich werden wie das Atmen selbst. Lediglich der Ausdruck braucht seine Zeit.«

Wie sich zeigte, war gar nicht mehr viel Zeit nötig. Nach dem Ruhetag, an dem Gorians Haltung gegenüber seinen Geschwistern sich zu verändern schien, hatte Kessian sie zur Hauptschmiede nördlich des Forums geführt. Das war nicht ganz gefahrlos, da wegen des kommenden Solastro-Fests viele Händler in der Stadt waren, aber sie konnten sich recht gut abschirmen, und dies sollte kein zu großes Problem darstellen. Nur Ossacer war daheim geblieben. Der Schrecken über das Erlebnis saß bei ihm tiefer als bei den anderen, und seine ohnehin schwächliche Konstitution hatte ihn abermals im Stich gelassen. Er hatte ein besorgniserregendes Fieber bekommen.

Bryn Marr, der Schmied von Westfallen, war ein stämmiger, kräftiger Mann in mittleren Jahren, der stets finster dreinzuschauen schien. Er war in jungen Jahren selbst ein Feuerläufer gewesen, hatte in der siebten und achten Linie Kinder gezeugt und sollte in der elften noch einmal Vater werden.

Sein Stammbaum reichte bis tief in die Vergangenheit des Aufstiegs. Er war ein vertrauenswürdiger und hingebungsvoller Diener, wenngleich darüber verbittert, dass in seiner Familie nur flüchtige Begabungen entstanden waren. Dennoch hatten er und Willem Mirron eingewiesen, während sich ihr Talent entwickelte. Mit zehn Jahren war sie ihm schon weit überlegen. Kessian fragte sich, was er jetzt zu ihr sagen würde.

Bryn wartete schon auf sie, die Autorität und die drei jungen Aufgestiegenen. Er hatte rings um das mit Steinen eingefasste Schmiedefeuer so viel Platz wie möglich freigeräumt. Die Werkzeuge steckten in Kisten, Eisenstücke und Stahl waren im umzäunten Hof aufgetürmt. Trotz der offenen Seitenwände war es in der Schmiede sehr heiß, und die Luft war schwer von den Holzkohle- und Torfgerüchen. Kessian musste zugeben, dass er einen Stuhl brauchte, auch Willem und Genna mussten sich setzen.

»Wir sollten es lieber rasch hinter uns bringen«, sagte Bryn barsch, während er seine schmutzigen Hände an einem ebenso schmutzigen Tuch abwischte. »Nicht lange, und wir werden eine Menge Gaffer anlocken.«

Kessian beugte sich auf seinem Stuhl vor und stützte die Hände auf den Knauf des Stocks. »Mirron, bist du bereit, es zu versuchen?«

Sie wartete nervös neben Gorian und Arducius, deren verletzte Arme verbunden waren. Ihr Gesicht war bleich. Zwar hatte sie eingewilligt, den anderen zu erklären, wie sie die Kerzenflammen manipuliert hatte, doch in Wahrheit hätte sie sich am liebsten davor gedrückt. Das normalerweise sehr lebhafte Mädchen war verschüchtert und immer noch schockiert. Kessian begriff, dass sie Angst hatte, weil sie ihre eigenen Kräfte nicht kontrollieren konnte. Er hatte einen ganzen Tag gebraucht, um sie zu überreden, endlich hierherzukommen, und ihr zu erklären, dass ein ganz natürlicher Fortschritt eingetreten sei. Er war immer noch nicht sicher, ob sie ihm wirklich glaubte.

Sie sah ihn an und nickte verzagt.

»Dann tritt vor, gehe nahe an das Feuer heran. Du weißt ja, dass es dir nichts anhaben kann.« Darauf wurde er mit einem kleinen Lächeln belohnt.

Sie näherte sich dem Schmiedeofen, in dem die Holzkohle orangefarben glühte. Hin und wieder sprang eine kleine Flamme empor, deren Rauch durch den Kamin in den klaren Himmel aufstieg. Bryn gab ihr eine riesige Hand, in die sie einschlug.

»Nun, meine hübsche Schülerin, was willst du mir heute zeigen?«, fragte er mit leiser, aber immer noch unwirscher Stimme.

Hilfe suchend sah sie sich zu Kessian um. »Was soll ich tun, Vater?«

»Versuche, die Flammen aus der Holzkohle zu locken. Halte sie in den Händen, wenn du kannst. Lenke sie, wenn du dich stark genug fühlt. Versuche aber nichts, was du nicht kontrollieren kann.«

»Ich glaube, ich kann überhaupt nichts kontrollieren«, erwiderte sie.

»Du weißt schon, was ich meine.«

Bryn hatte skeptisch die Augenbrauen hochgezogen, und die übrigen Mitglieder der Autorität, die den Vorfall im Hof nicht gesehen hatten, teilten seine Verwunderung.

»Ich versuche es«, sagte Mirron.

»Braves Mädchen«, erwiderte Kessian. »Lass dir Zeit.«

Sein Herz raste, als Mirron sich zum Schmiedefeuer umwandte. Sie stand auf einem Hocker, damit sie auf das Feuer hinabblicken konnte. Bryn war dicht hinter ihr, um sie zu schützen, obwohl das nicht nötig war. Kessian konnte sie jetzt nur noch von der Seite sehen. Sie trug ein ärmelloses Kleid und hatte die Haare hinter dem Kopf zusammengebunden. Schließlich streckte sie die Arme zum Feuer aus, und aus Kessians Blickwinkel sah es aus, als würden ihre Hände im Schmiedeofen verschwinden.

Während sie sich vorbereitete, wurde Mirrons Gesichtsausdruck ruhiger. Genna drückte Kessians Hand, die auf dem Gehstock ruhte. Hinter ihm stand Hesther, die Hände auf seine Schultern gelegt. Er schwitzte stark im Gesicht und am ganzen Körper und betete darum, dass Mirron wiederholen konnte, was sie schon einmal getan hatte.

»Ich bin eins mit dem Feuer«, erklärte sie, »und verstehe seine Kraft. Die Holzkohle ist von ausgezeichneter Qualität, Bryn, aber der Torf ist auf der linken Seite etwas zu dick ausgelegt. Da ist eine kühle Stelle. Lass mich ...« Sie bewegte sie Hände, Kessian hörte Holzkohlen knirschen. »Da. Jetzt kannst du Stahl schmieden.«

»Danke«, sagte Bryn. Etwas verlegen lächelte er.

»Jetzt herrscht überall die gleiche Hitze«, fuhr Mirron fort.

Sie zog die Hände etwas zurück, und nun kam wieder Bewegung in ihr Gesicht, als sie über das nachdachte, was sie als Nächstes versuchen musste. Sie nagte an der Oberlippe und atmete tief durch. Kessian sah, wie ein Schauder durch ihren ganzen Körper lief, sie schwankte sogar ein wenig. Bryn legte ihr eine Hand auf den Rücken, um sie zu stützen.

Endlich schloss Mirron die Augen und riss sie fast sofort wieder auf. Das Feuer glühte heißer und warf einen hellen Schein unter die Decke der Schmiede. Alle wichen unwillkürlich einen Schritt zurück, auch Kessian zuckte auf seinem Stuhl zusammen. Er beobachtete

Mirrons Gesicht. Zuerst schien sie ängstlich, dann folgte etwas wie Neugierde und sogar Heiterkeit. Sie riss die Augen weit auf und entspannte sich.

Als Nächstes zog Mirron die Hände weiter aus der Holzkohle zurück und drehte die Handflächen nach unten. Die Temperatur im Schmiedeofen stieg. Züngelnde Flammen folgten den Bewegungen ihrer Hände, legten sich darum, schienen sie sogar zu streicheln und tauchten sie in ein warmes, orangefarbenes Licht. Kessian beugte sich mit angehaltenem Atem vor. Die Wärme, die ihn jetzt durchflutete, hatte wenig mit dem Schmiedofen zu tun. Staunend beobachtete er, was das Mädchen tat, und ein rascher Blick zeigte ihm ganz unterschiedliche Emotionen bei den Mitgliedern der Autorität und reine Freude bei Gorian und Arducius.

Die Flammen spielten über Mirrons Unterarme, als folgten sie den Bahnen ihrer Nerven oder Adern. Dabei schien das Mädchen jederzeit die Kontrolle zu behalten. Sie drehte die Handflächen zueinander, und die Flammen sprangen über die Spanne von etwa zwei Fuß hinweg. Das Flackern ließ nach, und schließlich entstand zwischen ihren Händen eine Art Röhre, die vom darunter brennenden Feuer gespeist wurde. Mirron bewegte leicht die Hände und verformte die Röhre, bis sie sich nach oben bog. Die junge Aufgestiegene leckte sich die Lippen.

»Kannst du uns sagen, wie du dich fühlst und was du siehst?«, fragte Kessian.

Mirron schwankte auf dem Hocker, die Flamme spuckte und erstarb. Das Mädchen sank in Bryns Arme.

»Oh mein Kind, es tut mir leid«, sagte Kessian. »Ich habe deine Konzentration gestört.«

Mirron sah ihn an, ein wenig entrückt zwar, aber offensichtlich sehr mit sich zufrieden.

»Ich habe versucht, mit der Flamme zu reden, aber sie wollte nicht länger bleiben«, erklärte sie. »Es war schön.«

»Das war es wirklich«, stimmte Kessian zu.

»Nein«, sagte sie. »Innen drin.«

»Was meinst du damit?«

»In meinem Körper und meinem Kopf. Ich konnte in der Luft und im Boden Wege sehen.«

Kessians Hals wurde trocken. Das war ein wörtliches Zitat aus Gorians Schriften gewesen. Er hatte genau beschrieben, was ein Aufgestiegener sehen würde. Hesthers Hände verkrampften sich auf seinen Schultern.

»Bist du sicher?«, flüsterte er. Seine Stimme verlor sich fast im Tosen des Schmiedefeuers.

Mirron nickte. »War das richtig?«, fragte sie mit bebender Stimme.

Kessian kicherte. »Oh meine Liebe, ich glaube, das war mehr als richtig.«

Bryn stellte Mirron wieder auf den Boden und bugsierte sie sanft zu Kessian hinüber. Anschließend legte der Schmied die Hände vor der Brust zu einer Schale zusammen und bildete so das traditionelle Zeichen des Ordens der Allwissenheit. Der Vater runzelte die Stirn. »Bryn, das ist doch ein wenig …«

Als er Bryns Gesicht sah, hielt er inne. Diesen Ausdruck hatte er zwei Abende zuvor bei Ossacer gesehen.

Todesangst.

8

844. Zyklus Gottes, 42. Tag des Solasauf
11. Jahr des wahren Aufstiegs

Jeder Tag war für Han Jesson ein schwarzer Tag. Wenn er aufwachte, umfing ihn die Kälte der Einsamkeit, und sie holte ihn wieder ein, sobald er die Augen schloss. Die Erinnerungen an jenen schrecklichen Tag vor einem Jahr in Gullford wollte nicht weichen. Die Angst in den Augen seiner Frau, ihre stumme Furcht, ihre kreischende Hilflosigkeit. Das Jammern seines Sohnes. Das Blut auf der Straße vor seinem Haus, die Leichen der Menschen, die er seit dreißig Jahren gekannt hatte. Der erstickende Brandgeruch. All das begleitete ihn, wohin er auch ging, er sah es in jedem Gesicht, dem er begegnete, und in den dunklen Narben der Häuser, die nie wieder neu gestrichen werden würden.

An die ersten Tage konnte er sich kaum erinnern. So tief war seine Verzweiflung gewesen, dass er kaum noch das Gefühl gehabt hatte, überhaupt zu leben. Nur an zwei Dinge konnte er sich noch erinnern. An das Wort »tot«, das durch seinen wirren Geist gedonnert war, und an den großen Mann. Den Einnehmer.

An den Mann, der ihm versprochen hatte, ihm seine Familie zurückzugeben. Jhered schrieb ihm zwar jedes Mal um die Zeit der Steuererhebung, aber Neuigkeiten gab es nicht. Der Beamte konnte nicht viel Hoffnung spenden, an die Han Jesson sich halten konnte.

Jeden Tag wanderte Han zum Ostrand des Dorfs und stieg auf einen der Hügel, die das Tal umringten. In der sengenden Hitze von Solastro, der entsetzlichen Kälte des Dusas und der Frische von Genastro begab er sich auf seine kurze Pilgerschaft. Während er dort saß, glitt die Welt an ihm vorbei.

Das Korn wuchs, wurde geerntet und eingelagert. Neues Vieh wurde in die Ställe getrieben. Die Geräusche von Hämmern und Sägen hallten durchs Tal, dazwischen waren die Rufe der Männer und die aufgeregten Schreie der Kinder zu hören. Händler kamen und gingen. Die Wagen der Legionen polterten durch die Straßen, die Soldaten kauften auf dem Weg zur tsardonischen Front Vorräte ein und verkauften auf dem Rückweg Beutegut. Auch die Einnehmer kamen wieder. Nicht der große Mann, sondern andere. Sie beurteilten die Fortschritte und verlangten aufgrund ihrer Erkenntnisse eine Erhöhung der Steuern. Der Bürgerkrieg rückte immer näher.

Doch weit und breit keine Spur von seiner Familie. Nichts Neues, außer dass der Feldzug Fortschritte machte, dass die tsardonische Dynastie eines Tages fallen und die Reparationszahlungen beginnen würden.

»Eines Tages«, das war für Han Jesson nicht gut genug. Es war bedeutungslos. Mit jedem Tag, an dem nichts geschah, sank seine Hoffnung ein wenig weiter.

Es war spät am Abend eines sengend heißen Tages, an dem kaum ein Windhauch die Luft abgekühlt hatte. Han hatte den größten Teil des Tages im Schatten der Felsen und Bäume gesessen und die Hügel im Osten, das Flimmern über der Straße im Süden und die Boote auf dem Fluss beobachtet. Am Vormittag hatten sich in der Ferne Reiter bewegt, aber er hätte nicht sagen können, wie viele es waren. Wahrscheinlich die Kavallerie der Konkordanz, aber wann immer er berittene Truppen sah oder hörte, schauderte er, weil die Erinnerungen scharf und schmerzlich erwachten.

Als die Sonne untergegangen war, lief Han wieder den gut ausgetretenen Weg hinab. Früher hatte er Feuer als Wegweiser angezündet und die ganze Nacht gewacht. Doch er musste sein Geschäft weiterführen, wenn seine Familie nach ihrer Rückkehr noch etwas vorfinden sollte. So zündete er nur vor seinem reparierten Laden die Laternen an und ging hinein. Die Lampen würden für alle Fälle bis zum nächsten Morgen brennen.

Er schlurfte in der Werkstatt umher und entzündete Kerzen und weitere Laternen. Da er die Läden den ganzen Tag verschlossen gehalten hatte, war es im Geschäft recht kühl, aber die Hitze des Solas war bis in die Kacheln und die gekalkten Wände vorgedrungen. Es war ein kleines Haus, der Arbeitsraum nahm das ganze Erdgeschoss ein. Über die schmale Treppe waren das Wohn- und Schlafzimmer und die Dachterrasse zu erreichen. Jetzt kam ihm das leere Haus vor wie eine riesige Höhle, jeder Schritt hallte traurig zwischen den fleckigen Wänden.

Er rieb sich mit den Händen über das Gesicht, was ihn daran erinnerte, dass er sich rasieren musste. Noch so eine Sache, die jetzt so unwichtig schien, genau wie der Genuss beim Essen. Meist hatte er Mühe, sich überhaupt in Bewegung zu setzen und so normal zu leben, wie es eben möglich war, um bereit zu sein, wenn sie wieder nach Hause kamen. Manchmal fiel es ihm sogar schon unendlich schwer, zu baden und seine Kleidung zu waschen.

Im Hinterhof spürte er die Hitze des Brennofens, den er jeden Abend in Betrieb nahm. Davor lagen die Scherben von viel zu vielen geborstenen Krügen und Vasen. Er löste den Haken der Tür vor der Brennkammer, und die heiße Luft wehte ihm über Gesicht und Arme.

Dann nahm er zwei Zangen aus den Halterungen und zog den steinernen Träger heraus, hakte die Eisengriffe ein und legte die Platte zum Abkühlen auf den Boden. Kurz betrachtete er die Teller und Becher, um die ihn Kunden gebeten hatten, seufzte angesichts des

Bruchs, der ihm zeigte, wie achtlos er den Ton gemischt und wie ungleichmäßig dick die Arbeiten waren, die er zu brennen versucht hatte. Nichts funktionierte mehr so wie es sollte.

Bis in die frühen Morgenstunden erledigte Han jede Nacht die gleichen Arbeiten. Er musste erschöpft sein, damit die Stimmen ihm nicht den Schlaf raubten. Die Produkte der letzten Nacht hinausbringen, den Brennofen anzünden, an der Töpferscheibe sitzen und neue Aufträge erledigen, und schließlich die gebrannten Arbeiten dekorieren.

Letzteres brachte ihn besonders oft zum Weinen. Kari war die Künstlerin gewesen, er der Töpfer. Ohne ihre Hilfe wirkten die Vasen, Teller, Krüge und Becher, von deren Verkauf er hauptsächlich lebte, schlicht und klobig. Er war nicht mehr stolz auf sein Werk und war sich irgendwie auch bewusst, dass die Aufträge, die er noch bekam, eher damit zu tun hatten, dass die Leute in Gullford sich lieber im eigenen Ort versorgen wollten. Daran, irgendetwas in Haroq gewinnbringend zu verkaufen, war nicht zu denken.

Doch der Allwissende Gott war sein Zeuge, er konnte nichts weiter tun. Hoffentlich verstanden sie das. An diesem Abend schlief er über Farben und Glasur ein. Er hatte den ganzen Tag nichts gegessen und ein wenig zu viel Wein getrunken. Die Hitze forderte schließlich ihren Tribut.

Irgendwann fuhr er abrupt auf, vermochte aber nicht zu sagen, was ihn geweckt hatte. Es war eine warme, feuchte Nacht. Er blickte zu den Sternen hinauf und vermutete, dass bis zur Morgendämmerung noch einige Stunden Zeit blieben. Er hatte leichte Kopfschmerzen und war durstig, aber dies hätte sicher nicht ausgereicht, um ihn so unvermittelt zu wecken. Sein Oberkörper war auf den Tisch gesunken, und er hatte so fest geschlafen wie ein Toter. Er hatte sogar noch den Pinsel in der Hand, die Spitze glänzte rot im Licht der Laternen.

Er richtete sich auf und streckte sich. Im Norden war am Himmel ein Glühen zu erkennen, dort brannte offenbar ein Feuer. Die

Schreie wiederholten sich, und jetzt wusste er, was ihn geweckt hatte und warum es brannte. Diese Angst hatte er schon einmal empfunden, und er konnte sich daran erinnern, als sei es erst gestern gewesen.

Die Furcht schnürte ihm den Bauch und die Brust zusammen, bis er kaum noch atmen konnte. Wie gelähmt saß er auf dem Stuhl, während die Schritte und Hufschläge lauter wurden und beinahe die panischen Rufe und die erschrockenen Schreie der Menschen übertönten. Es durfte nicht noch einmal geschehen. Sie hatten Gullford bereits alles genommen. Nicht schon wieder, flüsterte er. Gott sei uns gnädig, bitte nicht schon wieder.

Mühsam stand Han auf. Er zitterte am ganzen Körper, und sein Kopf war leer, wie betäubt, sein Atem ging flach und sehr schnell. Während er sich schwer auf die Stuhllehne stützte, versuchte er sich zu beruhigen. Trocken schluckte er und vertrieb blinzelnd die Tränen, die ihm in die Augen schossen. Er hatte keine Ahnung, was er tun konnte. Nichts wollte ihm einfallen.

Auf der Straße hörte er nahende Hufschläge und die barschen Rufe der Tsardonier. Die Schreie der Einwohner von Gullford wurden noch lauter, immer mehr Menschen rannten voller Panik umher. Das Glühen am nördlichen Himmel verstärkte sich noch, und in einem stillen Moment hörte er sogar die Flammen knistern und abgerissene Jubelrufe.

Er kehrte seinem Arbeitstisch den Rücken. Direkt vor seiner Tür war die Straße ruhig. Vorsichtig näherte er sich dem Eingang. Offenbar hatte dieser Überfall einen ganz anderen Charakter. Der erste Angriff der Tsardonier war bei vollem Tageslicht und eher willkürlich erfolgt. Damals hatten sie ganze Straßenzüge völlig ignoriert, einige Häuser völlig zerstört und andere verschont. Wieder andere, wie sein eigenes, waren nur aufgebrochen worden, um Beute zu machen. Nachdem sie seine Frau und seinen Sohn verschleppt hatten, waren sie rasch weitergezogen.

Das Ohr an den Fensterladen gepresst, blieb er stehen und begriff nicht ganz, was er hörte. Immer noch herrschte da draußen ein Tumult, aber der Lärm schien sich nach Norden zu entfernen und hatte eine Atmosphäre hinterlassen, die er nicht einschätzen konnte. Behutsam zog er die Fensterläden ein Stück auf und spähte hinaus. Zuerst blickte er nach links und hielt unwillkürlich den Atem an. Dann wechselte er die Seite und blickte nach rechts, nach Süden. Genau das Gleiche. Er schloss die Läden, sicherte sie mit den Haken und wich zurück.

Tsardonier. Sie näherten sich aus beiden Richtungen, Reiter in der Mitte und Schwertkämpfer an jeder Seite, und traten sämtliche Türen ein. Jesson zog sich taumelnd zurück. Seine Laternen waren geradezu eine Einladung für die Feinde. Die Tür würde bersten wie beim ersten Überfall, und nun würden sie auch ihn verschleppen, wie sie es schon mit seiner Frau und seinem Kind getan hatten. Das durfte nicht geschehen. Er musste hier sein, wenn sie zurückkehrten.

Dieser Gedanke vertrieb den Nebel aus seinem Kopf. Er hatte keine Zeit, irgendetwas mitzunehmen. Angezogen war er immerhin, das musste reichen. Er rannte durch den Laden nach hinten auf den Hof hinaus, am Brennofen vorbei und zu den Holzregalen an der Rückwand. Früher hatten hier Töpferwaren gestanden, die noch dekoriert werden mussten. Jetzt war das Regal leer, aber vielleicht konnte es ihm das Leben retten.

Han kletterte am Regal hoch, dessen Bretter unter seinem Gewicht nachgaben und protestierend knarrten. Das Geräusch klang ihm schrecklich laut in den Ohren. Als er das oberste Brett erreicht hatte, sprang er hoch, um die Kante der Dachterrasse des Nachbarhauses zu erreichen. Dort wohnte die Prätorin Gorsal, die ihm seinen Fluchtversuch sicher nicht verübeln würde.

Hinter ihm wurde gerade die Vordertür eingetreten. Rufe ertönten in seiner Werkstatt, der Lärm von der Straße drang jetzt viel lauter herein. Von der Gefahr beflügelt, zog er sich hoch, kletterte und lag schließlich auf Gorsals Terrasse, wo er tief Luft holte, ehe er zur Treppe unter dem Sonnendach lief. Ein rascher Blick zurück verriet ihm, dass sie ihn nicht gesehen hatten, im Hof war niemand.

Gorsals Haus war leer und dunkel. Fast lautlos huschte er in Sandalen über den Steinboden und berührte mit einer Hand die Wand, um nicht das Gleichgewicht zu verlieren. Unten fiel schwaches Licht in den kleinen Flur. Er hätte nicht so empfinden sollen, aber er war erleichtert, dass die Tsardonier schon hier gewesen waren und alle mitgenommen hatten, die sie angetroffen hatten.

Auch in diesem Haus hatten sie die Tür zertrümmert. Gorsals Sammlung von Amphoren und Vasen aus der ganzen Konkordanz lag in Scherben auf dem Boden verstreut. Eine von ihm hergestellte Vase war ebenfalls zerstört. Die Scherben knirschten unter seinen Füßen, als er zur Tür ging.

Sein Herz hämmerte schmerzhaft und so laut in der Brust, dass er fürchtete, die Tsardonier müssten es hören, und er zitterte schon wieder wie Espenlaub. Schließlich hielt er inne, weil ihm einfiel, dass er sich auch hier verstecken konnte. Das Haus war bereits durchgekämmt worden, und es bestand kein Grund, nach draußen zu laufen und sich in Gefahr zu begeben. Hier drinnen wäre er sicher. Die Hoffnung gab ihm neuen Auftrieb.

Er wich einen Schritt zurück. Draußen hörte er ein Stimmengewirr, das ihm einen Hinweis gab, wohin die Bürger getrieben wurden. Nach Norden in Richtung der Brände und des Hauses der Masken. Er drehte sich um und überlegte, dass er sich am besten oben verstecken sollte, vielleicht unter einem Bett. Zwei Tsardonier standen am oberen Ende der kurzen Treppe und starrten ihn mit harten Augen an. Han schloss die Augen und sank zu Boden. Es gab keine Fluchtmöglichkeit.

Sie töteten ihn nicht, sondern stießen ihn nur auf die Straße hinaus und scheuchten ihn in den Nordteil der Stadt zu den anderen, die wie er beinahe entkommen wären. Wie sich herausstellte, brannte das Haus des Lesers, das direkt neben dem Haus der Masken stand. Das zweistöckige Gebäude war völlig in Flammen aufgegangen. Sogar die Steine glühten rot, als die letzten Balken in der gewaltigen Hitze zerbrachen. Die Dachziegel waren längst ins Innere gestürzt.

Vor dem brennenden Gebäude stand der Leser und starrte stumm das Zerstörungswerk an. Zwei Tsardonier hatten ihn in die Mitte genommen und hielten ihn an den Armen fest, obwohl er keinen Widerstand leistete. Auf der Gebetswiese vor dem Haus der Masken war die gesamte Einwohnerschaft von Gullford versammelt.

Die Männer schoben Jesson in die schweigende Menge hinein. Er empfand die gleiche Angst wie alle anderen, sah erschrockene Augen und händeringende Menschen, deren Lippen bebten. Ein schrecklicher Anblick im Feuerschein. Die Einwohner klammerten sich, Unterstützung suchend, aneinander und blickten in die Runde, um Trost und eine Erklärung zu finden. Leises Schluchzen war zu hören. Jesson schwitzte, das Feuer und die Nacht waren unerträglich heiß. Sein Mund war trocken, die Kehle wurde ihm eng. Er hätte nicht sprechen können, falls er überhaupt irgendwelche Worte gefunden hätte. Was ihnen auch geschehen sollte, er wollte, dass es rasch vorbei war.

Tsardonische Reiter mit Fackeln umringten sie auf drei Seiten. Nach vorn blieb der Blick auf den Brand und die anderen Menschen unbehindert. Den Leser hatten sie inzwischen neben den Opfertisch geschoben, der noch vor Kurzem anlässlich des Fests zu Solasauf mit Früchten, Fisch und Fleisch geschmückt gewesen war. Jetzt war der Tisch leer, auf der schwarz gemaserten weißen Marmorfläche spiegelten sich die Flammen, grell und hypnotisierend.

Drei Tsardonier bauten sich vor dem Tisch auf. Große Männer waren es, mit glatt rasierten Köpfen und Bärten. Ihre Lederwämser waren mit Stahlknöpfen besetzt, und jeder trug einen langen

Krummsäbel an der rechten Hüfte. Leidenschaftslos betrachten sie die Einwohner von Gullford.

»Wir haben euch gewarnt«, verkündete der Mann in der Mitte mit starkem Akzent. »Wir haben euch aufgefordert, der Konkordanz und ihrem falschen Gott abzuschwören. Wir haben euch aufgefordert, eurem Marschall mitzuteilen, was wir zu sagen hatten. Entweder ihr habt nicht mit ihm gesprochen, oder er hat nicht zugehört. Jetzt müsst ihr die Konsequenzen eurer eigenen Entscheidung tragen.«

In der Menge entstand Unruhe.

»Die Konkordanz ist eine Plage dieser Welt, und ihre Völker sind unsere Feinde. Ihr Glaube ist schwach. Sie hat einen ungerechten Krieg gegen Tsard begonnen, und wir werden uns ihren Legionen nicht ergeben. Seht euch an, wo wir jetzt stehen. Estorea kann euch so wenig beschützen wie deren Gott.«

Er drehte sich um und spuckte auf den Tisch.

»Berichtet eurem Marschall Yuran, was ihr heute Abend in Gullford gehört und gesehen habt. Gebt ihm zu verstehen, dass ihr nicht in der Konkordanz bleiben, sondern eure Unabhängigkeit zurückhaben wollt. Wir sind hier an der Macht. Wir sind eure Nachbarn und eure Freunde. Fragt euch selbst, ob wir euch überfallen und getötet haben, bevor die Konkordanz gekommen ist. Ihr habt uns und eure Götter verraten, als ihr euch ihnen angeschlossen habt.«

Er schüttelte den Kopf.

»Wo sind eure Beschützer denn jetzt? Sie sitzen in ihren großen Palästen, zählen das Geld, das sie euch weggenommen haben, und sind blind für eure Verletzlichkeit. Was das Auge nicht sieht, kann das Gewissen nicht belasten. Sie versprechen euch alles und geben euch nichts. Ich verstehe nicht, wie ihr ihnen treu dienen könnt. Warum wehrt ihr euch nicht gegen sie, wie es immer mehr eurer Landsleute tun? Damit könntet ihr euch dies hier ersparen.«

»Bitte.« Lena Gorsal hob trotz ihrer Angst die Stimme. »Ich kenne dich. Wir haben bei Brot und Wein zusammengesessen, Sentor

Rensaark. Du bist kein böser Mann. Tu das nicht. Das darfst du nicht.«

»Es ist zu spät, Lena«, erwiderte Rensaark. »Ich habe dich gewarnt. Ich habe dich in den vergangenen Jahren immer wieder gebeten, aber du warst taub für meine Worte. Jetzt tue ich, was ich tun muss.«

»Die Konkordanz wird für uns sorgen!«, rief der Leser mit klarer, fester Stimme. »Gott wird euch alle beschützen. Seine ...«

Eine tsardonische Faust traf seinen Bauch, er krümmte sich und sank auf die Knie, sein Gesicht berührte fast die Erde.

»Ihr könnt mich nicht zum Schweigen bringen.« Die Stimme des Lesers klang schwach und gedämpft vor Schmerzen. »Betet mit mir: Unter dem Himmel und über der Erde, über den Wellen und auf den Gipfeln der Berge baden wir im Glanz deiner Schöpfung ...«

Murmelnd stimmten einige in das Gebet ein. Rensaark schritt zum knienden Mann und versetzte ihm einen Tritt ins Gesicht. Das Blut spritzte in alle Richtungen, und das Gebet brach ab. Auf ein Nicken zerrten die Männer den Leser wieder auf die Füße. Der Tsardonier packte mit einer behandschuhten Hand sein blutiges Kinn.

»Nun soll dein Gott dich retten, falls er dazu fähig ist.«

Wieder ein Nicken. Han erschrak, als vier Angreifer mit Fackeln ins Haus der Masken rannten. Rasch fraßen sich die Flammen empor, da sie in den Vorhängen, Wandteppichen und den Holzregalen, auf denen die Masken der kürzlich Verstorbenen lagen, reichlich Nahrung fanden. Anschließend zogen sich die Angreifer zurück. Das Feuer loderte im Handumdrehen bis zu den Dachsparren empor, Rauch wallte aus dem Eingang. Der Leser hauchte angesichts der Entweihung ein stummes Gebet.

Ein drittes Nicken, und die Männer schleppten den Leser zur Flammenhölle. Er machte keinerlei Versuch, sich zu wehren, erhob jedoch abermals die Stimme.

»Vergib jenen, die alles zerstören, weil sie blind für dein Licht und deine Gnade sind. Errette jene, die zu dir stehen. Ich gehe nun zu den Teufeln im Wind. Meine Asche wird nicht zu dir zurückkehren und deine wärmende Umarmung spüren, aber ich gehe im Wissen, dass deine Kraft all jene leiten wird, die noch leben.«

Sie stießen ihn ins Gebäude und schlossen die Tür. Dann steckten sie einen Speer durch den Griff und klemmten ihn am Türrahmen fest. Einige Zuschauer schrien und riefen etwas. Gorsal wollte vortreten, aber die Reiter bedrängten die Menge von allen Seiten und trieben die Bürger zurück.

Trotz des Hustens, der ihn erschütterte, übertönte die Stimme des Lesers das gedämpfte Tosen der Flammen im fensterlosen Gebäude. Er unternahm keinen Fluchtversuch. Die Tür bebte nicht im Rahmen, er schlug nicht gegen die Wände.

Han schloss sich den anderen Bürgern an, die für den Leser beteten, der Gott gestohlen worden war und nie mehr in die Erde zurückkehren konnte. Weinend beteten sie, bis die Rufe des Lesers erstickten Schreien wichen, die gnädigerweise sehr bald schon erstarben.

Schweigen breitete sich unter den Bürgern aus, die vor den knackenden Flammen und den stampfenden Pferden standen.

»Das war unverzeihlich, Sentor«, sagte Gorsal, als sich der Tsardonier wieder an sie wandte. »Dieser Mann war nicht dein Feind. Wir sind nicht eure Feinde.« Sie konnte vor Erregung kaum sprechen.

Jesson nickte zustimmend, erfüllt von ohnmächtiger Wut.

»Jeder, der sich entschließt, freiwillig unter dem Banner der Estoreanischen Konkordanz zu leben, ist unser Feind«, entgegnete Rensaark. »Euer Leben ist verwirkt. Ihr könnt von Glück reden, dass wir nachsichtiger sind als eure eigenen Herrscher, die in diesem Augenblick die Einwohner ganzer Dörfer abschlachten. Siedlungen, in denen mein Volk lebt. Die Leute wollen Frieden und die Freiheit haben, im Königreich Tsard zu leben.«

Damit drehte Rensaark sich um und machte eine kreisende Bewegung mit dem Finger. Ein Dutzend Tsardonier rannten mit gezückten Krummsäbeln auf die Bürger zu. Die Menge wich zurück. Die Angreifer schritten durch die Menge, befahlen den Leuten, sich in Reihen aufzustellen, und warnten sie, ja keinen Schritt weiter zu gehen, als es von ihnen verlangt wurde.

»Euer Leser hat herausgefunden, wie er belohnt wird, wenn er einen falschen Gott anbetet. Ihr werdet jetzt herausfinden, welchen Preis ihr für die Zugehörigkeit zu Estorea zahlen müsst. Welchen Preis ihr dafür zahlen müsst, dass ihr nicht auf mich gehört habt, Lena.«

Es geschah blitzschnell. Die Tsardonier kamen von vorne und hinten, gingen zwischen den Reihen hindurch und zählten. Sie berührten jeden Zehnten an der Stirn und schleppten ihn oder sie aus der Menge in einen Ring von Schwertkämpfern hinein. Jesson wurde fast übel, als er es sah. Die Zähler kamen näher. Die Frau neben ihm war die Zehnte, schreiend wurde sie ihrem Mann entrissen, der darum bat, an ihrer Stelle genommen zu werden. Er bekam einen Schwertknauf in den Nacken und sank bewusstlos zu Boden.

Jesson war nicht erleichtert. Sein Kopf schwirrte von den Rufen der Menschen, die ihren Angehörigen entrissen wurden und um Gnade flehten, während die Angreifer sie von allen Seiten bedrängten und ihr böses Werk verrichteten. Neunundzwanzig Bürger wurden auf diese Weise zusammengetrieben. Ihr Schicksal lag nun in Gottes Hand, als sie verdeckt von Pferden, Leder und Stahl im Kreis der Feinde standen.

»Zwar hassen wir die Konkordanz, aber das bedeutet nicht, dass wir nichts von ihr lernen können.« Rensaark stieß ein kaltes Lachen aus, das Jesson bis ins Herz fuhr.

Ihm war klar, was die Angreifer beabsichtigten. Ihre Feinde dezimieren. Jesson wollte die Augen schließen, konnte es aber nicht. Sechs Tsardonier hoben eine Frau hoch. Sie wand sich und schrie, und die anderen, die hilflos zusehen mussten, stimmten in ihre Schreie ein.

Sie pressten sie mit dem Gesicht nach unten auf den Tisch, kräftige Hände hielten ihre Gliedmaßen, die Hüften und den Rücken fest. Ihr Hals und ihr Kopf ragten über die Kante des Altars hinaus. Rensaark zog seine Klinge, nahm kurz Maß und holte aus. Mit einem Schlag trennte er den Kopf der Frau ab, ihre Schreie erstarben, ihr Blut strömte auf den Boden. Der Kopf rollte ein Stück und blieb im Gras liegen, die Augen waren geöffnet und starrten ungläubig.

Wieder drängten die Pferde die Einwohner zusammen. Achtundzwanzig gefangene Bürger flehten um ihr Leben und wollten ausbrechen, doch es waren zu viele Tsardonier, und alle waren stark und bewaffnet. Mehr als hundert waren es wohl, die das Dorf angegriffen hatten.

Jesson ließ den Kopf hängen und starrte seine Sandalen an. Er zitterte am ganzen Körper und zuckte bei jedem Schrei zusammen. Die schrecklichen Laute der Menschen, die wussten, dass sie sterben mussten. Sie flehten Gott an, riefen ihre Angehörigen, baten um Milde, verfluchten die Tsardonier und die Konkordanz, stießen letzte Worte der Liebe hervor. Er ballte die Fäuste, als die Klingen durch die Luft zischten und klatschend die Hälse der Opfer trafen, worauf der Kopf mit einem dumpfen Aufprall auf den trockenen Boden fiel.

Er zählte jeden Einzelnen und betete darum, dass sie Frieden in der Umarmung Gottes finden und in ein Leben zurückkehren mochten, in dem es keine Furcht gab, sondern gesegneten Frieden und Licht. Quälend langsam ging das Zählen. Er wiegte sich im Stehen hin und her und atmete kurz und abgerissen. Nur die Worte, die er an Gott richtete, während der Schauder durch seinen ganzen Körper lief, hielten ihn aufrecht.

Als es endlich zu Ende ging, konnte er kaum noch klar denken und nahm nur noch am Rande wahr, was die Tsardonier sagten.

»Ihr habt zwei Warnungen bekommen«, sagte Rensaark. »Eine dritte wird es nicht geben.«

Beinahe geräuschlos verschwanden die Eindringlinge in der Dunkelheit hinter den Bränden und ließen die Leichen zurück, die den Platz des Gebets besudelten. Den Einwohnern von Gullford blieb nun die grausame Aufgabe, die Ermordeten einzusammeln und ihnen die letzte Ehre zu erweisen.

Jesson sank auf die Knie. Alle Hoffnung hatte ihn verlassen.

9

844. Zyklus Gottes, 43. Tag des Solasauf
11. Jahr des wahren Aufstiegs

Kessian hatte Bryn Marr seit dessen heftiger Reaktion in der Schmiede vor zwei Tagen unauffällig im Auge behalten und sich schließlich entschieden, ihn aufzusuchen, um ihn zur Vernunft zu bringen. Nachdem die Aufgestiegenen und die Autoritäten gegangen waren, hatte Bryn die Schmiede geschlossen und seitdem nicht mehr geöffnet. Vielmehr hatte er die Zeit allein und betrunken brütend entweder in seinem Haus oder, was erheblich beunruhigender war, in einer Schenke am Forum verbracht. Bisher hatte er nichts Unüberlegtes gesagt, aber früher oder später würde ihm etwas herausrutschen. Es waren einfach zu viele Händler in der Stadt.

In Kessians Begleitung befand sich eine Frau, die in den kommenden Jahren eine entscheidende Rolle spielen würde, wenn die Aufgestiegenen sich ungehindert entwickeln sollten. Elsa Gueran war eine Leserin des Ordens der Allwissenheit. Sie war dessen einzige Vertreterin in Westfallen, und die Autorität war über die Maßen dankbar dafür, dass ausgerechnet sie ihrem einflussreichen Vorgänger auf diesem Posten gefolgt war.

Kessian hatte sie am westlichen Rand der Bucht in ihrem einfachen einstöckigen Haus neben dem Haus der Masken abgeholt. An diesem Tag setzte ihm die Hitze sehr zu. Der Solastro wurde seinem Ruf vollauf gerecht, kein Lüftchen wehte. Ohne den lindernden Seewind war es heiß und stickig. Die Geschäfte in der Stadt gingen nur langsam vonstatten, die meisten Leute saßen im Schatten und redeten über ihre Abschlüsse oder arbeiteten mit nacktem Oberkörper im Freien. Auf den Hängen oberhalb der Stadt suchten die Tiere den Schutz der Bäume und Büsche, wo sie nur konnten, und die Bauern liefen langsamer als sonst durch die grell beleuchtete Landschaft.

Elsa bot ihm eine Schulter, auf die Kessian sich stützen konnte, während der Stock sein restliches Gewicht aufnahm. Er hatte seine lockerste Tunika angelegt und einen großen Strohhut aufgesetzt, um seinen kahlen Kopf und den Hals zu schützen, war aber trotzdem nach kurzer Zeit völlig verschwitzt.

»Heute Morgen fühle ich mich sehr alt«, sagte er, als sie über das Forum gingen und die vielen Grüße der Menschen erwiderten, die ihnen begegneten.

»Das liegt daran, dass du alt bist«, erwiderte Elsa lächelnd. »Es ist Gottes Art, dir zu zeigen, dass deine Zeit beinahe abgelaufen ist.«

Elsa war siebenundvierzig und eine Schönheit. Wie viele, die sich in den Dienst des Ordens stellten, hatte auch sie sich für das Zölibat entschieden, weil sie glaubte, sie sei durch Gott ohnehin schon die Mutter aller Einwohner von Westfallen. Ihr schwarzes Haar fiel in Locken bis auf ihren Rücken herab und war hier und dort mit geflochtenen Bändern geschmückt. Frauen, die halb so alt waren, beneideten sie um ihre durchtrainierte Figur, und ihr freundliches, offenes Gesicht war beinahe so vollkommen geformt wie das einer Statue.

Außerdem war sie ungeheuer respektlos, was angesichts ihrer schwierigen Position ein Segen war und zugleich enorme Kraft erforderte.

»Manch einer würde dich auf den Scheiterhaufen stellen, wenn du so eine unschickliche Wahrheit aussprichst«, meinte Kessian kichernd.

»Hier gehen Dinge vor, für die mich viele verbrennen würden, wenn sie es nur wüssten, Ardol. Dir zu sagen, dass du dem Tode nahe bist, ist noch die geringste meiner Sorgen, glaube mir.«

Sie wurde wieder ernst. Kessian tätschelte die Schulter, auf die er sich stützte.

»Aber dich zu verbrennen, werden sie wohl nicht schaffen, was?«, meinte er.

Elsa zuckte mit den Achseln. »Es fällt mir so schwer, die Realität anzuerkennen. Ich habe Mirron und jetzt auch Arducius gesehen, bin aber immer noch nicht sicher, ob ich es glauben kann.«

»Das dürfte wohl auch der Kern dessen sein, was Bryn umtreibt«, erwiderte Kessian.

»Zweifellos. Für diejenigen, die kein dauerhaftes Talent besitzen, ist es schwer zu fassen. Ganz zu schweigen von denen wie ich, die überhaupt keines haben.« Sie verstummte und ordnete ihre Gedanken.

Auf einem Stand in der Nähe bemerkte Kessian ein besonders schönes Tuch aus Tundarra. Dunkelgrün und mit roten und goldenen eingewirkten Fäden. Genna würde sicher gern ein paar Ellen davon haben.

»Ein Sonderpreis für einen armen alten Mann?« Kessian deutete auf den Stoff.

»Damit versuchst du es nun schon seit einem Jahrzehnt, Ardol«, erwiderte der Händler, ein großer und dünner Mann, der ebenfalls schon recht betagt war.

»Jedes Mal, wenn ich es ausspreche, kommt es der Wahrheit etwas näher.«

»Das gilt auch für die Drohungen meiner Lieferanten, die sich immer fragen, wie ein Stoff, der so weit gereist ist, für so wenig Geld verkauft wird. Für dich wie für alle anderen ist der Preis ein Denarius pro Elle. Einen Nachlass gibt es erst, wenn du zehn Ellen auf einmal kaufst.«

Kessian blies die Wangen auf und bemerkte Elsas leicht beunruhigten Blick. »Darüber muss ich in Ruhe nachdenken. Vielleicht komme ich später noch einmal vorbei, wenn du großzügiger bist.«

»Wird es dir die Dame deines Herzens denn jemals verzeihen, wenn sie erfährt, dass ich alles verkauft habe, ehe du dich durchgerungen hast, sie zu beschenken?«

»Werde ich jemals dir verzeihen, wenn sie erfährt, dass ich mich überhaupt erkundigt habe?« Kessian blinzelte, drehte sich um und legte Elsa wieder die Hand auf die Schulter. Die beiden entfernten sich langsam. »Entschuldige, Elsa. Du wolltest gerade etwas sagen.«

»Ich glaube an den wahren Weg des Ordens. Deshalb bin ich hier. So kann ich dazu beitragen, dass die Inquisitoren der Kanzlerin Westfallen fernbleiben. Aber wie unser Glaube an den Zyklus des Lebens ist auch der wahre Weg der Aufgestiegenen eben nur dies – ein Glaube. Oder das war er. Wirkliche Beweise hat es bisher nicht gegeben. Jetzt werde ich jedoch damit konfrontiert. Es ist, als befände ich mich auf einmal in der Gegenwart Gottes. Das macht mir Angst, und ich glaube, Bryn empfindet ähnlich.«

»Lass das ja nicht die Aufgestiegenen hören. Wenigstens einer von ihnen gibt sich jetzt schon genügend Täuschungen über die eigene kommende Großartigkeit hin.« Kessian sprach halb im Ernst und halb scherzend.

»Ja, darauf müssen wir achtgeben«, stimmte Elsa zu, und sie lächelte nicht einmal. »Hör mal, Ardol, wir haben es hier mit dem bestgehüteten Geheimnis der ganzen Konkordanz oder vielleicht sogar auf Gottes ganzer Erde zu tun. Der Orden glaubt heute noch, er hätte dem ein für alle Mal ein Ende gesetzt, als er Gorian tötete. Du weißt besser als jeder andere, wie schwer es war, sie in diesem Glauben zu lassen. Was ich gesehen habe ... guter Gott der Welt, jetzt sind auch andere Frauen schwanger, deren Kinder das gleiche Potenzial haben könnten. Das kann doch nicht ewig ein Geheimnis bleiben.«

»Ich weiß«, erwiderte Kessian. »Das ist auch der Hauptgrund dafür, dass Marschall Vasselis hergekommen ist.«

»Ich meine, diese Kinder sind doch das, was wir unserem Glauben nach in den kommenden Generationen *alle* sein sollten.« Elsa hielt inne und starrte ihn an, als sie das Forum durch eine stille Seitenstraße verließen und sich der Schmiede näherten. »Kannst du dir vorstellen, was dies für den Orden bedeutet? Sogar für die ganze Konkordanz? Es wird sicher keine Aufmärsche mit Flaggen geben, um ihre Ankunft zu begrüßen. Man wird sie nicht bereitwillig akzeptieren. Lieber Ardol, diese Menschen, die du geschaffen hast ... ihr Kampf hat gerade erst begonnen. Du kannst sie nicht hier festhalten. Was sie sind, ob es real ist oder nur eingebildet, will ans Licht. Darauf bereite ich mich vor. Ich schlage vor, dass die Autorität meinem Beispiel folgt.«

»Das tun wir, Elsa. Deshalb will ich jetzt mit Bryn reden«, erwiderte er, auch wenn er das Gefühl hatte, dass seine Worte mehr als unzulänglich waren. »Bei alledem ist uns auch klar, dass wir recht naiv vorgegangen sind. Wir alle, was auch dich einschließt. Erst jetzt beginnen wir die möglichen Konsequenzen unserer Vorarbeit wirklich zu erkennen. Alles war auf die Schöpfung konzentriert, wir haben zu wenig Aufmerksamkeit auf die Aufklärung verwendet. Die Konkordanz ist groß, der Orden ist mächtig und äußerst misstrauisch. Es wird nicht leicht werden.«

»Ardol Kessian, deine Gabe zur Untertreibung hat durch dein Alter gewiss keinen Schaden genommen.«

Die Schmiede war kalt, das Haus still, die Läden geschlossen. Empörte Kunden hatten Zettel an die Tür geheftet, anscheinend waren sogar einige Stücke aus dem Hof mitgenommen worden. Schwer zu sagen, ob es sich um Diebstahl oder die Bergung von eigenem Besitz gehandelt hatte.

Kessian klopfte mit seinem Stock kräftig an die Tür, rechnete aber nicht damit, eine Antwort zu bekommen. Die Schmiede lag an einer Kreuzung stiller Seitenstraßen. Kleine, terrassenförmig angelegte Häuser, in deren Erdgeschossen sich verschiedene Geschäfte befanden, standen an den gewundenen Pflasterstraßen. In der Vormittagshitze befanden sich die meisten Kunden und Verkäufer im Innern der Läden, aber in einer so kleinen Stadt erregten ungewöhnliche Vorgänge rasch die Aufmerksamkeit der Einwohner.

Fragend sah er Elsa an, die daraufhin mit den Achseln zuckte. »Was bleibt uns schon übrig? Die ganze Stadt weiß, dass er mit dem Programm des Aufstiegs zu tun hat. Es war klar, dass wir kommen würden. Aber vergiss nicht, warum wir hier sind, Ardol. Wir müssen ihn davon abhalten, während der Feiern einen Fehler zu begehen, denn sonst werden die Neuigkeiten unkontrolliert verbreitet.«

Kessian nickte. »Du weißt ja, dass wir es bald der Stadt mitteilen müssen, oder? Viele vermuten sicher schon, dass es einen Durchbruch gegeben hat.«

»Ja, aber auf die Art und Weise, wie wir es besprochen haben. Eins nach dem anderen, Ardol.«

Elsa hämmerte mit der Faust an die Tür, Kessian nahm wieder seinen Stock zu Hilfe.

»Bryn!«, rief Kessian. »Öffne die Tür. Wir wollen dir helfen. Ardol und Elsa sind hier. Nun komm schon.«

Er sah sich um. In den Hauseingängen tauchten bereits die ersten neugierigen Gesichter auf. Er verscheuchte sie mit einer Handbewegung und klopfte noch einmal an.

»Bryn, nun mach schon! Wir wollen doch nicht die Miliz rufen, um einzubrechen und zu sehen, ob du noch lebst.«

»Bist du sicher, dass er überhaupt dort drinnen ist?«, fragte Elsa.

»Ja, falls er nicht in der letzten Nacht einen Tunnel gegraben hat«, erwiderte Kessian.

»Oder sein eigenes Grab.«

»Das ist nicht witzig.«

»Sollte es auch nicht sein.«

Abermals klopfte Kessian mit seinem Stock an. »Bryn! Das ist die letzte Aufforderung.« Er wartete, schüttelte nach einer Weile den Kopf. »Ich glaube nicht ...«

Das Knirschen von Riegeln, die zurückgeschoben wurden, unterbrach ihn. Die Tür öffnete sich einen Spalt.

»Kann man denn nicht einfach mal ein wenig für sich sein, wenn man es will?«, grollte Bryn.

Sie hörten ihn ins Haus zurückkehren. Kessian stieß die Tür auf und trat ins Zwielicht hinein. Alle Läden waren vorgelegt, die Luft roch muffig und säuerlich. Mit einem Achselzucken ging er weiter hinein und folgte dem kurzen Flur, der zu Bryns Wohnzimmer und Esszimmer führte. Überall auf dem Boden, den Beistelltischen und Sofas lagen und standen leere Weinkrüge, Becher und Teller herum.

Hinter dem Esszimmer führte ein weiterer kurzer Gang auf der rechten Seite zur Küche. Links konnte man über eine Treppe das Schlafzimmer erreichen. Die Schmiede und der Hof lagen hinter der Küche, aber so weit mussten sie nicht gehen. Bryn saß mit dem Rücken zum kalten Schmiedeofen an seiner Werkbank und starrte ins Leere. Er hatte sich längere Zeit weder gewaschen noch rasiert, und das fettige Haar klebte ihm auf dem Kopf. Seine Augen waren vom Trinken und vom Schlafmangel gerötet, die zitternden Hände hatte er um einen Becher auf dem Tisch gelegt. In einem Halbkreis standen und lagen einige Krüge und Becher vor ihm. Bryn hatte stets gern Wein getrunken, aber inzwischen sah es aus, als hätte er den größten Teil seiner Vorräte verbraucht.

»Darf ich mich setzen?«, fragte Kessian, während er sich schon einen Stuhl heranzog.

Bryn machte eine kleine zustimmende Geste. Kessian ließ sich schwer fallen und schnaufte vernehmlich, nachdem er seinen Stock an die Tischkante gelehnt hatte. Elsa stellte sich neben ihn und legte ihm eine Hand auf die Schulter. Aus der Nähe stank Bryn nach Schweiß, Erbrochenem und schalem Wein.

»Wir wollten nur mit dir reden«, begann Elsa, »und uns vergewissern, dass es dir gut geht.«

»Tja, jetzt habt ihr mich gesehen. Dann könnt ihr ja wieder gehen«, antwortete Bryn. »Keine Sorge, ich werde euer kostbares Geheimnis nicht verraten.«

Er würdigte sie keines Blickes, sondern starrte nur den Weinkelch an, den er zwischen seinen schmutzigen Fingern hin und her drehte.

»Es ist auch dein Geheimnis, Bryn. Es ist unser aller Geheimnis. Das gilt für jeden in Westfallen«, sagte Kessian.

»Hör mal, wir wissen ja, dass du Angst hast«, ergänzte Elsa.

»Angst?« Jetzt hob er sein gebräuntes, faltiges Gesicht und starrte sie mit geröteten Augen an. »Nein, ich habe keine Angst. Ich empfinde viel zu viel Bedauern und Verzweiflung, um mich zu fürchten. Es ist doch sinnlos, sich jetzt noch zu fürchten, nachdem wir diese ungezügelte Bösartigkeit erschaffen haben.«

Trauer durchflutete Kessian wie eine eiskalte Woge. Er schüttelte den Kopf und empfand Mitleid für seinen verstörten Freund.

»Nein, Bryn. Kann es denn böse sein, ein neues Leben in eine Welt zu bringen, das enger mit allen Schöpfungen Gottes verbunden ist als jedes andere zuvor?«

»Das kann nicht richtig sein«, flüsterte Bryn heiser. »Was haben wir nur getan?«

»Wir haben ein neues Verständnis in die Welt gebracht«, erklärte Kessian. »Wir haben Menschen auf die nächste Ebene erhoben. Sie näher an Gott herangebracht, damit sie umso besser die Werke des Allwissenden verrichten können. Das ist ein natürlicher Fortschritt.«

Bryn schnaubte nur. »*Natürlich*. Das Mädchen hat Flammen in den Händen gehalten, die sich ihrem Willen gefügt haben.«

»Man könnte sagen, dass alle Begabungen der Linien, ob angeboren oder erworben, etwas Unnatürliches sind. Schließlich warst du in deiner Jugend ein Feuerläufer. Bist du unnatürlich?«

»Gott schenkt uns solche Gaben«, erwiderte Bryn eisig, »und Gott nimmt sie uns auch wieder. Sie entsprechen der natürlichen Ordnung der Dinge. Aber das hier? Wir haben diese Kinder gezüchtet, das entspricht nicht dem Verlauf der Natur. Es richtet sich gegen Gottes Willen.«

»Du bist verwirrt, Bryn«, sagte Kessian scharf. »Alle unsere Begabungen, ob sie nur kurz erscheinen oder länger bleiben, entstehen durch Vererbung. Dazu zählt auch deine.«

Elsa drückte Kessians Schulter und richtete sich auf. »Ich stehe hier vor dir als Leserin des Ordens der Allwissenheit. Mein ganzes Leben habe ich in Gottes Dienst gestellt. Wir haben hier etwas Wunderbares erreicht. Ja, es ist ein Wunder. Gott hat uns hierhergeführt, um in seiner Welt das Leben weiterzuentwickeln. Das haben wir getan. Wir haben uns entwickelt und Fortschritte gemacht.«

Bryn stieß ein kurzes, bellendes Lachen aus und richtete seinen wachsenden Zorn nun auf sie. »Entspricht dies, geschätzte Leserin, tatsächlich dem Glauben deiner Ordensschwestern und Vorgesetzten? Glaubt die Kanzlerin das Gleiche wie du? Hältst du mich tatsächlich für dumm genug, deine Verkündigungen als letzte Wahrheit anzunehmen? Als sie Gorian geschnappt haben, verurteilte der Orden ihn als Ketzer. Hätten sie auch nur die leiseste Ahnung, dass seine Arbeit hier fortgesetzt wird, dann würden sie sofort ihre Heere schicken. Du repräsentierst nicht den Orden der Konkordanz, Elsa Gueran. Du bist eine Marionette der Autorität.«

Kessian spürte, wie Elsa sich anspannte. Sie atmete tief durch, um sich zu beruhigen, und hockte sich auf die Tischkante.

»Ich verstehe deinen Standpunkt, Bryn, und ich begreife auch deine Ängste. Aber du irrst dich, wenn du mich für eine Marionette hältst. Ich glaube fest an den wahren Weg des Ordens. Heute ist der

Orden stark und scheint alles zu durchdringen, aber hier in Westfallen und in einigen Gebieten der Konkordanz halten wir an den Überzeugungen fest, die zur Gründungszeit des Ordens Bestand hatten. Wir sind überzeugt, dass die Menschen näher an Gott heranrücken sollten. Dass sie aufsteigen und mit Gott eins sein sollen.«

Bryn hörte nicht zu. Vernunftgründe fielen in einem unvernünftigen Verstand auf unfruchtbaren Boden.

»Gerade jetzt brauchen wir deine Kraft, mein Freund«, sagte Kessian. »Du hast so hart gearbeitet und so viel gegeben. Jetzt müssen wir zusammenhalten. Schwierige und gefährliche Zeiten stehen uns bevor. Wir brauchen dich.«

Bryn ließ den Kopf hängen. »Der Orden wird euch wegfegen. Ich mache mich schon viel zu lange schuldig. Jetzt kann ich mich nur noch der Gnade des Allwissenden überantworten.«

Kessian wandte sich an Elsa, die hilflos den Kopf schüttelte. Sie standen auf.

»Gönne dir etwas Ruhe, Bryn«, riet Kessian. »Wir schicken jemanden zu dir. Mach dir zu deinem guten Wein etwas zu essen und räume vielleicht ein wenig auf.«

Bryn hob nicht einmal den Kopf. »Ich habe mich schon genug versündigt. Ich werde niemanden empfangen, den du mir schickst, Vater Kessian.«

Andreas Koll erwartete sie draußen mit einem traurigen Lächeln.

»Keine guten Neuigkeiten?«, fragte er.

»Überhaupt nicht«, sagte Kessian. »Er soll bei Tag und Nacht beobachtet werden und mit niemandem außer Elsa und der Autorität über das sprechen, was er gesehen hat. Wir brauchen vertrauenswürdige Leute, Andreas. Rede mit seinen Freunden und sorge dafür, dass er keinen Außenstehenden begegnet.«

»Übertreibst du nicht?«, fragte Elsa. »Er stellt doch keine Gefahr dar, er ist nur verwirrt und verängstigt.«

Kessian runzelte die Stirn. »Du widersprichst dir selbst. Er fleht um Gottes Gnade. Was glaubst du denn, für wen er sie erbittet? Nicht für dich, Elsa. Ein unachtsames Wort, und wir verlieren alles, was wir bisher erreicht haben. Dieses Risiko will ich nicht eingehen. Uns bleibt nichts anderes übrig, wir müssen ihn davon abhalten zu reden.«

Kessian war seiner Sache sicher und meinte es völlig ernst. Keine Schwäche. Das konnten sie sich nicht erlauben. Nicht jetzt.

»Wann endet das Solastro-Fest?«, fragte er.

»In fünf Tagen«, erwiderte Andreas.

»Das ist eine gefährliche Zeit. Wenn das Fest vorbei ist und die Fremden wieder abreisen, können wir uns an die Stadt wenden. Wir müssen zunächst unter uns selbst das Ausmaß dessen bestimmen, was uns bevorsteht, ehe wir hinsichtlich der restlichen Welt zu einer Entscheidung kommen.« Kessian strich sich mit einer Hand übers Gesicht. Bryns Verhalten hatte ihn zutiefst erschüttert, die Angst des Mannes war fast körperlich spürbar gewesen. Und das bei einem, der bis vor kurzer Zeit hingebungsvoll hinter ihrer Sache gestanden hatte.

»Elsa, du musst in deinen Schriften nachlesen und alles finden, was für uns spricht. Überlege dir, was du sagen kannst, um die Leute zu beruhigen.«

»Wir müssen ihnen wohl vorführen, was unsere Aufgestiegenen tun können, oder?«

»Das lässt sich nicht vermeiden. Bryns Reaktion hat Fragen aufgeworfen, und bis jetzt haben wir keine glaubwürdigen Antworten gegeben. Wir haben die Aufgestiegenen lange genug von den anderen Leuten ferngehalten. Aber wir müssen unseren eigenen Leuten vertrauen. Wenn wir das nicht können, sind wir verloren.«

»Vielleicht ist Bryn dann doch ein Segen für uns«, sagte Andreas.

Kessian lächelte über den Landhüter der vierten Linie. Ein starker Mann. »Deine Zuversicht soll uns allen ein Vorbild sein.«

»Er hat recht«, schaltete sich Elsa ein. »Wir laufen Gefahr, in Selbstmitleid zu versinken, nur weil ein einziger Mann schreckliche Angst hat. Wir wollen nicht das Wunder aus den Augen verlieren, das Mirron und Arducius uns gezeigt haben. Alles, worum wir gebetet haben, wird nun wahr.«

Kessian nickte. »Aber spürst du nicht auch, wie die Unschuld untergeht?« Er drehte sich um und kehrte zum Hafen zurück. »Ich sollte zum See gehen und mit dem Marschall sprechen. Wir müssen uns jetzt vor allem um unsere Sicherheit kümmern.«

10

844. Zyklus Gottes, 43. Tag des Solasauf
11. Jahr des wahren Aufstiegs

Der zwei Meilen südöstlich von Westfallen gelegene Weidensee versorgte die Stadt mit Frischwasser. Die Leitungen führten bergab bis zu den Springbrunnen der Stadt und in die Häuser der Reichen. Der See war mehr als drei Meilen lang, hatte mehrere schöne Kiesstrände und war an drei Seiten von den Bäumen umgeben, deren Namen er trug und die an seinem Ufer Schatten spendeten. Gespeist wurde er von unterirdischen Bächen und Flüssen, und was er nicht mehr aufnehmen konnte, gab er über den Garret, der in Dürrezeiten gestaut werden konnte, an die Genastrofälle ab.

Die Einwohner von Westfallen nutzten den See gern zum Angeln, Segeln oder Rudern. Dort waren an diesem Tag auch die Aufgestiegenen, um Mirrons Fähigkeiten weiter auszubauen. Es war ein friedlicher Ort, der sich durchaus mit dem hochgelegenen Obstgarten messen konnte. Marschall Vasselis, seine Frau und sein Sohn hatten sie begleitet, um alles aus erster Hand zu erfahren, während Vater Kessian Bryn Marr aufgesucht hatte.

Gorian hatte Mirron und jetzt auch Arducius beobachtet, wie sie die erste wahre Verbindung zur Erde hergestellt hatten, worauf beide förmlich aufgeblüht waren. Nur zwei Tage, und sie waren völlig verwandelt. Mirron fürchtete sich, weil sie noch nicht ganz und gar begriff, was sie eigentlich tat. Auch Arducius war ängstlich, doch ihm half sein analytischer Verstand. Voller Faszination erkannte Gorian, dass beide kurz davor standen, ganz neue Begabungen zu entwickeln.

Arducius hatte aus einem klaren Himmel eine sanfte Brise entstehen lassen. Das war am vergangenen Tag sein Durchbruch gewesen. Heute hatte er auf der Seeoberfläche eine kleine Wassersäule heraufbeschworen. Mirron konnte jetzt unter Wasser atmen und hatte Würmer an die Oberfläche gelockt, einfach indem sie die Hände auf das Land legte. Kleine Siege nur, aber es war, als wären in ihren Köpfen viele Türen aufgegangen.

Gorian war nicht weit hinter ihnen. Auf jeden Fall war er weiter fortgeschritten als der kränkliche Ossacer. Wie armselig er war. Selbst Arducius besaß trotz seiner spröden Knochen einen starken Geist. Ossacer dagegen war schwach in Geist und Körper und lag immer noch bibbernd und stöhnend im Bett.

Gorian war im ganzen Leben noch keinen Tag krank gewesen. Er mochte ein wenig zurückgefallen sein, aber er konnte schon spüren, dass auch sein Durchbruch bevorstand. Heute wäre der richtige Tag dafür. Marschall Vasselis war da und hatte sprachlos die kleinen Tricks der beiden anderen begafft. Sein Sohn Kovan war den ganzen Tag nicht von Mirrons Seite gewichen und hatte sie überschwänglich beglückwünscht. Es war der richtige Augenblick für eine Demonstration von Gorian, die alles andere in den Schatten stellte. Er wollte ihnen zeigen, wer der Beste war.

Es war der frühe Nachmittag eines wundervollen stillen und heißen Tages. Der See war so ruhig, dass man das eigene Spiegelbild kaum schwanken sah, und so klar, dass die Fischschwärme, die Mirron und Jen Shalke durchs Wasser gejagt hatten, wie Bänder aus blitzendem Silber unter der Oberfläche entlanggeglitten waren. Es war ein erstaunlicher Anblick, und Gorian wollte daran teilhaben.

Er hatte allein im Schatten einer Weide gesessen und die anderen beiden genau beobachtet. Beide waren müde von ihren Anstrengungen und redeten mit Willem, Genna und Hesther, die alles, was sie sagten, genau notierten. Shela, Jen und seine Mutter servierten an den Picknicktischen, die für alle Besucher am Seeufer bereitstanden, zum Mittagessen einen Salat. Marschall Vasselis und seine Frau hielten Hof, während Kovan sich an der Anlegestelle im Wasser produzierte und vor Mirron angab.

Gorian hatte plötzlich großen Hunger und stand auf. Er lief das kurze Stück am Seeufer entlang über den knirschenden Kies zu den Tischen. Hinter dem großen Bootshaus konnte er eine Kutsche hören. Offenbar ließ sich Vater Kessian von einem seiner Helfer zum See fahren. Jetzt waren alle da. Perfekt.

Die Kutsche hielt an, und der Diener half Vater Kessian beim Aussteigen. Langsam ging der alte Mann zu den Picknicktischen und stützte sich schwer auf seinen Gehstock. Marschall Vasselis sprang von der Bank auf und umarmte den Vater. Mirron und Arducius ließen ihre Lehrer stehen und folgten seinem Beispiel. Gorian hatte keine Eile, er war ganz zufrieden damit, das weit übers Wasser hallende Lachen Kessians zu hören.

»Immer vorsichtig mit einem alten Mann«, sagte er. »Einer nach dem anderen, einer nach dem anderen.«

Mirron und Arducius erzählten aufgeregt von ihren Erfolgen. Gorian blieb an der Anlegestelle stehen und ließ sie plappern. Kovan, der nun nicht mehr beachtet wurde, hatte mit seinen Schwimm- und Tauchdarbietungen aufgehört. Er machte eine unglückliche Miene und hielt sich an einer Strebe des Stegs fest. Gorian lächelte.

»Du wirst nie einer von uns sein, was? So sehr du es auch versuchst. Damit bist du unwichtig, und das weiß sie. Du verschwendest deine Zeit.«

»Pass auf, was du sagst«, erwiderte Kovan. »Wenn mein Vater stirbt, werde ich der Marschallverteidiger von Caraduk. Ich werde dann der sein, der über dich herrscht. Über euch alle werde ich herrschen.«

Fast hätte Gorian über diese Dummheit schallend gelacht. »Niemand wird über mich herrschen.«

»Gorian?« Kessian rief ihn zu sich.

Er trottete zu ihm hinüber, der gerade zum Mittagessen neben Marschall Vasselis Platz nahm.

»Ja, Vater?«

»Komm, setz dich und erzähle mir, was du heute Morgen gemacht hast.«

»Ich habe auf dich gewartet«, erwiderte er. Es war die Wahrheit.

»Oh, und warum?«

»Ich muss dir etwas zeigen. Nein, euch allen. Aber ich wollte warten, bis du hier bist.«

Kessian runzelte die Stirn und warf einen fragenden Blick zu Genna, die nur mit den Achseln zucken konnte. »Ich verstehe. Wie ich hörte, warst du recht still und hast da drüben für dich allein gearbeitet. Hast du etwas herausgefunden?«

»Nein.«

»Was willst du mir dann zeigen?«

Gorian wurde wütend, weil der alte Mann an ihm zweifelte. Vasselis bemerkte es und legte Kessian beschwichtigend eine Hand auf den Arm.

»Nun komm schon, Ardol, lass dir doch von dem Burschen zeigen, was er dir zu zeigen hat. Man kann ja nie wissen, vielleicht überrascht und erfreut es dich.«

Kessian lächelte, doch seine Zweifel blieben. »Dann fahre fort, Gorian.«

Gorian entfernte sich zwei Schritte, damit sie ihn alle sehen konnten. Rings um ihn, kurz vor dem Ufer, war das Gras von einem gesunden Dunkelgrün, da es genügend Wasser bekam und von der Sonne gewärmt wurde. Noch einmal vergewisserte er sich, dass alle ihm zuschauten. Vater Kessian, die Autorität, die Aufgestiegenen, Marschall Vasselis. Dann kniete er nieder.

Seine Hände versanken fast im Gras und spürten, was seine Augen ihm schon gezeigt hatten. Die Pflanzen waren stark und kräftig, denn die Bedingungen für ihr Wachstum waren ideal. Das Gras wuchs dicht, die Halme waren robust. Unter dem Gras spürte er die Wurzeln der Bäume, die den fruchtbaren Boden und die Feuchtigkeit des Sees suchten. Die winzigen Bewegungen der Milben, Insekten, Spinnen und Würmer ... alles nahmen seine Finger auf, alles ordnete er im Geist. Er war ein außerordentlich fähiger Herdenmeister und hatte bereits bei der Rettung vieler Tiere auf den Gehöften von Westfallen mitgewirkt. Dies war bisher jedoch seine einzige Fähigkeit gewesen.

Heute aber gehörte ihm auch die Welt der Landhüter, so eigenartig es war. Er hatte nie daran gezweifelt, dass dies der richtige Augenblick war. Nicht, seit er am Morgen lachend und scherzend hierhergekommen war und mit den anderen gespielt hatte und geschwommen war. Tief in seinem Innern hatte er eine Leichtigkeit und eine ganz besondere Nähe besonders zu Mirron, aber auch zu Arducius verspürt. Daran war er nicht gewöhnt, stellte aber rasch fest, dass er es mochte. Das konnte er nutzen, um sich einen Vorteil zu verschaffen. Heute würde er nach all den endlosen und anstrengenden Lehrjahren seine Belohnung bekommen.

Die anderen waren verstummt. Vielleicht verriet sein Gesicht, dass er das Land jetzt wirklich fühlen konnte. Allerdings war er noch lange nicht fertig. Er konzentrierte sich auf das Gras, das ihn umgab, betrachtete das Grün und tauchte tief in die Struktur der Halme ein. Dabei nutzte er das Verständnis, das er als Herdenmeister gewonnen hatte, und wendete die Methoden an, die es ihm erlaubten, über das hinauszublicken, was das nackte Auge sah. So erkundete er die Energiebahnen, die alle Zellen miteinander verbanden und für Wachstum und Leben sorgten.

Bei einer Kuh oder einem Pferd konnte er, wenn das Tier erkrankt war, Unterbrechungen in diesen Bahnen erkennen, die ihm verrieten, wo im Körper das Problem als undurchsichtiger Bereich zu finden war. Der betroffene Körperteil stellte sich als eine graue, leicht wabernde, formlose Masse dar. So erschien es jedenfalls vor Gorians innerem Auge.

Hier war jedoch kein solcher Schaden zu entdecken. Er verfolgte die Bahnen in der Erde und sah, wo sie sich verzweigten, um jeden einzelnen Halm zu versorgen. Es war, als wäre vor ihm eine ungeheuer komplizierte Landkarte ausgebreitet, die er durch seine Berührung erschließen und im Kopf entschlüsseln konnte.

Wirklich, es war wundervoll. Er war von Freude erfüllt und spürte seine Kraft. Und seine Größe. So suchte er nach einem Weg, das zu verändern, was er fühlte. Nur einen kleinen Bereich untersuchte er, der kaum größer war als sein Schatten. Jenseits davon verloren sich die Spuren.

Er versuchte, sich an Mirrons Worte zu erinnern – er müsse sich entspannen und die freie Energie aus der Umgebung in die Bahnen lenken, die seinen Vorstellungen entsprachen. Als würde er in Gedanken ein Netz auswerfen, hatte sie erklärt, um mit dem Finger auf bestimmte Fäden zu zeigen, in denen die Energie und das Leben fließen sollten.

Das war jedoch sehr unbestimmt. Sie vermochte ihre Gefühle und Wahrnehmungen nicht in Worte zu kleiden und hatte außerdem über Feuer und Wasser gesprochen. Seine Aufgabe bestand darin, lebendes Gewebe zu verändern. Er blickte tief in die Struktur der Gräser hinein und erkannte, was er zu tun hatte. Im Herzen jedes Halms, ganz unten, wo die Wurzel sich verdickte, damit die Pflanze einen Halt hatte, pulsierte etwas. Dieser Energieknoten sah bei jedem Halm anders aus – hier hell und kräftig, dort leise und schwach. Die Energiebahnen erfassten alle Halme. Er drang tiefer ein und konzentrierte sich auf das Pulsieren.

Auf einmal schlug ihm das Herz bis zum Hals. Wie kam es nur, dass es sich so natürlich anfühlte und ohne Nachdenken gelang?

Diese Eindrücke, diese außerordentlichen Wahrnehmungen waren so lange verborgen geblieben. Immer am Rande seines Verständnisses, aber niemals nahe genug, damit er sie genießen konnte. Bis jetzt. Die Begeisterung erfüllte ihn und hätte beinahe seine Konzentration gestört. Unverwandt beobachtete er das Pulsieren der Halme und nutzte seine Erregung, um die Energie nachdrücklich und schnell in das Lebenszentrum von Hunderten Grashalmen, die in umgaben, hineinzupressen. Dies musste für das, was er vorhatte, der richtige Weg sein.

Kaum dass er es getan hatte, flackerten die Energieknoten der Halme vor seinem inneren Auge auf. Einige spuckten wie sterbende Kerzenflammen und erloschen sofort, andere strotzten vor Gesundheit und Kraft. Seine Konzentration schwand dahin, und er fühlte sich, als hätte er zwei Seilenden in den Händen, die ihn in unterschiedliche Richtungen zerrten. Verzweifelt hielt er beide fest, weil er Angst vor dem hatte, was geschehen mochte, wenn er eines losließ. Doch je mehr er es versuchte, desto schwerer fiel es ihm, sich zu konzentrieren.

Unvermittelt war es vorbei. Es gelang ihm nicht mehr, die Energie in die flackernden, verblassenden Knoten zu lenken, und er kehrte erschöpft wieder zu sich selbst zurück. Es kam ihm so vor, als hätte er nun beide Enden losgelassen. Irgendwie hatte er auch das Gefühl, zur Seite zu kippen, empfand aber trotz seiner Müdigkeit ein starkes Triumphgefühl.

Ehrfürchtig schweigend wie alle anderen hatte Kessian Gorians Vorführung beobachtet. Er schämte sich, dass er die Behauptungen des Jungen wie schon so oft für Überheblichkeit und Großspurigkeit gehalten hatte. Glücklicherweise hatte Vasselis die Situation richtig eingeschätzt.

Eigentlich hätte ihn die Vorführung lange nicht so beeindrucken sollen wie die Vorgänge dahinter, aber er konnte nichts dagegen tun.

Nichts in Gorians Schriften hatte sie auf das vorbereiten können, was sie in den letzten paar Tagen erlebt hatten. Natürlich hatte er nur Theorien aufstellen können, da er so etwas noch nie mit eigenen Augen gesehen hatte. Inmitten seines Erstaunens aber fand Kessian noch die Zeit, sich über Gorians Wahrnehmungsfähigkeit zu wunden.

Er wurde seinem Namensvetter gerecht. Ein Knabe, dem sicherlich eine ähnliche mythische Größe vorbestimmt war, der in diesem Augenblick aber hinter einem mindestens drei Fuß hohen Urwald aus Gras verschwunden war. Vor Kessians Augen waren die Halme schneller, als er bis dreißig zählen konnte, auf die zehnfache Größe gewachsen. Dabei waren in Gorians Gesicht Falten entstanden. Keine sehr tiefen, und es hätte auch die Anstrengung sein können, aber Kessian glaubte es nicht. Der Junge hatte kleine Krähenfüße um die Augen bekommen, bevor das Gras ihn verdeckt hatte.

Jetzt lag er still am Boden, und Meera Naravny, seine Mutter, eilte zu ihm. Die anderen waren nicht weit hinter ihr. Mirron und Arducius stürzten sich förmlich auf ihn und umarmten ihn, Mirron heftig und Arducius etwas sanfter, aber beide beglückt über seinen Erfolg. Die anderen strichen mit den Händen durchs schimmernde hohe Gras, alle lächelten und waren zufrieden.

Was die Autorität geplant hatte, war nun geschehen. Kessian empfand eine Wärme in sich, die nichts mit den Strahlen der Sonne zu tun hatte. Sein Schritt war fest und zielstrebig wie schon lange nicht mehr. Die Freude, die er im Herzen empfand, ließ ihn seinen schmerzenden, alten und müden Körper fast vergessen.

Wie die anderen strich auch er mit der Hand durch das neu gewachsene hohe Gras und betrachtete es neugierig und mit gerunzelter Stirn. Im lebendigen grünen Dickicht fanden sich auch einzelne braune und spröde Halme, die vertrocknet waren. Vielleicht konnte Gorian es später erklären. Jedenfalls war es recht seltsam.

Meera hatte Gorian umarmt und kniete vor dem erschöpften Aufgestiegenen, nachdem sie seine Freunde verscheucht hatte. Sie strich ihm übers Haar und redete leise, beruhigend und stolz auf ihn ein. Er klammerte sich an sie und war froh über ihre Nähe und Wärme.

»Sieh dir das mal an«, sagte sie. »Hier auf der Seite, Ardol.«

Kessian ging zu ihr. Meera deutete auf Gorians Schläfe. Zuerst sah er nicht, was ihr Sorgen machte, aber dann war es völlig klar. Seine Haare. Zwischen den vollen jungen Haaren waren graue Strähnen gewachsen.

Kessian konnte Vasselis' Frage nur mit einem Achselzucken beantworten. Die beiden Männer speisten allein in einem kleinen Privatzimmer der Villa. Im großen Esszimmer bewirteten Netta und Kovan Vasselis die übrigen Mitglieder der Autorität.

Es war ein Tag voller Gegensätze gewesen. Erst die Verzweiflung über Bryns Verfassung, dann die Freude über Gorians Erfolg, jetzt wieder die erdrückende Realität, mit der sie sich zwangsläufig beschäftigen mussten.

»Gewiss gibt es viele Auswirkungen des Aufstiegs, die uns noch nicht bekannt sind. Wir werden auf den jungen Gorian gut aufpassen, auch wenn ich sicher bin, dass er sich bald erholen wird.«

Sie hatten den Jungen, dessen Beine ihn kaum noch tragen wollten, zur Kutsche geführt. Neben den grauen Haaren hatte er tatsächlich Fältchen um die Augen, wie Kessian schon vorher bemerkt hatte. Sie waren auch dann geblieben, als Gorians breites Lächeln verblasst war. Viele Dinge mussten jetzt dokumentiert werden. Genna und Meera hatten schon vor dem Abendessen damit begonnen.

Seufzend richtete Kessian sich auf seiner Liege etwas auf. Zwischen ihm und Vasselis standen die Überreste ihrer Mahlzeit auf einem niedrigen Tisch: Brot, Hammel, gebratenes Gemüse. Kräftige Soßen dampften leicht in wundervoll geformten und dekorierten Krügen, die aus den Töpfereien von Atreska stammten. Ein halb voller Krug mit gewürztem, erwärmtem Rotwein stand neben Vasselis' rechter Hand. Kessian winkte dem Marschall mit seinem leeren Kelch, während er die Tafel betrachtete und zu der Ansicht kam, er habe genug gegessen.

Vasselis schenkte ihnen beiden nach und gestattete sich ein nachsichtiges Lächeln. Wieder einmal wurde Kessian bewusst, wie sehr dieser Mann, der im besten Alter war, ihn schätzte.

»Bist du nicht froh, dass du es noch erlebt hast?«, fragte Vasselis.

»So eine dumme Frage«, gab Kessian zurück. »Habe ich dich jemals gefragt, ob du dich über die Geburt deines Sohnes gefreut hast?«

»Du weißt genau, was ich meine, Ardol. Du bist ja immer noch ganz aus dem Häuschen, während wir hier sitzen. Das gilt auch für alle anderen Mitglieder der Autorität.«

»Ich muss auch an die Zukunft denken«, erwiderte Kessian.

»Du machst dir Sorgen wegen der Reaktion deines Schmieds.«

»Das hat mich sehr erschüttert«, räumte Kessian ein. Er fand Vasselis' Verständnis tröstlich. »Deshalb sitzen wir auch hier und nicht bei allen anderen. Es ist schon seltsam: Wir haben immer gewusst, dass wir hiermit konfrontiert werden würden und sie nicht ewig würden verstecken können – ich hätte nur nicht gedacht, dass es jetzt schon beginnt. Sie sind noch so jung.« Seufzend schüttelte er den Kopf. Er hatte ein flaues Gefühl in der Magengegend.

Vasselis stellte sein Weinglas ab und richtete sich auf, beugte sich über den Tisch und fasste Kessians zitternde Hände.

»Ardol, vor allem darfst du nicht in Panik geraten. Lass dich nicht von den vor dir liegenden Aufgaben beeindrucken und glaube nicht, sie seien unmöglich zu erfüllen. Deshalb bin ich hier.« Kessian schätzte ihn umso mehr für sein bescheidenes Lächeln. »He, ich führe dieses Land, so etwas kann ich gut.«

Kessians Anspannung ließ ein wenig nach. Er massierte sich mit Daumen und Zeigefinger die Stirn.

»Entschuldige«, sagte er. »Ich bin ein dummer alter Mann.«

»Aber nein«, widersprach Vasselis freundlich. »So wahr mir Gott helfe, du bist der Einzige in der Autorität, der das Ausmaß der kommenden Ereignisse, nachdem die Aufgestiegenen sich jetzt gezeigt haben, wirklich zu würdigen weiß. Wir können die Probleme, die auf uns zukommen werden, gar nicht unterschätzen. Das müssen wir realistisch sehen. Wir dürfen nichts übersehen, so geringfügig es auch sei, und uns keinesfalls von unseren Bemühungen abbringen lassen. Bryn hat uns diese Aufgabe nur noch einmal sehr deutlich vor Augen geführt.«

Kessian nickte, seine Erleichterung war unübersehbar, und er dankte Gott dafür, dass der Arvan Vasselis in diese Welt geschickt hatte. Nein, er dankte Gott für die letzten vier Generationen der Vasselis-Familie. Es war ein meisterlicher Schachzug gewesen, die damals noch junge Dynastie der Marschallverteidiger ins Vertrauen zu ziehen.

Die seit Jahrhunderten in Caraduk verwurzelte Familie war für ihre Aufgeschlossenheit in religiösen Fragen bekannt, und so hatte sich die Autorität an sie gewandt, als der Orden wegen der Gerüchte aus Westfallen misstrauisch wurde. Die amtierende Marschallin hatte sich als Anhängerin des Aufstiegs im Orden der Allwissenheit offenbart, und so war die Freundschaft besiegelt worden.

Bald darauf hatte eine von ihr ausgewählte Leserin in Westfallen ihr Amt übernommen und alle Informationen über wichtige militärische, religiöse und wirtschaftliche Entwicklungen an die Autorität weitergeleitet, die auf irgendeine Weise eine Gefahr darstellen konnten. Dadurch waren die Experimente und Forschungen in Zusammenhang mit dem Aufstieg ungestört und ohne den erstickenden Schleier der Geheimhaltung im Ort vonstatten gegangen.

Drei Generationen später wussten alle Bürger von Westfallen, was im Gange war, und alle trugen ihren Teil dazu bei, das Geheimnis zu hüten. Bis zu diesem Tag kontrollierten caradukische Schiffe die

Bucht, Soldaten waren an allen Ausfallstraßen der Stadt postiert, und Vasselis und die Autorität benutzten den Botendienst der Advokatur, um miteinander in Verbindung zu bleiben.

Niemand, der eine Gefahr darstellen konnte, kam heraus, und einige Male hatten die Marschallverteidiger aus der Vasselis-Familie harte Entscheidungen treffen müssen. Unschuldige waren gestorben, deren einziges Verbrechen darin bestanden hatte, etwas gesehen oder gehört zu haben, das nicht für sie bestimmt gewesen war. So unerfreulich dies auch war, Kessian ließ sich nicht von Schuldgefühlen den Schlaf rauben. Sein Glaube an das große Werk, dem sie dienten, war unerschütterlich.

Er betrachtete seinen Wohltäter, der Geld, Sicherheit und vor allem seine unerschütterliche Freundschaft bot.

»Nun denn«, sagte Kessian. »Wo beginnen wir?«

»Tja«, antwortete Vasselis, während er die dunkelblaue, golden und weiß gesäumte Amtstoga zurechtrückte. »Deine Vorstellungen, wann du dich an die Bürger von Westfallen wenden willst, klingen vernünftig. Wenn die Händler nach dem Fest die Stadt verlassen, wird noch alles ganz normal aussehen. Nach deiner Erklärung müssen wir anschließend jedoch die Stadt abriegeln. Darum kann ich mich kümmern. Keine Sorge, du wirst hier nichts davon bemerken. Es wäre ja zwecklos, die Leute zu verschrecken. Was meine Soldaten angeht, so wird es eine militärische Übung sein. Ich lasse mir einen passenden Vorwand einfallen.«

»Den zu erfahren, würde mich sehr interessieren.«

»Wie wäre es mit einer Quarantäne wegen eines Ausbruchs der Rinderseuche? Das erlaubt es uns, deine Bürger drinnen zu halten, falls irgendjemand plötzlich auf die Idee kommt, die Stadt zu verlassen. Selbstverständlich können wir auch alle aufhalten, die über Land oder See kommen.«

Kessian kicherte. »Das ist fast zu leicht, was?«

»Wie ich schon sagte, so etwas kann ich gut.« Dann wurde Vasselis' Miene wieder ernst. »Leider ist dies noch der einfachste Teil. Ich kann die Übung mit meinen Soldaten nicht ewig ausdehnen, und ihr könnt nicht ewig ohne Handel überleben. Wir müssen also rasch ein Stadium erreichen, in dem eure Grenzen so sicher wie möglich sind, ohne Verdacht zu erregen. Ich werde meine Pläne darauf einstellen und sie so bald wie möglich mit euch abstimmen.

Erst an diesem Punkt können wir darüber nachzudenken beginnen, wie wir die Aufgestiegenen mit irgendjemandem von draußen zusammenbringen, wer es auch sei. Es ist schwer einzuschätzen, wie andere reagieren, aber es wäre naiv anzunehmen, dass sie auf breite Zustimmung stoßen. In dieser Hinsicht bist du sicher meiner Meinung. Vor allem müssen wir wohl mit Furcht und Missverständnissen rechnen.«

»Aber nur, wenn die Menschen wissen, was das alles für uns bedeuten könnte«, entfuhr es Kessian unwillkürlich.

»So solltest du nicht denken«, gab Vasselis scharf zurück. »Du weißt das so gut wie ich. Wir müssen die Geheimhaltung gewährleisten, solange es nur möglich ist, aber eines ist doch gewiss – früher oder später wird etwas durchsickern. Wenn die Aufgestiegenen älter werden und immer mehr nach außen dringt, werden die Leute die Zusammenhänge erkennen und zu reden beginnen. Bevor das geschieht, müssen wir die Unterstützung anderer, mächtiger Leute gewonnen haben. Ich muss mir überlegen, wann ich mit der Advokatin und den Einnehmern rede. Sie wären äußerst nützliche Verbündete. Vielleicht kommen auch andere Dynastien von Marschallverteidigern infrage, außerdem einige innerhalb des Ordens, von denen wir wissen, dass sie so denken wie wir.«

Vasselis hielt inne und trank einen Schluck Wein. Sein Mund und seine Augen verrieten, welch große Sorgen er sich machte.

»Was ist denn los, Arvan?«, fragte Kessian leise.

Der Marschall antwortete mit einem Lächeln. »Ich kenne diese Stadt seit nunmehr vierzig Jahren. Seit ich ein kleiner Junge war, am

Weidensee gespielt habe und unter den Genastrofällen geschwommen bin. Ich liebe den Geruch der Fischernetze an den Wegen im Hafen und das Geräusch der Schiffe, die gegen die Docks prallen, wenn die Flut kommt. Dich und Genna zähle ich zu meinen teuersten und besten Freunden, auch wenn du neunzig Jahre älter bist als ich. Früher habe ich meinen Vater bedrängt, hierher umzuziehen, und diesen Wunsch habe ich heute noch. Beim Gott, der neben uns wandelt, wäre ich nicht der Marschallverteidiger, ich würde mich tatsächlich dauerhaft hier niederlassen, so groß ist meine Liebe für Westfallen und seine Bewohner. Es ist der schönste, wärmste Ort in der ganzen Konkordanz, und du weißt, dass ich einen großen Teil unseres geliebten Reichs gesehen habe.«

»Ich werde den Eindruck nicht los, dass gleich ein gewichtiges ›Aber‹ kommt«, sagte Kessian, der voller Stolz Vasselis' treffende Beschreibung des Ortes vernommen hatte, den viele Besucher sofort ins Herz schlossen und den die Einheimischen nur äußerst widerstrebend verließen.

»Ich habe Angst, dies alles könnte zerstört werden«, fuhr Vasselis fort. »Du musst es wissen, Ardol, und auch du hast sicher Angst. Ihr alle. Du, die ganze Autorität, Westfallen. Ihr alle verbergt, weil es notwendig war, seit Generationen euer wahres Gesicht vor dem Orden der Allwissenheit. Ich dagegen hatte immer wieder mit ihm zu tun. Die Kanzlerin lässt sich von ihrem eigenen Glauben blenden und kann nicht über die Heiligkeit der Organisation hinausblicken, der sie vorsteht.

Du hast von Elsa Gueran einiges über Koroyan erfahren, aber Elsa hat dir nicht alles erzählt. Falls einer im Dienst der Kanzlerin, und sei es nur ein Einziger, von dem, was hier vorgeht, Wind bekommt, ehe wir bereit sind, werden die Heere des Ordens hier einfallen. Sie sind natürlich nicht daran interessiert, dass irgendjemand sich Gott annähert, es sei denn durch ihre eigenen Amtsträger, nicht wahr? In ihrer Selbstgerechtigkeit werden sie Westfallen bis auf die Grundmauern niederbrennen und die Asche seiner Einwohner in der Luft verstreuen, auf dass sie von den Händen der Winddämonen gefoltert werden.

Wenn wir nicht unsere Verbündeten um uns sammeln, dann werden sie hinter der Kanzlerin stehen und nicht einmal bemerken, welches Verbrechen sie gegen alle Völkern dieser Welt verüben.«

Kessian starrte Vasselis an; er vermochte den Blick nicht vom Gesicht des Marschalls abzuwenden, aus dem die Worte nur so hervorsprudelten. Beinahe konnte er schon die brennenden Balken seiner Villa riechen und die Bürger sehen, die keinen Ort mehr hatten, an den sie sich retten konnten, während hinter ihnen aus den Häusern die Flammen emporstiegen. Voller Hoffnungslosigkeit und Verzweiflung dachte er an die vielen Unschuldigen, die ihretwegen sterben mussten. Auf einmal konnte er verstehen, in welche Richtung Bryns Gedanken gewandert waren.

»Sage mir, was wir tun müssen«, erwiderte Kessian mit fester, entschlossener Stimme.

Vasselis nickte. »Du bist ein starker Mann, Ardol. Das Gute ist, dass unsere Pläne durchdacht sind. Aber vergiss nie, dass deine Freunde vom heutigen Tag an ständig in Gefahr schweben. Elsa noch mehr als alle anderen. Glaubt fest an die Sicherheit, die ich euch gewähren kann. Bleibt wachsam, während euren Bürgern allmählich dämmert, was hier vor sich geht. Geht immer und immer wieder eure Fluchtpläne durch.

Vergiss dies nicht und gib es an alle weiter, die für die Autorität verantwortlich sind, nachdem du in die Erde zurückkehrt bist: Der Aufstieg und seine Autorität sind das Einzige, was uns den Weg in die Zukunft weisen kann. Sollte es zum Schlimmsten kommen, dann schau nicht zurück und empfinde keine Schuldgefühle für diejenigen, die du zurücklassen musst, denn wenn sie fallen, werden sie die behindern, die eigentlich dich töten wollten. Wir alle haben uns für unseren Weg entschieden und werden leben oder in den Tod gehen, wie es eben geschieht.

Niemals, niemals dürft ihr zögern, einen von uns zu opfern, wenn es bedeutet, dass ihr euch selbst retten könnt.«

»Ich bete zu Gott, dass es niemals so weit kommt«, sagte Kessian.

»Jeden Tag bete ich darum«, stimmte Vasselis zu. »Aber seid bereit, damit ihr es verhindern könnt.«

Am nächsten Morgen begannen die Vorbereitungen. Kessian sollte recht behalten, Gorian hatte sich vollständig erholt, und seine Anstrengungen zeitigten keine dauerhaften Folgen. Die grauen Haare waren ebenso verschwunden wie die Falten um die Augen. Wenn man Gorian ansah, konnte man kaum glauben, dass er am Tag zuvor solche Spuren des Alters gezeigt hatte. Kessian hätte beinahe an seinem Erinnerungsvermögen gezweifelt, hätte es nicht derart viele Zeugen gegeben. Die Fähigkeit des Jungen, sich so schnell zu erholen, war ebenfalls ein ganz außerordentliches Wunder.

Dann aber legte sich ein Schatten über sie alle, als sie daran erinnert wurden, warum sie vorsichtig sein mussten und nichts über die Aufgestiegenen durchsickern lassen durften. Am Morgen fanden sie Bryn, der sich über seinem Schmiedeofen erhängt hatte.

11

846. Zyklus Gottes, 45. Tag des Solasab
13. Jahr des wahren Aufstiegs

Jen Shalke war draußen im tiefen Wasser unterwegs und suchte Fischschwärme für die Boote, die auf den Wellen tanzten. Sie hatte die Aufgestiegenen zu dieser sicheren Zuflucht gebracht, wo sie über und unter den Wellen spielten konnten, und sie sich selbst überlassen, um mit ihrer Markierungsleine und der Flagge die Boote auf ihre Position aufmerksam zu machen.

Mirron hatte sie durchs klare, ruhige Wasser gleiten sehen, die Arme an die Seite gelegt und nur von ihren kräftigen Beinen getrieben. In den letzten zwei Jahren hatten sie alle von Jen die Unterwassertechniken gelernt. Vom ersten Moment an, wenn sie das Wasser in die Lungen sogen, wenn die Angst schrecklich war und der Hustenreiz unüberwindlich schien – bis das Verständnis einsetzte, bis der Körper zu atmen lernte und langsam gegen die Reflexe ankämpfte, bis sie glücklich unter der Oberfläche schwammen, Fische ausmachten und die Wunder und Gefahren des Meeresbodens entdeckten.

Sie wandte sich ab und blickte rasch hinauf, wo vierzig Fuß über ihr die Sonne auf dem Wasser spielte. Dann schwamm sie zu den anderen, die sich schon an ihrem Lieblingsplatz versammelt hatten. Sie tollten unter den Genastrofällen herum, die sich direkt ins Meer stürzten. Es war ein schöner Ort, um unter Wasser Verstecken zu spielen. Sie bewegte ihre Beine kräftiger, um zu den anderen aufzuschließen, und fühlte sich ein wenig einsam. Diese drei, die sie als ihre Brüder betrachtete, waren die einzigen echten Freunde, die sie überhaupt hatte.

Jen bemühte sich zwar, war jedoch zu alt, und es war manchmal sogar peinlich. Mirron hatte in der Schule Freundinnen gefunden, aber die Eltern der anderen Mädchen luden Mirron nur selten ein und erlaubten ihren Töchtern nicht oft, Mirron zu besuchen. Sie verstand es nicht, auch wenn sie wusste, dass sie anders war, seit ihre Fähigkeiten erwacht waren. Die meisten ihrer Freundinnen hatten in ihrer Jugend eine einzige Fähigkeit besessen. Vielleicht waren sie eifersüchtig, auch wenn sie es nicht zeigten.

Als sie ankam, hatten die anderen bereits mit einem neuen Spiel begonnen. Gorian schwebte mitten in den Blasen, die der Wasserfall erzeugte, im Wasser. Sie perlten angenehm über die Haut, und das Tosen der Kaskade klang ihnen wie gedämpftes Donnergrollen in den Ohren. Mirron bekam dabei jedes Mal eine Gänsehaut. Er bemerkte sie und winkte sie zu sich. Mit einem kleinen Schauder folgte sie seiner Einladung. Im Augenblick waren sie allein.

Goran war schön. Launisch, aber so lebendig. Sein Haar schwebte um seinen Kopf, und seine Augen leuchteten im Wasser. Kräftig waren die Muskeln auf seinen Armen, der Brust und den Beinen. Sie schwamm nahe an ihn heran und schwebte dann ruhig vor ihm, während die Blasen vor ihren Gesichtern tanzten. Auf einmal verspürte sie den starken Drang, ihn zu küssen, hatte zugleich aber auch etwas Angst, weil sie das gleiche Begehren in seinen Augen erkannte. Hier hatten sie den Frieden gefunden, und sie wollte, dass der Moment nie zu Ende ginge. So kämpfte sie, um es nicht zu verderben, gegen den Wunsch an, ihn zu berühren. Gorian öffnete den Mund, saugte Blasen ein und spie sie in ihre Richtung wieder aus. Sie lachte. Es klang seltsam in ihren eigenen Ohren.

Wer sucht jetzt?, fragte sie, indem sie eine Handfläche hob und die andere Hand über ihre Augen legte.

Ossacer, antworte er, indem er vier Finger hob. Sie war die Nummer zwei, Arducius die drei. Gorian war natürlich der Erste. Ossacers Augenlicht schwand rasch dahin. Fair war es nicht, aber genau deshalb versteckte Gorian sich im Wasser zwischen den Strömen der Luftblasen. Ausgebrochen war die Krankheit vor zwei Jahren nach dem Schock über Mirrons Erwachen, und die Ärzte konnten nichts tun, um ihren Verlauf aufzuhalten oder ihn gar zu heilen. Noch vor der Mitte des kommenden Dusas würde er völlig blind sein. Bis dahin genoss er das bisschen Augenlicht, das er noch besaß, ging seiner Arbeit nach und spielte wild und voller Entschlossenheit.

Wo war Arducius? Sie benutzte das Zeichen für »suchen« und »drei«.

Gorian zuckte mit den Achseln und deutete nach unten.

Ossacer?

Lächelnd deutete Gorian mehrmals nach unten, um eine große Entfernung anzudeuten. Dann streckte er eine Hand aus und strich durch ihre Haare. Einige Strähnen hatten sich aus dem Band gelöst und wehten im wirbelnden warmen Wasser vor ihren Augen. Sie hatte nicht den Wunsch, sich zurückzuziehen. Im Bauch hatte sie einen warmen Klumpen, sie zitterte. Eine Schule winziger silberner Fische schoss vorbei und hüllte sie einige Augenblicke lang ein, bevor sie durch die Bucht weiterzogen. Gorian beugte sich herüber, bis sein Gesicht ihr sehr nahe war. Sie glaubte schon, seinen Atem in ihrem Gesicht zu spüren. Ganz dicht vor den ihren waren jetzt seine Lippen.

Ein dumpfer Schlag hallte durchs Wasser. Einmal, zweimal, dreimal. Hesther oder Shela riefen sie ans Ufer zurück. Mirron wich vor Gorian zurück, der die Stirn runzelte und ihr winkte. Kopfschüttelnd deutete sie nach oben und zum Ufer und zog dabei die Augenbrauen hoch: »Jetzt sofort.« Gorian nickte. Der Augenblick war vorbei. Er gab ihr die Hand, sie schlug ein, und zusammen schwammen sie wieder empor. Die anderen folgten ihnen.

»Wann können wir unsere Wasser-Fähigkeiten weiter entwickeln?«, fragte Gorian. »Jen sagt, wir seien schon fast so gut wie sie. Wir sollten uns bemühen, noch besser zu werden.«

»Es gefällt dir wohl, die Fische zu kontrollieren, was?«, fragte Mirron und steckte den Kopf aus dem Handtuch heraus. Gorians Haut glänzte in der Sonne.

»Am liebsten Delfine und Haie«, erwiderte Gorian.

»Alles zu seiner Zeit«, schaltete sich Hesther ein. »Wir haben noch nicht die richtige Methode für dich gefunden. Es wäre besser, wenn du diese Tricks zuerst bei Schafen versuchen würdest.«

Ossacer kicherte. »Weißt du, was dann passiert? Gorian kontrolliert das Bewusstsein eines Schafs und lässt es angreifen.«

Alle lachten über den Scherz. Alle außer Gorian.

»Tja, das wird dir wohl nicht möglich sein, weil du dann blind bist«, erwiderte er.

»Gorian, dafür wirst du dich sofort entschuldigen«, befahl Shela.

»Aber es stimmt doch.«

»Selbst wenn, es ist wirklich nicht nötig, dass du ihn so gehässig daran erinnerst«, ermahnte sie ihn. »Entschuldige dich.«

Gorian starrte Shela trotzig an. »Entschuldigung«, murmelte er schließlich.

Mirron hatte versucht, Ossacers Reaktion einzuschätzen. Er hatte den Boden angestarrt und mit seinen Füßen im Sand gescharrt. Jetzt schaute er wieder auf.

»Ich werde meine Augen nicht mehr brauchen«, sagte er. »Eines Tages werden die Tiere für mich sehen.«

Darüber runzelte Hesther die Stirn und sah Ossacer scharf an. Nach einem Augenblick änderte sich ihre Miene wieder, und sie klatschte in die Hände.

»Na schön, wenn ihr alle ausgeruht und einigermaßen trocken seid, dann schnappt eure Sachen. Es ist Essenszeit, und dann habe ich noch eine Überraschung für euch.«

Mirron und die anderen standen auf und folgten Hesther und Shela vom Strand den Abhang zum Obstgarten hinauf. Unterwegs kamen sie am Haus des Marschallverteidigers vorbei. Als Mirron die verschlossenen Fensterläden sah, fragte sie sich, wann die Familie zurückkommen würde. Es machte Spaß, wenn Kovan dabei war, und er schien sich vor ihnen nicht so zu fürchten wie die anderen in der Stadt. Er blieb meistens in ihrer Nähe, wenn sie nicht gerade unter Wasser spielten, und das war ein angenehmes Gefühl. Schade nur, dass er und Gorian sich nicht so gut verstanden.

Die Villa des Marschalls lag inmitten eines schönen privaten Gartens, der sich zu beiden Seiten mindestens fünfzig Schritt weit erstreckte. Die hohen Mauern waren weiß gekalkt und mit rotem Schiefer bedeckt. An den Ecken und in der Mitte jeder Mauer standen Statuen früherer Marschälle in heldenhaften oder nachdenklichen Posen. Die Seitentür des Gartens war offen, und dort schob Hesther sie nun hinein.

Mirron liebte diesen Garten mit seinen Marmorwegen, die sich kreuz und quer durch die Wiesen zogen, den Obstbäumen, von denen man Äpfel, Apfelsinen und Zitronen pflücken konnte, und dem schönen Fischteich mit den Springbrunnen, in denen träge große goldene Karpfen schwammen. Im Zentrum erhob sich ein marmorner Sockel, der von einer auf vier Säulen ruhenden Kuppel überdacht war. In deren Schatten waren rundherum Bänke aufgestellt, und auf einer saß Vater Kessian. Sie stieß einen entzückten kleinen Schrei aus und rannte los, und die anderen Aufgestiegenen folgten ihr und plapperten begeistert.

In der letzten Zeit hatte sie vor allem Hesther unterrichtet. Vater Kessian war alt und schien immer eine Erkältung oder irgendein anderes Zipperlein zu haben. Doch wenn er kam, um ihnen etwas beizubringen, dann sang ihr Herz, und nicht nur, weil es stets um etwas Wichtiges ging. Sie liebte ihn. Alle liebten ihn. Sie schwiegen, wenn er das Wort ergriff, und spürten seine Wärme, wenn er lächelte. Jedes

Wort, das er sprach, berührte sie im Herzen und zeigte ihnen Dinge, die sie noch nicht verstanden hatten. Sie wuchsen.

»Hallo, meine jungen Aufgestiegenen«, begrüßte er sie mit weicher, warmer Stimme. »Ich hoffe, das Wasser war angenehm, und die Fische waren freundlich.«

»Es war schön«, platzte Mirron heraus. Sie drückte ihm einen Kuss auf die Wange und umarmte ihn, und gleich darauf waren auch die anderen da.

»Langsam, langsam«, sagte Kessian, der sich kichernd bemühte, unter dem Ansturm seiner Schüler nicht das Gleichgewicht zu verlieren. »Lasst einem alten Mann doch etwas Luft zum Atmen.«

Sie gaben ihn frei.

»Gorian will die Haie steuern«, petzte Arducius.

»Wirklich?« Kessian zog die Augenbrauen hoch. »Du bist aber sehr ehrgeizig. Nun, das ist schon in Ordnung. Aber setzt euch doch, setzt euch. Shela wird euch etwas zu essen bringen, und dann werde ich euch heute Nachmittag unterrichten.«

Mirron klatschte in die Hände und setzte sich rechts neben den Vater. Sie sah ihm in die wissenden Augen, die in seinem runzligen alten Gesicht fast nicht zu erkennen waren. Eines Tages würde er nicht mehr da sein und sie nicht mehr unterrichten oder ermuntern können. Er stand vor dem Ende seines Zyklus und würde bald von Gott umarmt werden. Sie wollte nicht, dass dieser Tag je käme.

»Geht es dir wieder besser?«, fragte sie.

Kessian lächelte. »Ja, mein Kind, und danke, dass du gefragt hast. Meine Brust ist frei, und Genna sagt, ich schnarche nicht mehr.«

»Das freut mich.«

»Nun gut. Sitzt ihr alle bequem? Dann wollen wir etwas Neues lernen«, begann Kessian.

Mirrons Herz schlug etwas schneller. Sie schenkte Gorian ein Lächeln. Es gab doch nichts Schöneres, als neue Fähigkeiten zu entwickeln. Dies bedeutete, die Autorität war der Ansicht, dass sie Fortschritte machten.

»Bei allem, was ich gleich sagen werde, und während des Experiments, das ihr machen sollt, dürft ihr nicht den Kern dessen vergessen, was ihr nach eurem Erwachen gelernt habt. Es ist jetzt fast zwei Jahre her ... die Zeit vergeht so schnell, nicht wahr? Was könnt ihr mir über die elementaren Energiekerne sagen? Arducius?«

»Sie sind die stärksten Quellen der Lebensenergie, die wir überhaupt benutzen können.«

»Gut«, erwiderte Vater Kessian gedehnt. »Aber gibt es außer der bloßen Anwendung noch etwas anderes, etwas Erstaunliches?«

»Wir können damit mehr Energie machen«, sagte Ossacer.

»Richtig, ihr könnt die Energie verstärken. Allerdings weiß ich, dass es euch allen schwerfällt, selbst wenn die Quelle gleichmäßig strömt und stark ist. Wir haben alle die vorübergehenden Alterungsprozesse gesehen, die ihr erleidet, nachdem ihr eure Fähigkeiten eingesetzt habt. Außerdem haben wir bemerkt, dass ihr mit euren Fähigkeiten nur eine kleine Weile lang arbeiten könnt, ehe ihr erschöpft seid und grau werdet. Stimmt ihr mir zu? Ja, Gorian?«

»Aber wir sind viel besser, als wir es noch vor einem Jahr waren«, sagte er. »Wir schaffen jetzt viel mehr als damals.«

Kessian nickte begeistert. »Oh, das ist wahr, und ich freue mich sehr, dass ihr euch so gut entwickelt. Zweifellos wird dies auch so weitergehen. Ihr dürft allerdings nicht vergessen, dass es immer Grenzen geben wird, und dass ihr nie aus den Augen verlieren dürft, wie viel ihr eurem Körper und eurem Geist zumuten könnt. Vor allem, wenn ihr Lebewesen wachsen lasst. Ja? Gut.

Nun, der Grund dafür, dass ich euch daran erinnert habe, ist, dass ich euer Verständnis dafür wecken möchte, wie man die Energien, die ihr so geschickt aufzufinden und für eure Arbeit einzusetzen versteht, auf andere Weise nutzen kann.« Vater Kessian nahm ein Blatt in die Hand, das links neben ihm auf der Bank lag. »Gorian schrieb ...«

»Der erste Gorian?«, wollte Arducius wissen.

Kessian sah ihn mit leichtem Stirnrunzeln an. »Aber gewiss.«

Die drei Jungen platzten vor Lachen heraus und mussten sich aneinander festhalten. Sie konnten kaum noch sprechen und stießen zusammenhanglose Silben hervor.

»Schon gut, schon gut«, sagte Kessian mit einem breiten Lächeln.

Mirron schüttelte den Kopf und freute sich, dass sie sich besser in der Gewalt hatte. Sie schaute zum Vater auf und zuckte mit den Achseln.

»Jungs«, sagte sie, den Tonfall ihrer Mutter nachahmend.

Kessian kicherte. »Du sagst es. Jungs, das sind sie. Ich glaube aber, es wird Zeit, dass ihr mir verratet, warum meine Worte für euch so lustig waren.«

Sie sahen einander an, beinahe hätten sie wieder die Kontrolle verloren, aber dann wurden sie ernst genug, um es zu erklären. Gorian sprach als Erster.

»Entschuldige, Vater, aber das sagst du immer. Du und alle anderen Autoritäten.«

»Was denn?«

»Du sagst immer ›aber gewiss‹, Vater. Ihr alle sagt das andauernd.«

»Wirklich?«, antwortete Kessian. »Nun ja, ihr könnt uns am besten davon abhalten, indem ihr aufhört, dumme Fragen zu stellen, was?« Lächelnd zauste er Gorians Haare. »Darf ich jetzt fortfahren?«

»Aber gewiss«, quetschte Ossacer heraus, bevor er wieder lachend losbrüllte und die anderen beiden mitriss.

Jetzt konnte sich auch Mirron kaum noch beherrschen. Außerdem musste sie nun, nachdem es ausgesprochen war, sogar zugeben, dass die Jungs recht hatten. Vater Kessian wartete, bis seine Schüler sich wieder beruhigt hatten, und ergriff die Gelegenheit, sich zurückzulehnen und abzuwarten, während Shela ihnen etwas zu essen reichte. Schließlich rief er seine Schutzbefohlenen wieder zur Ordnung.

»Gorian – der ältere Gorian – schrieb: ›Uns ist bekannt, dass in allen Dingen, ob lebend oder unbelebt, Energien existieren, die wir formen und verdichten können, um bestimmte Aufgaben zu verrichten. So unterscheiden sich beispielsweise die Energiebahnen in einem Orangenbaum von jenen, die wir in einem Tier auf dem Bauernhof vorfinden. Dies kann man aus alten Schriften lernen, in denen die Adern und Blutströme Gottes in seiner Erde behandelt werden, dies kann ich aber auch durch eigene Beobachtungen bestätigen, und dies ist auch allen Aufgestiegenen klar, so sie es zu sehen vermögen.

Weiterhin sind wir davon überzeugt, dass der erste wahre Aufgestiegene, der eines Tages zur Welt kommen wird, nach seinem Erwachen fähig sein wird, diese Energien umzulenken und neue Zwecke für sie zu finden, die von ihren bisherigen Zwecken abweichen, wenngleich diese Bestimmung ihrem ursprünglichen Zweck ähnlich sein wird.‹« Lächelnd hielt Kessian inne. »Er hat sich manchmal etwas umständlich ausgedrückt. Damit meint er im Grunde nur, dass Feuer für die Arbeit mit dem Feuer eingesetzt wird, die Erde für die Arbeit mit Wurzeln und Zweigen. Ich sehe schon, was du sagen willst, junger Gorian, also behalte es für dich. Der Scherz nutzt sich ab.

Gorian schrieb auch das Folgende, das ebenso wichtig wie kurz gefasst ist: ›Es gibt jedoch keinen Grund, warum Energien, die von Gott für einen bestimmten Zweck geschaffen wurden, von einem Aufgestiegenen nicht für einen ganz anderen Zweck angepasst werden können. Schließlich ist die Energie im Grunde überall dieselbe. Sie durchströmt den ganzen Zyklus des Lebens, das Gott zum Ruhm gereicht und an das wir alle gebunden sind.‹«

Kessian legte das Pergament fort und sah sich zu den Aufgestiegenen um. Mirrons Nervosität nahm zu. Wenn ihre Vermutung richtig war, dann würde der heutige Versuch einen großen Fortschritt darstellen. Und schwierig würde es auch.

»Ich will euch nicht blindlings hineinstoßen, sondern vorher noch etwas anderes sagen. Ihr habt alle sehr schnell die grundlegenden Regeln erlernt und erfasst, wie man die Lebensenergien einsetzt, um irgendein Ziel zu erreichen. Dazu musstet ihr verstehen, wie die Lebenslinien verlaufen, und wie ihr sie mit Hilfe eurer Körper verstärken könnt, um die gewünschte Wirkung zu erzielen. Ihr alle seid fähig zu tun, worum ich euch gleich bitten werde.

Aber heute Nachmittag sollt ihr über etwas anderes nachdenken. Nehmen wir zum Beispiel ... Mirron, du bist eine unvergleichliche Feuerläuferin. Wir haben gesehen, wie du aus einem glimmenden Span ein Feuer erweckt hast, das für eine Schmiede ausgereicht hätte. Deine Aufgabe ist es nun, die Lebensenergie irgendeines Baumes in diesem Garten zu benutzen, um ein Feuer zu erschaffen. Kannst du die Kraft dieses Zitronenbaums verformen und eine Flamme entstehen lassen, wo es bisher keine gibt? Und wenn du das tun kannst, findest du in dir dann genügend Kraft, um dieses Feuer weiter zu speisen und das zu verstärken, was du geschaffen hast?«

Vater Kessian legte ihr eine Hand aufs Knie und schenkte ihr ein warmes Lächeln. Die Unsicherheit, mit der sie seinen Vorschlag vernommen hatte, war ihm nicht entgangen. Der Schritt war noch viel größer, als sie es sich vorgestellt hatte. Sogar Gorian wirkte etwas besorgt. Die beiden anderen hingen ihren Gedanken nach.

»Mach dir keine Sorgen, Mirron. Es ist eine schwierige Lektion, die du vielleicht nicht an einem einzigen Tag lernen kannst. Deshalb haben wir euch alle hierher in den Garten des Marschalls Vasselis geholt. Die ganze Autorität ist bereit, euch zu helfen. Ich werde bei euch bleiben, und die ganze Zeit werden zwei Mitglieder der Autorität über euch wachen. Ihr habt den ganzen Nachmittag Zeit zum Nachdenken, um Fragen zu stellen und zu experimentieren. Rechnet mit Enttäuschungen und freut euch auch über kleine Erfolge. Wollt ihr das für mich versuchen?«

Mirron wäre fast in Tränen ausgebrochen. Sie schaffte es gerade noch, sich zurückzuhalten und zu nicken, bekam aber kein Wort heraus.

»Gut«, sagte Vater Kessian. »Dann esst etwas und zieht euch zurück, wie ihr es braucht. Willem und Meera werden bald bei euch sein.«

Mirrons Hände zitterten. Es war eine Mischung aus Aufregung und der Furcht vor dem Unbekannten. Mittlerweile war die ganze Autorität des Aufstiegs leise in den Garten eingetreten und hatte sich in der Nähe des Tors versammelt. Mirron hatte Mühe, sich auf ihren Teller mit dem kalten Fleisch und dem süß gewürzten Brot zu konzentrieren, während sie mit halbem Ohr zuhörte, welche Aufgaben Kessian ihren Brüdern zugedacht hatte. Eigentlich aß sie nur, weil sie die Notwendigkeit einsah, und nicht, weil sie ein echtes Bedürfnis verspürte.

Schließlich schob sie den Teller fort, stand auf und klopfte die Krümel von ihrer einfachen blauen Tunika. Sie war bereit. In der Ecke, die am weitesten vom Tor entfernt war, stand an einem sonnigen Flecken ein einzelner Orangenbaum, der das ideale Übungsobjekt war.

»Wartet noch, ehe wir uns aufteilen«, sagte Arducius. Er winkte sie alle zu sich. »Verschränkt eure Arme.«

Er hatte es schon mehrmals getan, wenn sie besonders schwierige Aufgaben erfüllen sollten. Es war sehr beruhigend.

»Vergesst nicht, wer wir sind«, sagte Arducius. »Wir sind füreinander da und werden einander unterstützen. Keiner von uns wird jemals allein sein.«

Dann trennten sie sich, und Mirron lief zu ihrem Platz. Die Sonne wärmte sie, und die Mauern des Gartens hielten die leichte Brise ab. Außerhalb des Schattens der Zweige setzte sie sich ins Gras. Hinter sich hörte sie die Schritte von Willem Geste und Meera Naravny, den Feuerläufern der Autorität. Sie blickte sich über die Schulter um und begrüßte sie mit einem Lächeln. Meera strich ihr übers Haar, und Willem hockte sich bedächtig vor ihr hin. Dabei zuckte er zusammen, weil ihm die Gelenke wehtaten. Vielleicht konnte Ossacer ihm helfen, die Ursache zu finden.

»Vergiss nicht, dass wir hier sind, um über dich zu wachen, dich anzuleiten und dich zu unterstützen. Vater Kessian wird langsam durch den Garten spazieren. Du musst dir jetzt einfach nur Zeit lassen«, sagte Willem. »Fühlst du dich wohl?«

»Ja«, sagte Mirron. »Ich bin nur etwas nervös.«

»Das ist nur zu verständlich, meine Liebe«, sagte Meera. »Mach dir deshalb keine Sorgen, es ist gut so.«

»Wo soll ich nur beginnen?« Auf einmal wurde Mirron bewusst, dass sie keine Ahnung hatte.

»Nun«, erklärte Willem, »vielleicht siehst du dir zuerst die Signatur des Baumes genau an. Bedenke aber, dass wir dir dabei nicht helfen können. Allerdings werden wir ein kleines Feuer entfachen, damit du die Signaturen vergleichen kannst. Wenn du dann deiner Sache sicher bist, kannst du die eine aus der anderen erschaffen und mit deiner eigenen Kraft verstärken. Wir werden die Signatur erkennen, sobald sie sich bildet.«

Mirron nickte. »Ich werde mich bemühen.«

»Das tust du doch immer«, sagte Meera. »Komm, Willem, lass sie eine Weile allein.«

Mirron legte die Hände auf den Boden und ließ ihren Geist mit offenen Augen wandern. Sofort spürte sie die Energiebahnen. In der Anfangszeit hatte dies eine große Anstrengung erfordert, aber jetzt konnte sie es beliebig lange tun. Sie konzentrierte sich auf die Wurzeln des Baums, die strahlend vor Leben unter ihren Füßen in der Erde pulsierten. Es war ein junger, gesunder Baum mit hellgrünen und gelben Bahnen, die sich durch den Stamm bis in die Äste zogen und erst in den Blättern, die zu Beginn des Dusas bleich wurden, grau und blass ausliefen.

Sie runzelte die Stirn. Die Signatur des Baumes war, nun ja, wie ein Baum geformt. Was sollte sie nun nach Vater Kessians Anweisungen erkennen? Sie löste sich aus ihrer Konzentration und sah sich um. Als hätte er ihre Verwirrung gespürt, kam der Vater zu ihr. Er stützte sich schwer auf seine Krückstöcke und setzte vorsichtig einen Fuß vor den anderen. Shela war bei ihm und bereit, ihn zu stützen, falls er straucheln sollte.

»Du scheinst verwirrt, meine Kleine«, sagte er leicht keuchend.

»Ich weiß nicht, wonach ich suchen soll. Die Energiebahnen haben die gleiche Form wie bei allen Bäumen. Wie könnten sie auch anders sein?«

»Von sich aus überhaupt nicht«, antwortete Kessian. »Nicht ohne Hilfe. Aber mir ist klar, dass du verwirrt bist. Du sollst die Unterschiede zwischen einer lebendigen Signatur wie diesem Baum und der des Feuers betrachten, das eine zerstörerische und starke, aber kurzlebige Energie besitzt. Die Energiedichte im Zentrum der Strukturen gibt dir die besten Hinweise auf die Unterschiede. Bei einem Baum breitet sich das Herz in den ganzen Wurzeln aus. Ein Feuer hat dagegen einen sehr dichten, zerstörerischen Kern. Wenn ich Gorian richtig verstehe, musst du etwas hervorbringen, das dem Feuer ähnelt. Untersuche das Feuer, das Willem dir bringt.«

Willem kam mit einem kleinen Eisenkessel ohne Deckel, den er an den Henkeln trug. Er brauchte keinen Schutz. Trotz seiner hundertzweiundzwanzig Jahre war er immer noch unempfindlich für die Hitze. Meera hatte einen Stein mitgebracht, auf dem er den Kessel abstellte. Drinnen befanden sich glühende Kohlen und Holzscheite. Mirron nahm ihr Glücksbringer-Armband ab und steckte die Hand ins Feuer. Die wundervolle Wärme spielte auf ihrer Haut. Dann konzentrierte sie sich auf die Energie im Feuer und keuchte.

»Ich kann es sehen«, sagte sie und fragte sich, warum es ihr nicht schon vorher aufgefallen war.

»Beschreibe es mir«, sagte Vater Kessian.

»Die Energie ist gebunden, auch wenn sie willkürlich erscheint. Alle Energiebahnen beginnen an ein und demselben Punkt. Wo die Kohle und das Holz am heißesten sind, ist das Feuer ganz dunkelrot, fast wie Blut. Die Bahnen erhitzen andere Kohlenstücke, wenn sie vorbeiziehen, und diese Stücke fügen einen Teil ihrer Energie hinzu, während sie die Hitze nach außen abgeben.«

Sie wandte sich an den Vater. »So entsteht ein Kreislauf. Auch wenn das Feuer irgendwann erlischt und die Energie nach einer Weile an die Luft abgestrahlt wurde.«

»Man könnte also sagen, dass ein Feuer wächst, während es seinen Brennstoff verbraucht, bis es schließlich stirbt und erkaltet. Das unterscheidet sich nicht sehr von einem Baum, der wächst, während die Lebensenergie in seinen Wurzeln langsam verzehrt wird. Wurzeln, Äste, Blätter und sogar ganze Bäume sterben schließlich; auch sie sind irgendwann kalt und tot. Der Zyklus eines Feuers, das keine neue Nahrung findet, läuft allerdings schneller ab als der eines Baumes. Hilft dir dies, die Energie der Erde in die des Feuers zu verwandeln?«

Mirron dachte darüber nach. »Irgendwie schon ... heißt das, ich muss die Energien, die ich aus dem Baum herausziehe, verdichten?«

»Ja, aber vergiss nicht, dass du ein Ziel brauchst, auf das du die Energien richten kannst. Auch ein Feuerzyklus braucht schließlich seinen Brennstoff, nicht wahr?«

Mirron verkniff es sich, mit den Worten »Aber gewiss« zu antworten, und verzichtete auch auf ein Lächeln. »Das heißt doch, ich kann die Energien nicht in mir formen, solange ich keine äußere Quelle finde.«

Vater Kessian zog die Augenbrauen hoch. »Bist du sicher? Wenn Gorian recht hat, dann kannst du möglicherweise die Energiesignatur in dir selbst aufrechterhalten und dann auf ein Ziel richten, das ihr Nahrung gibt, damit die Signatur überlebt. Verstehst du das?«

Mirron kratzte sich am Kopf und dachte angestrengt nach. Es war vermutlich so ähnlich wie die Übertragung der Feuerenergie von einem Werkstück auf ein anderes. Allerdings gab es normalerweise im Kreislauf der Energie keine Unterbrechung. Vater Kessian sagte nun jedoch, sie könne das Feuer in ihrem Körper festhalten, ohne neuen Brennstoff zur Verfügung zu haben.

»Ich bin nicht sicher.«

»Versuche es einfach. Und mach dir keine Sorgen, wenn nichts dabei herauskommt. Wir haben alle Zeit der Welt.«

Wenn Vater Kessian bei ihr war, hatte Mirron das Gefühl, sie könnte alles erreichen. Sie strahlte ihn an, sah sein schönes, altes faltiges Gesicht und den ermutigenden Blick und war entschlossen, ihr Bestes zu geben. Also legte sie die Hände wieder auf den Boden und rief die Energiesignatur des Baums vor ihr inneres Auge. Ringsum gab es andere Spuren – die Wurzeln anderer Bäume und von Würmern und Insekten, die sie alle hätte identifizieren können, wenn sie sich darauf konzentriert hätte.

Sie öffnete sich für den Orangenbaum und verband ihre Energiebahnen mit den seinen, bis sie seine Anmut fühlte, sein zielstrebiges Wachstum und das sanft pulsierende Leben in ihm, das viel gemächlicher dahinströmte als das Blut durch ihr rasendes Herz.

Schließlich hielt Mirron inne und wartete, bis sich die Lebenslinien nach ihrem Eindringen wieder beruhigt hatten. Als Nächstes galt es, die Kraft des Baums anzuzapfen, um ein Feuer entstehen zu lassen. Dabei empfand sie ein leichtes Unbehagen. Die Gewalt des Feuers widersprach dem friedlichen Leben des Baums, und seine Energie zu benutzen, um Flammen zu erschaffen, kam ihr falsch vor. Andererseits war es nur ein Experiment.

Die Lösung war dann doch nicht so schwer zu erkennen. Wenn Mirron das Wachstum eines Baums beschleunigen wollte, musste sie lediglich ihre hellen, schnellen Energien auf die Lebenslinien in den Wurzeln des Baums richten und das schlummernde Wachstumspotenzial aus den Wurzeln nach oben treiben. Ihre Lebenskraft verstärkte dann das Wachstum. Es war anstrengend, aber wirkungsvoll. Wenn sie nun die Energie des Baumes umlenken wollte, um ein verwandtes Wesen wie eine Blume wachsen zu lassen, diente sie selbst als Kanal und Verstärker für die Energie, aber es war im Grunde der gleiche Vorgang.

Auch um ein Feuer zu erzeugen, konnte sie die Energie umlenken, ohne ihr jedoch ein Ziel zu geben. Vielmehr musste sie das Energiemuster des Feuers in ihrem Geist erschaffen und in ihrem Körper festhalten. Also würde sie, überlegte Mirron, die sanfteren Lebenslinien des Baums zur gröberen, schnelleren Struktur des Feuers verdichten und die Energien vorübergehend in ihrem eigenen Körper einsperren. Das würde ihr nicht wehtun. Draußen in der Luft konnte sie die Flammen jedenfalls nicht erschaffen, weil die Windteufel sie sonst fortreißen würden, und dann wären sie verloren.

Sie streckte die linke Hand aus und konnte beobachten, wie ihre rosafarbene glatte Hand von hellen Lebenslinien überlagert wurde, während die rechte Hand die Verbindung zum Orangenbaum hielt. Im Vergleich zu ihr selbst war die Energie in den Wurzeln, Ästen und Blättern unendlich. Sie zupfte an einzelnen Energiebahnen und lenkte das Dunkelgrün und Braun in ihren Körper um. Wie immer keuchte sie, als sie die relativ alte Kraft in sich spürte.

Nun konzentrierte sie sich stärker denn je, weil sie wusste, dass Vater Kessian sie beobachtete, und benutzte die Bahnen ihres Körpers, um die Energie des Baums zu umhüllen und zusammenzudrücken. Vor ihrem inneren Auge wuchs die Energiestruktur des Feuers in ihrer Handfläche. Dunkles, pulsierendes Rot und strahlendes Gelb, das an den Rändern in den Himmel entfloh, während der größte Teil von der Basis aus in ihren Körper zurückströmte, um den Kreis zu schließen.

Als Nächstes konnte sie sich überlegen, wohin sie das Feuer richten wollte. Willem hatte bereits etwas vorbereitet. Er legte ein Dreieck aus toten Zweigen auf eine Steinplatte, damit die graue und schwarze Signatur deutlich hervortrat. Sie streckte die Hand zum Brennstoff aus und wollte das Holz berühren, um die Energie zu übertragen.

Doch die durch sie strömende Lebenskraft des Baums war viel zu stark. Ohne ein Ziel direkt vor sich zu haben, konnte sie die Gewalten kaum noch bändigen, nachdem sie den Zyklus aufgebrochen hatte. Der Baum pulsierte viel zu heftig, und die Energiestruktur des Feuers, die sie erschaffen hatte, suchte ein Ziel. Ihre Hand war dem toten Holz nicht nahe genug, doch in der Nähe gab es einen anderen Brennstoff.

Kreischend sprang Mirron hoch und stolperte rückwärts. Ihre Kleider und die Haare brannten lichterloh, es knisterte, und eine Rauchwolke stieg auf. Die Flammen loderten vor ihren Augen, und der Gestank drang ihr in die Nase. Sie hörte aufgeregte Rufe in der Nähe. Das Feuer war heiß, heißer noch als die Schmiede. In seinem Zentrum war es rein und wurde erst beschmutzt, als es ihre Kleider und Haare als Brennstoff benutzte.

Der Schreck war rasch überwunden, und dann atmete sie die Kraft ein. Das war ein Fehler. Der Rauch von ihren brennenden Kleidern ließ sie husten. Dennoch fühlte sie sich gestärkt und gereinigt. Als jemand ihr Wasser über den Kopf kippte, hatte sie sogar einen Moment lang das Gefühl, etwas verloren zu haben. Einen Augenblick stand sie da und betrachtete ihre Füße, ohne sich ihrer Nacktheit zu schämen. Die Autoritäten und die Aufgestiegenen umringten sie.

Dann hob sie den Kopf und kratzte sich am Schädel. Ihre Haare waren verschwunden. Sie lächelte und hätte beinahe laut gelacht. Eigentlich hätte sie entsetzt sein müssen, aber sie fühlte sich unglaublich lebendig. Außerdem verstand sie, was geschehen war. Sie hätte die Energie des Baums wieder zu einem Kreis schließen und sich von ihr lösen müssen, ehe sie versuchte, die Struktur des Feuers, die sie erschaffen hatte, auf irgendein Ziel zu richten. Sie wusste nur nicht, wie sie das hätte anfangen sollen. Sie hatte lediglich eine kleine, reine Feuerstruktur erschaffen und dennoch dem Baum unverhältnismäßig viel Energie entzogen. So viel hatte sie verschwendet, weil sie nicht fähig gewesen war, die Kräfte in sich zu bündeln. Es musste einen besseren Weg geben.

Mirron seufzte und nickte, um die anderen zu beruhigen. Sofort wich die Sorge in ihren Gesichtern der Neugierde, etwas zu erfahren.

»Also«, sagte sie. Ihre Stimme war vom Rauch noch etwas heiser. »Es ist also möglich.«

»Aber gewiss«, bestätigte Vater Kessian.

Lautes Lachen ertönte im eingefriedeten Garten.

12

847. Zyklus Gottes, 10. Tag des Dusasauf
14. Jahr des wahren Aufstiegs

Estorr. Hauptstadt der Estoreanischen Konkordanz. Prächtig erstrahlten die weißen und roten Bauten der Stadt in der ersten Morgensonne. Näherte man sich ihr nach einer Reise über das Tirronische Meer, dann nahm sie während der letzten Stunden der Fahrt den ganzen Horizont ein. Es war ein Anblick, der das Herz erfreute und jeden Einwohner mit Stolz erfüllte.

Paul Jhered stand, den Mantel um sich geschlungen und als Schutz vor der Kälte die Kapuze über den Kopf gezogen, im Bug der *Falkenpfeil.* Über ihm blähte sich das Hauptsegel im starken Wind und trieb sie auf den letzten Meilen kräftig an. Im Herzen des Segels prangte stolz das Wappen der Einnehmer.

Die Außenmauern des großen, mit Zement und Stein befestigten Hafens ragten eine halbe Meile weit ins Meer hinaus. Wie Krebsscheren mit jeweils einer Festung an der Spitze umarmten sie den geschützten Bereich. Auf den Flachdächern der Befestigungen standen Triboken, und auf drei Terrassen bis hinunter zum Meer und zum Hafen konnten Ballisten Steine verschießen. Jeder Feind würde mit einem vernichtenden Feuer eingedeckt, und zugleich diente die Anlage als Warnung davor, mit Schmuggelgut oder Flüchtlingen unerlaubt den Hafen zu verlassen. In den Molen des Hafens waren Liegeplätze mit tiefem Wasser ausgespart, in denen auch die größten Handelsschiffe und Kriegsschiffe anlegen konnten. In den flacheren Bereichen und am Ufer, wo das Wasser still war wie ein Mühlteich, drängten sich Fischerboote.

Hinter dem Hafen breitete sich die mächtige, von eigenen Mauern geschützte Stadt nach Norden und Süden an der Küste aus und erklomm die Hänge eines Hügels. Dessen Gipfel war schon vor Jahrhunderten eingeebnet worden, um Platz für den ersten Palast der Konkordanz zu schaffen. Jhered hatte oft gesagt, jeder Bürger sollte einmal die Gelegenheit bekommen, die Stadt vom Meer aus zu sehen. In der ganzen Konkordanz gab es keinen vergleichbaren Anblick, wie gerade er aus reicher eigener Erfahrung bezeugen konnte.

Estorr erstreckte sich vor ihm wie eine Landkarte. Er konnte die breiten, von Bäumen gesäumten und mit Flaggen geschmückten Prachtstraßen erkennen, die sich wie die Speichen eines Wagenrades zu den Hügeln und hinauf zum Palast erstreckten. Dazwischen drängten sich Häuser und Geschäfte in einem Gewirr schmaler Straßen und Gassen. Zement und Stein waren weiß gekalkt und mit vielen Farben geschmückt, was den Häusern eine individuelle Persönlichkeit verlieh und zuweilen auch der Werbung für die Geschäfte diente.

Je höher eine Wohngegend lag, desto größer der Wohlstand. Hier und dort lockerten Parkanlagen das Häusermeer auf, hinter sorgsam modellierten Gärten und Vorhängen aus hohen, zu Formen geschnittenen immergrünen Pflanzen erhoben sich Villen. Im Süden ragte die Hauptarena fünf Stockwerke hoch in den Himmel. Die von dort aus zum Palast führende Prachtstraße war breit und auf voller Länge mit Flaggen geschmückt. Neben der Arena war der wunderschöne, ehrwürdige Garten der Advokatur angelegt. Auf kannelierten Säulen an den Wegen oder um Springbrunnen angeordnet standen dort die Statuen früherer Advokaten.

Im Zentrum der Stadt herrschte auf dem ringsum von Säulengängen umgebenen zentralen Forum reges Leben. Es war der größte offene Platz in Estorr. Im Norden schloss sich ein Amphitheater an, im Süden ein Oratorium, in der Mitte drängten sich die Menschen. Hier pulsierte das städtische Leben so intensiv wie nirgends sonst.

Wenn das Forum das Herz der Stadt war, dann stellten die drei Aquädukte seine Schlagadern dar. Die erstaunlichen Bauwerke beförderten auf Doppelbögen das Wasser zu den Brunnen und Leitungen, den Teichen und kleinen Seen der Stadt und beherrschten das höhere Gelände jenseits der Metropole. Wie immer aber wanderte Jhereds Blick unweigerlich zum Palast, der auf alles herabblickte, was er beherrschte. Er hatte schon den Anblick vor Augen, der ihn begrüßen würde, wenn er den Palast in wenigen Stunden aufsuchen würde.

Einem Besucher, der durch das Prunktor eintrat, verschlug es gewöhnlich die Sprache. Hinter den Mauern stand im Mittelpunkt des großen Hofs der Siegesbrunnen. Vier Kavalleristen zierten den Brunnen und reckten das Banner der Konkordanz auf ihren hochsteigenden Pferden zum Gruß in alle vier Himmelsrichtungen. Im Süden und Osten schlossen sich die Verwaltungsgebäude des Senats und die Hauptquartiere des Heeres und der Einnehmer an. Von den Säulengängen abgesehen, waren es gesichtslose Gebäude mit mächtigen Türen, hinter denen in unzähligen Kammern und Räumen die Konkordanz organisiert, besteuert, beschützt und erweitert wurde.

Im Westen erhob sich die Basilika. Zierliche geschmückte Säulen ragten mehr als hundert Fuß empor und stützten das mit Steinmetzarbeiten geschmückte Dach. Dort waren die großen Schlachten aus der Anfangszeit der Konkordanz verewigt, als sie sich Gestern, Avarn, Caraduk und Easthale einverleibt hatte. Im Innern beschäftigten sich die Advokatin und ihr innerer Kreis von Proprätoren, Prätoren, Ädilen und Magistraten damit, Gesetze zu erlassen, Recht zu sprechen und Beschwerden anzuhören.

Im Norden stand schließlich der Palast selbst. Vierzig Stufen, eine jede zweihundert Fuß breit, führten zu dem Ehrfurcht gebietenden, von Säulen flankierten Eingang hinauf. Vom Balkon, der nur bei Feierlichkeiten benutzt wurde, hing eine Flagge herab und beschattete die riesigen, mit goldenen Einlegearbeiten verzierten und mit Stahl verstärkten Türen, die in die große Eingangshalle führten. Dahinter wiederum begann das gewaltige Atrium, in dessen Zentrum ein Springbrunnen sein Wasser auf Seerosen und Goldfische regnen ließ.

Das Atrium war auf allen vier Seiten von Säulengängen umgeben. Von dort aus waren der Thronsaal, Speisesäle, Privatgemächer und Gärten zu erreichen. An allen Wänden hingen Wandteppiche und Kunstwerke. Stolze Statuen standen in allen Nischen, und das Gewicht von Ruhm und Geschichte war selbst für den stärksten Mann spürbar und machte ihn schwach und demütig.

Jhered atmete tief durch, ließ die kalte Seeluft in seine Lungen strömen und ihn mit Lebenskraft erfüllen. Auch den Palast sollte jeder Bürger einmal sehen. Beredt sprach dieses Gebäude von der Majestät und Macht der Konkordanz. Es war eine Erinnerung an das, was die Konkordanz der Welt geschenkt hatte. Das strahlende Zentrum des Reichs, obwohl einige, die dort durch die Gänge wandelten, dekadent und verkommen waren.

Aus diesem Grund hatte Jhered sich gezwungen gesehen, seine gegenwärtigen Aufgaben in Gestern zu vernachlässigen und die Einnehmer dort draußen sich selbst zu überlassen. Nur seine Ehrengarde begleitete ihn. Zu viele Schwierigkeiten, zu viele Gerüchte und zu viele Überfälle hatte es in diesem friedlichen Land gegeben, das dummerweise an Atreska grenzte. Jhered war es nie ganz geheuer, wenn sein Mitgefühl für den Herrscher einer Provinz erwachte, sobald es um steuerliche Belange ging. Doch er empfand große Achtung für die Marschallverteidigerin von Gestern, und nach seinen Gesprächen mit Katrin Mardov hatte er die Entscheidung getroffen, mit den Geldkisten und den genehmigten Abrechnungen nach Hause zu reisen.

Die bleiche Sonne stand im Zenit, als die *Falkenpfeil* gemächlich die schützenden Festungen passierte. Inzwischen waren alle drei Ruderbänke besetzt, nachdem die Mannschaft die Segel gerefft hatte. Ein vierfaches Hornsignal von den Signaltürmen kündigte die Ankunft des Flaggschiffs der Steuereinnehmer an. Laut hallten die Töne über das Wasser und wurden von den Hügeln zurückgeworfen, auf denen Estorr sich erstreckte. Auf der Mole gerieten die Arbeiten einen Augenblick lang ins Stocken, als die Leute das Schiff anstarrten, das zielstrebig zu seinem eigenen Liegeplatz an der Mole gerudert wurde. In der Hafengarnison ertönten Pfiffe, und eine Abordnung von Reitern rückte aus, um das Schiff zu begrüßen. Sie hoben das Banner der Advokatin und hatten sogar eine gepanzerte Kutsche dabei.

Der Kapitän der *Falkenpfeil* brüllte eine Reihe von Befehlen, während das Schiff sich dem Liegeplatz näherte. Matrosen machten die Taue bereit. Zwölf verteilten sich mit Stangen backbord an der Reling, um das Schiff am Dock abzufedern, sobald es anlegte. Es kam schräg herein, die Backbordruder wurden einzogen, während die Steuerbordruder es langsam drehten. Mit leichtem Knirschen berührte die *Falkenpfeil* die Mole. Ein breiter Laufsteg wurde angelegt.

»Schatzkanzler Jhered, willkommen in Estorr«, rief der Kapitän.

Jhered drehte sich um und nickte, dann schritt er übers Deck zum Laufsteg, wo der Kapitän ihn schon erwartete.

»Danke. Es war eine angenehme Reise. Sagt mir, wie lange werdet Ihr noch im Hafen liegen?«

»Zehn Tage, Herr. Wir müssen einige kleinere Reparaturen durchführen und Vorräte bunkern, und meine Mannschaft muss sich ausruhen. Dann fahren wir nach Norden, nach Neratharn.«

»Ah, richtig, Ihr fahrt mit Appros Derizan und einer Gruppe von Einnehmern hinauf. Sie haben eine schwierige Aufgabe vor sich. Der Südwesten von Atreska ist ein gefährliches Gebiet.«

»So ist es, Herr. Wir haben Befehl, auf See zu ankern, bis die Untersuchung beendet ist.«

Jhered nickte. »Tut das. Möglicherweise begleite ich Euch sogar. Ich gebe Euch noch Bescheid. Lasst einstweilen mein Gepäck in mein Quartier auf dem Hügel schicken.«

Dann polterte Jhered die Laufplanke hinunter, seine Ehrenwache von acht Soldaten folgte ihm. Als er sich der Kavallerie und der Kutsche näherte, die seine Schatzkisten aufnehmen sollte, lächelte er. Der ungläubig starrende Hauptmann der Abteilung stieg eilig ab und schlug die linke Hand auf die rechte Schulter.

»Wir hatten gar nicht mit Euch gerechnet, Schatzkanzler Jhered.«

»Dann müsst Ihr froh sein, dass Ihr Eure Soldaten heute Morgen habt die Beinschienen polieren lassen, Hauptmann Harkov«, erwiderte Jhered lächelnd. Er nickte in Richtung der Kavallerie, und die Soldaten lachten leise. Es entsprach jedoch der Wahrheit. Nicht nur die Beinschienen, sondern auch die Brustharnische, die Schwertscheiden, die Helme mit den Federbüschen und das Zaumzeug, alles glänzte und war wundervoll in Schuss. Jhered zeigte sich beeindruckt.

»Die Kavallerie der Advokatur muss stets makellos auftreten, Schatzkanzler.«

»Ihr gereicht Eurer Truppe zur Ehre.«

»Wohin wollt Ihr? Unsere Pferde stehen Euch zur Verfügung.«

»Direkt den Hügel hinauf zu einer Audienz bei der Advokatin«, erwiderte Jhered. »Vielen Dank für Euer Angebot, aber Ihr müsst Euch vor allem um die Schatzkisten kümmern. Es ist ein angenehmer Tag. Wir werden über die Mole bis zu Eurer Wache laufen. Ich nehme doch an, Ihr habt dort noch einige überzählige Pferde?«

»Selbstverständlich. Ich werde dafür sorgen, dass geeignete Tiere bereitgestellt werden.« Er deutete auf eine Kavalleristin, die sofort kehrt machte und davongaloppierte. »Viele wollen derzeit dorthin.«

»Ach, wirklich?« Jhered glättete den Mantel über dem Brustharnisch und seinem Rock. Der Wind fegte durch den Stoff, und seine Beine wurden kalt.

»Erst vor zwei Tagen habe ich den Marschallverteidiger von Atreska dorthin begleitet. Soweit ich weiß, sind Abordnungen aus Gosland und Dornos schon seit sieben Tagen dort oben. Auch sollte ich Euch wissen lassen, dass das Banner der Kanzlerin über dem Stammhaus gehisst ist.«

»Hat sie denn nicht irgendwo anders ein paar Ketzer zu verbrennen?«, murmelte Jhered so leise, dass nur Harkov es hören konnte.

»Anscheinend gibt es in einigen weit entfernten Gebieten Schwierigkeiten«, antwortete Harkov. Er zog unter dem Helm die Augenbrauen hoch. »Soweit ich weiß, verlangt sie Verstärkungen.«

»Das tun heute viele«, erklärte Jhered. Es missfiel ihm, dass er mit anderen um die Aufmerksamkeit der Advokatin buhlen musste. »Ich danke Euch für die Hinweise.« Er nickte. »Es ist schön, Euch zu sehen, Hauptmann Harkov. Ihr solltet noch einmal über mein Angebot nachdenken.«

»Vielleicht, wenn meine Kinder etwas älter sind.« Er salutierte noch einmal.

»Eure Familie hat mehr Glück, als ihr überhaupt bewusst ist.« Damit wandte er sich wieder an seine Leibwache. »Lasst uns gehen. Zwei Mann breit hinter mir, die Augen nach vorn. Marsch.«

Mit Reittieren versorgt, führte Jhered seine Truppe von der Hafenwache auf den Hügel. Dort oben entließ er seine Ehrengarde, die nun zu Fuß zur Kaserne der Einnehmer weitergehen konnte, und schritt durch den Triumphbogen. Dieses Portal war zu Ehren von Jennin Havessel errichtet worden, des ersten Advokaten der Konkordanz. Es war ein mächtiges Monument, dessen Zinnen dreihundert Fuß hoch aufragten.

Dennoch konnte man ohne Weiteres durch den gewaltigen Bogen

schreiten, das Auge auf die prachtvollen Einzelheiten des Hofs dahinter richten und dabei die komplizierten Gravuren übersehen, die jede Fläche des aus Marmor und Sandstein errichteten Gebäudes bedeckten. Die Wandbilder beschrieben Havessels Schlachten und die Rückkehr der Kriegsbeute nach Estorr. An einem trüben Tag schimmerten die goldenen Einlegearbeiten nicht, und auch die Wächter, vier Statuen von Kriegshelden, jeweils einhundertfünfzig Fuß hoch, wirkten bei weitem nicht so einschüchternd und schienen beinahe mit den Schatten zu verschmelzen. Dennoch blieb Jhered immer stehen und strich mit der Hand über den jahrhundertealten Stein, um sich an das Vermächtnis zu erinnern, das zu beschützen und zu fördern er geschworen hatte.

Jhered trat aus dem von Laternen beleuchteten Inneren des Triumphbogens, erwiderte den Salut der Palastwache und wanderte über den mit Marmor ausgelegten Hof, dessen Mosaike längst zu Mythen und Legenden verblasste siegreiche Schlachten und Ruhmestaten abbildeten. Er widerstand der Versuchung, sich in seiner privaten Schreibstube zu erfrischen, und ging direkt zur Basilika. Zwischen den Säulen bewegten sich Würdenträger, die bunte Togen trugen, gelegentlich blitzte auch eine polierte Rüstung. Vor dem Haupteingang des offenen Gebäudes hing das Banner der Advokatin, was bedeutete, dass heute ein Tag öffentlicher Gesuche, Debatten und Erklärungen war.

Der leichte Wind wehte, während er sich näherte, ein Gewirr von Stimmen herüber, unter denen eine alle anderen zu übertönen wusste: Felice Koroyan, die Kanzlerin des Ordens der Allwissenheit. Dem Rang nach war sie die zweitmächtigste Persönlichkeit in der Konkordanz. Jhered hätte jederzeit sein Leben gegeben, um diese Frau zu schützen, doch er verabscheute es, die gleiche Luft zu atmen wie sie. Allerdings genoss er die Machtkämpfe und die unausweichlichen offenen Auseinandersetzungen zwischen ihr und der Advokatin. Heute schien es besonders hoch herzugehen.

Jhered lief, zwei Stufen auf einmal nehmend, die Marmortreppe hinauf und marschierte rasch durch die Vorhalle, vorbei an den Bannern, die an allen Säulen hingen, und den Soldaten, die ihm mit aufgerichteten Speeren salutierten. Seine mit Stahlkappen verstärkten Stiefel hallten laut unter der gewölbten Decke, das Geräusch trug weit durch die ganze Basilika. Ihm wurde bewusst, dass die Stimmen verstummten.

Schließlich bog er nach links in den Audienzsaal ab, der überfüllt war von den Großen, den Guten und den Heruntergekommenen aus dem Reich der Advokatin. Sie selbst saß auf einem um zwei Stufen erhöhten Thron und blickte auf ihre Untertanen hinab. Es war ein breiter Sitz, für einen weitaus mächtigeren Körper erschaffen, geschmückt mit Schnitzereien und Gold und im Dunkelgrün der Konkordanz gepolstert.

Sie trug die fließenden Staatsroben. Feinste Wolle aus Tundarra, strahlend weiß, grün und golden gesäumt, dazu eine Amtsschärpe von der rechten Schulter bis zur linken Hüfte. Ihr kurzes, teils ergrautes dunkles Haar war mit goldenen Fäden durchwirkt, darauf trug sie eine Tiara. Sie war halb auf ihrem Thron zusammengesunken, hatte einen Ellenbogen auf eine gepolsterte Armlehne gestemmt und stützte ihr Kinn mit einer Hand. Jetzt aber setzte sie sich aufrecht und lächelte leicht.

Aller Augen ruhten auf ihm. Er schritt durch die mit Höflingen besetzten Bankreihen in den freien Raum zwischen der Bühne und den beiden Reihen von jeweils fünf Stühlen mit hohen Lehnen, die dem Thron am nächsten standen. In angemessener Entfernung vor der Kanzlerin, die auf der rechten Seite neben ihrem Stuhl stand und ihn böse anstarrte, blieb er stehen. Inzwischen waren alle Gespräche verstummt.

»Ich bitte für mein unangekündigtes Erscheinen um Vergebung, meine Advokatin.« Er drehte sich leicht zur Kanzlerin herum. »Lasst Euch bitte nicht stören.«

Die Advokatin unterdrückte ein Lachen und hielt sich eine Hand vor den Mund. Die Kanzlerin schwieg einen Augenblick.

»Setzt Euch nur, Schatzkanzler Jhered«, sagte sie schließlich. »Ich habe das Wort, und Eure Ankunft wird trotz ihrer Lautstärke daran nichts ändern.«

»Dennoch ist es eine angenehme Überraschung«, sagte die Advokatin, deren angenehme, befehlsgewohnte Stimme einen deutlichen Kontrast zum starken südöstlichen Akzent der Kanzlerin bildete. Jhered verneigte sich noch einmal und nahm auf seinem Sitz auf der linken Seite Platz. Dabei drückte er kurz Marschallverteidiger Vasselis von Caraduk, der überraschenderweise ebenfalls anwesend war, die Hand. Danach begrüßte er Marschallverteidiger Yuran aus Atreska, den zu sehen er weitaus weniger erfreut war, mit einem knappen Nicken. Der Mann beschwerte sich unablässig über die Folgen eines Bürgerkriegs, den einzudämmen er kaum Anstrengungen unternommen hatte und der alle Legionen beeinträchtigte, die nach Tsard marschierten.

Möglicherweise konnte es sich jedoch als Glücksfall erweisen, dass er zugegen war. Wenigstens hatte er eine eigene Meinung zum Feldzug in Tsard und ließ sich vielleicht überzeugen, einen kleinen Augenblick lang über seine eigenen unbedeutenden Schwierigkeiten hinauszublicken und einen nützlichen Kommentar zu den Problemen abzugeben, mit denen Gosland und Gestern zu kämpfen hatten.

Kanzlerin Koroyan setzte ihre Ansprache fort. Sie nahm von einem ihrer Ratgeber eine Schriftrolle entgegen. Jhered legte den Kopf schief und sah, dass es der Sprecher der Erde war. In der Tat, eine erlauchte Abordnung.

»Tatsache ist, dass wir in allen sieben unserer neu erworbenen äußeren Territorien nicht über genügend Stärke verfügen, um die Botschaft des Ordens zu verbreiten. Einheimische Religionen blühen auf, während meine Leser, Pastoren und Sprecher bestenfalls ignoriert oder schlimmstenfalls aus den Häusern der Masken vertrieben werden. Manche trafen es sogar noch unglücklicher. Ich übergebe Euch die Liste derjenigen, die ihres Glaubens wegen ermordet wurden, für die Akten der Konkordanz.«

Sie schnippte mit den Fingern, worauf ihr ein Untergebener ein weiteres Dokument überreichte, das sie entrollte.

»Nun noch einige weitere Einzelheiten, um Euch …«

Die Advokatin blickte kurz zu Jhered, der die Augen verdrehte.

»… ist in Gosland die abartige Religion, die Tiere anbetet, allenthalben wieder aufgetaucht. In Atreska ist nicht zu erkennen, dass die Vorliebe für die vielfältigen, ketzerischen Glaubensrichtungen von Tsard in irgendeiner Weise nachlässt. Im nordöstlichen Gestern scharen die Bergidole, Statuen und Schnitzereien, die von den Kark verehrt werden, immer mehr Anhänger um sich, und die Pilger strömen zu Tausenden dorthin. Bevor jemand der Anwesenden einwendet, dass an unseren Grenzen zu Tsard zwangsläufig die Unzufriedenheit wachsen muss, was die Irregeleiteten den alten Religionen in die Arme treibt, will ich Euch erklären, dass mir dies sehr wohl bewusst ist. Auch ist mir klar, dass dies meinem Vortrag nur noch mehr Gewicht verleiht. Wären die Schwierigkeiten in diesen Gebieten meine einzigen, dann würde ich nicht hier stehen, sondern höchstpersönlich meine Missionare und einige Legionen in die tsardonischen Grenzgebiete führen. Jedoch scheint es so, als kämen diese unverständlichen und absurden Religionen auch nahe der Heimat immer mehr in Mode.«

Sie warf Vasselis einen bedeutungsschweren Blick zu, den er jedoch erwiderte, ohne mit der Wimper zu zucken.

»Selbst bei unseren engsten Verbündeten werden meine Leser ignoriert und an ihren gottgegebenen Pflichten gehindert. Sogar im Kernland der Konkordanz, in Avarn, Neratharn, Phaskar … in Ländern, die sich schon seit Jahrhunderten im Glanz der Konkordanz sonnen, gibt es noch eine beträchtliche Anzahl von Bürgern, die offen die Lehren des Ordens verhöhnen. Wie es scheint, wird Gott nur in Estorea wirklich angebetet und geachtet. Zweifellos entgehen wir auch deshalb der Vergeltung, und die Bürger können sich eines langen, friedlichen und produktiven Lebens erfreuen, ehe sie triumphierend an den Busen des Allwissenden zurückkehren.«

Koroyan hielt inne und ließ die Worte in der frischen Luft der Basilika verhallen.

»Meine Advokatin, die Bevölkerung der Konkordanz wächst mit einer Geschwindigkeit, die vor fünfzehn Jahren niemand vorhersehen konnte. Die Beitritte von Gosland und Atreska haben die Kräfte des Ordens so sehr in Anspruch genommen, dass wir nicht mehr die Kontrolle ausüben können, die eigentlich nötig wäre. Dies traf sogar schon zu, bevor die Unruhen an den Grenzen und die Aufstände ihren Tribut forderten.

Die Konkordanz ist darauf angewiesen, dass ihre Religion die maßgebliche Kraft bleibt, denn sonst wird all die gute Arbeit unserer Legionen letzten Endes zu nichts führen, und das will keiner von uns. Ihr seid die Erste Sprecherin des Ordens, und Ihr wisst, dass dies die Wahrheit ist. Ich brauche mehr Mittel, weil ich mehr Leute einsetzen muss, um Gottes Wort zu verkünden und die Waffen gegen jene zu richten, die sich gegen Gott und alles, was uns lieb und teuer ist, erheben. Meine Papiere und Berechnungen stehen Euch zur Überprüfung zur Verfügung.«

Die Kanzlerin verneigte sich leicht und machte einen einzigen Schritt rückwärts. Auf den Zuschauerbänken weiter hinten erhob sich Gemurmel, während die Advokatin über ihre Antwort nachdachte. Jhered runzelte die Stirn, denn trotz der Neigung der Kanzlerin, ihre Darstellungen zu übertreiben, bereitete ihm das Gehörte Sorgen. Unangenehme Gedanken schossen ihm durch den Kopf.

»Bleibst du lange in Estorr?«, fragte Vasselis.

Jhered drehte sich um. Vasselis sah ihn mit seinen tiefen, klugen Augen an.

»Zehn Tage, nicht länger. Ich habe nicht damit gerechnet, dir hier zu begegnen.«

»Und ich habe nicht mit dir gerechnet. Du hast dich in den letzten Jahren rar gemacht.«

»Im Osten gibt es viel Arbeit.«

Vasselis' Lächeln wurde breiter. »Die Arbeit des Schatzkanzlers ist einsam und undankbar.«

Jhered kicherte. »Das hast du von mir, was?«

Vasselis nickte. »So ist es. Und ich würde mich über eine Gelegenheit freuen, bei einem Abendessen noch weitere Perlen deiner Weisheit zu hören, ehe wir beide wieder aufbrechen müssen.«

»Das Essen möchte ich um keinen Preis verpassen.«

»Kanzlerin Koroyan.« Die Advokatin beugte sich auf ihrem Thron vor und rieb sich mit einer Hand das Kinn. Sofort hörten alle Unterhaltungen auf. Jhered setzte sich bequem und hörte zu. »Ich will mich kurzfassen, denn natürlich werde ich Eure Unterlagen noch ausführlich studieren. Allerdings fällt es mir, unabhängig von allem, was in Euren Schriften stehen mag, nicht leicht, ein Urteil zu Euren Gunsten zu fällen, und zwar aus folgenden Gründen.

Als Erste Sprecherin des Ordens will ich natürlich dafür sorgen, dass das Wort des Allwissenden Gottes bis in die hintersten Winkel der Konkordanz verbreitet werde. Wir beten den einzig wahren Gott an, und alle anderen Religionen mit ihren falschen Idolen und den falschen Göttern verkünden falsche Verheißungen. Daran glauben wir alle. Doch allmählich macht es mich müde, wenn ich immer wieder erklären muss, dass der Weg zur Erleuchtung für jene, die falschen Religionen anhängen, ein Weg der Bildung und des Vorbilds und gewiss kein Weg der Gewalt und Kontrolle sein sollte.

Seid Ihr nicht meiner Meinung, dass Ihr den theologischen Streit bereits verloren habt, wenn Ihr ein Volk mit Gewalt zwingen müsst, dem Weg des Allwissenden zu folgen?«

Sie hob eine Hand, um die Proteste der Kanzlerin zu unterbinden.

»Ich bezweifle nicht, dass alle Anhänger des Ordens das Bedürfnis verspüren, zu predigen und jeden Heiden zu bekehren, dem sie begegnen. Doch ist Widerstand etwas Natürliches. Ihr könnt nicht hoffen, Jahrhunderte des falschen Glaubens mit ein paar überlieferten Worten zu überwinden, die mit Schwert und Bogen in der Hand gesprochen werden. Es braucht Zeit, und in den äußeren Gebieten sind die Wunden noch frisch. Mit der Zeit wird es sich schon ergeben, und noch schneller, wenn Tsard erst unter der Regentschaft der Konkordanz steht. Doch selbst dann wird es noch einige geben, die sich nicht bekehren lassen, und das müssen wir respektieren. Kanzlerin Koroyan, wir *müssen* sie respektieren. Sie sind einfach Ungläubige, die einen einzigen kurzen Zyklus auf Gottes Erde erleben dürfen, während wir uns erneuern, um neue Ruhmestaten zu vollbringen.

Sucht sie zu verstehen, aber unterdrückt sie nicht, denn sonst erschafft Ihr mit eigener Hand die Gegner, die Euch hassen. Es ist mir so gut wie unmöglich, Mittel aus der Schatzkammer freizugeben, damit Ihr Eure jetzt schon recht großen Truppen noch weiter ausbauen könnt. Sie sind groß genug, um unter denen, die beim Namen Gottes schwören, für Ordnung zu sorgen, und um die Missionare jenseits unserer Grenzen zu beschützen.

Falls, und ich sage ausdrücklich, *falls* ich weitere Mittel freigebe, dann sollten sie ausschließlich dazu eingesetzt werden, weitere Leser, Pastoren und Sprecher zu rekrutieren, und um weitere Häuser der Masken zu errichten. Dort sollte Eure wahre Kraft liegen. Vielleicht solltet Ihr Euch auch einmal Gedanken darüber machen, wie Ihr derzeit Eure Mittel einsetzt. Vielleicht seid Ihr auch an einer unabhängigen Überprüfung interessiert, um festzustellen, wo gegebenenfalls in Eurem Namen Mittel verschwendet werden.«

Sie deutete auf Jhered, und der Schatzkanzler konnte sich ein Lächeln nicht verkneifen. Die Miene der Kanzlerin jedoch war wie versteinert, während die Advokatin sich nicht anmerken ließ, was in ihr vorging.

»Ich glaube, die Worte Gottes müssen aus dem Munde von Gläubigen kommen, nicht aus den Waffen ihrer Verteidiger. Ich werde Euer Gesuch durchlesen und Euch bis morgen Abend meine Entscheidung mitteilen.«

Die Kanzlerin schüttelte den Kopf, verneigte sich und machte kehrt, um mit ihrem Gefolge die Basilika zu verlassen. Die Advokatin sah ihr mit besorgtem Gesicht hinterher und nagte an der Oberlippe.

»Jetzt zu anderen Angelegenheiten«, sagte sie. »Die Liste der Eingaben ist so lang wie das Haar meiner Tochter, und der Abend rückt näher.«

13

847. Zyklus Gottes, 10. Tag des Dusasauf
14. Jahr des wahren Aufstiegs

Herine Del Aglios, Advokatin, Erste Sprecherin des Ordens und Mutter von vier Kindern, hakte sich bei Paul Jhered unter, sobald sich die Palasttüren hinter ihnen geschlossen hatten. Mit ihren siebenundsechzig Jahren näherte sie sich voller Anmut der zweiten Lebenshälfte. Sie stand einer Konkordanz vor, die sie unbedingt befrieden wollte, ehe sie die Zügel ihrem ältesten Sohn Roberto überließ.

Der große Soldat neben ihr musste beinahe schlurfen, doch sie war entschlossen, den kleinen Spaziergang durch ihre Gärten und Höfe mit den Säulen und Statuen auszukosten. Alle ihre Wächter, Ratgeber und Begleiter hatte sie fortgeschickt.

»Wenn wir noch langsamer gehen, wachse ich fest«, grollte Jhered.

»Würdest du mit mir marschieren, wie du willst, dann müsste ich vorzeitig in die Erde zurückkehren«, erwiderte Herine. »Entspanne dich und genieße den Aufenthalt in meinem Haus. Schau nur.«

Sie hielt ihn auf und machte eine ausholende Geste mit der freien Hand. Im Garten war es kalt, und er vermisste die prächtigen Farben eines späten Tages im Genasab, aber selbst in den schlichten Kleidern des Dusas bot er mit den Hunderten Laternen, die die Nacht vertrieben, einen erstaunlichen Anblick. In den Armbeugen der Statuen, hinter Glasscheiben am Grund von Springbrunnen, in Blumenbeeten oder an Stäben in Kopfhöhe sanft schaukelnd, überall brannten Lichter.

So bekam der von Säulen umrahmte offene Platz etwas Verträumtes und bot eine Zuflucht nach dem Lärm und den Wirren der Staatsgeschäfte. Nach einem Tag in der Basilika war Herine stets sehr erschöpft, so sehr sie auch das Hin und Her der Debatten schätzte und obwohl sie viel dadurch gewann, dass sie zugleich die gewöhnlichen Bürger und die erfahrenen Staatsbeamten anhörte.

Jhereds Ankunft am Nachmittag war ein echter Segen gewesen, denn ganz abgesehen davon, dass er aus den äußeren Gebieten unvoreingenommene Neuigkeiten mitbrachte, war er ein kluger Gesellschafter und Gesprächspartner. Manchmal fühlte sie sich, als steckte sie in einem Kokon. Jhered brachte einen frischen Wind in ihr Leben.

»Es ist einer meiner Liblingsorte in der ganzen Konkordanz, meine Advokatin«, räumte Jhered ein.

»Ach, nun hör doch auf damit, Paul«, sagte Herine. »Immer der förmliche Soldat. Wir sind hier unter uns.«

Jhered lächelte. »Autorität und Respekt sind die Grundpfeiler unserer Regierung, Herine. Manchmal fällt es mir schwer, dies zu vergessen, selbst wenn ich unter Freunden bin.«

»Bin ich denn deine Freundin?«, fragte Herine.

Jhered schaute mit gerunzelter Stirn auf sie hinab. Er war ein sehr kräftiger, beeindruckender Mann und besaß eher eine starke Ausstrahlung, als dass man ihn gut aussehend hätte nennen können. Er war mindestens zwei Köpfe größer als sie und überragte sie wie ein Gebirge.

»Daran solltest du niemals zweifeln«, erwiderte er. »Du bist eine der wenigen in der Konkordanz, die ich als Freunde bezeichnen würde. Es gibt nicht viele, denen das Wohl der Konkordanz eine Herzensangelegenheit ist. Nicht einmal unter denen, die dir lieb und teuer sind.«

Herine entging der kleine Seitenhieb nicht, und sie pfiff leise durch die Zähne. »Höre ich da eine Warnung?«

»Du weißt, wie ich die einschätze, die dich Tag für Tag umgeben, und in dieser Hinsicht stimme ich ausnahmsweise mit der Kanzlerin überein. Sie sehen nicht, was wir sehen, sondern lassen sich von den Reichtümern blenden, die eine hohe Position mit sich bringt. Wäre ich einer von ihnen, dann würde ich vermutlich auch sehr leise auftreten.«

Herine zupfte ihn am Ärmel. »Du würdest dich nicht fürchten. Ich sage immer noch, du hättest einwilligen sollen, mein Geliebter zu werden und mit mir ein Kind zu zeugen.«

»Dazu ist mir mein Gemächt zu teuer.«

Darüber mussten sie laut lachen.

»Glaubst du, das hätte in späteren Jahren Einfluss auf deine Karriere gehabt?«, fragte sie boshaft.

»Der Inbegriff der Männlichkeit, den du jetzt vor dir siehst, wäre ein fauler, übergewichtiger Lackaffe geworden, der in bunten Kleidern herumläuft und in Phaskar in seinem Palast festsitzt, wie du sehr genau weißt. Mir ist sehr wohl bekannt, dass keines deiner Kinder jemals seinen Vater kennenlernen wird.«

»Ich hätte dich als Gatten angenommen. Ich habe schon immer jüngere Männer bevorzugt.« Sie konnte nicht anders, das kokette Gespräch mit ihm jagte ihr einen wohligen Schauer über den Rücken. Wie schön, einen kleinen Moment lang die Bürde der Staatsmacht abzustreifen und einfach nur eine Frau zu sein.

»Dabei ist dir klar, dass du genau das niemals tun kannst«, erwiderte Jhered, dem ihre Stimmung entgangen war.

»Es kann nicht schaden zu träumen.«

»Ist das denn wirklich dein Wunsch?«, fragte Jhered.

»Würdest du es als Schwäche bewerten, wenn ich Ja sagte?«, gab sie zurück. Ein Ozean der Einsamkeit drohte sich vor ihr aufzutun.

»Es ist keine Schwäche, sich nach Liebe und Nähe zu sehnen. Es ist menschlich, jemanden zu suchen, mit dem man das Leben teilen kann.«

»Aber wir haben uns beide für Wege entschieden, die diesen Wunsch unerfüllbar machen.«

»Wenigstens bis wir in den Ruhestand gehen. Bis dahin können wir nichts weiter tun, als dieses Recht für jeden Bürger der Konkordanz zu schützen.«

Wieder zupfte sie ihn am Arm. »Du solltest mit diesen Bemerkungen lieber im Oratorium auftreten. Nun komm. Es ist schön hier draußen, aber es ist auch kalt, und du bist nicht nur hergekommen, um Artigkeiten mit mir auszutauschen und mir zu erklären, wie wichtig es ist, der Kastration zu entgehen. Trink einen Wein mit mir.«

Sie schlenderten durch die Säulengänge, Herine schaute auf und betrachtete im Vorbeigehen die schöne ionische Schneckenverzierung, die von den Laternen beleuchtet wurde. Oft fragte sie sich, wer hier Hammer und Meißel geführt und diese großartigen Steinmetzarbeiten geschaffen hatte. Sie mochte die kunstvollen und fantasievollen Dekorationen der Säulen. Viele nahmen sie für etwas Selbstverständliches und sahen in ihnen nur das Mauerwerk, das die Dächer stützte.

Sie hatten es nicht weit bis zum warmen privaten Esszimmer. Der Raum war luxuriös möbliert, Gobelins verkleideten die Wände, Läufer bedeckten das Mosaik auf dem Fußboden. Darunter strich die warme Luft summend durch das Fundament. Herine lud Jhered ein, sich auf einer langen, mit Leder bezogenen Liege niederzulassen, die mit Bronzeknöpfen verziert war. Grüne und goldene Daunenkissen lagen darauf. Sie setzte sich auf eine zweite, die im rechten Winkel stand, sodass ihre Köpfe dicht beisammen waren. Als die Dienerin ihnen das erste Glas warmen Gewürzwein eingeschenkt hatte, gab sie dem Mädchen zu verstehen, es könne sich zurückziehen. Die Dienerin schloss hinter sich die Tür. Herine lud ihren Gast mit einem Wink zum Essen ein.

»Fleisch, Brot, ein ausnehmend guter Honig und Kräutersoße. Mein Ältester hat das Rezept vor zehn Jahren von einem Feldzug mitgebracht. Damals war mein Roberto in vieler Hinsicht noch ein kleiner Junge.«

»Heute ist er ein sehr fähiger General«, erwiderte Jhered. »Die Berichte, die ich über ihn aus Tsard bekomme, klingen gut.«

»Ein schwieriger Feldzug«, meinte Herine.

»Das war von Anfang an zu erwarten«, sagte Jhered. »Es ist ein großes und stolzes Land. Zum Kampf entschlossen und unabhängig.«

»Es wird in den kommenden Jahren eine schöne Ergänzung der Konkordanz bilden. Dort gibt es einen sagenhaften Reichtum, außerordentliche Bodenschätze und schwer arbeitende Bürger. Stell es dir nur vor – wenn wir Tsard erobert haben, steht uns auf dem Landweg und dem Seeweg der ganze Osten offen. Welch eine Gelegenheit.«

»Hast du schon über die Ernennung von Konsuln für dieses Gebiet nachgedacht?«, wollte Jhered wissen. »Das wird eine einzigartige Herausforderung.«

»Damit müssen wir den Tsardoniern vor allem zeigen, dass wir sie achten. Ich denke mir, einige Familienmitglieder wären die richtigen Kandidaten.«

»Du bist klug wie immer. Hoffentlich gelingt es dir, die Eifersucht deiner älteren Generäle im Zaum zu halten. Und den Orden.«

Herines Widerspruchsgeist erwachte. »Das ist meine Aufgabe, Paul. Aber nun erzähle mir etwas über die deine. Was beschäftigt dich, dass du unangemeldet hierherkommst?«

Jhered trank einen großen Schluck Wein und zog, erfreut über den Geschmack, die Augenbrauen hoch.

»Darf ich dir noch eine Frage stellen, ehe ich beginne?«

»Aber natürlich.« Herine lehnte sich bequem zurück, barg ihr warmes Glas in den Händen und ließ den Duft in ihre Nase steigen.

»Was besagen die Berichte, die du vom tsardonischen Feldzug erhältst?«

Herine blies die Wangen auf und versuchte, sich an einige Zahlen zu erinnern. »Ich habe zwanzig Legionen und sechzehn Alae in Tsard, die an drei Fronten gleichzeitig eingesetzt sind. Mehr als zweitausend Meilen entfernt kämpfen fast hundertzwanzigtausend Männer und Frauen für die Konkordanz. Wie ich hörte, soll der Dusas in Tsard dieses Jahr sehr streng werden. Nachdem der Feldzug wegen des Beginns der kalten Jahreszeit unterbrochen wurde, kann ich den Berichten entnehmen, welche Verstärkung und Ausrüstung ich nachschicken muss. Mehr als das brauche ich gewöhnlich nicht, und die Entfernung macht die Sache ohnehin schwierig. Während der Feldzüge sind die Berichte bisweilen etwas zusammenhanglos.«

Auf einmal runzelte sie die Stirn und schien ernstlich besorgt. »Warum fragst du?«

»Was hörst du von den Linien hinter den kämpfenden Einheiten? Von den Nachschubwegen und Grenzbefestigungen?« Jhered drängte sie, weil er mehr wissen wollte, und das gefiel ihr nicht.

»Gibt es etwas, das du mir nicht gesagt hast? Ich mag es nicht, wenn man mich im Ungewissen lässt.«

Jhered betrachtete sie eingehend, um ihre Stimmung einzuschätzen. Er wusste, wie schnell ihre Launen wechseln konnten. Es sprach für ihn, dass er keine Angst hatte, und das musste er auch nicht. Sie brauchte hundert Jhereds. Eintausend. Bei Gottes Umarmung, sie hatte ihn vermisst.

»Meine Advokatin, Herine. Ich höre und sehe verschiedene Dinge. Die Leute brennen ja sogar darauf, mir alles zu zeigen, was ihre Steuerlast vermindern könnte. In der letzten Zeit fühle ich mich jedoch nicht mehr wohl. Nicht alles, was ich höre und sehe, kann als das Jammern der Gierigen ignoriert werden, die ihren Reichtum behalten und verhindern wollen, dass er zum Wohl der ganzen Konkordanz eingesetzt wird.«

»Auch ich höre solche Dinge, Paul. Ich höre sie seit zweiundvierzig Jahren, seit ich zur Advokatin ernannt wurde. Warum fühlst du dich auf einmal nicht mehr wohl? Wir sind reicher und erfolgreicher denn je. Die Konkordanz triumphiert.«

»Wer sollte jetzt im Oratorium predigen?«, erwiderte Jhered lächelnd.

Aus Herines Gesicht wich die Farbe. Sie trank einen Schluck Wein. Ihre Hände zitterten leicht.

»Ich glaube an das, was wir erreicht haben.«

»Deshalb bist du die Advokatin, die ich liebe und der ich diene. Bitte, Herine, wenn ich nicht ebenso entschlossen und überzeugt wäre wie du, dann könnte ich die Aufgabe, die du mir übertragen hast, nicht erfüllen.«

»Ich stelle nicht deine Ergebenheit infrage.«

Jhered hob eine Hand. »Ich weiß, ich weiß. Mir ist auch klar, dass du jeden Tag in der Basilika Gesuche und Geschichten über Unglücksfälle anhören musst. Ich nehme an, dass es dir inzwischen den Magen umdreht. Aber vielleicht, wenn ich das sagen darf, hast du noch nie einen Bericht gehört, der viele unabhängige Berichte miteinander verbindet.«

»Du meinst deinen eigenen.«

Jhered nickte.

»Du weißt, dass ich dir zuhören werde, Paul. Aber lass uns bitte zuerst essen und über etwas Angenehmeres reden. Ich bin fast verhungert, und die Soße wird kalt. Es wäre eine Schande, sie verderben zu lassen.«

»So ist es. Noch etwas, Herine. Was ich zu sagen habe, enthält natürlich einige Mutmaßungen, aber es ist eine ehrliche Einschätzung – und was noch wichtiger ist, wir stehen nicht vor einer Krise. Noch nicht. Wir müssen allerdings früh genug handeln.«

Sie nahmen die Mahlzeit weitgehend schweigend ein. Jhered musste zugeben, dass die Soße wirklich hervorragend war. Erst gegen Ende des Essens, als die Diener sich abermals zurückgezogen hatten, entspannte Jhered sich ein wenig. Er hatte wieder den Weinkelch in der Hand und lächelte leicht.

»Oh, ich habe übrigens einen neuen Kandidaten für den lächerlichsten Versuch gefunden, der Steuerschätzung zu entgehen. Ich verspreche dir, es wird witzig.«

»Ein paar Geschichten für Bankette kann ich gut gebrauchen.« Sie bedeutete ihm fortzufahren und machte es sich auf der Liege bequem.

»Wie du weißt, bin ich gerade durch Atreska und Gestern mit den Schatzkisten aus Gosland zurückgekehrt. Eine meiner Assistentinnen wurde misstrauisch, weil eine ländliche Gemeinde an der südöstlichen Grenze zu Tsard nur sehr wenig Steuern entrichtet hat. Die Mitarbeiterin heißt Menas. Sie ist sehr fähig und wird wohl letztendlich in Atreska oder einer anderen schwierigen Region landen. Ich habe sie mit einer Gruppe von sechs Leuten hingeschickt, weil es nur ein Ritt von zwei Tagen und eine gute Erfahrung war. Es lief folgendermaßen ab.« Er richtete sich auf und stellte beide Füße auf den Boden, um seine Erzählung mit ausholenden Gesten zu untermalen.

»Die Ansiedlung heißt Ruthirin. Ein kleines Nest von etwa zweihundert Einwohnern, allesamt Viehzüchter, überwiegend mit Ziegen- und Rinderherden. Die Gruppe kommt dort an, der Schnee liegt zwei Handbreit hoch, und ein eiskalter Sturm fegt durchs Tal. Die Einwohner zeigen den Einnehmern beschädigte Häuser, geborstene Töpferwaren und überwiegend leere Felder. Wie es heißt, hätten die Tsardonier das Dorf überfallen und das Vieh gestohlen. Aber irgendetwas stimmt nicht. Ein paar halbherzige Verbände sind zu sehen, aber niemand ist ernstlich verletzt. Dennoch, das Vieh ist verschwunden, und wir wissen aus anderen Siedlungen, dass der Handel nicht schlagartig zugenommen hat. Also ...«

»Sie haben das Vieh versteckt. Im Wald oder im Nachbardorf,

oder?« Herines Neugierde war erwacht. Jhered schmückte die Geschichten niemals aus, verstand es aber dennoch, ein lebhaftes Bild zu zeichnen. Herine konnte die Bürger, die unbehaglich von einem Fuß auf den anderen traten und bei strenger Befragung den Blick niederschlugen, förmlich vor sich sehen.

»Beinahe.« Jhered hob einen Zeigefinder. »Aber es ist noch viel dümmer. Eigentlich kaum zu glauben.« Er hielt inne und schüttelte den Kopf, anscheinend musste er sich besinnen, ob das, was er sagen wollte, überhaupt der Wahrheit entsprach. »Die Gruppe hat alle möglichen Verstecke durchsucht. Sie haben Höhlen, Täler und Wälder gefunden, aber kein Zeichen von Vieh, dabei hätte es eigentlich Spuren geben müssen. Ein Durcheinander von Hufabdrücken im Schnee. Doch sie konnten nichts finden.«

»Das war natürlich ihr Verhängnis.«

»Auf jeden Fall. Nun war zwar klar, dass das Vieh verschwunden war, aber als die Gruppe nach den Wegen fragte, auf denen es fortgetrieben worden sei, löste sich die Geschichte in Wohlgefallen auf. Die Einwohner versuchten es zu erklären, aber selbst ein unerfahrener Fährtenleser hätte es sofort durchschaut.« Er lächelte. »Willst du wissen, was sie getan haben?«

»Unbedingt.«

»Sie haben ihr Vieh, von den Zuchttieren abgesehen, geschlachtet, zerlegt und unter dem Schnee vergraben, um es frisch zu halten. Nach dem Besuch unserer Leute wollten sie es ausgraben und verkaufen, ohne Steuern zu zahlen.«

Herine spuckte den Wein ins Glas zurück, um lauthals lachen zu können. Dabei musste sie husten, weil ein paar Tropfen in ihre Lungen gerieten.

»Oh Paul, nein. Wie sind sie nur auf die Idee gekommen, es würde nicht auffliegen?«

»Keine Ahnung«, erwiderte Jhered mit bebenden Schultern. »Wir haben einige Berechnungen angestellt und berücksichtigt, dass ihr zerteiltes Fleisch auf dem freien Markt einen geringeren Preis erzielen wird, da es nicht mehr frisch ist. Insgesamt mögen sie vielleicht fünfundzwanzig Denarii gespart haben, mehr nicht.«

»Was hast du getan?«

Jhered wurde wieder ernst. »Wäre das ein Protest gewesen, dann hätte ich viel nachsichtiger reagiert, wie ich gleich noch erklären werde. Aber mit diesen Kriminellen bin ich so verfahren, wie ich es tun musste. Wir sind der Arm des Gesetzes, und ich lasse nicht zu, dass jemand die Konkordanz betrügt und die Einnehmer hintergeht. Wir haben auch unseren schwer erkämpften Ruf zu verteidigen. Die Anführer wurden hingerichtet, und alle gesunden Männer und Frauen dienen jetzt in der Vierten Ala, dem Gosland-Speer, in Tsard. Die übrigen haben wir in die Hauptstadt geschickt, damit sie an anderen Orten wieder angesiedelt werden. Das Dorf wurde zerstört.«

Auch Herine wurde ernst. Zweifellos war es die richtige Strafe gewesen, aber es war erschreckend, den leidenschaftslosen Bericht im Zentrum der Konkordanz zu hören.

»Wir sollten all diese Fälle in einem Buch festhalten und dafür sorgen, dass es jeder Bürger liest«, sagte sie. »Das wird diesen Leuten natürlich nicht mehr helfen. Meinst du, sie waren einfach nur fehlgeleitet?«

»Ich habe befohlen, das Urteil an jeder Basilika in ganz Gosland anzuschlagen. Fehlgeleitet? Nein, das glaube ich nicht. Sie wähnten sich da draußen in der Nähe der Grenze wohl außer Reichweite der Einnehmer. Jetzt wissen alle, die in Gosland ähnlich denken, dass sie sich verrechnet haben. Was mir Sorgen macht, ist jedoch die Frage, warum sie es glaubten. Darüber müssen wir reden, bevor du dich zur Nachtruhe zurückziehst.«

»Ich habe dich lange genug aufgehalten, was?«

»Ja, meine Advokatin.«

Herine seufzte und schenkte sich nach. Jhered wollte keinen Wein mehr trinken, sondern goss sich lieber Wasser in den Kelch. Sie hatte den Eindruck, für einen Tag genügend Probleme gehört zu haben, dabei waren Jhereds Sorgen vermutlich die dringendsten.

»Worüber sollte ich mir nun Gedanken machen?«

»Vieles, was ich seit Solas bis in den Dusas gehört und gesehen habe, sagt mir, dass die Konkordanz Mühe hat, in den Außenbereichen für Ordnung zu sorgen.«

Herine fuhr erschrocken auf, als hätte jemand ihr eine Ohrfeige versetzt. Unwillkürlich errötete sie, und in ihrem Bauch ballte sich der Zorn zusammen.

»Du meinst das ernst, nicht wahr?«

»Sonst wäre ich nicht hierhergekommen. Da draußen in der Wildnis gibt es Schwierigkeiten, um die ich mich eigentlich kümmern müsste.«

»Ich verstehe das nicht. Die Feldzüge gehen doch gut vonstatten.«

»Das ist richtig, aber du erhältst von den Grenzen nur unvollständige Informationen. Dort gibt es Schwierigkeiten, die bis weit in die Konkordanz hineinwirken werden, falls die Kanzlerin recht behält. Auch dürften deine Berichte während der Feldzüge nicht so lückenhaft sein. Schließlich unterhält die Advokatur einen eigenen Botendienst, und die Straßen und Seewege nach Tsard sind gesichert, selbst durch Atreska hindurch.«

»Paul, du klingt beinahe herablassend. Ich sehe mehr als nur diese vier Wände.« Herine räusperte sich und seufzte. »Sag es mir einfach und sei nicht so weitschweifig.«

Jhereds Augen wurden ein wenig kälter, und Herine bekam eine Ahnung, warum er so gefürchtet wurde. Ein Feind hätte diesen Ausdruck nicht sehen wollen.

»Du wirst dich erinnern, dass ich vor vier Jahren, ganz zu Anfang des Feldzugs gegen Tsard, zusammen mit den Schatzkisten aus Atreska einen Bericht geschickt habe, in dem von tsardonischen Überfällen bis tief nach Atreska hinein die Rede war. Die Folgen eines solchen Überfalls konnte ich selbst besichtigen. Damals war ich der Ansicht, dies sei eben der Preis der Expansion, und es würde aufhören, sobald der tsardonische Feldzug Fortschritte machte. Das war aber nicht der Fall.

Die Überfälle auf Atreska haben nicht aufgehört, und nach den Berichten meiner Gruppen und aufgrund verschiedener Hinweise muss ich sogar davon ausgehen, dass sie an Brutalität zunehmen und dass die Vorstöße immer tiefer nach Atreska hinein vorgetragen werden. Die Folge ist, dass unverteidigte Siedlungen aufgegeben werden, weil immer mehr Leute den Schutz der größeren Orte suchen. Das wirkt sich unweigerlich nachteilig auf die Steuern und den Handel aus. Noch schlimmer ist, dass unsere Nachschubwege für die Legionen in Tsard gefährdet sind, wenn die Grenzorte zerstört werden. Ich bezweifle nicht, dass Marschall Yuran dir genau die gleichen Dinge erzählen und um eine Minderung der Steuern und eine Reduzierung der Zahl von Bürgern bitten wird, die für die Alae in Tsard rekrutiert werden, damit er sein eigenes Land besser verteidigen kann.«

Herine wollte etwas erwidern, doch eine kleine Geste von Jhered unterbrach sie. Ihr Zorn wuchs. Die Eroberung von Tsard durfte nicht infrage gestellt werden.

»Wir wissen beide, dass Yuran zu drastischen Übertreibungen neigt und viele Angehörige seines Volks die Aufnahme in die Konkordanz ablehnen. Allerdings höre ich ganz ähnliche Geschichten aus Gosland und vor allem auch aus Gestern.

Du weißt, dass ich mich in der Primatkammer gegen den tsardonischen Feldzug ausgesprochen habe. Uns fehlt es an Unterstützung, wir haben nicht genug Kämpfer im Feld und nicht so viele Milizen, wie wir brauchen würden. Die Probleme in Gestern kann man nicht einfach mit einem Achselzucken abtun.«

Das gefiel Herine überhaupt nicht. Gestern. Durch das Land lief der Handel mit Kark, ohne dessen Metalle und Mineralien die Konkordanz schrecklichen Schaden nehmen würde. Jhered fuhr fort.

»Ich habe mehrere Tage bei Marschallin Mardov verbracht, ehe ich hierher zurückgekehrt bin. Sie musste in Gestern eine neue Legion ausheben, um die nördliche Grenze zu verteidigen. Tsardonische Räuber bewegen sich an der Grenze zwischen Atreska und Kark, um sie anzugreifen. Ich weiß, das klingt erstaunlich, aber ich kenne Katrin Mardov und stelle ihr Urteil nicht infrage.«

Herine schüttelte den Kopf. »Es fällt mir schwer, das alles zu glauben. Ist Gestern tatsächlich bedroht?«

»So weit würde ich noch nicht gehen. Die Stoßtrupps wurden zurückgeworfen, und bisher tauchen sie eher sporadisch auf. Aber die Tatsache, dass es überhaupt geschieht, sollte uns nachdenklich machen.«

»Das ist eine Untertreibung, Paul. Es ist sehr ernst.«

»Nur, wenn wir es ignorieren.«

»Gibt es noch mehr zu berichten?«

»Ja, aber von jetzt an muss ich zu Mutmaßungen greifen, also übe bitte Nachsicht mit mir. In der Organisation unseres tsardonischen Feldzuges muss ein Fehler stecken, der es ihnen erlaubt, Beutezüge zu unternehmen, die ich für gut organisiert halte. Ich erkenne da ein System. Es begann mit Gosland und Atreska, und der Zweck ist offenbar, die Einwohner von Gebieten einzuschüchtern, die erst vor relativ kurzer Zeit in die Konkordanz aufgenommen wurden. Vergiss nicht, dass diese beiden Länder vor weniger als fünfzehn Jahren noch Handelspartner, wenn nicht gar Verbündete von Tsard waren.

Aber nicht nur der Handel leidet unter den Übergriffen. Die Tsardonier nehmen sich Siedlungen vor, die sich dem Allwissenden verschrieben haben. Wenn sie angreifen, verlegen sie sich zunächst auf Entführung, Diebstahl von Vieh und oberflächliche Beschädigungen. Beim zweiten Überfall zerstören sie das Haus der Masken und richten Bürger hin, wobei sie angeblich die Dezimierungen durch die Konkordanz nachäffen. Beim dritten Überfall zerstören sie die Siedlung, falls sie nicht schon aufgegeben oder befestigt wurde.

Nun stelle dir vor, welche Wirkung dies auf gewöhnliche Einwohner von Atreska oder Gosland hat. Die Überlebenden erzählen weiter, wie ihre Dörfer und Städte überfallen wurden. Überall herrschen Furcht und Angst. Die Leute glauben nicht mehr, dass die Konkordanz den Willen oder die Fähigkeit hat, sie zu beschützen. Sie kehren zu den alten Religionen zurück, weil sie sehen, dass der Orden sie nicht retten kann – deshalb hat die Kanzlerin recht, aber wie üblich erkennt sie nicht das Gesamtbild.

Die Einwohner verlieren den Glauben an die Marschallverteidiger, die ihrerseits ihre Situation zu verbessern suchen, indem sie sich weigern, Bürger nach Tsard zu schicken, und sie lieber zur eigenen Verteidigung einsetzen. Die Gebiete verlieren den Zusammenhalt. Ich muss es nicht weiter ausführen. Wir haben im Osten und im Norden unsere Kräfte weit auseinandergezogen. Dornos ist immer noch ein unwilliger Partner in der Konkordanz, und sein Marschall unterhält enge Beziehungen zu Atreska. Der Feldzug gegen Omari geht quälend langsam vor sich. Sollte jemand wie Yuran die Dinge selbst in die Hand nehmen, dann werden wir kaum die Kraft finden, ihn zum Einlenken zu zwingen oder ihn auszutauschen. Und jetzt verüben die Tsardonier Überfälle in Gestern. Sie sind stark, beweglich und entschlossen.«

Herine nahm die Tiara vom Kopf und fuhr sich mit einer Hand durch die Haare. Dabei zupfte sie einige goldene Fäden heraus. Jhereds Worte hatten sie bis ins Mark getroffen, ihr Herz raste, und sie konnte vorübergehend nicht klar denken.

»Du sprichst von einer regelrechten Rebellion, nicht nur von zivilem Ungehorsam«, flüsterte sie, als wollte sie nicht einmal selbst diese Worte hören.

»Letzten Endes könnte es darauf hinauslaufen. Allerdings können wir das vermeiden, Herine. Deshalb möchte ich dich drängen, auf Yuran zu hören, wenn du ihm eine Audienz gewährst. Höre die Botschaft hinter seinem Gejammer. Ich glaube, er steht unter großem Druck seitens seiner Bürger und erstickt an den Steuern, die wir ihm auferlegen. Er weiß nicht, wohin er sich wenden soll, und er ist ein schwacher Mann, der seinen Bürgern nicht mit Autorität begegnen kann. Als Nächstes wird Gosland an deine Tür klopfen und um Hilfe bitten.

Es tut mir leid, dass ich dir all dies zumuten muss, aber wir dürfen nicht so tun, als wären dies Probleme, die sich von selbst erledigen. Unsere Nachschubwege für die Legionen werden bald ernsthaft bedroht sein, und in den letzten beiden Jahren mussten die Einnehmer feststellen, dass unser Steueraufkommen aus Gründen zurückgegangen ist, die allesamt mit Tsard zu tun haben. Die Schatzkanzlei kann die Berichte über die Defizite vorlegen. Yuran will nicht, dass ich an seinen Gesprächen mit dir teilnehme. Ich fürchte, wir werden uns nicht von Angesicht zu Angesicht begegnen. Aber ich stehe dir zur Verfügung, wenn du mich brauchst.«

Herine nickte und fasste sich wieder. Die Ruhe kehrte in ihren Körper zurück, und auch ihre Gedanken verliefen wieder in geordneten Bahnen. Es gab für jedes Problem eine Lösung. Sie hatte die letzten vierzig Jahre damit verbracht, Lösungen zu finden.

»Die Konkordanz ist ein machtvolles Gebilde«, sagte sie schließlich. »Es ist unvorstellbar, dass wir dies nicht im Keime ersticken können. Ob wir mehr Legionen, mehr Leser, neue Marschälle, in Estorr neu ernannte Präfekten oder Konsuln brauchen, wir werden eine Lösung finden.«

»Davon bin ich fest überzeugt«, stimmte Jhered zu.

»Ich werde zuhören und mich beraten. Wann brichst du wieder auf?«

»In etwa zehn Tagen.«

»Ausgezeichnet.« Herine schenkte sich nach, und jetzt war auch Jhered bereit für ein zweites Glas Wein. »Du wirst für den Botendienst der Advokatur einige Nachrichten und Pläne mitnehmen. Einige davon sollst du persönlich überbringen.«

»Was immer du verlangst.«

»Danke, Paul.«

Jhered stand auf, um sich zu verabschieden. »Du solltest darüber schlafen. Ich will dich nicht in Panik versetzen, aber die Lage da draußen ist gefährlicher, als die meisten im Palast vermuten würden.«

»Ich weiß.« Sie lächelte, ohne sich zu entspannen. »Nun ja, jetzt weiß ich es.«

»Was führt eigentlich Arvan Vasselis hierher?«, fragte er, als er schon an der Tür des Esszimmers war.

Herine zuckte mit den Achseln. »Das weiß ich nicht. Er will über einige Dinge mit mir sprechen, aber vor allem ist es wohl ein Höflichkeitsbesuch, denke ich. Außerdem bringt er Felice aus der Fassung, was mir immer Freude macht.«

»Gute Nacht, meine Advokatin«, sagte Jhered und neigte den Kopf.

»Gute Nacht, Paul.«

Herine küsste ihn auf die Wange und schloss hinter ihm die Tür. Seine Schritte verhallten wie die letzten Echos eines angenehmen Traums und ließen sie wach und allein zurück.

14

847. Zyklus Gottes, 14. Tag des Dusasauf
14. Jahr des wahren Aufstiegs

Vier Tage waren seit ihrem beunruhigenden Abendessen mit Paul Jhered vergangen, und Herine hatte keineswegs die Hände in den Schoß gelegt. Beim Schatzamt hatte sie einen Bericht über Ungereimtheiten und Verminderungen der Steuereinnahmen in den Staaten, die an Tsard grenzten, sowie Zahlen über das Handelsvolumen mit Sirrane und Kark angefordert. Sie hatte angeordnet, große Mengen von Mineralien und Metallen zu horten und eine Einschätzung zu erstellen, welche Mängel herrschen würden, falls Kark als Handelspartner ausfiele. Holz konnten sie aus anderen Ländern als Sirrane beziehen, doch es hätte eine schlechtere Qualität.

Sie hatte Boten in alle Länder der Konkordanz entsandt und weitere Auskünfte verlangt. In manchen Fällen ging es nur um die geschätzten Steuereinnahmen im Verhältnis zur Veranschlagung und um Erklärungen für die Ausfälle. In anderen Fällen hatte sie zusätzliche Informationen über Bürger angefordert, die in der Kavallerie und als Fußtruppen, für den Nachschub und den Transport eingesetzt werden konnten. Von den Legionen in Tsard und den Marschallverteidigern von Gosland und Gestern erwartete sie jedoch umfassende Berichte über feindliche Vorstöße, die Sicherheit der Grenzen, den Zustand der Heere und die Moral der Bürger. Sie hatte durchblicken lassen, dass sie alle Bitten um Verstärkung erwägen würde, jedoch zugleich erklärt, dass der Staatsschatz nicht unerschöpflich wäre und die Einwohnerschaft nicht beliebig viele Pferde und Männer oder Frauen als Reiter liefern könnte, um Schlachten zu schlagen.

Jetzt hatte Herine wieder etwas Zeit. Der Dusas hatte gerade erst begonnen, und im Nordosten herrschte schon grimmiger Frost. Die Feldzüge kamen zum Stillstand, bis die Sonne des Genastro wieder die Erde wärmte. Die Tsardonier hatten sich in Festungen und Burgen zurückgezogen, um ihr Kriegsgerät auszubessern und sich neu auszurüsten. Der Dusas würde jedoch nur neunzig Tage dauern, und dann würde der Feldzug wieder beginnen. Sie konnte sich keine Verzögerungen erlauben, und zögerliche Reaktionen auf ihre Anfragen würde sie nicht hinnehmen. Diesen Punkt hatte sie mit großem Nachdruck betont.

Vor ihr saß nun Thomal Yuran, der Marschallverteidiger von Atreska. Die Begrüßung war herzlich ausgefallen, und eine Weile hatte er sich damit begnügt, über alltägliche Dinge zu plaudern. Trotz ihrer Bemühungen hatte er sich jedoch nicht entspannt. Sie konnte es ihm nicht vorwerfen. Er sah ernsthafte Probleme vor sich, und wie es schien, war nicht alles, was er vortrug, reine Einbildung oder maßlos übertrieben.

Herine war Jhereds Rat gefolgt und hatte sich beim Wein zurückgehalten, um einen klaren Kopf zu bewahren. Sie hatte eine nicht zu prächtige Umgebung gewählt, ein privates Audienzzimmer im Verwaltungstrakt der Basilika, und eine formelle Toga angelegt. So saßen sie vor einem mächtigen offenen Feuer einander gegenüber, da der schwere Steinboden der Basilika die Einrichtung eines Hypokaustums nicht erlaubte. Sie hatte sich gegen die Kühle in dem Raum mit der hohen Decke einen Schal über die Schultern gelegt. Yuran trug eine Toga und eine Schärpe im Gelb und Grün von Atreska und Estorea und hatte sich in Pelze gehüllt.

»Ich will den Handel weiter fördern«, fuhr Herine fort. »Eure Keramikarbeiten sind die schönsten in der ganzen Konkordanz, wie Euer Geschenk anlässlich dieses Besuchs so vortrefflich zeigt. Sicherlich finden wir einen Weg, den Vertrieb im Nordwesten und Südwesten zu erleichtern. Tundarra und Bahkir haben ja keine Ahnung, was auf ihren Tafeln fehlt.«

»Leider verlieren wir regelmäßig unsere Töpfer und Künstler durch tsardonische Überfälle«, entgegnete Yuran unverblümt.

Herine spürte seine Stimmung. Er hatte auf diese Gelegenheit gewartet, und sie wollte ihm seinen Auftritt gewähren.

»Mir sind Eure Sorgen durchaus bewusst, Thomal.«

»Und doch, meine Advokatin, redet Ihr über den Handel mit Ländern, die Mühe haben, das aufzubringen, was wir verlangen müssen, weil uns und ihnen zum Wohle Eures Staatsschatzes so hohe Steuern auferlegt werden. Zu welchem Zweck denn eigentlich? Die Tsardonier treiben sich ungehindert an meinen Grenzen herum, und meine Bürger rufen nach mehr Sicherheit, die ihnen zu geben ich mir einfach nicht leisten kann. Ich bin gezwungen zu fragen, was die Legionen denn eigentlich in Tsard ausrichten, da so viele Räuber aus Tsard, die anscheinend nicht zur Verteidigung gegen die Konkordanz gebraucht werden, unseren Truppen entgehen können.«

»Ihr werdet Euch sicher an das Abkommen erinnern, das Ihr mit mir unterzeichnet habt, um Atreska in die Konkordanz aufzunehmen.«

»Das werde ich mein Lebtag nicht vergessen, meine Advokatin.« Er sprach mit starkem Akzent, seine Worte waren manchmal kaum zu verstehen. »So wenig wie meinen anscheinend fehlgeleiteten Glauben an unsere Sicherheit und Unversehrtheit als Mitglied der Konkordanz.«

Herine entschied sich, den Seitenhieb zu überhören.

»Dann werdet Ihr Euch auch erinnern, dass die Abgaben zweimal im Jahr neu bestimmt werden, und dass Atreska für seine Verteidigung selbst verantwortlich ist.«

»Wir können es uns nicht leisten, die Verteidiger auszubilden, ganz zu schweigen davon, sie zu bewaffnen und zu besolden.«

»Ach, nun hört doch auf«, sagte Herine nicht unfreundlich. Sie gestattete sich ein Lächeln. »Es wird doch gewiss nicht Eure Kräfte übersteigen, eine Miliz aus Bürgern aufzustellen, die ihren eigenen Besitz schützen.«

Yuran keuchte überrascht, was Herine in Erstaunen versetzte. »Ich bin nicht der Marschallverteidiger von Phaskar oder Caraduk. Die Gesetzeshüter und vertrauenswürdigen Bürger, die Waffen tragen, reichen keineswegs aus. Ich habe es mit ausgebildeten berittenen Bogenschützen aus Tsard zu tun. Mit Steppenkavallerie und erfahrenen Fußsoldaten. Ich muss Feuer mit Feuer bekämpfen, aber mir fehlen die Mittel dazu. Ihr müsst die Bürden verringern, die Atreska auferlegt sind, sowohl was Männer angeht, als auch im Hinblick auf die Steuern. Nur vorübergehend, bis die Truppen ausgebildet und entsandt sind.«

»Marschallverteidiger Yuran, ich will Euch versichern, dass es überhaupt nichts gibt, was ich tun *muss*. Ich werde mir wie immer Eure Gesuche anhören, will mich aber zugleich vergewissern, dass Ihr alles in Euren Kräften Stehende getan habt, um Eure Probleme selbst zu lösen, bevor Ihr Euch an mich gewandt habt. Denn das ist schließlich der Preis der lokalen Autonomie, nicht wahr?«

Yuran errötete. »Diese Herablassung habe ich nicht verdient, meine Advokatin. Ich verdiene es, höflich, mitfühlend und unvoreingenommen behandelt zu werden. Während meiner Amtszeit als Marschallverteidiger hatte ich es mit endlosen Streitigkeiten und Aufständen von Rebellen zu tun. Auch gibt es ständig Überfälle aus Tsard, seit die Konkordanz die schlecht beratene Entscheidung getroffen hat, ein Königreich erobern zu wollen, das zu stark ist. Die Grenzbefestigungen sind als erste Verteidigungslinie unzureichend, nicht zuletzt weil so viele von ihnen leer stehen, wie um ihre Baumeister zu verhöhnen.

In den Alae, die den Legionen in Tsard beigeordnet sind, dienen viele meiner Männer und Frauen. So werde ich der Leute beraubt, die säen und ernten, die Brennöfen befeuern und die Keramiken bemalen sollten, die Ihr so schätzt. Ich vermag derzeit mit knapper Not die Schätzungen Eures Schatzamtes zu erfüllen. Wenn ich Leute abziehe und für die Verteidigung der Provinz ausbilden lasse, produzieren sie keine Steuereinnahmen mehr, was meine Finanzen noch stärker beansprucht und schließlich auch Euren Staatsschatz dezimiert. Dann wird natürlich der Schatzkanzler Jhered an meine Tür klopfen und eine Erklärung verlangen.

Sagt mir, meine Advokatin, wo soll ich die Männer und das Geld finden, um das zu tun, was meine Bürger verlangen? Ich bitte Euch, die Bürde, die meinem Land auferlegt ist, wenigstens etwas zu erleichtern. Noch besser wäre es, Ihr könntet Truppen schicken. Bahkir, Neratharn und Eure Heimat Estorea leiden nicht unter den Überfällen und Plünderungen, die es in Atreska, in Gosland und sogar in Gestern gibt. Gebt jedem Grenzstaat die Mittel, sich zu schützen. Gebt zu, dass Ihr die Stärke von Tsard unterschätzt habt.

Die Konkordanz muss wie ein Mann handeln, wenn sie so ruhmreich bleiben will, wie sie es bisher war. Kehrt Atreska in der Stunde der Not nicht den Rücken und tut nicht so, als wäre alles in Ordnung. Euer geschätzter Jhered weiß ebenso wie die Kanzlerin, dass ich die Wahrheit sage.«

Herine ließ sich mit der Antwort Zeit. Sie schob die Zunge in die Wange und dachte über Yurans Worte nach. Er hatte sich kürzer gefasst als bei seinen üblichen ausufernden Vorträgen. Dafür war sie dankbar. Sie war müde, ihre Verantwortung bedrückte sie, und zum ersten Mal im Leben machte sie sich Sorgen um die Sicherheit der Konkordanz. Hier auf dem Hügel war kaum zu glauben, dass irgendjemand mit ihrer Arbeit unzufrieden war. Genau das aber bereitete Jhered große Sorgen. Die Worte, die ihre Ratgeber ihr ins Ohr flüsterten, widersprachen dem, was sie gerade gehört hatte.

Sie musste ganz sicher sein. Es war verständlich, dass ein Besucher neidisch wurde, wenn er aus den äußeren Provinzen kam und den Palast betrat. Yuran entging dabei, dass sie den Wunsch hatte, allen Menschen einen solchen Wohlstand zukommen zu lassen. Doch er musste verdient sein. Vor dem Lohn musste man sich bemühen.

»Marschall Yuran«, sagte sie und wusste schon, dass ihre Antwort eine heftige Reaktion nach sich ziehen würde. »Es tut mir leid, dass Ihr glaubt, Eure Steuerlast sei zu hoch. So ist es ein Glück, dass der Schatzkanzler gerade zu Besuch ist. Ich werde ihn bitten, die Berichte aus Atreska für die letzten fünf Jahre gründlich zu überprüfen; und auch die Höhe der Abgaben, die seine Einnehmer einziehen wollen, wenn Genastro die Erde wärmt, soll noch einmal überdacht werden. Vielleicht finden sie einen Fehler zu Euren Gunsten. Vielleicht auch nicht.«

»Meine Advokatin, das ist nicht ...«

Herine gebot ihm gereizt und mit erhobener Hand Schweigen. »Jetzt werdet Ihr mir zuhören«, sagte sie. »Vergesst nicht Eure Stellung. Ihr habt mich gebeten, Eure Abgaben zu vermindern. Ich werde untersuchen, ob es eine Rechtfertigung dafür gibt. Ich werde Eure Bitte unterstützen, aus anderen Ländern der Konkordanz Soldaten zu entsenden, weil es genau dem entspricht, was die Organisation der Konkordanz zulässt. Allerdings ist mir nicht klar, warum Ihr damit zu mir kommt. Das wäre nicht nötig gewesen.«

Yuran schüttelte leicht den Kopf, als hätte er nicht recht gehört. »Ich kann es mir nicht erlauben, Soldaten der Konkordanz zu bezahlen. So wenig, wie es mir möglich ist, eigene Soldaten auszubilden.« Er sprach leise, als hätte er es mit jemandem zu tun, der schwer von Begriff war.

»Dann müsst Ihr besser wirtschaften, um Mittel freizumachen. Gestern hat allein dadurch eine Legion zur Verteidigung aufstellen können.«

Yuran klatschte mit der Hand auf den Tisch und stand auf. Ein Glas wackelte, kippte um und zerbrach auf den Marmortisch.

»Verdammt, Ihr fesselt mir beide Hände hinter dem Rücken und befehlt mir, einen Berg zu erklimmen. Hört Ihr denn nicht zu, Frau? Ich habe kein Geld, ich habe keine Verteidigung, und Eure Legionen schützen mich nicht. Ich versuche, den Zusammenhalt der Konkordanz gegenüber Tsard zu wahren, aber Ihr legt mir ständig Steine in den Weg. Es ist, als wünschtet Ihr, dass ich versage und dass Atreska überrannt wird.« Als erinnerte er sich jetzt erst, wo er war und mit wem er sprach, holte er tief Luft, machte das umfassende Zeichen des Allwissenden, setzte sich mit gerötetem Gesicht wieder hin und schlug die Augen nieder.

Hinter Herine hatten zwei Wächter die Tür des Audienzzimmers geöffnet und bereits den halben Raum durchquert. Ohne sich umzudrehen, verscheuchte sie die beiden und wartete, bis die Tür wieder geschlossen war. Dann wandte sie sich an Yuran, der zu verlegen war, um ihren Blick zu erwidern. Nachdem es geschehen war, bekam sie ein schlechtes Gewissen, weil sie diesen Ausbruch provoziert hatte, und entschied sich, auf eine förmliche Zurechtweisung zu verzichten, auch wenn sie über seine mangelnde Selbstbeherrschung enttäuscht war. Seine Verzweiflung war größer, als sie vermutet hatte. Gut, dass sie es herausgefunden hatte.

Leise und ihre Worte sorgfältig wählend, sprach sie weiter, und nach den ersten Worten hob er den Kopf. »Ich werde alles tun, was ich kann«, sagte sie. »Glaubt mir, es tut mir um jeden Bürger leid, der durch ein tsardonisches Schwert stirbt. Aber in diesem Dusas müsst Ihr lernen, Euch selbst helfen. Arbeitet mit den Legionen in Tsard zusammen. Bemannt die Festungen im Grenzland, ob die Leute ausgebildet sind oder nicht. Ermuntert Eure Bürger, sich selbst zu verteidigen, wenn Ihr sonst nichts anderes habt. Abschreckung wirkt auch gegen die tsardonischen Stoßtrupps.

Bevor Ihr geht, und Ihr werdet gehen, ohne ein weiteres Wort zu sagen, will ich Euch an drei Dinge erinnern. Zuerst einmal lebt die Konkordanz davon, dass die Mitgliedsstaaten ihre Stärke dem Wohl des Ganzen zur Verfügung stellen. Alle haben das durchgemacht, was Ihr jetzt gerade erlebt. Alle haben es erfolgreich überstanden, weil sie den Glauben nicht verloren haben und bereit waren, sich gegen Feinde zu wehren, die sie einst für Handelspartner oder gar für Freunde hielten.

Zweitens ist kurzfristige Strenge oft der Preis, den man für den langfristigen Wohlstand zahlen muss. Ich bemerke, dass Ihr an den Fingern und am Hals genügend Reichtum tragt, um einen großen Teil der bewaffneten Verteidigung zu finanzieren, die Ihr so dringend braucht. Vielleicht solltet Ihr zunächst Euch selbst Opfer abverlangen, ehe Ihr Euch an Eure Bürger wendet.

Drittens bin ich nicht irgendeine Frau. Ich bin die Marschallverteidigerin von Estorea, Erste Sprecherin des Ordens der Allwissenheit und die Advokatin der Estoreanischen Konkordanz. Ihr solltet Euch genau überlegen, wen Ihr beschimpfen wollt. Es weht ein rauer Wind. Schließt die Tür hinter Euch fest, wenn Ihr geht.«

Schatzkanzler Paul Jhered schritt auf der prächtigen, von Säulen eingerahmten Straße aus, die sich vom Palast entfernte. Trotz der Gamaschen und der Wollsachen, die er unter dem ledernen Brustpanzer trug, und trotz des mit Pelz gefütterten Mantels, in den er sich gehüllt hatte, drang die Kälte der Dusasnacht durch.

Oft und gern war er diesen Weg gegangen. Die Kälte belebte ihn. An den Säulen und Bäumen hingen Laternen, die runde Lichtflecken aufs Pflaster warfen, auf denen seine mit Stahl verstärkte Stiefel laut klirrten. Die Taverna Alcarin, in der er sich mit Vasselis treffen wollte, war sicherlich die beste in Estorr, obwohl sie sich gegen starke

Konkurrenz behaupten musste. Saftige Fleischgerichte, frischer Fisch aus dem Tirronischen Meer und köstliche Soßen. Beim Gedanken daran lief ihm jetzt schon das Wasser im Mund zusammen.

An diesem stillen Abend unter dem von unzähligen Sternen gesprenkelten Himmel, während kaum ein anderer Bürger auf der Straße unterwegs war, fühlte Jhered sich unwohl. Begonnen hatte es mit der Audienz, zu der ihn die Advokatin gerufen hatte. Es war eine recht einseitige Unterhaltung geworden. Herine hatte eine Reihe von Bitten formuliert. Er sollte die Höhe der in Atreska erhobenen Steuern noch einmal überprüfen und die Aufstellung der Truppen in Tsard und an den umkämpften Grenzen einschätzen. Außerdem hatte Herine die ungewöhnliche Bitte vorgetragen, von der Ordenskanzlerin im Hinblick auf die Loyalität, die Moral und die religiöse Erziehung der Bürger in der ganzen Konkordanz genaue Auskünfte einzuholen.

Keine dieser Bitten, so unangenehm mindestens eine von ihnen auch war, hatte ihm die Laune verdorben. Gestört hatte ihn vielmehr die Tatsache, dass Herine während ihrer Besprechung zerstreut gewirkt hatte, und dies hatte nicht daran gelegen, dass ihre Gedanken zu dem neuen Geliebten gewandert waren, der sie erwartete. Ein weiterer hübscher junger Mann, der eines Tages kastriert und in den Palast der Advokatin in Phaskar verbannt werden würde, falls es ihm gelang, ihren Schoß zu befruchten.

Etwas, das sie während ihres Gesprächs mit Vasselis erfahren hatte, musste sie aus dem Gleichgewicht gebracht haben. Jhered hatte sie noch nie so unkonzentriert und geistesabwesend erlebt, wenn es um Dinge ging, die für die Konkordanz von Bedeutung waren. Zwei der vielen Gründe, warum Jhered so große Achtung für die Advokatin hegte, waren ihr Scharfsinn und ihre Entschlossenheit, das Wohl der Konkordanz über alle persönlichen Ziele zu stellen.

Sie wollte sich nicht über das auslassen, was Vasselis ihr mitgeteilt hatte, doch die Sorgen, die es ihr bereitet hatte, waren in jedem Wort und jeder Bewegung zu erkennen. Ein einziges Mal hatte Herine ihn fest angesehen und gesagt: »Du bist sein Freund, nicht wahr? Du achtest und liebst ihn wie einen Bruder, nicht wahr?«

Es hatte beinahe wie eine Anklage geklungen. Seine Antwort, dass er tatsächlich für den gleichen Abend mit Vasselis zum Abendessen verabredet war, hatte ihr die Tränen in die Augen getrieben.

»Er hat so großes Vertrauen, und vielleicht braucht er jene, denen er vertraut. Einer davon bist du. Ich bin eine andere. Warum frage ich mich nur, ob er sich mit diesem Vertrauen nicht irrt?«

Weiter hatte sie zu diesem Thema nichts sagen wollen. Jhered war verwirrt gewesen und hatte sich nicht wohlgefühlt. Ihre eigenartige Bemerkung war ihm nicht aus dem Sinn gegangen, als er sich verabschiedet hatte und eilig zu seinen Gemächern und dann zur Taverne gelaufen war, auf deren Türklinke er gerade die Hand gelegt hatte. Er öffnete die Tür und wurde von Wärme, Licht, Lärm und wundervollen Essensdüften überflutet.

Die Schenke war voll. Zwischen den schwarzen Marmorsäulen, die die niedrige Holzdecke stützten, standen mit Gästen voll besetzte und von Kerzen erhellte Tische. Ein Stockwerk darüber gab es einen zweiten, ähnlich stark besuchten Raum. Jhered war durchaus daran gewöhnt, dass er mit seiner beeindruckenden Statur und seinem bekannten Gesicht an einem solchen Ort auffiel. Geduckt trat er durch die Tür. Sofort bemerkte ihn ein Gast, ringsum brachen die Gespräche ab, und die Gesichter wandten sich ihm zu. Viele wirkten aus Gründen, über die er lieber nicht weiter nachdenken wollte, nervös.

Dies wiederum erregte die Aufmerksamkeit des Wirts, der sofort zum Eingang geeilt kam. Der glatzköpfige Mann streckte die zierlichen Hände vor, lächelte erfreut und quetschte Jhereds linke Hand mit einem erstaunlich kräftigen Griff zusammen.

»Schatzkanzler Jhered, es ist lange her, seit Ihr unser bescheidenes Lokal beehrt habt. Willkommen, willkommen.«

Jhered zwang sich zu einem Lächeln, während ringsum die Gespräche wieder aufgenommen wurden. »Und ich habe den von Gott gesegneten Geschmack Eurer Gerichte vermisst, Meister Alcarin.«

»Es gibt ein paar neue Angebote, die Ihr unbedingt probieren müsst«, sagte Alcarin. Er ließ Jhereds Hand los und führte ihn zwischen den Tischen hindurch. »Ich bediene Euch gleich. Marschallverteidiger Vasselis sitzt hinten.«

Glücklich schwatzend führte er Jhered durch sein Lokal. Dem Schatzkanzler war nur zu bewusst, welches Aufsehen er erregte. Automatisch wurden Stühle zur Seite gerückt, damit er passieren konnte, die Gäste nickten respektvoll, wenn sie ihn erkannten, und aller Augen verfolgten ihn. In der Taverna gab es zwei private Speisezimmer, und Jhered war froh, dass er in eines davon geführt wurde.

Hinter der Tür lag ein kostbar ausgeschmückten Raum. Die Holzwände waren dunkelrot gestrichen, im rechten Winkel zueinander standen zwei grüne und goldene Liegen vor einem Tisch, der mit Essen und Wein gedeckt war. In einem reich verzierten marmornen Kamin prasselte ein Feuer. Davor stand Vasselis in einer beigefarbenen und gelben Toga und blickte durch das einzige Fenster auf die kalte Straße hinab. Er hatte die Hände zu Fäusten geballt und hinter dem Rücken überkreuzt.

Alcarin zog sich zurück, und Jhered trat ein. Sein Freund wirkte, als er sich umdrehte, besorgt und nervös. Jhered gefror das Lächeln auf den Lippen, als er Vasselis' zusammengekniffene Augen und die wenig überzeugend hochgezogenen Mundwinkel sah. Obwohl er nicht viel älter war als Jhered, wirkte er ausgemergelt. Was war nur beim Gespräch mit der Advokatin passiert?

»Hoffentlich stört es dich nicht, dass ich schon für uns beide bestellt habe. Alcarin sagte, er hätte einige neue Köstlichkeiten, die wir probieren müssen.«

Vasselis deutete einladend auf eine Liege und ließ sich selbst auf der anderen nieder. Er saß aufrecht und war offenbar zu nervös, um sich zu legen. Jhered fühlte sich wie ein Fremder, und ihm verging der Appetit, obwohl die Speisen auf dem Tisch durchaus einladend waren. So beschränkte er sich darauf, sich einen Becher Wein einzuschenken und sich wie Vasselis zu setzen, um einen Schluck zu trinken.

»Ich bin sicher, dass du wie immer klug gewählt hast«, sagte er.

»Ich bin gar nicht sicher, ob ich immer so klug bin«, antwortete Vasselis. Es war kaum mehr als ein Flüstern.

»Na schön.« Jhered fuhr sich mit beiden Händen durch die Haare. »Ich habe keine Lust, mit dir Katz und Maus zu spielen, wie ich es mit der Advokatin versucht habe. Was ist heute passiert? Wenn du es mir nicht erzählst, dann werde ich sofort gehen und das Essen hier mitnehmen.«

Vasselis starrte ihn an, und Jhered spürte, dass sein alter Freund sich überlegte, ob er ihm anvertrauen konnte, was er zu sagen hatte. Jhered dagegen vermochte sich keine noch so schwierige Angelegenheit vorzustellen, die diese Frage überhaupt aufwerfen sollte. Der Marschallverteidiger trank einen Schluck Wein. Seine Hand zitterte.

»Paul, ich habe entweder die mutigste Entscheidung meines Lebens getroffen oder den größten Fehler gemacht. Davon hängt nun das Leben fast aller ab, die mir lieb und teuer sind.«

»Das ist eine kühne Behauptung«, erwiderte Jhered nach einer längeren Pause. »Könntest du das weiter ausführen?«

»Es ist eigenartig«, erklärte Vasselis nach kurzem Nachdenken. »Ich bin in der Gewissheit, auf jeden Fall das Richtige zu tun, von Caraduk hierhergereist. Zugleich weiß ich aber, dass ich Estorr möglicherweise nicht mehr lebend verlassen werde. So fiel es mir schwer, Netta und Kovan zum Abschied ›Bis bald‹ zu sagen.

Es mangelte mir nicht an Mut, und ich begab mich mit Stolz auf meine edle Mission. Ich hatte Ansprachen und die Antworten auf alle Fragen eingeübt. Ich war überzeugt, im Interesse meiner Bürger zu handeln, und Gott möge mir in seiner Umarmung Frieden schenken, ich war und bin bereit, für sie auf dem Scheiterhaufen zu verbrennen.

Aber an dem Tag, als ich vor Gorns Berg stand und vor mir die Banner auf dem Hügel flattern sah, verließ mich der Mut. Jetzt sitze ich vor dir und fühle mich eher wie ein Kind, das eine Missetat zu beichten hat.«

Jhered blies die Backen auf, weil er endlich hören wollte, was Vasselis solche Sorgen machte. Auf jeden Fall empfand er Mitgefühl mit dem Mann.

»Es ist leicht, fünf Meilen vor dem Schlachtfeld mutig zu sein«, sagte er. »Das sieht anders aus, wenn du die gehobenen Piken und den Kampfgeist in den Augen der Feinde direkt vor dir siehst. Die Tatsache, dass du hier bist, verrät aber doch eigentlich genug über deinen Mut.«

»Das sagst du, ohne zu wissen, was ich dir erzählen muss.«

»Sogar auf dem Schlachtfeld habe ich vor Feinden gestanden, deren Tapferkeit ich achten musste«, sagte Jhered. »Genug der langen Worte. Vergiss nicht, dass ich dein Freund bin. Sage mir, was du sagen musst.«

Vasselis nickte und rieb sich mit einer Hand übers Kinn. Ihm war deutlich anzusehen, welche Überwindung es ihn kostete. Schließlich nickte er noch einmal und klatschte leicht die flachen Hände auf die Schenkel. Er sprach so leise, dass Jhered sich vorbeugen musste, um ihn zu verstehen. Dabei stieg ihm Duft der Speisen in die Nase.

»Paul, was ich dir sagen werde, berührt den Kern dessen, was wir sind und was wir sein wollen. Es richtet sich gegen die Lehren, die wir alle für unverletzlich halten, und zeigt doch, dass in Menschen mehr stecken kann, als wir glauben. Wir müssen nur die Augen öffnen, die Entwicklung anerkennen und die Furcht überwinden.

Vor vierzehn Jahren kamen in einem kleinen Fischerdorf in Caraduk vier Kinder zur Welt. Sie sind etwas Besonderes, etwas ganz

Besonderes. Sie stellen die Zukunft der Menschheit und der Konkordanz dar. Außerdem sind sie der Beweis dafür, dass jene, die vom Orden jahrhundertelang verfolgt wurden, am Ende doch recht hatten. Wir sind mehr als Bauern und Hüter auf Gottes Erde. Gott hat uns die Fähigkeit geschenkt, uns ihm zu nähern, die Erde und alle seine Geschöpfe zu heilen, das Wasser zu reinigen und das Wachstum zu fördern. Den Regen fallen zu lassen, wo es eine Dürre gibt, und die Wolken zu vertreiben, damit die Sonne die Pflanzen wärmen kann. Die ganzen Kräfte unseres Körpers und Bewusstseins zu nutzen. Eins mit der Welt zu werden, die Gott für uns geschaffen hat, damit wir seine Werke besser verrichten können.

Seitdem sind noch andere geboren worden, über deren Möglichkeiten wir allerdings nichts wissen. Diese vier besitzen einige Begabungen, die ich beschreiben kann, und außerdem noch viel mehr. Sie bieten einen wundervollen Anblick und sind eine angenehme Gesellschaft. Allerdings stellen sie auch eine Gefahr dar. Ich bin keineswegs naiv und verstehe, was sie in den Augen des Ordens sind, wie ich auch die Reaktionen derjenigen verstehe, die sich vor Veränderungen und etwas Unbekanntem fürchten, auf das sie unverhofft stoßen.

Deshalb habe ich mich an die Advokatin gewandt, und nun an dich. Ich vertraue euch, und jetzt muss die Konkordanz mir vertrauen und die Kinder vor denen beschützen, die sie töten würden. Du musst mir glauben, Paul, sie sind der größte Triumph der Konkordanz. Sie haben einen unschätzbaren Wert. Der Aufstieg lebt.«

Jhered schlug sich die Hand vor Nase und Mund und sank auf seiner Liege in sich zusammen. Jeder Gedanke an das Essen war verschwunden und einer brodelnden Übelkeit gewichen. Vasselis' Worte hatten ihn zutiefst getroffen, sein Herz raste. Eine Zeit lang konnte er nicht antworten. Nun war klar, warum die Advokatin derart zerstreut gewirkt hatte.

Er riss sich zusammen und konzentrierte sich wieder auf seinen

Freund, auf das ernste Gesicht und die ehrlichen braunen Augen, die in den seinen nach Trost und Unterstützung suchten. Jhered kämpfte den Drang nieder, Vasselis ob dieser Behauptungen einfach auszulachen. Zweifellos glaubte der Mann unerschütterlich an das, was er gesagt hatte. Aber wie sollte er selbst nun auf eine solche Blasphemie reagieren? Dreimal setzte er zum Sprechen an, ehe er die Worte fand, die ebenso sehr an ihn selbst wie an Vasselis gerichtet waren.

»So etwas auch nur zu denken, verstößt gegen die Grundfesten unseres Glaubens.« Er flüsterte so leise wie Vasselis. »Aber wenn dies wahr ist und du dich mitschuldig gemacht hast, geht das noch weit darüber hinaus.«

»Dies jedoch nur, wenn du überholte Denkweisen, Annahmen und Dogmen als Argumente gegen mich vorbringst. Ich dagegen habe den lebenden Beweis.«

Jhered konnte kaum glauben, was er da hörte. »Ich muss dich als Freund fragen, ob du verstehst, welche Konsequenzen das hat, was du da sagst. Als Beamter der Estoreanischen Konkordanz und Hüter der Schriften des Ordens der Allwissenheit muss ich die fragen, ob du bereit bist, deine Behauptungen zu beschwören.«

Vasselis kicherte. »Du kannst wohl nicht anders. Ja, ich weiß genau, was ich sage, und ich würde es beschwören. Im Gegensatz zu dir habe ich es mit eigenen Augen gesehen. Ich vertraue darauf, dass du die richtige Entscheidung triffst. Du kennst mich und weißt, dass ich kein Ketzer und Verräter bin.«

Jhered hob hilflos die Hände und rang um seine Fassung.

»Die richtige Entscheidung? Wie soll die aussehen? Loyalität einem Freund oder dem Glauben gegenüber, dessen Anhänger ich seit meiner Kindheit bin und an dem ich noch nie auch nur für eine Sekunde gezweifelt habe? Möge Gott für mich sprechen, Vasselis, aber was du mir erzählt hast, widerspricht jeglicher Vernunft und richtet sich gegen Gott. Es bedeutet, das Böse auf der Erde zu verbreiten und den Menschen über Gott zu stellen. Wie sollst du da kein Ketzer sein?«

»Und doch sitzt du hier und fragst dich, warum du mich nicht einfach niederschlägst, nicht wahr, Paul?« Vasselis war inzwischen wieder ganz ruhig.

Jhered hielt inne. Sein Freund hatte recht, und der Gladius würde in der Scheide an seiner Seite bleiben.

»Weil *du* es bist, verdammt«, knurrte er. »Weil ich glaube ... weil ich *weiß*, was du bist.«

Vasselis nickte dankbar. »Mir ist klar, wie schwierig dies für dich ist. Bei Gott, der die Erde wärmt, es ist auch für mich nicht leicht, und ich weiß schon mein ganzes Leben lang von diesem Potenzial. Caraduk ist der Überlieferung des Aufstiegs verbunden und war das Zentrum des Protests und der Demonstrationen gegen die Herrschaft des Ordens, als der Glaube an den Aufstieg für ungesetzlich erklärt wurde.«

»Ich habe im Geschichtsunterricht nicht geschlafen«, erwiderte Jhered. »All das ist lange her. Es hat keine Bedeutung mehr.«

»Aber natürlich hat es eine Bedeutung«, gab Vasselis etwas heftiger zurück. »Es hat Spuren im Herzen jedes Menschen hinterlassen, der in Caraduk zur Welt kommt. Wir achten und verehren den Orden, wenngleich nicht immer seine Vertreter und seine Methoden. Wir glauben an die Heiligkeit Gottes und der Advokatin. Aber ob alt oder nicht, der Glaube stirbt nicht einfach nur deshalb, weil er unterdrückt wird.«

Jhered schüttelte den Kopf. »Ich hatte keine Ahnung, dass du solche Gedanken in dir nährst.«

»Oh Paul, ich wollte dich schon so viele Male ins Vertrauen ziehen. Dich und die Advokatin. Alle, die hinter uns stehen sollten. Aber ein einziges falsches Wort, und ...«

»Der Orden«, sagte Jhered, worauf Vasselis nickte und die Finger spreizte. »Warum also jetzt?«

»Weil diese vier vorher nur ihr Potenzial gezeigt haben. Jetzt aber sind sie erwacht, sie sind wahre Aufgestiegene. Sie können die Elemente manipulieren. Früher oder später wird es bekannt werden, und wenn das geschieht, brauche ich auf meiner Seite alle Kräfte, die ich nur aufbieten kann, um zu verhindern, was der Orden zu tun versuchen wird.«

Jhered seufzte. Vasselis war ihm so vernünftig vorgekommen. »Damit hast du dich an Herine gewandt, die lebende Verkörperung Gottes auf der Erde, und sie um Unterstützung gebeten? Arvan, was erwartest du nun von mir oder Herine, nachdem du es uns erzählt hast?«

»Einfach nur, dass ihr ohne Vorurteile darüber nachdenkt. Vertraut mir und glaubt mir, dass es gut und nicht böse ist.«

»Das widerspricht allem, was ich je gelernt habe«, fauchte Jhered. Er konnte nicht anders als ein wenig die Stimme erheben.

Vasselis hob beschwichtigend die Hände. »Ich weiß, ich weiß. Schlafe darüber und rede mit der Advokatin. Was ihr auch entscheidet, ich werde mich fügen und mich euch ausliefern, wenn ihr es verlangt. Aber trefft keine voreilige Entscheidung, die nur auf den von der Ordensdoktrin verbreiteten Ängsten beruht.«

»Du meinst, ich soll der Kanzlerin nicht verraten, was du mir erzählt hast.«

»Das versteht sich von selbst, Paul, oder nicht? Eine Andeutung, und wir sind verloren, bevor wir überhaupt begonnen haben.«

»Wir?« Jhered hob drohend einen Zeigefinger. »Ich kann dir nicht folgen, Marschall Vasselis.«

Jhered knurrte. Er war völlig verwirrt. Sein Glaube befahl ihm, Vasselis anzuzeigen, aber der Soldat in ihm wusste, dass der Marschall eine Achtung verdiente, die er vom Hof der Kanzlerin, die ihre Art von Gerechtigkeit üben würde, nicht erwarten konnte.

»Komm nach Caraduk«, drängte Vasselis ihn. »Dein Besuch ist sowieso schon lange überfällig. Sieh dich selbst um, ehe du entscheidest, ob ich auf der Seite der Zukunft oder jener der Zerstörung stehe.«

»Das kann ich nicht, Arvan«, erwiderte Jhered. »Falls es in den letzten beiden Tagen deiner Aufmerksamkeit entgangen ist: Wir haben an unseren Grenzen mit Tsard erhebliche Probleme, und die Advokatin bittet mich, den restlichen Dusas dort zu verbringen. Ich nehme an, du erwartest von mir, dass ich mein Wissen für mich behalte?«

Vasselis spreizte die Finger. »So hast du Zeit zum Nachdenken.«

Jhered schüttelte den Kopf. Er wurde zornig. »Du hast mich in eine missliche Lage gebracht. Ich begehe schon ein Verbrechen, für das ich neben dir auf den Scheiterhaufen gestellt werden könnte, indem ich dich nicht melde.« Er hielt inne, als ihm klar wurde, dass Vasselis genau wusste, was er getan hatte. »Aber du hast sicherlich geglaubt, dir bliebe nichts anderes übrig, und ich respektiere dich und deine Gefühle.

Jeden anderen Mann würde ich auf der Stelle festnehmen lassen, wie es meine Pflicht gebietet … verdammt, so etwas können weder die Advokatin noch die Konkordanz gebrauchen. Innere Kämpfe bei den engsten Verbündeten wären viel zu gefährlich, und wir dürfen der Kanzlerin keinen Grund geben, mit Repressionen zu reagieren.«

Wieder seufzte er. »Ich werde jetzt Folgendes tun. Bevor ich nach Gestern zurückkehre, will ich noch einmal mit der Advokatin sprechen. Wir werden uns überlegen, wie wir vorgehen wollen, und ich werde dich dann unterrichten. Deshalb schlage ich vor, dass du Estorr nicht verlässt, bis du in den Palast gerufen wirst. Mehr kann ich nicht tun, und wenn du in der Zwischenzeit schlaflose Nächte haben solltest, soll es mir recht sein. Betrachte das als einen Bruchteil des Preises, den wir für dich bezahlen sollen.«

Vasselis holte tief Luft und entspannte sich. Er lehnte sich auf der Liege an.

»Mehr konnte ich nicht von dir erwarten, Paul. Danke.«

»Du hast Glück, dass du es bist«, sagte Jhered. Ein Lächeln spielte um seine Lippen. Er beugte sich vor und fasste Vasselis am Arm. »Unterdessen solltest du dafür sorgen, dass dein Volk nicht schutzlos ist. Du musst auf alles vorbereitet sein.« Dann klatschte er einmal in die Hände, weil er dringend die Stimmung ändern und sein pochendes Herz beruhigen musste.

»Lass uns jetzt essen. Erzähle mir, wie sich dein Sohn entwickelt. Ich habe von den Meistern der Akademie großartige Berichte über seine Fähigkeiten gehört. Dabei ist er noch so jung. Du musst stolz auf ihn sein.«

Einen Augenblick lang glaubte er, Vasselis würde in Tränen ausbrechen.

15

847. Zyklus Gottes, 34. Tag des Dusasab
14. Jahr des wahren Aufstiegs

Ducken!« Der Schneeball traf Arducius mitten ins Gesicht. Er stieß einen erschrockenen Schrei aus, als die eisige Kugel gegen sein erhitztes, gerötetes Gesicht prallte. Dann besann er sich, drehte sich um sich selbst und brach dramatisch im weichen Neuschnee zusammen, der in einer Wolke hochstob.

»Ja!«, triumphierte Mirron. »Ich wusste gleich, dass wir gewinnen. Ich hab dir gesagt, dass du umfallen würdest.«

Arducius drückte sich auf die Ellenbogen hoch und sah sich zwischen den Schneebarrikaden um, die er und Gorian im eingefriedeten Garten hinter der Villa des Aufstiegs errichtet hatten. Auch Mirron lachte und schlang Ossacer die Arme um den Hals. Sogar er lächelte, was selten genug einmal geschah. Ossacer hatte bereits angekündigt, er hätte sich etwas überlegt, aber das hier war wirklich erstaunlich. Arducius stimmte ein und lachte ebenfalls.

Er liebte den Dusas. Besonders liebte er frisch gefallenen Schnee. Es war, als wäre nur für ihn das ganze Land mit Daunen bedeckt worden. Er konnte laufen, hinfallen und spielen wie alle anderen, ohne sich wehzutun oder Angst haben zu müssen, er könne sich seine spröden Knochen brechen. Wenn der Dusas kam und das Land kalt wurde, fühlte er sich stark. So, wie Gorian sich das ganze Jahr über fühlte. Im Dusas konnte er sich mit den anderen messen.

»Warum hast du dich nicht geduckt?«, fragte Gorian mürrisch und unglücklich.

Arducius sah sich um. Eine vertraute, aber unbestimmte Furcht ergriff von ihm Besitz, und sein Lachen erstarb. Gorian starrte auf ihn herab, den Schneeball noch in der behandschuhten Hand, und war bereit, ihn nach den anderen zu werfen. Das war jetzt allerdings sinnlos, denn sie hatten das Spiel verloren. Gorian hasste es zu verlieren. Sogar eine Schneeballschlacht ging er mit dem gleichen Ernst an wie seine Studien des Aufstiegs.

Arducius war manchmal nicht sicher, ob er Gorian verachten oder bewundern sollte. Meistens hatte er nur den Wunsch, der Junge, den er so gern zum Freund gehabt hätte, würde ab und zu einmal das Leben genießen und nicht alles so ernst betrachten, als sei es ein Kampf auf Leben und Tod. Doch Gorian gab sich unnahbar. Nur Mirron konnte ihn ab und zu erreichen. Der Grund war offensichtlich. Sie hatte ihn schon immer gemocht und seine Nähe gesucht, und darauf reagierte er entgegenkommend. Arducius nahm an, die Aufmerksamkeit schmeichelte ihm.

»Ich hätte nicht gedacht, dass er mich treffen würde.«

»Ich sagte dir doch, du sollst dich ducken.« Gorian zuckte mit den Achseln. »Ich habe es kommen sehen, und du hast nicht einmal hingeschaut.«

Arducius stand auf und klopfte sich den Schnee vom Mantel. Mirron und Ossacer kamen zu ihnen.

»Macht doch nichts«, sagte er. »Es war nur ein Spiel.«

»Wir haben verloren«, erwiderte Gorian. »Das hätte nicht sein müssen.«

»Was glaubst du, was Ossacer herausgefunden hat?«, fragte Arducius, der dringend das Thema wechseln wollte. Gorian schien verärgert, aber kaum dass er den anderen Jungen erwähnt hatte, veränderte sich Gorians Miene.

»Das frage ich mich auch.«

Die Niederlage war vergessen, und er richtete seine Aufmerksamkeit auf Ossacer, der eine Hand leicht auf Mirrons Hand gelegt hatte, während sie langsam über den weißen Teppich wanderten. Droben hingen dunkelgraue Wolken, unter denen der Wind an Kraft gewann. Bald würde noch mehr Schnee fallen. So würde es die ganze Nacht weitergehen, bis am Spätvormittag die Wolkendecke aufbrechen würde. Wahrscheinlich war es ganz gut, dass das Spiel auf diese Weise geendet hatte. Gorian trottete wortlos an Ossacers linke Seite.

»Gorian«, flüsterte Arducius. »Nicht.«

»He, Ossacer«, sagte Gorian. Er sprach dicht neben dem Ohr des Jungen absichtlich laut.

Ossacer zuckte zusammen und blieb stehen, um stirnrunzelnd den Kopf herumzudrehen. Vergeblich wie immer irrte sein Blick suchend umher. Den Unterschied zwischen Hell und Dunkel konnte er noch erkennen, manchmal sogar vage Schemen, aber mehr auch nicht. Die Infektion, die ihm das Augenlicht geraubt hatte, hatte ihm auch die Lebensfreude genommen. Seine Verbitterung über sein Unglück ließ nach, würde aber niemals völlig verschwinden.

»Warum musstest du das machen?«, sagte Mirron.

»Schon gut«, sagte Ossacer mit tiefer Stimme. Er war schon früh in den Stimmbruch gekommen. »Nur schade, dass ich nicht dich getroffen habe, Gorian.«

»Ich bin zu schlau für dich«, erwiderte Gorian. Erfreut über ihre zornige Reaktion, lächelte er Mirron an. »Behandle ihn nicht wie ein Kleinkind. Damit machst du ihn noch schwächer, als er sowieso schon ist.«

»Ich bin nicht schwach«, widersprach Ossacer. »Nur blind.«

»Wie lange wird es dauern, bis du dir noch etwas anderes einfängst? Und was wird dann betroffen sein? Deine Ohren? Dein Mund?«

»Hör auf damit, hör auf!«, rief Mirron. »Lass ihn in Ruhe.«

»Ich kann schon auf mich aufpassen«, sagte Ossacer.

Er ließ Mirrons Arm los und wandte sich ganz zu Gorian um. Gorian tanzte lachend um ihn herum.

»Du kannst mich nie fangen, blinder Mann.«

Links neben Ossacer blieb er stehen und streckte langsam einen Arm aus, um Ossacer zu stoßen. Der jedoch legte die Stirn in tiefe Falten und packte dann zielstrebig Gorians Handgelenk.

»Ich bin blind, aber das heißt nicht, dass ich nichts sehen kann«, erklärte er leise.

Gorians Miene war überhaupt nicht mehr boshaft, sondern nur noch fasziniert. »Wie hast du das gemacht?«

»Warum willst du das wissen?« Ossacer gab seine Hand frei. »Du bist ja nicht blind.«

»Sag es mir einfach.« Jetzt klang Gorians Stimme drohend.

»Na, nun bin ich doch nicht mehr so schwach, was?« Ossacer neckte Gorian, und Arducius spürte, wie sein Herzschlag beschleunigte. »Du weißt es nicht, was? Und das gefällt dir nicht.«

»Ziehe ihn nicht auf«, warnte Mirron.

»Du weißt, was passiert, wenn du das machst«, bekräftigte Gorian. »Sei bloß vorsichtig, Ossacer ... kranker Ossacer ...« Er kicherte. »Sag es mir.«

»Nein«, erwiderte Ossacer und stand gerade und trotzig, den Blick ins Nichts gerichtet, vor Gorian. »Das werde ich nicht tun.«

»Ach, sind wir jetzt ein großer Mann?« Gorian bewegte sich schneller und versetzte Ossacer einen Stoß vor die Brust. Der Junge taumelte, konnte kaum noch das Gleichgewicht halten und ruderte hilflos mit den Armen.

»Lass ihn in Ruhe«, sagte Arducius.

»Und was willst du dagegen tun? Wenn du mich schlägst, breche ich dir die Finger. Du bist noch schwächer als er.« Gorian wandte sich wieder an Ossacer. »Hier ist niemand, der dich retten könnte, blinder Mann. Du weißt nicht einmal, aus welcher Richtung ich als Nächstes komme. Sag mir, was du gelernt hast.«

»Nein«, antwortete Ossacer, obwohl seine Stimme ein wenig bebte.

»Hör auf, Gorian.« Mirron machte einen Schritt auf ihn zu.

»Halte mich doch auf, wenn du kannst.« Er machte einen Schritt und schlug Ossacer leicht auf die Wange. »Die nächste Ohrfeige tut weh.«

Ossacer wich einen Schritt zurück und stolperte. Gorian streckte die Hand aus und packte ihn am Arm, um ihn aufrecht zu halten.

»Ich bin der Einzige, der dich retten kann, Ossacer.« Er hielt fest, seine kräftige Hand quetschte Ossacers Oberarm zusammen. Dann sah er sich zu Arducius und Mirron um. Arducius schlug das Herz bis zum Halse, und er hatte ein flaues Gefühl im Magen. Er war machtlos und konnte nichts tun. »Ich bin besser als du. Ich bin besser als ihr alle zusammen.«

Gorian verstummte schlagartig, und die Luft um sie schien zu gefrieren. Die Haut auf seinem Unterarm wurde bleich, auf dem Handschuh bildete sich Reif. Ossacer schrie auf und wollte sich zurückziehen. Er schlug mit einem Arm um sich, konnte aber Gorians eiskaltem Griff nicht entkommen. Arducius machte einen Schritt. Er musste etwas tun, fürchtete aber gleichzeitig, sich selbst zu verletzen. Mirron stand stocksteif da und bewegte stumm die Lippen.

»Sag es mir«, knirschte Gorian drohend.

Arducius musste Ossacer helfen. Er biss die Zähne zusammen, weil er genau wusste, welche Schmerzen er sich selbst zufügen würde, und rannte auf Gorian los. Er hörte nur noch Ossacers Schreie und sah nur noch Gorians Gesicht, der sich über das, was er dem anderen antat, zu freuen schien.

»Lass ihn in Ruhe!«, rief Arducius.

Gorian sah sich um und bemerkte überrascht, was da auf ihn zukam. Ihm blieb nicht mehr viel Zeit zu reagieren, und als Arducius gegen ihn prallte und versuchte, die Schläge des größeren Jungen abzulenken, hörte er noch einmal Mirrons Stimme und dann endlich Vater Kessian, der Gorians Namen brüllte.

Kessian barg den Kopf in den zitternden Händen. Es würde die Runde machen wie alle anderen Ausfälle bisher, und die Bürger von Westfallen würden einen weiteren Grund finden, ihre Söhne und Töchter von den Aufgestiegenen fernzuhalten. So fehlte seinen Schutzbefohlenen der Kontakt zu Gleichaltrigen, der für ihre Entwicklung so wichtig war. Die Isolation machte sich auch jetzt schon auf verschiedene Weise bemerkbar und würde eines Tages ihr ganzes Leben beeinflussen.

Es war genau das Gegenteil von dem, was Kessian eigentlich erreichen wollte. Ein herber Rückschlag für den Versuch, die Aufgestiegenen im Alltagsleben der Welt zu verankern. Wenn sie nicht in der Gemeinde akzeptiert wurden, deren Bewohner sie am besten verstanden, dann gab es nicht mehr viel Hoffnung.

Es war ein Widerspruch, den sie einfach nicht auflösen konnten. Um Gorians Verhalten zu ändern, war die Konfrontation mit anderen jungen Menschen nötig. Dabei würden er und die übrigen Aufgestiegenen durch ihre Erfahrungen begreifen, dass es Grenzen gab ... und auch, welch riesige Verantwortung sie trugen. Sie mussten lernen, sich und die Kräfte, die in ihnen schlummerten, zu beherrschen. Andererseits konnte Kessian den Eltern in Westfallen ihre Haltung nicht verübeln. Sie hatten eben Angst um ihre Kinder.

Zwei Jahre, nachdem die Einwohner von Westfallen die Verkündigung mit einem rauschenden Fest aufgenommen hatten, war die Stimmung in der Stadt fast ins Gegenteil umgeschlagen. Zwar wurde die Autorität des Aufstiegs nach wie vor geachtet, die Bürger beteiligten sich weiter am Programm und stellten sich freiwillig als Väter und Mütter zur Verfügung, doch wenn sie die offensichtlichen Resultate sahen, bekamen sie Angst.

Kessian schüttelte den Kopf. Ihre Fähigkeiten entsprachen genau den Vorhersagen. Ein Unglück nur, dass die Realität viel schwerer zu akzeptieren war als die Theorie. Genna, erst unlängst von einer Krankheit genesen, die sie beinahe das Leben gekostet hätte, legte ihm eine Hand auf die Schulter. Sie war noch geschwächt. Wenn Ossacer nicht die Infektionsherde gefunden hätte, dann hätte sie es überhaupt nicht überlebt. Eine Ruhmestat der Aufgestiegenen.

Kessian nahm die Hände vom Gesicht und lächelte sie an.

»Du willst mir jetzt doch nicht sagen, ich dürfe nicht immer alles in düsteren Farben malen, oder?«

»Immerhin lebe ich noch, weil es sie gibt«, erwiderte sie.

Die Autorität hatte sich im zentralen Empfangszimmer der Villa versammelt. Hinter Kessians Stuhl toste der Abzug eines Hypokaustums. Die Wärme schenkte ihm eine gewisse Behaglichkeit. Die einfachen Freuden des Lebens, und davon schien es dieser Tage nur wenige zu geben. Jeder Tag war ein schwerer Kampf. Nicht nur, weil jetzt Dusas war. Seine Beine taten weh, und er war schrecklich kurzatmig geworden. Inzwischen konnte er kaum noch schreiben, weil seine Hände zu sehr zitterten. Er war alt, er war dem Tode nahe. Eigentlich hätte er sich auf seine bevorstehende Rückkehr in Gottes Arme freuen müssen, aber von Freude konnte keine Rede sein. Er konnte die Autorität und Westfallen nicht im Stich lassen, ohne Lösungen für die derzeitigen Schwierigkeiten gefunden zu haben.

»Ardol?« Es war Genna.

Kessian fuhr hoch. »Was? Oh, entschuldige. Ich fürchte, mein alter Geist will nicht bei der Sache bleiben.«

»Wir müssen es nicht heute Abend tun«, sagte Hesther Naravny. »Es war ein langer Tag.«

»Es ist doch sinnlos, jetzt ins Bett zu gehen, da wir doch nur wach liegen würden«, erwiderte Meera, die neben ihrer Schwester saß. Sie war schwanger und wirkte viel müder und erschöpfter, als Kessian sich fühlte. Es stand zu hoffen, dass sie, Jen Shalke und Gwythen Terol Kinder der zwölften Linie unter dem Herzen trugen. Fraglich war allerdings, ob Westfallen die Neuankömmlinge begrüßen würde. »Er ist mein Sohn. Ich brauche deine Hilfe, weil ich nicht weiß, wie ich mit ihm umgehen soll.«

»Unbedingt«, sagte Kessian. Auch die anderen nickten. »Wie geht es ihm jetzt?«

»Wie geht es ihnen allen?«, warf Willem Geste trocken ein.

»Richtig. Aber eins nach dem anderen. Meera?«

»Oh Ardol, ich verstehe es einfach nicht«, erwiderte sie. Plötzlich war sie den Tränen nahe. Hesther legte ihr eine Hand auf den Arm. »Ich habe Stunden mit ihm verbracht, wenn ich nicht gerade bei Ossacers Mutter war, um mich zu entschuldigen. Die arme Frau. Aber Gorian – nichts dringt zu ihm durch.«

»Was meinst du damit?«, fragte Andreas Koll.

»Er glaubt nicht, dass er irgendetwas Falsches getan hat«, flüsterte Meera.

Darauf senkte sich Stille über den Raum, bis nur noch das Hypokaustum und Kessians rasselnder Atem zu hören waren. Sie warteten, dass Meera es ihnen erklärte. Unter den mitfühlenden Blicken der anderen sammelte sie sich.

»Er glaubt, er hätte das Recht, sofort zu erfahren, was Ossacer gelernt hatte, und als Ossacer es nicht verraten wollte, habe er ihn zwingen müssen, es zu sagen. Er zeigt weder Schuldgefühle noch Reue. Wenn überhaupt, dann findet er, man müsse Ossacer die Schuld geben.«

»Was ist mit Arducius? Gorian muss doch erkennen, dass er etwas falsch gemacht hat«, schaltete sich Genna ein.

Meera schüttelte den Kopf. »Er hat überhaupt kein Gefühl dafür. Er meint, im Leben seien die Starken erfolgreich, weil sie sich nehmen, was sie wollen, wenn sie es brauchen. Die Schwachen mögen tapfer kämpfen, aber am Ende würden sie immer verlieren. Arducius habe sich durch eigene Hand verletzt.«

»Hat er das wirklich gesagt?«, keuchte Willem.

»Beinahe Wort für Wort.«

»Er ist noch nicht einmal vierzehn«, zischte Willem. »Wie kann er so etwas sagen?«

»Er war schon immer sehr launisch«, meinte Jen.

»Das ist keine Laune«, widersprach Hesther. »Es ist eiskalte Berechnung. Willem hat recht. Er ist zu jung, um sich so zu verhalten. Meint ihr nicht auch?«

Wie immer, wenn die Autorität unsicher war, wandten sich alle an Kessian. Dieser Abend bildete keine Ausnahme. Was würden sie nur tun, wenn er in die Erde zurückgekehrt war? Er hatte mit zunehmender Schwermut den Wortwechsel verfolgt. Sie wollten, dass er ihnen Gorians Verhalten erklärte und ihnen einen Grund gab, es nicht ganz so bedauerlich zu finden. Kessian konnte jedoch nicht schönreden, was nicht zu verteidigen war.

»Wir dürfen uns nichts vormachen. Der Augenblick, in dem dies geschah, hätte kaum schlechter gewählt sein können. Arvan Vasselis ist in Estorr und berichtet der Advokatin, was wir hier tun. Zweifellos wird er ihr erklären, welch wundervolle Dinge wir für die ganze Konkordanz vollbringen können, wenn das Programm fortgesetzt wird, nachdem es nun seine ersten Früchte getragen hat. Heute haben wir jedem, der es sehen wollte, bewiesen, dass die Fähigkeiten der Aufgestiegenen trotz der guten Taten, die wir vollbringen wollen, auch benutzt werden können, um anderen zu schaden und Böses zu tun.

Die Advokatur wird uns sicherlich genau unter die Lupe nehmen. Der Orden wird Druck ausüben, sobald er erfährt, was hier geschehen ist. Wenn das Gerede in der Stadt dahin geht, dass wir gefährliche und gewalttätige Missgeburten gezüchtet hätten, dann wird früher oder später jemand in Westfallen den Orden bitten, die Angelegenheit zu untersuchen. Vergesst nicht, dass wir, wenn es nach dem Orden geht, als Ketzer gelten und verbrannt werden müssen, falls man uns für schuldig befindet. Im Augenblick steht die Stadt noch hinter uns, aber die Leute werden nervös, wenn sie an unsere vier Aufgestiegenen denken. Ich kann ihnen keinen Vorwurf machen. Generationen des Vertrauens zählen nicht, wenn einzelne Menschen sich von denen bedroht fühlen, an die sie eigentlich glauben sollten.

Wir haben immer gewusst, dass von der Welt jenseits unserer Grenzen eine Gefahr ausgeht. Jetzt müssen wir die Tatsache akzeptieren, dass uns auch von denen, die uns am nächsten sind, Gefahr droht, wenn es uns nicht gelingt, Gorians Verhalten zu ändern.«

Er hielt inne und betrachtete die anderen Mitglieder der Autorität. Keiner war überrascht über das, was er gerade gesagt hatte. Kessian nickte und rang sich ein Lächeln ab.

»Wir sind Pioniere«, machte er ihnen mit sanfter Stimme Mut. »Wir stehen vor Schwierigkeiten, die alle, die nach uns kommen, nicht mehr haben werden. Es liegt bei uns, Lösungen zu finden und dafür zu sorgen, dass der Glaube an den Aufstieg stark und unerschütterlich bleibt. Ich weiß, wie schwer das ist. Gott möge mich umarmen, aber ich hatte heute selbst düstere Momente, und euch ist es wohl kaum anders ergangen. Ich glaube nicht, dass einer von uns heute Nacht gut schläft, also lasst uns tun, was wir tun können. Wir sind vernünftig, entschlossen und zielstrebig. Also gut, eins nach dem anderen. Genna, wie geht es Ossacer und Arducius?«

Die Schmerzfinderin der Autorität blies die Wangen auf und fuhr sich mit gespreizten Fingern durch die Haare. »Shela ist bei ihnen. Wir haben sie zusammen in einen Raum gelegt. Ossacer schweigt, er will nicht reden. Wir haben seinen Arm gebadet und verbunden. Glücklicherweise waren die Verbrennungen nicht zu tief. Die Erfrierungen haben vor allem Finger und Zehen getroffen. Hätte Arducius sich nicht eingemischt, dann hätte es vielleicht auf Ossacers Arm übergegriffen.

Arducius trug glücklicherweise Schutzschienen, die jetzt jedoch ramponiert sind. Beide Handgelenke sind gebrochen. Eine Schulter ist schon wieder ausgerenkt, und sein linker Ellenbogen ist angeschwollen wie eine kranke Blase. Ich habe die Brüche eingerichtet und die Schulter eingerenkt. Der Ellenbogen bekommt jede Stunde eine neue Eispackung. Langfristig mache ich mir allerdings Sorgen um seine Beweglichkeit. Er ist so zerbrechlich.«

»Dieses Mal werden beide sich von ihren körperlichen Verletzungen erholen«, sagte Hesther. »Wir sollten uns auf die seelischen und emotionalen Probleme konzentrieren. Da gibt es viel mehr zu behandeln und zu heilen.«

»Du nimmst mir das Wort aus dem Mund«, stimmte Kessian zu. »Ich werde morgen früh mit Gorian sprechen. Wir müssen herausfinden, warum er so denkt, und ich bilde mir ein, dass er immer noch Ehrfurcht vor mir empfindet und manchmal sogar etwas Angst hat, was gar nicht so schlecht sein könnte. Da werdet ihr mir sicher zustimmen. Er hat schon öfter solche Züge gezeigt. Erinnert ihr euch noch, wie ernst er schon als Kind immer war, und wie leicht er sich provozieren ließ? Vergesst nicht, dass es auch heftige Ausbrüche gab, als Mirron erwachte. Der Unterschied liegt hier jedoch darin, dass er die Fähigkeit besitzt, andere zu verletzen, und das haben wir ihm ausdrücklich verboten.

Ich werde zu ihm durchdringen. Es muss mir einfach gelingen. Inzwischen kannst du, Gwythen, weiter mit deiner Tochter reden. Du weißt sicher am besten, wie man mit ihr umgehen muss.«

Gwythen zuckte mit den Achseln. »Sie hat getan, was sie immer tut, wenn Gorian Ärger macht. Am Anfang bringt sie ihre Abscheu zum Ausdruck, und am Ende verteidigt sie ihn. Wir wissen ja, warum sie sich so verhält.« Ein leises Kichern erhob sich im Raum. »Ich glaube nicht, dass sich das jemals ändern wird.«

»Nein, wohl nicht«, stimmte Willem zu. »Allerdings können wir das für unsere Zwecke einsetzen. Gorian wird doch auf sie hören, nicht wahr? Schließlich ist die Zuneigung nicht ganz einseitig.«

»Ich bin nicht sicher«, wandte Meera ein. »Ich sage es nur ungern, aber er neigt dazu, andere zu manipulieren. Wenn es ihm passt, kann er liebenswürdig zu ihr sein. Wundert euch nicht, wenn er in zwei Tagen, sobald er glaubt, er hätte es überstanden, ausgesprochen charmant ist. Das haben wir schon öfter erlebt.«

»Und die anderen beiden?«, fragte Kessian.

»Gebt ihnen eine Nacht Ruhe, und dann wollen wir sehen, wie sie aufwachen«, sagte Genna. »Ossacer hat nach dem Zwischenfall keine Anzeichen irgendeines Leidens gezeigt, was ein Segen ist. Nach allem, was Arducius sagte, hat er sich Gorian voller Stolz widersetzt, und das ist etwas Neues. Arducius ... nun ja, er ist eben Arducius.« Wieder ein Kichern. »Insgeheim wird er wohl den Rest des Dusas wütend auf Gorian sein, aber er ist der geborene Diplomat. Er wird bald wieder alle zusammenbringen. Ihm ist klar, wie stark sie sind, wenn sie zusammenwirken. Vor allem dürfte er wohl wütend über Gorians Einstellung sein, nicht so sehr wegen der körperlichen Schmerzen und der Situation, der er sie zu verdanken hat.«

Das ließ Kessian neuen Mut schöpfen. Die Autorität schloss ihre Reihen und blickte nach vorn.

»Gut«, sagte er. »Noch etwas. Hesther, ich wende mich wie immer zuerst an dich, aber für den Fall, dass durch die Diener irgendetwas durchsickert, auch wenn es keine Einzelheiten sind, müssen wir uns eine Antwort überlegen. Du solltest mit Elsa Gueran zusammenarbeiten. Der Orden muss uns unterstützen, und sei es nur in Person einer Leserin, die unseren Glauben teilt und genau wie wir allen Grund hat, die Kanzlerin zu fürchten.«

»Natürlich, Ardol«, willigte Hesther ein.

»Erst wenn wir wieder Ruhe unter den Aufgestiegenen geschaffen haben, werden wir mit Ossacer über seinen Lernerfolg reden. Ich habe das deutliche Gefühl, dass es sich um einen größeren Durchbruch handelt, aber wir brauchen dafür die richtige Atmosphäre. Einverstanden?«

Alle nickten. Kessian richtete sich mühsam mithilfe seiner Stöcke auf.

»Dann lasst uns zu Bett gehen. Gott schenke euch seinen Segen, bis er euch mit dem Licht der Dämmerung weckt.«

Es war eine sehr stille Nacht. Außer Shela Hasis und Arducius' Atem war kein Laut zu hören. Ossacer lauschte eine Weile, während er blinzelte, um die Phantome zu vertreiben, die durch seine blinden Augen zuckten. Shelas Atem ging tief und regelmäßig, sie lag still. Arducius schnaufte und seufzte. Ossacer lächelte in der Dunkelheit. Dankbarkeit für seinen Freund erfüllte sein Herz.

»Bist du wach, Arducius?«, fragte er leise.

»Ja, bin ich«, erwiderte der Junge. »Ich kann nicht schlafen. Es tut weh. Was macht dein Arm?«

»Ganz gut.« Ossacer kratzte abwesend am Verband. Gennas kühlende Salbe hatte die pochenden Schmerzen nicht ganz aus der Wunde vertreiben können. »Shela schläft, nicht wahr?«

»Bis Genna am Morgen mit frischem Eis kommt. Bäh, das ist schrecklich.«

»Hilft es denn nicht?«, fragte Ossacer, der Arducius' Schauder fast im eigenen Körper spüren konnte.

»Es betäubt die Haut. Trotzdem tut es noch weh, und die ganze Zeit kribbeln meine Finger.«

»Vertraust du mir?«

Arducius schwieg eine Weile. »Ich ... ja, sicher. Was soll das, so eine Frage mitten in der Nacht?«

»Ich kann dir helfen«, sagte Ossacer. Sein Herz raste. »Wenn du mich lässt.«

»Wobei kannst du mir helfen?«

»Ich glaube, ich kann die Brüche richten.« Ossacer drehte sich um und drückte sich auf dem gesunden Ellenbogen hoch, bis er in Arducius' Richtung gewandt war. »Wenn du es mich versuchen lässt.«

Wieder gab es ein Schweigen. Ossacer konnte förmlich sehen, wie Arducius das Für und Wider abwog. Die unzähligen Brüche seiner spröden Knochen hatte er nur überlebt, weil Genna Kessian so geschickt darin war, die Bruchstellen zu finden, und den Heilern und Wundärzten von Westfallen genaue Anweisungen geben konnte, wie die Knochen zu richten waren. Und nun bot ihm ein Aufgestiegener, der erst vor zwei Jahren erwacht war, etwas Unerprobtes und absolut Neues an. Sie alle wussten dank peinlicher und schmerzhafter Erfahrungen, wie gefährlich es war, neue Fähigkeiten zu erproben.

»Ist es das, was du Gorian nicht verraten wolltest?«

»Es ist der Grund dafür, dass du hier liegst«, bestätigte Ossacer.

»Wird es mir wehtun? Oder dir?«

»Ich glaube nicht«, sagte Ossacer. »Nicht, wenn ich es richtig mache.«

Arducius rang sich ein Kichern ab, und die Spannung ließ etwas nach. »Ja, das dachte ich mir.«

Auch Ossacer lächelte. Er rückte auf seinem Bett näher an seinen Freund heran. Zwei Fuß breit war die Lücke zwischen ihren Betten. Shela schlief an der Tür auf einem Lehnstuhl, die Füße auf einen gepolsterten Hocker gelegt.

»Nun?«

»Bist du sicher, dass du es kannst?«

»Ich werde es dir schon sagen«, versprach Ossacer.

»Sehr witzig«, antwortete Arducius. »Nimm mir nur die Schmerzen, das reicht schon. Und erkläre mir, was du machst.«

Ossacer war voller Stolz. Sein Freund vertraute ihm, es war ein wundervolles Gefühl.

»Ich werde dich nicht enttäuschen.«

Ossacer schloss die Augen und konzentrierte sich mit aller Kraft. Tief und bewusst atmete er ein und aus. Dabei streckte er die Hände mit gespreizten Fingern aus und bewegte sie leicht, als spiele er auf einer unsichtbaren Kithara. Gleichzeitig spitzte er die Ohren und lauschte auf das Knarren der Dachbalken und der Betten, auf denen sie lagen.

Langsam entstanden Farben und Licht vor seinem inneren Auge, wärmten seinen ganzen Körper und erinnerten ihn an die Zeit, da er nur die Augen öffnen musste, um Farben zu sehen. Dies hier war allerdings viel eindrucksvoller als Erinnerungen. Dies war sein neues Fenster in die Welt, das ihm niemand wieder wegnehmen konnte.

Jenseits seiner geschlossenen Lider tauchte verschwommen das Schlafzimmer auf. Er hätte sich wünschen können, es so klar zu sehen wie mit normalen Augen, aber für Ossacer war auch dies schon eine Gnade Gottes. Es war wie ein zweites Leben, und nun lag es bei ihm, alles daraus zu machen, was er nur konnte. Die anderen und die Autoritäten hatten angenommen, er sei in diesem Dusas ungewöhnlich still und reserviert, und er ließ sie gern in diesem Glauben. Sobald sie wussten, dass er nur etwas bedrückt, aber sonst auf dem Damm war, ließen sie ihn in Ruhe.

Was er entdeckt hatte, würde jedoch sein Leben verändern. Er wäre nicht mehr auf Hilfe angewiesen, sondern konnte sich unabhängig machen. Fast durch Zufall hatte er es entdeckt, auch wenn er begriff, dass die Notwendigkeit, seine anderen Sinne zu entwickeln, dazu beigetragen hatte. Er hatte gelernt, auch die winzigsten Geräusche aufzufangen, um sich ein geistiges Bild seiner Umgebung zu erschaffen. Dabei streckte er gewöhnlich die Hände vor, um den Raum vor ihm und an den Seiten abzutasten und die winzigen Luftströmungen zu erspüren, die seinen Körper erreichten. So waren seine Fingerspitzen äußerst empfindlich geworden, bis er sogar die Entfernung und die ungefähren Ausmaße fester Objekte vor sich ausmachen konnte.

Seine Nase war gleichermaßen empfänglich und konnte die feinsten Düfte auffangen. Sie half ihm, die Richtung zu finden. Er konnte die Villa auf dem Hügel riechen und fand ohne Begleitung den Weg von der Villa zum Forum. Außerdem konnte er ohne Hilfe zum Obstgarten über den Genastro-Fällen hinaufsteigen. Niemand hatte mehr Angst, er könne über die Klippe stürzen. Für ihn waren das kleine Siege in einem beharrlichen Kampf gegen seine Unzulänglichkeiten. Doch bei seinen wenigen Begegnungen mit blinden Menschen hatte er herausgefunden, dass seine Sinne erheblich schärfer waren als die der anderen.

Das machte ihn nachdenklich. Der einzige Vorteil seiner Blindheit, auch wenn die Erkenntnis einen bitteren Nachgeschmack hatte, war die Tatsache, dass er auf diese Weise, frei von den Ablenkungen der Welt des Lichts, genügend Zeit zum Nachdenken hatte. Dieses Mal war die Belohnung jedoch gewaltig. Ihre Ausbildung hatte sich vor allem darauf konzentriert, die Energien Gottes und der Erde zu zähmen, um ihre Ziele zu erreichen, ob sie nun Pflanzen wachsen, Bäume zur falschen Jahreszeit Früchte tragen lassen oder beim Vieh den Entzündungsherd feststellen wollten.

Sie mussten noch viel lernen, nicht zuletzt auch, ihre Fähigkeiten möglichst effizient einzusetzen. Eine einzige Anwendung ihrer Fähigkeiten, und sie waren müde und bekamen Runzeln, die manchmal erst nach Tagen wieder verschwanden. Allerdings hatten sie alle herausgefunden, dass es ihnen sehr half, wenn sie Energien benutzten, die ihrer jeweiligen Fähigkeit besonders nahe verwandt waren. Sie vermochten zwar, auch Energien aus fremden Bereichen einzusetzen, doch dabei ermüdeten sie sehr schnell.

Vater Kessian hatte ihnen erklärt, es sei so, als wollten sie das Wasser mit einem Schwamm und nicht mit einem Eimer von einem Ort zum anderen tragen. Es war möglich, aber es war viel anstrengender, weil man für die gleiche Menge Wasser öfter laufen musste und unterwegs zu viel verlor.

Deshalb hatte Ossacer daran gearbeitet, die Löcher im Schwamm zu stopfen. Er hatte dies vor dem Hintergrund der Gewissheit getan, dass die Schärfe seiner Sinne auf mehr als nur Anstrengung und Glück beruhte. Es lag an dem, was er war. Rings um ihn gab es Energie. Sie strömte durch seine Fingerspitzen, seine Nase, seine Ohren und seine Zunge direkt in sein Bewusstsein, wo er sie verarbeiten konnte.

Er war ein geborener Schmerzfinder und konnte mühelos eine Infektion, ein Fieber, eine Zerrung oder einen Bruch im Körper eines Menschen und mit etwas weniger Erfolg auch bei einem Tier feststellen. Was er aber nicht vermochte, was keiner von ihnen auch nur im Entferntesten geschafft hatte, war das Heilen. Gorian, der erste Gorian, hatte geschrieben, man könne Energiebahnen verbinden, um zu heilen, aber das hatte sich als unmöglich erwiesen, weil alle Krankheiten wie graue Schatten erschienen, die den Energiefluss überdeckten. Es war einfach unmöglich gewesen, diese Schatten zu durchdringen. Bis jetzt.

Ossacer war recht schnell bewusst geworden, dass es überall Energien gab, die man zähmen konnte, um zu heilen, wenngleich mitunter nicht sehr wirkungsvoll. Aus diesem Grund war es überhaupt nicht nötig, die grauen Schatten zu durchdringen. Man konnte sie umgehen. Da es ihm an Selbstvertrauen mangelte, um seine Theorie an einem Tier zu erproben oder auch nur mit Vater Kessian oder Genna darüber zu reden, hatte er es zunächst mit den Energien versucht, die er über seine verbliebenen Sinne aufnahm. Dabei hatte er herausgefunden, dass er im Kopf eine energetische Landkarte seiner unmittelbaren Umgebung erzeugen konnte.

Feste Gegenstände wie Mauern, Schränke, Säulen und Betten erschienen ihm wie dunkelgraue Umrisse auf einer hellen Leinwand. Menschen dagegen waren bewegliche rote, grüne und gelbe Flecken, in die sich Dunkelblau mischte, und wenn sie verletzt waren, auch graue und schwarze Schatten. Ihre Umrisse waren verschwommen, aber deutlich genug, damit er einzelne Personen unterscheiden konnte. So hatte er Arducius mit dem Schneeball getroffen. In offenem Gelände und besonders nach einem Schneefall blieb der Hintergrund verschwommen, und so hoben sich die Menschen ab wie Feuer in der Nacht.

Leider war es anstrengend, weil keine der verfügbaren Energien direkt anwendbar war. So musste er sich sehr bemühen, die Karte im Kopf zu halten. Noch konnte er es nicht für längere Zeit tun, aber er hoffte, es wäre lange genug, um Arducius zu helfen.

Er stand auf und streckte die Hände aus, die sich dunkelrot und mit hellgelben Rändern deutlich abzeichneten. Seine Beine strahlten auf ähnliche Weise, aber weniger stark, und sein übriger Körper war unter dem Nachthemd etwas gedämpft. Unter den Füßen lag der Teppich als bleicher Schatten auf dem kühlen blauen Stein, und vor sich konnte er Arducius' Kopf und Arme über den Bettlaken sehen.

Er setzte sich zu ihm.

»Bist du bereit?«, flüsterte er.

»Wie hast du das gemacht? Ich habe dich beobachtet. Du hast dich bewegt, als könntest du sehen.«

»Das kann ich auch«, sagte Ossacer mit wachsender Erregung. »In gewisser Weise. Ich erkläre dir alles. Aber jetzt muss ich noch etwas anderes probieren.«

»Ich bin dein Versuchskaninchen, was?«

Die beiden Jungen lachten leise. Der Gedanke, heimlich etwas zu tun, ohne Shela zu wecken, beflügelte sie.

»Was soll ich tun?«, fragte Arducius.

»Nichts. Bleib einfach liegen. Es sollte nicht wehtun, aber wenn doch, dann sag es mir. Ich höre auf, wann immer du willst.«

»Es wird schon nichts passieren.«

Ossacer ließ die energetische Karte in seinem Kopf verblassen und war zufrieden, dass er seine Sinne kontrollieren konnte. Dann legte er die Hände auf Arducius' linken Arm.

»Das ist kalt«, zischte Arducius.

»Entschuldige.«

Er zog sich zurück und ließ die Energien seines Körpers durch sein Bewusstsein, die Arme hinunter und zu Arducius wandern. Sofort sah er den Umriss des anderen Jungen vor seinem inneren Auge. Er benutzte ein wenig Energie von Arducius, um seine eigene zu verstärken. Dann folgte er den hellen Impulsen, die von Arterien und Venen ausgingen, und erkundete den Blutstrom in Arducius' Körper. Die Knochen erschienen als dunkelgrüne Umrisse, das Herz war ein rotes Lodern, die Lungen in einem etwas dunkleren Rot gefärbt, und der Magen war ein ruhiges Gelb.

Die starken und hellen Energiebahnen in Arducius' Körper waren von Flocken freier Energie umgeben, die er als schwache Spuren oder blinkende kleine Lichter wahrnehmen konnte. Er war sicher, dass er sie dazu bringen konnte, die gestörten Bahnen zwischen den gebrochenen Knochen in Arducius' Handgelenken neu zu verbinden. So bewegte er die Hand zum verletzten linken Handgelenk und strich mit den Fingerspitzen ganz leicht über Arducius' Haut.

»Nicht bewegen«, sagte er, als sein Freund leicht zusammenzuckte. »Es tut mir leid, wenn es kribbelt.«

»Es ist warm«, sagte Arducius.

»Das ist gut.«

Arducius' Handgelenk war völlig zertrümmert. Ossacer hätte vor Schreck fast die Finger vom Verband und der Schiene zurückgezogen. Er hatte sich daran gewöhnt, Prellungen zu sehen, die er manchmal als wabernde graue Wolken wahrnahm. Das hier aber war viel schlimmer. Wo die Brüche kompliziert waren und keine Lebensenergie mehr existierte, sah er nur noch einen undurchdringlichen grauen Fleck, teilweise sogar eine tiefe Schwärze. Schienen konnten hier nicht helfen.

»Was ist los?«, fragte Arducius.

»Die Brüche sehen schlimm aus«, antwortete er.

»Das hatte ich noch gar nicht bemerkt«, erwiderte Arducius trocken.

»So meinte ich das nicht. Sie reichen so tief. Deine Knochen sind zwar eingerichtet, aber es fließt nichts durch, was sie heilen könnte. Keine Lebenslinien.«

»Tja, dann …«

»Schon gut«, sagte Ossacer, der spürte, wie Arducius nervös wurde. »Ich kann das in Ordnung bringen.«

Dabei wusste Ossacer, dass er nicht auf Arducius' Energie zurückgreifen konnte, um die unterbrochenen Linien in den Handgelenken wieder zu verknüpfen. Es war wie bei den meisten verletzten oder kranken Tieren und Menschen. Sie waren geschwächt und konnten nicht viel beisteuern. Die Bahnen in der Luft und im Hypokaustum und der leichte Luftstrom unter der Tür boten zwar reichlich Rohmaterial, aber Ossacer hatte noch nicht genügend Löcher im Schwamm gestopft, und Arducius brauchte viel Hilfe. So musste Ossacer auf seine eigene Energie zurückgreifen. Es würde viel anstrengender werden, als er vermutet hätte.

Sachte berührte er Arducius' Handgelenk und strich mit den Fingern über den Verband. Er spürte die Tiefe und Breite der Schäden und bemerkte die dunklen Linien, wo Haarrisse entstanden waren und wo Nerven und Blutgefäße eingeklemmt oder zerrissen waren. Als er das Ausmaß der Aufgabe richtig eingeschätzt hatte, legte er die Hände mit gespreizten Fingern auf den Verband, wobei sich die Daumen berührten. In Arducius' Händen und Fingern verliefen die Energiebahnen willkürlich und richtungslos, was vermutlich die Schmerzen und den Juckreiz noch verstärkte. Ossacer empfand ganz unerwartet eine tiefe Freude. Es war genau so, wie Vater Kessian und Genna es beschrieben hatten. Genau so, wie es in den Schriften Gorians und den heiligen Schriften Gottes erklärt war. Der Zyklus des Lebens war unterbrochen. Es waren die Energiebahnen, die großen und kleinen Kreisläufe, die allen Geschöpfen Gesundheit und Lebenskraft schenkten. Wenn sie gestört wurden, schwand auch das Leben. Jetzt wusste er ohne jeden Zweifel, dass seine Idee richtig war, und dass Gott ihn und seine Freunde auf die Erde geschickt hatte, um zu heilen und zu helfen. Sie sollten eine Quelle der Wunder sein und Gottes Werke tun. Der Orden irrte sich.

»Ich will die unterbrochenen Lebenslinien in deinen Handgelenken wieder verknüpfen. Versuche jetzt, still zu liegen.«

»Was benutzt du dazu?«

»Alles, was ich in diesem Raum finden kann. Aber vor allem meine eigene Energie.«

»Ossacer, das ist ...«

»Widersprich mir nicht. Gott wird mir meine Kraft schon zurückgeben.«

Er versuchte, die winzigen Energien aus dem Luftzug und den warmen Steinen unter seinen Füßen einzubeziehen und öffnete seinen Geist, wie sie es gelernt hatten. Es war, als öffnete er den Mund, um Nahrung aufzunehmen. Doch es kam so wenig herein. Es half ihm ein wenig, sich zu konzentrieren, reichte aber nicht annähernd aus, um Arducius zu helfen. So konnte er nur hoffen, genug in sich selbst zu finden, um zu tun, was getan werden musste.

Ossacer begann mit der Arbeit und lenkte seine eigenen Körperenergien in Arducius' Arm. Sein Freund spannte sich an und grunzte überrascht. Vor seinem inneren Auge sah Ossacer, wie sich seine eigenen Lebenslinien aus seinen Fingern mit denen verbanden, die der Bruch zerrissen hatte. Arducius keuchte, als die Verbindung hergestellt war, denn er spürte, wie die Lebenskraft wieder strömte und in seine Verletzung vordrang.

Das war der leichtere Teil. Ossacer konnte nun einfach sitzen bleiben und Arducius die Schmerzen nehmen, solange er wach und konzentriert war, aber das würde seinen Freund nicht heilen. Jetzt musste er die Lebenslinien wieder ins verletzte Handgelenk hineintreiben und neue Verbindungen knüpfen, damit die Heilung beginnen konnte.

Ossacer konnte wie kein anderer die Störungen sehen, die der Bruch verursacht hatte. Er konnte erkennen, wo der Knochen nicht richtig eingerichtet war, wo noch Splitter im Fleisch saßen und wo der Blutstrom unterbrochen war.

»Es geht jetzt los, Arducius. Bitte bleib ruhig. Die Energie muss jetzt in dein Handgelenk fließen. Ich hoffe, es tut nicht weh.«

»Mach schon.«

Ossacer nickte und atmete tief ein. Er begann dort, wo in Arducius' Unterarm die Lebenslinien am stärksten waren. Vor seinem inneren Auge sah er die Landkarte der Energiebahnen und die Punkte, an denen die Linien vor Arducius' Handgelenk abbogen und sich mit seinen eigenen verbanden. Er konzentrierte sich und drückte sie nach unten, um die Bahnen wieder dort einzufügen, wo sie hingehörten. Stück für Stück arbeitete er sich vor und benutzte den künstlich erschaffenen Kreislauf, um den körperlichen Schaden zu durchdringen. Er rückte Knochensplitter an ihren Platz, öffnete verstopfte Blutgefäße und zog die Nervenenden an ihren Platz. Es war mühsam und ging schrecklich langsam.

Er musste jeder Energiebahn jede winzige Veränderung förmlich abringen. Es war, als wollte er einen Schwarm von Aalen durch einen Irrgarten lenken, der sich rings um sie ständig veränderte und verlagerte, und sobald seine Aufmerksamkeit nachließ, fiel alles wieder in den vorherigen Zustand zurück.

Der Schweiß tropfte von seiner Stirn, seine Achselhöhlen und sein Rücken waren nass. Sein ganzer Körper erwärmte sich, als er mehr und mehr seiner eigenen Energie hineingab. Inzwischen hatte er jeden Gedanken daran aufgegeben, die ungeordneten Energien des Zimmers zu nutzen. Das wäre zu viel gewesen für einen jungen Geist, der noch nicht gelernt hatte, diese Kräfte zu bündeln.

Zur gleichen Zeit musste er sich sehr bemühen, seine Erregung im Zaum zu halten, denn unter seinen Fingern mit den roten und gelben Umrissen hellten sich die schwarzen und grauen Bereiche auf und verblassten.

»Wie fühlst du dich?«, fragte er, während er scharf einatmete.

»Es brennt«, sagte Arducius, der ganz ruhig schien. »Aber es tut nicht weh.«

»Das ist gut«, antwortete Ossacer. »Glaube ich.«

Das Zentrum des Bruchs hielt ihn länger auf. So viele Haarrisse und verschobene Knochenstücke. Arducius hatte gesagt, es würde wehtun, aber er musste Höllenqualen gelitten haben. Ossacer schob die Schuldgefühle beiseite, die auf einmal in ihm erwacht waren, und lenkte noch mehr seiner eigenen Energie in die Arbeit. Schon ließen seine Kräfte nach, und wo die Schweißtropfen über seine Wangen rannen, spürte er die trockene Haut des Alters.

Es war noch nicht genug, er musste noch mehr tun, wenn er beide Handgelenke heilen wollte. Der Ellenbogen, der nicht gebrochen, sondern nur geschwollen war, musste warten.

Steif und müde erwachte Shela Hasi, als die bleiche, helle Morgendämmerung durch die Lamellen der Fensterläden drang. Mit einer Hand massierte sie sich den Nacken und sah sich blinzelnd um. Das Gähnen blieb ihr im Halse stecken.

Arducius hatte seine Schienen abgerissen, saß auf Ossacers Bett und hielt dessen Hand. Ossacers Kopf war gerade noch zu erkennen. Sein Gesicht war faltig und zerfurcht, auf dem Kopf hatte er graue Haare. Er bewegte sich kaum, aber Arducius strahlte bis über beide Ohren. Er war nicht mehr krank und bleich, in seinen Augen strahlte eine neue Lebenskraft.

»Schau nur, was er gemacht hat«, sagte er. »Schau, was er gemacht hat.«

Shela starrte ihn fassungslos an und wusste nicht, ob sie vor Freude weinen oder vor Furcht aufschreien sollte.

16

847. Zyklus Gottes, 35. Tag des Dusasab
14. Jahr des wahren Aufstiegs

Als Kessian an diesem Morgen Gorians Zimmertür öffnete, strahlte die Dusassonne blendend hell auf den verharschten Schnee und fiel durch die offenen Läden herein.

Gorian saß an seinem kleinen Schreibtisch und las einen Text des Aufstiegs über die Disziplin der Landhüter, die möglichen Weiterentwicklungen und die Anwendungen. Kessian hatte den Text vor mehr als vier Jahrzehnten selbst geschrieben. Die Tatsache, dass Gorian in etwas vertieft war, das er sonst als alberne Weitschweifigkeiten beurteilte, war an diesem sorgenvollen Tag eine kleine Freude.

Gorians Tunika war wie die von Kessian mit der roten Schärpe des Aufstiegs geschmückt. Seine Füße waren nackt und wippten müßig auf dem warmen, von unten beheizten Stein. Er schaute erst auf, als Kessian sich langsam auf das Bett des Jungen gesetzt hatte.

»Woher wusstest du vor so langer Zeit, dass wir jemals existieren würden?«, fragte Gorian mit belegter Stimme.

Er sah schrecklich aus. Seine Augen waren rot und verquollen, weil er sich die Tränen weggerieben hatte, und die dunklen Ringe zeugten von einer schlaflosen Nacht. Kessian war beruhigt, dass Gorian in der Stille und der Dunkelheit doch noch Schuldgefühle und Reue in sich entdeckt hatte. Besorgt war er, weil der Junge seiner Mutter am vergangenen Abend keines dieser Gefühle gezeigt hatte.

»Dein Namensvetter hat die Entwicklungen vorhergesehen und über jeden Vorfall berichtet. Aufgrund dieser Vielzahl von Beobachtungen konnten wir schließlich herausfinden, wo das Potenzial besonders stark und die Logik besonders zwingend war. Auf diese Art und Weise werden in der Wissenschaft Entdeckungen gemacht und Fortschritte erzielt.«

Gorian runzelte die Stirn. »Ist das hier Wissenschaft? Oder ein Segen Gottes?«

»Beides ist untrennbar miteinander verbunden. Gott zeigt uns, wohin wir unsere Füße setzen sollen, und öffnet uns die Augen. Unsere Ärzte entwickeln ihre Wissenschaft dank der Erkenntnisse über den menschlichen Körper. Sie wären aber nirgendwo angelangt, wenn Gottes Hand sie nicht geführt hätte. Genauso ist es bei uns. Der Weg wird uns gezeigt, und dann liegt es bei uns, ihn zu verstehen.«

Gorian schwieg einen Augenblick. Er schluckte.

»Wie geht es Ossacer und Arducius?«

»Das hätte doch eigentlich deine erste Frage sein müssen, nicht wahr?«

Keine Antwort. Gorians Unterlippe zitterte, die Tränen schossen ihm in die Augen.

»Zum Glück für dich geht es beiden gut«, antwortete Kessian nach einer Weile. »Ossacer hat einen bemerkenswerten Fortschritt erzielt.«

»Was denn?« Eifer und Begierde blitzten in Gorians Augen.

»Ah ja, hättest du gewartet und ihn ermutigt, dann hättest du es zweifellos längst herausgefunden. Gorian, warum hast du das getan?«

Kessians Enttäuschung traf Gorian wie ein körperlicher Schlag, jedes Wort schmerzte stärker als das vorangegangene. Die Tränen rollten ihm über die Wangen. Kessian machte keine Anstalten, ihn zu trösten, auch wenn er es gern getan hätte.

»Warum hat er es mir nicht gesagt?«

»Wir reden nicht über Ossacer, sondern über dich«, erwiderte Kessian scharf. »Das Recht war auf seiner Seite, nicht auf deiner. Nach dem, was du gestern Abend zu deiner Mutter gesagt hast, scheinst du es nicht zu verstehen.«

»Ich verstehe es«, klagte er. »Ich wollte ihm nicht wehtun.«

»Gorian, sieh mich an«, befahl Kessian. Gorian gehorchte. Vater Kessian widersetzte man sich nicht. »Weiche mir nicht aus. Du hast Ossacers Handgelenk gepackt, deine Fähigkeit als Aufgestiegener eingesetzt und es durch Kälte verbrannt. Er wird die Narben behalten, bis er ins Grab gelegt wird. Jetzt erkenne ich das Bedauern in dir, aber direkt nach dem Vorfall war davon nichts zu sehen, und auch vorher hast du nicht darüber nachgedacht.«

»Ich wollte ihm nicht wehtun. Ich wollte auch nicht, dass Arducius verletzt wird.« Wie ein Häuflein Elend saß er vor seinem Schreibtisch auf dem Stuhl. Er hielt sich eine Hand vor die Augen, während die Tränen seine Wangen hinabrollten. Beinahe hätte Kessian ihn herzhaft umarmt. Er sah so verloren aus.

Kessian sprach etwas sanfter weiter. »Aber wie können wir das glauben? Du hast es dennoch getan, und als deine Mutter dich danach gefragt hat, sagtest du, die Starken nähmen sich eben, was sie wollten, und im Grunde müsste man den anderen beiden und nicht dir die Schuld an den Ereignissen geben. Gorian? Hilf uns doch zu verstehen, damit wir dir helfen können. Du darfst nicht so die Beherrschung verlieren. Nicht mit den Kräften, die du hast.«

Gorian wusste nicht, was er darauf sagen sollte, so viel war klar. Kessian war nicht überrascht. Er wartete eine Weile, bis Gorian sich etwas gefangen hatte, aber offenbar wollte der Junge nichts mehr sagen.

»Gorian, sieh mich an.« Kessian wartete, bis er gehorchte. »Wir wollen eins nach dem anderen angehen. Warum hast du dies zu deiner Mutter gesagt?«

Es gab eine Pause. »Ich glaube, weil ich wütend war. Ich wollte recht haben. Ich dachte, es wäre richtig.«

»Hast du das wirklich geglaubt? Aber ich nehme an, du siehst das jetzt anders.« Gorian nickte. »Trotzdem verstehe ich es nicht. Meera hat uns deutlich gemacht, dass du keine Reue empfunden hast. Weißt du noch, wie du dich dabei gefühlt hast?« Gorian schüttelte den Kopf. »Also gut, warum dann die schlaflose Nacht und die schuldbewussten Tränen heute Morgen? Weißt du, was dich umgestimmt hat? Du hattest genug Zeit zum Nachdenken. Versuche es für mich.«

Gorian sackte wieder in sich zusammen. »Weil ich wusste, dass du heute Morgen zu mir kommen würdest«, sagte er. »Ich wusste, dass du wütend sein würdest, und ich will dich nicht wütend machen.«

Kessian erwiderte Gorians Blick. »Ich weiß nicht, ob ich das beleidigend oder schmeichelhaft finden soll«, sagte er, auch wenn er wusste, dass der Junge den Kommentar nicht verstehen würde. »Das Problem ist, dass du, wenn du die Wahrheit sagst, nicht wegen deiner Taten Reue empfindest, sondern nur wegen der Reaktion, die du in mir auslösen könntest. Tut dir wirklich leid, was du getan hast?«

Gorian nickte. »Ich weiß, dass es falsch war.«

»Weißt du es jetzt, oder wusstest du es schon die ganze Zeit?«

»Ich weiß es jetzt.«

»Ja, das ist wenigstens ehrlich«, sagte Kessian, auch wenn die Antwort nicht dem entsprach, was er gern gehört hätte. »Nun sage mir eines. War es erst die Tatsache, dass ich hierherkommen würde, die dich zum Nachdenken brachte und dich erkennen ließ, dass du einen Fehler gemacht hast?«

Gorian runzelte die Stirn, dann nickte er. »Ich glaube schon.«

»Was wird dich zum Nachdenken bringen, wenn ich nicht mehr da bin?«

»Du wirst immer da sein, Vater Kessian«, erwiderte Gorian ein wenig verzweifelt. »Wir brauchen dich. Ich brauche dich.«

Kessian widerstand dem Drang, den Kopf in den Händen zu bergen und rang sich ein kleines Lächeln ab. »Oh Gorian, wir wissen doch beide genau, wie alt ich bin. Ich werde nicht ewig leben. Eines Tages, vielleicht schon bald, wird Gott seine Arme öffnen und mich aufnehmen. Ich frage mich, an wen du dich dann wenden willst.«

Wen wird der Junge genügend achten, um die Disziplin zu wahren? Kessian schüttelte den Kopf und stand auf.

»Gehst du schon?«

»Ja, ich muss gehen.«

»Was wird jetzt passieren?«

Kessian betrachtete Gorian, jeder Zoll der eingeschüchterte Junge, der die unausweichliche Strafe erwartet. Ein krasser Widerspruch zum vergangenen Abend. Er seufzte.

»Ich weiß immer noch nicht, ob dir wirklich völlig klar ist, was du getan hast«, sagte er. »Bevor du diesen Raum verlassen kannst, muss viel geschehen, aber es wird rasch geschehen. Ich will mit den anderen Aufgestiegenen sprechen, und sie werden mir bei der Entscheidung helfen, ob du zusammen mit ihnen oder vorläufig allein unterrichtet wirst. Sie allein werden entscheiden, ob sie jemals wieder mit dir spielen wollen.

Da wir schon einmal dabei sind, möchte ich, dass du über Folgendes nachdenkst: Das Wirken des Aufstiegs ist stets darauf ausgerichtet, Hilfe zu leisten und Frieden zu stiften. Niemals darauf, anderen Schmerzen zuzufügen, sei es aus Bosheit oder um Machtansprüche durchzusetzen. Der Aufstieg ist ein Werkzeug Gottes, dessen Gnade und Wohlwollen keine Grenzen kennen. Du hast gezeigt, wie alles, was gut ist, für böse Taten benutzt werden kann. Das Skalpell eines Arztes kann jemandem die Kehle durchschneiden, und die Hacke kann einen Unschuldigen niederstrecken. Unsere Fähigkeiten können missbraucht werden, um zu morden und zu zerstören. Das darf nie wieder geschehen.

Frage dich selbst, Gorian, ob du als ein Wundertäter geliebt und verehrt werden willst, als ein Mann, der Leben spendet und Kranke gesund macht, oder ob du gehasst und gefürchtet werden und ewig mit dem Wissen leben willst, dass es andere gibt, die nichts lieber als deinen Tod wünschen, und dass eines Tages ein Pfeil oder eine Klinge dich unerwartet treffen wird.« Er nickte, als er Gorians Reaktion sah. »Ich hoffe, das macht dir Angst. Das soll es auch. Du hast genau wie deine Brüder und deine Schwester das Potenzial zu großer Macht in dir. Wenn du so an mich glaubst, wie du es sagst, dann musst du mir einen großen Dienst erweisen und mir schwören, deine Kräfte nur für die Zwecke zu verwenden, für die dein Namensvetter sein Leben gegeben hat. Es sind die Zwecke, für die auch ich mein Leben geben würde.

Wir werden uns noch einmal unterhalten, ehe du das Zimmer verlässt. Falls du hungrig bist, kann ich Shela bitten, dir inzwischen das Frühstück zu bringen.«

Gorian nickte, und Kessian lächelte.

»Gut. Denke gründlich darüber nach, Gorian. Wir lieben dich alle und wollen, dass du niemals unseren Kreis verlässt. Aber du musst lernen, dein Temperament zu zügeln, denn sonst wirst du möglicherweise ein sehr einsamer junger Mann. Enttäusche mich nicht.«

»Das werde ich nicht tun, Vater. Es tut mir leid.«

Kessian verließ das Zimmer und schloss hinter sich die Tür. Draußen warteten schon Genna, Meera und Shela auf ihn.

»Ein so widersprüchlicher junger Mann. Ich frage mich, was in seinem Kopf vorgeht«, flüsterte er. »Wir müssen ihn sehr genau beobachten, sogar wenn er spielt. In seinem Kopf findet eine Schlacht statt, und ich habe keine Ahnung, welche Seite gewinnen wird. Shela, er kann jetzt frühstücken.« Dann beugte er sich vor und küsste Genna auf die Wange. »Das ist eine unerwartete Freude, meine Liebe.«

»Im Esszimmer wartet noch eine weitere auf dich. Arvan Vasselis ist aus Estorr zurückgekehrt. Er will dich sprechen.«

Kessian sah sich auf einmal von einer Angst befreit, die er sich bisher kaum eingestanden hatte. »Das ist wirklich eine gute Neuigkeit. Vasselis wurde nicht wegen Ketzerei hingerichtet und lebt. Das ist gewiss ein Schritt in die richtige Richtung.«

Genna kicherte. »Darin wird er dir sicherlich zustimmen. Nun komm, ich überlasse ihn dir und kümmere mich darum, dass Netta und Kovan in ihrer Villa gut untergebracht werden.«

»Kovan wirst du wohl dort finden, wo auch Mirron ist«, meinte Kessian. »Er wird froh sein, dass Gorian ihm vorübergehend nicht in die Quere kommen kann.«

»Still, Ardol Kessian.«

Kessian strahlte sie an. »Ich weiß noch genau, wie es war, als ich so alt und verliebt war. Freude und Schmerz sind zwei Seiten derselben Münze, und es gab ein Gebirge von dummen Gedanken und Gefühlen zu bezwingen. Ich beneide ihn nicht.«

»Doch, das tust du«, sagte Genna.

»Ja, das tue ich.«

In einem der beiden marmornen Kamine des Esszimmers brannte ein von Pech und Holz gespeistes Feuer, das eine große Hitze in den Raum abstrahlte, um das überlastete Hypokaustum zu unterstützen. Marschall Vasselis war mit einem heulenden Wind im Rücken hergeritten, der nun die Richtung wechselte und bald vom Meer her wehen würde.

Er hatte die Stulpenhandschuhe abgelegt und wärmte sich am Kamin die Hände. Den mit Pelz besetzten Mantel hatte er noch nicht geöffnet, und sein Blick ruhte auf dem Porträt Gorians über dem eleganten, verzierten Kaminsims. Als die Tür geöffnet wurde, drehte er sich um. Ardol Kessian kam langsam und sich schwer auf die Gehstöcke stützend herein. Seine Hüften taten inzwischen ständig weh, und er hatte in allen Gelenken die Gicht. Genna winkte kurz und schloss hinter ihrem Mann die Tür.

Kessian wirkte hinfällig. Vasselis war lange Zeit fort gewesen, und inzwischen war der Vater der Autorität dem Tode erheblich näher gekommen. Wenigstens hatte er noch die Geburt der Kinder erleben dürfen, nachdem er sein Leben lang darauf hingearbeitet hatte. Vasselis überlegte, dass es vielleicht ein Segen war, wenn er nicht mehr lange genug lebte, um das zu erleiden, was kommen musste.

»Ich bin alt geworden, was?«, sagte Kessian, während er sich auf einem der Stühle vor dem Kamin niederließ.

Vasselis nickte und trat zu seinem alten Freund. »Hast du schon wieder meine Gedanken gelesen, Ardol?«

»Nur dein Gesicht«, erwiderte Kessian.

»Es ist mir noch nie gelungen, meine Gedanken vor dir zu verheimlichen«, sagte Vasselis. Dann wandte er sich zum Tisch um. »Sie haben Tee gebracht. Willst du eine Tasse? Für Wein ist es wohl noch ein wenig früh.«

»Gerne, Arvan. Und herzlich willkommen.«

Vasselis reichte ihm den Tee, eine duftende Kräutermischung, wärmend und süß. »Es gab Tage, an denen ich ernsthaft bezweifelt habe, ob du das jemals wieder sagen würdest. Es war schwierig, und ich fürchte, alles Bisherige war nur ein Vorspiel.«

»Das war zu erwarten. Die Tatsache, dass du hier bist, bedeutet aber immerhin, dass die Advokatin bereit ist, uns anzuhören. Erzähle mir, was sie gesagt hat.«

Vasselis fasste die Gespräche mit der Advokatin und Paul Jhered zusammen und schloss mit dem Bericht über seine Einladung in den Palast, als sie ihm ihre Entscheidung mitgeteilt hatten.

»Als ich dorthin ging, wusste ich noch nicht, ob ich am Abend mit dem Schiff abfahren oder meine letzten Tage in einer Zelle unter meinen eigenen Schreibstuben in der Basilika verbringen würde«, erklärte er. Nur zu lebhaft konnte er sich an seine Aufregung und an die düsteren Gesichter seiner Freunde erinnern, die ihm gegenüber an einem Konferenztisch gesessen hatten. Die Zeit würde zeigen, ob er sie als Freunde verloren oder als vorübergehende Verbündete gewonnen hatte.

»Warum hast du mit Jhered gesprochen?«, unterbrach Kessian ihn schließlich.

»Er befehligt die stärksten Sicherheitskräfte in der Konkordanz«, sagte Vasselis. »Außerdem ist er ein alter Freund von mir, dem ich unser Leben anvertrauen würde. Genau das müssen wir tun. Wir stehen jetzt vor schwierigen Entscheidungen und schweren Prüfungen.

Der einzige Grund, warum die Advokatin mich nicht gemeldet und der Kanzlerin übergeben hat – der einzige Grund, warum der Orden euch noch nicht überfallen hat –, ist Caraduks unbestrittene Bündnistreue gegenüber der Konkordanz. Auch die Geschichte der Familie Vasselis, die dafür gesorgt hat, dass diese Treue nie infrage stand, spielte eine Rolle, und natürlich die persönliche Wertschätzung und das Vertrauen, das man mir entgegenbringt. Ich will nicht überheblich klingen, sondern dir nur die Tatsachen berichten.«

»Überheblichkeit zählt gewiss nicht zu deinen Charakterschwächen, Arvan.«

Vasselis nickte dankbar. »Ich musste mit ihnen sprechen, weil alle drei Faktoren bald hinterfragt werden könnten. Mein persönliches Ansehen ist mir gleichgültig, aber der Ruf meiner Familie und die enge Beziehung zwischen Caraduk und Estorea sind mir sehr wichtig. Ich glaube an das, was ihr hier tut, aber du musst mit deinen Mitbürgern deinen Teil dazu beitragen.

Westfallen wird bald in den Mittelpunkt der Aufmerksamkeit der Konkordanz rücken und so wichtig werden wie die Front in Tsard oder die Vertragsverhandlungen mit Sirrane. Die höchsten Würdenträger der Konkordanz werden uns genau überprüfen. Wir müssen darauf vertrauen, dass jene, die hierherkommen, mit der Advokatin und dem Schatzkanzler übereinstimmen. Wir müssen darauf vertrauen, dass der Orden, wie man mir versichert hat, außen vor bleibt.

Außerdem müssen die Bürger von Westfallen in ihrem Glauben geeint sein.

Der Aufstieg darf nicht unterdrückt werden. Nicht jetzt. Allerdings muss ich sagen, dass die Berichte meiner Grenztruppen nicht sehr ermutigend sind. Gerüchte machen die Runde, aber bisher ist noch nichts Eindeutiges herausgekommen. So muss es bleiben, bis die Ermittler der Advokatin hier sind, denn nur ihre Billigung kann uns die nötige Sicherheit schenken.«

»Wann werden sie hier eintreffen?«, fragte Kessian und rang die Hände.

»Das kann ich dir nicht sagen. Noch nicht. Sie werden weder uns noch dem Orden eine Vorwarnung geben. Nun sage mir, dass ich nicht soeben den größten Fehler meines Lebens gemacht habe.«

Kessian nippte an seinem Tee. Seine Hände zitterten, was in diesem Moment nicht nur an seinem Alter lag.

»Wir haben zunehmende Schwierigkeiten mit einem Teil der Bürger. Dabei spielt es keine Rolle, dass viele von ihnen Kinder der Aufstiegslinien gezeugt oder geboren haben. Es spielt auch keine Rolle, dass die meisten vorübergehende oder länger anhaltende passive Fähigkeiten besessen haben. Unsere Aufgestiegenen sind neu, mächtig und erschreckend. Im Grunde will niemand eine Veränderung, und den Bürgern ist sehr deutlich bewusst, dass wir für Änderungen verantwortlich sind, die sich auf sie alle auswirken werden. Niemand spricht sich offen gegen uns aus, aber im Forum werde ich nicht mehr so warmherzig begrüßt wie früher.«

Vasselis nickte. Überraschend war dies nicht. Der Mut der meisten normalen Menschen war eine bestenfalls flüchtige Qualität. Doch es wäre ihm lieber gewesen, sie hätten dieses Problem nicht gerade jetzt.

»Dann werde ich zu ihnen sprechen. Morgen Mittag im Oratorium.«

»Ich werde die Vorbereitungen treffen.«

»Es ist an der Zeit, diese verschlafene Stadt darüber aufzuklären, was jenseits ihrer Felder und Fischereigründe vor sich geht. Den Bürgern sollte klar sein, dass die Advokatur sie im Blick hat. Gibt es sonst noch etwas, das ich wissen müsste?«

Behutsam erzählte Ardol Kessian ihm von Gorian. Dabei breitete sich immer noch eine schreckliche Kälte in seiner Brust aus.

»Kannst du ihn unter Kontrolle halten?«

»Im Augenblick schon«, sagte Kessian. »Schließlich ist er noch ein Kind. Ich fürchte allerdings das, was er fühlen, denken und tun wird, wenn er älter und stärker ist, und wenn ich in Gottes Umarmung zurückgekehrt bin.«

»Dann müssen wir jetzt gleich Einfluss auf sein Verhalten nehmen.« Vasselis' Miene wurde hart; nun sprach der Marschall, der eine Weisung verkündete. »Du darfst nicht zulassen, dass er sich zu einem Außenseiter entwickelt. Das ist zu gefährlich für uns, für unsere Familien und die Einwohner von Caraduk. Es gibt vier Aufgestiegene. Gorian ist nur einer, und trotz all der Kräfte, die er eines Tages sicherlich besitzen wird, ist er nur ein Mensch – ein Junge, aus dem ein Mann wird. Aus vieren, Ardol, können sehr leicht drei werden.«

17

847. Zyklus Gottes, 36. Tag des Dusasab
14. Jahr des wahren Aufstiegs

Sie trafen Gorian im Wintergarten, kurz bevor sie alle ins Oratorium gingen, um Marschall Vasselis' Ansprache zu hören. Kovan Vasselis hatte bleiben wollen, um Mirron zu beschützen, aber sie hatte ihm versichert, dass ihr nichts geschehen könne, und so war er schließlich widerstrebend zu seinem Vater gegangen.

»Lässt der dich denn nie in Ruhe?«, fragte Arducius. Er winkelte mehrmals seinen Arm ab. Obwohl Genna Kessian und die Ärzte von Westfallen sich Mühe gegeben hatten, war das Ellenbogengelenk noch steif. Ossacer hatte nicht mehr daran arbeiten können. Seine Kraft hatte nur noch ausgereicht, um sich mühsam aus dem Bett zu erheben, nachdem er sich bei der Behandlung von Arducius' Handgelenken so sehr verausgabt hatte.

»Lass ihn in Ruhe, Ardu«, sagte Mirron. »Er will doch nur helfen.«

»Da steckt aber etwas mehr dahinter«, meinte Ossacer.

Die drei saßen vor einem Springbrunnen, der abgestellt war, bis Genastro wieder die Rohrleitungen wärmte, auf einer Bank. Zum Glück würde es nicht mehr lange dauern, bis es wärmer wurde. Vor ihnen stand eine Kohlenpfanne auf einem Gestell, an der sie sich die ausgestreckten Hände wärmen konnte. Alle hatten sich eng in die Mäntel gehüllt und lange Beinlinge übergezogen. Dennoch war es eiskalt, auch wenn Mirron es mochte, wie der Atem sich vor ihren Gesichtern in Wolken verwandelte. Sie fand die Kälte belebend. Wenn sie sich konzentrierte, konnte sie sogar deren tiefe, dunkle Signatur spüren.

»Oh, und woher weißt du das?«, fragte sie ihn. Sie wusste es schon, aber sie legte Wert darauf, von ihm die Bestätigung zu bekommen.

»Es ist nicht gerade oft von Vorteil, blind zu sein, aber ich kann auf jeden Fall besser hören als du. Kovan spricht mit dir viel leiser und ernsthafter als mit uns anderen, besonders mit ... du weißt schon wem. Ich glaube, da kämpfen zwei Rivalen um deine Zuneigung, liebe Mirron.«

Mirron drehte sich zu Ossacer um, der in ihre Richtung starrte und zweifellos ihre Lebenslinien beobachtete. Sie lächelte.

»Ich weiß nicht, was du damit meinst.«

»Dann bist du die Einzige, die es nicht erkennt.« Wie so oft ergriff Arducius Partei für Ossacer. »Sie mögen dich beide auf ihre Weise. Ich frage mich nur, für wen du dich entscheidest.«

Mirron errötete, und verspürte einen kleinen Schauer der Erregung. »Für keinen von beiden«, sagte sie, während Bilder von Gorian vor ihrem inneren Auge entstanden. »Ich habe Wichtigeres zu tun, als mich mit Jungs abzugeben.« Ihr Lächeln wurde breiter. »Wie auch immer, bist du nicht in der letzten Zeit Livvy rein zufällig ziemlich oft begegnet, Ardu?«

Jetzt errötete Arducius so heftig wie sie zuvor und rieb sich verlegen über sein Kinn, auf dem die ersten weichen Haare sprossen.

»Ich würde sie gern öfter sehen, aber man kann nicht gerade sagen, dass ihre Eltern unsere Freundschaft fördern.«

»Sie kann keine Mutter des Aufstiegs sein«, sagte Ossacer. »Du verschwendest deine Zeit.«

Arducius drehte sich abrupt zu ihm um. »Was meinst du damit?«

Ossacer tippte sich ans Ohr. »Du musst besser zuhören. Du weißt doch, dass wir nicht zufällig hier sind. Jedes Kind, das jetzt für den Aufstieg geboren wird, ist mit Vorbedacht und nicht durch Zufall entstanden. Denke an die Eltern der zehnten Linie und sage mir, dass ich mich irre. Gorian oder Kovan dagegen ...« Er verschränkte die Arme unter dem Mantel und lehnte sich boshaft grinsend zurück. »Beide haben Stärken, die der Aufstieg braucht.«

»Hör auf damit, Ossacer«, sagte Mirron, die sich auf einmal nicht mehr wohl in ihrer Haut fühlte. Schließlich waren sie erst dreizehn. Doch sie sehnte sich nach Gorians Nähe und wollte seine Haut berühren. Sein Haar riechen und seinen starken Blick spüren.

In diesem Augenblick ging die Tür rechts unter dem überdachten Säulengang auf, und er kam heraus. Er trug einen schlichten schwarzen Mantel. Die Kapuze hatte er zurückgeworfen, und das wundervolle schulterlange blonde Haar umrahmte sein Gesicht. Allerdings war es ein gebrochenes und trauriges Gesicht. Mirron wäre am liebsten sofort zu ihm gerannt, um ihn zu umarmen und ihm zu sagen, dass alles in Ordnung sei und sie ihm alle verziehen hätten. Doch das konnte sie nicht. Zu frisch waren die Erinnerungen an die Verletzungen, die er ihren Brüdern zugefügt hatte.

Die Spannung lag in der Luft wie ein strenger Frost an einem Dusasvormittag. Arducius hatte sich etwas aufgerichtet und starrte Gorian an, während Ossacers Miene nichts als Verachtung zeigte. Sie wollte nicht, dass es so war. Mirron liebte sie alle viel zu sehr und wünschte sich, dass nichts von alledem geschehen wäre. Doch es war nicht zu ändern.

Gorians Blick wanderte zwischen ihnen hin und her, während er sich näherte. Er blieb vor der Kohlenpfanne stehen und machte keine Anstalten, sich zu ihnen zu setzen. Hinter ihm standen Hesther und Meera mit Vater Kessian in der Tür und sahen ihnen zu. Es war still im Garten. Keiner wusste, was er sagen sollte. Keiner wusste, ob sie überhaupt reden sollten. Mirron beobachtete Gorian, der den Boden anstarrte. Es war an ihm, den ersten Schritt zu tun.

»D-danke, dass ihr eingewilligt habt, mich zu sehen«, sagte er. Es fiel ihm schwer, die Worte über die Lippen zu bekommen. Unsicher blickte er zur Tür zurück. »Mir ist klar, dass ich nicht ändern kann, was geschehen ist, aber jedenfalls tut es mir wirklich leid, und ich verspreche euch, dass es nie wieder passieren wird.«

»Bis wann soll das gelten?«, fauchte Ossacer. Er legte die Hand auf den Verband, der seine Verbrennungen bedeckte. »Du willst es nie, aber du tust es trotzdem.«

Mirron entging nicht das Blitzen in Gorians Augen, obwohl er nickte. »Ich kann mich ändern«, versprach er. »Ich will mich ändern.«

Die Worte hingen wie dicke Wolken vor ihnen in der ruhigen Luft. Mirron wusste nicht, was sie sagen sollte. Wie es schien, fiel auch Arducius keine Antwort ein. Allerdings spürte sie, dass er angestrengt nachdachte und eine Lösung suchte.

»Es tut mir leid, dass ich dir wehgetan habe, Ossacer«, fuhr Gorian fort. »Ich wollte auch nicht, dass du dir die Knochen brichst, um ihn zu beschützen, Arducius.«

»Ich hätte das Gleiche getan, um dich zu beschützen, Gorian«, sagte Arducius leise. Mirron stiegen die Tränen in die Augen.

»Und ich hätte dir gesagt, was du wissen wolltest«, warf Ossacer ein. »Du hättest nur warten müssen, bis ich bereit dazu war. Aber das konntest du nicht.«

»Das verstehe ich jetzt«, sagte Gorian. »Es ist mir wichtig, dass ihr mir verzeiht.«

Wieder gab es ein Schweigen, und niemand war bereit, die nötigen Worte auszusprechen. Gorian sah Mirron an, die seinem Blick auswich und lieber Ossacer beobachtete, der vor Wut zu kochen schien.

»Wir haben keinen Grund, dir zu trauen«, sagte Ossacer.

Gorian atmete scharf ein, als müsse er gleich weinen. »Ich weiß, ich weiß. Aber ihr müsst mir noch eine Chance geben. Wir müssen zusammenhalten.«

»Daran hast du leider nicht gedacht, als du mich verbrannt hast«, widersprach Ossacer.

Gorian schwieg eine Weile. In seinen Augen glänzte es feucht, und er schauderte nicht nur wegen der morgendlichen Kälte. »Danke, dass du Arducius heilen konntest«, sagte er.

»Mir blieb nichts anderes übrig«, erwiderte Ossacer. »Die Brüche seiner Handgelenke waren so schlimm, dass er seine Hände verloren hätte.«

Mirron entging nicht, dass Gorian reagierte, als hätte er eine Ohrfeige bekommen. Sein Gesicht wurde so bleich, wie es die Kälte niemals vermocht hätte. Wieder musste sie sich zurückhalten. Sie konnte ihn später noch trösten.

»Ich hatte ... ich wollte doch nicht ...«

»Aber du hast es getan«, sagte Ossacer. »Überlege dir, was hätte geschehen können. Wo wären wir dann jetzt? Die vier Aufgestiegenen. Einer blind, einer ohne Hände, einer ohne Kontrolle über seine Ausbrüche und eine, die nicht sicher ist, was sie ist. Das wäre ein erbärmliches Ergebnis, nachdem Vater Kessian uns so viel Liebe geschenkt hat.«

»Es reicht.« Arducius stand auf und wirkte auf einmal sehr energisch und entschlossen. »Wir können uns nicht ewig Vorwürfe machen. Wir sind geboren, um zusammenzuhalten, und so muss es sein.« Er trat vor und packte Gorian am Kragen. »Ich weiß, dass dir leidtut, was du getan hast, und ich weiß auch, dass du es ungeschehen machen würdest, wenn du könntest. Wir werden dir jetzt verzeihen, auch wenn wir dir noch nicht trauen. Aber wir müssen aneinander glauben können, wie wir es immer getan haben, denn sonst sind wir verloren. Ich kann das nicht ohne euch tun.« Er winkte Mirron und Ossacer, ebenfalls aufzustehen. Die Geste war zu schnell, als dass Ossacer die Energiebahnen hätte verfolgen können, aber Mirron flüsterte es ihm ins Ohr und half ihm.

»Von jetzt an tun wir alles, was wir tun, gemeinsam. Immer. Und wir werden niemals etwas voreinander verheimlichen, so geringfügig es auch sei. Beschwört es und kommt zu mir.«

Sie taten es und umarmten sich gegenseitig. Mirron drückte Gorian fest, der sofort reagierte. Links von ihr klammerte sich Arducius an sie, drückte mit den Fingern und forderte ihre Zustimmung. Doch ihr gegenüber stand Ossacer, der Gorian nur zögernd und mit bedrückter Miene berührte. Es würde lange dauern, bis er Gorian ganz und gar vergeben hatte.

Obwohl die Mittagsstunde gerade erst vorüber war, brannten rings um das Forum schon die Laternen unter dem kalten grauen Himmel. Von seinem Standort im Oratorium aus konnte Marschall Arvan Vasselis die Versammlung der Bürger der Stadt überblicken, die er so sehr ins Herz geschlossen hatte. Die Autoritäten und die Leserin Elsa Gueran standen stolz zu seiner Linken. Obwohl man nicht mit Reisenden rechnete, da die Kälte alle bis auf die hartnäckigsten Händler abhielt, waren die Grenzen für die Dauer der Versammlung geschlossen worden.

Nur zwei Besucher hielten sich in Westfallen auf, die mit der schlichten Begründung ferngehalten wurden, dass der Marschallverteidiger in einer privaten, persönlichen Angelegenheit zu den Einwohnern des Ortes sprechen wollte. Das entsprach sogar der Wahrheit.

Die meisten Bürger wussten natürlich, worum es gehen sollte. Keiner kannte allerdings alle Einzelheiten, und Vasselis musste sein Bestes geben, damit sie sich hinter ihn und den Aufstieg stellten, um zu bewältigen, was auf sie zukam. Er blickte zu den dicken Wolken hinauf und hoffte, der Schnee würde noch lange auf sich warten lassen. Kessian hatte geschätzt, dass es erst am Abend schneien würde, während Arducius der Meinung war, es müsste früher beginnen. Die schwache Sonne war hinter den Wolken als blasser Fleck zu erkennen. Es wurde Zeit.

Vasselis stand auf, nahm die mit Pelz besetzten Stulpenhandschuhe ab und ging zur Bühne. Die Kälte fraß sich in sein Gesicht und die Hände, doch er wollte beides nicht verbergen und den Leuten offen in die Augen sehen. Das Murmeln der Zuhörer, die sich in der Kälte eng zusammendrängten, erstarb zu einem Flüstern und verstummte dann ganz. Der Wind pfiff um die Säulen, die das Forum begrenzten, und trug den Wellenschlag vom Strand heran, wo die Fischerboote sicher an Land gezogen waren.

Das Oratorium war gut beleuchtet, acht Kohlenpfannen waren auf der Bühne verteilt. Sie spendeten Vasselis jedoch nur wenig Wärme, als er unter dem Kuppeldach des nach vorne offenen Oratoriums zwischen zwei Pfeilern stand, die den Querbalken stützten.

»Meine Freunde, ich danke euch, dass ihr gekommen seid, um mir in einem Augenblick zuzuhören, in dem für Westfallen, Caraduk und für die ganze Estoreanische Konkordanz viel auf dem Spiel steht. Leider ist es mir nicht gelungen, wärmeres Wetter mitzubringen. Ich weiß nicht, wie es bei euch da unten steht, aber hier oben herrscht eine grässliche Kälte.«

Er wartete, bis das Gelächter abebbte. Erwartungsvolle und freundliche Gesichter waren ihm zugewandt. Er wusste, wie sehr sie ihn schätzten, und bekam Schuldgefühle wegen der Dinge, die er sagen musste. Es war das Ende der Unschuld – ein barsches Willkommen in der großen weiten Welt.

»Wie ihr wisst, verliebe ich mich jedes Mal, wenn ich herkomme, ein wenig mehr in diese schöne Stadt. Meine Frau und mein Sohn würden gern ständig hier leben, und es gefällt mir sehr, zwischen euch zu wandeln, eure Gesundheit, eure Kraft und eure Freundlichkeit zu spüren. Es gibt in der ganzen Konkordanz keinen zweiten Ort wie diesen, und ich ziehe den Hut vor allem, was ihr hier aufgebaut habt.«

Dieses Mal fielen die Hochrufe etwas lauter aus, und der Beifall erstarb erst nach einer ganzen Weile.

»Aber nicht nur das, was ihr aufgebaut habt, unterscheidet euch von allen anderen, sondern auch das, was ihr hier über die Jahrzehnte und Jahrhunderte gehegt und gepflegt habt – das große Werk, das so viele von euch entscheidend unterstützt haben. Ein großes und von Gott gesegnetes Werk. Ein Werk, das den meisten von euch Fähigkeiten geschenkt hat, die eines Tages viele und nicht nur wenige besitzen werden. Wie schön, dass ihr ein Teil davon wart. In tausend Jahren werden eure Namen und der Name Westfallens in der Geschichtsschreibung und den Legenden eine große Rolle spielen. Man wird euch nie vergessen.«

Jetzt lauschten sie mucksmäuschenstill und wie gebannt.

»Warum ist das so? Es ist so, weil sich im Augenblick das Potenzial verwirklicht, über das Gorian so viel geschrieben hat. Diese vier jungen Bürger zu meiner Rechten verkörpern das, wofür wir und unsere Vorväter so lange Zeit gearbeitet haben. Ihr habt sicher von den Prüfungen gehört, denen unsere Vorfahren unterworfen waren. Sie mussten den Aufstieg vor dem Orden geheim halten, immer wieder erlebten sie Rückschläge und mussten Schäden an Körper und Geist bei Neugeborenen erkennen, in die sie so große Hoffnungen gesetzt hatten. Sie mussten die Linien des Aufstiegs trotz Krankheit, Krieg und Misstrauen erhalten. So groß waren die Schwierigkeiten, dass es manchmal leichter gewesen wäre, einfach aufzugeben und alles als bloßen Mythos abzutun.

Doch ihr Glaube war damals schon zu stark, als dass sie einfach hätten aufgeben können, und dank der Unterstützung dieser schönen Stadt konnte die Autorität weiterarbeiten. Heute ernten wir die Früchte dieser Arbeit, und jetzt ist die Zeit gekommen, stärker zu sein und besser zusammenzuhalten denn je.«

Seine Stimme wurde härter, und während er innehielt, um Atem zu schöpfen, betrachtete er die Bürger. Seine Erinnerung an die Geschichte hatte ihre Wirkung nicht verfehlt, und jetzt strahlten ihn Hunderte stolzer Gesichter an. Doch in den Stolz mischte sich auch

Angst. Zu viele unter ihnen wussten sehr genau, dass nach dem Stolz und dem Selbstbewusstsein die Notwendigkeit kam, im Angesicht von Feinden nicht den Glauben zu verlieren.

»Unsere Erfolge werden Veränderungen nach sich ziehen, und Veränderungen lösen die Angst vor dem Unbekannten und die Furcht vor der Realität aus, vor der wir jetzt stehen. Mir ist bewusst, wie ihr auf unsere jungen Aufgestiegenen reagiert, und ich kann eure Reaktionen gut verstehen. Natürlich müsst ihr tun, was ihr für euch selbst und für eure Kinder als richtig erachtet. Andererseits solltet ihr aber auch nicht übertreiben und immer bedenken, dass ihr tief mit allem verflochten seid, was hier geschieht. Das könnt ihr nicht von der Hand weisen.

Ich bin sogar ein wenig enttäuscht, dass viele unter euch sich von ihren Ängsten verleiten ließen, die Aufgestiegenen zu meiden und ihnen auszuweichen. Sie besitzen außerordentliche Fähigkeiten, sind im Grunde ihrer Herzen aber doch nur ganz normale Kinder. Sie brauchen eure Hilfe, um gewöhnliche Kinder zu bleiben. Sie sind, genau wie die Autorität, eure Freunde. Wendet euch nicht von ihnen ab, wenn sie euch am dringendsten brauchen. Ihr wisst alle, dass mein Sohn mit ihnen befreundet ist. Er fürchtet sie nicht, sondern er schätzt sie.«

Er hob die Hände, als er schuldbewusstes Füßescharren hörte.

»Genug damit. Ich will euch keinen Vortrag darüber halten, wie ihr eure Kinder erziehen sollt, auch wenn ich euch bitten möchte, eure Haltung zu überdenken. Vielmehr will ich euch etwas sagen, das für uns alle weitreichende Auswirkungen haben kann.

Wir sind nun an einem Wendepunkt angelangt. Die jungen Aufgestiegenen sind erwacht und lernen sehr schnell, ihre neuen Begabungen zu beherrschen. So besorgt ihr deshalb vielleicht auch seid, ich bin sicher, ihr wisst, was es bedeutet. Jeder Mensch hat Ängste. Ihr müsst allerdings verstehen, dass euch Veränderungen bevorstehen, und dass euer Leben nicht mehr so sein wird wie früher.

Es liegt in der Natur des Aufstiegs, dass er eines Tages der Welt bekannt gegeben wird. Dieser Zeitpunkt ist jetzt gekommen.«

Die Bestürzung lief durch die Menge wie der Wind durch ein Kornfeld. Vasselis bat mit erhobenen Händen um Ruhe.

»Bürger von Westfallen, meine Freunde. Keiner von uns wusste, ob dies noch zu unseren Lebzeiten geschehen würde. Wir sollten unseren Triumph feiern, auch wenn die Gefahr auf dem Fuße folgen mag. Ich bin vor Kurzem aus Estorr zurückgekehrt, wo ich die Advokatin persönlich gesprochen habe. Ich habe ihr erzählt, was wir hier erreicht haben, und um ihr Verständnis gebeten.«

Der Schreck brachte alle Zuhörer schlagartig zum Schweigen. Vasselis lächelte, so gut er konnte, auch wenn ihm das Herz bis zum Halse schlug. Erst jetzt wurde ihm wirklich bewusst, in welche Gefahr er das Leben der Menschen in diesem Ort gebracht hatte. Es kostete ihn Mühe, das Zittern seiner Stimme zu unterdrücken.

»Die Tatsache, dass ich heute vor euch stehe, belegt, dass sie uns dieses Verständnis geschenkt hat. Es gibt jedoch eine Bedingung. Um eure Ängste zu beschwichtigen, kann ich außerdem bestätigen, dass der Orden nicht eingeweiht ist, und wenigstens für den Augenblick kann ich ihn hier fernhalten, wie ich es schon seit zwanzig Jahren tue. Aber die Advokatur wird Ermittler schicken, und wir können nichts tun, außer alle Fragen in völliger Offenheit zu beantworten. Der Blick der Advokatur ruht auf Westfallen, und wir dürfen jetzt nicht versagen. Nichts darf verborgen bleiben, und keiner darf schlecht über den Aufstieg sprechen, der uns alle so sehr durchdringt.«

Vasselis wartete, während die Bürger verdauten, was er ihnen aufgetischt hatte.

»Diese Stadt und alle ihre Menschen waren jahrhundertelang ein friedliches, stilles Paradies für jene, die das Glück hatten, hier zu leben oder zu Besuch zu kommen. Aber dieser Friede wird mindestens vorübergehend gestört werden. Mir ist klar, dass viele von euch traurig nach Hause zurückkehren und denken werden, das Leben, das ihr liebt, sei verloren. Vielleicht trifft das sogar zu. Aber die Kraft der wahrhaft Großen und Mutigen liegt in der Fähigkeit, auch im Angesicht von Widrigkeiten und Veränderungen zu wachsen und das Leben derer, die zurückbleiben, zu verbessern.

Wenn ich mich heute umsehe, dann erkenne ich Größe und Mut in euch allen. Ich bin stolz, euch zu meinem Volk zu zählen. Und ich bin stolz, euch meine Freunde nennen zu dürfen.« Die Jubelrufe setzten wieder ein. »Steht an meiner Seite, steht zum Aufstieg. Zusammen können wir eine Legende werden!«

18

848. Zyklus Gottes, 30. Tag des Genasauf
15. Jahr des wahren Aufstiegs

Der Genastro kam spät in Tsard. Nach einem tiefen, grimmigen Dusas, der die in den besetzten Gebieten stationierten Legionen grausam dezimiert hatte, war den Menschen das Wachstum der neuen Jahreszeit mehr als willkommen, als es endlich begann.

Roberto Del Aglio und die beiden Legionen und Alae unter seinem Kommando hatten mehr Glück gehabt als die meisten anderen. Sie hielten die Hälfte der nordöstlichen Front und hatten die Erlaubnis bekommen, in den Randregionen von Sirrane zu lagern, dem großen Königreich voller Wald und Berge, das im Norden an Tsard grenzte.

Für Roberto war dies in den hundertfünfzig Tagen, nachdem die äußeren Bedingungen das Ende der Feindseligkeiten diktiert hatten, eine doppelte Gnade gewesen. Seine Mutter wollte unbedingt eine förmliche Allianz mit Sirrane schließen. Immer noch waren Diplomaten der Konkordanz in dem dichten Waldland unterwegs. Roberto trug sein Teil bei, unterhielt ein diszipliniertes Lager, ging nur in den erlaubten Regionen des Waldes auf Beutezug und verbrannte so wenig Holz wie möglich.

So hatten seine Truppen genügend Nahrung und konnten bequem überwintern. Es gab nur wenige Fahnenflüchtige, und die Moral hielt. Niemand war glücklich darüber, im Dusas mitten in einem

Feldzug festzusitzen, und Robertos Ansicht nach war Tsard, sobald Schnee und Eis kamen, zweifellos das ödeste Land, das er je gesehen hatte.

In den stillen Tagen hatte er Probleme mit der Disziplin. Die Langeweile war ein gefährlicher Dämon, und in einem Heer von mehr als sechzehntausend Männern und Frauen breiteten sich auch Krankheiten aus. So ließ er sie exerzieren und veranstaltete Wettkämpfe zwischen den Manipeln und Legionen. Abgesehen davon, dass er die Jagdtrupps regelmäßig auswechselte, damit alle einmal hinaus auf die Jagd gehen konnten, waren die Spiele seine erfolgreichste Waffe gegen die Langeweile. Doch Streitigkeiten zwischen Geliebten und um die sirranischen Huren, die durchs Lager wanderten, um Essen und Trinken, wegen eines Kartenspiels ... in einer kalten Winternacht konnte buchstäblich alles zu Streit und Befehlsverweigerung führen.

Roberto stand im Ruf, ein verständnisvoller General zu sein, doch Disziplinlosigkeit duldete er nicht. Er hatte drei Männer und zwei Frauen wegen schwerer Verstöße hinrichten lassen, und diese Urteile belasteten ihn sehr. Doch in einem Heer dieser Größe, das sich auf einem Feldzug befand, musste er ein Exempel statuieren, weil sonst eine echte Meuterei drohte. In den vergangenen Jahren hatte die bloße Loyalität einem General gegenüber ausgereicht. Der tsardonische Feldzug zog sich jedoch bereits seit fünf Jahren hin, und die Geduld derjenigen, die ihre Familien auf den Bauernhöfen zurückgelassen hatten, war allmählich erschöpft.

Im letzten Dusas hatten die Administratoren viel zu tun gehabt. Eine Abordnung hochrangiger Einnehmer hatte Roberto besucht, um die Stärke der Truppe und die Moral zu erkunden und über die Planungen für den Feldzug im Genastro zu reden. Paul Jhered hatte persönlich das große Heerlager besucht, das zweihundert Meilen jenseits der Grenze zwischen Atreska und Tsard lag. Dort hatten die tsardonischen Verbände während des letzten Feldzuges besonders aggressiv gekämpft, und dort machten die Truppen der Konkordanz nur schleppende Fortschritte. Auch die Legionen, die im Süden an der Grenze zu Kark lagerten, hatten gelitten, aber dies eher durch die Überfälle der Kämpfer aus der Steppe, die es auf Nachschubwege abgesehen hatten und nachrückende Truppenteile angriffen.

Roberto war der Ansicht, dass er und seine anderen Generäle keine Verstärkungen brauchten. Vielmehr mussten sie absolut sicher sein, dass die Front im Osten halten würde, damit die Armeen im Norden und Süden weit genug nach Tsard vorstoßen konnten, um die Zangenbewegung zu vollenden.

Sein Ziel war es, die südliche Grenze von Sirrane bis weit in den Osten zu sichern und auch die etwa tausend Meilen entfernte Bucht von Harryn zu beherrschen. Es war ein ehrgeiziger, aber durchführbarer Plan – Bestandteil eines Feldzuges von einem ganzen Jahr, der die Tsardonier brechen und bis in ihr Kerngebiet zurückdrängen sollte. Dann wäre die Kapitulation der Gegner nicht mehr weit, und sie konnten alle nach Hause gehen.

Dies war die Botschaft, die er seinen Soldaten und der Kavallerie immer wieder gegeben hatte, nachdem die Einnehmer wieder aufgebrochen waren. Die Einnehmer wiederum kehrten mit seinen Vorschlägen zurück, die Wachen auf allen Nachschubwegen zu verdoppeln und die fast zweihundert Grenzbefestigungen als Verteidigung gegen die Einfälle nach Atreska und Gosland vollständig zu bemannen. Es hatte ihn beunruhigt, dass jede dritte Festung leer stand. Wenn etwas die Moral beeinträchtigen konnte, besonders die der atreskanischen Alae unter seinem Kommando, dann waren es die Gerüchte aus ihrer Heimat, dass die Überfälle ungehindert weitergingen und immer noch die Gefahr eines Bürgerkrieges drohte.

Sobald die Schneeschmelze einsetzte, nahm der Nachrichtenaustausch zwischen den Fronten deutlich zu. Die große Angriffsarmee, zwanzig Legionen und sechzehn Alae der Konkordanz, insgesamt beinahe hundertzwanzigtausend Bürger, hatte exerziert und war trainiert und kampfbereit. Roberto liebte diese Jahreszeit. Neue Kraft und Entschlossenheit beflügelte seine Soldaten und Kavalleristen. Alle Männer und Frauen glaubten, dass dieses Jahr das letzte ihres Feldzuges werden würde. Jeder träumte davon, nach dem Dienst in den Legionen wieder zum alten Leben in der Konkordanz zurückzukehren.

Roberto würde dann die Rüstung und den Gladius mit der Toga und dem Stab eines hohen politischen Amtes vertauschen. Er war nicht sicher, ob er sich wirklich darauf freute, aber dies war das Schicksal des ältesten Sohnes der Advokatin. Sie wollte ihn daheim haben. Vielleicht war genau das der Grund dafür, dass er das Soldatenleben nur ungern aufgeben wollte. Auch wenn er achtunddreißig war – sie würde ihn bemuttern, als wäre er keine zehn Jahre alt, und ihn die Ränke des politischen Lebens lehren. Sie meinte es gut, konnte manchmal aber sehr gönnerhaft sein.

Roberto schüttelte den Kopf und blies die Wangen auf, fuhr sich mit gespreizten Fingern durch das kurz geschnittene schwarze Haar und stand von seinem Schreibtisch auf. Das Dokument, das ein Bote der Konkordanz abgeliefert hatte, nahm er in die Hand. Dann drehte er sich zu dem Spiegel um, der in der rechten Ecke seines Befehlszeltes stand. Ein wirklich wertvoller Rat seiner Mutter war es gewesen, jederzeit auf sein Äußeres zu achten. Auch nach dem fünfjährigen Feldzug in Tsard hatte er diese Angewohnheit nicht abgelegt. Legionskommandeure mussten zeigen, dass sie die Kontrolle hatten, und die Maßstäbe für die Disziplin festlegen. Das begann mit dem eigenen Erscheinungsbild.

Der Mann, den er nun im Spiegel sah, war glatt rasiert und hatte einen kräftigen Körperbau. Dunkelblaue Augen strahlten in einem Gesicht, das von Wind, Schnee und Eis gegerbt und gerötet war. Er trug eine weiße knielange Tunika mit den grünen Verzierungen der Advokatur und um die Hüfte einen Ledergürtel, dessen Schnalle dem Wappen der Del Aglios nachgebildet war – ein hochsteigender Schimmel mit überkreuzten Speeren unter den Vorderhufen. Die dunkelgrünen Beinlinge liefen in schweren, mit glänzenden Stahlkappen verstärkten Stiefeln aus.

Zufrieden nickte er. Die Uniform war gut genug für sein Tagewerk als Befehlshaber. Er nahm den schwarzen, mit Pelz besetzten Kapuzenmantel vom Ständer, auf dem auch die makellos gebügelte Paradeuniform mit den polierten Metallknöpfen hing, und legte ihn sich über die Schultern. Vorne schloss er den Mantel mit einer Brosche, die ebenfalls das Familienwappen trug.

Roberto strich sich noch einmal übers Haar, machte auf dem Absatz kehrt und verließ sein Zelt, das mitten im Lager stand. Draußen blieb er noch einmal stehen und atmete die frische, kühle Luft des frühen Genastromorgens in Tsard tief ein. Vor ihm lag eine Szene, die zu betrachten er niemals müde wurde.

Links der erstaunliche Wald von Sirrane. Zwischen den immergrünen Bäumen ragten neue Schösslinge auf. Der Wald bedeckte eine Reihe sich immer höher erhebender Hügel bis hin zu Hängen, auf denen noch der Schnee lag. Niemand wusste, wie groß die Wälder und das Gebirge wirklich waren. Agenten der Konkordanz hatten am Südrand zweitausend Meilen erkundet und immer noch kein Ende gefunden. Gut möglich, dass er ebenso weit nach Norden wie nach Süden reichte. In seinem Herzen lag der alles überragende Gipfel Gor Nassos, der mehr als dreißigtausend Fuß hoch war. An einem klaren Tag war der mit ewigem Eis bedeckte, Ehrfurcht gebietende Berg aus hunderten Meilen Entfernung zu sehen.

Angeblich lag die Hauptstadt von Sirrane zu seinen Füßen am Ufer eines kristallblauen Sees, aber bisher war noch kein lebender Mensch so weit gereist. Sirrane war eine Nation voller Geheimnisse, die gehütet werden würden, solange der Wald noch stand. Niemand in der Konkordanz hatte bisher auch nur im Traum daran gedacht, einen Eroberungszug gegen dieses Land zu wagen. In den dichten Wäldern konnten ganze Legionen einfach auf Nimmerwiedersehen verschwinden.

Umgekehrt hatten auch die Sirraner keinerlei Anstalten gemacht, ihre Grenzen zu erweitern. Sie wurden im Wald geboren, und dort lebten und starben sie. Nur selten entfernten sie sich weiter als ein paar Meilen von ihren Wohnsitzen. Keiner hatte jemals die Konkordanz aufgesucht. Roberto fand sie faszinierend. Sie akzeptierten die Existenz anderer Länder und trieben Handel mit ihnen, aber damit war die Diplomatie auch schon erschöpft. Ihre Kultur blieb ebenso wie ihr politisches und wirtschaftliches System ein Rätsel. Wäre es nach ihm gegangen, dann hätte seine erste Amtshandlung als Politiker der Konkordanz darin bestanden, einen ständigen Gesandten nach Sirrane zu schicken.

Robertos Blick wanderte von links nach rechts zum Ziel des kommenden Feldzugs. Es war eine schöne, für einen General jedoch höchst unangenehme Landschaft. Jenseits der Hochebene, auf der sie lagerten, fiel das Land rasch ab, und dahinter erstreckte sich eine hügelige Prärie, auf der sie in der vergangenen Jahreszeit die letzten Schlachten ausgefochten hatten. Dort hatten sie einen Sieg errungen, der ihre Herzen vor dem nahenden Dusas besänftigt hatte.

Jenseits der Ebene begann eine Landschaft, die für Tsard typisch war: schroffe Anhöhen, Täler zwischen steilen Bergflanken und Flüsse, die sich zwischen nackten Felswänden durch die Berge wanden, alles gemeißelt von der Hand Gottes. Klippen und Felsnadeln standen wie Wächter in der Landschaft und schienen die Eindringlinge zu warnen, nicht weiter vorzustoßen.

Ein schwieriges Gelände, um zu marschieren, von einem Kampf ganz zu schweigen. Wenn die Schlachten wieder begannen, würden es die wilden und starken Kämpfer der Tsardonier Robertos Truppen schwer machen, an Boden zu gewinnen.

Wann immer er Tsard betrachtete, diese grüne Weite, die vom Purpur und dem Blau der frühen Heideblumen durchsetzt war, empfand er ein leichtes Bedauern, dass diese atemberaubende Landschaft bald mit dem Blut von Tausenden Männern und Frauen besudelt werden würde. Sie würde mit Leichen übersät sein, die zu zahlreich waren, als dass man sie begraben konnte, überall würde zerfetztes Leder und geborstener Stahl liegen bleiben – Beutegut für die Plünderer, die hier einfallen würden, sobald die Heere weitergezogen waren. Und all das nur, weil der König von Tsard keine Vernunft annehmen wollte und sich weigerte, sich der Weisheit der Konkordanz unter der Advokatin zu beugen. Wie viele Menschen sollten noch das Leben verlieren, ehe sie sich endlich ergaben?

Roberto erwiderte den militärischen Gruß seiner Wachen und schritt ins Lager hinaus. Es war eine größere, auf Dauer angelegte Version eines Feldlagers. Im Innern der hohen, von vier Toren unterbrochenen Palisadenzäune unterteilten gepflasterte Straßen die wichtigsten Abschnitte des Lagers.

Seine Baumeister hatten gute Arbeit geleistet. Der Abfluss des Wassers hatten ein Problem dargestellt. Deshalb waren alle Zelte auf hölzernen Plattformen eine Handbreit hoch über dem Boden aufgeschlagen worden. Nur die Koppeln befanden sich direkt auf der tauenden Erde, und der von den Hufen aufgewühlte Schlamm zeugte von der Weisheit seiner Baumeister.

Die Kavallerie, die Elitetruppe der Legionen, war neben den Stabsoffizieren ganz in der Nähe einquartiert. Ringsherum waren Legionäre und Baumeister entsprechend ihrem Alter und ihrer Erfahrung untergebracht. Ganz vorne die Triarii, am äußeren Rand in der Nähe der Befestigungen die Hastati, dazwischen die Principes. Ein Aufbau wie aus dem Lehrbuch. So hielten es alle Legionen der Konkordanz. Es gab keinen anderen Weg. Disziplin, Ordnung, Sieg.

Er lief an den Standarten der Legion und Alae vorbei, die vor dem Befehlszelt aufgepflanzt waren und im frischen Wind knatterten. Es waren reich geschmückte Banner erfahrener Kampftruppen. Die Achte und die Zehnte Estoreanische Legion, von ihren Kämpfern als

Kreischende Falken und Hammerfäuste bezeichnet. Die Einundzwanzigste und Fünfundzwanzigste Ala aus Atreska, zwei Kavallerietruppen, die sich die Pfeile Gottes und Haroqs Klingen nannten.

Er duckte sich unter einer flatternden Zeltbahn hindurch und wurde von allgemeinem Stühlerücken, von Habtachtrufen und dem dumpfen Klopfen linker Fäuste auf rechte Schultern begrüßt.

»Rührt euch«, sagte er. »Setzt euch, setzt euch.« Roberto ging sofort zum Tisch, auf dem die Zahlen des Quartiermeisters, die besten Karten der Umgebung, die sie hatten, und Einzelheiten über den bereits zurückgelegten Weg bereitlagen. Er hob die Papiere, die der Bote ihm gebracht hatte.

»Damit ist der Dusas offiziell vorbei.« Es gab einige Hochrufe, auch wenn die meisten der zwanzig versammelten Offiziere schon Bescheid wussten. »Sobald es möglich ist, brechen wir das Lager ab. Ich schätze, in sieben Tagen könnte es so weit sein. Ihr wisst alle, was ihr zusammen mit euren Zenturionen tun müsst, um die Bürger kampfbereit zu machen. Hier sind die zusätzlichen Befehle.

Die Pfeile und Klingen sollen von heute an berittene Späher vorausschicken. Sie sollen Ansiedlungen besuchen, Vorräte beschaffen und die besten Marschrouten auskundschaften. Wir wissen, wie groß die Gefahr eines Hinterhalts ist. Holt euch von den Einheimischen so viele Informationen, wie ihr nur könnt. Bezahlt sie anständig. Die Kriegskasse meiner Mutter ist gut gefüllt.« Ein Kichern. »Die Späher sollen uns jederzeit vier Tage voraus sein, wenn wir marschieren, und ich will täglich Meldungen bekommen. Ich will nicht durch eine unverhoffte Begegnung mit dem Feind überrascht werden. Ich hoffe, das ist klar.« Er wartete, bis die zuständigen Offiziere die Befehle bestätigt hatten.

»Gut. Falken, eure Späher bewegen sich an der Grenze von Sirrane entlang. Ich will nicht durch einen Flankenangriff überrumpelt werden. Entfernung und Meldungen wie bei meinen Alae. Fäuste, eure Späher beobachten den rückwärtigen Raum und halten die Verbindung zur Front im Osten. Die Versorgung mit Nachschub ist schwierig, und ich dulde keine Störungen, die darauf beruhen, dass wir unzulänglich informiert waren. Einverstanden? Ausgezeichnet.

Baumeister Rovan Neristus, wir brechen bald auf. Den Dusas haben wir neben der besten Holzquelle der ganzen Welt verbracht. Ich gehe davon aus, dass unsere Verträge, was die Holzlieferungen angeht, auf dem neuesten Stand sind. Wenn nicht, hast du noch sieben Tage. Komme ja nicht unterwegs zu mir und erzähle mir, eine Balliste oder ein Wagen müsse aufgegeben werden, weil es uns an Material fehlt, sonst darfst du mit den Hastati kämpfen.«

Der schmalbrüstige Ingenieur sah ihn finster an. »Ich bin sicher, die Hastati würden mich voller Stolz aufnehmen, Roberto.«

»Lass uns beten, dass wir es nicht herausfinden müssen. Auch du hast die Erlaubnis, die Lieferanten ordentlich zu bezahlen. Der Zahlmeister überwacht die Gelder. Vergesst nicht, dass wir nicht gegen Sirrane Krieg führen, und wenn es nach uns geht, werden wir das auch niemals tun. Ihr werdet euch also keine Freiheiten herausnehmen. Außer vielleicht bei ihren Huren.«

Wieder ein Kichern. Er hob die Hände.

»Zwei Neuigkeiten gibt es noch. Eine ist gut, die andere weniger. Wir bekommen keine Verstärkungen, aber die Front im Osten soll durch vier frische Legionen unterstützt werden. Die Truppen werden in Avarn, Neratharn, Morasia und Bahkir ausgehoben, die bisher noch nicht viel zu diesem Feldzug beigetragen haben. Die Dienstverpflichtungen haben bereits begonnen, aber die Einheiten können vermutlich erst im Solasab eingesetzt werden. Für euch, meine atreskanischen Freunde, bedeutet dies, dass nicht mehr so viele Leute von den Feldern und aus den Geschäften abgezogen werden.

Aber freut euch nicht zu früh. Ich muss euch außerdem sagen, dass am Ende des Genasab zwar der Botendienst und die Nachschubwege in Gosland und Atreska verstärkt werden sollen, die Grenzbefestigungen jedoch nicht. Die Gründe habe ich nicht erfahren, ich vermute aber, der Grund sind knappe Mittel und zu wenig verfügbare Truppen.«

Eine einzige unwillige Stimme erhob sich, und Roberto nickte.

»Ich weiß, Goran, ich weiß. Aber dies ist die Realität. Wir müssen sie als Ansporn auffassen, um schon zu Beginn des Feldzuges entscheidende Siege zu erringen, durch welche sich die Überfallkommandos in unserem Rücken gezwungen sehen, die feindlichen Heere vor uns zu verstärken.

Ich versichere euch, wir werden den Krieg in diesem Jahr gewinnen. Wir alle wollen wieder nach Hause. Achtet auf Disziplin und die Moral der Truppe. Ich werde nicht zögern, jeden seines Kommandos zu entbinden, der sich als unfähig erweist, im Feld zu bestehen. In den letzten fünf Jahren hat mich keiner von euch enttäuscht. Seht zu, dass es auch so bleibt. Wegtreten.«

Thomal Yuran, der Marschallverteidiger von Atreska, saß im Thronsaal der Hauptburg in Haroq, die seit der Eingliederung in die Estoreanische Konkordanz als Basilika bezeichnet wurde. Der frühere König von Atreska war schon lange tot. Er hatte sich lieber hinrichten lassen, als vor der Advokatin das Knie zu beugen. Yuran hielt sich für den rechtmäßigen, wenngleich glücklichen Nachfolger und hatte die Ehre, der erste Marschallverteidiger seiner Provinz zu sein, dem keinerlei Fesseln angelegt wurden. Inzwischen war er seiner Sache nicht mehr so sicher.

Der Genastro hatte wenig getan, um sein Herz und seine Knochen zu erwärmen, und seit seinem enttäuschenden Besuch in der Hauptstadt im vergangenen Dusas hatte sich ein brütender Zorn seiner Seele bemächtigt. Die Kältewelle in der ganzen Konkordanz und Tsard hatte durchaus zu seiner Stimmung gepasst, und die Warterei, bis eine Reaktion auf seine Forderungen kam und die Finanzen seiner Provinz untersucht wurden, hatte sich endlos hingezogen.

Das war inzwischen erledigt, und die Papiere lagen bereit. Er konnte sie studieren, sobald die Audienz, die er der Prätorin Gorsal aus Gullford gewährt hatte, beendet war. Sie erwartete gerade die Antwort auf eine Bitte, die sie vorgetragen hatte. Er ließ sich einen Augenblick Zeit. Der Thronsaal war inzwischen mit den estoreanischen Abzeichen geschmückt. Weiße Säulen mit den Büsten großer atreskanischer Herrscher waren aufgestellt worden. In dem von Wandteppichen geschmückten Raum mit dem Kuppeldach aus Stein wirkten sie völlig fehl am Platze.

Der ursprüngliche Thron war als Symbol der untergegangenen alten Regierung zerstört worden und einem breiten, niedrigen und unbequemen Herrschersitz gewichen. Die Uniformen der Wächter waren ebenso mit grünen Säumen besetzt wie das erhabene atreskanische Wappen, das einen von Schwertern gekreuzten Turm zeigte. Das alles hatte jetzt nicht mehr viel Bedeutung. Der Genastro war gekommen, und bald würden wieder die Überfälle einsetzen.

Er richtete den Blick auf Gorsal, der er, obwohl es gegen das Protokoll verstieß, einen Sitzplatz angeboten hatte. Sie schauderte nach der Reise, sie war krank vor Fieber und auch vor Furcht um ihre Leute, die er nicht vor den Tsardoniern hatte beschützen können.

»Ich wünschte, ich könnte mehr versprechen, als ich schon zugesagt habe. Aber ich reiße schon jetzt viel zu viele Bürger aus ihrem normalen Leben und beeinträchtige unsere Wirtschaft, um einen Krieg zu führen, den wir nicht wollen, und um Grenzen zu schützen, die wir eigentlich nicht schützen müssten. Wenn die Einnehmer, die vor meiner Tür stehen, nicht gerade eine sehr angenehme Überraschung mitbringen, kann ich keine Sicherheit anbieten außer jener, die in den Mauern meiner Stadt zu finden ist.«

»Wir werden Gullford nicht verlassen«, keuchte Gorsal. Sie hustete schwer und krümmte sich vor Schmerzen. »Also werden wir verbrennen, wenn sie zurückkehren, und die Schuld für unseren Tod wird auf deinen Schultern lasten. Die Zyklen vieler Menschen werden damit beendet sein. Kannst du damit leben?«

Yuran verkniff sich eine scharfe Antwort. Er hielt nichts von der Religion der Konkordanz und hatte erst eingewilligt, sein Amt als Marschallverteidiger zu übernehmen, nachdem man ihm versichert hatte, dass der atreskanische Glaube, der eher mit der tsardonischen als der estoreanischen Religion Gemeinsamkeiten aufwies, ungehindert weiterexistieren durfte. Der Bürgerkrieg, der in seinem Land auszubrechen drohte, warf die Frage auf, ob nicht auch das ein Fehler gewesen war. Kein Wunder, dass er jeden Abend vor seinem Schrein um Anleitung durch die Herren von Himmel und Sternen betete.

»Was soll ich denn nun tun? Es gibt fünfzig Orte, die in der gleichen Lage sind wie deines. Ich kann sie nicht alle verteidigen und darf keinem den Vorzug vor den anderen geben. Wir können nur hoffen, dass der Feldzug in Tsard bald beendet ist. Betet darum in eurem Haus der Masken.«

Yuran verfluchte sich selbst für den verächtlichen Ausdruck, der durch Gorsals krankes, bleiches Gesicht zuckte.

»Ich habe Hoffnung«, sagte er. »Ich habe wirklich Hoffnung. Auch wenn ich dir nicht mehr geben kann, so glaube ich doch, dass die Advokatin einwilligen wird, die Grenzbefestigungen mit Legionen der Konkordanz zu bemannen.«

»Wieder ein leeres Versprechen des in Völlerei und Dekadenz lebenden Estorr«, schniefte Gorsal. »So leer wie Jhereds Versprechungen.«

»Dann kommt hierher nach Haroq, bis die Schwierigkeiten beigelegt sind. Baut euer Dorf wieder auf, wenn die Soldaten zu euch zurückkehren«, sagte er.

Er fühlte sich hoffnungslos zerrissen. Immer noch empfand er Achtung für Estorea, auch wenn sie jeden Tag ein wenig mehr sank. Die Beamten und Offiziere des Reichs trieben sich auf seinen Fluren herum. Was blieb ihm übrig, als im Gleichschritt zu marschieren? Zugleich aber spürte er, wie inhaltsleer die Worte waren, die er sagte. Gemeinplätze, weiter nichts.

Gorsal schüttelte den Kopf. »Wir im Grenzland sind stark«, sagte sie. »Wir sind stolz auf unsere Lebensart. Wir bitten nur darum, dass uns die Konkordanz die gleiche Loyalität erweist, die wir auch ihr zeigen. Verteidigt uns. Verteidigt unser Volk. Denn sonst werden wir eines Tages auf die Rebellen hören, und dann sind wir für die Konkordanz verloren.« Sie stand auf. »Dabei werden wir nicht allein sein. Gib uns Hoffnung, Marschall. Mehr verlangen wir nicht.«

Yuran sah ihr seufzend nach. Er klatschte die Handfläche auf die Armlehne des Throns und fuhr sich mit der brennenden Hand über die Stirn. Seine Ratgeber, die ihn umringten, schwiegen. Wahrscheinlich waren sie allesamt estoreanische Spione. Schließlich hatte er keinen einzigen selbst ausgewählt. Aber immerhin würden sie berichten, dass seine Loyalität ungebrochen war.

Schritte hallten durch den Thronsaal. Drei Besucher kamen, zwei Männer und in der Mitte eine Frau. Einnehmer. Er winkte sie zu sich und betrachtete forschend ihre Mienen. Ihnen war nicht anzumerken, was sie dachten.

»Nun«, sagte er, »was ist mit meinen Büchern? Und wie lautet die Entscheidung über meine Bitte, die ich der Advokatin vorgetragen habe?«

Die Frau im Rang eines Appros', eine erfahrene Buchprüferin und Soldatin, reichte ihm ein einziges Blatt Pergament, das mit dem Wappen der Del Aglios versiegelt war.

»Dies ist die Botschaft der Advokatin«, erklärte sie. »Inzwischen wird unser Bericht über Eure Bücher von Euren eigenen Schatzmeistern überprüft. Es zeigte sich, dass es kaum Nachlässigkeiten gab.«

Er spreizte die Finger, bevor er das Pergament annahm. »Ich sagte Euch doch, dass Ihr Eure Zeit verschwendest, Appros Menas. Ich gebe, was ich kann. Ich nehme an, dass ich vor diesem Hintergrund nicht gebeten werde, noch mehr Soldaten auszuheben oder höhere Steuern zu entrichten.«

»So ist es«, stimmte Menas zu. Ihre Stimme klang unverbindlich, und ihr Gesicht, das seit einem Gefecht vor mehreren Jahren durch Narben entstellt war, blieb ernst. »Allerdings dürfte es Euch auch nicht überraschen, dass ein Land, das nicht viel Steuern entrichtet, auch nicht auf eine Verteidigung rechnen kann, die durch die Steuern anderer Länder beglichen wird, zumal der tsardonische Feldzug den Staatshaushalt so sehr belastet.«

Yuran sackte in sich zusammen. »Die Konkordanz sollte sich an ihre eigenen Prinzipien halten. Zentrale Besteuerung zum Wohle aller. Neratharn wird nicht angegriffen. Seine Truppen könnten mein Land verteidigen, wenn wir in Not sind. Sind wir denn nicht eine große Familie?«

»Ja, Marschall Yuran, das sind wir. Aber die Advokatur hat entschieden, das Militärbudget zu verwenden, um weitere Legionen auszuheben und endlich in Tsard den Sieg zu erringen. Unter anderem dorthin werden die Neratharner gehen.«

»Dann bin ich wieder genau da, wo ich begonnen habe«, sagte er. »Mein Volk wird sterben, es ist den Launen der tsardonischen Truppen hilflos ausgeliefert.«

»Mit der Verteidigung Eures Landes habe ich nichts zu tun«, erwiderte Menas.

Yuran antwortete nicht. Er musste fürchten, für das, was er sagte, wenn ihm der Kragen platzte, verhaftet zu werden. So räusperte er sich nur und erbrach das Siegel. Die Botschaft war kurz. Eigentlich war es eine Einladung von der Sorte, die man nicht ausschlagen konnte. Er las sie, als blickte er sich selbst über die Schulter. Es rauschte in seinem Kopf, und ihm wurde schwindlig. Schließlich ließ er das Blatt sinken und sah Menas an, die unter seinem Blick zusammenzuckte.

»Soll das ein Witz sein?«

19

848. Zyklus Gottes, 1. Tag des Genasab
15. Jahr des wahren Aufstiegs

Im Palast herrschte viel Betrieb. Viel mehr, als die Advokatin gewöhnlich zulassen würde. In den Fluren schwirrten zivile Bedienstete und einheimische Lieferanten umher, denen die Organisatoren verschiedene Aufgaben übertragen hatten. Das aufgeregte Summen in den breiten Gängen und den öffentlichen Sprechzimmern verschärfte Jhereds Zorn sogar noch.

Eigentlich hatte er zuerst baden wollen, nachdem er gerade mit dem Schiff aus Gosland eingetroffen war, doch die Banner auf den Straßen, die freudige Erwartung in der Stadt und die Geschäftigkeit auf dem Hügel hatten ihm Übelkeit bereitet. Nachdem ihm der Anlass des Trubels bewusst geworden war, hatte er den Gladius auf seinen Schreibtisch geklatscht und den verdreckten Mantel auf den Boden geworfen, um geradewegs zum Palast zu marschieren und die Advokatin aufzusuchen.

Sämtliche Säulen waren geschmückt, eine Beleidigung für die Büsten aller Generäle, die je für die Konkordanz einen Sieg errungen hatten. Noch schlimmer, es war auch eine Beleidigung für alle Legionäre und Kavalleristen, die im Hinterland von Tsard dem Feind gegenüberstanden. Dumpf hallten seine Schritte auf dem Marmorboden der großen Eingangshalle, die in eine behelfsmäßige Kanzlei für das große Vorhaben umgewandelt worden war. Köpfe drehten sich in seine Richtung – von ihrer eigenen Wichtigkeit ungeheuer eingenommene Leute, die ihn beinahe herablassend anstarrten.

Er grüßte die Palastwachen mit einem knappen Nicken und marschierte durch den zentralen Garten und den Säulengang auf der linken Seite hinunter, bis er die Treppe erreichte, die zu den Privatgemächern führte, wo die Advokatin und ihr engster Kreis verborgen vor den Blicken der Öffentlichkeit lebten.

Seine Miene und sein Rang gestatteten ihm sofortigen Eintritt, als er das breite marmorne Treppenhaus hinauflief, auf dessen Balustrade Büsten früherer Advokaten standen. Die Wände schmückten Mosaiken mit Szenen aus der Entscheidungsschlacht in der Karthakschlucht. Es war ein überwältigender Sieg gewesen, durch den die Avarneser endlich geschlagen worden waren. Damit hatte die Konkordanz die Vorherrschaft im ganzen Süden des Kontinents errungen und konnte die Legionen auf den Nordwesten konzentrieren. Jhereds Vorfahren hatten in dieser Schlacht gekämpft. Einer war als hochdekorierter Offizier in der Schlucht für die Konkordanz gefallen.

Es war ein wundervoller Anblick, für den Jhered momentan jedoch keine Zeit hatte. Er sprang, immer drei Stufen auf einmal nehmend, hinauf und hätte beinahe zwei Leute umgerannt, die gerade herunterkamen. Sie trugen feine gewebte Togen in hellen Farben und bunten Kopfschmuck. Im letzten Augenblick konnte er ihnen ausweichen. Reiche Landbesitzer, die dank der Anstrengungen anderer fett geworden waren und keine Vorstellung von der Welt jenseits ihres bequemen, verhätschelten Lebens hatten. Sie träufelten Gift ins Ohr der Advokatin.

»Ich hoffe, Ihr habt mit dieser Dummheit nichts zu tun«, fauchte Jhered.

Sie lächelten ihn nachsichtig an, wie man es mit einem ungezogenen Kind tun mochte. »Ah, der erlauchte Schatzkanzler Jhered«, sagte einer mit weinschwerer Zunge. »Zügelt Euer Temperament. Wir retten die Konkordanz vor dem Zusammenbruch, indem wir an unsere Ruhmestaten erinnern.«

»Ihr und die anderen von Eurer Art werden unser Untergang sein, weil Ihr Euch immer noch weigert, das Feuer zu sehen, wenn Ihr schon selbst verbrennt.«

Er stürmte an ihnen vorbei und rempelte dabei den Sprecher an, der gegen seinen Freund prallte.

»Vorsicht, Jhered, Euer Stern könnte schon im Sinken sein. Eure Freunde mögen mächtig sein, aber es sind nicht viele.«

Jhered blieb stehen und drehte sich um. Er war schon eine Stufe über ihnen und blickte nicht zuletzt dank seiner Körpergröße wie ein Berg auf sie herab. Erfreut bemerkte er, wie ihre feisten Wangen erbleichten.

»Droht mir nur«, sagte er leise und scheinbar freundlich. »Es ist lange her, dass ich mein Recht ausgeübt habe, die Finanzen einzelner Personen zu überprüfen. Vielleicht sollte ich mir wieder einmal dieses Vergnügen gönnen.« Er beugte sich über sie. »Geht.«

Er schüttelte noch den Kopf, als sie schon die Treppe hinuntereilten. Zweifellos würden sie einen Brief an die Advokatin schreiben und sich über sein flegelhaftes Betragen beschweren. Etwas weiter oben erreichte er einen von einem Geländer umgebenen Absatz. An den Ecken zu den abgehenden Fluren standen Wachen mit blank polierten Rüstungen, auf denen sich das Laternenlicht spiegelte. Sie präsentierten Speere und hielten den Blick geradeaus.

»Wenigstens gibt es noch ein paar fähige Leute hier«, murmelte er vor sich hin. »Wo ist die Advokatin?«, fragte er den nächsten Wächter. Es wäre nicht nötig gewesen. Aus einer offenen Tür, ein Stück den ersten, mit Mosaiken geschmückten Flur hinunter, drangen perlendes Lachen und sanfte Musik von Saiteninstrumenten. Er erkannte Herines Stimme.

Der Wächter nickte in die betreffende Richtung. »Sie bewirtet die Gönner, mein Herr Jhered«, sagte er.

»Dann wird mein Gesicht wohl eine willkommene Ablenkung darstellen«, sagte er.

»Ich habe keinen Befehl, jemanden fernzuhalten«, stimmte der Wächter zu.

»Da hast du Glück gehabt.«

Jhered strich sich übers Haar und rieb sich das Gesicht ab, während er die kurze Strecke bis zum Empfangszimmer zurücklegte. Wächter nahmen die Haltung an und präsentierten ihre Speere. Einen Augenblick lang blieb er noch vor der Tür stehen. Herine lümmelte auf einem Haufen Kissen in der Mitte des Raumes. Mehrere Männer und Frauen, es waren acht, wie eine schnelle Zählung ergab, hatten sich um sie gruppiert. Einige standen, während andere für seinen Geschmack ihren Füßen viel zu nahe waren. Kriecher.

Einer, ein junger Mann, der noch nicht lange seiner Jugend entwachsen war, lag wie hingegossen vor ihr. Sie strich mit den Fingern über seinen muskulösen Körper und hielt mit der anderen Hand ein Glas Wein dicht vor ihren Mund. An den Wänden standen Diener bereit, um jederzeit Früchte oder Wein zu servieren. In der rechten Ecke saßen Musiker und spielten auf Kitharas und Lauten eine einschmeichelnde Musik.

Jhered schüttelte den Kopf, was er anscheinend neuerdings im Palast recht oft tun musste. Er hatte nicht übel Lust, vor seinen Füßen auszuspucken. Doch er ging nur langsam hinein und wartete, bis seine Erscheinung den Raum erfüllte und das angeregte Geplauder langsam erstarb. Ein paar Schritte vor dem Durcheinander aus Stühlen und Kissen hielt er inne. Wer in der Nähe stand, zog sich instinktiv vor ihm zurück. Er passte nicht in diese Umgebung. Seine Reisekleidung bildete einen unschönen Kontrast zu ihren feinen Sachen, der Schmutz und der Staub der realen Welt war eine Beleidigung für ihre Fantasie.

Die Advokatin drehte sich lächelnd zu ihm herum. Sie hob den Weinkelch und vergoss dabei ein paar Tropfen auf die Brust ihres Geliebten. Mit den Fingern tupfte sie den Wein ab und leckte sich nacheinander die Fingerspitzen ab.

»Mein geehrter Jhered, aus der Wildnis zurückgekehrt. Was gibt es Neues in unseren weitläufigen Gebieten?«

Sie war betrunken, und ihre Worte hätten besser in ein Heldenepos als zur Begrüßung ihres erfahrensten Soldaten gepasst. Er überging die Frage.

»Was bedeuten diese Spiele?«, sagte er. »Welcher dieser Schwachsinnigen hat dich dazu überredet? Oder war es einer dieser aufgeblasenen Affen, die mir auf der Treppe begegnet sind?«

Herine verzog in gespieltem Entsetzen das Gesicht. »Heißt das, dir gefällt die Idee nicht?«

»Ob sie mir nicht gefällt? Meine Advokatin, es ist eine Dummheit, deren Ausmaße noch den Bau der neuen Arena unter der Herrschaft deines Großvaters übertrifft, und sie dürfte noch mehr Schaden anrichten. Und wir wissen alle, welche Nachwirkungen jene Entscheidung hatte.«

Geringschätziges Getuschel erhob sich unter den Gönnern. Er schoss einen verächtlichen Blick auf sie ab. Alle waren in mittleren Jahren, alle verweichlicht und aufgeblasen aufgrund ihrer Nähe zur Advokatin. Herine erfasste ihre Stimmung und wurde sofort wieder ernst. Sie wollte etwas sagen, doch Jhered kam ihr zuvor.

»Das Fest ist vorbei«, sagte er. »Geht nach Hause und beutet die Gastfreundschaft anderer Leute aus.«

Das brachte sie, wie er genau wusste, erst recht in Rage. Die selbsternannten großen Gönner von Estorr und der Konkordanz wollten stotternd bei der Advokatin protestieren. Anscheinend war Herines Rausch inzwischen verflogen, und sie starrte Jhered halb verlegen und halb gereizt an. Ungerührt erwiderte er ihren Blick.

»Wenn du nicht willst, dass diese Unterhaltung öffentlicher wird, als sie sein sollte, dann schicke sie fort, meine Advokatin«, übertönte er die zunehmende Unruhe.

»Ich kann mich nicht erinnern, dir eine Audienz gewährt zu haben, Schatzkanzler Jhered.«

»Und ich kann mich nicht erinnern, wann meine Advokatin jemals einer solchen Dummheit zum Opfer gefallen wäre«, erwiderte er. »Bitte. Sofort.«

Herine betrachtete ihn einen Moment und nickte knapp.

»Ich werde Euch morgen wieder zu mir rufen«, sagte sie. »Für den unhöflichen Auftritt meines Schatzkanzlers bitte ich um Vergebung.«

Darauf entstand unter den Gönnern ein erleichtertes Kichern. Jhered biss die Zähne zusammen, um nicht aus der Haut zu fahren, und hielt Herines Blick stand. Ihr Geliebter löste sich widerstrebend aus der zärtlichen Umarmung der Advokatin und stand auf, um Jhered mit einem schmollenden Blick zu bedenken.

»Die Advokatin trifft ihre Entscheidungen stets zum Wohle der Konkordanz. Es ist nur recht und billig, dass wir unsere Triumphe feiern«, sagte er. Seine Stimme zitterte und war heller, als sein Körperbau vermuten ließ. »Ihr solltet Euch überlegen, dass ...«

Jhered packte ihn unterm Kinn und verschloss ihm den Mund. Dann schob er den Burschen rückwärts zur Tür und erklärte ihm unterwegs, was er von ihm hielt.

»Niemals wird der Augenblick kommen, an dem ich die Ratschläge eines halben Mannes annehme, der doch nur sein Gemächt verlieren wird, falls er uns alle überrascht und sich als zeugungsfähig erweist. Ich frage mich, ob sie nicht einen Fehler gemacht hat, als sie dich wählte. Es scheint mir, als hättest du deines bereits verloren. Raus!« Er stieß ihn durch die Tür hinaus, sodass er bis zur gegenüberliegenden Wand taumelte. »Verschwinde!«

Dann drehte er sich um und knallte die Tür zu. Im letzten Moment sah er noch das kaum verhohlene Lächeln eines Wächters. Die Miene des Geliebten sprach dagegen von Mord und Totschlag. Sollte er es ruhig versuchen. Jhered kehrte zur Advokatin zurück und erwartete eine heftige Reaktion, doch sie war amüsiert. Diese Taktik war ihm längst bekannt, und so nahm er sich zusammen.

»Oh Paul, so darfst du doch meinen neuen Geliebten nicht behandeln. Er ist ein zartes Pflänzchen.«

»Er ist ein dummer Ochse«, knurrte Jhered, »und ich werde diese Trottel, mit denen du dich umgibst, genau so behandeln, wie sie es verdienen.«

»Damit machst du dir nur noch mehr Feinde.« Sie musste lächeln und hob das Weinglas zum Mund. Jhered zuckte mit den Achseln. »Ich weiß, ich weiß«, fuhr sie fort. »Setzen wir sie meinetwegen einfach zu den anderen auf die Liste. Hast du dich jetzt beruhigt, oder muss ich die Wachen rufen?«

»Ich bin für dich sicher keine größere Gefahr, als du es mit dieser lächerlichen Entscheidung für dich selbst bist. Feierliche Spiele? Was ist nur in dich gefahren? Hat dir dieser Zirkel von hohlköpfigen Waschlappen etwas unter den Wein gemischt?«

»Paul, ich möchte ...«

»Und bei Gott, der uns alle umarmen möge, was soll denn überhaupt gefeiert werden?«

Herine holte tief Luft. »Setz dich, Paul.«

»Nein, ich stehe lieber.«

»Du wirst tun, was deine Advokatin dir befiehlt, Schatzkanzler Jhered.«

Jhered räusperte sich. »Sind wir nicht über solche Spielchen hinaus?«

»Willst du mir nach deinem großartigen Auftritt ernsthaft diese Frage stellen?«

Jhered hielt inne und atmete tief durch. Genau das war der Grund dafür, dass er sich niemals mit einer Frau niederlassen wollte. Sie hatten etwas an sich, das ihn in kürzester Zeit zur Weißglut brachte. Er hob beschwichtigend die Hände und setzte sich.

»Wein?«

»Nein, danke«, sagte er. »Herine, ich bin nicht hergekommen, um mit dir zu streiten oder mich von dir abkanzeln zu lassen. Ich will einfach nur wissen, was auf Gottes großer Erde dich auf die Idee bringt, solche feierlichen Spiele könnten deiner Position oder der Konkordanz da draußen in der großen Welt irgendwie nützen.«

»Im tiefsten Dusas haben wir …«

»Wir?«

Herine deutete auf die leeren Kissen. »Wir. Es war nicht nur das kalte Wetter, es war auch die Kälte der Menschen. Ihre Moral ist gesunken. Wir kämpfen jetzt seit fünf Jahren gegen Tsard und konnten dem Gegner immer noch nicht die entscheidende Niederlage beibringen. Vor zehn Tagen fiel der Entschluss, uns mit Spielen zu Beginn des Solastro Mut zu machen und unsere Bürger an den Ruhm der Estoreanischen Konkordanz zu erinnern.«

Jhered runzelte die Stirn. Offensichtlich glaubte sie tatsächlich an das, was sie sagte.

»Paul, der Kampf für die Konkordanz muss zuerst in unseren eigenen Straßen ausgefochten werden. Was nützt das alles, wenn unsere eigenen Bürger uns nicht lieben und achten? Sie brauchen etwas, um jubeln zu können, und das sollen sie bekommen. Diese Spiele werden ein Triumph.«

Jhered nickte nur. Ihm fehlten einfach die Worte zu beschreiben, was er empfand. Schließlich kratzte er sich am Nasenrücken und wischte sich mit einem staubigen Finger einen Augenwinkel aus.

»Ich bin nicht deiner Meinung. Während eines großen Kriegszuges sollte jeder die Entbehrungen spüren, damit alle wissen, dass sie am gleichen Strang ziehen müssen. Wie soll das Schatzamt das alles bezahlen? Spiele sind furchtbar teuer. Deine Gönner sind keinesfalls in der Lage, die Mittel bereitzustellen, die für ein Ereignis von der Größe, wie du es wohl vorschlägst, nötig sind.«

Herine lachte hell, als hätte er eine Frage gestellt, die jedes Kind beantworten konnte.

»Oh Paul, die Schatzkiste ist voll, wir haben die Mittel.«

»Nein, verdammt, wir haben sie nicht«, donnerte er, als ihm endlich der Geduldsfaden riss. Er knallte die Faust auf ein Serviertablett, von dem die Früchte in die Luft schnellten, und sprang wieder auf. »Meine Sammler und ich haben den Dusas damit verbracht, uns von einer gefrorenen Provinz zur nächsten zu schleppen, um ihnen alles abzunehmen, was sie nur hergeben können, damit wir weitere Legionen ausheben können. Unsere Ausbeute war mehr als bescheiden. Aus Atreska oder Gosland können wir nichts erwarten, das Gleiche gilt für Tundarra, Easthale und Gestern. Du wirst Vasselis nicht um mehr bitten, obwohl er es vermutlich beschaffen würde. Das Geld ist einfach nicht da. Das wissen wir beide ganz genau.«

»Dann treibe es für mich ein, Paul«, rief Herine. »Du bist mein Schatzkanzler. Das ist deine Aufgabe.«

Jhered schwieg. »Soll ich wirklich darauf antworten? Du weißt doch, worauf ich hinauswill.«

»Der Krieg hat dich verblendet, Paul. Das Schatzamt hat Mittel für alle Geschäftsbereiche der Konkordanz. Die anderen Abteilungen können hierfür etwas abzweigen.«

»Bei allem Respekt, meine Advokatin, du übersiehst den entscheidenden Punkt.« Herine wollte widersprechen, aber er ließ sie nicht zu Wort kommen. »Wenn du es dir erlauben kannst, Geld für die Spiele abzuzweigen, dann kannst du es dir auch erlauben, Geld für den Krieg in Tsard oder die Sicherheit in Atreska abzuzweigen. So einfach stellt es sich für jeden General dar, deinen eigenen Sohn eingeschlossen. Ich staune, dass du dies nicht selbst erkennst.

Gib es zu, du fügst dich den Launen von einem Dutzend gelangweilter reicher Bürger, die einen neuen Zeitvertreib brauchen. Unterdessen kämpfen und sterben die Legionen in deinem Namen. Jede Münze, die du für diese Spiele verschwendest, hätte ihnen helfen können, den Krieg zu gewinnen. Das Geld könnte die Grenzen von Atreska und Gosland sichern.«

»Ich bin sicher, dass auch Marschall Yuran den Wert der Spiele einsehen wird, sobald er hier ist.«

Jhered keuchte vor Schreck. »Hast du ihn eingeladen?«

»Alle Marschallverteidiger werden hergerufen.«

»Guter Gott, das ist, als wolltest du den Verurteilten vorführen, wie das Schwert geschmiedet wird, das sie köpfen soll. Willst du einen Aufstand auslösen?«

»Er wird sich nicht auflehnen.«

»Nein? Du hast in der letzten Zeit nicht den Blick in seinen Augen gesehen. Der drohende Bürgerkrieg in Atreska macht ihm Tag für Tag zu schaffen. Er weiß, wie schwach wir an der tsardonischen Grenze besetzt sind. Ein Rückschlag, und ihre Heere marschieren ohne Gegenwehr bis Haroq.«

»Paul, ich ...«

»Und wenn sie erst dort sind, wer sollte sie davon abhalten, bis nach Estorr zu marschieren?«

»Schatzkanzler Jhered, willst du wohl still sein!«, brüllte Herine. »Es ist mir egal, wer du bist. Ich lasse nicht zu, dass jemand in meinem eigenen Palast so mit mir redet.«

Jhered wollte etwas erwidern, doch der Ausdruck ihrer Augen ließ ihn zögern. So beschränkte er sich darauf, die Arme vor der Brust zu verschränken und knapp zu nicken.

»Vielen Dank, dass du mir wenigstens darin zustimmst«, sagte Herine. »Und jetzt hörst du mir zu. Ich will so etwas in meinem Palast oder auf der Straße nicht hören. Du redest, als sei die Konkordanz in Gefahr. Das ist sie nicht. Du redest, als stünden wir am Rande des Bankrotts. Das trifft nicht zu. Ich habe sechzehn Legionen und vierzehn Alae in Tsard, die ich weiter verstärken werde, wie du genau weißt. Ein größeres Heer hat die Konkordanz noch nie in den Krieg geschickt, und jeder, der bei Verstand ist, weiß, dass wir siegen werden.

Selbst wenn das Undenkbare geschieht und Tsard unsere Grenzen bedroht, ist die Macht der Bürger und der stehenden Heere in der ganzen Konkordanz einfach überwältigend. Die Tsardonier wissen dies. Sie werden sich verteidigen, so gut sie können, bis sie aufgeben müssen, aber sie werden uns nie besiegen. Du sprichst von Entbehrungen, die jeder spüren soll. Bitte, Paul, es war schon immer so, dass die Grenzstaaten sich den neuen Feinden stellen, während die anderen im Herzen der wachsenden Konkordanz das Leben genießen, für das ihre Mütter und Väter so lange gekämpft haben. So ist es eben. Wir sind eine Meritokratie. Wir haben uns das Recht verdient, den Luxus zu genießen. Wenn Tsard sich der Konkordanz anschließt, wird auch Atreska davon profitieren. Die Spiele, die wir angesetzt haben, sollen den Ruhm all dessen feiern, was wir aufgebaut haben und was wir noch aufbauen werden. Sie werden stattfinden, und du wirst es nicht verhindern.«

»So wenig, wie ich etwas damit zu tun haben will. Weder ich noch irgendein anderer Einnehmer wird daran teilnehmen. Ich habe dir zugehört und hoffe, dass du recht hast. Das hoffe ich wirklich. Aber es sind meine Leute, die unter Lebensgefahr in die Provinzen reisen müssen, und ich will nicht, dass man ihnen vorwerfen könnte, sie hätten dazu beigetragen, Gelder zu verschwenden, die anderswo besser eingesetzt worden wären. Ihre Aufgabe ist jetzt schon gefährlich genug.«

Eine Weile starrten sie einander an. Sie brauchte seine Unterstützung, um die Spiele in der geplanten Weise durchführen zu können. Außerdem musste sie einen zwingenden Grund als Erklärung finden, wenn Jhered nicht daran teilnahm. Glücklicherweise herrschte daran kein Mangel.

»Paul, ich achte dich und alles, was du sagst, aber du hast immer noch die Fähigkeit, mich zu überraschen und zu enttäuschen.«

»Deshalb behältst du mich ja auch«, grollte er.

Sie nickte. »Vielleicht hast du recht. Aber manchmal ist deine Vorstellung von der Wahrheit so voreingenommen, wie du es mir unterstellst.« Sie trank einen Schluck Wein, und Jhered erkannte, dass sie zu einer Entscheidung gekommen war. »Ich habe hier viel zu tun, wie du sehen kannst, und offengestanden will ich dich nicht in der Nähe haben, wenn du doch nur die Stimmung drückst und schlechte Laune verbreitest. Andererseits will ich auch nicht, dass du zu weit entfernt bist.

Wir haben die Überprüfung von Arvan Vasselis und Westfallen lange genug aufgeschoben. Es beschäftigt mich schon den ganzen Dusas. Was bedeutet dies für den Orden und für mich als Erste Sprecherin? Ich brauche Antworten, Paul, und um ehrlich zu sein, gibt es niemanden außer dir, dem ich diese Aufgabe anvertrauen könnte. Allerdings habe ich Angst vor dem, was du da unten vielleicht findest.« Sie flüsterte nur noch. »In Albträumen habe ich mich den Befehl für Vasselis' Hinrichtung unterzeichnen sehen.«

»Ich leide an ähnlichen Ängsten«, gab Jhered zu.

»Zweifellos. Dann reise nach Caraduk. Finde heraus, was dort vorgeht, und komme erst zurück, wenn die Spiele vorbei sind. Sage Arvan, dass er nicht kommen muss. Ich rechne damit, dass er mit anderen Dingen beschäftigt ist, wenn du ihn aufsuchst.«

Jhered lächelte zufrieden. »Da wir gerade dabei sind – wie hat die Ordenskanzlerin die Entscheidung aufgenommen, dass Spiele abgehalten werden sollen?«

»Wie zu erwarten, war sie entzückt«, sagte Herine. »Spiele bieten dem Orden eine großartige Bühne, die Menschen zu bekehren, nicht wahr? Und da so viele Marschälle aus Provinzen kommen, in denen die heimischen Religionen noch blühen, geifert sie förmlich angesichts dieser Gelegenheit.«

»Ein äußerst unangenehmes Bild«, erwiderte Jhered. »Ich mache mich dann auf den Weg.«

Er salutierte mit dem rechten Arm an der linken Schulter und wandte sich zur Tür.

»Paul.« Er hielt inne und drehte sich wieder um. Herine war aufgestanden. »Du bist mein ältester Freund, und ich vertraue dir. Aber auch du stehst nicht über dem Gesetz. Sei vorsichtig und hüte deine Zunge. Der Senat hat die Spiele bereits abgesegnet. Sie in den Schmutz zu ziehen, wäre ein Verbrechen.«

Er seufzte. »Alles, was ich tue und sage, geschieht aufgrund meiner Liebe zu dir und der Konkordanz. Du solltest dich fragen, was dich zu deinen Entscheidungen treibt.« Er ging zur Tür. »Dein innerer Kreis ist dein größter Fehler. Lass dich nicht von diesen Leuten blenden. Die Konkordanz braucht dich.«

Sie blieb mit gerunzelter Stirn zurück und wusste nicht, ob sie seine Worte als Beleidigung oder Kompliment auffassen sollte.

20

848. Zyklus Gottes, 8. Tag des Genasab
15. Jahr des wahren Aufstiegs

Die Späher, die den Klingen von Haroq zugeordnet waren, hatten die tsardonischen Truppen schon vor sieben Tagen gesichtet. Sofort hatte Roberto die Marschgeschwindigkeit erhöht und hoffte nun, binnen eines weiteren Tagesmarschs in Reichweite zu gelangen. Mühelos waren sie tief ins tsardonische Hinterland vorgestoßen. So weit möglich, hatten sie ausgetretene Wege und Straßen benutzt, ansonsten waren sie auf kürzestem Wege querfeldein marschiert. Hier zogen sich Täler und Klüfte durch das Land, und als Schutz vor Hinterhalten waren mehr Späher denn je unterwegs. Bisher hatte es drei Scharmützel gegeben, die Estorea ausnahmslos für sich entschieden hatte. Die Wahrscheinlichkeit, dass es bald zu einem größeren Kampf kam, wuchs mit jeder Stunde.

Sie hatten bereits die Siedlungen in der Gegend ausgekundschaftet und bewaffnete Trupps ausgesandt, um Vorräte zu beschaffen. Die Vorausabteilungen hatten Befehl, Gewalt nur dann anzuwenden, wenn sie auf Widerstand stießen. Roberto bezweifelte nicht, dass manche seiner Trupps solche Probleme eigens heraufbeschworen, damit sie die Klingen schwingen konnten. So lief es eben, und vielleicht war es gar nicht so übel, wenn die Konkordanz hin und wieder ihre Entschlossenheit unter Beweis stellte.

Nach drei schnellen Tagesmärschen bemerkten sie endlich eine

Staubwolke, und die tsardonischen Truppen waren auf allen Hügeln deutlich auszumachen. Wie die Späher berichteten, bewegten sich die Feinde langsamer und suchten anscheinend günstiges Gelände, auf dem sie den Kampf ausfechten wollten. Unterdessen berichteten Botschafter aus dem Süden und Osten, dass die beiden estoreanischen Armeen auf große tsardonische Verbände gestoßen waren.

Roberto hatte in seinen Antworten auf die Botschaften seine Sorge zum Ausdruck gebracht, dass der Feind anscheinend hervorragend organisiert war und über gute Informationen verfügte. Noch wichtiger war die Zahl der Kämpfer, die gegen sie ins Feld geschickt wurden. Seiner Schätzung nach war die gegnerische Truppe immerhin zwei Drittel so groß wie die seine, und das entsprach den Beobachtungen an der ganzen Front. Sorgfältig suchte er mögliche Schlachtfelder aus, zeigte sich im Angesicht von Provokationen geduldig und widerstand dem Drang, sich in die vom Feind angezettelten Gefechte zu stürzen, die doch nur der Ablenkung dienten.

Zwei Tage später bewegte sich sein Heer durch schwieriges felsiges Gebiet, in dem die Wagen nur mühsam vorankamen. Die Späher hatten berichtet, dass die Tsardonier angehalten hatten und lagerten. Roberto beschloss, sich Zeit zu lassen, befahl halbe Marschgeschwindigkeit und beorderte vier Manipel zurück, die den Wagen in dem schwierigen Gelände helfen sollten.

Es war eine Zeit voller Anspannung. Die Tsardonier waren vor ihnen hier gewesen, überall standen Totems und Schreine. Robertos Gelehrte deuteten die meisten als Flüche, die den Gegner treffen sollten, und als Warnungen vor den Göttern, die den Eindringlingen gebrochene Knochen und Krankheiten bescheren sollten. Einige waren auch Drohungen, Aufforderungen zum Rückzug, weil die Armee vernichtet werden würde, wenn sie die nächste Anhöhe bezwang, durch den nächsten Fluss watete oder das nächste Tal durchquerte.

Die Alae aus Atreska waren abergläubisch, da ihre Religion

große Ähnlichkeiten mit dem tsardonischen Glauben aufwies. Ihre Befürchtungen griffen auch auf die Legionen über, und Roberto zögerte nicht, energisch einzuschreiten. Er ließ seine Extraordinarii zurück und ritt an der Spitze des Zuges, bis zur Mitte eines Tals, das zu beiden Seiten von schroffen Felsklippen begrenzt war. Vor seinen Füßen plätscherte ein kleiner Nebenfluss. Dort drehte er sich um und wandte sich an die leichten berittenen Bogenschützen und alle anderen, die ihn hören konnten.

»Sind wir erfahrene Krieger oder ungebildete Rekruten, die sich vor ein paar Götzenbildnissen eines Volks fürchten, das vor uns zurückweicht? Dienen wir einem Gott, der uns alle unter seinem Himmel in seine Arme schließt, oder in einer zersplitterten Truppe, die vor jedem Zeichen erschauert, als sei es ein Gebot Gottes? Niemand wird am Ausgang dieses Tals sterben. Niemand wird sterben, nur weil überall dieses Zeug am Wegrand steht. Ich werde es euch beweisen.«

Damit stieg er ab und ging zum Totem, vor dem die Kavallerie gezögert hatte. Es war ein niedriger Steinturm, der rings um einen gespaltenen Pfahl errichtet worden war. Im Spalt steckte das einzige gewundene Horn eines Bergschafs, und die ganze Konstruktion war über und über mit dessen Blut bespritzt. Es war der zweite Turm, an dem sie vorbeikamen, aber dieser hier war erheblich größer und somit eine nachdrücklichere Warnung. Es signalisierte, dass das Tier der Berge sich auf jeden stürzen würde, der den nächsten Gipfel erklomm. Die Felsen würden herabfallen, und Blut würde fließen.

Roberto trat mit dem Stiefel danach und verstreute Kiesel, Stein und Stab. Das Horn prallte von der Felswand ab und rutschte den Abhang hinunter.

»Die Drohung ist ebenso lächerlich wie der Aufbau«, rief er. »Klingen, an meine Seite. Vorwärts, marsch!«

Er führte sie bis zum Ausgang des Tals und breitete in der Leere, die er dort vorfand, die Arme aus, um auf die vielen Tausend herabzulächeln, die ihm folgten. Sogar von denen, die nichts hörten und nur seine Silhouette erkannten, kamen Jubelrufe. Er neigte den Kopf und drehte sich, um die Aussicht auszukosten, die sein Standort ihm bot.

Der Kampf war nahe. Im Norden bedeckte der Wald von Sirrane eine niedrige Bergkette. Stellenweise ragten die Hügel Hunderte, wenn nicht tausend Fuß hoch aus der schmalen, mit Bäumen besetzten Ebene auf, durch die ein Fluss lief. Jenseits dieser Ebene, etwa sechs Meilen entfernt, hatten die Tsardonier auf den niedrigen Hängen vor einer mit Schnee bedeckten Bergkette ihr Lager aufgeschlagen. Das Gebirge wurde von Pässen durchbrochen und lief im Süden, an der Grenze seines Blickfelds, in kleineren Hügeln und Anhöhen aus. Im Norden erstreckte sich die Bergkette bis nach Sirrane hinein.

Hinter ihm hielt sein Heer an. Er war froh, an dieser Stelle zu stehen, lebendig und ungehindert, während er seine zugegebenermaßen recht einfachen Entscheidungen traf. Das tsardonische Lager war klug gebaut. Sie wussten, dass er nicht durch Sirrane marschieren würde, deshalb war ihm die Nordroute versperrt. Vom Lager aus konnte man außerdem alle feindlichen Truppen beobachten, die nach Süden in die Hügel zogen.

Dunkle Wolken verdeckten die Nachmittagssonne. Es wäre sinnlos gewesen, an diesem Tag weiterzumarschieren. So kehrte er zur Kavallerie zurück und nahm von einem Adjutanten die Zügel seines Pferds entgegen. Als er aufgestiegen war, sprach er mit der Rittmeisterin der Klingen.

»Den Hang hinunter und dann scharf nach rechts. Drei Meilen nach Süden, dort schlagt ihr euer Lager auf. Schicke einen Trupp mit Flaggen und die Baumeister voraus, um die Grenzen zu markieren. Jede Verzögerung bedeutet, dass die Mägen länger leer bleiben.«

»Ja, Herr.«

»Los«, sagte er und ließ sein Pferd die Hacken spüren, bis es den schlammigen, felsigen Abhang hinunter zu der Stelle trabte, wo der

Nebenfluss zutage trat. »Schwertmeister der Klingen!«, rief er. »Wo steckst du, Davarov?«

»Hier«, kam die Antwort aus dem Gedränge der Männer und Frauen, die zwischen den Steilwänden im engen Tal warteten.

»Postiere deine leichte Infanterie zwischen uns und dem Feind, während das Lager aufgebaut wird. Du wirst auch Kavallerie bekommen. Die Feinde werden nicht angreifen, aber es kann nicht schaden, ihnen unsere Stärke zu zeigen.« Dann lächelte er leicht. »Außerdem kannst du sicher etwas Übung brauchen, was?«

»Darf ich meinen General daran erinnern, dass bei den letzten Wettkämpfen die Klingen genau diese Aufgabe, die du uns jetzt übertragen hast, am schnellsten erledigt haben?« Ringsum jubelten die Bürger. »Und wenn wir Übung brauchen, was brauchen dann die Infanteristen der Pfeile, Fäuste und Falken?«

Der Jubel nahm an Lautstärke zu, und einige lachten.

»Das bedeutet nur, dass ihr nach einem Dusas, in dem ihr nichts als die Hüften und Handgelenke bewegt habt, nicht gut in Form seid«, sagte Roberto und klatschte in die Hände. »Jetzt marschiert. Die Kavallerie ist euch voraus.«

Er ritt den gleichen Weg zurück und nahm sein Pferd zur Seite, um sein Heer vorbeizulassen. Dabei ermunterte er jeden Bürger, der seinen Blick erwiderte, und versicherte ihnen allen, dass sie dem Ruhm mit jedem Schritt näher kamen.

Sein Kopf schwirrte vor Aufregung. Der Kampf war nahe.

Noch vor Einbruch der Nacht war das Lager vollständig aufgebaut, und die Flammen der Feuer sprangen im Zwielicht empor. Kochgerüche wehten aus einem Dutzend Richtungen herbei. Die Baumeister hatten ein leicht erhöhtes Plateau gefunden, das dem Lager der Tsardonier fast genau gegenüberlag. An seinem Fuß verlief ein Bach, und der Boden war fest genug, damit man Zelte aufschlagen und den Palisadenzaun aufbauen konnte.

Während sich die meisten Legionäre und Kavalleristen um Ausrüstung und Pferde kümmerten, arbeiteten die Zimmerleute und Schmiede unter Anleitung der Ingenieure daran, die Wagen zu reparieren, die unter dem schwierigen Weg gelitten hatten. Die Ärzte mussten sich um Insektenstiche, Blasen, Zerrungen, Verrenkungen und einige Knochenbrüche kümmern. Im Lager herrschte Zuversicht, wie die lauten Unterhaltungen, die Rufe und die Aktivitäten bewiesen.

Die Tsardonier auf der anderen Seite der Ebene hatten sich, genau wie Roberto es vermutet hatte, entschlossen, vorerst nicht anzugreifen. Er hatte die Klingen bereits ins Lager zurückbeordert, und jetzt patrouillierten nur noch einige Reiter auf dem freien Gelände vor dem Lager. Sie konnten die anderen früh genug warnen, falls ein Überfall oder gar ein voller Angriff drohte. Roberto war sicher, dass keines von beidem passieren würde.

An diesem Abend speiste er mit seinen höchsten Kommandeuren in seinem Zelt. Bis zum frühen Morgen war nicht mehr mit zurückkehrenden Spähern zu rechnen, und ihm war danach, sich ein wenig zu entspannen und vor den konkreten Informationen, die sie mitbringen würden, einige Spekulationen anzustellen.

Er hob seinen silbernen Weinkelch mit dem Wappen der Del Aglios, auf dem das Familiengebet eingraviert war. Diese Worte hatte er schon als kleiner Junge gelernt.

Wenn die Welt dunkel ist, brennt doch ein Licht für uns
Wenn die Flut steigt, bleibt doch ein Land für uns
Wenn die Berge einstürzen, bleibt doch ein Schutz für uns
Wenn der Feind angreift, gibt es doch einen Schild für uns
Wenn Gottes Umarmung uns umfängt, müssen wir uns niemals fürchten.

»Meine Damen und Herren, willkommen in eurer neuen Heimat. Wenigstens für die nächsten paar Tage.«

Sie tranken, und Ellas Lennart, der Ordenssprecher des Heeres, sprach das Gebet.

»Mögen die Arme Gottes immer diese Truppen schützen, auf dass sie sein Werk in seinem Namen verrichten. Möge jeder von uns in seiner Umarmung sicher sein.«

»So soll es sein, bis die Dämmerung den Himmel erhellt«, antworteten sie.

»Danke, Ellas«, sagte Roberto. »Und nun greift zu und esst.«

Der niedrige Tisch, um den sie lagerten, war voller geräuchertem Fleisch, Brot und heißen und kalten süßen Soßen. Fläschchen mit Wein und Wasser standen dreifach bereit. Schweigend füllten sie ihre Teller, da sie warteten, wie er die Debatte beginnen wollte. Nur zu gern kam er der stummen Aufforderung nach.

»Wir haben verschiedene Möglichkeiten«, begann er. »Ihr kennt sie so gut wie ich. Also erklärt mir heute Abend, was im Kopf eines tsardonischen Kommandanten vorgeht.«

»Wir sind hier die Invasoren«, sagte Elise Kastenas, die Rittmeisterin der Achten Legion. Sie war eine Caradukierin aus den nördlichen Ebenen und praktisch im Sattel geboren. Die kleine, kräftige Frau hatte sich hochgedient und war stolz auf die Narben von vielen Kämpfen in ihrem schmalen, hübschen Gesicht. »Am liebsten würden sie uns ewig auf Armeslänge entfernt halten. Aber in gewisser Weise sind sie auch neugierig, und wir konnten sie in den letzten fünf Jahren immer wieder herauslocken. Ein Marsch geradewegs auf ihre Stellung wird eine Versuchung sein, der sie nicht widerstehen können.«

»Ich stimme zu«, sagte Goran Shakarow, der Schwertmeister der Pfeile Gottes. Er war ein riesiger Atreskaner mit einer tonnenförmigen Brust, einem fleischigen Gesicht und schwarzem Haar, das ihm fast bis zur Hüfte herabhing. »Sie sind ein stolzes Volk, und unsere Gegenwart in ihrem Land empfinden sie als Beleidigung. Ich bin mein Leben lang ihr Nachbar gewesen. Sie werden nicht warten, bis wir kriegsmüde werden und dahinschmelzen wie das Eis in der Solastro-Sonne. Sie wollen uns aus ihrem Land vertreiben.« Er lächelte und entblößte abgebrochene Zähne. »Ich weiß, wie sie sich fühlen.«

Tomas Engaard schüttelte den Kopf. Der Rittmeister der Zehnten Tundarranischen Legion war ein großer, blonder und beeindruckender Mann. Er war ein guter Bogenschütze zu Pferd. Der beste, den Roberto je gesehen hatte.

»Ich verstehe nicht, wie ihr das sagen könnt. So war es vielleicht vor drei Jahren, aber wir haben gesehen, wie sie in den letzten vier oder fünf Jahreszeiten immer weiter zurückgewichen sind. Dafür gibt es zwei denkbare Gründe, und beide sollten uns Sorgen machen. Zuerst einmal, dass sie von uns lernen, und dass es uns immer schwerer fallen wird, sie zu unseren Bedingungen in einen Kampf zu verwickeln. Zweitens könnten sie uns absichtlich tief in ihr Land locken. Mir macht dabei Sorgen, dass unsere Truppen im Osten auch dieses Jahr wieder auf Granit beißen werden, wenn die Berichte der Spione zutreffen. Das bedeutet, dass wir beträchtliche tsardonische Kräfte im Rücken haben. Wir sind mehr denn je davon abhängig, dass General Gesteris sie beschäftigt.«

»Ich glaube, wir sollten gar nicht erst daran denken, dass wir eingekesselt werden könnten, Tomas«, sagte Roberto. »Ich verstehe, was du sagen willst, aber der Feind steht vor uns. Lass uns realistisch bleiben. Gesteris wird nicht nachgeben. Wenn wir die Truppen vor uns besiegen können, dann können wir einen Bogen schlagen und den entscheidenden Sieg erringen.«

»Ich will vor allem darauf hinaus, dass wir umso stärker isoliert sind, je weiter sie sich ins Hinterland zurückziehen.«

»Deshalb wüsste ich gern, was ihr Kommandant denkt«, sagte Roberto. »Sie haben ein Lager aufgeschlagen und sich von uns einholen lassen. Ich glaube nicht, dass sie das Lager abbrechen und sich weiter zurückziehen werden. Sie wollen jetzt gegen uns kämpfen.

Die Frage ist, ob sie uns auf der Ebene begegnen werden, und wenn nicht, wie sie sich aufstellen werden und inwieweit wir das Geschehen diktieren können. Sollten wir beispielsweise unser Lager abbrechen und so tun, als marschierten wir nach Süden?«

»Nicht gleich als Erstes«, warnte Davarov von den Klingen. Seine Stimme war heiser, nachdem er bei grimmiger Kälte viel zu oft laut gebrüllt hatte. »Wir befinden uns hier in einer günstigen Position. Wir haben einen ausgezeichneten Blick rundum und können keinesfalls von hinten überrumpelt werden. Lasst uns hinübergehen und sehen, ob sie auf der Ebene mit uns kämpfen wollen.«

»Würdest du das tun?« Ben Rekeros, ein in Estorea geborener Offizier, war schon über fünfzig und würde nach diesem Feldzug von seinem Posten als Schwertmeister der Zehnten Legion abtreten. Er sprach nur wenig, aber wenn er etwas sagte, hörte man besser zu. Roberto schätzte ihn sehr, weil er klug war, Stärke besaß und seine Leute zu führen verstand. »Ich an ihrer Stelle würde nicht weiter als bis zu den Hängen unter dem Lager vorrücken, und sehen, ob wir durch ihre Phalangen brechen können. Bergab haben ihre Bogenschützen eine größere Reichweite.«

»An dieser Stelle läuft es dann nicht so, wie wir es erwarten würden«, sagte Elise. »Ich denke nicht, dass sie uns ins Land locken, und ich glaube auch nicht, dass sie die Geduld haben, einfach vor uns herzumarschieren, um irgendwann einen taktischen Vorteil zu erringen. Diese Art von Geduld haben sie bisher noch nie gezeigt. Sie brauchen zu Anfang der Jahreszeit einen Sieg, und sie haben hier angehalten, weil sie hier am besten gegen uns kämpfen können. Vielleicht nicht gleich morgen, aber ich wette einen Tagessold, dass wir auf diesem Feld und an keinem anderen Ort gegen sie kämpfen werden.«

»Vergesst nicht, was ich sagte«, schaltete sich Tomas ein. »Selbst wenn sie sich nicht rühren, können sie uns hier so lange festhalten, wie ihre Geduld eben reicht. Möglicherweise ist ihnen das auch schon genug.«

»Dann meinst du wohl, dass ich mich irre?«, fragte Roberto lächelnd.

»Nein, General. Ich räume zwar ein, dass sie uns vielleicht nicht tiefer in ihr Land hineinlocken werden. Dennoch planen sie vielleicht, uns vom Nachschub abzuschneiden. Wir sind jetzt schon viel weiter vorgestoßen als die Ostfront. Ich wiederhole es: Sie lernen von uns. Sie werden nicht einfach den Hügel herabrennen und uns angreifen.«

Roberto trank seinen Wein aus und füllte mit Wasser nach, um das recht trockene Brot und das zähe Fleisch hinunterzuspülen.

»Haben wir einen Vertrag, der uns in Sirrane die Jagd erlaubt?«, sagte er.

»Der Quartiermeister bestätigt es«, antwortete Shakarov.

»Dann wünschte ich, er könnte uns etwas Frisches schießen. Dieses Tier hatte seine besten Tage schon lange hinter sich.« Lachen erhob sich nach seinen Worten. »Also gut, vielen Dank für eure Gedanken. Wenn unsere Späher nicht sehr überraschende Neuigkeiten haben, können wir annehmen, dass wir mindestens noch den morgigen Tag hier lagern. Wir werden in Kampfformation aufmarschieren und sehen, wie weit wir kommen, bevor ich Triplex Acies befehle. Zu diesem Zeitpunkt werde ich noch keinen großen Angriff auslösen. Tomas, ich stimme nicht ganz mit dir überein. Ich glaube nicht, dass sie lediglich beabsichtigen, unseren Vormarsch zu verzögern. Ich glaube auch nicht, dass sie sofort herausstürmen, sobald wir in Rufweite sind, Elise. Nun gut, morgen steht uns also ein ruhiger Tag bevor.« Er kaute auf seinem Brot und knackte zwischen den Zähnen ein Korn. »Falls es noch irgendwelche Schwierigkeiten gibt, wäre dies der Zeitpunkt, sie vorzutragen. Morgen früh will ich nichts davon hören.«

Keiner von ihnen kam dazu, etwas zu sagen. Gleich nach dem Klicken von Speeren, die in Habtachtstellung gebracht wurden, stürmte ein Soldat geduckt herein und nahm den Helm ab.

»Ja, Zenturio?«, sagte Roberto.

»Ein Reiter der Konkordanz von General Gesteris an der Ostfront, mein Herr«, meldete der Zenturio, den Abzeichen nach ein Offizier der Zehnten Legion. »Er versicherte mir, es sei wichtig.« Er hatte eine Mappe mitgebracht.

»Daran habe ich keinen Zweifel«, sagte Roberto. »Gib her.«

Der Zenturio eilte durchs Zelt, übergab die Mappe und verschwand nach einem schmissigen Gruß.

»Das war einer von deinen Männern, Ben Rekeros«, sagte Roberto und sah nickend dem Zenturio hinterdrein, während er schon das Siegel auf der Mappe erbrach.

»Ja, General, und er ist ein guter Mann, wenngleich ein wenig nervös im Kreise seiner Vorgesetzten. Er wird sich bewähren, falls er den Dienst bei den Hastati überlebt.«

Roberto zog ein Bündel Papiere aus der Mappe. Sie waren mit einer Schnur zusammengebunden, oben darauf lagen eine Zusammenfassung und eine Inhaltsangabe, die Gesteris selbst mit seiner fließenden Handschrift angefertigt hatte. Nach einem kurzen Blick auf das erste Blatt sah Roberto sich von einer angenehmen Wärme durchflutet.

»Die Botschaft wurde abgeschickt, als sie sich in Scintarit der Furt näherten. Wie weit ist das entfernt?«

Davarov kratzte sich am Kopf. »Der Botendienst könnte es zusammen mit dem Übergang über den Fluss in sechs Tagen schaffen, wenn sie auch in der Nacht reiten und den ganzen Tag über frische Pferde bekommen. Es sind gut vierhundert Meilen, würde ich sagen.«

»Dann haben sie die Botschaft wirklich sehr schnell abgeliefert«, erklärte Roberto, der unwillkürlich beeindruckt war, als er das Datum auf der Botschaft überprüfte. »Anscheinend sind wir ins Hintertreffen geraten und setzen Fett an, während die anderen schon ihren Schwertarm schwingen. General Gesteris hat vor sieben Tagen die tsardonischen Truppen angegriffen. Wir wollen hoffen, dass er inzwischen bereits gesiegt hat.«

»Ändert das irgendetwas?«, fragte Tomas.

»Nur in meinem Herzen«, erwiderte Roberte. »Es gefällt mir nicht, im Kampf nicht der Erste zu sein. So bekomme ich Lust, dem nächstbesten Tsardonier den Kopf abzureißen. Glücklicherweise sind genügend von ihnen zur Hand.«

21

848. Zyklus Gottes, 9. Tag des Genasab
15. Jahr des wahren Aufstiegs

Die Hornsignale, die in der Morgendämmerung gegeben wurden, waren in dem auf die Zelte prasselnden Regen kaum zu hören. Mitten in der Nacht war hinter ihnen eine Unwetterfront über die Berge gekrochen. Der Wind war zwar rasch wieder eingeschlafen, aber die Wolkendecke war geblieben, und das Lager war vier Stunden lang unablässig durchnässt worden. Überall im Lager wurden jetzt Rufe laut, die die Bürger aus den Betten trieben. Der Regen spielte eine misstönende Musik auf den Tausenden von Helmen, Schilden und Brustharnischen. Roberto war schon aufgestanden, sein Adjutant schnürte gerade die Riemen seiner Rüstung. Sie glänzte im Schein der Laternen, und er nickte zustimmend. Unter dem polierten Metall, das Kopf, Brust, Unterarme und Schienbeine bedeckte, trug er die grüne Kleidung der Konkordanz, die frisch gebügelt und mit dem Siegesgebet bestickt war, das vor zweihundert Jahren bei der Schlacht am Reeth-Pass zum ersten Mal gesprochen worden war. Nach dieser Entscheidungsschlacht war Tundarra an die Konkordanz gefallen, und sie hatte den Del Aglios zum Ruhm verholfen.

Er hob die Arme, damit sein Diener ihm den Gladius und die verzierte Scheide anlegen konnte. Sein schwarzer Mantel mit der grünen Schärpe und dem Wappen der Konkordanz wurde an der rechten Schulter befestigt.

»Danke, Garrelites«, sagte er.

Der junge Hastati neigte den Kopf und schlug die linke Faust an die rechte Schulter.

»Werden wir heute kämpfen, General?«, fragte er.

Roberto lächelte ihn an. »Wie oft hast du mich das schon gefragt? Und was antworte ich dir immer?« Er klopfte Garrelites auf die Schulter und deutete auf seinen Bogen, der in einer schützenden Lederhülle auf einem Gestell bereitstand.

»Dass Ihr, wenn Ihr wetten würdet, darauf setzen würdet, dass wir nicht kämpfen, sondern nur herumstehen und schreien, Herr.«

»Du sagst es«, stimmte Roberto zu. Er nahm den Bogen und verließ das Zelt. »Geh zu deinem Manipel, Garrelites, und achte darauf, dich nicht töten zu lassen. Ich brauche morgens jemanden, der mir den Brustharnisch verschnürt.«

»Auch das sagt Ihr jedes Mal, General.«

Roberto lachte. »Nun geh schon.«

Unter ohrenbetäubendem Lärm machte sich das Heer kampfbereit. Wie eine Welle umspülten ihn die Geräusche im Regen unter den düsteren dunklen Wolken. Roberto hob die Stimme.

»Fünfzehnte Kavallerie, warum seid ihr noch nicht aufgesessen?«, brüllte er. »Wo ist die Marschordnung? Falken und Fäuste, ihr seid heute Morgen nicht bei der Sache. Es ist ein schöner Tag für einen Kampf. Warum ist meine Rüstung die einzige, von der die Regentropfen abperlen? Ist uns gestern Abend etwa die Politur ausgegangen? Das wollen wir doch mal sehen. Bogenschützen, haltet die Bogen noch unter Verschluss. Konkordanz, wir marschieren. Es wird ein geordneter Marsch. Die Tsardonier sollen sich in die Hosen machen, wenn sie uns anrücken sehen!«

Die breiten Straßen im Lager waren mit Blick auf die Marschordnung angelegt, und jedes Zelt stand an der richtigen Stelle, damit die Manipel sich mühelos formieren und einreihen konnten. Rasch füllten sich die Straßen. Speere und Piken ragten wie Stacheln in die

Luft. In den Koppeln saß die Kavallerie auf. Die Pferde spürten die Ängste und Anspannung der Kämpfer; sie stampften und schnaubten. Ein Helfer führte Robertos Pferd zu ihm. Er verstaute seinen Bogen hinter dem Sattel, ehe er elegant aufsaß und von der höheren Warte aus seine Truppen überblicken konnte.

Allmählich legte sich das Stimmengewirr, und nun waren auch die Befehle der Zenturionen und Meister zu verstehen, die ihre Bürger in enger Formation aufstellten. Roberto nickte. Die Mühen im Dusas zahlten sich aus. Mehr als sechzehntausend Infanteristen und zweitausend Berittene, die unermüdlich die Aufstellung und den Marsch geübt hatten. Die Legionen waren in Wettkämpfen gegeneinander angetreten, die Kavallerieabteilungen hatten sich Rennen geliefert und Flankenmanöver geprobt.

Roberto trabte auf die Kuppe eines Erdhügels, der eigens für ihn beim Haupttor aufgeschüttet worden war. Dort erwartete ihn schon der Signalgeber. Er drehte sein Pferd herum und sah, dass sein Heer bereit war. Angesichts des sintflutartigen Regens war es eine recht ordentliche Aufstellung geworden.

»Es geht los. Gib das Signal für die Tore.«

»Ja, Herr.«

Er hob die grün und rot geviertelten Flaggen hoch, hielt sie im Winkel von dreißig Grad zur Seite, hielt inne und nahm sie wieder herunter. An allen vier Toren hielten sich Leute bereit, die schon auf das Signal warteten. Als die Befehle gegeben waren, zogen sie die in Scharnieren hängenden Tore auf. Den Graben davor überspannten verstärkte Brücken, über die nun die Armee ausrückte. Es sollte in diesem Genastro das erste Mal sein, dass die Tsardonier eine Truppe der Konkordanz in Kampfformation sah.

Roberto genoss diesen Augenblick. Furcht und Erregung spiegelten sich in den Mienen der Hastati, Gelassenheit und Erfahrung in denen seiner Triarii. Es war das überwältigende Gefühl einer Armee, die zum Kampf bereit war. Und dann die Geräusche, die ihm immer wieder einen Schauer über den Rücken jagten. Der Rhythmus der Stiefel, das Klappern Tausender Hufe auf dem festen Untergrund. Geräusche, die von einer unüberwindlichen Macht zeugten.

Drei Infanterieabteilungen marschierten durch das mittlere, das rechte und das linke Haupttor, während die Kavallerie durch das rückwärtige Tor hinausritt und je nach ihrer Position an der Flanke links oder rechts abschwenkte. Von oben sah es aus, als kämen aus dem Bauch eines Schuppentiers vier große, dunkle Schlangen heraus. Roberto vertraute darauf, dass dieses Bild auf der anderen Seite der Ebene mit großer Sorge beobachtet wurde.

Er rief den Principes, die vor ihm mitten durchs Haupttor ausrückten, Ermutigungen zu und wünschte ihnen Glück und Gottes Schutz. Die Erregung des Kampfs hatte ihn gepackt. Dann ritt er hinter ihnen mit seinen Extraordinarii hinaus, seiner Leibwache, die aus atreskanischer und estoreanischer Kavallerie bestand. Links und rechts warteten die zivilen Gefolgsleute der Truppe vor den Zelten und sahen ihnen hinterher. Die Händler und Huren fragten sich, wie am Ende des Tages die Geschäfte gehen würden.

Draußen vor dem Lager formierten sich die Truppenteile. Links standen die Hastati, im Zentrum die Principes, auf der rechten Seite die Triarii. Noch weiter rechts führten die Baumeister vierzig mit Maultieren bespannte Wagen, auf denen jeweils ein Katapult befestigt war. An der linken Flanke trabte die Kavallerie aus Estorea, auf der rechten Seite und als Vorhut die Reiter aus Atreska. Sie sollten als Vorausabteilung darauf achten, ob der Feind unversehens in Bewegung käme, aber es war im Grunde nicht damit zu rechnen. Der Regen und das Zwielicht beschränkten die Sichtweite, doch wie es schien, standen die Feinde nur da und sahen ihnen zu, falls der dunkle Fleck vor ihrem Lager irgendetwas besagte.

Die Legionen marschierten durch Regen und Schlamm bis zum Ufer des Flusses, der mitten durch die Ebene strömte. Das Gelände war nicht schwierig, es ging auf einem etwas rutschigen Hang über saftiges Gras und zwischen vereinzelten Büschen leicht bergab. Robertos Späher hatten eine Stelle für die Flussüberquerung ausgemacht, wo Steine aus dem Wasser ragten.

Sie überwanden den Fluss und marschierten weiter. Noch zwei Meilen bis zum feindlichen Lager. Roberto ritt vor dem Heer und schätzte die Entfernung und den Zeitpunkt ab, an dem er die Kampfaufstellung befehlen musste. Vor ihnen formierten sich die Tsardonier und kamen die Hänge herab, um sie ein Stück vor dem Lager abzufangen, ohne dabei den Vorteil des höheren Geländes einzubüßen. Die Aufstellung war weniger diszipliniert, als Roberto es bei seinen eigenen Leuten hingenommen hätte, aber im Grunde nicht schlecht.

In etwas weniger als einer halben Meile Entfernung befahl Roberto einen Schwenk. Sie waren noch deutlich außerhalb der Bogenschussweite und hatten genügend Platz, um weiter vorzurücken und die Feinde herauszulocken. Nach den letzten Schätzungen hatten seine Bogenschützen eine etwas geringere Reichweite als die Tsardonier, aber bei so einem Regen waren alle Bogenschützen benachteiligt. Vor den Bogenschützen würden sowieso erst die Katapulte zum Einsatz kommen, die ihre Bolzen dreihundert Schritte weit schleudern konnten.

Roberto ritt zur Kavallerie an der rechten Flanke hinaus, die sich inzwischen kampfbereit in Kompanien mit Bogenschützen, Schwertkämpfern und Kataphrakten aufgeteilt hatte und zum Angriff bereit war. Hinter ihm marschierten die Manipel an ihren Platz, die Zenturionen hielten die Ordnung aufrecht. Klappernd fuhren die Wagen an ihre Position. Vorerst blieben die Abdeckungen noch darauf, weil der Regen die Scharniere und Seile beschädigen konnte. Die Geschütze würden erst vorbereitet werden, wenn der Verlauf der Schlacht es erforderte.

Am Ende der Formation wartete er. Es dauerte fast eine Stunde, bis alle Abteilungen richtig standen. In der klassischen Quinkunx-

Formation waren die Manipel in exakt gleichen Abständen postiert. Sorgfältig aufgestellte Kavalleristen, die den Feind ständig im Auge behielten, beschützten sie. Sobald die Kampfaufstellung vollendet war, ritt er an der Linie entlang, vorbei an Bogenschützen und leichter Infanterie, die sich schnell in jedes Gefecht einschalten konnte, vorbei an seiner Phalanx und der schweren Infanterie, deren Schilde auf dem Boden standen und deren zwanzig Fuß lange Sarissen sich fast im trüben Himmel zu verlieren schienen. Die atreskanischen Alae standen links und rechts, die estoreanischen Berufssoldaten im Zentrum.

»Wir sind das Heer der Konkordanz.« Ihm war klar, dass nur relativ wenige Leute seine Ansprache hören konnten, da der Regen auf den Boden und die Helme prasselte, aber seine Worte würden sich rasch herumsprechen. »Wir sind die Vorhut. Vor uns liegt jungfräuliches Gebiet. Soweit ich weiß, hat noch keiner von euch eine Jungfrau hinter sich zurückgelassen.«

Heisere Stimmen jubelten, und Gelächter breitete sich aus, als seine Worte Manipel für Manipel die Runde machten. Roberto führte sein Pferd in die Mitte der Linie und blieb stehen, um seine in drei Reihen aufgestellten Legionäre zu betrachten.

»Wir haben unsere Befehle. Dies ist das Jahr, in dem wir unserem Gegner den entscheidenden Schlag versetzen, damit Tsard vor Gott und der Advokatin das Knie beugt. Hier ist eine größere Belohnung zu erringen als die Beute, die wir schon gemacht haben. Dieses Mal wird es der Sieg uns allen erlauben, nach Hause zurückzukehren.«

Abermals ertönten Jubelrufe, dieses Mal lauter als zuvor. Die Soldaten schlugen mit Speeren und Piken an die Schilde.

»Aber das müsst ihr euch verdienen. Achtet euren Feind und kämpft mit aller Kraft. Schützt eure Freunde. Disziplin, Ehre, Sieg.«

Sie waren bereit. Jetzt konnten sie nur noch warten.

So warteten sie. Sie warteten den ganzen regennassen Tag lang, verhöhnten den Feind, täuschten Ausfälle und kleine Vorstöße an und konnten doch keinen einzigen tsardonischen Krieger oder Pfeil von den Hängen über ihnen anlocken. Roberto ließ sie bis zum Spätnachmittag stehen, und als die Wolken sich endlich auflösten, marschierten sie in die untergehende rote Sonne hinein zum Lager zurück.

So ging es vier Tage lang. Die Truppe der Konkordanz zeigte Stärke, Geschicklichkeit und Kampfbereitschaft, während die tsardonischen Krieger auf den sicheren Hängen johlten, riefen und sogar sangen. Sie wussten genau, dass Roberto seine Legionen nicht zu ihnen heraufführen würde. Die größere Reichweite der gegnerischen Bogenschützen stellte ein Problem dar, und das wollte er nicht noch dadurch vergrößern, dass er bergauf angriff. Er hatte schon daran gedacht, seine Ballisten vor die Armee zu stellen, doch das war eine Taktik, die ihm nicht behagte. Sie störten den Vormarsch der Soldaten, und die Gefahr, dass sie beschädigt wurden oder verloren gingen, war groß. Letzten Endes war dies aber möglicherweise der einzige Weg, die Feinde herauszulocken.

Er hatte sogar einen Marsch nach Süden vorgetäuscht und sofort herausgefunden, dass die Feinde sie ziehen lassen würden. Der Bericht eines Spähers hatte ihm am Abend die Erklärung dafür geliefert. In siebzig Meilen Entfernung zogen sich weitere tsardonische Truppen zusammen. Wenn er marschierte, hätte er den Feind zugleich im Rücken und vor sich. Das war gewiss kein Weg, denn er einschlagen wollte.

Am Abend des vierten ereignislosen Tages war Roberto durch sein Lager geschritten und an Kochfeuern stehen geblieben, um in die Lieder und das Geschichtenerzählen einzustimmen. Schließlich hatte er das Gebet bei Tisch und auf der Wiese des Ordens angeführt. Auf dem Feldzug hatten sie kein Haus der Masken, aber das war kein Grund, ihre Bräuche zu vergessen. Die Gebetswiese wurde in großen Stücken auf drei Wagen befördert und vor dem Zelt des Sprechers ausgelegt, sobald sie ein Feldlager aufschlugen. In den letzten Tagen war das Gras dank der Sonne und des Regens gut gediehen, und sein Pferd hatte darauf geweidet. Ein gutes Omen für die kommenden Ereignisse.

Später speiste er allein in seinem Zelt und ging die Berichte seiner Zenturionen, des Quartiermeisters, der Ärzte und der Tierärzte durch. Die Truppe war bei bester Gesundheit, und so bereitete er einen Bericht für Gesteris an der Ostfront vor, bat um Neuigkeiten und erzählte von seinem ersten Kontakt mit dem Feind. Neben seiner linken Hand dampfte ein Becher mit süßem Tee, und rechts stand eine Schale mit Kaninchensuppe auf dem überfüllten Tisch.

»Darf ich dich kurz sprechen, General?«

Er schaute auf. Sein erster Baumeister stand in der Tür. Rovan Neristus war ein schüchterner Mann mit schütterem Haar und von schmächtigem Körperbau, dem das Leben auf einem Feldzug überhaupt nicht gut bekam. Es war nicht klar, wie er so lange hatte überleben können, aber Roberto empfand jeden Tag als Segen. Oft hatte Roberto erklärt, dass er zwar der General sei, dass aber Neristus als letzter Mann seines Heeres sterben sollte. Er winkte ihn herein.

»Was kann ich für dich tun, Rovan?«

Gewöhnlich verfügte jede Legion und jede Ala über eine eigene Kompanie von Baumeistern. Roberto hatte jedoch beschlossen, eine besondere Einheit zu schaffen, die aus zweihundert Köpfen bestand. Jeder Mann und jede Frau dieser Truppe war eigentlich dem einen oder anderen Manipel zugeordnet, doch sie waren zu wichtig, um sie im Kampf zu verschwenden. Wie Roberto immer zu sagen pflegte, konnten Bauern und Töpfer ruhig kämpfen, aber die besten Zimmerleute, Schmiede, Wissenschaftler und Steinmetze hatten Wichtigeres zu tun. Es sei denn, jemand wolle ihm gerade ein Schwert in den Bauch stoßen. Dann sollten auch sie kämpfen.

Neristus nahm die Kappe vom Kopf und trat ein. Seine Hände waren schmutzig von dem Dreck, der auch auf Gesicht und Kleidung Spuren hinterlassen hatte. Er war schon über sechzig Jahre alt und näherte sich dem mittleren Lebensabschnitt. Roberto fragte sich, ob der Mann sich jemals Gedanken über sein Äußeres machte. Wahrscheinlich nicht.

»Danke, dass du dich fein herausgeputzt hast, bevor du zu deinem Befehlshaber gekommen bist. Ich freue mich über die große Achtung, die du mir damit erweist.«

»Das hätte sich nicht gelohnt, Roberto«, erwiderte Neristus. Das militärische Protokoll lag ihm nicht, und ganz sicher nicht unter vier Augen. »Ich bin noch nicht mit der Arbeit fertig.«

»Und ...?«

»Nun ja, wie ich es sehe, werden wir noch bis Dusas hier ausharren und versuchen müssen, die Tsardonier vom Hang zu locken, solange du nicht die Ballisten nach vorne bringst«, sagte er.

»Ah, bist du jetzt auch Taktiker? Deine Fähigkeiten versetzen mich immer wieder in Erstaunen.«

Neristus deutete auf seine Augen. »Die funktionieren ganz gut«, sagte er. »Ich weiß, dass wir nicht genügend Leute haben, um sie bei einem Angriff bergauf zu verschwenden. Sicher nicht angesichts von alledem, was uns später noch erwarten dürfte.«

»Das ist richtig«, stimmte Roberto zu. Der Mann hatte anscheinend eine Idee, und sie musste gut sein, sonst wäre Neristus gar nicht erst gekommen. Er wurde neugierig.

»Dann müssen wir die Feinde also möglichst bald überzeugen, den Abhang zu verlassen und auf die Ebene zu kommen, denn sonst laufen wir Gefahr, dass Verstärkungen eintreffen.«

Neristus war ein gewissenhafter Mann. Sicherlich ein lobenswerter Charakterzug, aber manchmal neigte er dazu, etwas völlig Offensichtliches von sich zu geben. Roberto entschied sich jedoch, ihn nicht zu unterbrechen. Andernfalls hätte es noch die ganze Nacht dauern können, bis er zur Sache kam.

»Meine Zimmerleute haben mit den verschiedenen Holzsorten gearbeitet, die uns die Sirraner verkaufen. Einige Sorten Buchenholz sind sehr interessant. Stark und doch sehr biegsam. Dies bedeutet, dass wir …« Er hielt inne. »Hast du vielleicht Zeit, mitzukommen und es dir anzusehen?«

Roberto zuckte mit den Achseln. »Ist es der Mühe wert?«, fragte er ein wenig boshaft.

Neristus starrte ihn an. »Ich verschwende niemals die Zeit anderer Leute.«

Die Werkstätten der Baumeister waren am Südtor und damit so weit wie möglich von Roberto entfernt, damit er den Lärm nicht hören musste. Die Umgebung war hell erleuchtet, und wegen der Schmieden herrschte eine höllische Hitze. Das Klirren der Hämmer auf Metall hallte laut durch die Nacht, dazwischen mischten sich die Geräusche von Sägen, Drehbänken und Feilen.

»Lässt du denn deine Bürger niemals schlafen?«, fragte Roberto, als sie sich einer nach vorne offenen Werkstatt näherten.

»Der Körper braucht weniger Schlaf, als wir glauben. Wie dem auch sei, wir lieben unsere Arbeit«, erklärte Neristus. »Hier drüben.«

Der spillerige kleine Mann führte ihn zur rechten Ecke, wo zwei Ballisten standen. Die Leute, die an ihnen arbeiteten, sprangen auf und salutierten. Roberto antwortete mit einem knappen Nicken.

»Macht weiter.« Er wandte sich an Neristus. »Was sehe ich hier vor mir?«

Neristus knackte mit den Fingerknöcheln. »Spannt die beiden da«, befahl er seinen Leuten. »Pass auf, General.«

Roberto sah zu. Zwei Männer drehten die Winden am hinteren Ende der Geschütze. Die mit Eisen verkleideten hölzernen Arme bogen sich nach hinten, während das Seil aufgewickelt wurde und die Sehne spannte. Holz und Seil knarrten, der Schieber zog die Bogensehne über die Führungsschiene nach hinten. Der Mechanismus eines Katapults rastete klickend in der gespannten Stellung ein, kurz danach auch der des zweiten. Die Helfer zogen sich zurück. Roberto runzelte die Stirn. Er musste zweimal hinsehen, aber es gab zweifellos einen Unterschied.

»Dort habt ihr den Auslöser weiter nach hinten gesetzt als beim anderen Geschütz. Warum?«

Neristus' Augen funkelten. »Die sirranische Buche ist wundervoll.« Er tätschelte die betreffende Balliste. »Sieh nur, wie viel stärker sie gespannt werden kann. Das sind mehr als fünfzehn Prozent.«

Roberto lächelte. »Und wie viel weiter wird sie schießen?«

»Das dürften leicht sechzig Schritt sein. Die neuen Arme sind schon vorbereitet. Mit deiner Erlaubnis kann ich sie bis morgen zum Abmarsch einpassen.«

»Sind sie zielgenau?«

»Wenn du willst, können wir ja mit den Tsardoniern üben«, erwiderte Neristus.

Gerade in dieser Lage wäre die höhere Reichweite ein entscheidender Vorteil. Roberto nickte erfreut.

»Rovan, du bist ein Genie, und deine Ingenieure sind eine Zierde der Konkordanz. Erledige das«, sagte er. »Morgen wird ein großer Tag.«

Die taktischen Veränderungen waren noch vor der Morgendämmerung des trockenen, düsteren Tages durch die Befehlskette weitergegeben worden. Wie an den vergangenen vier Tagen marschierte die Armee los, aber an diesem Tag gab es echte Hoffnung, dass sie das Blut der Feinde vergießen würden. Neristus war am Morgen neben seinen Wagen gelaufen, und der Anblick hatte Roberto mit großer Zuversicht erfüllt. Die Ballisten waren abgedeckt, und auf den neuen Armen aus Buchenholz schimmerte frisches Öl.

Die Aufstellung glich jener der vergangenen Tage, doch dieses Mal gab es kein Zögern. Kaum waren sie in der richtigen Position, schon begann der Vorstoß. Gleichmäßig und langsam rückten sie vor. Roberto hielt sich das Spähglas vor das Auge, um zu erkunden, ob die Tsardonier auf diese Veränderung irgendwie reagierten, doch es gab keine größeren Bewegungen. Die Infanterie stand wie zuvor in einer einzigen Reihe mit der Phalanx in der Mitte. Dahinter hielten sich Bogenschützen bereit, die Flanken waren durch Kavallerie gedeckt.

Robertos eigene Kavallerie wartete nicht weit entfernt im Hintergrund. Eine sechzig Schritt größere Reichweite bedeutete, dass seine Ballisten über die Köpfe seiner Infanterie hinweg feuern und die tsardonischen Krieger treffen konnten, ehe seine Hastati in Reichweite der feindlichen Pfeile gerieten. So nutzten sie den Fehler in der gegnerischen Aufstellung aus. Zwar hatten die Feinde den taktischen Vorteil, von einer erhöhten Position aus zu kämpfen, doch ihnen blieb nicht viel Spielraum, um sich zurückzuziehen, bevor sie mit dem Rücken zu ihrem eigenen Lager standen. Sobald die Geschütze das Feuer eröffnet hatten, gab es nur einen Weg, der Bombardierung zu entgehen.

Neristus konnte Entfernungen ausgezeichnet schätzen, und auf sein Signal hin ließ Roberto die Truppe anhalten. Sie waren den Feinden jetzt näher als je zuvor. Die Hastati waren bis auf zweihundertfünfzig Schritte an die Feinde herangekommen und starrten stolz und groß über ihre Schilde hinweg. Die tsardonischen Reihen rührten sich nicht, abgesehen von unsicherem Füßescharren angesichts dieses neuen Manövers. Allerdings wussten sie, dass sie immer noch außer Reichweite waren.

»Halt!«, rief Roberto. Die Melder gaben seine Befehle mit Flaggen durch die Reihen an die Meister und Zenturionen weiter. »Bereit zur Verteidigung. Schildwall gegen feindliche Angriffe, Piken nach vorne richten.« Er selbst stand an der rechten Flanke in der Nähe der estoreanischen Kavallerie. »Ingenieure, spannen und laden. Die ersten Schüsse auf mein Signal, danach auf Befehl der Meister.«

Vierzig Kurbeln wurden knirschend und quietschend auf ebenso vielen Ballisten von jeweils zwei Leuten gedreht. Dann legten sie die Bolzen in die Führungsschienen. Es waren pyramidenförmige Pfeilköpfe aus Stahl auf Schäften aus Eschenholz, schwer und tödlich. Als die Mannschaften bereit waren, hob Roberto den Arm, die Flaggen nahmen seinen Befehl auf. Schweigen breitete sich auf der Ebene aus. Auf den Hängen warteten die Tsardonier weiter ab. Unten hielt sich die Konkordanz bereit.

»Mach mich stolz, Neristus«, flüsterte er.

Er ließ den Arm sinken, und die Flaggen folgten seiner Bewegung. Nahezu im gleichen Augenblick schnellten die Sehnen der Ballisten nach vorn. Dumpfes Knallen durchbrach die Stille. Die Geschosse pfiffen über die Köpfe der Infanteristen hinweg. Roberto konnte die meisten mit dem Blick verfolgen, dann verloren sie sich vor dem Hintergrund der Berge und der grünen Pflanzen, als sie sich zur Erde neigten.

Alle Soldaten und Kavalleristen der Konkordanz hielten den Atem an. Er malte sich aus, wie Garrelites bei der Infanterie stand und über seinen Schild hinweg die Bolzen betrachtete, die auf den Feind zurasten. Der Bursche brannte darauf zu kämpfen. Heute sollte sein Wunsch erfüllt werden.

Wie eine plötzliche Welle in einem ruhigen Meer kamen die Tsardonier in Bewegung. Alarmrufe hallten herüber, dann schlugen die Bolzen ein. Roberto betrachtete die feindlichen Reihen durch sein Spähglas. Männer liefen von den Einschlagstellen fort. Einige Bolzen waren zehn Schritte zu kurz gefallen und hatten die Erde aufgepflügt oder waren noch einmal hochgesprungen und mit viel zu wenig Kraft wieder heruntergekommen. Die meisten aber hatten die vorderste Linie voll getroffen. Zahlreiche Tote lagen drüben herum. Einer, der von einem Bolzen aufgespießt worden war, zuckte und wand sich, während das Blut aus seinem Mund sprudelte. Die Kämpfer der Konkordanz jubelten.

Hinter Roberto wurden die Winden wieder gespannt. »Etwas höher«, rief er. »Fünf Grad.« Der Befehl wurde an die Ingenieure weitergegeben. Die Griffe quietschten, und die Spitzen der neuen Bolzen ragten nach oben.

Wieder schossen sie. Eine kurze Stille, dann das tödliche Pfeifen. Dieses Mal trafen die Bolzen die vorderen drei Reihen. Die Gegner hatten die Schilde gehoben und eine Verteidigungsformation eingenommen, die jedoch gegen die schweren Geschosse nutzlos war. Holz und Leder splitterten und rissen, Kettenhemden und Schuppenpanzer wurden zerfetzt. Roberto war sicher, dass alle Bolzen ihr Ziel gefunden hatten. Er konnte durch sein Glas sogar beobachten, wie ein Schaft den Körper eines Mannes durchschlug und einen zweiten dahinter aufspießte. Beide wurden dann gegen weitere Kameraden hinter ihnen geworfen. Die Legionäre der Konkordanz verhöhnten die Gegner, lachten sie aus und luden sie zum Kampf ein.

Ein drittes Mal wurden die Winden gespannt. Jetzt regte sich etwas im tsardonischen Lager. Die Frage war nur, wohin die Gegner sich wenden würden. Abermals stellten die Tsardonier Schilde als Barrieren auf, kauerten sich dahinter und rückten eng zusammen, um sich mit so vielen Reihen wie möglich dem Angriff zu stellen. Das war ein Fehler. Neristus' Ballisten schossen abermals, die Sehnen summten. Noch mehr Tsardonier starben durch die Bolzen, die wie Harpunen angeflogen kamen. Streifschüsse rissen Gliedmaßen aus den Rümpfen der Krieger.

Dieses Mal griffen die Tsardonier jedoch an, sobald die Geschosse eingeschlagen waren. Infanterie und Kavallerie stürmten den Hang herab. Die Veränderung der Geräusche und der Atmosphäre war atemberaubend. Tausende Männer eilten über das Gelände und brüllten, bereit, den Feinden die Köpfe abzuschlagen. Das Trampeln der Füße und die trommelnden Hufe ließen den Boden beben. Für die Hastati-Rekruten in den vorderen Manipeln musste es schrecklich aussehen.

Die Zenturionen eilten schon hinter ihren Manipeln entlang. Alle blickten zu Roberto und den Flaggenmännern. Er wechselte rasch zu einer Position, an der seine Standarte gut zu sehen war. Ein Schauder lief ihm über den Rücken, und sein Herz schlug schneller. Er zog den Gladius aus der Scheide.

Wieder quietschten die Winden. Roberto blieb ein kleiner Moment, um den Angriff der Feinde einzuschätzen. Er war geordnet und diszipliniert und darauf angelegt, seine Truppen zurückzutreiben. Die Tsardonier wollten einen Rückzug erzwingen, weil sie wussten, dass die Ballisten nur schwerfällig wenden konnten und leicht verloren gingen.

Sie hatten sich breiter aufgestellt als Robertos Manipel, aber insgesamt nicht so breit, dass die Gefahr bestand, die feindliche Kavallerie könnte an der Flanke gefährlich werden. Seine dagegen konnte durchaus einen Vorstoß unternehmen. So weit war es aber noch nicht. Flaggen und Boten übermittelten an der Kampflinie, die gut eine halbe Meile breit war, die nächsten Befehle. Die Linie war zu lang, als dass er die volle Kontrolle hätte behalten können. Die Boten und Flaggenmänner konnten seine Befehle nur weitergeben, aber vor Ort trafen die Meister und Zenturionen die Entscheidungen. Er musste darauf vertrauen, dass sie sich richtig verhielten. Sie warteten auf sein Signal, den Kampf zu beginnen.

Die tsardonische Kavallerie war schnell, und die Reiter waren geschickt und konnten auch im Galopp aus dem Sattel schießen. Direkt hinter den vordersten Linien mit den geschmückten Schilden und den mittellangen, leicht gekrümmten Säbeln rückten mehrere Reihen von Bogenschützen zu Fuß nach. Sie waren im offenen Feld stark, im geordneten Nahkampf jedoch kaum zu gebrauchen. Robertos Entscheidung war einfach.

»Signalisiert den taktischen Plan Eins. Die Infanterie soll die Stellung halten, die Kavallerie stößt vor und setzt den Gegnern zu. Bis auf dreißig Schritte herangehen. Die feindlichen Schützen dürfen nicht anhalten und uns mit Pfeilen eindecken.«

Die Flaggen übermittelten die vorher verabredeten Signale. Läufer eilten hinter den Hastati entlang und wiederholten die Befehle. Die Zenturionen und Meister übertönten den Lärm der anrückenden Tsardonier mit lautem Brüllen. Im Zentrum der estoreanischen Linien bildeten acht mit Sarissen bewaffnete Manipel die Phalanx. Sie rückten ein paar Schritte vor, dann knieten sich die vorderen Reihen hin und legten ihre Speere waagerecht an. So rannten die Feinde gegen einen Wald von Dornen an und mussten drei Reihen überwinden, ehe sie überhaupt die ersten Hastati mit einem Schwertstreich erreichen konnten. Vor sich pflanzten die Kämpfer Schilde auf und boten den Pfeilen und Wurfspeeren kaum ein Ziel.

Auf der rechten Seite der Front bereiteten sich Infanteriemanipel auf den Angriff vor. Die vorderen Reihen hielten die Schilde nach vorn, die hinteren hoben sie über die Köpfe und bildeten so einen rundum gepanzerten Verband. Links und rechts hatte die Kavallerie schon mit dem Angriff begonnen. Reserveeinheiten hielten sich bereit, jederzeit einzugreifen. Die Principes und Triarii legten die Kompositbogen an. Vor den Füßen von Hunderten ruhigen, erfahrenen Soldaten der Konkordanz steckten die Pfeile griffbereit im Boden.

Die Ballisten feuerten erneut, die Bolzen fegten durch die Front der tsardonischen Armee und drangen bis in die hinteren Reihen vor. Darauf geriet der Ansturm der erschrockenen Feinde vorübergehend ins Stocken. Inzwischen stießen sie nur noch in mäßigem Tempo und geschlossenen Reihen vor, um der wartenden Streitmacht zu begegnen. Beim Marschieren schlugen sie die Schwerter und Speere gegen die Schilde und stießen Beleidigungen und Kampfrufe aus. Die Lautstärke sollte wohl die geringere Zahl wettmachen.

»Bogenschützen!«, rief Roberto. »Fertigmachen für die Salve.«

Wieder wurden Flaggen geschwenkt und Melder ausgesandt. Die Kämpfer spannten die Bogen. Einen Herzschlag bevor er sein Kommando gab, schossen die tsardonischen Bogenschützen ihre Pfeile ab. Tausende Schäfte flogen über die Linien hinweg und prasselten auf die Schilde der Hastati. Ein Regenschauer aus Eschenholz mit zackigen Spitzen, dicht genug, um jeden Spalt im Schildwall zu finden. Roberto entdeckte einige Lücken; einige Schilde fielen auf die Männer, die sie gerade noch getragen hatten.

»Verdammt, das waren viele Pfeile«, murmelte Roberto. Er rang mit sich, ob er einen Vorstoß signalisieren sollte, obwohl er wusste, dass es keine gute Idee war.

»Stellung halten!« Sein Ruf wurde weitergegeben. Der Schildwall formierte sich neu, die Reihen wurden so schnell wie möglich geschlossen.

Dann kam die Antwort der Konkordanz. Eine Salve zischte hinaus, die Pfeile flogen flüsternd durch die Luft und trafen die marschierenden Tsardonier. Klappernd prallten sie gegen Schilde, schlugen durch Helme und bohrten sich in Arme und Beine. Männer stürzten, einige Schreie zu waren zu hören, aber die Lieder und die Schmähungen rissen nicht ab. Die Gegner erhöhten sogar noch die Marschgeschwindigkeit und hielten, seine eigenen Legionen nachahmend, die Schilde dicht zusammen und über die Köpfe. Wieder flogen Pfeile. Bei jedem zehnten Schritt schossen die Feinde Salven ab, die den Himmel verdunkelten und immer tiefer in die Reihen der Konkordanz schlugen. Seine Bürger fielen, während sich die Heere einander näherten, doch aufseiten der Feinde waren die Verluste größer.

»Haltet die Disziplin«, sagte er halblaut. »Gebt nur nicht nach, zeigt keine Furcht.«

»Decken!«, rief der Zenturio.

Garrelites hielt den Schild schräg über seinen Kopf und machte sich auf den Angriff gefasst. Durch eine winzige Lücke im Schildwall sah er die Pfeile kommen. Ein schrecklicher, tödlicher Regen raste ihm entgegen, sauste knapp über ihn hinweg und prasselte auf die Schilde und Rüstungen. Es klang wie ein Hagelschauer auf dem

Blech, doch es war das Kratzen tödlicher Krallen. Die Pfeile prallten von den Schilden ab, aber viele fanden kleine Lücken und schwache Punkte.

Es gab keinen Ausweg, man konnte nicht fliehen. Alle Legionäre standen unerschütterlich an ihrem Platz. Für Garrelites war dies der schlimmste Moment jeder Schlacht. Der einzige Augenblick, in dem er sich wirklich hilflos fühlte. Das Herz schlug ihm bis zum Hals, und er betete zum Allwissenden, dass dies nicht der Tag sein sollte, an dem er durch einen feindlichen Pfeil starb. Schließlich hatte er dem General versprochen, aus der Schlacht zurückzukehren und ihm aus der Rüstung zu helfen, sobald sie den Sieg errungen hatten.

Jetzt waren wieder die Bogenschützen der Konkordanz an der Reihe. Die Pfeile bohrten sich in die feindlichen Linien, unglückliche Tsardonier wurden niedergestreckt, bevor sie überhaupt die Waffe erhoben hatten. Die Hastati jubelten. Eine weitere Salve kam, die Männer sprachen leise Gebete, und wer überlebte, dankte murmelnd den Göttern. Der metallene Regen fiel. Pfeile trafen seinen Schild, es herrschte ein schrecklicher Lärm, und die Erschütterungen waren kaum zu ertragen. Ein Pfeil schlug sogar durch, die Spitze spaltete direkt unter seinem Arm das Holz. Drei Reihen vor ihm, in der vordersten Linie, traf ein Pfeil das Auge eines Bürgers. Der Mann brach tot zusammen. Die anderen konnten nichts tun, außer aufzuschließen und dabei zu helfen, den Toten nach hinten zu befördern.

Garrelites holte tief Luft und setzte sich in Bewegung. Er brannte darauf, endlich den Befehl zum Vorstoß und das Klirren der Schwerter zu hören.

Nach drei Salven war die tsardonische Armee bis auf dreißig Schritt heran. Flaggen wurden im Kreis geschwenkt und dann waagerecht ausgestreckt. Robertos Hastati griffen nun an. Die Zenturionen hinter ihnen sorgten dafür, dass die Kampfordnung aufrechterhalten blieb, und gaben Anweisung, die Schilde hoch oder über den Kopf zu halten. So stürmten die Soldaten vor, an den Flanken schneller als im Zentrum. Ihre Schmähungen erfüllten die Luft; sie verhöhnten die schlechten Bogenschützen der Feinde, verspotteten die Geschicklichkeit ihrer Schwertkämpfer und erklärten sich zum Sieger.

Die Tsardonier reagierten auf ähnliche Weise. Immer noch flogen Pfeile hin und her. Rechts und links konzentrierten sich die feindlichen Reiter auf die Kavallerie der Konkordanz. Sie waren allerdings ein wenig zu nahe gekommen. Roberto behielt sie im Auge. Er hatte eine Idee und drehte sich gerade rechtzeitig um, als die Ballisten abermals feuerten. Die Bolzen schlugen mitten zwischen den feindlichen Bogenschützen ein, rissen die Männer von den Beinen, wühlten die Erde auf und ließen Blut in die Luft spritzen. Er winkte die nächste Läuferin zu sich.

»Lass die Ballisten auf die Kavallerie schießen. Aber nur eine Salve«, sagte er.

»Ja, General.« Die Frau rannte sofort nach hinten. Roberto sah ihr einen Augenblick nach und hoffte, seine eigene Kavallerie hätte aufgepasst. Es war zu spät, ihnen noch eine Botschaft zu schicken. Weiter hinten konnte er die Befehle schneller geben und ausführen lassen.

Der Anblick zweier Infanterietruppen, die gegeneinander marschierten, erregte ihn immer wieder. Er hatte so viel Zeit damit verbracht, seinen Kommandanten zu erklären, dass sie für sich selbst kämpften, für ihre Familien und die Konkordanz. Jeder Bürger musste mit all seiner Kraft und seiner vollen Überzeugung in die Schlacht ziehen. Er erwartete von seinen Leuten, dass sie alles gaben, wenn es sein musste, sogar ihr Leben.

Ohne zu zögern und mit ihren Kampfgefährten im Rücken liefen die Legionen der Konkordanz und das tsardonische Heer aufeinander zu. Sobald sie sich nahe genug gekommen waren, flogen Speere hin und her und trafen die jeweils vordersten Reihen. Die

Soldaten zogen die Schwerter, hoben die Schilde und machten sich für den Kampf bereit. Im Zentrum stand eine Phalanx der anderen gegenüber, ein schwieriges und Kräfte zehrendes Gefecht. Auf den Flanken bekam es der estoreanische Gladius mit dem etwas längeren tsardonischen Krummsäbel zu tun.

Als die Waffen klirrten, nahm auch das Gebrüll der Kämpfer an Lautstärke zu. Jetzt hatte die Schlacht ernstlich begonnen, jetzt mussten sie sich bewähren.

Roberto sah zu und wartete, dass die Ballisten neu ausgerichtet wurden. Immer noch schossen die Bogenschützen Pfeile ab, doch inzwischen standen die Truppen so dicht voreinander, dass die Schützen kaum ein Ziel finden konnten. Da die Kavallerie außer Reichweite war, fielen zahlreiche Pfeile in die Lücke zwischen den vorderen Reihen und der Reserve.

An der Front war nicht zu erkennen, welche Seite die Oberhand gewann. Möglicherweise waren die Truppen der Konkordanz an den Flanken etwas weiter vorgestoßen, aber zu einem so frühen Zeitpunkt waren die Kämpfe weder besonders wild, noch hielten sie lange an, denn niemand wollte überhastet vorstoßen und eine Lücke aufreißen. Gerade lösten sich die Parteien wieder voneinander. Ein paar Tote lagen am Boden. Die Kämpfer verhöhnten sich weiter, während die Speerträger der Konkordanz von hinten abermals Wurfspeere schleuderten.

Roberto runzelte die Stirn. Es war ein halbherziger Kampf, als wollten beide Seiten nur für ein wichtigeres, noch in der Zukunft liegendes Ereignis üben. Die Sehnen der Ballisten summten, und dann war die Zeit der Übungen vorbei. Seine Ingenieure hatten ihn nicht enttäuscht. Die Bolzen trafen an beiden Flanken die feindliche Kavallerie, durchbohrten Pferde und nagelten Reiter an ihre Sättel oder fegten sie von den Tieren, sodass sie mit ihren Kameraden zusammenprallten. Sofort breitete sich Panik aus. Pferde stoben davon, und die anderen Reiter hatten alle Mühe, die hochsteigenden

Tiere zu zügeln. Rechts donnerte eine ganze Kavallerieabteilung in Richtung des tsardonischen Lagers davon. Die Reiter waren hilflos, einige entschieden sich sogar dafür, lieber abzuspringen und sich abzurollen. Es war besser gegangen, als er hätte hoffen können.

So gab er das Signal zum Angriff, aber das wäre kaum noch nötig gewesen. Seine Kataphrakten griffen an, unterstützt von den berittenen Bogenschützen, die wiederum von leichter Kavallerie mit Schwertern beschützt wurden. Alles in allem fielen jetzt zwei Drittel seiner berittenen Kräfte über die Feinde her, der Rest verteidigte die Flanken der Infanterie, die ebenso schnell reagiert hatte und schon wieder angriff.

Auf dem Schlachtfeld herrschte ein ohrenbetäubender Lärm. Die Soldaten der Konkordanz brüllten, weil sie sich nach dieser überraschenden Wendung dem Sieg nahe wähnten. Hufe donnerten auf dem Boden, die Pferde wieherten und schnaubten, Metall traf klirrend Schilde und Rüstungen.

Roberto beobachtete den Angriff der Kataphrakten. Die schwer gepanzerten Reiter wurden aus Adelsfamilien rekrutiert und kämpften mit zweihändigen Lanzen, die Contus genannt wurden. Sie waren dazu ausgebildet, feindliche Kavallerieverbände zu zersplittern, indem sie angriffen, sofort wieder kehrtmachten und sich zurückzogen. Sie stießen in die Reihen der tsardonischen Reiter vor, schlugen Breschen in die feindlichen Linien und verstärkten noch die Unordnung, die nach dem Angriff der Ballisten entstanden war. Panik griff um sich, und im Handumdrehen waren Dutzende feindlicher Reiter ausgeschaltet.

Gleich danach kamen die berittenen Bogenschützen. Sie überholten die leichte Kavallerie, bewegten sich quer vor der zersplitterten feindlichen Linie und feuerten drei Salven ab, ehe sie dem Beispiel der Kataphrakten folgten und sich zurückzogen, um sich neu zu formieren und abermals anzugreifen.

Schon beim zweiten Angriff war zu erkennen, dass die Feinde

ins Wanken gerieten. Ein paar Reiter hatten sich bereits aus dem Kampf gelöst und kehrten ins Lager zurück. Es war an der Zeit, ihnen endgültig den Garaus zu machen. Die Ballisten feuerten Bolzen in die Lücke zwischen der Front und den feindlichen Reserveeinheiten, und die tsardonische Infanterie musste sich Sorgen machen, wie lange ihr Flankenschutz noch hielt. Sie waren verwundbar geworden.

Es herrschte ein unbeschreiblicher Lärm. Die Kämpfer konnten Befehle nicht mehr hören, aber abgesehen von dem Befehl zum Angriff waren auch keine mehr gegeben worden. Garrelites stand jetzt in der zweiten Reihe und ermunterte die Kameraden vor ihm mit lautem Brüllen. Unter den Schilden herrschte eine große Hitze, und der Gestank nach Blut, Kot und Galle ergab eine grässliche Mischung. Im Nahkampf waren die Tsardonier eine furchtbare Streitmacht. Die Krummsäbel hackten erbarmungslos und trieften vom Blut der Konkordanz. Ihre ovalen Schilde waren eine undurchdringliche Barriere.

Garrelites warf einen kurzen Blick zu den Kämpfern, die links und rechts neben ihm standen. In ihren Gesichtern spiegelte sich die Anspannung, die er auch selbst empfand. Sie hatten Angst, wollten unbedingt mit dem Leben davonkommen und fieberten zugleich danach zu kämpfen. Garrelites packte sein Schwert fester und prüfte wohl zum hundertsten Mal die Halterung seines Schilds am Arm. Direkt vor ihm wurde bereits erbittert gekämpft, beide Seiten schenkten sich nichts. Ihm ging ständig ein Vers durch den Kopf: »Ein Schwert für jeden Bauer muss es sein, schon schlägt er Tsard den Schädel ein.«

Klingen prallten gegeneinander und wurden als Stoßwaffen eingesetzt. Funken flogen, Männer grunzten, riefen und fluchten. Mit lautem Knall prallten die Waffen auf die Schilde. Die donnernden Schläge hallten in dem engen Raum unter dem Schilddach. Es wurde immer lauter, vor ihm schrie ein Hastati. Ihm wurde der Helm vom Kopf gerissen und prallte gegen Garrelites' Schulterschutz. Der Kämpfer drehte sich herum, zeigte Garrelites den Riss in seiner Kehle und ging sterbend zu Boden.

Garrelites sah dem Tsardonier in die Augen und sprang in die Bresche, um dem Gegner nicht die Gelegenheit zu bieten, links und rechts die ungeschützten Flanken der anderen Legionäre anzugreifen. Der Feind ließ sein Schwert herabsausen. Garrelites lenkte den Streich zur Seite ab und griff seinerseits an, stach mit dem Gladius zu und spürte, wie seine Klinge über den Schuppenpanzer kratzte. Erneut holten die beiden aus.

Garrelites' Kopf war jetzt klar. Der Mann war ihm nicht gewachsen und nicht würdig weiterzuleben. Garrelites spürte die Nähe der Hastati an seiner Seite. Er durfte sie nicht enttäuschen. So stieß er mit dem Dorn auf seinem Schild zu und fing die gegnerische Klinge ab. Dann hieb er mit dem Gladius und traf die Verteidigung des Tsardoniers.

Sofort war die feindliche Klinge wieder da, prallte von seiner linken Schulter ab und jagte einen stechenden Schmerz durch seinen Schildarm. Garrelites keuchte. Der Tsardonier witterte eine Gelegenheit, das war seinen Augen deutlich anzusehen. Er stieß den Schild nach vorn. Garrelites ging ein Risiko ein. Er schwankte, zog sich nach links zurück und lockte den Feind hinter sich her. Sein Schwert krachte auf Garrelites' Schild, doch es war ein schlecht gezielter Hieb. Garrelites fand die Lücke, stieß seinen Gladius durch die Abwehr des Feindes und spürte, wie die Klinge durch die Rüstung hindurch in dessen Bauch eindrang.

Erschrocken und voller Schmerzen riss der Tsardonier die Augen weit auf. Er hustete, Blut sprudelte aus seinem Mund und spritzte Garrelites ins Gesicht, auf den Schild und den Helm. Er stürzte. Garrelites trieb ihn mit einem Tritt zurück und stieß einen erleichterten Schrei aus. Ringsherum brüllten auch die anderen Krieger, als die Linie der Tsardonier wankte und zu brechen drohte. Es war etwas geschehen, irgendwo auf dem Schlachtfeld hatte der Feind einen empfindlichen Schlag einstecken müssen.

Neben ihm fing sich ein abgelenkter Soldat der Konkordanz einen Schnitt quer über beide Beine ein und brach zusammen. Eine neue Lücke, eine neue Bedrohung. Garrelites konnte nicht innehalten und seinem Schildarm Zeit lassen, sich zu erholen. Er schüttelte den Kopf, um das Blut loszuwerden, und ging wieder zum Angriff über. Dabei betete er, dass der Sieg bald kommen möge.

»Principes in die vorderste Linie!«, befahl Roberto. Die Flaggen gaben die entsprechenden Signale.

Die zweite Reihe der Konkordanz trabte herbei und verstärkte den Druck, der die Feinde Schritt um Schritt zurückdrängte. Abermals gab es eine Pfeilsalve, die jedoch lange nicht mehr so viel Kraft hatte wie die früheren. Roberto spürte es genau, er konnte es sogar sehen. Auf der linken Seite hatten sie einen entscheidenden Durchbruch erzielt. Hunderte von Reitern flohen den Hang hinauf. Gleichzeitig stießen noch weiter links die Manipel der Pfeile Gottes energisch vor.

Der Ruf, sich noch stärker ins Zeug zu legen, machte in seiner Infanterie rasch die Runde. Die Schmährufe nahmen an Lautstärke zu, die Stöße von Schwert und Schild fielen kräftiger aus, die Männer waren angesichts des nahen Sieges beflügelt.

Auf der rechten Seite hatten sich die Kataphrakten für einen weiteren starken Angriff versammelt. Die schon geschwächte tsardonische Kavallerie wurde in Stücke gerissen. Während die leichte Kavallerie die Reste an den Flanken vertrieb, pflügten die Kataphrakten in die ungeschützten Reihen der Bogenschützen und der Infanterie herein. Die Feinde stoben vor ihnen davon, wurden von den Hufen niedergetrampelt oder mit Schild und Lanze niedergemacht.

Garrelites war klar, dass die Principes sich in den Kampf eingeschaltet hatten. Die Hastati ließen sich zurückfallen, um ihnen Platz zu machen, aber er hielt die Stellung. Sein Gladius triefte vom Blut dreier Opfer, und jetzt fühlte er sich stark und unbesiegbar. Die Principes setzten den Tsardoniern hart zu und trieben ihre dünner werdende Linie noch weiter zurück. Garrelites ging mit ihnen, stieß mit dem Schild und schlug mit dem Gladius zu.

Er hörte Hufschlag und spürte das Pochen der Hufe durch die Erde. Unter dem Schildwall konnte er nicht erkennen, auf wessen Seite die Reiter kämpften und wie nahe sie waren. Die Ankunft der Principes deutete sicherlich darauf hin, dass das Schlachtglück sich gewendet hatte. Gewiss stieß Meisterin Kastenas nun zwischen die feindlichen Truppen vor.

Der Schweiß lief ihm in Strömen am Körper herab. Seine Arme taten weh, die Beine brannten höllisch. Direkt vor ihm wurde die tsardonische Linie in die Enge getrieben, als würde Gott sie mit seiner mächtigen Hand zerquetschen. Die Gegner gerieten in Panik. Hinter ihm brüllten die Hastati und wollten sich am Vorstoß beteiligen. Garrelites spähte über seinen Schild hinweg. Die Tsardonier schauten nicht mehr nach vorn. Er trieb einem feindlichen Soldaten das Schwert tief in die Seite und riss es wieder heraus, um sofort weiterzulaufen, als der Mann stürzte. Die Tsardonier waren so gut wie besiegt. Schon bemerkte er, wie die Reihen lichter wurden, als viele sich umdrehten und wegliefen.

Ein weiteres lautes Brüllen ertönte rings um ihn, dann stürzten die Legionen auf die Feinde los, angeführt von der unerschütterlichen Linie der Principes. Rechts schwenkte gerade die Infanterie ab und vollendete die Zangenbewegung. Sie hatte die Phalanx umrundet, die bisher wie ein Anker den feindlichen Linien einen Halt gegeben hatte. Garrelites schwang das Schwert über dem Kopf und schaltete sich in den Angriff ein. Überall rannten jetzt Kämpfer, es herrschte ein heilloses Durcheinander. Dann rutschte er auf den Leichen der tsardonischen Krieger aus und musste seinen Schild als Stütze einsetzen.

Die Siegesfreude kam über ihn wie ein Rausch. Vor ihm glitt ein Tsardonier aus und stürzte. Garrelites knallte ihm die Kante des Schildes in den ungeschützten Rücken und stieß sein Schwert in den Kopf des Feindes. Blut spritzte auf die aufgewühlte Erde. Es war unglaublich. Die Schlacht hätte den ganzen Tag dauern sollen. Er war so schnell in die vorderste Linie aufgerückt, dass er noch keine Zeit gehabt hatte, sich zu fragen, wie er überhaupt überlebt hatte. Er lachte, ließ sich von den begeisterten Hastati mitreißen und rannte weiter zum tsardonischen Lager hinauf.

Garrelites sah die Klinge nicht, die seinen Schenkel traf und bis in seinen Schritt fuhr. Er hatte nicht auf die Gefallenen geachtet, sondern nur nach vorne zu den rennenden, besiegten Tsardoniern geschaut. Noch einen Schritt konnte er tun, ehe die Schmerzen ihn überwältigten und auf die Knie zwangen. Er stürzte auf seinen Schild, ein Arm lag unter ihm. Dann kam der Schock. Mühsam drehte er sich auf den Rücken. Die Hastati rannten an ihm vorbei.

Er sah den Mann, der ihn getroffen hatte. Ein Tsardonier, dessen schwer verletzter Kopf in einer Blutlache lag. Die Klinge entglitt seiner Hand, als Garrelites entkräftet umfiel.

»Schweinehund«, sagte er. »Möge Gott dich den Windteufeln überlassen.«

Schaudernd befreite er sich von seinem Schild, betastete sein Bein und den Schritt und spürte das Blut. Die Klinge war ohne Widerstand durch seinen Körper geglitten, wo er keinen Panzer trug. Das Blut strömte viel zu schnell aus der Wunde. Er tastete nach dem Schnitt und wollte die Wunde zusammenpressen, doch das Blut quoll unter seinen Fingern hervor.

Er rief um Hilfe, aber der Lärm ringsum war zu groß. Trampelnde Füße, donnernde Hufe. Er streckte eine tropfende Hand aus.

»Bitte«, sagte er.

Jemand kam. Irgendjemand hatte ihn bemerkt und seine gefährliche Lage erkannt. Die Welt verschwamm ihm vor den Augen. In seinen Ohren toste es. Er lag jetzt auf der Seite und presste beide Hände auf die Wunde. So viel Blut.

Er fragte sich noch, ob er es abwaschen konnte, eher er dem General aus der Rüstung helfen musste.

Roberto konnte nicht einfach herumsitzen und zusehen. Er stieß einen erfreuten Ruf aus und wandte sich an seine Extraordinarii, die begeistert und entzückt das Geschehen verfolgten.

»Was für ein Sieg!«, sagte er. »Was für ein unvergleichlicher Sieg! Gott liebt Rovan Neristus. Gott liebt die Konkordanz.«

Er hob das Schwert über den Kopf.

»Estorea!«, rief er. »Lasst uns diese Hunde hetzen.« Damit ließ er sein Pferd die Hacken spüren, und die Extraordinarii folgten seinem Beispiel. »Ich will am Abend den Kopf ihres Kommandanten zum König von Tsard schicken.«

Laut rufend galoppierte er los und folgte seiner siegreichen Truppe.

22

848. Zyklus Gottes, 40. Tag des Genasab
15. Jahr des wahren Aufstiegs

Die Straße nach Westfallen war in ausgezeichnetem Zustand, gesäumt von hervorragenden Unterkünften und äußerst sicher. Außerdem konnten die Reisenden eine friedliche und schöne Landschaft bewundern. Es war in jeder Hinsicht das ideale Heilmittel für Jhereds üble Laune nach seinem Streit mit der Advokatin.

Seine Entscheidung, den Vorbereitungen und den Spielen selbst fernzubleiben, die zu seiner Empörung den Titel »Ruhm der Konkordanz« trugen, musste jeder vornehme Bürger der Konkordanz als Beleidigung empfinden. Allerdings wussten sie nichts über die wahren Gründe seiner Abwesenheit und darüber, welche Auswirkungen diese möglicherweise auf ihren Glauben haben sollten.

Die Reise nach Port Roulent, Caraduks Haupthafen am Tirronischen Meer, war schrecklich gewesen. Er hatte mit einer Magenverstimmung, die ihm die Stärke, den Appetit und seine Seetauglichkeit genommen hatte, das Bett hüten müssen. So krank war er im ganzen Leben noch nicht gewesen. So empfand er es als Segen, als er endlich die *Falkenpfeil* verlassen konnte.

Aufgrund seiner Schwäche war er mit der Kutsche nach Cirandon gefahren und hatte sich die meiste Zeit ein nach Kräutern duftendes Tuch vor die Nase gehalten. Vasselis hatte sich wie üblich freundlich und großzügig gezeigt und darauf bestanden, dass er in der prächtigen dreistöckigen Villa des Marschallverteidigers mit ihren erstaunlichen Gärten und den luxuriösen privaten Bädern Quartier nahm.

Dank der Hilfe von Vasselis' hervorragenden Ärzten und ihrer Kräuter und Gemüsesuppen hatte sich sein Zustand rasch gebessert. Das galt freilich nicht für seine Stimmung. Er misstraute Vasselis' Motiven und hatte bislang kaum ein Wort mit ihm gesprochen. Erst jetzt, als die Sonne seinen Körper wärmte, während er mit seinem Freund auf zwei vorzüglichen Pferden ritt, entspannte er sich allmählich.

Die Straße nach Westfallen verlief über weite Strecken am Ufer des Weste entlang. Wie alle wichtigen Straßen der Konkordanz war sie gut unterhalten. Auf dem Weg von Easthale nach Cirandon kamen viele Händler durch Westfallen, und nur selten mussten sie auf der Straße lange allein reisen.

Am Ufer des träge fließenden flachen Flusses wuchsen unzählige Blumen, dort wimmelte es von neuem Leben. Die Straße verlief am Südufer, während das nördliche Ufer der Natur überlassen blieb.

Ringsum erstreckten sich stellenweise fast hundert Meilen weit Marschen bis hin zu den hohen Dukanbergen. Die Sümpfe waren ein unvergleichliches Forschungsgebiet für alle, die wilde Tiere studieren wollten, aber allgemein ein unüberwindliches Hindernis. Es war ein flaches, konturloses Land, dessen Leere jeden Betrachter überraschte. Jhered mochte diese menschenfeindliche Region, die Rufe der Raubvögel und die klagenden Schreie der Tiere, die sich zu weit in den Sumpf gewagt hatten, aus dem sie nicht mehr entkommen konnten. Dies war eine gute Erinnerung daran, dass man die Erde immer achten musste. Gott herrschte hier mit all seiner Macht, und selbst in den friedlichsten Ländern gab es gefährliche Winkel.

Im Süden aber lag in Jhereds Augen die wahre Schönheit dieser Region. Dort gab es Ebenen voller Heidekraut und hoher Gräser, die sich im dort vorherrschenden Ostwind wiegten. Dahinter erhoben sich sanfte, mit Bäumen bedeckte Hügel mit kleinen Ansiedlungen, einzelnen Gehöften und den Alterssitzen reicher Beamter der Advokatur.

Er kannte dieses Land gut. Es war leicht, beim Jagen und Angeln die Zeit zu vergessen oder einfach nur durch die Wälder und an Seeufern zu wandern, wo das Licht auf kleinen Wellen tanzte. Irgendwann im nächsten Jahrzehnt wollte er dort auch für sich selbst eine Villa bauen, die fertig sein sollte, wenn seine Tage als Einnehmer vorüber waren. Eigentlich hätte er als Politiker weiter der Advokatur dienen können, aber die Vorstellung widerte ihn an. Er mochte weder Menschenmengen noch Speichellecker. Der Ruhestand und der Friede waren unendlich anziehendere Aussichten. Vorausgesetzt, es gab überhaupt noch eine Konkordanz, wenn die Zeit für den Ruhestand gekommen war.

»Hast du dir schon ein Stück Land ausgesucht?«, fragte Vasselis, der anscheinend seine Gedanken gelesen hatte.

Jhered deutete auf ein Tal, in dem es, wie er wusste, einen ausgezeichneten Angelplatz gab.

»Am Nordhang über dem Phristos-See«, erklärte Jhered. »Gutes Weideland für meine Pferde und die beste Aussicht in Caraduk.«

»Außerdem kannst du den Marmor in Glenhale schlagen und stromaufwärts liefern lassen. Ein schöner Platz, auch wenn ich dir hinsichtlich der Aussicht widersprechen würde. Es ist höchstens die zweitbeste.«

»Immer vorausgesetzt, sie ist nicht erobert und gebrandschatzt, wenn es für mich an der Zeit ist, meine alten Knochen auszuruhen.« Jhered wunderte sich selbst über seine Hoffnungslosigkeit.

Vasselis sah ihn von der Seite an und runzelte unter der breiten Krempe seines Huts die Stirn.

»Jetzt übertreibst du aber«, sagte er.

»Wirklich?«, gab Jhered scharf zurück. Seit jenem Abend war seine Achtung Vasselis gegenüber stark gesunken, und die Enttäuschung nagte immer noch an ihm. »Worauf gründest du deine Einschätzung?«

»Ich reise häufig nach Estorr, Paul.«

»Aber du siehst nicht, was die Einnehmer sehen.«

»Dann kläre mich doch auf.«

Verdammt sei dieser Mann mit seiner Verständnisbereitschaft.

»Wir stehen unter Druck. Der Sieg in Tsard ist nicht gewiss, obwohl dort so viele gute Generäle und erfahrene Legionen eingesetzt sind. Die Front an der Grenze von Omari und Dornos ist zum Stillstand gekommen. Hinzu kommt die Flotte, die wir im Tirronischen Meer, in Gorneons Bucht und im großen Nordmeer unterhalten müssen. Wir haben unsere Kräfte zu weit zersplittert. Die Überfälle in Atreska und Gosland beeinträchtigen die Moral und Loyalität unserer Bürger. Auch Gestern gerät immer mehr unter Druck. Als wäre das noch nicht genug, gelingt es auch Yuran nicht, die inneren Unruhen in seinem Land beizulegen. Eines Tages werden wir uns eine blutige Nase holen, wenn nicht noch Schlimmeres. Was wird dann geschehen? Eines ist jedenfalls sicher. Die Spiele sind nicht die Lösung.«

»Darin stimmen wir überein.«

»Tsard ist stark und entschlossen, und wir haben keine nennenswerte Verteidigung mehr«, sagte Jhered. Er war froh, dass ihm endlich jemand zuhörte; in Estorr hatte es niemand tun wollen.

»Gegen wen denn?«

»Gegen eine schwere Niederlage.«

»Das ist aus deinem Munde eine kühne und beunruhigende Aussage«, erwiderte Vasselis ernst.

»Du warst nicht in Atreska oder Tsard.«

Es gab eine Pause. »Du meinst es ernst, was?«

Jhered wäre beinahe aus der Haut gefahren. »Siehst du mich lachen, Marschall?«

»Nein«, erwiderte Vasselis. »Nein, das sehe ich nicht.«

Jhered hatte ihn nicht vor den Kopf stoßen wollen. Er war ebenso schnell wieder mürrisch geworden, wie sich seine Stimmung zuvor gehoben hatte. Er schwieg eine Weile.

»Wie lange dauert es noch, bis wir es sehen?«

»Was denn?«

»Westfallen natürlich.«

»Entschuldige«, sagte Vasselis. »Ich habe an etwas anderes gedacht.« Er kratzte sich unter dem Hut am Kopf. »Nicht mehr lange. Nur noch diese Anhöhe dort hinauf, und dann siehst du es unter uns liegen wie das perfekte Bild des Friedens, das es zweifellos auch ist.«

Jhered bemerkte, wie Vasselis' Augen glänzten, und endlich konnte er das Gesicht zu einem warmen Lächeln verziehen.

»Gibt es eigentlich irgendetwas, das dir wichtiger ist als diese anscheinend unvergleichliche Stadt?«

»Abgesehen von meiner Frau und meinem Sohn? Eigentlich nicht.« Er kicherte und entspannte sich. »Du warst wohl noch niemals hier, oder? Du hast, meinen guten Ratschlägen zum Trotz, immer nur Untergebene geschickt, um die Steuern einzunehmen.«

»Vielleicht hatte ich ja unbewusst immer Angst vor dem, was unter der Oberfläche lauern mochte«, erwiderte Jhered. Dabei fragte er sich allerdings, ob er selbst glaubte, was er gerade gesagt hatte.

»Das ist nicht nötig«, erklärte Vasselis.

»Das werden wir noch sehen.« Jhered rieb sich den Staub aus den Augen. Es war ein heißer Tag. Der Himmel war strahlend blau, die Luft stand reglos im flachen Tal, in dem sie bergauf ritten. »Wie lange ist es überhaupt her, dass ich das letzte Mal in Cirandon war?«

»Ungefähr zwei Jahre«, erwiderte Vasselis.

»Dein Sohn ist in der Zwischenzeit doppelt so groß geworden.«

Er sah sich nach Kovan um, der bei seiner Ermittlungsgruppe ritt und mit den Leuten schwatzte. Netta fuhr in einem gedeckten Wagen, der sie vor der Sonne schützte. Kovan war nicht nur des Vergnügens wegen mitgekommen. Er war ein nützlicher Zeuge, und wie Jhered wusste, auch ein möglicher Mitverschwörer. Das Gleiche galt für seine Mutter.

»Versprich mir, dir etwas Zeit zu nehmen und mit ihm zu trainieren«, sagte Vasselis. »Du solltest ihn aber durchaus ernst nehmen. Er zählt, obwohl gerade erst siebzehn, zu den zehn besten Kämpfern in Cirandon.«

»Das will ich gern tun. Ich könnte etwas Übung brauchen.«

»Auf welchem Platz stehst du inzwischen?«

Jhered knurrte. »Nach den Spielen werde ich nirgends mehr sein, im Moment bin ich Dritter. Allerdings habe ich kaum noch Zeit für Wettkämpfe. Ich habe außerhalb von Estorr viel zu tun.«

»Du bist *Dritter?* Vielleicht solltest du doch nicht mit ihm üben. Ich habe Angst, du könntest ihn verletzen.«

»Ich verspreche dir, vorsichtig zu sein.«

»Dafür wäre ich dir dankbar.«

Die beiden Männer schwiegen, während ihre Pferde die letzte Anhöhe erklommen. Dort oben wehte der Wind stärker, und Jhered roch die Seeluft. Vasselis zügelte sein Pferd und hielt an.

»So, da wären wir«, sagte er. »Und nun sage mir, dass ich übertrieben habe.«

Das hatte er nicht. Westfallen war wunderschön, von den Fischerbooten in der Bucht bis zum erstaunlichen Wasserfall. Vom Strand mit dem goldenen Sand bis zu den weißen Häusern, die um das Forum und die Springbrunnen herum errichtet worden waren. Von den Feldern, auf denen der Weizen sich im Wind wiegte und das Gemüse spross, bis hin zur Wassermühle, deren gemächliches Klappern den Rhythmus des Lebens zu bestimmen schien. Es war ein Bild der Vollkommenheit. Kaum zu glauben, dass die Ketzerei, die Vasselis eingeräumt hatte, alle gepflasterten Straßen und alle Ziegelsteine der Häuser durchtränkte.

Jhered blickte nach rechts, als die anderen zu ihnen aufschlossen. Nur zwei Helfer hatte er mitgenommen, aber es waren die Allerbesten. Hauptmann Harkov aus der persönlichen Wache der Advokatin, den er seiner Familie und seinen Pflichten hatte entreißen können. Er würde die Angelegenheit besonders skeptisch und unbeeindruckt von religiösen Erwägungen betrachten. Außerdem Orin D'Allinnius, den Ersten Wissenschaftler der Advokatin, ein alterndes, immer besorgtes Genie. Er sollte die Sichtweise des Wissenschaftlers und Ingenieurs beisteuern, und es gab keinen besseren in der ganzen Konkordanz. Abgesehen höchstens von Rovan Neristus, den Roberto nach Tsard mitgenommen hatte.

Hinter ihnen hatte auch der Wagen gehalten. Vasselis' zwanzig Wächter und Jhereds eigenes Levium, die Elitekrieger der Einnehmer, warteten auf den Befehl, die Reise fortzusetzen.

»Ich habe etwas Finsteres erwartet«, sagte D'Allinnius, dessen kleine Augen unter der gerunzelten Stirn kaum noch zu erkennen waren. »Ihr habt diesen Ort beschrieben, als wäre er eine Festung des Bösen. Ich glaube, hier würde ich mich lieber zur Ruhe setzen, als die Empfehlung auszusprechen, ihn dem Erdboden gleichzumachen.«

Jhered schüttelte den Kopf. »Ihr werdet Euch erinnern, dass ich sagte, die Ketzerei könne alles weiß malen, während das Herz im Innern schwarz und entschlossen bleibt.«

»Sehr poetisch«, meinte Vasselis wenig beeindruckt.

»Die Leute sollen nicht ihre Meinung ändern, nur weil alles so hübsch aussieht.« Er sah D'Allinnius scharf an. »Ist das klar?«

Der Ingenieur zuckte mit den Achseln. »Wissenschaft lässt sich nicht durch den äußeren Schein täuschen.«

»Hauptmann Harkov, möchtet Ihr noch etwas hinzufügen?« Jhered war aufgefallen, dass der Hauptmann Westfallen mit zusammengekniffenen Augen betrachtete.

»Ich frage mich, woher diese Wolke kommt.« Er deutete zur anderen Seite der Stadt, wo über einem Weizenfeld ein dunkelgrauer Fleck erschienen war.

»Dampf oder Rauch, würde ich vermuten«, meinte Jhered.

»Nein«, erwiderte D'Allinnius. »Danach sieht es nicht aus.« Er hielt inne und räusperte sich. »Eher eine Luftspiegelung, die durch die Hitze und die Nähe des Meeres entsteht. Ich vermute, daran ist nichts Ketzerisches, Schatzkanzler Jhered.« Er hielt inne. »Aber halt ... ist das nicht ...?«

Vasselis lachte. »Ja, das ist es. Erstaunlich, nicht wahr? Ein Wunder nach zwanzig Tagen ununterbrochenem Sonnenschein, meinst du nicht auch?«

Jhereds Herz raste, und er murmelte ein Gebet, Gott möge sie in seiner Umarmung sicher behüten. Es war eine einzelne Wolke, die sich nicht bewegte und Regentropfen ablud.

»Du hast es, du hast es«, rief Kessian, der auf einem Stuhl saß und zuschaute.

Mirron hörte ihn wie aus großer Entfernung. Seine Worte verliehen ihr sehr viel Zuversicht. Sie presste ihre Finger ein wenig stärker auf Arducius' Kopf. Er kniete vor der Villa auf dem Boden an einer Stelle des Hügels, wo die Bewässerung versagt hatte und die Nutzpflanzen wegen der Trockenheit einzugehen drohten. Eine Hand hatte er in einen Wassereimer gesteckt, die andere zum Himmel erhoben.

Ihre Fähigkeiten hatten sich in der letzten Jahreszeit stark entwickelt. Als würde ein Nebel sich lichten und den Ausblick auf ein neues Land erlauben. Sie hatten gelernt, sich selbst zu schonen, während sie die Energien der Elemente ringsum benutzten, verstärkten und formten, um Ergebnisse zu erzielen, die zugleich wundervoll und entsetzlich waren.

Mirron hatte vor dem, was sie tun konnte, Angst bekommen. Alle hatten Angst, dachte sie, alle bis auf Gorian, auch wenn er sich anscheinend verändert hatte. Er war ruhiger und fleißiger geworden und nicht mehr so hitzköpfig. Sie schob den Gedanken an ihn fort, denn dabei begann jedes Mal ihr Herz heftig zu pochen, und in ihrem Bauch entstand eine große Hitze. Konzentriere dich, sagte sie sich und ahmte innerlich die Stimme des Vaters nach.

Arducius leitete die natürlichen Energien des Wassers durch ihre Körper. Er war der Windleser und hatte die Führung übernommen, sie verstärkte seine Bemühungen. Bisher hatten sie es nur in der Abgeschiedenheit der Villa probiert, aber jetzt brauchten die Bauern von Westfallen ihre Hilfe. Die Aussicht, in den Augen der Bürger von Westfallen an Achtung zu gewinnen, spornte sie an.

Arducius keuchte und verkrampfte sich. »Halt still, Mirron«, sagte er. »Wir schaffen das schon, siehst du?«

Mirron schaute auf. Die Energie des Wassers strömte ruhig und gleichmäßig durch ihren Körper. Sie war der Energie der Erde nicht unähnlich, aber kühler. Sie ließ sich davon erfüllen und stärken, und dann leitete sie die Kraft durch ihre Finger an Arducius weiter. Sie konnte sogar sehen, wie die Energiebahnen seine gespreizten Finger verließen und zum Himmel über ihnen hinaufgriffen. Die kühle Energie traf die heiße Luft und wurde in Form einer rasch wachsenden Wolke sofort sichtbar. Arducius benutzte die neue Energie, um die Wolke zu halten, damit sie sich nicht gleich wieder zu Dunst auflöste.

Sie staunte über seine Geschicklichkeit. Die Wolke war nicht groß, aber die Tatsache, dass er die Energien im Himmel lesen konnte wie jeder andere große Windleser und sie dann auch noch nach seinem Willen zu nutzen vermochte, war verblüffend. Sie fragte sich, ob sie seine Ideen auf ihre Experimente mit dem Feuer übertragen konnte.

Über ihnen wallte die Wolke und füllte sich, sie verdunkelte sich und warf einen Schatten auf den Boden, der sie selbst, die Villa und die Felder in der Nähe bedeckte. Sie schwebte nur einige Hundert

Fuß über ihnen, niedriger, als Wolken eigentlich flogen, und war halb so groß wie der Hang des Hügels.

»Sie ist schön, Ardu. Mach weiter.«

»Solange du mich unterstützt.«

Sie wurden beide müde. Nachdem sie so viel Energie aufgewandt hatte, wurden ihr die Knie weich, und auch Arducius zitterte unter ihren Händen.

»Seid jetzt vorsichtig«, warnte Kessian. »Überanstrengt euch nicht. Ihr habt schon so viel erreicht.«

»Es wird Zeit, die Wolke freizugeben«, sagte Arducius. »Der Eimer ist leer. Bist du bereit?«

»Ja.«

Er klatschte in die Hände und zog sie auseinander, als wollte er mit Krallen ein Spinnennetz zerreißen. Ein Regentropfen landete auf Mirrons Stirn, dann noch einer und noch einer, schließlich schüttete es förmlich, und der Boden wurde nass. Sie umarmte Arducius, und trotz ihrer Müdigkeit lachten und tanzten sie im Regenguss.

Vater Kessian jedoch starrte entzückt zum Himmel hinauf und musste im Regen heftig blinzeln. In der Nähe begrüßten der Bauer, seine Frau und zwei seiner Arbeiter mit emporgestreckten Händen das Wasser und konnten kaum glauben, was sie sahen und fühlten. Dennoch mussten sie lächeln.

»Nun beruhigt euch wieder, ihr zwei.« Mithilfe seiner Stöcke stand Kessian von seinem Stuhl auf. »Ihr müsst euch jetzt ausruhen, ihr seid sicher müde.«

Mirron strahlte ihn an, und die beiden kamen zu ihm und umarmten ihn.

»Sieh nur, was wir tun können«, sagte Arducius etwas atemlos.

»Wirklich, ihr habt einen alten Mann sehr glücklich gemacht«, stimmte Kessian zu.

»Im nächsten Jahr kann ich mit einem einzigen Eimer den ganzen Himmel bedecken, warte es nur ab.«

Kessian lachte, und Mirron schaute mit ihm zur Wolke hinauf, die rasch dünner wurde, obwohl der Regen immer noch stark und dicht fiel, die Felder bewässerte und von den schlaffen Weizenhalmen abperlte.

»Ich weiß nicht, was ich sagen soll«, stammelte der Farmer, der zu ihnen getreten war. »Ihr habt meine Ernte gerettet. Es ... ach, ich weiß auch nicht.« Er deutete auf seine Felder und fuhr sich mit einer Hand durch das nasse Haar.

»Ich bin froh, dass wir dir helfen konnten, Farius«, sagte Arducius.

Er nickte und zauste Arducius' Haar. »Ich bin froh, dass ihr das könnt. Wir alle haben in der letzten Jahreszeit eine Menge gelernt, was?«

»In der Tat«, stimmte Kessian zu. »Hoffentlich bekommst du deine Bewässerung wieder in Gang. Wahrscheinlich ist irgendwo ein Rohr gebrochen. Hm.«

Mirron kannte dieses Brummen. Vater Kessian hatte eine Idee.

»Ich frage mich, ob Ossacer so einen Bruch finden kann«, sagte er.

»Wie er es bei Knochen kann?«, fragte Mirron, die sofort verstanden hatte. »Er könnte das Wasser aufspüren, das irgendwo aus einer Bruchstelle rinnt, nicht wahr? Dahinter wäre es dunkel, weil das Wasser mit seiner Energie in der Erde versickert.«

»Kluges Mädchen«, lobte Kessian sie. »Wir reden später mit ihm, falls du einverstanden bist, Farius.«

»Eure Hilfe ist mehr als willkommen«, sagte er. »Ich wünschte nur, ich könnte euch dafür bezahlen oder als Gegenleistung etwas tun.«

»Sprich einfach nur gut von uns, wenn die Ermittler aus Estorr kommen, um mehr bitte ich dich nicht«, sagte Kessian. »Vergiss nicht, dass man uns nicht fürchten muss, und dass Gott Westfallen nicht verflucht hat. Vielmehr hat er uns Geschenke und Wunder gegeben.«

Farius nickte. »Du weißt, dass ich früher anders geurteilt habe. Es tut mir leid, dass ich gezweifelt habe.«

Kessian legte ihm eine Hand auf die Schulter. »Das ist nicht nötig. Wir hatten alle Angst vor dem, was wir gesehen haben, und wir alle haben unsere Herzen erforscht, um herauszufinden, ob wir gegen Gottes Willen handeln. Vertraue uns. Vertraue Elsa Gueran. Wir wollen nur das Beste für Westfallen, für Gott und die Konkordanz.«

Mirron seufzte. Sie hatte Vater Kessian noch nicht aus ihrer Umarmung entlassen. Sie freute sich, weil er mit solcher Überzeugung gesprochen und sie getröstet hatte. Er würde dafür sorgen, dass aus dem Aufstieg nur Gutes erwuchs. Er konnte alles vollbringen.

»Seht nur«, sagte Arducius.

Sie drehten sich in die Richtung um, in die er deutete. Auf der Anhöhe am Westrand der Stadt waren auf der Straße von Cirandon Reisende aufgetaucht. In gemächlichem Schritt kamen sie zu dem Ort herunter. Ihnen folgten eine Kutsche und wenigstens dreißig oder vierzig weitere Leute zu Pferd. Alle hatten gewusst, dass die Ermittler bereits unterwegs waren, aber sie nun zu sehen, jagte ihr, dem Vater und Arducius einen kalten Schauder über den Rücken.

»Es kommt mir vor, als würde ich schon sehr bald die Gelegenheit bekommen, euch einen Gefallen zu erweisen«, meinte Farius.

»So ist es«, bestätigte Kessian. »Kommt mit, Kinder. Wir müssen nach Hause gehen und uns vorbereiten.«

»Gott wird euch schützen«, sagte Farius. »Viel Glück.«

»Danke«, sagte Kessian.

Mirron lächelte Farius an. »Danke, dass wir dir helfen durften.«

»Ich werde den Aufstieg bedingungslos unterstützen«, erwiderte Farius.

Sie sah es in seinen Augen, er meinte es ernst.

23

848. Zyklus Gottes, 40. Tag des Genasab
15. Jahr des wahren Aufstiegs

Gorian hatte mehr denn je das Gefühl, etwas Besonderes und sehr wichtig zu sein. So ähnlich wie ein Schauspieler, aber das hier war besser, weil die Schauspieler nur der Unterhaltung dienten. Was er tun konnte, vermochte das Schicksal aller zu verändern. Auch Ossacer war ausgewählt worden, aber er hatte so große Angst, dass er fast nichts Gescheites vollbringen konnte. Ein Glück, dass sie ihn für die einfachen Aufgaben ausgewählt hatten, sonst hätte er am Ende noch versagt, und sie hätten dumm dagestanden. Gorian wollte ihnen etwas viel Besseres zeigen.

Vater Kessian hatte ihn gebeten, es langsam anzugehen und alles zu erklären, was er tat, aber er war nicht sicher, ob sie überhaupt etwas verstehen konnten.

Im Stall herrschte ein schrecklicher Lärm. Die Kuh hatte furchtbare Schmerzen, und das Kalb in ihrem Bauch war eine Steißgeburt. Sie und auch ihr Kalb würden sterben, wenn nicht rasch etwas geschah. Eine Operation hätte nur dem Kalb helfen können. Er aber konnte beide retten.

Gwythen Terol war bei ihm. Sie hatte ihn über die Arbeit eines Herdenmeisters alles gelehrt, was sie wusste, und konnte ihm helfen. Schon im Alter von neun Jahren hatte er mehr gelernt, als sie je wissen würde. Als sie die Scheune betreten hatten, waren die Hinterläufe der Kuh eingeknickt. Die Schmerzen waren so stark, dass die Beine ihr Gewicht nicht mehr tragen konnten.

Sie hatte den Kopf zu Gorian herumgedreht, denn sie hatte seine Ausstrahlung gespürt, und warf ihm flehentliche Blicke zu, ihr zu helfen. Seine beruhigende Berührung erlaubte es den Hirten, Seile um ihren Bauch und über Balken zu schlingen, um sie aufzurichten, wenn der Augenblick gekommen war. Jetzt hielten zwei Männer ihren abgewandten Kopf fest, damit sie sich nicht selbst verletzte. Schon die Anstrengung, überhaupt am Leben zu bleiben, jagte Krämpfe durch ihren ganzen Körper. Ihre Lungen pumpten schwer, und sie war nass vor Schweiß.

Gorian ging auf die eine, Gwythen auf die andere Seite. Beide legten ihr die Hände auf die Flanken.

»Spürst du das Kalb?«, fragte sie.

Gorian nickte. Er ließ die heftig pulsierenden Energien der jungen Kuh in sich eindringen und filterte die Schmerzen heraus, bis er zwei schlagende Herzen spürte. Eines, das des Kalbs, war empfindlich und schlug schrecklich schnell.

»Es lebt noch, ist aber sehr aufgeregt«, sagte er. »Ich habe die Lebensenergien der Mutter durch mich geleitet. Auf diese Weise kann ich viel mehr als Gwythen fühlen, die nur allgemeine körperliche Zustände auffangen kann. Ich könnte euch jeden einzelnen Muskel, jeden Nerv und jede Ader beschreiben.«

»Wie ist das möglich?«, fragte ein Mann, dessen Stimme das Blöken der Kuh übertönte.

Gorian sah sich kurz um. Es war ein alter Mann, der nur die Stirn gerunzelt hatte, seit er vom Pferd gestiegen war. Anscheinend ein Ingenieur oder Wissenschaftler. »Ich bin mit allen Lebewesen verbunden. Wenn ich mich konzentriere, kann ich alles spüren und verändern. Allerdings erwarte ich nicht, dass Ihr das versteht, weil Ihr Euch nicht vorstellen könnt, was ich mit meinen Sinnen wahrnehme.«

»Gorian, konzentriere dich auf deine Arbeit«, ermahnte ihn Marschall Vasselis, dessen stolzer, aufgeblasener Sohn neben ihm stand, die Hand an seinem Schwert, das er wohl sowieso nicht zu benutzen verstand. »Wir wissen, dass diese Kuh und ihr Kalb bald sterben werden. Jetzt wollen wir sehen, was du bewirken kannst.«

»Ja, Marschall«, sagte Gorian. »Ich muss die genaue Lage des Kalbs bestimmen. Wir wissen bereits, dass es eine Steißgeburt ist, aber vielleicht kann man es noch drehen und beide retten.«

Er beugte sich dicht über die Kuh. Sie stank nach Schweiß, Kot und Angst. Ihre Haut war faltig, und Gorian konnte einige Nerven spüren. Wenn das Tier sich aufbäumte oder seine restliche Kraft zusammennahm und sich drehte, dann konnte es ihn zerquetschen. Doch es beschränkte sich darauf, seine Schmerzen und seinen ohnmächtigen Zorn herauszubrüllen. Er atmete die starken Gerüche ein und versuchte, den Gestank auszublenden.

»Es dauert nicht mehr lange«, flüsterte er ihnen beiden zu.

Die Lebenskraft der Kuh strömte unregelmäßig, sie war dem Tode nahe, und ihre Kräfte verließen sie. Gorian suchte die Stellen, wo die Energiebahnen durchtrennt oder blockiert waren, dann holte er tief Luft. Im gleichen Augenblick schauderte die Kuh heftig und erbrach Galle und Blut.

»Was ist das?«, fragte Gwythen. »Ich spüre die Anspannung in vielen Muskeln, einige sind wohl auch gerissen.«

»Ja«, sagte Gorian. »Es ist sogar noch schlimmer. Um die Gebärmutter haben sich alle Muskeln verkrampft. Das Kalb ist keine saubere Steißgeburt. Es liegt mit dem unteren Rücken vor dem Geburtskanal, und die Mutter kann sich nicht weit genug entspannen, damit es sich bewegt.« Er hob die Stimme. »Ich kann die einzelnen Energiebahnen der Muskeln in der Gebärmutter spüren und erkennen, wie sie miteinander reagieren. Jetzt muss ich meine eigene Energie nutzen, um die Energien der Kuh durch diese Bahnen zu führen, damit sich die Muskeln in der richtigen Reihenfolge zusammenziehen und entspannen. Ich hoffe, Ihr versteht, was geschehen muss, auch wenn Ihr nicht nachvollziehen könnt, auf welche Weise ich dafür sorge.«

»Wirst du dein Bewusstsein einsetzen?«, fragte der große strenge Mann, der Jhered hieß. Der Einnehmer, der sie mit seinem scharfen Blick in Angst und Schrecken versetzen konnte.

»Nein, nicht ganz«, antwortete Gorian. »Mein Bewusstsein versteht, was meine Sinne mir zutragen, und so entstehen Bilder in meinem Kopf. Ich setze aber meinen ganzen Körper ein, um die Energien zu verändern oder zu verstärken, die ich selbst von außen hereinhole.«

»Das soll für den Augenblick reichen, Junge«, sagte Jhered. »Nun mach weiter und tu, was du tun musst. Der Lärm und der Gestank machen mich schwindelig.«

Im Grunde war es ganz einfach. Gwythen behielt die Kuh im Auge und passte auf, dass er ihr nicht noch mehr Schmerzen zufügte, während Gorian sich überlegte, wie er den Körper des Muttertiers einsetzen konnte, damit sich auch das Kalb bewegte. Er fand einen Rhythmus, und kaum dass er begonnen hatte, übernahm die Kuh den größten Teil der Arbeit selbst. Auch das Kalb reagierte und ruckte, bis seine Nase nach unten zeigte und den Ausgang suchte.

Die Kuh entspannte sich, sobald die Schmerzen nachließen und die Geburt näher rückte. Gorian speiste die letzten Bahnen mit Energie, während das Kalb in den Geburtskanal eintrat. Die Kuh reagierte so, wie die Natur es ihr eingegeben hatte, und versuchte aufzustehen.

»Gwythen, weg da!«

Gorian verließ die Box, die Kuh drehte sich und prallte gegen die Seite, wo er gerade noch gehockt hatte. Kräftige Arme zogen an den Seilen und zerrten sie hoch. Sie stieß ein langes, schmerzvolles Muhen aus. Obwohl er sie nicht mehr berührte, konnte Gorian durch die Luft spüren, wie angespannt ihr Körper war. Dann liefen Wellen durch ihre Flanken.

Das Kalb kam blitzschnell zur Welt. Es rutschte im Fruchtsack zusammen mit einem Schwall Blut und Schleim heraus und landete im Heu. Gorian stürzte sofort los und nahm das glitschige Neugeborene in die Arme, um Nase, Maul und Augen zu säubern. Der Besitzer griff ebenfalls zu und trennte die Nabelschnur. Gleich darauf versuchte das Kalb aufzustehen, während die Mutter sich drehen wollte, um es sauber zu lecken und mit sanften Stößen zum Euter zu bewegen, damit es trinken konnte.

»Jetzt ist alles überstanden, Kleines«, sagte Gorian, während er den schleimigen, bebenden Körper streichelte. »Dein Leben lag in meinen Händen, was? Ein Glück für dich, dass ich dich am Leben lassen wollte.«

Damit stand er auf und wischte sich die Hände an der Tunika ab, die mit Dreck und Blut verschmiert war. Lächelnd wandte er sich an Kessian und den Marschall, doch alle schienen die Stirn zu runzeln.

»Ich hab's geschafft«, sagte er für den Fall, dass ihnen sein Triumph entgangen war. »Ohne meine Hilfe wären sie beide gestorben.«

»Was meinst du damit, es hätte Glück gehabt, dass du es am Leben lassen wolltest?«, fragte Jhered.

»Genau das, was ich gesagt habe«, erwiderte Gorian. Er war gereizt, weil sie kommentarlos über seine Arbeit hinweggingen.

»Bedeutet dies, dass du es ebenso leicht auch mit …« Er machte eine Geste und suchte nach den richtigen Worten. »Dass du es mit deinen Fähigkeiten hättest töten können?«

Gorian runzelte die Stirn. »Ich meinte nur, dass es überlebt hat, weil ich wollte, dass es überlebt. Ich bin da, ich konnte helfen, ich habe ihm das Leben geschenkt. Das hätte niemand außer mir tun können. Was wollt Ihr denn nur, könnt Ihr das nicht sehen?«

»Schon gut, Gorian«, sagte Kessian. »Er muss diese Fragen stellen. Bitte reg dich nicht auf.«

»Ich habe ihm das Leben geschenkt.« Er starrte Jhered an und stellte fest, dass er keine Angst hatte. »Und das Gleiche würde ich auch für Euch tun, wenn Ihr mich bitten würdet. Wärt Ihr dann auch misstrauisch?« Er wandte sich an seine Mutter. Meera war da und nickte ihm zu, um ihm zu zeigen, dass er seine Sache gut gemacht hatte. »Ich muss mich jetzt ausruhen, ich bin müde.«

Sie machten ihm Platz, damit er gehen konnte, aber hinter sich hörte er, wie sie redeten, wenngleich nicht über ihn. Sie hatten schon vergessen, was er getan hatte. So etwas konnte niemand außer ihm tun. Warum waren sie nicht erstaunt?

»Wohin gehen wir jetzt, Jhered?«, fragte Marschall Vasselis den Einnehmer.

»Ich glaube, wir gehen zur Leserin. Sie muss einige schwierige theologische Fragen beantworten. Danach zu Euch, Kessian. Bitte entfernt Euch nicht zu weit.«

Ihre Stimmen verloren sich hinter ihm.

»Was werden sie tun?«, wollte Gorian von seiner Mutter wissen.

»Das weiß ich nicht, Liebling«, sagte sie und drückte ihn an sich. »Aber du hast ihnen gezeigt, wie viel Gutes du bewirken kannst. Das haben auch Ossacer und die anderen getan, aber du hast zwei Tiere gerettet. Sie können dir nicht gratulieren, sie müssen misstrauisch bleiben. Das ist ihre Aufgabe. Aber mach dir keine Sorgen und ruh dich lieber aus. Sie werden morgen sicher wieder mit dir sprechen wollen.«

»Warum können sie uns nicht einfach so akzeptieren, wie es alle andere hier tun?«

Meera seufzte. »Oh mein Lieber, das ist eine schwierige Frage. Die Welt ist groß und voller Missgunst, und die Menschen haben Angst vor Dingen, die sie nicht verstehen. So war es eine Weile auch in

Westfallen. Der Orden sieht die Dinge nicht so, wie Elsa Gueran sie sieht. Eines Tages wirst du es verstehen.«

»Warum ist der Orden dann nicht hier und stellt uns Fragen?«

Meeras Miene verdüsterte sich. »Weil sie nicht daran interessiert sind, Fragen zu stellen oder ein gerechtes Urteil zu fällen. Wir können uns freuen, dass uns die Advokatur und nicht der Orden prüft.«

Obwohl er ihr zusetzte, wollte sie nichts weiter verraten.

Elsa Gueran wusste nicht, ob sie sich fürchten oder erleichtert sein sollte, ob sie sich lieber fügen oder sich auflehnen wollte. Allein stand sie im Haus der Masken vor Jhered, Harkov und D'Allinnius. Falls irgendjemand hier wirklich der Ketzerei schuldig war, dann musste sie an erster Stelle genannt werden. Die hübsche oder sogar schöne Frau hatte systematisch die Lehren des Ordens in ihrem eigenen und Westfallens Interesse verraten. Dies dachte Jhered jedenfalls, als er vor ihr stand. Ob sie ihn eines Besseren belehren konnte? Vielleicht konnte dies auch Harkov während der darauf folgenden Analyse tun.

»Ich weiß, dass Ihr schlecht von mir denken müsst, Schatzkanzler Jhered. So bitte ich nur darum, dass Eure Fragen gerecht sind und dass Ihr Euch meine Antworten anhören werdet. Ich bin sicher, dass ich in allem, was ich tue, Gottes Willen erfülle.«

»Seid versichert, dass ich sehr wenig von Euch halte. Die Tatsache, dass Ihr die Gewänder einer Leserin tragt und stolz im Haus der Masken sitzt, ist bereits eine Beleidigung. Es dreht mir den Magen um, da dies offenbar nur möglich ist, weil Ihr Komplizen innerhalb des Ordens habt, die Euch helfen, Eure Täuschung aufrechtzuerhalten. Ich frage mich, wie weit dies nach Estorr hineinreicht.«

»Soll ich diese Frage wirklich beantworten?«, fragte sie. Es fiel ihr schwer, angesichts seines heftigen Angriffs ihre Gefühle zu verbergen.

»Wir können ebenso hier wie an jedem anderen Punkt beginnen, und dies ist vielleicht noch die einfachste Frage, auf die Ihr heute antworten müsst«, sagte er. »Fahrt fort. Ich höre zu.«

»Was auch immer ich für den Orden als Organisation empfinde, und wie ich persönlich zu seinen Auslegungen stehe, kann in keiner Weise die außerordentlichen Dinge beeinflussen, die wir hier tun«, erwiderte Elsa. Jhered war überrascht, dass sie sogar lächelte. »Warum also sollte der Orden den Ruhm dafür beanspruchen?«

»Ihr habt meine Frage nicht beantwortet«, sagte Jhered.

Elsa erwiderte freimütig seinen Blick. Durch die offene Doppeltür strömte das Licht der Nachmittagssonne herein. Es spiegelte sich auf den polierten Schnitzereien, mit denen jedes Stückchen Holz im ganzen Haus verziert war, und auf den Masken an den Wänden, unter der niedrigen gewölbten Decke und auf den Regalen. Der kühle Seewind raschelte in den Blättern der Chroniken des Gedenkens und legte die älteren Seiten frei, die mit farbigen Zeichnungen, komplizierten Ornamenten und detaillierten, lebensechten Abbildern der Toten geschmückt waren.

»Westfallens Leser haben immer an die Wahrheit geglaubt, die vom verbotenen Zweig des Ordens repräsentiert wird, weil wir keine Angst vor dem haben, was er verkörpert. Wir glauben nicht, dass dies unsere Autorität untergräbt. Ganz im Gegenteil. Dies bedeutet jedoch auch, dass die Leser aus einem kleinen Kreis von Ordensmitgliedern ausgewählt werden, von denen viele noch nie den Schlüssel zu einem Haus der Masken oder eine Wiese, auf der sie predigen konnten, erhalten haben.

Wir bleiben vorsichtig in Verbindung und bauen auf, was erbaut werden muss, weil es das wahre Wort Gottes ist, wie wir es sehen.« Sie hob beide Hände. »Mir ist klar, dass die meisten nicht unserer Meinung sind, und deshalb versuchen wir auch nicht, unsere Ansichten anderen aufzuzwingen, die sie nicht willkommen heißen.

Da wir den übrigen Orden nicht aufschrecken wollen, bleibt

Westfallen abgesondert. Wenn man Verbündete hat, ist es leicht, andere davon abzuhalten hierherzureisen. Schließlich kann ich ebenso gut über diesen stillen, gläubigen Ort berichten, wenn ich mich nach Cirandon begebe. Wie Ihr wisst, haben wir einen sehr mächtigen Verbündeten.«

Jhered hatte sich unwillkürlich die Hände vor Nase und Mund gehalten. Jetzt ließ er sie langsam wieder sinken. Die Überheblichkeit der Frau verschlug ihm die Sprache. Er hatte damit gerechnet, dass sie sich hinter den Schriften verschanzte und obskure Zitate hervorholte, die ihre ketzerischen Ansichten rechtfertigen sollten. Doch sie war unverfroren und selbstbewusst und vertraute denen, von denen sie annahm, sie würden sie schützen, weil der Orden nicht gekommen war, um Gerechtigkeit zu üben. Jhered hielt nicht viel von den eifrigen Verkündigungen der Kanzlerin, die überall die Kontrolle behalten wollte, aber das hier war mindestens genauso schlimm. Möglicherweise wurden hier Unschuldige verführt und vom Weg Gottes und des Glaubens abgebracht.

Er wandte sich an Harkov und D'Allinnius. Letzterer ließ sich nichts anmerken, Ersterer betrachtete Gueran anscheinend voller Achtung und mit einem leichten Lächeln. Genau deshalb hatte er die beiden auf diese Reise mitgenommen. Vasselis verdiente eine gerechte Beurteilung.

»Was Ihr gesagt habt, gilt nach den Gesetzen des Ordens als Schuldeingeständnis«, erklärte Jhered. »Ihr verhöhnt den Ort, an dem wir sitzen, und den Titel, den Ihr führt. Eure Taten sollten Euch eigentlich auf den Scheiterhaufen bringen. Euer Glück ist, dass Ihr in diesem Augenblick mir antwortet.«

»So ist es«, stimmte Elsa zu. »Aber warum seid Ihr ohne den Orden hier? Ihr sollt die Vernunft und Unparteilichkeit verkörpern, oder nicht?«

»Nein«, erwiderte Jhered energisch. »Ich bin auf Bitten der Advokatin hier, um zu beurteilen, ob eure ... eure Experimente ein Verbrechen gegen die Konkordanz, den Allwissenden oder beides darstellen. Ich bin nicht unparteiisch, und Ihr tut gut daran, das nicht zu vergessen. Nun gut. Ich habe Fragen und will aufrichtige Antworten hören. Der Orden hat diesen Zweig des Glaubens vor Jahrhunderten für ungesetzlich erklärt. Es ist verboten, ihn weiter zu pflegen, da er eine Perversion von Gottes Lehren darstellt. Welches Recht habt Ihr, dies hier zu predigen?«

»Ich predige die Lehren der Schriften. Der verbotene Zweig, wie Ihr ihn nennt, wird hier nicht gepredigt. Er ist überall und durchdringt unser ganzes Leben. Ich muss den Leuten nicht erzählen, was sie sowieso schon wissen.«

»Ihr sagt, niemand in Westfallen lehnt euren Glauben ab?«, fragte Harkov.

Elsa schüttelte lächelnd den Kopf. »Ich glaube nicht, dass auch nur einer von Euch die leiseste Ahnung hat, was Ihr hier erkunden sollt. Der verbotene Glaube, den wir übrigens den Aufstieg nennen, ist seit Jahrhunderten ein Teil des Lebens von Westfallen. Seit er vom Orden verworfen wurde. Es ist für uns die natürliche Lebensart, wie es bei allen sein sollte, die unserem Glauben anhängen.«

»Ihr strapaziert Euer Glück, Leserin Gueran«, schalt Jhered sie. »Ich habe die Schriften ausführlich studiert. Ich bin ein wahrer Anhänger des Glaubens und ein Angehöriger des Ordens der Allwissenheit. Ihr übt Euch in Ketzerei, wenn Ihr so mit der Natur spielt. Wie kann es der natürlichen Ordnung des Lebens entsprechen, Regen zu erzeugen, wenn Gott einen blauen Himmel erschaffen hat? Oder die Kontrolle über den Körper einer Kuh zu übernehmen, um ein Kalb in die Welt zu bringen, dessen Leben nach Gottes Willen nicht beginnen sollte? Wo in den Schriften steht das geschrieben?«

Elsa legte die Hände auf die vor ihr aufgestapelten Bücher.

»Vieles, was wir heute wissen, war noch nicht bekannt, als die Schriften entstanden. Was die Gesetze des Ordens nicht ausdrücklich erlauben, ist damit noch nicht gleich als etwas Verbotenes zu betrachten. Wäre Euer Argument zutreffend, dann dürften wir keine von Menschen gemachte Hilfsmittel verwenden, um die Kranken zu behandeln.«

Genau dorthin hatte er kommen wollen. Er wollte den Kern des Glaubens angreifen, den sie angeblich unterstützte. Dort würde er ihr Selbstvertrauen untergraben und ihre Naivität bloßstellen.

»Wäre das mein Argument gewesen, dann würde ich zustimmen. Aber das ist es nicht. Unsere Fortschritte in der Medizin und der Wissenschaft erlauben es uns, unseren Kranken die Mittel zu geben, sich zu erholen, falls ihr Wille stark genug ist und ihr Körper es will. Das kann man doch als Gottes Wille bezeichnen, oder?«

Gueran nickte. »Der natürliche Kreislauf des Lebens ist unberührt. Die Medizin darf nur bekämpfen, was den Körper, die Ernte oder das Tier gegen den Willen der Menschen oder Gottes befällt.«

Jhered knallte die Faust auf den Tisch zwischen ihnen. Die in Leder gebundenen Bände hüpften, und Elsa fuhr erschrocken zurück.

»Wie könnt Ihr dann an Euren Aufstieg glauben und gleichzeitig dem Orden treu bleiben, den Ihr nebenbei anprangert?«

»Ich prangere niemanden und nichts an, am allerwenigsten den Orden«, sagte Gueran nach einer Pause, als sie sich wieder gefasst hatte. »Der Orden verkörpert den Glauben, den ich mein Leben lang gekannt und geliebt habe, und daran wird sich nichts ändern. Er ist mein Leben. Mit jedem Atemzug fühle ich mich von den Beweisen für Gottes Segnungen überwältigt. Aber der Orden verschließt die Augen vor der Weiterentwicklung der Menschen und müsste um seine Existenz fürchten, falls er seine Macht über die Gläubigen der Konkordanz jemals verlieren sollte.«

Jhered lachte. Er hatte genug gehört.

»Glaubt Ihr, der Orden wäre blind? Ihr seid eine irregeleitete Frau, die nicht erkennen kann, was direkt vor Euren Augen liegt. Euer Aufstieg benutzt Euch, um seine Existenz vor Gott zu rechtfertigen, obwohl doch alles, was Ihr gelernt habt, Euch zurufen müsste, dass diese Kinder eine Abscheulichkeit sind, so unschuldig sie als hilflose Opfer des Verbrechens auch sein mögen.«

»Ich sehe nur, dass die Menschen wachsen und eine Ebene erreichen können, auf der sie besser als früher fähig sind, Gottes Werke zu tun und Frieden und Trost in die Welt zu bringen.«

»Aber sie stellen sich auf eine Stufe mit Gott«, rief Jhered. »Sie bemächtigen sich gottähnlicher Kräfte und halten Feuer und Wasser in ihren Händen. Sie rütteln am Fundament unseres Glaubens, selbst wenn Ihr sie hinter dem Glauben verstecken wollt.«

»Sie tun nichts dergleichen«, erwiderte Gueran mühsam beherrscht. »Gott ist der Allwissende. Sie sind nur vier Menschen, die sein Werk tun, wo immer es nötig ist. Sie stehen so wenig auf einer Stufe mit Gott wie ich. Wir sind alle seine Diener. Bitte versteht doch, Schatzkanzler Jhered. Das ist der Fortschritt. Er ist wundervoll, und wir sollten ihn begrüßen und nicht hassen. Ich bin eine Leserin des Ordens. Glaubt Ihr wirklich, ich würde dies alles auf den Feldern, über die ich wache, gutheißen, wenn ich das Gefühl hätte, es beleidige auf irgendeine Weise den Glauben, den ich liebe?«

»Ketzer versuchen immer, den wahren Glauben zu verletzen, indem sie sich in den Mantel der Frömmigkeit kleiden«, sagte Jhered.

D'Allinnius schaltete sich ein und sprach leise und behutsam mit brüchiger Stimme. »Der Ochse, das Maultier, das Pferd und das Schwein werden gezielt gezüchtet, da wir versuchen, ihre Gesundheit und ihre Fähigkeiten zu verbessern, dem gewünschten Zweck zu dienen. Dies nutzt ihren jeweiligen Besitzern. Aber wer wird Eure gezüchteten Menschen besitzen?«

»Niemand ...« Gueran hielt gereizt inne. »Bei allem Respekt, Ihr seht nicht, worauf es ankommt. Unsere Aufgestiegenen beweisen, dass Männer und Frauen der Natur und damit Gott näher sein können – etwas, wonach alle Anhänger des Allwissenden streben. Ein Züchter, der ausgezeichnete Reitpferde für die Kavallerie züchtet, beweist doch nur, dass Beobachtung und Auswahl ein Tier hervorbringen können, das dem Zweck besser dient, statt einfach der Natur und dem Zufall zu vertrauen. In dieser Hinsicht sind wir nicht anders, und der Wille Gottes ist, dass wir solche Verbesserungen zu erzielen versuchen. In all diesen Fällen wird das Ergebnis aber auf natürlichem Wege eintreten, wenn genügend Zeit vergeht.«

Harkov räusperte sich. »Es tut mir leid, aber sollen wir nun glauben, dass die Kinder mit diesen Fähigkeiten auch ohne euren Eingriff geboren worden wären?«

»Früher oder später ganz sicher«, sagte Gueran. »Der Aufstieg glaubt, dass eines Tages alle Menschen, die geboren werden, in größerem oder geringerem Maße solche Fähigkeiten besitzen werden. Dies ist wichtig, bedeutet es doch, dass es der Wille Gottes ist, und dass wir nicht gegen seinen Willen verstoßen.«

»Aber es gibt kein nahe liegendes Rohmaterial«, wandte D'Allinnius ein.

»Das verstehe ich nicht.«

»Sie sind bisher die Ersten und die Einzigen«, erklärte er. »Sie kommen anscheinend aus dem Nichts, auch wenn Eure Auswahl der Eltern auf Maßstäben beruhen mag, die wir noch nicht verstehen. Es gab bisher keine wie sie, zufällig ist so etwas bisher nicht geschehen. Auf welcher Grundlage konnten sie entstehen?«

Gueran runzelte die Stirn. »Nun, sie kommen alle aus Westfallen.«

»Ich verstehe«, sagte Harkov. »Demnach gibt es hier noch einige andere, die solche Fähigkeiten in gewissem Maße auf natürliche Weise zeigen?«

»Ja, offensichtlich.« Gueran konnte ihr Lächeln nicht unterdrücken. »Fast alle haben sie in einem gewissen Abschnitt ihres Lebens.«

Jhered fuhr auf, als hätte ihm jemand eine Ohrfeige versetzt.

»Wie bitte?«

24

848. Zyklus Gottes, 40. Tag des Genasab
15. Jahr des wahren Aufstiegs

Roberto Del Aglios erwachte durch einen Klageschrei vor seinem Zelt und wusste im ersten Augenblick nicht, wo er war. Trotz der nächtlichen Stunde war es warm, sein Bett war schweißnass. Er konnte sich nicht erinnern, zu Bett gegangen zu sein. Während er seine Erinnerung wiederzufinden versuchte, lauschte er, was im Lager geschah. Der Schrei hatte gefährlich geklungen, und die darauf folgende Stille hatte einen Beigeschmack von Tod.

Er wollte sich aufrichten, war jedoch zu schwach. Alle Muskeln taten ihm weh, schon bei der kleinsten Bewegung wurde ihm übel. Auf seiner Stirn lag ein Tuch. Er zog es herunter und hörte es in eine Schale mit Wasser klatschen, die neben seinem Bett stand. Oh ja, jetzt kehrten die Erinnerungen zurück.

»Garrelites!«, rief er mit schwacher, heiserer Stimme. Darauf musste er stark husten und hätte sich beinahe übergeben.

Schritte näherten sich, die Klappe vor seinem Zelt wurde geöffnet. Er war nicht stark genug, den Kopf zu drehen, und wartete, bis ein Gesicht über seinem erschien.

»Du bist nicht Garrelites«, sagte er, als er seinen leitenden Wundarzt erkannte. Dahnishev, der große und dürre Mann aus Gosland, der Wunder wirken konnte.

»Wenigstens funktionieren deine Augen noch«, sagte Dahnishev.

»Garrelites starb in der Schlacht. Erinnerst du dich nicht? Er ist tot. Eigentlich solltest auch du tot sein.« Er legte Roberto die Hand auf die Stirn, die Wangen, den Hals und die Brust. »Dein Fieber ist bezwungen.« Er lächelte. »Du hast Glück gehabt. Gott braucht dich wohl noch auf seiner Erde.«

»Fieber«, wiederholte Roberto. Mühsam setzte er die Bruchstücke seiner Erinnerungen zusammen. Sein Herz pochte heftig. »Sind wir hier in Sicherheit?«

»Nur ruhig, General«, sagte Dahnishev. »Eins nach dem anderen.«

»Garrelites ist tot?«, fuhr Roberto fort. »Ein guter Mann. Ein Freund.«

»Ja«, bestätigte Dahnishev. »Und wenn du kannst, dann erkläre mir jetzt, wie du dich fühlst.«

»Ein wenig benommen«, gab Roberto zu.

»Das dachte ich mir schon«, sagte der Wundarzt. »Schmerzen?«

»Überall. Am schlimmsten im Kopf. Mein Magen fühlt sich an, als läge mein Pferd darauf.«

»Wenigstens ist das Gefühl wieder da. Das ist ein gutes Zeichen. Und dein Fieberwahn hat nachgelassen.«

»Wie lange?«, wollte Roberto wissen.

»Acht Tage«, sagte Dahnishev.

»Gott möge mich umarmen«, keuchte Roberto.

Er war schwach, das Herz schlug ihm bis zum Hals. Als er sich aufrichten wollte, drückte Dahnishev ihn mühelos wieder hinunter.

»Lieber nicht«, sagte er. »Du hast nicht genug Kraft. Morgen kannst du dich aufrichten, und übermorgen kannst du stehen. Vielleicht.«

»Ich habe Aufgaben. Die Tsardonier ...«

»Von denen ist weit und breit nichts zu sehen. Bitte, General. Roberto. Hör auf mich.«

Roberto nickte. Seine Panik verflog, und er konzentrierte sich wieder auf Dahnishev. Die durchdringenden blauen Augen verrieten so etwas wie väterliche Sorge. Er war müde, und seine Gedanken irrten immer wieder ab.

»Entschuldige, es tut mir leid.«

»Du musst dich nicht entschuldigen, General.« Dahnishev setzte sich neben ihm aufs Bett. »Es gab einen Ausbruch von Gallenfieber im Lager, der aber schon wieder abklingt. Wir haben die Flöhe und Ratten aus dem Lager vertrieben, den Graben rings um den Palisadenzaun tiefer ausgehoben und untersuchen die Männer ständig auf Stiche. Wir haben die Krankheit besiegt, sind aber sehr geschwächt. Ich kann dir die Zahlen nennen, wenn du stärker bist, aber im Augenblick, bevor du wieder ruhst, sollst du wissen, dass wir nicht in Gefahr sind. Wir haben Nachricht an General Atarkis geschickt, dessen Legionen uns jetzt außerhalb der Quarantänezone verteidigen.«

Roberto sank wieder aufs Kissen. »Sind Reiter nach Estorr unterwegs?«

Dahnishev nickte. »Ja. Wir haben um Verstärkung gebeten. Morgen schicke ich Elise Kastenas zu dir, die dich informieren und Befehle entgegennehmen kann. Im Augenblick aber musst du dich stärken und viel schlafen. Ich werde den Legionen sagen, dass du überlebt hast. Das wird ihnen allen viel Mut machen.«

»Gute Medizin«, sagte Roberto schwach.

»Die beste«, stimmte Dahnishev zu. »Wir haben für dich gebetet, Roberto. Du bist der Herzschlag dieses Heeres.«

»Du machst mich verlegen.«

»Mit voller Absicht. Du musst so bald wie möglich aufstehen und durchs Lager laufen, und wenn du auf mich hörst, dann wirst du das auch bald tun. Verstehst du das, General?«

Roberto nickte müde. »Gegen die Anweisungen seiner Ärzte darf man nicht verstoßen.«

»Ein kluger Rat. Iss etwas und dann schlafe. Steh nicht auf. Du kannst in Flaschen pinkeln.« Dahnishev stand auf. »Ich sehe später noch einmal nach dir.«

»Danke, alter Freund.«

»Danke Gott, dass du verschont wurdest.«

Unter den Jubelrufen, die sich im Lager ausbreiteten, schlief er wieder friedlich ein.

Roberto wusste nicht, wie lange er geruht hatte, doch er kam mit einer geistigen Klarheit zu sich, die nicht nur angenehme Seiten hatte. Erleichterung empfand er, weil er aus der Gefangenschaft seines Fiebers entlassen war. Doch die Erinnerungen und das Wissen, die seine Klarheit mit sich brachten, waren unangenehm und niederschmetternd. Es hatte nur wenige Tage nach dem Sieg über die schlecht geführten Tsardonier begonnen. Sie hatten ihre Toten der Erde und in die Umarmung Gottes zurückgegeben, die Wundärzte hatten die Verletzten versorgt, und dann hatten sie zwei Tage lang gefeiert.

Abteilungen aus der Kavallerie der Falken und die leichte Infanterie der Klingen hatten die Überreste der tsardonischen Armee gehetzt und in alle Winde zerstreut oder gefangen genommen. Die Gefangenen wurden zu Tausenden in Lager in der Nähe von Gosland verlegt. Fünfzehn Tage später sollte sich das Heer jenseits der Bergkette, vor der sie die gegnerischen Truppen vernichtet hatten, neu formieren.

Später hatten sie brauchbare Waffen und Rüstungen vom Schlachtfeld eingesammelt und das tsardonische Lager auf ähnliche Weise geplündert. Der Tradition des Krieges entsprechend, wurden die Tsardonier in Reihen liegen gelassen, damit sich deren eigenes Volk mit ihnen befassen konnte, wie es seinen bizarren Religionen und Gesetzen entsprach.

Die Moral der Truppe war gut, als sie fünf Tage nach dem Sieg noch vor dem Morgengrauen ihre Zelte abbrachen und in südöstlicher Richtung um die Berge herummarschierten, um den von General Atarkis befehligten Legionen zu folgen. Späher und Boten berichteten von einzelnen Orten und Siedlungen auf ihrem Weg, die allesamt durchsucht wurden. Dort kauften sie auch Vorräte für den Marsch ein.

Weiterhin gab es Meldungen über ein neues Heer, das sich zehn Tagesmärsche entfernt formierte. Es sammelte sich strategisch günstig auf einem Gebirgspass und beherrschte so in einem Umkreis von dreihundert Meilen in jeder Richtung den einzigen Weg, den ein Heer auf dem Weg nach Khuran einschlagen konnte.

Roberto und Atarkis wollten ihre Kräfte vereinigen, um dieses letzte große Hindernis zu beseitigen, bevor sie sich daran machten, das gewonnene Gebiet zu sichern. Die Angriffe auf die Hauptstadt sollten im folgenden Frühling beginnen, falls Gesteris im Zentrum und der geschwätzige alte Gosländer Jorganesh im Süden ihre Ziele erreichten.

Drei Tage nach Beginn des Marschs waren die ersten Infektionen aufgetreten. Sie waren durch ein Sumpfgebiet gezogen, das von Nagetieren wimmelte und Wolken von Moskitos beherbergte, hatten jedoch jeden Tag mit gebotener Vorsicht ein Lager errichtet, Gräben ausgehoben, Palisaden aufgestellt und am Spätnachmittag alle Zelte aufgeschlagen. Dennoch hatte der Typhus sie heimgesucht. Dahnishev hatte erklärt, es seien die Flöhe im Fell der Ratten und Mäuse gewesen. Ein einziger Floh infizierte jeden, den er stach, und da zehn Ratten auf jeden Legionär gekommen waren, hatte es vor dem Gallenfieber selbst eine Invasion der Überträger gegeben.

Roberto hatte die Krankheiten als Gefahr hingenommen, mit der man auf einem Feldzug eben rechnen musste. Halsbräune und Blutfluss traten relativ häufig auf, konnten aber beherrscht werden, wenn die Kranken unter Quarantäne auf Wagen befördert wurden. Doch diese Epidemie hatte mit überraschender Geschwindigkeit das ganze Heer erfasst. Zehn Tage nach Beginn des Marschs, als das südliche Ende der Gebirgskette zum Greifen nahe gewesen war, hatten sie anhalten müssen.

Fünf Tage später waren kaum noch genügend Soldaten da gewesen, um alle Aufgaben im Lager zu erledigen. Die atreskanische Kavallerie und Infanterie hatten den Befehl bekommen, in sicherer Entfernung zu bleiben und die lebenswichtige Verbindung mit Atarkis zu halten. Die Legionen von Del Aglios hatten unterdessen ungeschützt lagern müssen.

Roberto richtete sich auf seiner Pritsche auf und hielt sich an den Seiten fest, während vor ihm alles verschwamm. Er schauderte wieder, was aber dieses Mal nicht am Fieber lag. Es war nur zu leicht, sich an seine eigene zunehmende Verzweiflung zu erinnern, an die Ängste seiner Leute, als das Gallenfieber mit erschreckender Geschwindigkeit Opfer gefordert hatte.

Bis zum zwanzigsten Tag ihres erzwungenen Aufenthalts, nachdem sie im wechselhaften Wetter entweder bis auf die Knochen durchnässt oder in der Sonne geröstet worden waren, hatte er mehr Kämpfer an die Krankheit als durch die tsardonischen Klingen und Pfeile verloren. Panik und ein Gefühl des nahenden Untergangs hatten in der Armee um sich gegriffen. Ganze Manipel hatten krank und sterbend darniedergelegen, während andere unberührt geblieben waren. In einem Zelt etwa waren acht Männer gestorben, während die zwei anderen sich bester Gesundheit erfreuten und munter Gott für ihr Glück dankten, während sie ihre Schuldgefühle niederkämpften.

Roberto war gezwungen gewesen, immer schärfere Maßnahmen zu ergreifen, damit sein Heer nicht auseinanderfiel. Zusammen mit Dahnishev hatte er sich entschlossen, alle Ratten, Mäuse und Flöhe zu vernichten, was bei einer Armee von sechzehntausend Köpfen kein leichtes Unterfangen war. Er hatte befohlen, die Pferde abseits der Truppen anzupflocken. Nur noch die Offiziere, die den Stall beaufsichtigten, durften sich ihnen zusammen mit ihren Helfern näherten. Die Pferde konnten die Flöhe übertragen, und er wollte nicht die Gefahr eingehen, dass seine Kavalleristen sie berührten, solange die Seuche noch nicht eingedämmt war.

Als die ersten Kämpfer desertiert waren, vor allem aus den atreskanischen Legionen, hatte er die Wachen an den Toren und Palisaden verdoppeln und die äußeren Befestigungen verstärken lassen. Außerhalb des Hauptlagers in der Nähe des Gefolges, das ebenfalls sehr litt, hatte er eine Einfriedung bauen lassen. Als er das letzte Mal bei Bewusstsein gewesen war, hatten dort siebzig Männer und Frauen gesteckt, die geglaubt hatten, ihre einzige Hoffnung zu überleben sei die Flucht. Sobald er wieder gehen und laufen konnte, hatte er ihnen etwas mitzuteilen.

Als dann der Genasab seinen Höhepunkt erreicht hatte, war auch er selbst erkrankt. Die Erinnerungen daran waren schrecklich. Das Fieber hatte ihn ohne Vorwarnung gepackt, er war geschwächt gewesen, hatte geschwitzt und kaum noch laufen können. Fast noch schlimmer waren die Kopfschmerzen gewesen. Ein unablässiges Pochen, als schlügen Hämmer auf Stein, hatte seinen Schädel erschüttert. Er hatte gehört, wie Männer und Frauen um Gnade und Erlösung wimmerten, und sie für willensschwach gehalten. Als er durchlitten hatte, was sie bereits kannten, hatte er sie nur noch um Vergebung bitten können. Auch er hatte qualvoll gestöhnt, weil er das Gefühl gehabt hatte, sein Kopf würde gleich zerspringen und sein Gehirn platzen.

Als der rote, buckelige Ausschlag auf seiner Haut erschienen war und seine ganze Haut außer dem Gesicht, den Händen und den Fußsohlen erfasst hatte, war er schon nahe daran gewesen, vollends den Verstand zu verlieren. Das Jucken hatte ihn nur noch weiter abgelenkt, und schließlich hatte Dahnishev ihm die Hände verbunden, damit er sich nicht selbst die Haut aufriss. Irgendwie hatte er das alles aber nur noch durch einen Schleier wahrgenommen.

Endlich, schon auf halbem Wege zur gesegneten Ohnmacht, hatte er bemerkt, wie hektisch sein Atem in die Lungen und wieder heraus strömte. Sein Gesichtssinn, durch die Kopfschmerzen ohnehin schon getrübt, hatte noch weiter nachgelassen und schließlich den Dienst eingestellt. Dahnishev hatte ihn zu beruhigen versucht, daran konnte er sich noch erinnern. Das Letzte, was er noch wusste, war der langsame Herzschlag. So träge, dass es ihm die letzten Reste seiner Stärke geraubt hatte.

Jeder Gedanke daran, sein Heer zu führen, war dahin gewesen, als das Fieber und das Delirium ihn übermannt und ihm das Bewusstsein geraubt hatten, bis er hoffnungslos in seinem geschwächten, kranken Körper gefangen gewesen war. An diese Phase konnte er sich nicht erinnern. Acht Tage umfasste die Lücke.

Er schüttelte den Kopf, und das Zittern ließ nach. Ein Lächeln spielte um seine Lippen, die Erleichterung gewann die Oberhand. Tatsache war, dass er immer noch auf sein Heer da draußen zählen konnte. Nach allem, was Dahnishev ihm erzählt hatte, waren sie über den Berg. Die Leute erholten sich wieder und konnten hoffentlich in einigen Tagen diesen schrecklichen Ort verlassen. Sein Lächeln verblasste. Wie viele waren eigentlich noch da, die hinter ihm marschieren konnten?

Roberto rief, und sofort betrat ein Legionär mit Speer und makellos polierter Rüstung sein Zelt.

»Hole mir Elise Kastenas her und lass etwas zu essen schicken.« Er hielt inne und dachte nach. »Aber vorher hilfst du mir, aufzustehen und mich anzukleiden.«

»Ja, General.« Der Legionär lehnte den Speer an den Türpfosten. Er war ein junger estoreanischer Hastati von durchschnittlichem Körperbau mit Augen, ebenso dunkelbraun wie die Haare.

»Wie heißt du, Bürger?«

»Herides, Herr.«

»Bist du stolz auf deine Rüstung und deine Waffen?«

»Ja, Herr. Das ist alles, was mich an Leben erhält.«

»Das ist gut. Man kann es sehen. Ich ernenne dich hiermit zu meinem Adjutanten und zum Ersatz für den armen Garrelites.«

Der junge Mann lächelte und errötete trotz seiner gebräunten Haut. »Danke, mein Herr Del Aglios. Es ist mir eine Ehre.«

»Ich danke dir, dass du auch in dieser schwierigen Zeit treu geblieben bist. Männer wie dich brauche ich in meiner Nähe. Jetzt hilf mir auf, ich will zu meinem Ankleidetisch.«

Falls es Herides peinlich war, Roberto auf diese Weise helfen zu müssen, so ließ er sich nichts anmerken. Roberto fühlte sich unglaublich schwach, seine Beine konnten ihn kaum tragen. Er musste sich schwer auf seinen neuen Adjutanten stützen. Herides war geschickt und klug, und in kürzerer Zeit, als er es erwartet hätte, trug Roberto eine leichte Toga mit dem Wappen der Del Aglios und saß am Kartentisch. Elise Kastenas und das Essen trafen gleichzeitig ein. Letzteres sah verlockend aus und duftete wundervoll. Elise wirkte erschöpft und bekümmert und schien um zehn Jahre gealtert.

»Setz dich, bevor du umfällst«, lud er sie ein. »Und iss, um Gottes willen. Du siehst ja noch schlimmer aus als ich.«

Elise lächelte ihn offen und warm an. »Es tut gut, deine Stimme zu hören, General.« Sie ließ sich neben ihm auf einer Liege nieder. »Du solltest dich jedoch selbst etwas genauer betrachten. Ich mag ein wenig müde sein, aber du bist nur noch Haut und Knochen. Eine Rasur könntest du auch vertragen.«

Roberto rieb sich das Kinn und staunte über seinen Bart.

»Haben sie mich denn nicht sauber gehalten, als ich krank war?«, fragte er ein wenig gereizt.

»Garrelites war nicht da«, erklärte sie.

»Nein, das ist richtig.« Roberto erinnerte sich an das umsichtige Verhalten und den Humor des Mannes. »Wenigstens ist er der Seuche entkommen und als Held in der Schlacht gefallen.«

Elise nickte, senkte den Kopf und schluckte schwer.

»Es war schlimm, nicht wahr?«, fragte Roberto. »Es tut mir leid, dass ich nicht da war, um dich zu unterstützen. Aber jetzt musst du mir sagen, was ich noch habe. Der Stab – haben sie alle überlebt?«

»Nein«, sagte Elise mit Tränen in den Augen. Robertos Herz sank. »Ben Rekeros und Tomas Engaard sind in die Umarmung Gottes heimgekehrt. Die Zehnte Legion hat einen furchtbaren Preis bezahlt. In den Alae sind Shakarov und Davarov beide noch krank. Dahnishev glaubt, sie werden beide Glück haben und überleben. Den anderen geht es gut. Ich bin überhaupt nicht erkrankt, und Ellas Lennart hat es durchgestanden, während du noch Fieber hattest. Ich glaube, sein Tod wäre ein schrecklicher Rückschlag gewesen. Die Legionen sollten erfahren, dass Gott wenigstens seinen eigenen Sprecher verschont hat. Die anderen Kommandeure und Meister sind wohlauf.«

Roberto seufzte. Die Bürger, die in den Zelten enger zusammen hockten und viel stärker den Flöhen ausgesetzt waren, würde das entmutigen. Der arme Rekeros. Sein Ruhestand war nicht mehr fern gewesen. Gott hatte ihn zu früh verlassen.

»Dann gib mir einen Überblick über die Zahlen.«

Elise holte tief Luft. »Die Zehnte hat es am schwersten getroffen. Fast dreitausend Infanteristen sind tot.«

»Dreitausend?« Roberto blieb das Wort in der Kehle stecken; diese Nachricht traf ihn wie ein körperlicher Schlag. Er lehnte sich an und konnte das Ausmaß der Verluste einen Augenblick lang nicht fassen.

»Die Kavallerie hat hundertvierzig Kämpfer verloren.« Elise wischte sich die Augen trocken. »In der Achten haben wir bisher tausend Infanteristen verloren, aber unsere Kavallerie blieb weitgehend verschont. Den Alae erging es erheblich besser. Zwanzig sind tot, weitere dreißig sind noch krank. Die Kavallerie und die leichte Infanterie, die ausgeschickt wurden, um die Tsardonier zu hetzen, sind vollzählig. Auch im Lager waren sie anscheinend widerstandsfähiger. Durch die Pfeile haben wir dreihundert Infanteristen und vierzig Kavalleristen verloren. Die Klingen haben fünfhundert Infanteristen und hundert Kavalleristen eingebüßt. Die Zahlen werden noch steigen, aber nicht sehr stark.«

»Möge Gott alle behüten, die noch auf zwei Beinen wandeln«, flüsterte Roberto. »Ich hatte keine Ahnung, dass es so schlimm ist.«

»Beinahe sieben von zehn Leuten sind im Lager erkrankt. Dahnishev sagt, wir hätten noch Glück gehabt.«

»Glück?« Roberto lachte kurz und verbittert. »Dann möchte ich nicht sehen, was Pech ist.« Er dachte einen Augenblick nach. »Wie ist die Stimmung da draußen?«

»Die Moral ist auf einem Tiefpunkt«, sagte Elise. »Hundertdreizehn sind eingesperrt. Die unterschiedlich hohen Todesfälle bei den Legionen und den Alae haben zu Streitigkeiten geführt. Die Atreskaner haben Schreine gebaut und sagen, diese hätten ihr Volk geschützt und würden auch Shakarov und Davarov retten. Selbst einige von uns sprechen davon, Gott habe uns in diesem bösen Land verlassen. Die Zehnte ist jetzt eine verfluchte Legion. Doch der Glaube an dein Überleben hat die Armee weitgehend zusammengehalten. Wenn du dich ihnen wieder zeigen kannst, wird sich die Stimmung heben. Aber bete zu Gott, dass es bald geschieht.«

Roberto war übel. Das Essen vor ihm roch auf einmal verfault. Er trank einen Schluck Wasser und konzentrierte sich auf das Stück Brot, das er mit Honigsoße bestrichen hatte.

»Wir werden tun, was getan werden muss«, erklärte er. »Ich verspreche dir, morgen bin ich wieder wohlauf und werde gehen können. In der Zwischenzeit bereite die Papiere für die Auflösung der Zehnten Legion und die Verbrennung der Standarte vor. Wir müssen das sofort tun. Alle in dieser Legion werden freigestellt und eingeladen, sich der Achten anzuschließen, sonst wird der Fluch nicht aufhören. Es tut mir leid, dass die Zehnte auf diese Weise endet, sie hat eine stolze Geschichte. Die Alae bleiben, wie sie sind.

Schicke Boten nach Estorr und zu den anderen Feldkommandanten und unterrichte sie von meinen Befehlen und über unsere

Stärke. Wenn wir Atarkis treffen, werde ich das Oberkommando über die gesamte Streitmacht übernehmen, bis unsere Verstärkungen eintreffen.

Elise, es ist jetzt schon eine Katastrophe. Nur weil du dich zusammen mit den anderen Kommandanten so eingesetzt hast, haben wir es überlebt. Ich werde euch alle in meinen Berichten lobend erwähnen. Aber davon abgesehen, will ich dir auch persönlich danken. Ich stehe in deiner Schuld.«

Elise lächelte. »Wir tun es, weil wir an dich glauben. Niemals gab es eine Stimme, die etwas anderes verlauten ließ.«

»Nun iss doch, iss. Wenn du die Befehle ausgefertigt hast, kannst du bis morgen früh schlafen. Auch das ist ein Befehl.« Er sah sie an und spürte ihre Erleichterung. »Lass uns jetzt ein wenig über angenehmere Dinge reden. Das könnte ich gut gebrauchen.«

»Morgen beginnen die Spiele.«

»Die Spiele?« Roberto lachte laut auf. »Die Spiele! Bei Gott, der uns alle umarmt. Wir sterben am Gallenfieber, und sie feiern unseren Ruhm. Meine Mutter hat in ihrer Amtszeit als Advokatin schon viele dumme Dinge getan, aber dies ist gewiss die Krönung.« Er hielt inne. »Andererseits bringt mich das auf eine Idee ... etwas, um die Stimmung zu heben und den Kampfgeist der Leute zu wecken, nachdem wir herumgesessen haben und verweichlicht sind.«

»Ist das dein Ernst?«

»Es war mir nie so ernst wie jetzt.«

Der Empfang, als er am nächsten Morgen durchs Lager lief, erfüllte ihn mit Demut: So viel aufrichtige Zuneigung, Erleichterung und Freude über sein Überleben, dass er Mühe hatte, die Tränen zurückzuhalten, die ihm in die Augen schossen. Sauber rasiert und für die unangenehme Aufgabe, die vor ihm lag, mit seiner Paradeuniform bekleidet, ging er mit zehn Kämpfern seiner Leibwache durch alle Straßen des Lagers. So oft er konnte, blieb er stehen und sprach mit den Leuten, erwiderte hundert militärische Grüße und dankte allen, die er traf, für ihre Unterstützung während der Seuche.

Es war nicht erstaunlich, dass im Lager das Chaos herrschte, doch die Anzeichen, dass es zur Normalität zurückkehrte, waren nicht zu übersehen. Die Quarantäne für die Pferde war aufgehoben worden, da die Ratten und Flöhe vernichtet waren, und die Kavalleristen konnten sich wieder mit ihren Tieren beschäftigen. Zum ersten Mal seit er erkrankt war, konnte man im Lager sogar wieder Lachen hören. Kochfeuer knisterten in der Hitze am Spätvormittag, doch eine kühle Brise hielt die Temperatur erträglich.

Roberto hatte bei seinen ersten Schritten vor dem Zelt begierig die frische Luft eingeatmet. Jetzt atmete er noch einige Male durch, als ihn die Gerüche des Lagers, angenehme und üble, umwehten. Es kam ihm vor wie der Duft des neuen Lebens nach der abgestandenen, von Kräutern getränkten Luft in seinem Zelt.

Doch so begeistert seine Legionen ihn auch begrüßten, jeder Schritt tat ihm weh. Vom sonst üblichen Gedränge und der alten Geschäftigkeit war nichts zu sehen. Der Lärm, den er von früher kannte, war gedämpft, auch wenn die Leute guter Dinge waren. Die Kraft, die sein Heer ausgestrahlt hatte, war verschwunden. Zu viele waren gestorben, zu viele gute Männer und Frauen ruhten in den Armen Gottes, obwohl sie doch für die kommenden Schlachten hätten ihre Rüstungen polieren und ihre Schwerter schärfen sollen. Wie angreifbar waren doch selbst die Stärksten im Angesicht eines so kleinen Feindes. Wie empfindlich war ihr Dasein auf Gottes Erde, da ein einziger Stoß so viele ins Verderben stürzen konnte.

Die Zelte der Zehnten Legion, denen die Bewohner fehlten, waren als provisorische Krankenquartiere an die Wundärzte übergeben worden. Roberto ging nun hinüber, um sich zu erkundigen, wie stark sein Heer noch unter der Krankheit litt. Als er sich näherte, trat Dahnishev aus einem der Zelte und rieb seine Hände an einem Tuch trocken. Sein Gesicht war ernst, aber er lächelte, als er Roberto sah.

Er kam sofort herüber und fasste seinen General bei den Oberarmen. »Es erfreut mein Herz, meinen General auf den Beinen zu sehen«, sagte er.

»Wie ich mich erst freue, dass ich laufen kann«, erwiderte Roberto. »Du siehst schrecklich aus. Wann hast du das letzte Mal geschlafen?«

»Zwinge mich nicht, dich anzulügen, Roberto«, sagte Dahnishev. »Vertrau mir, dass ich auf mich selbst aufpassen kann.«

»Wie du willst. Wie viele sind noch krank?«

»Es werden jeden Tag weniger. Ich habe noch zweihundert mit Fieber und etwa weitere fünfzig, die sich erholen. Es nähert sich dem Ende, aber du musst damit rechnen, dass noch etwa hundert sterben. Vielleicht haben wir Glück, und es sind ein paar weniger.«

»Wirke deine Wunder, mein Freund. Wir brauchen sie dringender denn je.« Roberto schüttelte den Kopf. »Es ist so still hier.«

»Ein Viertel unserer Truppe ist tot«, sagte Dahnishev. »Aber diejenigen, die überlebt haben, haben einen stärkeren Willen als je zuvor.«

»Die meisten jedenfalls.« Roberto nickte in Richtung der Einfriedung. »Wäre ich jetzt eine Hilfe oder eine Störung für deine Patienten?«

»Was denkst du? Komm herein.«

Dahnishev führte ihn zu jeder Pritsche, auf der ein Kranker lag. Einige hatten Fieber und wussten nicht, wer vorbeiging. Diejenigen aber, die schon auf dem Wege der Besserung waren, schöpften neuen Mut aus seinem Besuch, und so blieb er bei jedem stehen und spendete ihnen Trost und Kraft, so gut er konnte. Shakarov und Davarov lagen in einem eigenen Zelt. Beide hatten noch Fieber und waren nicht bei Bewusstsein. Ihre Liegen standen dicht nebeneinander, weil Dahnishev glaubte, die beiden alten Freunde könnten sich gegenseitig Kraft geben. Roberto trat in die schmale Lücke dazwischen und kniete nieder, damit er jedem eine Hand auf die heiße Stirn legen konnte.

»Guter Gott, der diese Erde segnet wie alles, was auf ihr wächst und auf ihr wandelt, verschone diese beiden Männer, denn sie müssen in deinem Namen große Dinge verrichten. Sie sollen wieder die Sonne auf den Gesichtern spüren und deine Gnade erfahren. Darum bitte ich dich als dein demütiger Diener.« Er schloss einen Augenblick die Augen, legte ihnen die Hände auf die Schultern und drückte fest zu.

»Nun kommt schon, ihr zwei. Ihr könnt doch nicht faul im Bett liegen, während da draußen noch Tsardonier herumlaufen. Ich weiß nicht, ob ihr mich hören könnt, aber ich brauche euch beide. Nicht nur den einen oder den anderen, sondern euch beide. Wenn ihr sterben müsst, dann tut es nicht hier. Fallt im Kampf und geht ruhmvoll zu Gott. Kommt zu mir zurück. Lasst uns Wein trinken und lachen, wie wir es so viele Jahre getan haben. Das ist ein Befehl.«

Er richtete sich wieder auf. Shakarov rührte sich, erwachte aber nicht. Roberto fragte sich, ob seine Worte vielleicht doch das Fieber durchdringen und sie zurückholen konnten. Er wandte sich an Dahnishev.

»Es ist Zeit zu tun, was getan werden muss«, sagte er. »Anschließend kann ich über der Chronik der Erinnerung beten.«

Die Einfriedung war eine einfache Holzkonstruktion aus zugespitzten, fünfzehn Fuß hohen Pfählen mit einer einzigen Tür, die Tag und Nacht bewacht wurde. Eine Treppe führte zu einer Brustwehr hinauf, von der aus die Wächter den schlammigen, schmutzigen Flecken überblicken konnten, auf dem die hundertdreizehn Deserteure aßen, schliefen und umherliefen. Sie hatten dort keinen Schutz außer den Wänden ihres Gefängnisses. Einmal am Tag gab es Wasser und Brot. Sie sahen aus, wie sie aussehen sollten – gebrochen und beschämt.

Als Roberto die Treppe hinaufstieg, drehten sich sofort alle

Köpfe erwartungsvoll zu ihm herum. Verächtlich starrte er auf die Atreskaner, Estoreaner, Tundarraner und Caradukier hinab und schüttelte den Kopf.

»Was ist nur in euch gefahren?«, fragte er. »Wie konntet ihr nur glauben, außerhalb der Legionen besser dran zu sein? Was war ich nur für ein Narr, dass ich Leute befehligt habe, die auf solche Ideen kommen?« Noch einmal blickte er in die Runde. Einige erkannte er. Alle waren Infanteristen, alle waren Hastati, überwältigt von der harten Wirklichkeit des Feldzuges. »Ich dulde keine Panik und werde Ungehorsam nicht hinnehmen. Dies ist meine Armee, die nach meinen Regeln geführt wird.

Während ihr vor der Krankheit davonlaufen wolltet, lagen Tausende eurer Kameraden, die eure Hilfe gebraucht hätten, krank und sterbend im Lager. Ihr habt ihnen wie mir den Rücken gekehrt. Was ihr getan habt, ist unverzeihlich. Vielleicht dachtet ihr, ich würde euch die Schwerter zurückgeben, weil wir so viele durch das Gallenfieber verloren haben.

Aber ihr kennt mich gut und wisst, dass ich mich den tsardonischen Streitkräften lieber mit einem einzigen tapferen Kämpfer als mit zehntausend Feiglingen stelle.

Ihr habt die Umarmung Gottes nicht verdient, und ihr verdient es nicht, seine Luft zu atmen oder auf seiner Erde zu wandeln. Mein Heer wird stärker sein, wenn ihr nicht mehr dazugehört.« Roberto hielt inne. Keiner von ihnen erwiderte seinen Blick. Alle wussten, was kommen würde.

»Ihr werdet heute Abend bei Einbruch der Dämmerung hingerichtet, und eure Leichen werden verbrannt und für die Teufel verstreut, die im Wind leben. Wenn ihr das als zu harte Strafe empfindet, dann denkt in den letzten Stunden eures Lebens über eines nach. Es gibt einige in diesem Heer, die schlechter dran waren als ihr und dennoch mehr Mut gezeigt haben. Einige werden nach euch sterben und viel zu früh in die Umarmung Gottes eingehen.

Betet nicht für euch selbst, damit verschwendet ihr nur euren kostbaren Atem. Betet für jene, denen ihr in der Zeit größter Not den Rücken gekehrt habt. Betet für die unter uns, die euch vertraut haben und die ihr verraten habt. Ihr sterbt, aber eure Angehörigen müssen mit der Schande weiterleben. Denkt darüber nach. Sterbt mit dem Gedanken daran.«

Damit machte er auf dem Absatz kehrt und eilte die Treppe hinunter.

25

848. Zyklus Gottes, 42. Tag des Genasab
15. Tag des wahren Aufstiegs

Das ist der wahre Kern der ganzen Angelegenheit«, erklärte Kessian. »Es ist nicht etwas, das man ein Kind lehren könnte. Sie werden damit geboren, und wir können nur hoffen, sie so auszubilden, dass sie ihre Gabe klug einsetzen, sofern sie sie überhaupt besitzen.«

Jhered saß in der Villa des alten Mannes vor den Überresten eines ausgezeichneten Abendessens und in Gegenwart all jener, die sich als Autorität des Aufstiegs bezeichneten. Hier waren alle Altersstufen vertreten, von ganz jungen Menschen bis zu solchen, die dem Tode nahe waren, und erst jetzt hatte er eine Vorstellung von den wahren Ausmaßen des Projekts bekommen. Vasselis hatte mit dem, was er ihm in Estorr mitgeteilt hatte, noch nicht einmal die Oberfläche angekratzt.

Jhered war mit der Bereitschaft gekommen, diese Menschen zu hassen. Sie aber hatten ihn akzeptiert, vor allem wohl, weil Vasselis ihnen gesagt hatte, dass sie keine Wahl hatten, und nun kämpfte er mühsam dagegen an, dass er sie zu mögen begann.

Die Tür ging auf, und die Jüngste trat mit einem großen Stapel Bücher ein, die sie aus der Bibliothek geholt hatte. Einige waren offensichtlich sehr alt, mindestens so alt wie die Konkordanz selbst oder möglicherweise noch älter.

»Ah, Jen, ausgezeichnet«, sagte Kessian, dieser feurige, leidenschaftliche Mann, dessen hinfälliger Körper seine Begeisterung nicht zügeln konnte. Ein Mann, der mehr als zwanzig Tage im Voraus ohne jeden Fehler das Wetter vorhersagen konnte. »Lege sie hier bei mir ab.«

»Könnt Ihr nun in Zahlen benennen, wie viele Einwohner dieses Ortes irgendeine Fähigkeit haben oder hatten?«, fragte Jhered, der beim Thema bleiben wollte, bevor ihm die Bücher gezeigt wurden.

»Ich würde sagen, mindestens acht von zehn Kindern«, warf Meera ein, die Mutter des schwierigen Jungen namens Gorian. Kurz nachdem Jhered eingetroffen und überwältigt von ihren Fähigkeiten gewesen war, die sie anscheinend mit solcher Selbstverständlichkeit hinnahmen, hatte sie ihm gezeigt, dass sie durch Feuer absolut unverletzlich war.

»Achtzig Prozent?« Er riss die Augen weit auf. »Wie ist das möglich? Wie kommt es, dass wir noch nie davon gehört haben?«

»Eins nach dem anderen«, beschwichtigte Willem Geste, ein weiterer sehr alter Mann und ein Feuerläufer wie Meera. Er hatte recht. »Es ist kein Zufall, wenigstens jetzt nicht mehr. Ein meisterhafter Reiter und eine in dieser Kunst begabte Frau, die ein Kind zeugen, wären doch enttäuscht, wenn sich das Kind nicht für das Reiten interessiert, oder? So ist es auch hier. Mit jeder Generation war der Anteil von Neugeborenen mit solchen Fähigkeiten etwas größer. Es ist eine natürliche Auswahl.«

Da war sie wieder, diese Bemerkung, und inzwischen klang sie schrecklich einleuchtend.

»Aber wir brüsten uns nicht der Gabe, die uns geschenkt wurde«, fügte Genna Kessian hinzu, die charmante Frau, die mit einer einzigen mühelosen Berührung die Quelle aller Schmerzen im menschlichen Körper finden konnte. »Der Orden sieht die Dinge nicht, wie wir sie sehen, was Euch ja auch bewusst ist. Niemand zeigt seine Fähigkeiten in Gegenwart eines Fremden. Ganz egal, wie groß die Versuchung ist und wie verlockend der Gewinn. Über Generationen hinweg haben wir gelernt, was Loyalität bedeutet und wie hoch der Preis für uns selbst und alle, die wir lieben, wäre, wenn wir etwas verraten. Die Fremden, die gesehen haben, was sie nicht sehen sollten, nun ja ...« Sie warf einen Blick zu Vasselis. »Wir konnten nicht zulassen, dass unbedachte Münder etwas Gefährliches in falsche Ohren flüstern.«

Jhered zog die Augenbrauen hoch und fing Vasselis' Blick ein. Sogar das Paradies hatte eine eiserne Grenze. Er nickte leicht. Das Bedürfnis nach Sicherheit konnte er so gut verstehen wie die Gründe dafür, dass der Schleier jetzt gelüftet werden musste.

»Aber warum hier?«, fragte er. Im ersten Augenblick wusste er nicht einmal, ob er laut gesprochen hatte.

»Weil Gorian hier gelebt hat«, erwiderte Kessian, in dessen Augen wieder die alte Leidenschaft flackerte. Er klopfte mit der rechten Hand auf die Bücher. »Es steht alles hier drin. Ich überlasse sie Euch, damit Ihr sie während Eures Aufenthalts lesen könnt, der so lange dauern soll, wie Ihr Fragen habt.

Schon immer wurden Menschen mit den Fähigkeiten des Aufstiegs geboren. Meist waren sie sehr flüchtig. Gorian schrieb alle ihre Geschichten auf und fügte sie zusammen. Menschen, die von ihren eigenen Mitbürgern gemieden wurden und ein neues Heim brauchten. Menschen, die sich von ihren Familien und Freunden entfremdet hatten und eine Erklärung suchten. Menschen, die Angst vor ihrer Andersartigkeit hatten und Trost suchten.«

»Gorian?«, fragte Jhered. »Doch nicht ...«

»Nein, nein. Unser junger Gorian ist nach dem Mann benannt, der vor etwa fünfhundert Jahren den Anfang gemacht hat«, beruhigte Kessian ihn. »Alles, was er gelernt hat, schrieb er auf. Der Orden fand ihn und tötete ihn, aber sie konnten sein Werk nicht zerstören, obwohl sie glaubten, es wäre ihnen gelungen. Ihr habt vermutlich noch nie von ihm gehört, oder?«

Jhered schüttelte den Kopf.

»Das überrascht mich nicht«, fuhr Kessian fort. »Es sind gefährliche Informationen, die schließlich auch die Behauptung, der Aufstieg sei eine Perversion oder Hexerei, der Lügen strafen könnten. Beides trifft natürlich nicht zu. Er ist ebenso natürlich wie die Gezeiten oder die Blätter an den Bäumen.«

Jhered schüttelte den Kopf. »Seid vorsichtig mit Euren Worten, Vater Kessian«, sagte er. »Ob der Orden das Gesetz hätte erlassen dürfen oder nicht – es ist gültig. Ich bin darauf vereidigt, die Gesetze des Ordens und der Konkordanz zu hüten.«

»Was ist dann der Sinn dieser Ermittlung, wenn es nicht darum geht, ob der Aufstieg Ketzerei ist oder akzeptiert werden soll?«, fragte Willem. »Ihr wollt doch sicher, dass wir offen sagen, was wir empfinden und denken. Ungerechte Gesetze müssen aufgehoben werden.«

»Wie ich schon Eurer Leserin erklärt habe, befinde ich mich in einer wenig beneidenswerten Lage. Ich bin nicht unparteiisch. Es ist ein Verbrechen verübt worden, daran solltet Ihr keinen Zweifel haben. Die Frage ist nur, was wir mit Euch tun, und was Ihr gelernt habt. Ich bin hier, um Eure Absichten und Wünsche zu erkunden.

Das bedeutet aber nicht, dass Ihr keine Verbündeten habt. Orin D'Allinnius zeigt sich fasziniert von Eurer Arbeit, und Hauptmann Harkov sieht nur die unschuldigen Gedanken aller Beteiligten. Ich dagegen mache mir Sorgen, dass Ihr Eure Aufgestiegenen unter dem Banner des Ordens gefördert habt. Das ist Euer Verbrechen, und es ist ernst. Sollte der Orden davon erfahren, so müsst Ihr mit strenger Bestrafung rechnen.«

Schweigen. Kessian war jedoch kein Mann, der sich leicht einschüchtern ließ, und seine Begeisterung war ansteckend. Jhered konnte nicht anders, er mochte den Mann.

»Dann lest, was Gorian geschrieben hat. Sprecht mit den Bürgern der Stadt und mit uns allen. Die Wurzel von allem, was wir getan haben, liegt in der Natur selbst, und es ist der Wille Gottes. Vielmehr ist die Unterdrückung des Aufstiegs etwas Unnatürliches. Es war eine Entscheidung, die von Männern und Frauen zu ihrem eigenen Nutzen getroffen wurde, ob sie reinen Herzens waren oder nicht. Ich möchte Euch fragen, wo in den Schriften die Unterdrückung der Natur für notwendig oder akzeptabel gehalten wird.«

Jhered lächelte. »Der Orden führt, wie er es für richtig hält, und die Advokatin verleiht ihm diese Macht. Es wäre eine Katastrophe, wenn die Religion der Konkordanz zersplittert würde.«

»Das wünschen wir nicht«, erwiderte Genna leise. »Wir haben es nie gewollt. Es ist ein ständiger Anlass zur Trauer, dass der Orden uns alle für unsere Arbeit verbrennen würde.«

»Wie wundervoll wäre es, wenn alle fühlen könnten, was unsere Aufgestiegenen empfinden«, sagte Kessian, mit dem jetzt das Temperament durchging. »Stellt Euch nur vor, ehrwürdiger Jhered, welche Freude es wäre, das Wachstum des Getreides spüren zu können. Euer Pferd so gut zu verstehen, dass Ihr ihm niemals wehtut. Eure Augen jeden Tag von Neuem zu öffnen und die Energie der Erde unter Euch im ganzen Körper zu spüren. Mit der Natur und den Elementen eins zu sein. Gott näher zu sein.«

Jhered lehnte sich zurück und ließ Kessians Worte auf sich wirken. Doch mit der Pracht, die seine Worte beschrieben, kam auch die Furcht.

»Was ist aber, Vater Kessian, wenn die Kräfte der Menschen so groß sind, dass sie das Meer, das Wetter und alles, was wächst, kontrollieren können? Es ist eine Gabe, mit der man Böses tun kann, falls die Betreffenden sich dazu entscheiden sollten. Wie weit können Eure Aufgestiegenen hinausgreifen?«

Jhered traf sich erst am fünften Tag seiner Ermittlungen allein mit den Aufgestiegenen. Es war eine außerordentliche Zeit gewesen. Westfallen war anders als jeder Ort, den er bisher besucht hatte, obwohl er sich doch im Herzen des Landes befand, in dem er sich am liebsten aufhielt. Es war, als befände er sich im Innern einer Blase, die vom Rest der Welt abgeschirmt war. In dieser Blase bahnten sich jedoch Dinge an, die möglicherweise genauso wichtig waren wie die Ereignisse in Tsard.

Die Bürger und die Aufgestiegenen von Westfallen waren aufrichtig und offenherzig gewesen und hatten nach den ersten zwei Tagen auch keine Furcht mehr gezeigt. Aus erster Hand hatte er sehen können, wie vorsichtig sie gegenüber den Händlern und Besuchern der Stadt auftraten, und wie natürlich diejenigen, bei denen sich die ersten Anfänge der Fähigkeiten zeigten, mit dem umgingen, was sie hatten. Er hatte mit vielen von ihnen gesprochen und auch mit jenen, deren Fähigkeiten im Laufe der Zeit wieder verschwunden waren.

Zweifellos waren sie ehrlich von der Reinheit ihrer Absichten überzeugt, aber er konnte die Befürchtung nicht abschütteln, dass die Naivität, die ihr isoliertes Leben mit sich brachte, sie für die Auswirkungen ihrer Taten blind gemacht hatte. Jhered war Berufssoldat und verstand, dass es für jede gute Absicht einen Feind gab, der sie ins Gegenteil verkehren konnte. Die Aufgestiegenen waren zweifellos gefährlich.

Er hatte über diesen Konflikt nachgedacht, sich mit Harkov und D'Allinnius beraten und ausgiebige Notizen angefertigt. War es die Natur, oder war es menschliche Überheblichkeit, die sich als Natur verkleidete? Noch wichtiger, was sollte die Advokatur mit ihnen tun ... und zwar mit ganz Westfallen?

Es war schwierig, an dem Ort, wo er gerade saß, an irgendetwas anderes als Anerkennung und Gnade zu denken. Marschall Vasselis' eingefriedeter Garten stand in voller Blüte. Vor den Wänden und in den Beeten wuchsen Blumen in allen Farben. Efeu umrankte die Statuen der großen Persönlichkeiten aus Caraduk und wucherte über das Dach der marmornen Laube, in der sie saßen, gut geschützt vor dem grellen Sonnenlicht. Die Springbrunnen plätscherten fröhlich, die Karpfen in den Teichen schnappten nach den Fliegen und zogen sich in den Schatten der weiß blühenden Seerosen zurück.

In einem Halbkreis saßen die Aufgestiegenen zu seiner Linken auf der Bank, alle mit hellen Tuniken sommerlich gekleidet und geschmückt mit der roten Schärpe des Aufstiegs, die von weißen Schnüren gehalten wurde. Sie waren eine faszinierende Mischung aus Angst, jugendlicher Überheblichkeit und einer Spur echter Reife.

Mit großem Interesse hatte er ihre Ankunft beobachtet, als sie unten im Garten durchs Tor getreten waren und sich ihm genähert hatten. Ossacer, der blinde Junge, hatte eine Hand auf Arducius' Arm gelegt, des Jungen mit dem sanften Gesicht. Auf der anderen Seite war Mirron gegangen, ein hübsches Mädchen. Ossacer hatte kaum den Eindruck erweckt, als brauche er Hilfe, so sicher war sein Schritt gewesen. Gorian hatte sich etwas abseits gehalten und Jhered, während sie sich genähert hatten, mit durchdringenden und etwas beunruhigenden Blicken gemustert.

»Man kann eine Menge über Menschen erfahren, schon bevor man das erste Wort mit ihnen wechselt«, erklärte Jhered, als sie alle bequem saßen. Shela Hasi hatte sie mit willkommenen kühlen Getränken versorgt und sich wieder zurückgezogen. »Die Körperhaltung, wie jemand geht, auf welche Weise er dich anschaut, ob er dir ohne Furcht ins Auge sieht, ob er interessiert ist oder ängstlich.«

Sie schwiegen und warteten wohl auf seine Aufforderung zu sprechen.

»Ihr wisst sicher, warum ich hier bin, nicht wahr? Sie haben euch alles über mich und meine Kollegen und die große Bedeutung dieser Untersuchung erzählt.«

Sie nickten und murmelten zustimmend. Er lächelte.

»Ihr braucht mich nicht zu fürchten. Ich sitze heute nicht als euer Richter hier, ich bin nur ein Beobachter. Ihr habt also die Erlaubnis, frei heraus zu sprechen.«

»Seid Ihr wirklich so ein harter Mann?«, fragte Gorian unvermittelt.

Das überraschte Jhered sehr. »Ich ...« Er hielt inne und kicherte. »Dabei sollte ich eigentlich euch die Fragen stellen. Ich will nur eines sagen. Es ist ein Teil meiner Arbeit, Steuern und Abgaben von Leuten einzutreiben, die manchmal nicht mit der Höhe meiner Forderungen einverstanden sind oder sich nur widerwillig von dem trennen, was sie abgeben müssen. Diese Leute finden rasch heraus, dass ich tatsächlich ein harter Mann bin. Sie bemerken auch, dass mir nur sehr wenig entgeht. Das solltet ihr nicht vergessen, während wir uns unterhalten.« Sein Lächeln verschwand wieder. »Warum hast du mir diese Frage gestellt?«

»Weil wir schon so viel von Euch gehört haben. Ihr leitet die Einnehmer, und deshalb kann Euch niemand leiden.«

»Niemand kann den Steuereinnehmer leiden«, stimmte er zu.

»Aber Ihr scheint gar nicht so übel zu sein«, fuhr Gorian fort.

»Das liegt daran, dass ihr mir keinen Grund gegeben habt, mich anders zu verhalten. Sorgt dafür, dass es auch so bleibt.« Jhered legte die Finger wie ein Spitzdach zusammen. »Erkläre mir, warum die anderen drei dich nicht so sehr mögen, wie sie sich untereinander mögen.«

Alle vier starrten eine Weile ihre Zehenspitzen an. Das war gut. Sie sollten gleich von Anfang an begreifen, wer das Sagen hatte.

»Ich hätte gedacht, dass ihr enger zusammenhaltet. Immerhin seid ihr bisher erst vier, auch wenn ich hörte, dass vielversprechende Kinder zur Welt gekommen sind und noch weitere erwartet werden.«

Gorian sah ihn jetzt an, machte aber keine Anstalten, eine Erklärung abzugeben. Jhered war enttäuscht.

»Ihr müsst wissen, dass ich ein Problem habe. Eure Autorität und eure Leserin, im Grunde sogar alle anderen hier, haben mit großer Begeisterung über die großen und guten Dinge gesprochen, die ihr tun könnt und in Zukunft noch tun werdet. Anscheinend könntet ihr die Retter der ganzen Menschheit sein, die Vorhut eines erneuerten Menschengeschlechts, das seine Kräfte zum Wohle aller nutzt.

Allerdings mache ich mir Sorgen über das, was ihr selbst denkt. Immerhin habt ihr einen eigenen Kopf, und wenigstens einen kleinen Moment lang wolltet ihr mir eindringliche Fragen stellen. Ihr müsst euch Gedanken über eure Zukunft gemacht haben. Zieht ihr nicht alle am gleichen Strang? Nach der Art zu urteilen, wie ihr euch mir genähert habt, würde ich dies verneinen.«

Dieses Mal fand er das Schweigen ärgerlich. Ihm wurde schmerzlich bewusst, wie wenig Erfahrung er im Umgang mit Kindern hatte. Er räusperte sich.

»Soll ich an diesem warmen Tag einen von euch aussuchen, um das Eis zu brechen? Mirron?«

»Ich wusste, dass Ihr mich auswählen würdet. Nur weil ich ein Mädchen bin.«

»Vielleicht dachte ich auch, du wärst die Klügste unter euch«, erwiderte er scharf. »Nun antworte mir. Denk darüber nach, junge Dame. Wenn du an deine Zukunft denkst, was siehst du dann?«

»Ich sehe mich hier in Westfallen. Ich werde mich der Autorität anschließen, wie wir es alle tun werden, weil sie den neuen Aufgestiegenen helfen muss, schneller zu lernen als wir. Ich erwarte, dass ich irgendwann eine Mutter des Aufstiegs sein werde, so wie meine Brüder Väter werden. Ich werde meine Fähigkeiten benutzen, um den Menschen zu helfen, wo ich nur kann. Warum sollte ich irgendetwas anderes wollen?«

»Glaubst du nicht, dass du dank deiner Kräfte den anderen vorschreiben kannst, was immer du willst?«

Sie runzelte die Stirn. »Das verstehe ich nicht.«

Jhered zog die Augenbrauen hoch. Sie hatte wirklich nicht darüber nachgedacht. Sie war erst vierzehn, erinnerte er sich. Dennoch hätte sie sich darüber im Klaren sein müssen. Er war jünger als sie gewesen, als er seine Geschicklichkeit mit dem Schwert erkannt und gewusst hatte, dass er in der Advokatur aufsteigen würde.

Ihm kam eine Idee. »Habt ihr den Eindruck, dass ihr anders seid als der Rest der Konkordanz?«

»Wir sind Bürger der Konkordanz«, erwiderte Arducius. Jhered entging nicht, wie Mirron und Gorian ihn beobachteten, und dass Ossacer seinen Unterarm drückte. »Die Konkordanz wird Aufgaben für uns finden, wenn sie uns will. Sonst wählen wir selbst. So oder so, die richtige Entscheidung wäre es, uns bei der Entwicklung der nächsten Generation von Aufgestiegenen helfen zu lassen.«

»Ist das dein Bild?«

»Welches andere Bild gibt es denn?«, fragte Gorian.

»Wir unterscheiden uns ebenso sehr von der Konkordanz wie jeder andere Bauer oder Fischer in Westfallen. Wir werden dienen, wenn wir eingezogen werden, und vielleicht melden wir uns freiwillig, wenn die Kriege sich noch lange hinziehen. Wenn die richtige Zeit gekommen ist, wird Gott uns den richtigen Weg zeigen«, erklärte Arducius.

»Glaubst du wirklich, ihr werdet gebeten, eine Rüstung anzulegen und mit den Hastati zu marschieren?«

»Nein«, antwortete Ossacer. »Wir wären eher Ärzte oder Tierärzte. Dort könnten unsere Fähigkeiten am besten eingesetzt werden.«

»Wirklich? Nichts weiter? Gorian, was denkst du?«

Gorian zuckte mit den Achseln. »Ossacer hat recht. Überwiegend, jedenfalls. Aber vielleicht können wir auch etwas anderes tun. Wir können den Regen beginnen oder aufhören und den Wind wehen lassen. Vielleicht wollen unsere Generäle lieber, dass wir so etwas tun, statt die Kranken zu heilen.«

Jhered nickte. »Das sehe ich auch so«, sagte er. »Glaubt ihr denn, eure Fähigkeiten sollten so eingesetzt werden? Gorian?«

»Nein, natürlich nicht«, erwiderte Gorian. »Wir sind anders; wir sollten über unsere Zukunft selbst bestimmen und tun, was immer wir tun wollen.«

Da war es. Die anderen beäugten ihn misstrauisch und wichen, so weit möglich, ein wenig von ihm zurück. Gorian dämmerte bereits, wohin seine Kräfte ihn führen konnten. Jhered dagegen sah das Gespenst eines Generals, der sie manipulierte und größere Macht für sich selbst zu erringen suchte. Die anderen hielten noch an dem begrenzten Bild fest, das die Autorität für sie gezeichnet hatte. Eine Sichtweise, die Jhered achten konnte. Gorian jedoch hatte für einen Moment bereits auf die Schwierigkeiten hingewiesen, vor denen sie unweigerlich stehen würden, wenn diese jungen Geister ihren Wirkungsbereich erweiterten.

Sie konnten die Gefahren offensichtlich nicht erkennen.

»Nun denn«, sagte er. »Ihr habt meine erste Frage, wie ihr euch mir genähert habt, beantwortet. Ihr drei stimmt nicht mit ihm überein. Aber ist er nicht realistischer als ihr?«

Arducius schüttelte den Kopf. »Was wir haben, dürfen wir nur nutzen, um Gottes Werk zu tun. Das bedeutet, zu heilen und das Wachstum zu fördern, aber nicht, ein Schlachtfeld schlüpfrig zu machen.«

»Oh Arducius, du begreifst es nicht«, sagte Gorian. »Wir könnten es regnen lassen, wenn unsere Truppen angreifen, weil dann die Pfeile der Feinde nicht mehr richtig fliegen und treffen. Wir könnten Blitze auf die Rüstungen der Feinde lenken und das Leben unserer eigenen Leute retten. Ich dachte, ihr mögt Kovan, aber im Gegensatz zu mir habt ihr ihm nicht zugehört.«

»Du tust immer so klug, Gorian«, sagte Arducius. »Warum gehst du nicht einfach weg, weil du sowieso schon alles weißt?«

»Warum sagst du das? Ich höre zu und lerne. Sei nicht neidisch, nur weil du nicht kannst, was ich tun kann.«

»Ich bin froh darüber, nicht das Gleiche zu tun wie du«, fauchte Arducius. »Wer will denn schon mit dir tauschen?«

»Hört auf«, sagte Mirron. »Das ist mir peinlich.«

Mit geröteten Wangen und feuchten Augen schaute sie zu Jhered auf. Ossacer ließ wieder den Kopf hängen.

»Ich will meine Arbeit nicht im Krieg tun«, flüsterte er.

Jhereds Herz stockte einen Moment, und er kämpfte den Drang nieder, dem Jungen eine tröstende Hand auf die Schulter zu legen. Arducius war schon bei ihm.

»Es wird sein, wie die Götter es wollen, Ossie«, sagte er.

Jhered beobachtete sie. Die drei schlossen sich zusammen, und Gorian blieb abseits, selbstbewusst und sich selbst genug. Sie waren ein faszinierendes Quartett. Jhered war nicht sicher, was er eigentlich erfahren hatte. In vielerlei Hinsicht waren sie nur junge Leute wie alle anderen, die in den Straßen der Konkordanz herumliefen. In anderer Hinsicht begriffen sie, welche Bürde ihre Begabungen waren. Einer von ihnen hatte sogar ein Stück weit erkannt, dass sie auch benutzt werden konnten, um Macht und Einfluss zu gewinnen.

Sie schwatzten über dieses und jenes, während der Nachmittag in einen prächtigen feurigen Abend überging. Als Jhered aufstand und ging, war ihm schon klar, dass er die Nacht über wach liegen würde, um zu ergründen, was er für diese Kinder empfand. Er bedankte sich bei ihnen für ihre Zeit und Geduld und ging zum Tor hinunter.

»Schatzkanzler Jhered?«

Er drehte sich um. Arducius stand da, die anderen hatten ihn umringt.

»Ja, Arducius?«

»Wir sind nicht böse. Wir haben nicht um die Fähigkeiten gebeten, die wir besitzen, sondern wurden mit ihnen geboren. Jetzt können wir nur noch das Beste aus ihnen machen und versuchen, unser Leben zu führen, wie Gott es sich wünschen würde. Ruft nicht den Orden herbei. Sie würden uns verbrennen, und das haben wir nicht verdient.«

Jhered nickte knapp und drehte sich auf dem Absatz um. Bevor er in seine Räume in Vasselis' Villa zurückkehrte, unternahm er einen langen Spaziergang am Strand.

Vasselis ritt mit Jhered zum Gipfel der Anhöhe, von der aus sie vor zehn Tagen auf das beschauliche Westfallen hinabgeblickt hatten. Der Marschall war froh, dass diese Beschaulichkeit nicht zerstört worden war, so kurz die Schonfrist auch sein mochte. Es war der fünfzigste Tag des Genasab, aber der sengenden Hitze nach hätte es auch ein Tag in der Mitte des Solastro sein können.

Vasselis war ohne jede Leibwache ausgeritten. Hier drohte ihm keine Gefahr, und Jhereds Levium war eine ehrenvolle Truppe, erfahren und beispielhaft. In dieser Gesellschaft fühlte er sich sicher, ganz egal, wie belastet ihre Freundschaft im Augenblick war. D'Allinnius und Harkov waren wie Ehrengäste empfangen worden und hatten unter denen, die sie überprüfen sollten, neue Freunde gefunden. Vasselis achtete sie beide für ihre Objektivität und ihre Behutsamkeit.

»Du willst sicher wissen, was ich Herine Del Aglios berichten werde, nicht wahr?«, fragte Jhered, als ihr Abschied nahe war. Vasselis wollte vorerst in Westfallen bleiben.

»Aber natürlich, ich muss es wissen.«

»Das dürfte auch die Frage sein, die allen anderen Bürgern in Westfallen unter den Nägeln brennt.«

»Spanne mich nicht so auf die Folter, Paul. Das ist unter deiner Würde.«

Jhered zügelte sein Pferd und winkte allen anderen, sie sollten weiterreiten. Vasselis hielt neben ihm an, versuchte, den Gesichtsausdruck seines Freundes zu deuten, und scheiterte.

»Ich hatte von Anfang an die Absicht, auf dem Rückweg nach Estorr über alles, was ich hören und sehen würde, gründlich nachzudenken, und dann noch einmal alles durchzugehen, was ich notiert habe. Außerdem will ich mir anhören, was meine Leute zu sagen haben, und jeden Beweis mit ihnen diskutieren. Das habe ich immer noch vor. Mir ist aber auch bewusst, dass es grausam gegenüber dieser außerordentlichen kleinen Stadt in deinem Gebiet wäre ...«, er deutete auf Westfallen, »... wenn ich dir nicht wenigstens einen Anhaltspunkt gebe, in welche Richtung meine Gedanken gehen. Ich sehe schließlich auch, wie sehr du sie liebst.«

»Danke für dein Mitgefühl«, sagte Vasselis. »Du solltest deine Villa wirklich hier bauen.«

»Du wirst sicher verstehen, dass dies im Augenblick keine sehr kluge Entscheidung wäre«, antwortete Jhered.

»Du musst selbst entscheiden, worauf du verzichtest.«

Jhered fuhr sich mit einem Finger unter der Nase entlang. »Arvan, ich will dir etwas sagen, und es liegt bei dir, meine Worte für deine Leute zu interpretieren. Ich werde nicht heimkehren und dem Orden offenbaren, was ich gefunden habe. Wenn es nach mir geht, soll die Kanzlerin so lange wie möglich außen vor gehalten werden.

Andererseits sehe ich keine Möglichkeit, dass die Advokatur diese Leute allein dir überlässt. Deine Liebe für sie hat dich davon abgehalten, die Wahrheit zu erkennen. Sie sind gefährlich, wenn sie unter einen falschen Einfluss geraten.«

Vasselis fuhr auf. »Sie sind doch nur Kinder, die gerade erst die Grenzen ihrer Fähigkeiten erkunden.«

»Hast du dich schon einmal gefragt, wo diese Grenzen liegen? Gorian erkennt bereits das zerstörerische Potenzial, und ich möchte wetten, dass er auch damit experimentiert hat.« Vasselis war anzumerken, dass Jhered die Wahrheit erfasst hatte. »Das dachte ich mir. Sie müssen kontrolliert werden, und die Autorität weiß nicht, wie diese Kontrolle ausgeübt werden muss.«

»Du denkst an militärische Kontrolle«, sagte Vasselis. »Paul, tu das nicht. Sie sind verletzliche Kinder. Sie brauchen die Sicherheit, die Westfallen ihnen gibt. Reiße sie nicht aus ihrer gewohnten Umgebung heraus.«

»Welche Wahl lasst ihr mir denn?«, fragte Jhered, und in seinen Augen blitzte Zorn auf. »Ich kann nicht mit leeren Händen zur Advokatin zurückkehren. Denk drüber nach. Sie sind nicht nur eine Waffe, sondern ein Erdbeben, das die Grundfesten der Konkordanz erschüttert. Die Menschen werden sich vor ihnen fürchten. Bei Gott, der uns alle umarmt, auch ich habe mich gefürchtet, sobald ich sah, was sie tun können. Im Augenblick liegen Fünfjährige und Säuglinge in den Armen ihrer Mütter, und sie könnten die Nächsten sein. Wie können wir uns da heraushalten? Als du zu mir gekommen bist, musst du gewusst haben, was geschehen würde.«

Vasselis seufzte. »Ich weiß, ich weiß. Aber man kann doch hoffen, oder?«

»Hör zu, Arvan, und glaube mir, dies ist besser als alles, was du hättest erhoffen können, als ich hierherkam. Ich muss mich erst hinsichtlich der theologischen Auswirkungen kundig machen. Ich bin immer noch nicht überzeugt, dass es keine Ketzerei ist. Aber eines hat mich mehr als alles andere zum Nachdenken gebracht. Während du und deine Autorität vor Gott als Verbrecher gelten könnten, sind deine Aufgestiegenen gewiss unschuldig. Da du ihr Beschützer bist, jedenfalls für den Augenblick, fühle ich mich im Augenblick bei meiner Ehre gebunden, zu dir zu stehen. Ich bin zuversichtlich, dass die Advokatur sich meiner Sichtweise anschließen wird, und dies bedeutet, dass der Orden von euch ferngehalten wird.«

»Danke, Paul«, sagte Vasselis. »Danke.«

»Fasse das nicht als Billigung auf, denn es ist weit davon entfernt. Früher oder später wird es ein Problem geben, für das wir eine Lösung finden müssen. Im Augenblick solltest du nicht zu weit gehen und dafür sorgen, dass deine Aufgestiegenen Westfallen nicht verlassen. Euer aller Leben hat sich verändert.«

26

848. Zyklus Gottes, 58. Tag des Genasab
15. Jahr des wahren Aufstiegs

General Gesteris war inzwischen wegen der Lage an den Furten in Scintarit äußerst gereizt. Der Genastro neigte sich längst dem Ende zu, die Wärme war einer bedrückenden Hitze gewichen, und die Tsardonier ließen sich nicht hervorlocken und zum Kampf verführen. Fast dreißig Tage waren seit den ersten Scharmützeln vergangen, und er war nicht fähig gewesen, seinen Feind zu einer größeren Schlacht zu verleiten.

Scintarit war eine weite sumpfige Ebene, durch die an vielen Stellen der Fels hervorlugte, manchmal in Form flacher Platten, die kaum das Gras überragten, während anderswo steinerne Finger Hunderte Fuß hoch in den Himmel hinaufgriffen. In der vom Wind gebeutelten Einöde vermochte die Hitze kaum die Feuchtigkeit aus dem Untergrund zu vertreiben. Der Wasserspiegel war sehr hoch, und es war schwierig, zu marschieren, zu reiten oder einen Wagen zu ziehen.

Mitten durch diese Ebene wand sich der Fluss Tarit in weiten Schleifen. Er wurde von unterirdischen Strömen gespeist, die am Fuß der Halorianberge entsprangen, einer mächtigen Gebirgskette, die sich über den ganzen Nordosten erstreckte. In der feuchten Jahreszeit ergossen sich auch die prächtigen Halorfälle in den Fluss, der nirgends weniger als eine Viertelmeile breit war. Er strömte zwischen steilen, felsigen Ufern dahin und war auf dem ganzen Weg durch die

Ebene bis hin zu der erstaunlichen Königsschlucht, die siebzig Meilen weiter im Süden lag, für Wagen praktisch unpassierbar.

Die Tsardonier hatten die beiden Brücken zerstört, die den Fluss im Norden und Süden überspannt hatten, konnten aber nichts gegen die drei Furten im Zentrum der Ebene tun. Es waren gefährliche Übergänge mit glatten, moosbewachsenen Steinen, zwischen einem und drei Fuß unter der Oberfläche gelegen. Jede Furt war gerade breit genug für eine einzelne Kolonne. Dieser Weg war allerdings äußerst gefährlich, denn die Verteidiger konnten die Kolonnen im Fluss jederzeit nach Belieben ausschalten.

Die taktische Bedeutung der Ebene war nicht zu unterschätzen. Sie den Tsardoniern zu überlassen, hätte bedeutet, ihnen ungehinderten Zugang bis zu den Grenzen von Atreska und Gosland zu gewähren. Beherrschte die Konkordanz dieses Gebiet, stand ihr der Weg ins Zentrum von Tsard offen. Damit wäre der letztendliche Sieg und der Fall der tsardonischen Hauptstadt Khuran erheblich näher gerückt.

Während Del Aglios und Atarkis im Norden und Jorganesh im Süden ihre kleineren Heere aufstellten, um die Flanken der Tsardonier zu treffen und einen Großteil der feindlichen Truppen zu binden, kämpfte Gesteris im Zentrum mit dem größten Heer, das die Konkordanz jemals ins Feld gesandt hatte. Mehr als achtzigtausend Bürger standen einem etwa sechzigtausend Köpfe starken Feind gegenüber.

So führte er ein ruhmreiches Kommando, aber ihm fiel auch die schwierigste und gefährlichste Aufgabe zu. Dem durch und durch vorsichtigen Mann war nur zu bewusst, welch entscheidende Rolle sein Heer spielte. Sie waren eine erfahrene Streitmacht, aber selbst über die Befehlswege, die er eingerichtet hatte, nur schwerfällig zu dirigieren.

Es gab gewaltige logistische Schwierigkeiten, und sicher nicht die geringste unter ihnen war die Notwendigkeit, etwa fünf Meilen vom

Ufer des Tarit entfernt zu lagern. Gesteris weckte sein Heer gewöhnlich drei Stunden vor der Morgendämmerung, manchmal sogar noch früher, um den Überraschungseffekt auf seiner Seite zu haben. Die Tsardonier hatten jedoch weithin zu beiden Seiten des Flusses vorgeschobene Späher und Posten eingesetzt, die jederzeit Einheiten zur Verteidigung anfordern konnten, um einen Überraschungsangriff abzuwehren.

In den letzten sechzig Tagen hatte Gesteris einige Kavallerieangriffe und rasche Vorstöße angeordnet. Dabei hatten sie mehrere Vorposten zerstören können, die jedoch im Handumdrehen wieder eingerichtet worden waren. Die meiste Zeit waren beide Seiten an den Flussufern aufmarschiert, um die Furten zu decken und sich über das Wasser hinweg anzustarren. Am Ende eines jeden Tages waren sie wieder in die Lager zurückgekehrt, während jenseits der Ebene des Tarit die Sonne untergegangen war.

Beide Seiten wussten, dass die jeweils andere sich kein überstürztes Vorpreschen erlauben durfte, das doch nur zur Niederlage geführt hätte. Die Tsardonier gaben sich damit zufrieden, einfach abzuwarten. Selbst wenn sie von anderen Heeren an der Flanke angegriffen würden, war ihre Zahl groß genug, um sich sicher zu fühlen, zumal sie aus anderen Regionen des Landes Truppen nachführen konnten. Auch wussten sie, dass Khuran ohne einen entscheidenden Durchbruch von Gesteris' Truppen niemals fallen würde. Es war ein Patt, das die Moral der konkordantischen Kämpfer untergrub, die vor allem möglichst bald ihre Familien und ihre Heimat wiedersehen wollten.

Gesteris begann den Tag auf die gleiche Weise wie alle anderen während des Feldzuges. Der Weckruf störte die Ruhe im Lager, die Befehle der Zenturionen und Meister mischten sich in das Wiehern der Pferde und das Trampeln von zehntausenden Bürgern, die sich aus ihren Decken befreiten.

Er lag noch einen Augenblick im Dunklen und lauschte, ehe

seine Adjutanten mit Laternen und dem Frühstück kamen, das er beim Ankleiden einnahm. Im trüben Licht der Dochte betrachtete er sein Spiegelbild, die makellos polierte Rüstung, die sauberen grünen Kleider und den dunkelgrünen Mantel, der mit dem estoreanischen Wappen bestickt und mit ineinander verflochtenen Motiven geschmückt war.

Dann glättete er sein militärisch kurz geschnittenes graues Haar und massierte mit einer Hand sein Gesicht, während er, da er über fünfzig Jahr alt war, an seine mittlerweile drei Jahrzehnte zurückliegende Jugend dachte. Schließlich holte er den Helm mit dem grünen Federbusch und befestigte mit geübten Bewegungen den Riemen unterm Kinn.

Gesteris' Truppe war in drei Verbände gegliedert, jeweils einer marschierte zu jeder Furt. Unlängst hatte er auch die Lager aufgeteilt, um den Soldaten den Anmarsch zu erleichtern. Er selbst war im mittleren der drei Lager geblieben, und bei ihm war die Zweite Legion, die Bärenkrallen aus Estorr. Zwischen den Lagern herrschte jedoch ein beständiger Austausch, und er hatte leichte Infanterie und Kavallerie an den Flanken stark konzentriert, um sie rasch zu anderen Orten verlegen können, wenn er einen Angriff an der linken oder rechten Furt vortäuschen wollte. Auch dies hatte jedoch keinen entscheidenden Durchbruch herbeigeführt und die Feinde nicht zu der Schlacht verleiten können, nach der er sich sehnte.

Er nahm den Appell seiner Truppen und der Kavallerie ab, wünschte ihnen Glück für den beginnenden Tag und betete auf der Wiese vor ihrem Zelt mit der Sprecherin. Stolz und aufrecht ging er und verkörperte mit jedem Zoll die Überzeugung, dass sie bald schon den Feind zur Schlacht stellen und besiegen würden. Bei sich hatte er keinen Zweifel, dass es dazu kommen würde. Nur das Wann machte ihm Sorgen, und ob er vielleicht gezwungen sein würde, Botschaften an die anderen Generäle zu schicken und sie aufzufordern, zu kampieren und auf ihn zu warten. Das wollte er nicht, weil er es als Schande empfunden hätte.

Gesteris inspizierte einen Manipel der Dreißigsten Ala, den Feuerdrachen aus Gosland, und eine Abteilung Kataphrakten aus seiner eigenen Legion. Er saß auf, gab den Hornbläsern ein Zeichen und führte die Triarii durchs Haupttor hinaus. Es war ein schneller, wenig aufregender Marsch auf der Route Sieben, dem derzeit am wenigsten zerwühlten Weg zum Flussufer. Auch hier war der Schlamm jedoch stellenweise knöcheltief.

Längs der Strecke war festerer Boden mit Flaggen markiert. Seine Ingenieure hatten vor allen Ausgängen des Lagers wenigstens eine Meile weit provisorische Straßen aus Stein und Hartholz gebaut. Die Rückzugsrouten waren frei und jungfräulich. Sie würden unbenutzt bleiben, solange nicht das Schlimmste eintrat und sie fliehen mussten, um die schwer befestigten Lager zu verteidigen.

Alles war in Ordnung, alles war an seinem Platz. Nun fehlte nur noch der Kampf, und ihm gingen allmählich die Zeit und die Ideen aus. Ihm war klar, dass er weniger Fantasie besaß als einige der erfinderischen jungen Generäle. Er hatte entsprechendes Getuschel gehört oder glaubte dies jedenfalls selbst. Aber seine Zeit würde kommen. So war es bisher immer gewesen. Seine Rückkehr nach Estorr würde abermals ein Triumphzug werden.

Das Heer hatte die Triplex Acies genannte Formation eingenommen und erreichte am späten Vormittag die zentrale Furt. Frieden senkte sich nach dem lärmenden Marsch über das Feld. Dreißigtausend Soldaten und Kavalleristen standen da und gaben kaum einen Laut von sich, abgesehen höchstens vom Wiehern eines Pferdes, dem Flattern der Bänder und Flaggen im Wind, dem Knattern der Standarte am Pfahl und dem Klirren von Metall.

Vor ihnen, auf der anderen Seite des Flusses, hatten die Tsardonier eine große Truppe zusammengezogen. Wie immer standen die Bogen- und Armbrustschützen ganz vorn, und auch die unzulänglichen Katapulte waren bis dicht ans Ufer gefahren. Es waren kaum noch Schmährufe und Verhöhnungen zu hören. An den beiden anderen Furten wiederholte sich die Szene. Zwischen den Heeren warteten Flaggenmänner und Reiter auf ihre Befehle.

Gesteris blickte zum Himmel, bevor er sein Pferd wie jeden Tag langsam an der Front entlangtraben ließ. Keine Wolke war zu sehen, die Sonne brannte heiß und schien seine Ohnmacht zu verspotten. Seine Rittmeisterin Dina Kell begleitete ihn. Sie war eine aggressive Kavalleristin, deren stumme Unzufriedenheit mit jedem Tag wuchs. Die von ihr vorgeschlagenen Manöver hätten stets große Gefahren und möglicherweise wenig Gewinn nach sich gezogen. Dennoch achtete er ihre Fähigkeiten und ihre Erfahrung. Es kam niemand sonst infrage, der seine Kavallerie hätte befehligen können.

Inzwischen wünschte er sich, er hätte gleich zu Anfang Geschütztürme am Ufer bauen lassen. Das hätte seinen Katapulten und Ballisten genügend Reichweite verliehen, um die Feinde einzudecken. Es war zu spät, um es jetzt noch zu versuchen. Inzwischen war er so oder so gezwungen, sich den Weg über die Furten mit Gewalt zu erkämpfen.

Am Südhimmel, weit entfernt in Richtung der Königsschlucht, erregte etwas seine Aufmerksamkeit. Ein Fleck am Himmel, wie ein dunkler Klecks auf blauer Leinwand. Er runzelte die Stirn. Da unten war nichts. Das Land war trocken, aber der Weg nach Süden und Osten war auf der östlichen Seite der Schlucht für ein großes Heer nicht passierbar. Hunderte von Meilen voll tiefer Klüfte, zackiger Felsen und Zinnen in dichtem Heidekraut, in dem sich nur die allerzähesten Ziegen halten konnten.

Er deutete auf den Fleck. »Meisterin Kell, sagt mir, was Ihr da drüben seht.«

Kells dunkelbraune Augen blickten unter dem Helm mit dem Federbusch hervor. »Da ist Staub in der Luft«, sagte sie mit starkem tundarranischen Akzent. »Wahrscheinlich Verstärkung, die aus dem

Seengebiet von Toursan herankommt.« Sie zuckte mit den Achseln. »Eine große Streitmacht dürfte es kaum sein. Jorganesh hat die meisten gebunden, oder nicht?«

»Das teilte man uns mit«, bestätigte Gesteris. »Haben wir da unten Späher?«

»Im Augenblick nicht«, erwiderte Kell. »Da die Brücke zerstört wurde, gibt es dort keinen Übergang. Ich kann aber Reiter aussenden.«

»Tut das.«

Er betrachtete noch einmal die Staubwolke. Es war schwer zu schätzen, wie weit entfernt oder wie groß sie war. Gesteris war nicht sicher, warum, aber er teilte Kells Einschätzung nicht, es handele sich nur um eine bescheidene Verstärkung. Im Dunst unter dieser schimmernden Hitze war einfach alles möglich.

Er zügelte sein Pferd, griff nach hinten und zog eine Karte aus seinen Satteltaschen, die er entfaltete, um die Zeichnungen mit dem zu vergleichen, was er in der Ferne sah. Die Seitenwände der Schlucht erhoben sich steil in den Himmel, im Osten schloss sich felsiges Gebiet an, das zusammen mit der Seenplatte von Toursan die Südflanke schützte. Der Fluss schlängelte sich fünfzig Meilen weit dahin und verlief auf den letzten zwanzig Meilen pfeilgerade, bevor er sich in die Schlucht stürzte. Pfeilgerade.

Gesteris blinzelte und versuchte, die Staubwolke einzuschätzen, die allerdings nur einen unzulänglichen Aufschluss über die gegnerischen Verstärkungen bieten konnte. Ihr Ausmaß hing unter anderem von den Windverhältnissen am Ausgang der Schlucht ab. Wo er selbst gerade stand, wehte der Wind fast direkt nach Norden, sodass der Staub wahrscheinlich denen vorauseilte, die ihn aufwirbelten. Vielleicht konnte man wenigstens die Entfernung einigermaßen genau bestimmen.

Er packte die Zügel fester und bemühte sich, seine plötzlich aufkommende Angst nicht zu zeigen. Gern hätte er auch sein Spähglas benutzt, doch das hätte nur die Aufmerksamkeit viel zu vieler Soldaten geweckt.

»Schickt die Späher sofort da hinunter«, zischte er an Kell gewandt. »Und sagt ihnen, sie sollen aufpassen. Die Tsardonier sind auf dieser Seite des Tarit.«

Die Überfälle hatten nicht aufgehört, und die Konkordanz tat nichts, als noch mehr von Yurans Verteidigungskräften abzuziehen, um die Heere in Tsard zu unterstützen, die offenbar in Schwierigkeiten steckten. Er hatte so viele Grenzbefestigungen wie möglich bemannt und tauschte seine Truppen regelmäßig aus, um den Feinden keinen Anhaltspunkt zu geben, wo sie unbehelligt nach Atreska einfallen konnten. Dies alles konnte das Unvermeidliche jedoch nur hinausschieben.

Jetzt hielt er die Botschaft der Advokatin in seinen Händen, mit der er gerechnet hatte, und las sie voller Unmut. Seine Weigerung, sich an den Spielen zu beteiligen, war wütend und mit Drohungen gespickt beantwortet worden. Seine Regentschaft hing am seidenen Faden, und Herine Del Aglios suchte nur noch nach einem letzten Vorwand, um ihn abzusetzen.

»Warum sollte mich das kümmern, wenn mein Volk stirbt und meine Städte brennen?«

»Mein Herr?«, fragte seine Adjutantin erschrocken.

»Entschuldige, Megan«, sagte Marschall Yuran. »Ich habe nur laut gedacht.«

Sie saß hinter ihm und las die neu eingegangenen Bittgesuche. Er wusste schon, was sie enthielten, und war aufgestanden, um auf einen Balkon seiner Burg zu treten und mit wachsendem Unbehagen zu betrachten, in welch schlechtem Zustand sich Haroq befand. Begonnen hatte es bei den Einwohnern der Grenzstädte, die hinter den Stadtmauern Zuflucht suchten. Viele von ihnen hatten von Grausamkeiten der Tsardonier berichtet, und ebenso viele hatten ihn unter Zugzwang gesetzt, auch Prätorin Gorsal aus Gullford. Zu viele drängten ihn, die Konkordanz zu verlassen und die Unabhängigkeit zu erklären.

Sie hatten gut reden. Für ihn stellte sich die Angelegenheit ungleich komplizierter dar. In seinem ganzen Land waren Truppen der Konkordanz stationiert, ob sie nun zur Front marschierten, von dort zurückkehrten, mit defensiven Aufgaben betraut waren oder zur Aufklärung eingesetzt wurden. Die Aufstände in Atreska nahmen einen großen Teil seiner Zeit in Anspruch. Seine erfahrenen Ratgeber waren allesamt Estoreaner und der Advokatin treu ergeben. Er für seinen Teil glaubte immer noch, dass die Konkordanz in Tsard rasch siegen würde, dass die Versprechungen der Advokatin Wirklichkeit werden würden.

Dennoch verstand er auch die Verzweiflung seines Volks und erkannte in den Augen der Menschen den Vorwurf, dass er ihnen nicht half. Es tat ihm weh, traf ihn bis ins Mark. Er hatte ihnen vom Ruhm der Konkordanz gepredigt, aber bisher war außer Angst und Tod für viel zu viele Menschen nichts herausgekommen.

Er war ehrlich überzeugt, alles zu tun, was in seinen Kräften stand. Er hatte Streifen zur tsardonischen Grenze geschickt, die sogar einige schöne Siege errungen hatten. Es schien jedoch, dass die Angreifer viel tiefer als angenommen in sein Land eingedrungen waren, während er nicht über genügend Truppen verfügte, um alle Orte zu sichern, an denen sie zuschlagen konnten. Die Fähigkeit der Tsardonier, ihn nach Belieben fast überall zu treffen, ließ in allen Teilen von Atreska die Panik ausbrechen. Sicherlich arbeiteten sie mit den Rebellen zusammen, und als die Einwohnerschaft von Haroq so weit angewachsen war, dass er die Flüchtlinge außerhalb der Mauern unterbringen musste, hatten die Aufstände begonnen.

Die Bürger der Stadt hatten sich mit den Vertriebenen verbündet und waren zur Burg marschiert, um Taten zu verlangen. Sie hatten mehr Soldaten im Feld verlangt und ein Ultimatum an Estorr geschickt, dass ihre Loyalität ein Ende haben würde, wenn die Konkordanz sie nicht schützen konnte, wie es die Verfassung vorsah.

Yuran hatte mit allen Anführern der Volksbewegung gesprochen und ihnen so gut wie möglich die Lage erklärt. Er hatte sie gedrängt, der Konkordanz treu zu bleiben und zu den Göttern zu beten, an die sie glaubten, um Hilfe in dieser schwierigen Zeit zu erbitten. Zwar, so hatte er einräumen müssen, sehe es finster aus, aber der Sieg in Tsard sei nicht mehr fern, und dieses sei gewiss das letzte Jahr des Feldzugs.

Vorerst hatte er sie beschwichtigen können, aber als die Lebensmittel knapp wurden, da zu viele Felder unbestellt blieben und die Gehöfte verlassen waren, verloren die Menschen die Geduld. Aus Demonstrationen hatten sich Plünderungen entwickelt, und er hatte die Wache von Haroq aussenden müssen, um den Aufruhr niederzuschlagen. Jetzt galt das Kriegsrecht, und eine Ausgangssperre von der Abenddämmerung bis zum Morgen hielt die Schwierigkeiten in Grenzen, aber jeden Tag sah er in anderen Stadtteilen Brände und hörte die gedämpften Schreie der Meute.

Langsam aber sicher löste sich die Ordnung in Haroq auf, und nicht einmal der Orden der Allwissenheit konnte die Gläubigen daran hindern, zu den Waffen zu greifen.

»Was kann ich nur tun?«, fragte er. »Mir droht die Entlassung aus dem Amt des Marschallverteidigers. Mein Titel verlangt jedoch von mir, dass ich meine Arbeit mache, statt um die Advokatin herumzuschwarwenzeln und Spielen zuzuschauen, die jedes hungrige Kind in meinem Land verhöhnen und sich über jeden Blutstropfen lustig machen, der an der tsardonischen Grenze von Unschuldigen vergossen wird, die ihre Felder bestellen.«

»Ihr müsst zu Eurem Volk stehen«, sagte Megan leise, weil sie nicht sicher war, ob er überhaupt eine Antwort von ihr erwartete. »Was Ihr auch jetzt schon tut.«

»Das ist ein schwacher Trost, wenn diese Leute, die zu verteidigen ich geschworen habe, sich gegen mich und gegeneinander wenden. Die Gefängnisse sind voller Aufwiegler, von denen viele mit Tsard sympathisieren. Die Stadt und das Umland fühlen mit ihnen, aber sie begreifen nicht, was es bedeuten würde, in die Unabhängigkeit zurückzukehren. Wenn das geschehen würde, wäre Atreska ein Schlachtfeld, und ich würde sterben, bevor es überhaupt so weit kommt.«

»Darf ich offen sprechen, Marschall?«, fragte Megan.

»Bitte. Jede Lösung ist besser als das Chaos, das ich von hier aus sehe.« Er seufzte.

Über den nördlichen Stadtvierteln hing eine Rauchwolke – der Schauplatz der jüngsten Tumulte. In den Straßen war es ruhig, da die Sonnenglut am frühen Nachmittag auch den heißblütigsten Demonstranten den Eifer austrieb. Aber die Rauchwolke war eine weitere Erinnerung daran, dass Yurans Truppen in der Hauptstadt immer wieder Revolten mit Waffengewalt niederschlagen mussten. So konnte es nicht weitergehen.

»Es ist Zeit, bei der Verteidigung von Atreska ein größeres Risiko einzugehen. Folgt dem Beispiel Estoreas. Verpflichtet alle Flüchtlinge zum Dienst, gebt ihnen Waffen und bildet sie aus, und dann sollen sie hinausgehen und ihr Land verteidigen. Gebt ihnen ein Ziel. Damit nehmt Ihr ihnen den Antrieb, sich aufzulehnen. Nehmt das Geld, das eigentlich für die Steuern vorgesehen wäre, um sie zu bezahlen. Der Schatzkanzler wird die Notwendigkeit einsehen.«

»Wirklich? Schatzkanzler Jhered ist ein ausgesprochen schwieriger Verhandlungspartner.«

»Was kümmert es Euch, Marschall Yuran?« Megan errötete. »Verzeiht mir, aber wenn Ihr aus dem Amt entfernt werdet, müsst Ihr Euch nicht mehr um die Steuerlast sorgen. Wenn die Tsardonier ihre Ziele durchsetzen, gilt das Gleiche. Falls Ihr aber Erfolg habt, wird das Volk voll und ganz hinter Euch stehen, und die Konkordanz wird ihre Glaubwürdigkeit verlieren, wenn sie Euch trotzdem absetzt. Ihr werdet ein Held sein, noch mehr als jetzt schon. Die Verhandlungen über die Abgaben könnt Ihr dann aus einer Position der Stärke führen.«

Yuran sah sie an. Es kam ihm vor, als wäre die Sonne durch die Wolken gebrochen und wärmte sein Gesicht. Ob dies die Schwierigkeiten mit den Tsardoniern und den Rebellen beheben würde, war mehr als zweifelhaft. Es würde aber ganz sicher die Unruhen in der Stadt beenden und den Druck von ihren Bewohnern nehmen. Vielleicht nicht nur hier, sondern auch anderswo. Sie konnten wieder ein normales Leben führen, und vor allem würde ihm diese Maßnahme Zeit erkaufen. Kostbare Zeit.

»Hole mir den Anführer der Stadtwache und den General der Legion, die uns verteidigt. Bei der prächtigen Vergangenheit der Götter von Atreska, Mädchen, das ist ein Plan, den zu verfolgen sich lohnt. Warum ist mir das nicht schon längst eingefallen?«

»Manchmal sehen wir nicht, was direkt vor uns liegt«, sagte Megan, die sich große Mühe geben musste, angesichts ihres Erfolges nicht entzückt zu strahlen.

»Danke, dass du den Mut hattest, freiheraus zu sprechen«, sagte Yuran. »Vielleicht finden wir doch noch einen Ausweg aus diesem Chaos, und wenn uns das gelingt, sollst du belohnt werden. Geh jetzt. Wir haben noch viel zu tun, wenn wir Atreska vor dem drohenden Bürgerkrieg retten wollen.«

Dieses Mal hatten die Späher sie frühzeitig bemerkt, aber es war klar, dass die Tsardonier ohnehin nicht auf das Überraschungsmoment setzten. Es war der dritte Überfall. Alle in Gullford wussten, was dies bedeutete, und waren bereit. Die Beratung in der Basilika war langwierig und gelegentlich erbittert verlaufen, aber letzten Endes hatte der Wunsch, weiter an dem selbst gewählten Ort zu leben und zu arbeiten, den Ausschlag gegeben.

Prätorin Gorsal ging zum Rand der Stadt, wo die Tsardonier eintreffen würden, und wartete. Sie sah zu, wie sie an den äußeren Gehöften vorbeikamen und langsamer wurden, bis sie nur noch trabten und dann im Schritt ritten. Sie hatten die Schreine Junis gesehen, der atreskanischen Fruchtbarkeitsgöttin. Dies war die Jahreszeit der Wärme und Ernte, es war die Zeit der Juni. Alle ihre Schöpfungen im ganzen Land erstrahlten in ihrem Glanz.

Gorsal stand unter dem blauen Himmel und der sengenden Sonne; über ihr wehte die Parlamentärsflagge. Ihre Verwalter und Magistraten standen bei ihr. Alle trugen die Kleidung von Solastro, keiner von ihnen war bewaffnet. Allerdings versperrten sie die Straße.

Die Tsardonier näherten sich und fühlten sich stark genug, um die Schwerter in den Scheiden zu lassen. An den etwa fünfzig Speerspitzen flatterten Banner. Insgesamt war die Abteilung hundertfünfzig Kämpfer stark. Wegen der Hitze trugen sie zu Pferd nur leichte Rüstungen. Die Sehnen ihrer Bogen hatten sie abgespannt, die Waffen hingen auf ihren Rücken. Die Pferde wirkten kräftig, wenngleich nach dem morgendlichen Ritt etwas müde.

Der Anführer stieg ab, als sie auf zwanzig Schritte heran waren. Sechs Wächter nahmen ihn in die Mitte. Gorsal war froh, ein bekanntes Gesicht zu entdecken, auch wenn der Mann einherstolzierte, als sei er der Herr der ganzen Welt.

»Prätorin Gorsal«, begrüßte er sie und deutete eine Verbeugung an.

»Sentor Rensaark«, sprach sie ihn höflich mit seinem Rang an, der etwa dem eines Zenturios entsprach.

»Ihr seid noch da.« Er sprach Estoreanisch mit starkem Akzent. »Daher nehme ich an, dass eure Bitten an den Marschall Erfolg hatten. Es sei denn, ihr wünscht den Tod.«

»Keines von beidem.« Gorsal deutete auf die Parlamentärsflagge, worauf Rensaark eine finstere Miene machte und sich drohend aufrichtete. »Höre mich an, wenn du auch nur ein wenig Achtung für mich empfindest.«

Rensaark zuckte mit den Achseln.

»Die Bitten und Forderungen, die wir an den Marschallverteidiger Yuran gerichtet haben, wurden abgelehnt. Deine Erklärung, die wir ihm übermittelt haben, wurde mit einem Lachen abgetan. Allerdings hat niemand in dieser Stadt das Bedürfnis, für jene zu sterben, die sich weigern, uns in unseren Häusern zu beschützen, und uns stattdessen in Zeltlagern in Haroq eine unzulängliche Zuflucht bieten.

Wir wollen hier in Gullford in Frieden leben. Wir wollen mit unseren Nachbarn Handel treiben, sei es die Konkordanz, Atreska, Kark oder Tsard. Deshalb sind wir zu einer Entscheidung gelangt.«

Sie drehte sich mit erhobenen Händen zur Siedlung um und winkte. Auf allen Dächern von Gullford stand ein Flaggenmast, und neben jedem stand ein Bürger mit einem Bogen. Auf ihr Signal wurden die Flaggen entrollt. Die Banner waren diagonal in eine goldene und eine weiße Hälfte unterteilt, und in der weißen Hälfte prangte eine goldene Sonne, während in der goldenen Hälfte eine weiße Sonne abgebildet war.

Es waren die Flaggen des untergegangenen atreskanischen Königreichs.

Sie wandte sich wieder an Rensaark. »Wir betrachten uns nicht mehr als Teil der Konkordanz. In dieser kleinen Enklave sind wir unabhängig und erwecken das alte Atreska wieder zum Leben. Du hast auf den Feldern wieder die stolzen Schreine gesehen, die der Orden sofort zerstören würde. Jetzt siehst du unsere Flaggen. Wir sind uns einig, und nun liegt es bei dir, Sentor aus Tsard. Schlachte uns ab oder treibe Handel mit uns. Kehre zu dem zurück, was vorher war, oder sei für immer unser Feind. Was sagst du?«

Rensaark starrte die Flaggen und dann Gorsal an. Er stieß einen bellenden Befehl aus, der sie zusammenzucken ließ. Seine Männer stiegen ab und führten die Pferde am Zügel herbei. Schließlich lächelte Rensaark breit und zeigte ihr seine abgebrochenen faulenden Zähne.

»Die Furcht soll für euch ein Ende haben, und die Freundschaft mit dem Königreich Tsard sei erneuert. Mit eurem Schritt beginnt der Tod der Konkordanz. Dieser Tag ist ein großer Tag, ein Sieg ohne Blutvergießen.«

Er streckte die Hände mit nach oben gerichteten Handflächen aus. Sie schluckte ihre Abscheu über seine früheren Taten hinunter und legte ihre Hände auf die seinen. Das Abkommen war besiegelt. Das Schicksal nahm seinen Lauf.

27

848. Zyklus Gottes, 1. Tag des Solasauf
15. Jahr des wahren Aufstiegs

Vier Stunden vor der Morgendämmerung marschierten sie los und störten mit ihren Liedern und Gebeten den Frieden der Nacht. General Gesteris führte sein Heer nach Süden, der neuen Bedrohung entgegen. Er hatte den Anfang gemacht und mit lauter Stimme eine estoreanische Hymne angestimmt, die zuerst von seinen Extraordinarii aufgenommen worden war, bis auch die anderen Soldaten und Kavalleristen unter seinem Kommando eingestimmt hatten.

Der Gesang ließ ihn schaudern. Dreißigtausend Stimmen erhoben sich zur Lobpreisung ihres Landes und der Konkordanz:

Estorea, schönes Estorea,
du Juwel in dieser Welt,
Wie weit der Marsch, wie schwer auch das Gefecht
Wir werden unserem großen Land gerecht.
Jeder steht hier für den andren ein
Jeder kämpft mit Schwert und Pfeil
Alle Feinde müssen schließlich fallen
Der Sieg wird unsrer Konkordanz zuteil.
Im Herzen die Liebe zu unserem Gott
So ziehn wir für die Advokatin in den Krieg

Für Estorea singen wir aus einem Mund
Wir singen laut für unsren Sieg.

In den tsardonischen Lagern im Osten und jenseits des Flusses im Norden brannten Feuer. Auch dort drüben wurde nun gesungen, und schließlich herrschte ein unbeschreiblicher Lärm auf der Ebene. Gesteris sah sich beflügelt. Die ersten Scharmützel wurden mit Worten und Liedern ausgetragen, deren Bedeutung er gewiss nicht unterschätzte.

Gesteris war überrascht, aber zufrieden, dass die Tsardonier endlich den Kampf suchten. Wahrscheinlich bedeutete dies, dass die konkordantischen Truppen an den Flanken gute Fortschritte erzielten. Was auch immer der Grund war, er musste auf ein atemberaubendes Manöver der Feinde reagieren.

An der Ostseite des Flusses Tarit kam eine weitere Armee herauf. Die Konkordanz hatte überall in den Sümpfen im Süden Späher postiert, aber nicht mehr an der Schlucht, seit die Brücken zerstört worden waren. Auch wenn Gesteris nicht sicher war, ob die Zerstörung eine Kriegslist gewesen war, das Manöver rang ihm seine Achtung ab. Was ihn aber wirklich in Verlegenheit brachte, war die Tatsache, dass er weder die Gewitztheit noch die Fantasie besessen hatte, selbst auf diese Idee zu kommen.

Die Tsardonier hatten sechzig Meilen im Süden eine Schwimmbrücke gebaut. Sie waren es langsam angegangen und hatten nur gearbeitet, wenn die Heere einander am Fluss gegenübergestanden hatten. Unterdessen hatten sie neue Kräfte aus dem Zentrum nachgeführt, waren den Truppen von Jorganesh und Del Aglios ausgewichen und hatten die frischen Verbände in einem getarnten Lager auf trockenem Gelände warten lassen.

Als nach der Bestätigung der neuen Gefahr klar war, dass Gesteris noch zwei Tage blieben, um seine Streitkräfte einzusetzen, hatte er sich mit den kommandieren Offizieren aller drei Heeresteile getroffen. Jetzt, am dritten Morgen, war er bereit. Die Bürger der Konkordanz würden endlich ihren Kampf bekommen. Er hatte seine Verbände in vier Abteilungen untergliedert. Das Schwergewicht lag auf der rechten Seite und stand unter seinem eigenen Kommando. Es war ein Glücksspiel. Er musste die tsardonische Armee auf dieser Seite des Tarit möglichst schnell schlagen und konnte nur hoffen, dass seine verminderten Truppen an den Furten standhalten würden.

Er hatte alle Kataphrakten aus drei Heeren zusammengezogen und an den Flanken postiert. Im Zentrum setzte er zwei Phalangen ein. Mit Hilfe von Hastati-Schwertkämpfern wollte er an den Flanken durchbrechen, um das Tempo des Kampfes vorzugeben. Die Principes und Triarii unter anderen Kommandanten sollten überfallartig eingreifen und die Front unterstützen.

Gesteris traf nicht gern im rechten Winkel auf die feindlichen Truppen und hatte seine Kräfte eine Meile von den Furten zurückgezogen. Falls die Feinde durchbrachen, blieb noch genug Zeit, die hinteren Linien zu verstärken und einen organisierten Rückzug in die Lager anzutreten.

Als er sich seinem Ziel näherte, brach gerade die Morgensonne durch eine dünne Wolkenschicht, und er konnte die tsardonischen Truppen überblicken. Sie rückten in Kampfformation vor und boten einen beeindruckenden Anblick. Mehr als tausend Schritt breit war ihre Linie, als sie rasch über die Ebene liefen und den Felsnadeln auswichen. Das Trampeln ihrer Füße begleitete den Rhythmus ihrer Lieder.

An beiden Seiten ritt die Kavallerie, deren Schlachtordnung selbst aus mehr als einer Meile Entfernung imponierend war. Was Gesteris zu Rittmeisterin Kell gesagt hatte, die für die gesamte Kavallerie an dieser Front verantwortlich war, hatte der Wahrheit entsprochen. Dies waren keine frischen Rekruten. Die Steppenkavallerie kam aus dem Norden und Osten, aus dem Grenzland zu Sirrane und dem

Felsland nördlich von Kark. Es waren gut ausgebildete und von reichen Landesfürsten besoldete Kämpfer. Ein würdiger Gegner für die Konkordanz. Eines Tages würden sie Verbündete sein, die zu befehligen er stolz sein konnte.

Gesteris beobachtete seine berittenen Bogenschützen und die leichte Infanterie, die vor ihm im Feld noch keinen ernsthaften Angriff auf die Gegner begonnen hatte. Viermal war es bereits zu Scharmützeln gekommen, was die Absicht beider Seiten unterstrich, endlich die entscheidende Schlacht zu schlagen. Bislang hatte die Konkordanz die Oberhand behalten. Seine berittenen Bogenschützen waren geschickter und saßen auf schnelleren, besseren Pferden.

Er signalisierte einen Schwenk nach rechts, und das Heer folgte in beispielhafter Ordnung. Binnen einer Stunde war die Formation vollendet, und seine Vorauseinheiten hatten sich wieder an den Flanken oder hinter den Linien eingegliedert. Die Tsardonier kamen unterdessen näher und beschleunigten sogar noch ihr Marschtempo. Und vom gegenüberliegenden Ufer drohte ein weiterer Angriff.

Flaggen übermittelten die Befehle, Hufe und Füße trampelten, während seine Kommandanten ihre Ausgangspositionen einnahmen. Er ritt seine Frontlinie ab. Dies war nicht der Augenblick für eine große Ansprache. Es war der Augenblick, sich zu zeigen und die Soldaten in der vordersten Linie zu ermutigen, die noch nie in einer offenen Schlacht gekämpft hatten.

»Stärke!«, rief er. »Ihr seid die Konkordanz. Kämpft hart und siegt. Weicht niemals auch nur einen Schritt zurück.«

Er wiederholte seine Worte an der ganzen Linie und freute sich über die Jubelrufe seiner Soldaten und die Ehrenbezeugungen seiner Kavallerie. Sie waren bereit. Dann ritt er zu seinem wenig beeindruckenden Aussichtspunkt. Das Land war flach; im Gegensatz zum Großteil seiner Kämpfer konnte er jedoch immerhin auf solidem Fels stehen. Der Boden würde im Verlauf des Kampfes nicht besser werden, aber wenigstens hatte der Feind mit den gleichen Schwierigkeiten zu kämpfen.

Seine Läufer, Reiter und Flaggenmänner warteten schon. Die Standarte war neben ihm aufgestellt.

»Ich will, dass ihr die Meldungen schneller überbringt, als ihr es je zuvor getan habt. Ich will Nachrichten von den Furten, und sie sollen genau und umfassend sein. Enttäuscht mich nicht.« Er nickte anerkennend, als sie den Befehl bestätigten. »Gut. Seid bereit.«

Ein knatternder Lärm erhob sich. Die Tsardonier schlugen mit ihren Waffen auf die Schilde, stießen ihre Kampfschreie aus und rückten vor, um anzugreifen. Dieses Mal würden die Truppen nicht kurz voreinander innehalten. Es würde weder Scheinangriffe, noch Schmähungen oder ausgedehnte Schusswechsel mit Pfeilen oder Armbrüsten geben. Dies war kein taktischer Vorstoß.

Der Rausch des Kampfes durchflutete ihn.

»Phalangen, macht euch bereit. Bogenschützen, legt an!«, rief er. Die Flaggen gaben seine Befehle weiter. »Kavallerie, nach eigenem Ermessen eingreifen.«

Die Tsardonier marschierten schnell, die Kavallerie folgte im leichten Trab zu beiden Seiten. Die Pferde mahlten mit den Kiefern und wollten endlich galoppierten. Links und unterhalb von ihm stellte Rittmeisterin Kell Kataphrakten vor eine Einheit berittener Bogenschützen und befahl ihnen, sich den Feinden auf der rechten Seite schräg zu nähern und auf den Befehl zum Angriff zu warten.

Hinter den Schwertern und Sarissen der Hastati standen Bogenschützen bereit; die Pfeile steckten vor ihnen im Boden, die Sehnen waren gespannt. Immer näher kamen die Tsardonier, waren schließlich in Bogenschussweite und hatten offenbar die Absicht, die Armee der Konkordanz hart und vernichtend anzugehen. Gesteris blickte nach hinten und nach links. An der ersten Furt sah die Lage ähnlich aus, und vermutlich ebenso an den beiden anderen, die er im Moment nicht überblicken konnte.

Befehle wurden gebrüllt. Pfeilsalven flogen hinüber und schlugen in den tsardonischen Reihen ein. Einige Männer stolperten und stürzten, Helme wurden von Köpfen gerissen, Arme und Beine zuckten wild, wenn jemand getroffen wurde. Der Gegner zögerte nicht. Tsardonische Armbrustbolzen und Pfeile wurden hinter der Frontlinie abgeschossen und prasselten gegen die Schilde der Hastati. Allerdings war es kein entschlossener Angriff und zudem ungenau, da die Gegner sich bewegten.

Als die Tsardonier bis auf fünfzig Schritt heran waren, griff ihre Kavallerie an. Soweit Gesteris es sehen konnte, stieß etwa die Hälfte der Truppe vor. Es war ein außerordentlicher Anblick. Dreitausend Pferde und Reiter preschten los. Schweiß glänzte auf den Fellen, die Hufe warfen den Schlamm hoch. Unbeeindruckt von den auf sie abgeschossenen Pfeilen ritten sie um die Flanken der Infanterie herum.

Die Kommandanten der Kavalleristen und Schwertkämpfer reagierten sofort. Kells Kataphrakten senkten die Lanzen und begannen mit dem Gegenangriff. Ihre Rüstungen schimmerten im Sonnenlicht. Auf beiden Flanken nahmen mit dem Gladius bewaffnete Manipel ihre Schilde in Kampfordnung nach vorn und warteten, bis die Welle über sie hereinbrandete. Im Zentrum hockten sich die beiden Phalangen hin und richteten ihre Sarissen zu einem tödlichen dornigen Wald aus.

Über ihre Köpfe hinweg kam eine Pfeilsalve nach der anderen geflogen. Inzwischen herrschte ein ohrenbetäubender Lärm. Die Kräfte der Konkordanz brüllten, um sich Mut zu machen, und schrien die Feinde an, die auch auf den letzten Schritten noch ihre Formation hielten. Weiter hinten wurden mehrere Geschütze abgefeuert.

Es klang wie Donnergrollen, als Kavallerie und Infanterie aufeinanderprallten. Pferde bockten, scheuten oder stürmten los. Reiter schlugen auf Infanteristen ein. An der Flanke galoppierten weitere Kavalleristen herbei. Im Zentrum trieben die Kataphrakten einen Keil in die gegnerischen Reihen und erlaubten es den berittenen Bogenschützen, über ihre Köpfe hinwegzuschießen. Zu Dutzenden starben Reiter und Pferde. Entsetzlich laut waren die Schreie, die der Pferde noch lauter als die der Menschen. Wie Dunst hing das Blut in der Luft, wie eine Wolke über der hitzigen Schlacht. Kell schickte weitere Einheiten hinterher und gab damit den anderen die Gelegenheit, sich zurückzuziehen, sich neu zu formieren, umzukehren und abermals anzugreifen. Selbst für einen erfahrenen General wie Gesteris war es ein ungemein wilder Ansturm. Ihm war klar, dass es nicht lange so weitergehen konnte.

Der Kontrast zwischen den Infanterieeinheiten war verblüffend. Nach dem ersten Zusammenprall waren die Kräfte der Konkordanz ein wenig zurückgewichen, hatten sich aber sofort wieder gefangen. Im Zentrum standen die Phalangen einander gegenüber und bewegten sich kaum noch. Allerdings würde die Schlacht nicht dort gewonnen oder verloren werden. Draußen an den Flanken, die Gesteris sehen konnte, wenn er sich in den Steigbügeln aufrichtete, wurde erbittert gekämpft. Wurfspeere und Pfeile flogen hin und her und mähten auf beiden Seiten die Soldaten nieder.

Auf ganzer Linie hielten die Soldaten der Konkordanz in enger Formation den weiter aufgefächerten tsardonischen Kriegern stand. Seine Soldaten nutzten die hohen, rechteckigen Schilde wie Rammen, stießen sie nach vorn, öffneten kurz die Reihen, um zu attackieren, und schlossen sie sofort wieder, damit der Gegner keine Zeit hatte, unvermutet zurückzuschlagen. Die Tsardonier waren leichter gepanzert als seine eigenen Kämpfer. Dank der mit Metall verstärkten Lederrüstungen konnten sie sich schneller bewegen als die konkordantischen Einheiten mit ihren Schuppenpanzern, Brustharnischen und Helmen. Die gewölbten Schilde aus Holz und Leder schirmten sie gut ab, und die leichten Krummsäbel waren länger und besser zum Hieb geeignet als die Waffen seiner Truppe.

Gesteris beobachtete das Geschehen. »Haltet sie auf«, sagte er. »Ermüdet sie, bis sie erschöpft sind.«

Flaggen übermittelten seine Worte. Reiter galoppierten hinter den Linien entlang und gaben die Botschaften weiter. Danach setzte er sich wieder in den Sattel und beobachtete die Entwicklung an der Furt. Auch an der Furt flogen jetzt die Pfeile in hohem Bogen, Geschosse von Onagern krachten in den Fluss und ließen Wasserfontänen aufspritzen. Die Sehnen der Ballisten summten dumpf. Weiter unten an der Front hielten seine Soldaten mit Sarisse, Gladius und einem Schildwall zur Verteidigung ihre Stellung.

Er nahm die Szene, die Energie und den ohrenbetäubenden Lärm in sich auf und kostete diesen eigenartigen Moment des Friedens aus, den er immer erlebte, wenn die Schlacht begann. Keine Seite hatte bisher nachgegeben, keine konnte für sich in Anspruch nehmen, die Schlacht schon gewonnen zu haben. Der Kampf war in vollem Gange, und jetzt konnte ein General, der sein Handwerk verstand, mit den richtigen Schachzügen den Krieg entscheiden. Irgendwo glaubte er Hundegebell zu hören.

Inzwischen lösten sich die Kavallerieeinheiten nach dem ersten Zusammenprall wieder voneinander. Dort würde es geschehen. Die Steppenkavallerie entschied über die Moral der Tsardonier. Es wäre ein vernichtender Schlag, wenn es gelänge, auch nur eine Flanke zu entblößen.

Er ließ sein Pferd die Hacken spüren und ritt mit seinen Extraordinarii hinüber, um Rittmeisterin Kell zu suchen.

Selbst Herine Del Aglios zeigte sich beeindruckt von den prächtigen Spielen, und als Advokatin und Tochter von Advokaten hatte sie schon häufig solche Ereignisse gesehen. Die offizielle Eröffnung der zehntägigen Wettkämpfe war von wundervollem warmem Sonnenschein in ganz Estorr gesegnet. Strahlendes Sonnenlicht erfüllte die Hauptarena und warf Schatten hinter die Säulen, Bögen und Flaggen, auf das mit Steinen belegte Oval und das mit Sand bedeckte innere Feld.

Herine war an der Spitze ihrer Palastwache im Triumphwagen durchs Siegestor hereingefahren. Die Parade hatte sie die Prachtstraße hinunter und am Garten der Advokaten vorbeigeführt, wo die Statuen ihrer Vorgänger mit Blumen geschmückt waren. Menschenmengen hatten ihren Weg gesäumt. Über ihnen hatten bemalte Banner die Geschichte der Konkordanz in Bildern erzählt, an deren Rändern in verschnörkelter Schrift die Namen der Helden aufgeführt waren. Sie hatte den Applaus und die Jubelrufe der Menge entgegengenommen, während die Erste Legion gewacht und für Ordnung gesorgt hatte, und anmutig und dankbar zurückgewinkt.

In den Gärten waren die Ausscheidungen für die Endkämpfe in der Arena schon seit vier Tagen im Gange. Vor provisorischen Sportplätzen waren Tribünen errichtet worden, auf denen sich die Menschen drängten, um den Besten zuzusehen, die der Konkordanz noch geblieben waren, wie sie mit Schwert, Speer, Pfeil und Wurfspeer ihre Geschicklichkeit unter Beweis stellten. Doch viele waren wegen des Feldzugs nicht da oder erfüllten, wie Jhered, einsame Aufträge.

Auf anderen Plätzen wetteiferten die Läufer, Pferde und Reiter zeigten Dressuren und führten ihre Schritte und Sprünge vor, im Oval am nördlichen Ende des Gartens fanden Wagenrennen statt, und die Gruppen aus allen Winkeln der Konkordanz bezwangen die Hinderniskurse, die später in der Arena noch einmal absolviert werden mussten.

Alles war, wie es sein sollte. Die Wissenschaftler der Advokatur hatten unvergleichliche moderne und klassische Vorführungen versprochen. Am letzten Tag sollte der Boden der Arena freigeräumt und ein maßstabgerechtes Modell des Tirronischen Meers rings um die Insel Kester aufgebaut und geflutet werden. Nach Herines Ansicht kam nichts diesem Spektakel einer Rekonstruktion der Belagerung von Kester kurz vor dem Fall von Gestern im 633. Zyklus gleich.

Die Leistungen der Ingenieure, die Schiffe, Burg und Artillerie nachgebaut hatten, versetzten sie immer wieder in Erstaunen, obwohl sie Ähnliches seit ihrer Kindheit schon ein halbes Dutzend Mal gesehen hatte.

Sie stieg die Treppe zum großen Balkon auf der ersten Ebene der Arena hinauf und betrat den dunkelgrünen Teppich, der rings um den üppigen Thron im Zentrum ausgelegt war. Ordenskanzlerin Felice Koroyan hatte ihren Platz neben den Sprechern der Winde, der Meere und der Erde bereits eingenommen. Rechts neben ihr saßen der innere Kreis der Gönner und zwei ihrer Kinder; Adranis, ihr siebzehnjähriger Sohn, und Tuline, ihre vierzehnjährige Tochter. Letztere wirkte etwas mürrisch und wäre offenbar am liebsten überall gewesen, nur nicht hier. Adranis dagegen beobachtete mit unverhohlenem Staunen das Schauspiel.

Herine trat vor, worauf sechzigtausend Bürger jubelten und ihren Namen riefen. Sie atmete tief durch und sah ihre Entscheidung, die Spiele abzuhalten, auf beeindruckende Weise bestätigt. Wie konnte jemand daran zweifeln, dass der Wunsch, den früheren Ruhm noch einmal zu erleben, in ihrem Volk so stark war wie eh und je? Wie konnte dies eine Verschwendung von Zeit und Mitteln sein, wenn es doch die Menschen mit solcher Leidenschaft und Kraft erfüllte?

Die Gesänge gingen weiter. Die Menschen stießen die Fäuste in die Luft und winkten mit Halstüchern. Die vielen leuchtend bunten Flecken waren ein passendes Schauspiel zur Eröffnung. Die Begeisterung der Zuschauer griff auch auf sie über, und so schloss sie einen Augenblick die Augen. Allein das war schon die ganzen Mühen der Vorbereitungen wert. Schließlich öffnete sie die Augen wieder und hob die Hände. Das Publikum beruhigte sich, und sie hielt mit lauter Stimme ihre Ansprache. Mühelos erfüllte ihre Stimme dank der präzisen Architektur das ganze Oval.

»Bürger der Konkordanz von Estorea, willkommen in eurer ruhmreichen Welt. Den Ruhm unserer Welt werden wir mit den größten Spielen feiern, die es je gegeben hat!«

Jubelrufe ertönten ringsum in der Arena. Es war ein erstaunlicher, wundervoller Lärm.

»Alles, was wir gebaut haben, verdanken wir der Arbeit unserer eigenen Hände sowie dem Blut und den Mühen unserer Legionen, die jetzt im Augenblick danach streben, unsere Konkordanz sogar noch zu vergrößern. In den nächsten zehn Tagen werdet ihr Wunder aus einem Dutzend Länder sehen. Ihr könnt den besten Athleten, Reitern und Kriegern applaudieren, die um das begehrte Goldene Laub der Konkordanz wetteifern. Ihr werdet die stärksten Mannschaften sehen, die sich je versammelt haben, wie sie um die Siegestrophäe kämpfen, die Goldenen Lanzen von Ocetarus. Und ihr werdet Nachbildungen der größten Siege sehen, die die Konkordanz je errungen hat.

Seht zu, meine Bürger, und seid versichert, dass eure Arbeit, euer Opfer und euer Wille das sind, was der Konkordanz ihre Größe verleiht. Durch euch werden wir größer und größer. Lasst die Spiele beginnen!«

Fanfarenklänge ertönten, gingen aber im erneuten Jubeln und Singen beinahe unter. Herine kehrte zu ihrem Stuhl zurück, winkte in alle Richtungen und setzte sich. Der Lärm hallte in der Arena wider und stachelte die Menschen immer weiter auf. Als die ersten Sportler das Oval betraten, ließ der Tumult etwas nach. Jemand berührte sie am Arm. Sie drehte sich nach links und lächelte Kanzlerin Koroyan an.

»Eine mitreißende Rede, Herine«, sagte sie. »Das Volk hat sich nach etwas Unterhaltung gesehnt. Die Mühsal des Krieges hat den Bürgern die Willenskraft genommen, und nicht einmal der Orden könnte ihnen besser Mut machen. Diese Spiele sind ein meisterhafter Schachzug, und wir werden um die Gunst des Allwissenden beten, dass er das Volk mit neuer Kraft beflügeln möge. Ich danke Euch im Namen von uns allen.«

Herine erschrak über dieses Eingeständnis ebenso wie über die ungewöhnliche Begeisterung der Ordenskanzlerin. Das passte ganz und gar nicht zu ihr. Wahrscheinlich führte sie irgendetwas im Schilde.

»Ja, vielen Dank, Felice«, erwiderte Herine. »Ich freue mich über Euren Zuspruch.«

»Was sonst sollte ich dazu sagen? Es kommt mir jetzt schon so vor, als hätten die Menschen frischen Mut geschöpft. Und der Ruhm der Konkordanz ist der Ruhm Gottes.«

»Wollen wir hoffen, dass die Spiele auch den Hoffnungen gerecht werden.«

»Umso überraschender ist freilich, dass Schatzkanzler Jhered nicht an Eurer Seite sitzt und Euch ebenso unterstützt wie ich.«

Herine ließ sich nichts anmerken.

»Die Einnehmer müssen auch während solcher Spiele ihren Aufgaben nachgehen. Zwar feiern wir mit den Spielen unseren Ruhm, aber wir befinden uns immer noch im Krieg, und sie müssen die Steuern einziehen.«

»Auch das Wort Gottes muss unbedingt und dringend in der Konkordanz und den neuen Gebieten gepredigt werden. Dennoch haben wir uns bemüht, eine ansehnliche Delegation zu den Spielen zu entsenden. Die Bürger wollen uns sehen. Sie sollten auch die Einnehmer sehen.«

»Seid Ihr sicher?«, fragte Herine etwas verstimmt. »Den meisten Menschen ist es lieber, wenn die Einnehmer weit weg sind. Sie stoßen in der Konkordanz nicht gerade auf viel Sympathie.«

»Auch der Orden hat seine Gegner ...«

»... die täglich dezimiert werden ...«

»... aber wenn wir als Kraft des Guten akzeptiert werden wollen, was wir ja zweifellos auch sind, dann müssen wir den Menschen vor

Augen führen, dass wir gute Werke tun und fähig sind, auch die Freuden gewöhnlicher Bürger zu verstehen. Schließlich können wir das Volk ja nur führen, wenn wir wissen, was es bewegt.«

»Die Einnehmer treten nicht als geistliche Anführer auf«, erwiderte Herine knapp. »Vielleicht sollten wir uns einfach darüber freuen, dass wir hier sein dürfen, während andere ihren Pflichten nachkommen müssen.«

Koroyan lächelte nachsichtig. Sie trug ihre Staatsrobe, eine dunkle ockerfarbene Toga mit einer golden abgesetzten Schärpe im Grün der Konkordanz. Ins Haar hatte sie sich einen goldenen Reif geflochten, der wie einander umrankende Wurzeln geformt war und auf der Stirn in einem Zweig mit Blättern auslief. Sie war stolz und genoss ihre hoheitliche Ausstrahlung.

»Nun ist mir aber zu Ohren gekommen, dass Jhered Estorr in denkbar schlechter Laune verließ.«

Herine beäugte sie. »Vielleicht war er gereizt, weil seine Pflichten ihn davon abhalten, sich am Schwertkampf um das Goldene Laub zu beteiligen.«

»Das mag sein. Andererseits hörte ich, dies sei die Folge einer Diskussion mit Euch gewesen, in der er seine Kritik an den Spielen zum Ausdruck brachte. Demnach war es eher ein Ausschluss als eine Notwendigkeit, die von seinen Pflichten diktiert wurde.« Herine schwieg dazu, doch Koroyan ließ nicht locker. »Auch reiste er in eigenartiger Gesellschaft, wie ich erfuhr. Harkov von der Palastwache und D'Allinnius, Euer leitender Wissenschaftler, waren bei ihm. Wäre Letzterer nicht eher hier von Nutzen?«

»Schatzkanzler Jhered bat um diese Begleiter für seine Reise, und ich willigte ein«, erwiderte Herine.

»Trotzdem ... das ist eine eigenartige Truppe, um Steuern einzunehmen. Gibt es denn Schwierigkeiten in Caraduk? Man trug mir zu, dass er dorthin wollte.«

»Euch wird eine Menge zugetragen, Felice. Darunter auch einige Dinge, die Euch nichts angehen. Haben Eure Sprecher in Caraduk über irgendwelche Schwierigkeiten berichtet?«

»Das haben sie nicht.«

»Da habt Ihr Eure Antwort«, sagte Herine.

»Caraduk macht mir freilich schon lange Sorgen. Es ist schwer, an Informationen aus einigen entlegenen Winkeln zu kommen. Fast, als wollte man verhindern, dass ich erfahre, was dort vor sich geht.«

Herine lachte, aber es klang wenig überzeugend. »Was könnte Euch in einem so treuen Land wie Caraduk Sorgen machen?«

»Das frage ich mich auch.«

Die Blicke der beiden Frauen trafen sich. In der Arena hatte unter den Jubelrufen der Menge das Viertelfinale beim Wagenrennen begonnen. Herine wandte sich ab und sah zu. Koroyan dagegen starrte sie unverwandt an.

28

848. Zyklus Gottes, 1. Tag des Solasauf
15. Jahr des wahren Aufstiegs

Rittmeisterin Kell beobachtete, wie die berittenen Bogenschützen der Neunten Ala, die Starken Speere aus Atreska, sofort nachsetzten, nachdem die zweite Abteilung der Kataphrakten, die zur Zweiten Legion gehörte, eine Bresche in die feindlichen Linien geschlagen hatte. Die Bärenkrallen aus Estorr deckten die Steppenkavallerie mit Pfeilen ein. Die Gegner kamen vorübergehend aus dem Tritt und versuchten, sich für den Rückzug zu sammeln und sich neu zu formieren.

»Gib der ersten schweren Kavallerie ein Signal!«, rief sie ihrem Flaggenmann zu. »Wir müssen die Bresche vergrößern.«

Drei Flaggen wirbelten und wurden gesenkt. Die Beobachter der Kavallerie gaben die Informationen an die ersten Kataphrakten weiter, die aus der Vierunddreißigsten Ala mit dem Kampfnamen Tundarranischer Donner rekrutiert worden waren. Sie formierten sich und preschten in vollem Galopp zur Flankenverteidigung der Infanterie los. Gleichzeitig nahmen die Bogenschützen der Starken Speere ihre Pferde herum und galoppierten, von den Krallen gefolgt, wieder zurück, ehe sie zu tief in die Reihen der Steppenkavallerie hineingezogen wurden.

Der Feind durfte keine Atempause bekommen. Die ersten Kataphrakten donnerten in die teilweise zusammengebrochene Linie hinein und trieben die Gegner weiter zurück. In ihrem Rücken griffen die Bogenschützen erneut an, um den Reitern zuzusetzen und vor allem die Pferde zu verletzen. Es war ein Angriff wie aus dem Lehrbuch, und die Tsardonier zeigten Schwäche.

Hinter der Infanterie schickte Gesteris Manipel der Principes zur Verstärkung auf die linke Seite und zwang die Tsardonier zum Rückzug. Rechts fanden Scharmützel statt, und dort bewegte sich nicht viel, doch an der linken Flanke machten sie eindeutig Fortschritte. Dina Kell fühlte sich lebendig wie schon lange nicht mehr. Die Sonne hatte den Zenit überschritten, brannte aber immer noch heiß herab und nahm denen die Kraft, deren Moral sowieso schon angeschlagen war.

Sie wusste, dass die Legionäre der Konkordanz in ihren schweren Rüstungen brieten, aber zum Beweis ihrer Überlegenheit würden sie den Tag durchstehen. Gesteris hatte seine Hastati so gut es ging reihum ausgewechselt, und diese Taktik zahlte sich allmählich aus. Die Phalangen hielten mühelos stand. Auf beiden Seiten gab es nur wenige Todesfälle. Doch in den tsardonischen Reihen griff allmählich die Angst um sich. Die Kunde über den Vorstoß machte langsam die Runde. Wenn die Flanke unter dem Druck zusammenbrach, hatte die Konkordanz einen entscheidenden Vorteil errungen.

»Es ist Zeit für die Entscheidung«, sagte Kell. Sie zog ihr Pferd herum und gab dem Gaul die Sporen, um sich mit dem Kommandanten der Manipel auf der linken Flanke zu verständigen. »Treibt die Feinde weiter zurück«, befahl sie ihrem Stellvertreter. »Ich bin gleich wieder da.«

Sie ritt durch ausruhende Kavallerieeinheiten hindurch, beglückwünschte die Kämpfer und verlangte weitere Anstrengungen, damit sie die Schlacht gewinnen würden. Eingehüllt vom Schlachtlärm, bewegte sie sich durch die hinteren Linien. Die anderen Truppenteile konnten die Furten bisher mühelos halten, obwohl wegen der Enge die Zahl der Opfer auf beiden Seiten hoch war.

»Nunan!«, rief sie, so laut sie konnte.

Der Schwertmeister der Bärenkrallen war von seinen Offizieren umgeben. Er stand vor den Triarii und schickte Manipel der Principes in den Kampf, nachdem er von Gesteris mithilfe der Flaggen einen entsprechenden Befehl bekommen hatte. Er war an seinem Helm mit dem grünen Federbusch leicht zu erkennen, obwohl seine Rüstung, die am Morgen noch frisch poliert geglänzt hatte, mit Dreck und Blut bespritzt war.

»Nunan!«

Er hörte sie erst, als sie ihn fast schon erreicht hatte. Auch sein markantes Gesicht war voller Schmutz.

»Du bist aber weit von deinen Truppen entfernt.«

So nahe am Kampfgeschehen mussten sie brüllen, um sich zu verständigen. Hundert Schritt entfernt waren die beiden Linien wieder im Kampf aufeinandergeprallt. Das Klirren und Krachen der Waffen und Schilde dröhnte in ihrem Kopf. Wenn sie selbst in die Schlacht ritt, konnte sie diesen Lärm einfach ausblenden.

»Wir können jetzt gleich den Sieg erringen.« Als er sich ihr näherte, konnte sie sich im Sattel vorbeugen und leiser sprechen. »Wir können die Linie der Steppenkavallerie auf der linken Seite durchbrechen und uns hinter sie setzen. Aber ich brauche deine Hilfe, und du musst mich bei Gesteris unterstützen.«

»Glaubst du, er erkennt das nicht selbst?«

»Du hast es gehört, er will nur sanften Druck ausüben und sie ermüden. Er ist zu vorsichtig, aber für deine Infanterie ist es an der Front zu heiß. Das könnte sich für uns fatal auswirken. Ich will dafür sorgen, dass es nicht so weit kommt. Bist du dabei?«

Nunan kratzte sich etwas Dreck vom Gesicht. »Also, ich will sicher nicht länger in meiner Rüstung braten als unbedingt nötig.«

Kell lächelte. »Dann steig hinter mir auf.«

Nunan schwang sich zu ihr aufs Pferd. »Macht weiter so«, befahl er seinem Stellvertreter. »Weicht keinen Schritt zurück. Gleich kommen neue Befehle.«

Kell trieb ihr Pferd scharf an und ritt über den aufgewühlten Grund, während sie mit lauten Rufen die Soldaten warnte, die ihr im Weg standen. Hinter den Linien war die Szene nicht weniger chaotisch. Boten und Helfer mit Tragbahren rannten in alle Richtungen. Leichte Infanterie, die von den Furten abgezogen wurde, marschierte auf der rechten Seite. Ein Teil von Kells Kavallerie bewegte sich in die entgegengesetzte Richtung. Die Kämpfer führten die Pferde am Zügel, die Felle der Tiere waren mit Blut und Schlamm bedeckt.

Gesteris bemerkte sie früh und ließ einen Weg freiräumen. Als er auch Nunan sah, zog er die Augenbrauen hoch.

»Ich hoffe, die Schlacht verläuft außerordentlich gut, da ihr beide euren Platz verlassen und zu mir kommen könnt.«

Nunan, der sich auf dem Pferderücken nicht wohlfühlte, stieg ab, während Kell blieb, wo sie war.

»Wir haben Eure Befehle ausgeführt, General«, erklärte Kell. »Die Feinde weichen zurück und wanken. Wir können jedoch noch mehr erreichen. Wir können durchbrechen. Zieht die Reserve von der rechten Flanke ab und gebt sie mir. Lasst Nunan noch mehr Principes und sogar Triarii ganz links außen in dem Raum einsetzen, den ich schaffen werde. Sie können uns nicht aufhalten, dazu fehlt ihnen die Disziplin.«

»Es sei denn, sie ahnen die Bedeutung unserer Manöver und weichen aus«, erwiderte Gesteris. »Ich glaube, Ihr macht den Fehler, die Steppenkavallerie zu unterschätzen. Sie werden nicht einfach aufgeben und weglaufen.«

»Ich unterschätze sie nicht, aber sie sind nicht genug, wenn sie gezwungen werden, ihre Infanterie zu verteidigen. Vor allem wird dabei aber die feindliche Infanterie zusammenbrechen.« Sie biss sich auf die Lippe. Gesteris antwortete nicht. »Was können sie schon als

Reserve aufbieten?«, fuhr sie fort. »Seht Euch ihre Linien an. Sie haben vor allem Bogenschützen und leichte Infanterie. Sie sind nicht schwer genug gerüstet, um gegen die Principes mit ihren Schwertern zu bestehen. Die Steppenkavallerie kann es sich nicht erlauben, an der linken Flanke einzugreifen, weil wir sie sonst von rechts attackieren können.«

Gesteris überblickte prüfend das Schlachtfeld, während sie frustriert alle Muskeln im Körper anspannte. Er richtete sich in den Steigbügeln auf und überblickte auch die Furten, wo die Kämpfe, dem stark verminderten Lärm nach zu urteilen, vorübergehend beinahe zum Erliegen gekommen waren.

»Nunan, was sagt Ihr dazu?«

»Sie kommen mit unseren eng gestaffelten Linien und unseren erfahrenen Soldaten nicht gut zurecht«, antwortete Nunan. »Ich stimme Rittmeisterin Kell zu. Wir können sie gleich an Ort und Stelle besiegen.«

»Und wenn sie hinter der Flussbiegung und jenseits der Anhöhe da vorn Reserveeinheiten liegen haben, die wir nicht sehen können?«

»Dann sind wir trotzdem in der richtigen Schlachtordnung, um ihnen zu begegnen«, erwiderte Kell. Sie blies die Wangen auf. »General, wir müssen es gleich tun, sonst ist der Augenblick vorbei. Der Tag war anstrengend genug, und wenn wir nichts unternehmen, laufen wir Gefahr, den Durchbruch nicht zu erzielen. Dann müssen wir morgen erneut kämpfen, ohne zu wissen, ob wir noch einmal so einen Vorteil erlangen.«

Gesteris fasste sie genau ins Auge, dachte sorgfältig nach und zog die grauen Augenbrauen zusammen.

»Ich werde das Heer nicht in Gefahr bringen«, drängte Kell ihn.

»Nein, das werdet Ihr nicht«, erwiderte Gesteris.

Dann schwieg er. Kell starrte ihn an, während der Schlachtlärm über sie hereinbrach. Pfeilsalven pfiffen durch die Luft. Zenturionen brüllten Befehle. Soldaten reagierten, machten kehrt, gruppierten sich neu und griffen abermals an. Sie konnte die Vorsicht ihres Befehlshabers nicht verstehen. Die Schlacht wendete sich zu ihren Gunsten. Nur noch ein kleiner Stoß …

Doch wenn Gesteris eines war, dann gewissenhaft. Kein Leben durfte je verschwendet werden. Nicht eines unter achtzigtausend. Seine Bürger, Wehrpflichtigen und die verbündeten Legionen liebten ihn dafür, seine kommandierenden Offiziere weniger.

»Sie verstärken bereits die linke Flanke«, sagte er schließlich. »Und Ihr habt sie verunsichert. Ein Vorstoß an der geschwächten rechten Seite würde zu besseren Ergebnissen führen.«

»Dort haben sie die besseren Kämpfer«, widersprach Kell. »Sie haben sich auf den Rhythmus des Kampfes eingestellt. Ich brauche nur eine weitere Abteilung Kataphrakten, zwei Einheiten berittene Schwertkämpfer und eine Abteilung Bogenschützen. Vertraut mir.«

Gesteris' Augenbrauen verschwanden unter der Kante seines Helms. »Euch vertrauen? Aber natürlich vertraue ich Euch, Rittmeisterin Kell. Das steht überhaupt nicht zur Debatte.« Wieder schwieg er, als sei ihm etwas eingefallen. Ein Manipel Hastati marschierte vorbei, nachdem es zurückgezogen worden war, um sich zu erholen und die Verletzungen zu versorgen. »Haltet den Druck aufrecht. Vielleicht müssen wir unsere Linien hier gar nicht umstellen. An der vorderen Furt gibt es Leerlauf, dort stehen viele Berittene untätig herum. Wir versuchen es mit Eurem Vorschlag. Erwartet die Reserve und greift nach eigenem Ermessen an.«

Kell lächelte und nickte, aber ihre Antwort verlor sich in den erschrockenen Rufen, die durch die Reihen der Konkordanz liefen. Sie riss den Kopf herum. Ein Heulen und Pfeifen erfüllte die Luft.

»Was, zum …«

Der Himmel war voller Steine.

In ungläubigem Entsetzen beobachtete Kell die Geschosse, die inmitten der konkordantischen Legionen einschlugen. Die schweren Brocken krachten in die hinteren Reihen der Hastati. Jeweils dreißig oder vierzig von ihnen kam als Schwarm geflogen, zusammen gut drei Talente schwer, und deckten die Soldaten ein. Große Schlammfontänen spritzten hoch, und die Bürger stoben in alle Richtungen davon. Wie Wellen gingen die Bewegungen durch die dicht stehenden Manipel, und auf einmal klangen die Stimmen ringsum sehr unsicher.

Sie konnte es ihnen nachempfinden. Diese Steine waren eigentlich zu groß, um von einem Katapult abgeschossen zu werden. Maschinen dieser Größe konnte man nicht über den nassen Grund schleppen. Genau aus diesem Grund wurden die schweren Onager der Konkordanz zur Verteidigung des Lagers eingesetzt. Ihre Wagen wären hier im Morast versunken. Irgendwie hatten die Tsardonier dieses Problem gelöst, und die Wirkung war schrecklich. Die Konkordanz hatte dagegen nur Ballisten, deren Munition so gut wie verbraucht war.

»Zurück zu den Linien!«, rief Gesteris. »Ich schicke Euch die Reserve. Schaltet mir diese Katapulte aus.«

Er war zutiefst erschrocken. Unten an der Front befahlen die Zenturionen einen massiven Vorstoß. Die Legionen gruppierten sich neu und ermunterten ihre Kameraden mit Gebrüll. In dichten Schauern flogen die Pfeile.

»Wie, bei Gott, haben sie das geschafft?«, fragte Gesteris.

»Es spielt keine Rolle«, erwiderte Kell, die es auch selbst gern gewusst hätte. Sie half Nunan wieder auf ihr Pferd. »Schickt die Reserve, General. Den Rest erledige ich.«

Sie salutierte, zog ihr Pferd herum und galoppierte hinter den Linien davon, während die Triarii die Kämpfer vor ihnen mit ermunternden Rufen anspornten. Als sie sich der linken Flanke näherten, kamen wieder Steine in hohem Bogen geflogen. Die Flugbahn war stark gekrümmt, und die Soldaten sahen die Geschosse früh genug kommen. Allerdings hatten die Legionen nicht genug Platz, um auszuweichen. So hoben sie nur die Schilde, was aber eher eine Geste der Verzweiflung war. Die Steine trafen die hilflosen Soldaten, drückten einige zu Boden und warfen andere zur Seite wie Kegel. Aus der Nähe waren die Geräusche der Einschläge widerlich. Ein dumpfer Knall, dann das Splittern von Schild, Rüstung und Knochen.

Nunan rutschte von ihrem Pferd herunter und rannte mitten ins zunehmende Chaos hinein. Rufend stellte er die Ordnung wieder her und ermahnte die Kämpfer, sich an die erprobten Manöver zu halten. Er hatte Mühe, sich überhaupt Gehör zu verschaffen. Kell folgte seinem Beispiel und galoppierte zur Front der defensiven Kavallerie hinunter, wo die Reiter mit den widerspenstigen Pferden rangen. Bisher hatte die Artillerie nur auf die Fußsoldaten gezielt, aber das Kreischen war schon schlimm genug.

»Stellung halten!«, rief sie. »Haltet Ordnung, geht weiter vor. Vergesst nicht, dass wir immer noch siegen können.«

Die Ballisten reagierten und schossen ihre Bolzen auf die tsardonischen Reserven hinter der Frontlinie ab. Die Konkordanz nahm den Kampf wieder auf. An der Front reagierten die Hauptleute der Kavallerie mit ihrem typischen Mut und stießen energisch vor. Die erste Abteilung der Kataphrakten war schon in ein hitziges Gefecht verwickelt, auf der linken Seite unterstützten sie Schwertkämpfer, und die Bogenschützen standen hinter ihnen.

Die Tsardonier waren inzwischen wieder gut aufgestellt und verteidigten ihre Infanterie wirkungsvoll, auch wenn sie immer noch einem starken Druck ausgesetzt waren. Weiter links, zum Fluss hin, banden tsardonische Reserven konkordantische Einheiten und die zweite Kataphrakt-Einheit an deren Spitze. Noch hatte der Kampf dort nicht ernstlich begonnen, noch suchte jeder die günstigste taktische Position.

Sie nagte an der Unterlippe. Sie musste einen Punkt für den Durchbruch finden und die Geschütze ausschalten. Ihre Flaggenmänner warteten.

»Signalisiert den Reservebogenschützen und den Schwertkämpfern, ganz links außen anzugreifen. Ich übernehme die Führung.«

»Ja, Meisterin Kell.«

Wieder einmal ließ Kell ihr Pferd die Hacken spüren, und das Tier sprang los. In scharfem Tempo ritt sie über den schlammigen Boden. Die Reserve hatte die Befehle bereits erhalten und verließ ihre Position außerhalb der Reichweite der Geschütze, um sich in ihre Richtung zu bewegen. Sie hob einen Arm und winkte parallel zum Fluss nach vorn.

Der Rausch der Schlacht erfasste sie. Achtzig Kavalleristen rasten auf sie zu, die Hufe schienen in ihrem Kopf zu dröhnen. Ringsherum flog der Schlamm hoch und spritzte auf ihr Gesicht und ihre Rüstung. Sie wischte ihn sich aus den Augen und trieb ihr Pferd weiter, um die beiden Einheiten in den Kampf zu führen. Der Hauptmann der zweiten Kataphrakt-Einheit sah sie kommen. Er ließ seine vierzig schwer gepanzerten Pferde und Reiter kehrtmachen, Lanzen aufpflanzen und angreifen, weil er wusste, dass sie ihm Rückendeckung geben würde.

Kell zog das Schwert und hob es über den Kopf. Die schlanke Klinge funkelte in der Sonne. Der Schweiß lief ihr übers Gesicht, und ihr Herz pochte wie wild in ihrer Brust. Links von ihr donnerten abermals die tsardonischen Onager. Dieses Mal konnte sie die Geschütze sogar sehen, und sofort fluchte sie und spuckte aus. Die Apparate standen auf Unterbauten, die wie räderlose Wagen aussahen, und die mächtigen Arme schlugen gegen die Sperren und entließen ihre tödlichen Geschosse in einer langen hohen Flugbahn über dreihundert oder mehr Schritte hinweg.

Es waren keine Feldgeschütze, sondern eher Belagerungswaffen. Die Tsardonier hatten sie anscheinend auf schweren Schlitten über die sumpfige Ebene gezogen und dann an Felsblöcken verankert. Wieder ein kluges Manöver, und dazu eines, das der Konkordanz zunehmend Schwierigkeiten bereitete. Die Steine trafen die Legionen.

Weitere Kämpfer starben, wurden zerquetscht und mit gebrochenen Knochen zur Seite geschleudert. Sie würden nicht ewig stehen bleiben, ohne dass ein Gegenangriff eingeleitet wurde. Genau das wollte Kell jetzt tun.

»Die Krallen für die Konkordanz!«

Sie richtete ihr Schwert nach vorn, trieb ihr Pferd zum vollen Galopp an und sprengte auf die Reiter der Steppenkavallerie zu. Die Kataphrakten hatten einen Keil in die feindlichen Reihen getrieben und warteten auf die passende Gelegenheit, kehrt zu machen und sich neu zu formieren. Pferde tanzten umeinander, Stahl blitzte. Kell schwenkte nach rechts und schlug mit der Klinge auf einen tsardonischen Reiter ein. Er war gut gedeckt und konnte auch ihren nächsten Streich abwehren, aber dann durchbohrte eine Lanze seine Schulter und warf ihn vom Pferd. Kell stürmte weiter vor, die Kavallerie folgte ihr. Inzwischen zogen sich die Kataphrakten zurück, und sie konnte besser sehen. Pfeile flogen durch den Himmel und trafen die Gegner vor ihr. Die Tsardonier antworteten, und die Steppenkavallerie ging auf sie los.

Kell wendete ihr Pferd nach links und schlug gleichzeitig rechts zu. Ihr Schwert traf seitlich den mit Metallstreifen verstärkten Lederhelm eines Gegners. Er taumelte im Sattel. Dann stieß sie geradeaus zu und traf ihn unter dem Arm, riss das Schwert zurück und versetzte dem Pferd einen tiefen Schnitt an der Schulter. Das Tier stieg hoch und warf ihn ab. Links und rechts kamen jetzt Reiter der Konkordanz herbei und setzten wie sie dem Feind entschlossen zu. Blut spritzte umher. Einer ihrer Männer stürzte mit einem Speer in der Brust aus dem Sattel. Vor ihr stand tief und eng die Steppenkavallerie. Beide Seiten wurden langsamer.

»Kehrtmachen!«, rief sie, da sie ihren Schwung nicht verlieren wollte. »Bogenschützen, ihr haltet sie auf Abstand!«

Scharf nahm sie ihr Pferd herum und wiederholte ihren Befehl. Vor ihr waren die Bogenschützen ausgeschwärmt und schossen rasch und präzise aus dem Sattel, während sie die Pferde im leichten Galopp nur mit Schenkeln und Hacken lenkten. Sie nickte anerkennend, ritt durch ihre Reihen, während ringsum die tsardonischen Pfeile einschlugen, hielt an, um ihre Bürger zu sammeln, und griff abermals an.

Herine hatte gerade atemlos ein Wagenrennen verfolgt und musste sich beherrschen, um nicht aufzuspringen und die estoreanische Mannschaft jubelnd zu ihrem Sieg zu beglückwünschen. Schließlich sollte eine Advokatin jederzeit zurückhaltend und unparteiisch sein. Aber jetzt stand sie mit den sechzigtausend Zuschauern auf und applaudierte der Ersten Legion, der Estoreanischen Legende, die mit Kavallerie und Infanterie ein außerordentliches Manöver nach dem anderen vorführte.

Nahtlose Übergänge zwischen Phalanx, Schildkröte und Keil. Schildwälle wurden blitzschnell eingerichtet, als von den Plattformen überall in der Arena ein Pfeilhagel abgeschossen wurde. Angeblich hatten die Pfeile sogar Metallspitzen, aber das konnte man nicht genau erkennen. Es spielte auch keine Rolle. Es war mitreißend zu beobachten, wie die Schäfte gegen die glänzenden grünen und goldenen Schilde der Konkordanz prallten und wirkungslos zu Boden fielen.

Rings um die Infanterie kreiste in ebenso vollkommener Formation die Kavallerie, die sich gerade wieder Herines Sitzplatz näherte. Die Kataphrakten hatten einen Angriff vorgeführt, von dem ihr noch die Ohren dröhnten, und bewegliche Ziele zerstört. Die berittenen Bogenschützen zerschossen aus vollem Galopp als Ziele aufgehängte Tonscheiben. Die berittenen Schwertkämpfer lieferten sich ein Scheingefecht mit Gegnern, die wie Tsardonier gekleidet waren.

Sie waren von Pferd zu Pferd gesprungen und hatten sich auf die Sättel gestellt, während ihre Pferde über den Sand rasten. Sie hatten Überschläge über die Pferde hinweg ausgeführt, waren in die

Sättel gesprungen, hatten im rechten Winkel zur Laufrichtung ihrer Tiere balanciert und sich heruntergebeugt, um kleine glänzende Münzen vom Boden aufzuheben, kaum eine Handbreit von den Hufen entfernt.

Die Ansager waren schon vor langer Zeit von der jubelnden Menge übertönt worden, und nun endlich nahm die Legion vor ihr Aufstellung. Der Staub legte sich wieder im Stadion, und die Soldaten präsentierten die Standarte mit dem hochsteigenden weißen Pferd und den überkreuzten Speeren, dem Wappen der Familie Del Aglios. Sie neigte vor dem General der Legion höflich den Kopf, und unter erneutem Gebrüll der Menge verließen die Legenden die Arena. Herine wandte sich an die Kanzlerin.

»Können wir jemals an der Überlegenheit unserer Heere zweifeln?«, sagte sie. »Kein Land kann sich dieser Macht widersetzen.«

»Es wäre schön, wenn jeder Soldat und Reiter so gut ausgebildet wäre«, antwortete Koroyan.

Herine wedelte verächtlich mit einer Hand. »Ein mehrjähriger Feldzug unter meinen Generälen und Zenturionen ist Ausbildung genug. Ich frage mich, was die nächste Augenweide sein wird?«

»Das Finale der Jagdbogenschützen«, erklärte Adranis, der in das Tagesprogramm gesehen hatte.

Sein Gesicht war vor Erregung gerötet, er war angespannt vor Neugierde und beugte sich über den Rand des Balkons, als wollte er gleich hinabspringen und mitmachen.

»Oh, wundervoll.« Tuline verdrehte die Augen. Sie lümmelte gelangweilt auf ihrem Stuhl, die Beine über eine Armlehne gehängt. »Erwachsene Männer kriechen durch den Sand und schießen auf ausgestopfte Tiere.«

Herine lächelte ihre Kinder an. »Danke, dass ihr bei mir seid«, sagte sie. »Roberto wäre auf euch beide stolz.«

»Roberto hat sicher mehr Spaß als wir«, sagte Tuline. »Jedenfalls ist das, was er sieht, ein echter Kampf.«

»Du lässt mich doch zur Kavallerie gehen, Mutter?«, fragte Adranis.

Herine kicherte. »Natürlich. Einen guten jungen Reiter wie dich nehmen sie gern. Wahrscheinlich vertraue ich dich Rittmeisterin Kell an. Sie macht einen großen Kämpfer aus dir.«

Adranis strahlte.

Gesteris' Worte hallten laut in Kells Kopf. Die Steppenkavallerie erwies sich als zäher Gegner. Es waren ausgezeichnete Reiter, die blitzschnell ihre Tiere wenden und aus dem Sattel zielsicher mit Speer und Pfeil kämpfen konnten. Wenn sie überhaupt zu bezwingen waren, dann vor allem durch Schwerter, aber zuerst einmal musste man ihnen nahe genug kommen, um die Klinge gegen sie erheben zu können.

Kells Einheiten hatten die regulären tsardonischen Reiter ziemlich schnell erledigt, und sie hatte schon gehofft, der Durchbruch sei erreicht. Dann aber war die Reserve, die Gesteris ihr geschickt hatte, auf eine große Abteilung der Steppenkavallerie getroffen, schätzungsweise dreihundert Reiter. Die ganze Zeit über waren weiter Steine, so schwer wie ausgewachsene Männer, auf sie herabgeprasselt. Die Onager waren bisher kein einziges Mal in Gefahr gekommen, und Kell wusste genau, wie sehr Gesteris sich ärgerte, weil seine Infanterie starb, ohne auch nur ein Schwert gegen den Feind erhoben zu haben.

Sie trabte zu den gegnerischen Reihen hinüber und schätzte mit raschen Blicken nach links und rechts ein, wie breit die feindliche Linie war. Aus ihren drei Kataphrakt-Einheiten hatte sie eine einzige gemacht, die ihr ganzes Gesichtsfeld ausfüllte. Drei Reiter tief gestaffelt, würden sie die Steppenkavallerie angehen. Hinter ihnen würden die Schwertkämpfer folgen, und über ihre Köpfe hinweg sollten die Pfeile fliegen. Doch dies war eine Aufstellung, die der Feind ihr aufgezwungen hatte.

Vor ihr hatten sich die Steppenkrieger in Einheiten von jeweils etwa zwanzig Reitern aufgeteilt, die wie spielerisch umhertänzelten. Ihre Pferde waren mit rot abgesetztem gelbem Tuch bedeckt, unter dem eine leichte Rüstung befestigt war. Die Reiter trugen sandfarbenes Leder. An den Speeren flatterten gelbe Banner, an den Schwertgriffen und den Spitzen der Bogen waren kleine gelbe Tuchstreifen befestigt. All das war dazu geeignet, das Auge des Feindes abzulenken. Aber das war noch nicht alles. Kell spürte es ringsherum. Die Furcht, die der Ruhm mit sich brachte. Doch die Steppenkavalleristen waren nicht die einzigen gefürchteten Reiter auf diesem Schlachtfeld.

»Kataphrakten, vergesst nicht, wer ihr seid!«, rief sie, als sie direkt hinter ihnen ihre Position eingenommen hatte. »Wir sind die Konkordanz. Wir sind Estorea. Wir sind die Krallen, der Donner und die Drachen. Wir werden nie besiegt.«

Die Kavallerie ritt im leichten Galopp los und näherte sich den Feinden bis auf zweihundert Schritte. Die Lanzenträger an den Flanken rückten ein wenig weiter vor, um einen weiten Halbkreis zu bilden. Die Steppenkavallerie achtete nicht darauf. Kell machte sich Sorgen über diese neue Taktik. Sie galoppierten in kleinen Gruppen und spielten anscheinend miteinander, während ihre Feinde sich näherten. Sie fragte sich, wie die Gegner sich beim Angriff verhalten würden.

Kell ritt zum Hauptmann der Kataphrakten hinüber. Er drehte sich zu ihr um, sein voller Helm verbarg das ganze Gesicht bis auf die Augen, die gepanzerte Faust hatte er fest um den Zügel gelegt.

»Greift an, wenn sie noch fünfzig Schritte entfernt sind. Reitet geradeaus. Lasst euch nicht ablenken. Wir sind hinter euch und erledigen alle, die durchkommen.«

»Ja, Meisterin.« Dumpf drang sein starker gosländischer Akzent durch den Helm.

»Gott möge euch schützen.«

»Und dich auch. Für die Konkordanz und für mich.«

»Für die Konkordanz und für mich.«

Die Befehle des Hauptmanns wurden durch die Reihen weitergegeben, wiederholt und zur Bestätigung zurückgemeldet. Die Lücke schloss sich. Auf beiden Seiten wurden Pfeile abgeschossen. In siebzig Schritt Entfernung, als viele Pfeile schon ihr Ziel fanden, nahm das Tempo zu. Sechzig. Fünfzig.

Jetzt trieben die Kataphrakten ihre Pferde an und galoppierten mit angelegten Lanzen, die sie mit beiden Händen hielten. Die Reiter beugten sich in Erwartung des kommenden Aufpralls vor. Was für einen Anblick sie boten. Dreihundert Reiter, die frontal angriffen. Kell rief ihre Schwertkämpfer und Bogenschützen zu sich und galoppierte hinter der ersten Welle her.

Durch den hochspritzenden Schlamm und an den Flanken der angreifenden Kavallerie vorbei konnte sie endlich sehen, wie die Steppenkavallerie reagierte. Jede zweite Einheit formierte sich, griff an und ließ eine Lücke in ihrer Linie zurück. Die anderen verteilten sich einfach, preschten zu den Flanken hinaus und teilten sich noch einmal in kleinere Gruppen von drei oder vier Reitern auf. Verwirrt schüttelte Kell den Kopf.

Die Kataphrakten prallten gegen die Steppenkavallerie. Nach links und rechts wichen die Pferde beim letzten Schritt aus, die Lanzen fegten die Tsardonier aus den Sätteln, tsardonische Klingen trafen Pferd und Reiter. Aber mehr als die Hälfte der konkordantischen Lanzenträger hatte überhaupt kein Ziel gefunden. An den Flanken hatte die Steppenkavallerie schon wieder gewendet.

»Gott möge uns umarmen«, keuchte Kell. »Bogenschützen! Die Flanken! Schaltet diese Schweinehunde aus.«

Die Feinde nahmen die schwerfälligen Angreifer in die Zange. Sie hätte es vorhersehen müssen, sie hätte es erkennen müssen. Die Krieger spannten die Bogen und ließen die Pfeile fliegen. Kataphrakten fielen, viel zu viele und viel zu schnell. Kell galoppierte ins

Getümmel, raste an der vorgetäuschten Front vorbei mitten durchs Kampfgeschehen. Vor ihr bekam ein Steppenkrieger einen Pfeil in den Hals und stürzte vom Pferd. Sie suchte sich ein Ziel. Pfeile zischten dicht vorbei, auf beiden Seiten fielen Kämpfer.

Sie blickte nach links. Dort herrschte Chaos. Die Steppenkavallerie hatte den Vorstoß der Konkordanz in kleine Einheiten zersplittert und war an den Flanken überlegen. Die Gegner formierten sich schon wieder und griffen an. Schwerter blitzten, Pfeile sausten durch den Himmel. Hinter ihr sangen wieder die Onager. Irgendwo ertönte ein böses Hundegebell. Es waren Hunderte von Hunden. Sie blickte nach rechts. Die Hunde rasten durch die tsardonischen Reihen nach vorn, als jagten sie die Steine der Katapulte.

Hufschläge, laute Hufschläge. Sie drehte sich nach vorn. Der tsardonische Streitkolben war schon unterwegs. Sie konnte gerade noch das Schwert nach vorn bringen, das jedoch zur Seite gefegt wurde. Die Waffe traf ihren Brustharnisch. Das Metall bekam eine Delle, ein heftiger Schmerz durchzuckte sie auf einmal. Die Wucht des Schlags hob sie aus dem Sattel, sie verlor die Kontrolle und stürzte nach hinten und dann hinab. Das Letzte, was sie sah, war das Hinterteil ihres eigenen Pferds, ehe sie auf den Boden prallte und das Bewusstsein verlor.

Er war nur ein gewöhnlicher Bürger, verstand aber außerordentlich gut mit dem Bogen umzugehen. Von Berufs wegen ein Töpfer, jagte er nur zum Zeitvertreib. Bisher hatte er jedes Ziel genau in der Mitte getroffen, sobald es von den quer durch die Arena gespannten Drähten hinter der Deckung hervorgezogen wurde. Sogar Tuline hatte ihr Kinn auf eine Hand gestützt und sah aufmerksam zu.

Wie es ihm gebührte, wurde er auf den Balkon der Advokatin geführt, um seinen Preis in Empfang zu nehmen – das Goldene Laub der Konkordanz, zusätzlich mit eingraviertem Pfeil und Bogen geschmückt. Herine klatschte die Hand auf Tulines Bein und bedeutete ihr, sich ordentlich hinzusetzen, als der Mann staubig und entzückt durch die Vorhänge trat. Mit einer tiefen Verbeugung nahm er den Preis entgegen.

»Eine höchst beeindruckende Vorführung«, lobte Herine.

»Danke, meine Advokatin«, sprudelte es aus ihm hervor. »Ich hätte nie gedacht, dass ich einmal hier vor Euch stehen würde. Es gibt so viele, die noch besser sind.«

»Die meisten davon sind in Tsard«, murmelte Tuline.

Herine schoss einen bösen Blick auf ihre Tochter ab. Das würde ein Nachspiel haben. »Bitte achte nicht auf meine unwissende Tochter.« Sie lächelte. »General Gesteris könnte aber sicherlich einen so geschickten Mann wie dich an seiner Seite brauchen.«

Der Sieger errötete. »Er braucht mich doch nicht, um den Sieg für die Konkordanz zu erringen«, sagte er. »Aber wenn er mich ruft, dann will ich sicherlich folgen.«

Herine küsste ihn auf die Stirn, und die Jubelrufe setzten wieder ein. »Du bist eine Zierde der Konkordanz, Bürger. Genieße den Augenblick deines Ruhmes.«

Nunan stand bei seinen Hastati und stärkte ihnen den Rücken, obwohl sie es mit der Angst bekamen und ihr Selbstvertrauen dahinschwand. Neben ihm wartete ein zitternder, höchstens achtzehn Jahre alter Bursche auf den Befehl, sich in den Kampf zu stürzen. Den ganzen Tag hatte er herumgestanden und zugesehen, wie seine Kameraden hart kämpften, verletzt oder getötet wurden oder sich zurückzogen, um sich auszuruhen. Bald war auch er an der Reihe, an die Front zu gehen, und seine Furcht stand ihm unter dem Helm deutlich ins Gesicht geschrieben. Er kauerte förmlich hinter seinem Schild.

Jetzt hagelte es wieder Steine, dass der Boden bebte. Hinter ihm wurden Männer zu Brei zerquetscht. Der Gestank von Erbrochenem und Urin mischte sich in den Geruch von Schweiß, Leder und Blut.

Nunan entging nicht, dass der Bursche sich sehr beherrschen musste, um nicht einfach wegzurennen.

»Kennst du mich, Bürger?«, sagte er. Er hatte sich einen Schild von den Triarii geliehen und vor sich aufgestellt, um vor den willkürlich abgeschossenen Pfeilen geschützt zu sein.

»Ja, Meister Nunan.«

»Dann bleibe neben mir. Wir werden Seite an Seite kämpfen. Nur Mut, die Kavallerie wird die Onager zerstören, und dann werden wir siegen.«

»Ja, Herr.«

Auf dem Schlachtfeld herrschte ein ohrenbetäubender Lärm. Nunan hatte vergessen, wie das war, und spürte die Anspannung auch in seinen Muskeln, während er wartete. Drei Reihen weiter, vorn an der Front, stießen die konkordantischen Soldaten ihre Schilde nach vorn und schufen sich etwas Platz, um mit dem Gladius nachzusetzen. Die Tsardonier mit ihren längeren Säbeln und den ovalen Schilden blockten ab und konterten. Es hatte noch nicht viele Tote gegeben, aber der Boden war schon voller Blut, das sich mit dem Schlamm mischte. Die Todesschreie der Kämpfer, die unvermittelt ertönten, versetzten ihm wie immer einen Stich ins Herz.

»Schildwall!«

Der Befehl wurde durch die Reihen weitergegeben. Die Schilde kamen hoch und deckten die Kämpfer von oben. Über ihnen pfiffen Steine hinweg. Nunan hielt den Atem an. Neben ihm betete der Bursche mit zusammengebissenen Zähnen. Die Steine schlugen ein. Gleich rechts von ihm lag ein Kreis der Zerstörung im hellen Tageslicht. Nunan schwankte nach dem nahen Einschlag, Männer und Frauen kreischten. Schlamm spritzte hoch in die Luft und zu den Seiten. Er wandte unwillkürlich den Kopf ab, als die feuchten Brocken seinen Helm trafen.

Dann blickte er wieder zum Burschen, der sein Schwert fallen gelassen hatte und seine Hände anstarrte. Sie waren wie sein Gesicht mit Blut bedeckt, und seine Augen verrieten, dass er jeden Augenblick die Fassung verlieren konnte.

»Verlasse das Schlachtfeld«, befahl Nunan ihm. »Geh mit meinem Segen.«

Doch der Junge stand nur da, während der Manipel sich um ihn bewegte und die entsetzlichen Schreie der Zerquetschten das Krachen von Stahl auf Stahl übertönte.

»Vorstoßen«, befahl Nunan. »Seid stark und haltet die Ordnung.«

Die Zenturionen nahmen seinen Ruf auf, aber auf dem Schlachtfeld ertönten immer mehr Schreie. Sie klangen panisch und ängstlich, und zum ersten Mal in seiner ganzen Laufbahn hatte er das Gefühl, ihr Heer könnte straucheln. Die Phalanx war besiegt.

»Hastati, haltet die Stellung und verteidigt euch.« Damit machte er kehrt und rannte los, um neue Befehle zu geben. Er konnte nur noch beten, dass Kell der Durchbruch gelang. »Drei Manipel Principes nach vorn, Triarii zu den Phalangen. Weicht ja keinen Schritt zurück, wendet euch nicht ab.«

Doch in den hinteren Reihen lösten sich die ersten Soldaten schon aus dem Verband und wichen zurück. Die Tsardonier warfen ihnen jetzt alles entgegen, was sie hatten. Die Luft verdunkelte sich im Pfeilhagel. Umgeben von den mit Schwertern bewaffneten Triarii, rannte Nunan ins Zentrum. Er wies die Zenturionen an, ihre verzagenden Bürger wieder in den Kampf zu schicken und die Legionen zu ermahnen, dem Feind um jeden Preis standzuhalten. Die Triarii nahm er mit nach vorn, denn er brauchte ihre Erfahrung und ihren Mut. Die Furcht, die die Truppen erfasst hatte, konnte die Herzen und den Willen der Kämpfer viel schneller brechen als jede Seuche.

»Wir können immer noch siegen«, rief er immer und immer wieder. »Kämpft für die Konkordanz. Kämpft für mich. Kämpft.«

Aber die Phalanx hatte große Schwierigkeiten. Stein auf Stein war im Zentrum eingeschlagen, die vorderen Reihen wurden von Tsardoniern unter Druck gesetzt, die ihre Speere fallen gelassen hatten und sich mit Schwert und Schild einen Weg durch den Wald von Sarissen bahnten. Triarii rannten herbei, um das zusammenbrechende Zentrum zu unterstützen, während die Kavallerie auf der rechten Seite hart vorstieß, um den Druck der Infanterie abzufangen.

Nunan sah sich nach dem Kommandanten der Phalanx um, der jedoch nirgends zu sehen war. Er packte eine verängstigte junge Frau am Kragen. »Wo ist Keita?«

»Gefallen«, sagte sie bebend. »Er wurde voll getroffen. Von ihm ist nichts mehr übrig. Wir verlieren den Kampf, Meister Nunan.«

»Nein, wir verlieren nicht«, fauchte Nunan. »Reih dich wieder ein. Hilf deinen Mitbürgern. Wir werden siegen.«

Er stieß sie fort, zurück zur hinteren Abteilung der Phalanx. Die Sarisse, die sie hielt, schwankte hin und her und stand nicht kerzengerade aufrecht, wie es sein sollte. Warnrufe ertönten, wieder kamen Steine geflogen, noch mehr Angst. Nunan betete, das Glück möge sie nicht verlassen. Sein Gebet wurde nicht erhört. Vierzig Steine knallten in die Legionen, pflügten Furchen in den Schlamm und töteten und zerquetschten alles, was ihnen in den Weg kam. Drei weitere trafen die Phalanx. Sofort setzten die Tsardonier härter nach, während die Bogenschützen die mittleren und hinteren Linien mit Pfeilen eindeckten. Nunan hörte sie auf die Schilde prasseln.

»Stellung halten!«, brüllte er. »Halten!«

Unsicherheit drohte die Legionen zu übermannen. Immer noch schossen die Onager, und die Tsardonier griffen ungestüm an, weil sie den Sieg zum Greifen nahe glaubten. Er wollte jetzt nicht seine erste Niederlage erleben. Nicht, solange er noch etwas Kraft in den Gliedern und den Atem hatte, um zu rufen. Er ging weiter nach vorn, hinein ins Gedränge der kämpfenden ersten Linie. Seine Gegenwart brachte die Leute zur Besinnung und schenkte ihnen neuen Mut. Er hob den Gladius und befahl den Angriff.

Die nächsten Geschosse kamen geflogen, schlugen hinter ihm ein und trafen die vier Manipel links und rechts neben ihm. Doch der erwartete Aufschlag blieb aus, und niemand schrie auf. Stattdessen breitete sich vorübergehend eine eigenartige Stille in den Reihen aus. Nunan spürte, wie eine Flüssigkeit über seinen Rücken spritzte. Er wandte sich kurz um. Überall waren Blut und Eingeweide. Einige waren von Kopf bis Fuß damit bedeckt, keiner war dem grässlichen Regen entgangen. Es waren keine Steine gewesen. Die Gegner hatten Beutel voll Blut geschleudert.

»Gott verschone uns«, keuchte Nunan. Er drehte sich um. »Passt auf, passt auf! Hunde. Die Hunde kommen.«

Einen Herzschlag später konnten es alle hören. Knurrend, bellend und heulend. Vor der Konkordanz wichen die Tsardonier einen Schritt zurück, und dann kamen die Hunde. Dutzende, Hunderte, Tausende von Hunden. Getrieben von Hunger und halb irre vom Geruch frischen Tierbluts. Das Blut, das die Legionen durchnässt hatte.

Die Hunde, eine starke, zur Jagd gezüchtete Rasse, stürmten gegen die ersten Reihen an, die unter der Woge von Zähnen und Krallen zu Boden gingen. Ihre Schilde und die Schwerter waren jetzt nutzlos. Die Tiere fanden Lücken, durch die kein Tsardonier gekommen wäre, sie suchten das Blut und das Fleisch.

Nunan schlug zu und traf den Rücken eines Tiers. Es kläffte und drehte sich, um ihn zu beißen, verfehlte seine Hand jedoch knapp. Er hackte noch einmal und ein weiteres Mal. Überall waren jetzt Hunde, sie umschwärmten ihn und drangen tief in die Reihen der Konkordanz ein. Die Tsardonier ermunterten sie brüllend.

»Kämpft, Soldaten der Konkordanz, kämpft!« Zenturionen und Triarii nahmen seinen Ruf auf.

In den vorderen Manipeln stachen die Schwertkämpfer mit den Waffen nach unten, sie zerhackten und zerfetzten die Tiere. Kreischen, Jaulen und Winseln erfüllte die Luft. Aber für jeden Hund, den sie niedermachten, sprangen zwei weitere herbei und verbissen sich in jedem Blutfleck, den sie finden konnten.

Legionäre gingen zu Boden, weil die Tiere ihre Kehlen, ihre Gesichter, die Arme und Beine und die Seiten gepackt hatten. Wie ein schmutziger Regen fielen die Blutsäcke. Inzwischen schossen die Gegner allerdings auch schon wieder mit kalten und glühend heißen Steinen, um das Chaos zu vergrößern. Nunan drehte sich um, schlug nach einem Tier und wurde im gleichen Augenblick von einem weiteren umgerissen. Im Fallen zog er das Schwert an sich. Der Hund fletschte die Zähne und schoss vor, um ihn im Rücken zu packen, wo das Blut auf seine Rüstung gespritzt war. Er versetzte dem Hund eine tiefe Schnittwunde in die Flanke, und das Tier sprang davon. Dann kam er auf die Knie hoch. Das Tier war wieder da, und er durchbohrte dessen Brust.

Als er wieder auf den Beinen stand, sah er sich um und versuchte, die Ordnung wiederherzustellen. Es war sinnlos. Das Blut machte den Schlamm glitschig, ringsherum waren die Linien der Hastati zusammengebrochen, und auch die Principes weiter hinten blieben nicht verschont. Die Hunde hatten überall Verwirrung gestiftet. Jetzt kamen auch wieder tsardonische Pfeile geflogen, und die Infanterie überwand die kurze Distanz und griff abermals an.

Nunan rief die Männer zu sich, drängte sie zurück zur Frontlinie und rannte selbst los. Er war von Triarii umgeben. Erfahrene Soldaten, die sofort die Gefahr erkannt hatten und energisch die Hunde dezimierten, die immer noch zu Hunderten herumliefen und die Hastati hetzten, von denen viel zu viele ihr Heil in der Flucht gesucht hatten.

»Haltet die Stellung!«, brüllte er. »Soldaten der Konkordanz, bleibt an meiner Seite.«

Der Pfeil kam steil von oben herab und traf seine Schulter. Der Einschlag war ebenso überraschend wie schmerzhaft. Der Schaft hatte die Verbindung zwischen Brustharnisch und Schulterschutz durchdrungen. Taumelnd packte er ihn, der Gladius fiel nutzlos zu Boden, als seine Hand taub wurde. Die Wucht des Treffers zwang ihn auf die Knie, und einige Männer, die von hinten gerannt kamen, warfen ihn um.

Nunan schloss vor Schmerzen beide Augen. Er spürte Hände, die ihn wegziehen wollten. Als er die Augen wieder öffnete, sah er nur das Blut, das aus der Wunde sprudelte. Er schauderte. Die Mienen der Menschen in seiner Nähe waren ängstlich, besorgt und unsicher.

»Kämpft«, quetschte er hervor. »Kämpft für mich.«

Er war nicht sicher, in welche Richtung sie sich bewegten, als es dunkel um ihn wurde.

Gesteris sah, wie sich die Linien auflösten, und ließ mit Flaggen Befehl geben, dass die Triarii in die erste Reihe nachrückten. Er musste dort, wo es am schlimmsten stand, einen beruhigenden Einfluss auf die Reihen ausüben. Die tsardonische Artillerie war allerdings schrecklich wirkungsvoll gewesen, und auf der linken Flanke war Kells Kavallerie zerstreut und kämpfte in kleinen Scharmützeln mit der Steppenkavallerie, die mit dieser Art des Gefechts viel größere Erfahrung besaß.

Durch sein Spähglas hatte er beobachten müssen, wie seine besten Kataphrakten von der Steppenkavallerie zerfetzt wurden. Steine hatten große Lücken mitten in seine Infanterie geschlagen, während viel zu wenig Feinde durch Schwert oder Pfeilspitze starben. Er hatte die Phalanx an der Front und im Herzen seiner Formation zusammenbrechen sehen. Er hatte die Blutsäcke herabstürzen und die Hunde wie Ameisen ausschwärmen sehen. Und er hatte Nunan fallen sehen.

Es gab eine kleine Verschnaufpause. Die Schlacht tobte noch an der Frontlinie, und Pfeilsalven flogen durch den Himmel. Gesteris hatte nicht mehr viele Möglichkeiten. Vierzig weitere Steine kamen geflogen und zerquetschten alles, was sie trafen. Schließlich gaben die Hastati auf und rannten davon. Sie rannten an ihren sterbenden Kameraden vorbei, durch die Linien der noch kämpfenden Triarii und Principes, gehetzt von den Hunden, die sie in die Hacken bissen. Es begann im Zentrum der Phalanx und breitete sich wie eine Welle ringsum aus. Die Tsardonier sahen es und setzten nach.

»Verdammt, nein«, sagte er. »Ich werde diese Schlacht nicht verlieren.« Er zog sein Schwert und hob es. »Extraordinarii, zu mir. Hebt die Standarte.«

Er gab seinem Pferd die Hacken und galoppierte los, dem Feind entgegen. Von rechts kam die Kavallerie der Konkordanz, um ihn zu unterstützen. Er raste quer vor der tsardonischen Front entlang, ohne auf Pfeile oder Schwerter zu achten. Seine eigene Klinge fuhr hierhin und dorthin, er trennte einem Mann den Schwertarm ab, schlug einem zweiten von hinten in den Rücken und zerschmetterte den Helm eines dritten.

Zusammen mit seinen fünfzig Extraordinarii und hundert Kavalleristen scheuchte er sie zurück. Wo die Linien fast völlig zusammengebrochen waren, zügelte er sein Pferd und machte kehrt, um auf dem gleichen Weg wieder zurückzukehren.

»Kämpft weiter«, rief er allen zu, die ihn hören konnten. »Jagt sie in die Flucht.«

Er führte den zweiten Angriff an und lenkte sein Pferd den Tsardoniern entgegen, die stolpernd vor ihm zurückwichen. Das Pferd stieg hoch und zerschmetterte mit dem Huf einem Soldaten das Gesicht. Hinter ihm folgten die Triarii seinem Beispiel und rissen auch die schwankenden Hastati und Principes mit. Einen wundervollen Augenblick lang wirkten die Feinde verunsichert.

Doch immer mehr Infanterie umschwärmte ihn und war entschlossen, den Druck auf seine Verbände aufrechtzuerhalten. Er hatte in die zehnmal so lange Front eine Bresche von höchstens vierzig Schritten geschlagen. Überall schwankten die Standarten der Konkordanz. Seine Bürger wurden niedergemäht wie Grashalme, und der Ansturm der Feinde war unaufhaltsam. Die Steppenkavallerie zog rechts von ihm vorbei und fiel über die ungeschützten Manipel her, die versuchten, wenigstens den Anschein einer Schlachtordnung zu wahren. Sie waren hoffnungslos unterlegen.

Gesteris fuhr herum und zog sich im Galopp aus der zusammenbrechenden Front zurück. Vor ihm war inzwischen jegliche Ordnung dahin. Hastati eilten an seinen erfahrenen Einheiten vorbei, die nichts gegen die Flut unternehmen konnten und ebenfalls davonliefen. Überall ergriffen seine Truppen die Flucht. Die Tsardonier stießen tief in die Reihen der Konkordanz vor und hetzten sie oder machten sie nieder. Hier und dort versuchten Trupps der Kavallerie, ihre Legionäre zu verteidigen, aber die Steppenkavallerie stürmte in hellen Scharen von beiden Seiten herbei.

»General!«, rief jemand. »General!«

Er sah sich um. Seine Extraordinarii waren bei ihm.

»Wir müssen die erste Furt erreichen und die Reserven einsetzen, um den tsardonischen Vorstoß aufzuhalten.«

Er trieb sein verschrecktes Pferd zum Galopp an, ignorierte Freund und Feind und hoffte wider alle Vernunft, die Furten zu erreichen, während die Truppen dort noch standhielten. Doch inzwischen schwärmten Zehntausende tsardonische Männer und Frauen über die Ebene. Es herrschte ein unbeschreiblicher Lärm. Der Boden bebte unter den trampelnden Füßen, überall riefen und kreischten seine Leute, während die Gegner Triumphschreie ausstießen.

Nun musste er hilflos zusehen, wie auch an den Furten das Schicksal seinen Lauf nahm. Die Tsardonier hatten mit einem großen Angriff über den Fluss hinweg begonnen und gingen ungestüm gegen die Konkordanz vor. Einige Manipel der Reserve machten bereits kehrt und eilten zum Lager zurück.

»Nein, nein«, murmelte er. »Ihr müsst standhalten.«

Sie wollten nicht. Er hatte die erste Furt noch nicht erreicht, da fiel die Steppenkavallerie schon über die offene Flanke der Reserve und die wenigen Kavalleristen her, die nicht mit der Verteidigung am Flussufer beschäftigt waren. Eine Welle ging durch sein Heer wie ein Windstoß durch ein Kornfeld. Hunderte Köpfe drehten sich, die Krieger interessierten sich nicht mehr für ihre Aufgaben. Die Tsardonier mussten nur noch etwas schärfer nachsetzen. Sie taten es, das Manöver war makellos.

Gesteris ließ sein Pferd wieder langsamer laufen. Es war hoffnungslos. Die Stellung an der ersten Furt löste sich auf wie schlecht gewebter Stoff. Ganze Legionen machten kehrt und rannten nach Westen davon. So schnell wie ein Buschfeuer griff die Bewegung auf die zweite und dann die dritte Furt über. Die Hastati waren die Ersten. Sie lösten sich aus dem Kampfgeschehen und überließen den Tsardoniern den Raum, die unbehelligt bis zu den ungeschützten, unvorbereiteten Legionen vorstoßen konnten und jegliche Hoffnung auf einen geordneten Rückzug zunichte machten.

Gesteris sah Flaggen, wo die Kommandanten verzweifelt versuchten, ein wenig Ordnung herzustellen. Sie erreichten nichts. Wenige Augenblicke später mussten auch sie kehrtmachen und vor dem tsardonischen Ansturm fliehen, der sie alle zu überwältigen drohte.

»General«, rief ein Kämpfer seiner Extraordinarii, der neben ihm ritt. »Wir müssen jetzt umkehren. Die Schlacht ist verloren. Wir können sie an den Lagern aufhalten, wenn wir vor ihnen dort sind.«

Er nickte und trieb sein Pferd wieder an. Tränen schossen ihm in die Augen. Wie hatte das geschehen können? Wo waren seine Späher, was hatten sie ihm zu sagen?

Der Lärm dröhnte in seinen Ohren, wie ein starker Wind, der um Felsen pfeift. Die Truppen der Konkordanz rannten blindlings zum Lager, die tsardonischen Krieger konnten mit Klingen und Pfeilen ungeschützte Rücken treffen. Die Kavallerie versuchte, die Flucht zu decken, und wurde niedergemacht.

Wenigstens schossen die Onager nicht mehr.

Gesteris konnte nichts tun. Die Lager waren fünf Meilen entfernt, und die Steppenkavallerie holte schnell auf. Die Konkordanz würde schreckliche Verluste erleiden. So tat Gesteris das Einzige, was er tun konnte. Er trieb sein Pferd an und floh wie alle anderen. Die Ruhmeslieder, die seine Ohren erreichten, wurden in einer fremden Sprache gesungen.

29

848. Zyklus Gottes, 1. Tag des Solasauf
15. Jahr des wahren Aufstiegs

Als Dina Kell wieder zu sich kam, war das Kampfgeschehen schon weitergezogen. Völlig desorientiert stemmte sie sich auf die Ellenbogen hoch. Sie hatte den Helm verloren, er lag ein paar Fuß entfernt im Schlamm. Durchs niedergetrampelte Gras sah sie reglos liegende Pferde und die zusammengekrümmten Leichen von Menschen. Überall tote Kämpfer der Konkordanz und aus Tsard. Hinter ihr war ein lautes Brüllen zu hören, in ihrer unmittelbaren Umgebung war es eigenartig still. Ein leichter Wind bewegte die Mähnen und die Federbüsche der Helme, sonst rührte sich nichts. Weit entfernt bellten Hunde.

Sie hatte keine Ahnung, wie lange sie zwischen den stampfenden Hufen der Kavalleriepferde, den Pfeilen, den Klingen und den taumelnden Körpern auf dem Schlachtfeld gelegen hatte. Obwohl sie sich glücklich schätzen konnte, dass sie noch lebte, war ihre tiefe Verzweiflung sogar stärker als ihre körperlichen Schmerzen und trieb ihr jeden Gedanken an eine glückliche Fügung sofort wieder aus.

Als sie mühsam das Gleichgewicht halten konnte, kam sie in die Hocke hoch. Vor ihren Augen verschwamm alles. In der Brust spürte sie einen stechenden Schmerz, ihr rechter Arm hing taub herab. Ein kurzer Blick bestätigte, dass der Schlag mit dem Streitkolben ihren Brustharnisch eingedrückt hatte. Wahrscheinlich waren mehrere Rippen gebrochen. Vermutlich war sie beim Sturz auf dem Arm gelandet. Es spielte keine Rolle.

Langsam klärte sich Kells Blick, und sie konnte sich umsehen. Links von ihr bewegten sich im Hitzeflimmern einige Gestalten, voraus konnte sie eine dunkle Masse erkennen. Die Heere. Aber sie kämpften nicht mehr, denn Schlachtgeräusche waren nicht zu hören – das vielfältige Klirren von Stahl, das Donnern der Pferdehufe, das Krachen und Pfeifen der Artilleriegeschosse. Sie wollte es nicht glauben, aber es bestand kein Zweifel daran, was geschehen war. Sie ließ die Schultern und den Kopf hängen.

Jetzt, da sie sich bewegte, nahmen die Schmerzen in der Brust und im Arm zu. Sie versuchte, möglichst flach zu atmen. Sie musste fliehen, sie war zu nahe an den tsardonischen Stellungen und viel zu weit von ihren eigenen Leuten entfernt. Hinter ihr strömte der Fluss dahin, unbeeindruckt von der Katastrophe, die sich an seinem Ufer abgespielt hatte, und von dem Blut, das sich mit seinem Wasser mischte.

Unter Schmerzen stand Kell endlich ganz auf. Sie war wirklich allein, und dafür musste sie dankbar sein. Das Chaos, während achtzigtausend Bürger durch den Schlamm rannten und die relativ sicheren Lager erreichen wollten, mochte sie sich gar nicht erst vorstellen. Diese Zuflucht war sechs Meilen oder weiter von ihrem derzeitigen Standort entfernt. Wenn es keinen geordneten Rückzug gegeben hatte, musste ein entsetzliches Blutbad entstanden sein, und die Gegner hatten unzählige Gefangene genommen.

Verflucht seien die Tsardonier, ihre Steine und ihre Hunde.

Zwischen den Leichen hindurch bewegte sie sich zu dem Bereich zurück, wo vorher die Front gewesen war. Während sie sich dem Fluss näherte, war ihr die Gefährlichkeit ihrer Lage durchaus bewusst. Allein hinter den Linien des Feindes. Jeder Schritt jagte stechende Schmerzen durch ihre Rippen, und der schwierige Boden machte das Gehen schwer. Sie rutschte auf dem Schlamm und Blut aus und geriet in tiefe Hufspuren. Immer wieder stolperte sie und keuchte jedes Mal, als wäre sie geschlagen worden. Sie konnte noch nicht deutlich sehen, und die Trugbilder von Menschen und dunklen Umrissen verwandelten sich immer wieder in Felsnadeln oder entpuppten sich als Sinnestäuschungen.

Blut und Leichen. Überall. Irgendwann stolperte sie ein letztes Mal und sank auf die Knie. Vor ihr breitete sich der Abfall des Krieges aus. Einige Gefallene bewegten sich sogar noch leicht. So weit ihr verschwommener Blick reichte, lagen sie herum wie von Gottes Hand verstreute Samenkörner. Zerrissene Kleider flatterten im Wind. Im Schlamm funkelten Waffen. Alles hatte dunkle Flecken und stank. Auf einmal bekam Kell große Angst.

Sie nahm sich zusammen und sah sich um. Zwischen den Toten bewegten sich Gestalten, zweifellos Tsardonier. Sie durchsuchten die Toten auf dem Schlachtfeld, halfen ihren Kameraden und bereiteten den noch lebenden Feinden ein schnelles Ende. Bald würde sie selbst bemerkt werden, aber sie wollte nicht sterben. Nicht hier und nicht auf diese Weise.

Sie wandte sich nach links. Das unebene Gelände und die Vielzahl der Körper verbargen hoffentlich ihre Bewegungen. So tastete sie sich weiter vor bis zum Fluss, wagte es nicht zurückzuschauen. Unter ihr war glitschiger Schlamm, über ihr stand die Sonne, die sie in ihrer Rüstung briet. Mit Blut vermischter Schweiß klebte auf ihrer Haut. Jede Bewegung war eine Qual. Sie schätzte, dass es höchstens noch fünfzig Schritte bis zum Flussufer waren, wo sie Deckung finden konnte. Eine Stunde voller verzweifelter, unendlich langsamer Bewegungen brauchte sie, bis sie endlich dort war, und die ganze Zeit musste sie befürchten, dass jemand ihr plötzlich die Hand auf die Schulter legte.

Sie kroch durch Blutlachen, über die Leichen von Kameraden hinweg und durch die Innereien von Pferden, deren Leiber von den Lanzen der Steppenkavallerie aufgerissen worden waren. Als sie sich endlich über die Uferböschung ziehen konnte und auf der anderen

Seite hinabrutschte, um am kühlen Wasser zu ruhen, war ihr Gesicht nass von Tränen der Verzweiflung und des Kummers.

Kell rollte sich auf den Rücken und ließ ihren Körper vom Wasser kühlen, während sie weinte. Mit einer Hand hielt sie sich am Ufer fest und starrte zum Himmel hinauf. Die Sonne war inzwischen hinter der Böschung versunken, und ein kühler Wind wehte über den Fluss. Sie kühlte rasch aus und wälzte sich wieder in den Schlamm hinauf, wo sie im Windschatten der Böschung liegen blieb.

Sie hatte hier eine Stelle gefunden, wo die Böschung ein wenig überhing. Hier war sie vorerst sicher. Vom Schlachtfeld aus war sie nicht zu sehen. Die erste Furt war etwa eine Meile entfernt hinter einer Flussbiegung. Weit entfernt von den Lagern, die ganz gewiss noch standen. Zweitausend Meilen in direkter Linie bis Estorr.

Die Bilder, die ihr immer wieder durch den Kopf gingen, vermochte sie nicht zu unterdrücken. Wie überheblich sie gewesen waren. Wie sicher sie gewesen waren, am Ende den Sieg zu erringen. Wie gnadenlos sie übertölpelt worden waren. Wie viele von denen, die mit der Hymne der Konkordanz auf den Lippen marschiert waren, lagen jetzt tot unter Gottes vollkommenem blauem Himmel? Freunde, Geliebte und große Soldaten. So viele waren tot. Hoffnungslos und erschöpft schloss sie die Augen. Wenigstens versiegten die Tränen.

Die Lieder weckten sie wieder. In einer Nacht voller Sterne riss sie die Augen auf. Einen Augenblick lang war sie verwirrt, ehe sie sich an ihre gefährliche Lage erinnerte. Es waren keine estoreanischen Siegeslieder, sie wurden nicht auf einer saftigen grünen Wiese von den Bärenkrallen von Estorr gesungen. Der Traum verschwand, ehe sie ihn richtig fassen konnte.

Trotz des klaren Himmels war es eine warme, feuchte Nacht. Kell wartete, bis ihre Augen sich angepasst hatten, ehe sie sich rührte. Ihre Schmerzensschreie konnte sie kaum unterdrücken. Der Arm und die Brust waren steif und taub geworden, während sie geschlafen hatte, und sie konnte nicht einmal die Hände weit genug heben, um den zerquetschten Brustharnisch zu lösen. Als die Schmerzen abebbten, bewegte sie sich erheblich langsamer voran.

Die Verzweiflung, die sie vor ihrer Ohnmacht empfunden hatte, war verschwunden und dem Wunsch nach Wissen gewichen. Ihr war klar, dass die Konkordanz eine vernichtende Niederlage erlitten hatte, aber ebenso gewiss war, dass Tausende ihrer Leute in alle Winde verstreut waren. Nach ihrer Flucht vom Schlachtfeld versuchten sie, den Weg nach Hause zu finden und dem tsardonischen Heer zu entkommen. Andere, die weggelaufen waren und sich versteckt hatten, waren für immer verloren, die Opfer ihrer eigenen Angst. Sie musste diese Leute finden und ihnen helfen und vor allem Informationen über das Ausmaß der Katastrophe bekommen.

So leise sie konnte, rutschte und schlitterte Kell am Flussufer entlang und suchte eine Stelle, an der sie möglichst leicht die Böschung erklimmen konnte. Jede Bewegung jagte schreckliche Schmerzen durch ihren ganzen Körper, und selbst der leichteste Anstieg war schon eine Tortur. Dann blickte sie über die sumpfige Ebene zum Lager, und die Tränen, die Verzweiflung und der Kummer drohten sie erneut zu überwältigen.

Über die weite offene Fläche hallten tsardonische Siegeslieder. Das Gelächter der Sieger verhöhnte sie. Überall hatten sie Lagerfeuer entzündet, eine makabre Kulisse aus Flammen, vor der Silhouetten fröhlich tanzten. Aber kein Feuer war so groß wie der Brand, der dort tobte, wo einst die stolzen Lager der Konkordanz gestanden hatten. Achtzigtausend hatten dort gelebt. Für wie viele sie zu Scheiterhaufen geworden waren, konnte sie nicht einmal ahnen.

Sie starrte und sah sich um. Sie war von Feinden umgeben. In beiden Richtungen auf der Ebene und vor ihr in Richtung des Lagers und der Furten lagerten die Feinde. Es war kaum möglich, ihnen zu entkommen, indem sie die Ebene zu überqueren versuchte. Erst recht nicht mit ihren Verletzungen.

Wenn die Feinde endlich losmarschierten, würde sie wenigstens deren Position und Marschrichtung weitergeben können. Falls sie ein Pferd fand, konnte sie sich sogar schneller bewegen als eine marschierende Armee. Sie konnte es sich erlauben, vorerst einfach abzuwarten, aber auf die eine oder andere Weise musste sie nach Estorr gelangen. Wenigstens nach Atreska oder Gosland. Das war die Pflicht jedes Bürgers der Konkordanz, der ihrer besiegten Armee angehört hatte.

Irgendjemand musste ihnen sagen, was auf sie zukam.

Kovan Vasselis fand Mirron allein im Obstgarten. Es war ein friedlicher Tag, von den Klippen über der Bucht waren die Schreie der Möwen zu hören. Es war schön, und der Seewind hielt die Temperatur in erträglichen Grenzen. Mirron trug das einfache blaue Kleid, das auf so natürliche Weise ihre Schönheit unterstrich. Kovan dagegen kam sich in der formellen Toga, die sein Vater ihn tragen ließ, wenn sie Westfallen besuchten, übertrieben fein vor. Zu der Toga gehörte auch noch eine Schärpe im Grün der Konkordanz und im Blau der Familie Vasselis, und am Ledergürtel trug er seinen Gladius in der goldenen gewobenen Scheide.

Sie saß an einen Baum gelehnt und blickte in die krank aussehenden Zweige empor, während sie die Hände fest aufs Gras gelegt hatte. Rings um ihre Finger waren die grünen Halme sogar ein wenig gewachsen, als spürten sie ihre Gegenwart.

»Mir war gar nicht klar, dass dabei so etwas passieren kann«, sagte er, dankbar für den Anlass, das Gespräch zu eröffnen.

Sein Mund war trocken, und in seinem Magen polterte es. Das war wirklich albern. Sie war drei Jahre jünger als er, aber sie hatte schon immer diese Wirkung auf ihn ausgeübt. Erst in der letzten Zeit hatte er allerdings wirklich begriffen, was es zu bedeuten hatte, und nun war er entschlossen, sie trotz der Konkurrenz für sich zu gewinnen. Sie fuhr auf und drehte sich abrupt herum, dann lächelte sie, als sie ihn erkannte.

»Entschuldige, ich wollte dich nicht erschrecken.« Respektvoll blieb er ein Stück entfernt stehen.

»Schon gut«, sagte sie mit ihrer weichen, melodischen Stimme. »Ich war meilenweit entfernt, verloren im Baum. Ich versuche herauszufinden, warum er stirbt. Was hast du gesagt?«

Kovan deutete auf ihre Hände. »Das Gras. Ich wusste nicht, dass es rings um dich wächst.«

Mirron blickte nach unten und nickte. »Wir kommen allem, was wächst, sehr nahe«, erklärte sie. »Ich mag es, wenn die Pflanzen auf diese Weise auf mich reagieren. Es ist, als würde ich überall Wohlbefinden verbreiten.«

Sie sagte es ohne Überheblichkeit, ihre Stimme war vielmehr voller Staunen und Freude. Kovan lächelte und kam etwas näher.

»Es ist erstaunlich, was du tun kannst«, sagte er. »Geschieht es inzwischen ganz von selbst?«

»Nein«, antwortete sie. »Jede Arbeit erfordert Konzentration und Energie wie immer. Aber Vater Kessian sagt, unsere schlummernde Energie sorgt dafür, dass das Gras wächst, wenn wir unsere Hände eine Weile darauflegen. Es ist die gleiche Energie, die uns hilft, uns zu erneuern, und die unsere Falten verschwinden lässt.«

»Darf ich mich zu dir setzen?«

»Aber sicher.« Sie klopfte auf den Boden. »Hier ist noch reichlich Gras.«

So nahe neben ihr war er beinahe überwältigt. Er hörte ihren Atem, er sah den Schwung ihrer Lippen und nahm den Duft ihres Körpers und ihrer Kleider auf. Er wollte sie unbedingt berühren und hatte zugleich Angst davor. Vielleicht wich sie zurück, und das hätte er nicht ertragen. So ließ er seine Hand, wo sie war.

»Was fehlt dem Baum denn?«, erkundigte er sich.

An den Enden aller Äste waren eingerollte tote Blätter und verdorrte Zweige, die Rinde schälte sich ab und hatte Risse.

»Das weiß ich noch nicht.«

»Oh.« Er hielt inne. »Warum hast du die Hände auf den Boden gelegt?«

»Ich beginne mit den Wurzeln und erkunde, ob sie krank sind.«

Kovan nickte. »Ich verstehe.«

Auf einmal geriet er in Panik. Irgendetwas in ihm setzte aus, und er wusste nicht mehr, was er sagen sollte. Das Schweigen dehnte sich und wurde mit jedem Augenblick drückender, aber er konnte nichts weiter tun als nicken und noch einmal sagen: »Ich verstehe.« Die Erleichterung, als Mirron fortfuhr, stand ihm sicherlich überdeutlich ins Gesicht geschrieben.

»Ich wollte gerade mit dem Stamm anfangen, als du gekommen bist. Möglicherweise ist er innerlich verfault, aber ich weiß den Grund nicht.« Dann unterbrach sie sich und wandte sich mit einem Lächeln an ihn, das sein Herz bis zum Hals hüpfen ließ. »Das ist mein Vorwand, um hier zu sein. Was ist deiner?«

»Ich ...«, stammelte Kovan. Sein Gesicht war schrecklich heiß. »Ich wollte ... na ja, ich wollte nur sicher sein, dass es dir gut geht, wenn du allein hier oben bist.«

»Warum sollte es mir nicht gut gehen?«

»Ach, einfach so. Na ja, nach dieser Untersuchung und so weiter ...« Er ließ den Satz unvollendet, weil ihm selbst klar war, dass es alles andere als überzeugend klang.

»Kovan, das ist doch schon eine Ewigkeit her. Ich meine, es sind mindestens zwanzig Tage vergangen. Aber trotzdem vielen Dank. Es ist immer gut zu wissen, dass ich einen Beschützer habe.«

»Immer«, sagte er.

Sie wurde wieder ernst. »Darf ich dich mal was fragen?«

»Natürlich«, stimmte er zu, und tausend Möglichkeiten rumorten in seinem Kopf. Was sie dann aber sagte, entsprach keiner von ihnen.

»Wir haben uns unterhalten, und ...«

»Wir?«, fragte er rasch.

»Gorian und ich.«

»Oh.« Sein Herz sank.

»Hat dein Vater dir gegenüber erwähnt, was aus uns werden soll?« Verletzlich und ängstlich sah sie ihn an. »Wir wollen hier nicht weg. Müssen wir fortgehen?«

»Bei Gott, der uns umgibt, ich hoffe nicht«, erwiderte er. Der Gedanke, dass sie im fernen Estorr leben könnte, schuf einen stechenden Schmerz in seiner Brust, der nicht mehr nachlassen wollte. »Du weißt aber, was Schatzkanzler Jhered zu meinem Vater gesagt hat, oder?«

Sie nickte und starrte den Boden an. »Vater Kessian hat es uns erklärt. Wir dachten nur, dein Vater könnte sie zu der Einsicht bringen, dass es nicht nötig ist. Dass sie uns auch hier überwachen können, wenn sie das tun wollen.«

»So einfach ist das nicht«, wiederholte er die Worte seines Vaters. »Nichts in der Konkordanz ist einfach. Es geht nicht nur darum, euch zu beobachten, sondern ihr müsst auch beschützt werden. Der Orden würde euch hassen.«

»Aber warum? Wir haben nichts Böses getan und werden auch nichts tun.«

Kovan zuckte mit den Achseln. »Sie sehen das wohl anders.« Er versuchte zu lächeln, aber es gelang ihm nicht. Schließlich nahm er seinen ganzen Mut zusammen und legte eine Hand auf die ihren. Sein Herz sang, als sie nicht zurückschreckte. »Außer Elsa Gueran hast du noch niemanden vom Orden kennengelernt, nicht wahr?«

Sie schüttelte den Kopf.

»Die meisten sind nicht so wie sie. Sie begreifen nicht, dass eure Geburt und das, was ihr seid, Gottes Wille ist. Sie möchten alles zerstören, was sie nicht verstehen.« Kovan drückte ihre Hände. Er hatte sie geängstigt, aber er war glücklich. Jetzt konnte er endlich die Worte sagen, die er auf dem Weg hierher im Sinn gehabt hatte. Worte, mit denen er ganz bestimmt ihr Herz gewinnen konnte. »Ich werde nicht zulassen, dass irgendjemand dir etwas antut. Ich werde immer da sein, um dich zu beschützen. Immer.«

Darauf strahlte sie und drehte ihre Hände, um nun auch seine zu fassen. Ein Schauder durchlief ihn.

»Danke, Kovan.« Sie stand auf, und er folgte ihrem Beispiel. »Jetzt muss ich aber wirklich weiter mit diesem Baum arbeiten, sonst wird Vater Kessian böse.«

»Wie ist er denn?«, fragte Kovan. »Wie er wirklich ist, meine ich.«

»Er ist alt«, sagte Mirron und schluckte schwer. »Er wird oft krank. Obwohl er es gern verbergen möchte, hat er, glaube ich, Mühe beim Atmen. Doch er will sich nicht von Ossacer untersuchen lassen. Eines Tages, sehr bald schon, wird er nicht mehr da sein, um uns anzuleiten. Ich weiß nicht, wie wir damit zurechtkommen sollen.«

»Es tut mir leid«, sagte er. »Das wird für uns alle schwer, aber vor allem für euch.«

Sie nickte und drehte sich zum Baum um. »Ich darf nicht herumtrödeln.«

Damit legte sie die Hände auf die rissige Rinde und zuckte sofort heftig zusammen. Sie keuchte und hielt sich am Stamm fest, schloss die Augen, beugte sich vor und lehnte auch die Stirn dagegen, während sie leise und qualvoll stöhnte.

»Mirron, was ist los?«

Sie antwortete nicht. Sie schauderte, und ein Speichelfaden rann über ihr Kinn. Sie knirschte mit den Zähnen. Kovan machte einen Schritt auf sie zu, blieb stehen und starrte ihre Hände an. Ihre Fingerspitzen waren graubraun verfärbt wie die Rinde. Diese Verfärbung breitete sich vor seinen Augen über ihre ganze Hand aus, und ihre Haut warf Falten. Die Adern auf dem Handrücken schwollen an und pochten als grünliche Linien in der grauen und braunen Haut.

Dann stieß sie einen schmerzvollen Schrei aus. Sie wollte etwas sagen, bekam aber kein klares Wort heraus. Kovan wusste nicht, was er tun sollte. Wie gebannt starrte er ihre Hände an, die faltig und runzlig waren wie die Baumrinde. Er wollte sie fortreißen, war aber nicht sicher, ob er ihr damit mehr schadete als nutzte. Dann wollte er den Baum anschreien, dass er sie tötete, während sie ihn heilen wollte.

»Mirron, zieh dich zurück«, sagte er. »Zieh dich zurück.«

Er kam näher und streckte eine Hand aus, berührte sie an der Schulter. Sie fuhr zusammen, riss die Hände zurück und sank ihm in die Arme. Dankbar hielt er sie fest und ließ sich mit ihr ins Gras sinken. Sie atmete schwer und packte den Rücken seiner Toga. Dicht vor ihm pochte ihr Herz, rasend schnell vor Angst.

»Schon gut«, sagte er und streichelte ihr schweißnasses Haar. »Schon gut. Ich halte dich fest.«

Er blickte zum Baum. Wo ihre Hände den Stamm umfasst hatten, war die Rinde verschwunden. Zwei Abdrücke, die aussahen, als hätte sie die Hände in Farbe getaucht und daraufgepresst, prangten nun dort. Wo ihre Füße gestanden hatten, war das Gras lang, aber einige Halme waren verwelkt und braun.

»Was ist passiert?«, fragte er. »Was ist passiert?«

Mirron zog sich von ihm zurück, sie zitterte am ganzen Körper. Dann starrte sie ihre Hände an, als hätten die sie im Stich gelassen. Die Farbe der Rinde war verschwunden, aber die Haut war immer noch runzlig und trocken. Alt.

»Mirron?«

Voller Angst waren ihre Augen, als sie sich an ihn wandte. Tränen rollten über ihre Wangen.

»Hole Vater Kessian«, sagte sie. »Hole die Aufgestiegenen. Bitte, beeile dich.«

Kovan legte sie im Schatten eines anderen, gesünderen Baums ins Gras und rannte, auf dem ganzen Weg laut rufend, nach Westfallen hinunter.

30

848. Zyklus Gottes, 2. Tag des Solasauf
15. Jahr des wahren Aufstiegs

Es war Nacht, und Kovan zitterte immer noch. Am Nachmittag hatte er zu schlafen versucht, aber der Schrecken hatte ihn nicht losgelassen, und auch in seinen Träumen hatte er nur Mirrons Verwandlung gesehen. Manchmal waren es nur ihre Hände gewesen, manchmal waren Blätter aus ihrem Körper gewachsen, und ihr Gesicht hatte ausgesehen wie krankes Holz.

Er hatte nichts tun können, außer mit anderen darüber zu reden, aber auch das hatte nichts genützt. Seine Mutter hatte ihn getröstet, sein Vater hatte ihn in die Villa begleitet, wo Vater Kessian und die Autorität ausführlich mit ihm gesprochen hatten, weil sie verstehen wollten, was geschehen war. Zuerst hatten sie ihm nicht glauben wollen und es für die Fantasie eines Heranwachsenden gehalten. Als aber Mirron wieder zu reden begonnen hatte, wären sie beinahe in Panik geraten.

Vieles hatte Kovan in seiner Benommenheit nicht mitbekommen. Auf jeden Fall hatten sie in ihren Büchern gesucht und immer wieder hitzige Debatten begonnen und sich sogar gestritten. Immer wieder hatten sie ihn ausgefragt, um sicher zu sein, dass er kein Detail ausgelassen hatte. Er hatte sogar still sitzen müssen, während ein Künstler seine Schilderung in Zeichnungen festgehalten hatte.

Endlich waren sie fertig mit ihm, obwohl nichts dabei herausgekommen war. Auch Mirron hatte das Rätsel nicht lösen können. Sie war und blieb verwirrt, wie es schien. Kovan hatte sich geweigert, die Villa zu verlassen, bis Vater Kessian ihm versichern konnte, dass ihr nichts fehlte. Es war schon spät, als der alte Mann schließlich in die Bibliothek kam, wo Kovan sich mit Büchern abzulenken versuchte. Er sprang sofort auf, als die Tür geöffnet wurde.

Schwer auf seine Krücken gestützt, schlurfte Kessian herein. Er wirkte erschöpft und war blass, weil er sich eine hartnäckige Infektion in der Brust zugezogen hatte. Mit zitternden Händen hielt er sich an den Gehstöcken fest. Genna Kessian trat hinter ihm ein, war aber eher um ihren Gatten als um Kovan besorgt.

»Es ist gut, dass du gewartet hast«, sagte Kessian. Er sprach leise, und man hörte den Schleim in der Brust rasseln. »Bleib nur sitzen.«

»Ich konnte doch nicht einfach verschwinden«, entgegnete Kovan. »Wie geht es ihr? Ist sie wohlauf?«

»Soweit wir es sagen können, fehlt ihr nichts«, sagte Kessian. »Weder Ossacer noch Genna können irgendetwas finden.«

»Hat sie noch etwas dazu gesagt, wie sie sich gefühlt hat und was passiert ist?«

»Dieses und jenes«, meinte Kessian. »Sie ist durcheinander. Es ist aber sicher, dass deine Berührung das aufgehalten hat, was im Gange war. Ob das nun richtig war oder nicht, können wir noch nicht bestimmen, weil wir nicht wissen, ob Mirron tatsächlich in Gefahr war oder nicht.«

»Aber sie hatte eindeutig Schmerzen, ich habe es gehört«, wandte Kovan schaudernd ein. »Das werde ich nie vergessen.«

Kessian lächelte. »Ich weiß, Kovan, und wir hatten Glück, dass du dich heute entschlossen hast, nach ihr zu sehen. Aber unsere Aufgestiegenen haben inzwischen gelernt, dass Schmerz und Schreck nicht immer ein Zeichen von Gefahr sind. Manchmal ist es nur der

Schreck, wenn der Körper auf etwas Neues reagiert und sich umstellt. Vielleicht ist dies auch heute geschehen. Die Zeit wird es zeigen, und Mirron wird uns bald alles erklären können.«

»Habe ich ihr dann geschadet, als ich sie berührt und es aufzuhalten versucht habe?«

»Das bezweifle ich sehr«, beruhigte Kessian ihn. »Aber jetzt geh wieder nach Hause und schlaf dich aus. Eines darfst du nicht vergessen. Du hast aus völlig ehrenwerten Gründen gehandelt, weil du hören konntest, dass Mirron gelitten hat. Dafür ist sie dir ebenso dankbar wie wir alle. Außerdem warst du bei ihr und konntest Hilfe holen. Noch wichtiger, Mirron war nicht allein, als sie diese neue Erfahrung gemacht hat, und das kann man gar nicht hoch genug einschätzen.«

Kovan lächelte beruhigt, und erst jetzt fiel ihm auf, wie müde er war. Er kam sich klein und verwundbar vor, überhaupt nicht mehr groß und stark und siebzehn Jahre alt.

»Danke, Vater Kessian.«

»Morgen kannst du wieder herkommen und dich vergewissern, wie es Mirron geht«, sagte Genna. »Ich bin sicher, dass sie dich sehen will.«

Kovan wünschte ihnen eine gute Nacht, verließ die Bibliothek und wanderte durch den Garten und die Säulengänge. Die Springbrunnen und Blumen waren an diesem Abend wundervoll beleuchtet. Kleine, am Boden aufgestellte Laternen wiesen ihm den Weg.

»Na, läufst du jetzt nach Hause?«, sprach ihn jemand aus der Dunkelheit an.

Kovan blieb stehen und drehte sich zum Sprecher um. Hinter den Lichtern erkannte er einen Schatten, der nicht zum Garten gehörte.

»Es ist schon spät, Gorian«, sagte er. »Zeit, dass ich zu Bett gehe. Und kleine Jungs müssten sowieso schon lange schlafen.«

Gorian trat ins Licht und baute sich vor ihm auf.

»Du kannst sie nicht in Ruhe lassen, was?«, sagte er, während er Kovan entgegenschlenderte. Seine Sandalen scharrten über den Stein.

»Was?« Kovan starrte ihn an. Gorian war so groß wie er und wäre in ein paar Jahren sogar stärker als er. Aber so weit war es noch nicht.

»Glaubst du denn, sie ist dort hinaufgegangen, weil sie mit dir allein sein wollte?« Gorian stand jetzt nur noch einen Schritt vor ihm. »Sie braucht Freiraum und Frieden, um sich selbst und ihre Arbeit zu verstehen. Das brauchen wir alle. Wir verstehen und achten das. Warum achtest du das nicht? Du hast sie gestört.«

»Sie hat etwas erlebt, das noch keiner von euch erlebt hat«, erwiderte Kovan. »Vater Kessian sagte, es sei ein Glück, dass ich dabei war.«

»Glück?«, höhnte Gorian. »Wir haben Glück, wenn du nicht in unserer Nähe herumschwirrst wie Fliegen um die Kuhfladen. Was konntest du schon tun, um ihr zu helfen? Du gehörst nicht zu den Aufgestiegenen. Lass sie doch einfach in Ruhe. Sie ist auf den Hügel gestiegen, um vor dir Ruhe zu haben, kapierst du das nicht?«

Kovan zuckte mit keiner Wimper. Er wusste, dass dies Gorian verunsicherte. Es war die Taktik, die man auch im Duell anwandte. »Sie hätte mich bitten können zu gehen. Das hat sie nicht getan. Vielleicht wollte sie vielmehr dir ausweichen.«

Das hatte gesessen, es verschlug Gorian einen Moment die Sprache. »Du darfst sie nicht stören. Keiner von uns darf das«, wiederholte er schließlich.

»Was glaubst du eigentlich, wer die Aufgestiegenen beschützt, wenn mein Vater nicht mehr da ist?«, höhnte Kovan. »Eure Zukunft liegt in meinen Händen.«

Gorian lachte. »Nein, ganz sicher nicht. Bei Gott, der auf uns herabschaut, du hast keine Ahnung, was? Wenn Schatzkanzler Jhered seinen Bericht abliefert, werden wir nach Estorr zur Advokatin gerufen. Wo wirst du sein, wenn wir im Palast leben und unsere Ausbildung unter dem Schutz der Advokatin selbst fortsetzen? Wahrscheinlich liegst du dann schon tot auf einem Schlachtfeld in Tsard, weil du in den Krieg ziehen musstest, um dich auf das Amt des Marschallverteidigers vorzubereiten.«

Kovan fand keine Worte, und Gorian fuhr unerbittlich fort.

»Vergiss sie«, sagte er. »Du kannst sie nie haben. Sie ist für andere da.« Sein Lächeln war voller Bosheit. »Für mich, falls ich mich dazu entscheide.«

»Das wird sie selbst entscheiden«, sagte Kovan. »Deine Überheblichkeit wird dein Untergang sein. Deine Tricks sind ihr egal, weil sie das alles selbst kann. Ich habe ihr so viel mehr zu bieten.«

Gorian schüttelte den Kopf. »Wie ich schon sagte, so wird es nicht laufen. Weißt du was, Vasselis? Eines Tages werde ich fähig sein, dich mit einer Berührung oder mithilfe einer Laune der Elemente zu töten, die meiner Kontrolle unterliegen. Deine Schwertkunst wird dir dann auch nicht mehr helfen.«

»Drohst du mir etwa, Gorian?«

»Wie klingt das denn?« Jetzt war es an Gorian zu spotten. »Am Ende wird dein Einfluss an den Grenzen von Caraduk aufhören, während meiner bis ins Herz der Konkordanz reichen wird.« Er hielt inne und sprach leise weiter. »Lass sie los, bevor es dir wehtut. In dieser Stadt leben Menschen, die mir wichtig sind. Werde ein guter Marschallverteidiger, wie es dir vorbestimmt ist, und kümmere dich um diese Menschen. Dann können wir vielleicht Freunde sein.«

Kovan war über das, was er da hörte, ehrlich überrascht. Er betrachtete Gorian einige Augenblicke und fragte sich, ob dies auch wieder nur Spott war, aber es kam ihm nicht so vor. »Ganz so einfach ist das Leben nicht. Du wirst lernen müssen, dass ein Vasselis sein Schicksal immer selbst in die Hand nimmt. Niemand legt es für ihn fest.«

»Dann werden wir vielleicht doch keine Freunde«, sagte Gorian.

Kovan zuckte mit den Achseln und ging an ihm vorbei. »Damit kann ich leben.«

Mirron erwachte in einer veränderten Welt. Es dauerte eine Weile, bis sie es genau benennen konnte. Jedenfalls fühlte es sich anders an als am Abend zuvor, als sie zu Bett gegangen war. Ihre Furcht war einer tiefen Ruhe gewichen, und sie hatte ungestört geschlafen, bis die Sonne durch die offenen Läden gefallen war und sie geweckt hatte.

Jetzt lag sie mit offenen Augen im Bett und starrte die Decke an, auf der das vom Teich vor ihrem Schlafzimmerfenster reflektierte Licht spielte. Sie hörte die Brunnen plätschern und spürte schon die aufkommende Hitze des Tages. Am Himmel spürte sie den Hauch des Windes in den Federn der Vögel, die über dem reifenden Korn dahinschossen oder sich am Hafen versammelten.

Westfallen war geschäftig, der Markt war gut besucht und blühte. Die Stadt pulsierte vor Leben, auch wenn hier und da ein grauer Fleck durch ihren Kopf zog, der eine Geisteskrankheit oder eine düstere Stimmung symbolisierte. Direkt vor ihrem Fenster sprossen die Pflanzen im Garten, stießen ihre Wurzeln in den Boden, wuchsen und gediehen. Die majestätische alte Buche in der hinteren Ecke jedoch lag im Sterben. Eine Krankheit hatte ihren Stamm ergriffen und tötete sie von innen her, während an den Zweigen nur ein paar eingerollte Blätter zu sehen waren. Es entsprach genau dem Baum gestern im Obstgarten ...

Mirron schüttelte mit pochendem Herzen heftig den Kopf. Ihr war heiß, und die Angst war wieder da. Sie versuchte, sich auf die tanzenden Spiegelbilder unter der Decke zu konzentrieren, konnte die Gedanken aber nicht ganz verdrängen. Jedes Mal, wenn sie nur eine Spur abgelenkt war, spürte oder empfand sie das Leben vor ihrem Fenster. Sie kannte die Windstärke und Windrichtung und den genauen Stand der Flut im Hafen.

»Immer mit der Ruhe«, sagte sie sich. »Das wird schon wieder aufhören.«

Sie konzentrierte sich auf ihren eigenen Atem und ihren Puls und setzte die Entspannungsübungen ein, die Hesther ihnen in der Anfangszeit vor ihrem Erwachen gezeigt hatte. Dabei kam allerdings nichts weiter heraus, als dass ihr Körper lauter denn je zu ihr sprach. Sie spürte das Blut in allen Venen und Arterien, die Bewegungen ihres Darms und die Luft in den Lungen. Außerdem war da ein Knistern, bei dem sie aber nicht sicher war, ob sie es mit den Ohren wahrnahm oder nicht. Es klang wie das Wachstum der Wurzeln in der Erde.

Es hörte nicht auf. Zwar konnte sie ihren Herzschlag beruhigen, aber die Entspannung vertiefte nur noch die Eindrücke, die alle um ihre Aufmerksamkeit buhlten. Sie konnte es nicht ausblenden. Beinahe geriet sie in Panik; sie packte das Bettlaken und hielt sich mit geballten Fäusten daran fest. Der Baum litt, die Büsche neben ihm waren gesund und strebten der Sonne droben und dem Wasser unter ihnen entgegen. Auf dem Markt, nicht weit von der Villa entfernt, herrschte ein Gewimmel von Leben, das sie völlig zu überwältigen drohte.

»Mutter!«, rief sie mit einer Stimme, die beinahe brach. »Mutter!« Es klang fast wie ein Wehklagen, auch wenn sie es nicht beabsichtigt hatte.

Sie wusste nicht, ob es überhaupt jemand hören konnte, aber sie wollte auch nicht aufstehen und selbst nachsehen, denn sie war nicht sicher, ob ihre Beine sie überhaupt tragen konnten, auch wenn sie absolut sicher war, dass ihr körperlich nichts fehlte.

»Ma...«

Draußen auf dem Marmor tappten Sandalen, das Geräusch wurde lauter. Mirron holte tief Luft und atmete seufzend aus. Dabei hörte sie auch das Tosen der Luft in ihren Lungen. Die Tür ging auf, und Gwythen Terol trat mit sehr besorgter Miene ein.

»Was ist denn, Liebes? Alles in Ordnung?« Sie durchquerte das Zimmer und trat auf den Läufer vor dem Bett, dann setzte sie sich auf die Bettkante und legte Mirron eine Hand auf die Stirn. »Dir ist ja ganz heiß, junge Dame, und dein Gesicht ist gerötet.« Sie runzelte die Stirn. »Du wirst doch nicht krank?«

Mirron schüttelte den Kopf. »Ich kann es nicht ausblenden, Mutter«, sagte sie. »Es ist in meinem Kopf und hört nicht mehr auf.«

»Was meinst du damit?« Gwythens Stirnrunzeln vertiefte sich noch.

Mirron wusste nicht, wie sie es erklären sollte. »Die Welt spricht zu mir«, sagte sie, immer noch mit den Worten ringend. »Ich nehme es überall um mich herum wahr und kann es nicht verhindern.«

Gwythen stand auf. »Warte, Mirron, ich will Vater Kessian holen. Er muss es hören.«

»Lass mich nicht allein«, sagte Mirron. Ihr schossen schon wieder die Tränen in die Augen.

»Sch-sch. Es dauert doch nur einen Augenblick. Er ist nicht weit weg.«

Mirron sah ihrer Mutter hinterher, und sobald die Tür geschlossen war, forderte die Welt lautstark ihre Aufmerksamkeit. Sie konnte nicht anders, sie musste nach den Wurzeln all dieser Eindrücke tasten. Was sie wahrnahm, empfing sie nicht mithilfe ihrer Ohren, aber die Eindrücke kamen ihr vor wie Geräusche. Das war für sie die einzige Art, es zu beschreiben.

Mit jedem Augenblick wurde es lauter. Insekten huschten vorbei, was sie als hohes Summen im Kopf wahrnahm. Ihre Energie brannte hell und starb schon, während sie gerade erst geboren waren, so kurz war ihre Spanne auf der Erde. Am anderen Ende des Spektrums standen die schwerfälligen Regungen tief wurzelnder Pflanzen und Bäume.

»Lasst mich in Ruhe«, sagte sie. Es war kaum mehr als ein Wimmern. »Bitte.«

Doch es wurde immer schlimmer. Sie hörte ein tiefes Grollen, das direkt unter ihr zu entstehen schien – die Bewegung der Erde selbst. Ringsum knisterte und knackte es – das Wachstum und der Tod von Blättern, Blüten und Wurzeln. Ein Kratzen und Scharren – große und kleine Tiere im Untergrund, in der Luft über ihr und draußen im Garten. Dann das Summen der Bürger von Westfallen, das immer weiter anschwoll.

Als Vater Kessian langsam und unter Schmerzen eintrat, war ihr Kopf so voll, dass sie sich kaum noch auf ihn konzentrieren konnte. Seine Stimme beruhigte sie ein wenig, und schließlich konnte sie sein besorgtes und liebevolles Gesicht betrachten, die Falten und die Runzeln. Sie brach in Tränen aus.

»Oh mein Kind, nun weine nicht«, sagte er.

»Bitte, mach, dass es aufhört«, flehte sie.

Mühsam setzte er sich neben sie und legte ihr wie ihre Mutter eine Hand auf die Stirn. Seine Reaktion verriet ihr, dass er die Hitze spürte, die von ihr ausstrahlte.

»Nun versuche mir zu erklären, wie du dich fühlst«, sagte Kessian. »Ist es so ähnlich wie gestern mit der Baumrinde?«

Mirron nickte ein wenig erleichtert. Wie immer würde der Vater ihr helfen, und dann konnte sie nachdenken und etwas lernen.

»Als ich den Baum berührt habe, hat er ganz laut mit mir gesprochen«, sagte sie. »Jetzt spricht alles zu mir.«

»Was hast du mit dem Baum getan? Versuche, dich zu erinnern.«

»Ich weiß nicht ... ich habe verstanden, warum er krank war, und wollte es in Ordnung bringen. Aber das war noch nicht alles. Ich hatte das Gefühl, ein Teil von ihm zu sein.« Sie hielt inne. »Ich habe mich für kurze Zeit mit ihm verbunden und bin eins mit ihm geworden. Bis Kovan den Kontakt unterbrochen hat.«

»Hattest du auch danach noch das Gefühl, dass er mit dir gesprochen hat?«

»So laut, dass es wehgetan hat.«

»Und du konntest seine Stimme nicht ausblenden?«

»Ich erinnere mich nicht. Es hat aufgehört, als sie mich aus dem Obstgarten geholt haben.«

»Ja, das verstehe ich«, sagte Kessian. »Du warst zu weit entfernt, um ihn zu fühlen.«

»Aber warum kann ich jetzt die Leute auf dem Markt fühlen?«

Kessian riss die Augen weit auf. »Bist du sicher?«

Mirron nickte, und der Lärm nahm sofort wieder zu. Unerträglich. »Ich muss die Energiebahnen nicht sehen, um zu wissen dass sie dort sind. Ich muss auch nicht die Bahnen sehen, um zu erkennen, dass die Buche im Garten stirbt. Schneide den Stamm auf, wenn du mir nicht glaubst.«

»Oh, ich glaube dir, Mirron. Nichts von dem, was du fühlst, ist so weit hergeholt, dass ich es nicht glauben würde. Kannst du dich auch auf mich konzentrieren? Was siehst du?«

»Das will ich nicht«, sagte sie, schickte aber trotzdem unwillkürlich ihre Gedanken zu ihm hinaus.

»Weil du keinen Körper fühlen willst, der stirbt?«

Sie nickte, und dann sah sie, in welcher Verfassung sich der Vater befand. Sie erkannte die grauen und dunklen Stellen in seinen Lebenslinien und wie wenig Energie ihm noch zur Verfügung stand. Sie wollte es verdrängen. Nicht mehr lange, und sie würde erraten können, wie viel Zeit ihm noch blieb, doch das wollte sie nicht wissen. Aber sie vermochte die Gefühle, die sie durchfluteten, nicht auszusperren. Es waren das versiegende Leben selbst und seine Geräusche, die sie quälten und an ihr zerrten. Die Geräusche eines Kampfs, der nicht zu gewinnen war.

»Ich will das nicht fühlen müssen«, sagte sie und begann wieder zu weinen. »Hilf mir, damit es aufhört.«

»Mein Kind, du verbindest dich auf einer neuen Ebene mit der Welt um dich her«, erklärte Kessian sanft. »Du spürst die ganze Erde und die Elemente, aus denen wir alle bestehen, ob es ein Mensch, ein Tier oder eine Blume ist.«

»Warum denn?«, klagte sie. »Ich will das nicht. Es ist so laut.«

»Du wirst lernen, es zu steuern, wie du es bei den Visionen der Energiebahnen gelernt hast. Es ist ein Teil deiner Entwicklung, auch wenn es etwas ist, was noch niemand beschrieben hat. Versuche, es willkommen zu heißen und zu verstehen.«

»Das kann ich nicht!«, rief sie.

Die Eindrücke stürzten auf sie ein wie eine Welle am Strand. Lauter denn je forderte jedes Lebewesen ihre Aufmerksamkeit. Das Grollen in der Erde ließ ihr die Zähne klappern, und das Kreischen des Windes in der Bucht rasselte in ihrem Kopf. Die Energie auf dem Marktplatz war jetzt ein Brüllen, und sie konnte nicht einmal mehr die einzelnen Bestandteile herausfiltern, die beim Erwachen zu ihr gesprochen hatten. Überwältigt keuchte sie und schloss fest die Augen. Es tat weh. Es tat so schrecklich weh, dass sie fürchtete, es würde sie zerreißen.

»Hilf mir«, wimmerte sie und starrte an Kessian vorbei zu ihrer Mutter. »Helft mir.«

»Versuche, ruhig zu bleiben«, sagte Kessian.

Mirron verkrampfte sich am ganzen Körper.

»Helft mir!«, schrie sie.

Die Woge riss sie mit.

31

848. Zyklus Gottes, 3. Tag des Solasauf
15. Jahr des wahren Aufstiegs

Zwei Tage nach ihrem Sieg in Scintarit stellte sich die tsardonische Armee in geordneten Reihen auf und marschierte ab. Es war eine gewaltige Bewegung von Kämpfern, Pferden, Nutztieren und Wagen, in drei Züge untergliedert, um die Straßen nicht zu verstopfen und den Nachschub zu gewährleisten.

Rittmeisterin Kell hatte die Feinde beobachtet, wann immer sie konnte. Sie hatten das Schlachtfeld durchsucht und Waffen, Rüstungen und Erinnerungsstücke der Toten an sich genommen. Die eigenen Gefallenen hatten sie in Reihen ausgelegt und religiöse Rituale abgehalten, um sie anschließend auf Scheiterhaufen zu verbrennen. Die Toten der Konkordanz hatten sie in der Hitze für die Nagetiere und die Krähen liegen lassen. Der Gestank nahm bereits zu, und in der Luft schwirrten Wolken von Insekten.

Sie hatte beobachten können, wie die Gefangenen in langen Reihen über die Furten geführt wurden. Auf Tausende von ihnen wartete nun die Sklaverei, die Hinrichtung oder die Gefangenschaft, bis ein Lösegeld bezahlt wurde. Aus der Ferne hatte sie die kahl rasierten gesenkten Köpfe der Verurteilten gesehen. Das war jedoch nicht ihre größte Sorge. Noch nicht jedenfalls.

Kell konzentrierte sich zunächst auf ihr eigenes Überleben. Sie hatte reichlich Wasser, aber der Hunger wurde ein Problem, und ihr

Brustkorb bereitete ihr Schwierigkeiten. Zu reiten oder gar zu kämpfen wäre für sie sehr schmerzhaft gewesen. Die Rippen waren eine einzige purpur-schwarze Prellung, in Höhe des Herzens über den angeschlagenen oder wahrscheinlich gebrochenen Rippen war die Haut geschwollen. Der rechte Arm war zum Glück nicht gebrochen. Die Haut war aufgerissen und gequetscht, aber der Arm würde ohne Hilfe von selbst heilen, und das war immerhin ein Segen.

Am zweiten Morgen, nicht lange nach der Dämmerung, verließ die tsardonische Armee Scintarit und marschierte in der noch relativ kühlen Morgenluft davon. Kell wartete bis zum Vormittag, um ganz sicher zu sein. In der zunehmenden Hitze bewegten sich immer noch Menschen. Es waren keine Soldaten, sondern die ersten Leichenfledderer. Vor denen musste sie keine Angst haben.

Endlich war der Augenblick gekommen. Das Schlachtfeld wäre bald voller Menschen aus den umliegenden Siedlungen. Obwohl die Soldaten die Toten bereits durchsucht hatten, gab es immer noch einige Dinge zu finden, wenn man die Nerven hatte, die Ratten zu verscheuchen und die Taschen verwesender Leichen zu durchstöbern. Dabei starrten einen blicklose Augen an. Auch kam es vor, dass gebrochene Gliedmaßen auf einmal nachgaben und den Eindruck erweckten, es sei noch Leben im Körper. Kell musste sich in Sicherheit bringen, bevor die Plünderer in hellen Scharen kamen.

Sie stand auf und streckte sich das erste Mal seit einer halben Ewigkeit im Sonnenlicht. Sie war am ganzen Körper steif, und ihr Magen tat vor Hunger weh. Mit Flusswasser spülte sie den Schlamm ab, den sie auf die Rüstung gestrichen hatte, um den Glanz zu dämpfen, und rieb kräftig über das Wappen der Konkordanz, bis es wieder hell schimmerte. Während das Heer unter großem Lärm aufgebrochen war, hatte sie den Brustharnisch ausgebeult und den Druck auf ihre Rippen etwas gemildert.

Kell kletterte die Uferböschung hinauf und wanderte über die Ebene. Die Soldaten hatten gründlich gesucht, aber trotzdem hielt sie die Augen offen, ob sie etwas gebrauchen konnte. Oft bückte sie sich vor verwesenden Leichen und hüllte sich stets eng in den Mantel, um für einen flüchtigen Beobachter so auszusehen wie alle anderen Plünderer.

Sie fand nichts, um ihre dürftige Ausrüstung zu verbessern. Ihr Helm und ihr Schwert waren auf dem Schlachtfeld verloren gegangen, jetzt besaß sie nur noch die beiden Dolche. Sie waren ein Geschenk von Gesteris, das er ihr als Anerkennung für besondere Tapferkeit zu Anfang des Feldzuges überreicht hatte. Mit den geschnitzten Heften und den Inschriften auf den Klingen waren sie eher Schmuckstücke, aber sie achtete darauf, dass die Klingen immer scharf blieben.

Die Wanderung durch den blutigen Schlamm führte ihr vor Augen, wie tragisch die Niederlage gewesen war. Viele Männer und Frauen hatten Wunden im Rücken und waren offenbar auf der Flucht niedergemacht worden. In der Nähe der Frontlinie lagen die Leichen am dichtesten, dahinter breiteten sie sich in einem weiten Bogen aus. Sie konnte erkennen, wo die Leute in Richtung der Furten gerannt waren, um die Sicherheit eines anderen Heeres zu erreichen, das daraufhin ebenfalls die Flucht ergriffen hatte. Sie folgte den nun weiter verstreut liegenden Toten bis zur Asche der Lager. Die meisten, die hierhergeeilt waren, hatten einen Sammelpunkt gesucht oder sich in Sicherheit bringen wollen. Die Tsardonier hatten sie einfach überrannt.

Sie wollte sich beeilen, doch ihr war klar, dass sie damit nur Aufmerksamkeit erregt hätte. So ging sie absichtlich langsam und murmelte für alle, an denen sie vorbeikam, ein Gebet. Die Gewalt, die hier zugeschlagen hatte, versetzte sie in Erstaunen. Während ihrer Dienstzeit in der Kavallerie der Legion hatte sie schon mehr als eine Niederlage erlebt, namentlich in den ersten Kriegsjahren in Gosland, bevor sie zu den Bärenkrallen gekommen war. So etwas wie dies hier hatte sie allerdings noch nie gesehen. Damals war der Rückzug immer eine Möglichkeit gewesen, die der Sieger dem Besiegten einräumte. Dies hier war ein Gemetzel gewesen, dem jeder zum Opfer gefallen war, der den tsardonischen Klingen und Pfeilen nicht hatte entkommen können.

Es war schon Mittag, als sie die Ruinen des konkordantischen Lagers erreichte. Seit sich die Umrisse aus dem Dunst geschält hatten, hatte sie kaum den Blick von ihnen wenden können. Immer noch stieg Rauch von den Feuern auf, deren Überreste tagelang glühen würden. Einige Teile des zentralen Palisadenzauns waren stehen geblieben und ragten geschwärzt und trotzig auf. Innerhalb aber war alles zerstört. Mit knirschenden Schritten lief sie durch die Asche des Haupttors und blieb stehen. Nicht ein Stückchen Zeltplane war noch da. Alles, was die Tsardonier nicht mitgenommen hatten, hatten sie verbrannt. Auf der weiten Fläche lagen die Knochen und Schädel derjenigen, die niemals die Umarmung Gottes spüren würden. Sie fragte sich, wer sie waren.

Rechts hinter einigen noch aufrecht stehenden Pfählen hörte sie ein Pferd wiehern. Vorsichtig pirschte sie sich an und lehnte sich an das Holz, um den Kopf um die Ecke zu schieben und nachzusehen. Es war das erste Quäntchen Glück, seit sie auf dem Schlachtfeld erwacht war. Ein tsardonischer Reiter ohne Rüstung, nach der Kleidung zu urteilen ein Bote, erleichterte sich am Palisadenzaun. Er war teilweise von seinem Pferd verdeckt, das desinteressiert Wache hielt und den Kopf zu ihr herumdrehte.

Kell nahm einen Dolch in die linke Hand. Es fühlte sich seltsam und ungewohnt an, aber es musste reichen, bis die rechte Seite verheilt war. Sie eilte durch den Schlamm und betete, dass ihre Schritte sie nicht verraten würden. Die Waffe und ihre Rüstung verbarg sie unter dem Mantel. Beinahe hätte sie es geschafft, aber dann war die Blase des Mannes leer, und er drehte sich um und bemerkte sie, als sie noch sechs Schritte entfernt war. Er sagte etwas und winkte ungeduldig in Richtung der Plünderer. Dabei zeigte er keine Angst, denn er sah nur den Dreck der Ebene in ihrem Gesicht und die gebeugte Haltung der Armen. Kell lächelte ihn an und ging vorsichtig weiter auf ihn zu, die Mantelsäume mit der verletzten rechten Hand haltend. Er runzelte die Stirn und sagte noch etwas, dieses Mal etwas gröber, und deutete über ihren Kopf hinter sie. Eine Hand wanderte zu seinem Schwertgriff.

Kell war klar, dass es wehtun würde, aber eine bessere Gelegenheit würde sie nicht bekommen. Sie ließ ihren Mantel fallen und sprang ihn an. Er riss die Augen weit auf, als er die Rüstung erkannte. Ihr Dolch fuhr nach oben, und er war nicht schnell genug, um ihm auszuweichen. Die Klinge drang unter den Rippen ein, sie stieß hart nach oben und legte ihm den rechten Arm um den Hals, um ihn an sich zu ziehen. Beide keuchten – sie über die Schmerzen, die durch ihre Brust rasten, und er über den Schock, als die Klinge in seinen Körper eindrang.

Er wollte sie abwehren, fand aber nicht mehr die Kraft dazu. Die Dolchspitze durchbohrte sein Herz. Er zuckte zusammen und erschlaffte. Sie ließ ihn zu Boden gleiten. Das Blut war auf ihre Hand und ihr rechtes Bein gespritzt. Sie bückte sich und säuberte sich, so gut es ging, an seiner Kleidung, bevor sie ihm den Schwertgurt abnahm und seine Taschen durchsuchte. Sie fand Feuerstein und Stahl und ein paar Münzen.

Dann stand sie wieder auf und bespuckte seinen Körper, obwohl ihr vor Schwäche schwindlig war.

»Du bist der Erste.«

Nachdem sie ihre leere Schwertscheide weggeworfen hatte, legte sie sich seine Klinge samt Scheide um. Es war ein leicht gekrümmter Säbel, wie ihn die Tsardonier bevorzugten. Mit der linken Hand zog sie die Waffe und probierte zwei vorsichtige Hiebe, um das Gleichgewicht und die Führung zu überprüfen. Der Krummsäbel war nicht schlecht, aber kein Vergleich zu ihrer Kavalleriewaffe, die jetzt irgendein tsardonischer Schweinehund führte.

Kell sah sich um. Niemand hatte sie beobachtet, kein Mensch war in der Nähe. Das Pferd war vor dem Blutgeruch so weit zurückgewichen, wie seine Leine es erlaubte. Langsam näherte sie sich dem Wallach und streckte eine Hand aus, um ihm die schwarze Wange zu streicheln.

»Sch-scht. Schon gut, schon gut. Du hast jetzt eine bessere Herrin.«

Das Tier reagierte auf ihre sanfte Stimme und stupste ihre Schulter. Sie löste die Leine und warf ihm die Zügel über den Kopf, dann strich sie ihm, immer noch leise redend, über die Flanken. Das Pferd wieherte leise und schüttelte den Kopf. Schließlich öffnete sie die Satteltaschen und hätte vor Erleichterung fast geweint. Feldrationen. Brot und Dörrfleisch, außerdem Lederschläuche voller Wasser. Eigentlich hätte sie nicht länger verweilen sollen, aber in diesem Augenblick war es ihr einerlei. Als sie Scintarit auf dem Pferderücken hinter sich ließ, hatte sie immer noch den süßen Geschmack des Essens auf der Zunge.

Das Pferd war frisch und stark, ein Tier aus der Steppe, das bereitwillig reagierte, trittsicher ging und mit dem Gelände keine Schwierigkeiten hatte. Es war eine Freude, dieses Tier zu reiten. Kell eilte zunächst so schnell wie möglich nach Westen und ritt nur im Schritt, wenn die Schmerzen in der Brust unerträglich wurden. Sie lag einen guten halben Tagesmarsch hinter den letzten tsardonischen Infanteristen zurück, rechnete aber damit, vor Einbruch der Nacht auf deren Lager zu stoßen.

Die Sonne hatte die Kraft verloren und ging in rotem Lodern hinter Kell unter, als sie zwei Meilen vor der Hauptstraße, die von der Konkordanz gebaut worden war und auf der jetzt die Tsardonier marschierten, auf einer Anhöhe anhielt. In diesem Augenblick wurde ihr klar, wie hoffnungslos ihre Lage war. Die Legionen der Konkordanz hatten die Straßen mit Vorbedacht gebaut, um die Fronten an den drei ausgewählten Stellen zu eröffnen.

Vor ihr füllte eine riesige Staubwolke den Himmel aus, und darunter lagerte die tsardonische Armee. Hunderte Feuer waren zu sehen, und dazwischen wimmelte es von Menschen. Sie schätzte, dass der Rand des Lagers etwa fünf Meilen entfernt war, doch nach links, nach rechts und nach vorn breitete es sich weiter aus, als der Blick reichte.

Sie konnte es keinesfalls umrunden und vor den Tsardoniern Atreska erreichen. Sie würden die Nachschubwege der Konkordanz hinabstürmen und über die Straßen bis zur Grenze eilen, da sie wussten, dass nur diejenigen, die ihnen auf der Flucht voraus waren, die Konkordanz vor ihnen warnen konnten. Im Süden mussten die Geflohenen jedoch in die Sümpfe ausweichen, die an die Seenplatte von Toursan grenzten. Dort lebten angeblich Kannibalen. Im Norden erhoben sich Khurs Zähne, die sich im Osten mit den Halorianbergen verbanden. Der gefährliche, mit Eis bedeckte Ruinenpass war kein Weg, über den man eine Armee führen konnte.

Kell jedoch musste diesen Pass überwinden. Ihr blieb nichts anderes übrig, als sich nach Gosland durchzuschlagen und von dort aus nach Süden zu reiten. So ließ sie ihr Pferd die Hacken spüren, galoppierte nach Norden und hielt erst an, als die Dunkelheit sich über das Land senkte und die Müdigkeit sie beide übermannte.

Fünf Tage und Nächte lief und ritt Kell und streckte ihre Rationen, so gut sie konnte. Sie wollte nicht die Siedlungen betreten, die sie unterwegs sah, sondern hielt sich lieber abseits der Wege und reiste durch die Einsamkeit der Wildnis. Sie kam relativ leicht voran, und mit jedem Tag kehrte etwas Kraft in ihren Arm zurück, während sich die Prellungen der Rippen gelb färbten und verblassten. Allerdings fuhr bei jedem Atemzug ein scharfer Schmerz durch ihren Brustkorb. Wahrscheinlich stach eine gebrochene Rippe in die Lunge.

Am sechsten Tag ritt sie im leichten Trab zwischen sanften Hügeln entlang, hinter denen die Taritebene lag. Ein weiterer Tag, an dem die Sonne erbarmungslos herniederbrannte. Sie hatte oft angehalten, um das Pferd zu tränken und im Schatten Zuflucht zu suchen, wo es nur möglich war. Als sie an einem fast ausgetrockneten

Bach entlang durch ein kleines Tal ritt, glaubte sie, eine Bewegung zu erkennen. Gleich darauf bohrte sich direkt vor ihr ein Pfeil in den Boden. Ihr Pferd scheute, und sie musste hart in die Zügel greifen, um es zu halten.

»Noch ein Schritt, und der nächste Pfeil tötet dich.«

Kell lachte laut. Es war ein estoreanischer Akzent.

»Ich bin es«, rief sie. »Rittmeisterin Kell.«

Dann wurde ihr bewusst, dass sie, um den Hals vor der brennenden Sonne zu schützen, die Kapuze über den Kopf gezogen hatte. Sie warf sie zurück.

»Gott umarme mich, wir dachten, Ihr wärt auf dem Schlachtfeld gefallen oder als Sklavin verschleppt worden«, antwortete der Soldat. »Wir kommen Euch entgegen.«

Kell hätte nicht damit gerechnet, eine solche Freude zu empfinden, als sie die freundliche Stimme hörte, auch wenn sie nicht wusste, wem sie gehörte. Links von ihr kamen Reiter einen Abhang herunter. Sie erkannte die Abzeichen ihrer Legion, und ihr Lächeln wurde sogar noch etwas breiter.

»Die Krallen!«, rief sie begeistert. »Mein Herz ist froh, euch zu sehen. Endlich erweist uns Gott doch noch seine Gnade. Wie viele sind wir?«

Die beiden berittenen Bogenschützen erreichten sie. Als Kell die grimmigen Gesichter sah, verging ihr jegliche Freude.

»Nur wenige«, erklärte einer. »Folgt uns, Rittmeisterin Kell. Meister Nunan kann Euch erzählen, was geschehen ist.«

»Dann ist Pavel Nunan am Leben?«

»Gerade noch«, sagte der andere. »Kommt mit.«

Zehn Tage waren seit der Niederlage vergangen, und die Willenskraft dieser Überlebenden war gebrochen. Sie sahen keinen Grund, mit ihr zu plaudern, und erkannten nicht einmal vorbehaltlos ihre Autorität an. Es war, als wäre sie eine Fremde, der sie nicht trauten.

Wäre die Lage anders gewesen, sie hätte gesagt, dass der Lagerplatz schön war. Auf einer kleinen, mit Gras bewachsenen Ebene stand ein auf drei Seiten von Hügeln geschütztes Wäldchen. Der Bach, an dem sie entlanggeritten war, entsprang plätschernd mitten im Lager zwischen den Felsen.

Doch hier sah sie sich mit Elend, Verzweiflung und Leiden konfrontiert. Die Anzahl der Soldaten und Kavalleristen konnte sie nicht genau bestimmen. Vielleicht zweihundert, vielleicht ein paar mehr. Die meisten lagen am Boden, viele davon völlig reglos. Einige andere bewegten sich zwischen ihnen, darunter auch ein Feldarzt, wofür sie sehr dankbar war. Zwanzig standen oder ritten und hielten Wache, zu ihnen zählten auch die beiden, die sie abgefangen hatten. Obwohl ein Wind über das Plateau wehte, stank es nach Erbrochenen und Exkrementen.

Sie stieg ab und gab einer jungen Frau die Zügel, die ihre Ankunft nicht einmal mit einem Lächeln zur Kenntnis nahm. Auf einen militärischen Gruß verzichtete sie vollkommen.

»Wo ist Nunan?«, fragte sie.

»An der Quelle unter der Buche«, sagte ein Bogenschütze der Krallen. »Wenn Ihr uns jetzt entschuldigt, wir müssen wieder auf Streife. Die Tsardonier suchen immer noch die Hügel ab, wir müssen wachsam sein.«

»Natürlich«, sagte sie. »Wegtreten. Und vielen Dank.«

Nachdem die beiden salutiert hatten, ging sie rasch durch das improvisierte Lager. Die meisten, an denen sie vorbeikam, waren offenbar nicht verletzt, sondern ruhten sich nur aus. Sie runzelte die Stirn. Es gab hier keine Struktur, keine Organisation. Hoffentlich konnte Nunan es ihr erklären. Er saß mit dem Rücken an den Baum gelehnt, eine Schulter war dick verbunden. Sein Brustharnisch lag neben ihm, er schwitzte in der Hitze, und die Schweißtropfen liefen ihm über das vor Schmerzen verzerrte, bleiche Gesicht.

»Pavel Nunan, ich hätte mir ja denken können, dass du der Gefangennahme entgehst und dich an einem schönen Ort niederlässt«, sagte sie lächelnd, während sie sich vor ihn hockte. »Aber die Truppe ist ein wenig in Unordnung.«

Er schaute auf und erwiderte ihr Grinsen. »Das Putzkommando wusste ja nicht, dass du kommst, Dina«, sagte er. »Sobald ich den Arm weit genug heben kann, um den Befehl zu geben, lasse ich sie auspeitschen.«

»Wie schlimm ist es?«

»Bei mir oder bei ihnen?«

»Beginnen wir mit dir.«

Nunan kratzt sich an der Nase. »Ich habe einen Pfeil abbekommen, als das Heer zusammengebrochen ist, und wurde vom Feld getragen. Damit zähle ich wohl zu den Glücklichen. Die Hunde waren überall. Viele Bisswunden, viele Infektionen. Die Pfeilspitze sitzt nicht mehr in meiner Schulter, und die Wunde ist sauber, aber es hat mich hart erwischt. Ich bin nicht sicher, ob ich bei den nächsten Spielen mit dem Schwert einen guten Eindruck mache.«

»Hauptsache, du überlebst«, sagte Kell.

»So lange wie alle anderen«, erwiderte Nunan.

»Dann lass mal hören.« Sie deutete in die Runde.

»Meine Erinnerungen sind etwas verschwommen, aber soweit ich weiß, sind die meisten, die es hierher geschafft haben, am Lager vorbeigerannt, als klar war, dass wir umzingelt werden würden, bevor wir es erreicht hätten. An den Furten herrschte große Verwirrung, und einige haben lange genug ausgehalten, damit wir an ihnen vorbei direkt nach Norden fliehen konnten.

Frage mich nicht, warum wir nicht verfolgt wurden. Das kann ich nicht sagen. Aber als wir am nächsten Tag in Sicherheit waren und uns versteckt hatten, konnten wir uns ein wenig organisieren. Was du hier siehst, sind diejenigen, die zu schwach sind, um weiterzumarschieren, und die anderen, die sich weigern, sie im Stich zu lassen. Außerdem bin ich hier, irgendwie in der Schwebe und für den Haufen verantwortlich.«

»Wie viele sind entkommen?« Jetzt begriff Kell wenigstens, warum sich das Lager in diesem Zustand befand.

»Als die Tsardonier aufbrachen, hatten wir fast zweitausend eingesammelt. Zweifellos sind Tausende weiterer Kämpfer direkt nach Atreska oder Gosland geflohen, aber davon konnte ich nicht mit Gewissheit ausgehen. Deshalb habe ich so viele Berittene und leichte Infanteristen wie möglich mit Botschaften nach Haroq und über den Ruinenpass nach Goscapita geschickt. Wenn der Pass es zulässt, werden sie vor den Tsardoniern dort ankommen.«

Nunan hustete und zuckte sofort schmerzhaft zusammen. Er stöhnte und legte eine Hand auf die Schulter.

»Geht es dir nicht gut?«

»Mir ist es noch nie besser gegangen«, knurrte er.

»Hast du etwas von Gesteris gehört?«

»Leider nicht«, antwortete Nunan. »Als wir ihn das letzte Mal sahen, führte er gerade seine Extraordinarii hinter uns, um uns Raum für die Flucht zu verschaffen. Er hat versucht, die Truppen an den Furten dort zu halten, aber damit hatte er keinen Erfolg. Lass uns beten, dass er noch rechtzeitig herausgekommen ist. Am Abend sahen wir dann das Lager in Flammen stehen. Die Frage ist, ob er zu diesem Zeitpunkt dort drinnen war.«

»Gott beschützt die Großen, und er ist einer von ihnen«, sagte Kell. Einen Augenblick lang war sie überrascht, dass sie sich um ihren General so wenig Sorgen machte. Dann fiel ihr der Grund ein. Gott lächelte jeden Tag auf diesen Mann herab. Fast jeden Tag, mit Ausnahme eines einzigen vielleicht. »Sind auch Boten zu Del Aglios und Jorganesh unterwegs?«

»In gewisser Weise. Jorganesh wird allerdings erst in einiger Zeit davon erfahren. Ich habe einen Zug Kavallerie eingesetzt, der aus einer versteckten Position die Tsardonier beobachtet. Sie reiten nach Süden, sobald die Luft rein ist – vielleicht sind sie sogar schon fort. Was Del Aglios angeht, so sind ein paar Leute an den Halorfällen.

Angeblich soll es dort einen Pass geben. Aber denen vertraue ich nicht, Kell. Sie wollen nichts weiter als sich verstecken. Teilweise kann ich es sogar nachfühlen. Irgendjemand muss unbedingt im Norden Bescheid geben.«

Kell schüttelte den Kopf. »Wenn du mich anstiften willst, diese Aufgabe zu übernehmen, mein Freund, dann kannst du es ruhig sagen.«

»Wirst du es tun?« Nunan runzelte die Stirn. »Du bist aber auch verletzt, oder?«

»Es ist nichts, was mich vom Reiten abhalten würde«, erwiderte sie. »Ich lasse mich vorsichtshalber vom Arzt untersuchen, ehe ich aufbreche.«

Nunan lächelte wieder. »Danke.«

»Was willst du jetzt tun?«

Nunan zuckte mit den Achseln und bereute es sofort wieder. »Wir werden uns so gut wie möglich erholen und weiter nach Überlebenden suchen. Entweder wir machen den Feinden hier in der Gegend Schwierigkeiten, oder wir kehren zurück und helfen bei der Verteidigung.«

»Hm. Du solltest dir genau überlegen, was du tust. Wie viele Leute hast du hier? Zweihundert?«

»So in etwa.«

»Dann seid ihr leichte Beute für ein tsardonisches Suchkommando. Auch wenn ihr so wenige seid, schickt Späher voraus.«

»Ich werde daran denken.« Dann wurde er wieder ernst. »Kell, da wäre noch etwas. Ich weiß nicht, wie glaubhaft es ist, aber meine Späher berichten nur, was sie sehen. In den Kolonnen der Gefangenen, die nach Osten gehen, sind Tundarraner, Estoreaner, Caradukier, Phaskarer – aber kein einziger Krieger aus Atreska.«

»Ob das Zufall ist?«

Nunan zog die Augenbrauen hoch. »Es heißt auch, Infanterie und Kavallerie aus Atreska marschiere mit den Tsardoniern nach Westen.«

»Getrennte Gefangenenlager?«

»Möglicherweise waren es überhaupt keine Gefangenen«, sagte Nunan.

»Willst du ernsthaft andeuten, es seien massenhaft Kämpfer aus Atreska desertiert?«

Nunan seufzte. »Ich weiß nicht, was es zu bedeuten hat. Aber Del Aglios hat zwei atreskanische Alae bei sich. Ich glaube, er sollte erfahren, was wir gesehen haben, das ist alles.«

Kell kam ein Gedanke, und sie entschuldigte sich und eilte zu ihrem Pferd zurück. Was hatte der Mann am ausgebrannten Lager zu suchen gehabt? Sie wühlte in den Satteltaschen herum und ging alles noch einmal durch. Tatsächlich, da war eine Botschaft. Kaum überraschend für einen Meldegänger. Sie kehrte ins Lager zurück und suchte jemanden aus Atreska oder Gosland, der die tsardonische Schrift entziffern konnte.

Der Mann, der einen Verband über der leeren Augenhöhle hatte, las ihr die Botschaft stockend vor. Bei jedem Satz packte er das Papier fester, und Kells Herz schlug so heftig, dass sie seine Worte kaum noch verstehen konnte.

»Das kann nicht sein«, sagte sie. »Das kann nicht sein.«

»So steht es hier, Rittmeisterin Kell. Es tut mir leid.«

»Aber wird er sich abwenden?«, überlegte Kell.

»Wer denn, Herrin?«

»Yuran. Der gute Gott möge uns beschützen, wenn er es tut, denn dann hätten wir noch vor Dusas den Krieg direkt vor Estoreas Türschwelle.« Sie stand auf und sah den Atreskaner an. »Bete, dass unsere Botschaften vor denen der Tsardonier ankommen. Bete, dass ich Del Aglios rasch erreiche. Und bete, dass nicht wahr wird, was in dieser Botschaft steht. Denn sonst, mein Freund, bist du sehr bald schon mein Feind, und dann war unser ganzes Leben Zeitverschwendung.«

32

848. Zyklus Gottes, 11. Tag des Solasauf
15. Jahr des wahren Aufstiegs

Orin D'Allinnius war froh, wieder daheim zu sein. Er mochte Seereisen nicht und hatte die Rückfahrt auf der *Falkenpfeil* nach Estorr eher erduldet als genossen, bis er dankbar, aber mit weichen Knien wieder auf die Mole treten konnte.

Nach ihren ausführlichen Diskussionen sowohl in Cirandon als auch später an Bord des Schiffs hielt Jhered nun den umfassenden und unterzeichneten Bericht in Händen. Jhered hatte ihn und Harkov entlassen und war mit seiner Leviumwache durch die dunklen Straßen geritten. Inzwischen war er schon auf dem Weg zum Hügel, um ihren gemeinsamen, und wie D'Allinnius dachte, klug verfassten Bericht zu überbringen.

Harkov hatte ihm ein Pferd für den Heimweg angeboten, aber D'Allinnius hatte abgelehnt. Es war ein klarer, warmer Abend, vom Meer her wehte eine leichte Brise und hielt die Luftfeuchtigkeit erträglich niedrig. Seine Villa war ohnehin nicht weit vom Hafen entfernt, und nun schlenderte er gemächlich durch die belebten Straßen. Sein Gepäck sollte am nächsten Morgen nachgeschickt werden.

Da die Spiele gerade erst vorüber waren, schmückten immer noch Banner und Bänder die Straßen, und die Begeisterung der Einwohner war beinahe körperlich spürbar. D'Allinnius konnte es in der Luft riechen und in den Tavernen und Schenken hören. Voll neuem Respekt für die Entscheidung der Advokatin zog er die Augenbrauen hoch.

D'Allinnius war in der ganzen Stadt, und vor allem in dem Viertel, in dem er lebte, sehr bekannt. Immer wieder hielten ihn Leute auf, die sich nach seiner Gesundheit erkundigten und wissen wollten, wo er in den letzten Tagen gewesen sei. Ob ihm die Spiele gefallen hätten ... war der Solastro dieses Jahr nicht besonders prächtig, und ob er nicht auf einen Trunk einkehren wolle ... Höflich antwortete er und schlug alle Einladungen aus, indem er die Müdigkeit nach einem langen Tagewerk vorschützte. Als er endlich durchs Tor seiner Villa getreten war, betrachtete er die sorgfältig gestutzten Büsche vor seiner Vordertür, blieb stehen und holte tief und ausgiebig Luft, um sich vom Frieden des Gartens umfangen zu lassen.

Seine Diener wussten, dass er kam, und so brannte drinnen Licht. Auf dem Herd stand Essen bereit, und sie hatten Wasser aufgewärmt, damit er sich waschen konnte. Vielleicht hatten sie ihm sogar eine Gefährtin für die Nacht besorgt. Das könnte er jetzt gut gebrauchen, denn Enthaltsamkeit lag ihm nicht.

In der Villa war es kühl. Marmor schimmerte im Licht der Laternen, aus dem Gang hinter der Terrasse drang das Plätschern der Springbrunnen herüber. Als er leise durch den Gang wanderte, bemerkte er im Säulengang rings um den Garten, der in der Mitte seines bescheidenen, aber bequemen Wohnsitzes lag, eine Bewegung. Er begrüßte den Diener, der ihn einigermaßen besorgt betrachtete, bevor er ihn in sein großes Empfangszimmer führte. Anscheinend hatte er Besuch.

Ein wenig gereizt eilte er in den Raum, dessen nackter Steinboden mit einigen Läufern bedeckt war. Rechts standen die Fenster in der warmen Nacht offen. Drei Gäste saßen gegenüber seiner eigenen Liege auf Stühlen mit gerade Lehnen. Essen und Wein standen unberührt zwischen ihnen auf dem Tisch. Es lief ihm kalt den Rücken hinunter, und er schauderte vor Furcht.

»Guten Abend, Orin. Ich hoffe doch, deine Reise ist erfreulich verlaufen.«

»Kanzlerin Koroyan«, erwiderte D'Allinnius. »Welch angenehme Überraschung.« Er fand sogar den Mut, eine beißende Bemerkung anzuschließen. »Seid Ihr gekommen, um meine sichere Rückkehr und meine fortwährende Gesundheit zu segnen? Das wäre aber wirklich nicht nötig gewesen.«

Koroyan lächelte nicht. Sie rückte ihre Kleider zurecht, während die beiden Männer in den Gewändern der Sprecher links und rechts neben ihr, die im Grunde nur Schlägertypen waren, ihn unverhohlen drohend anstarrten.

»Setz dich doch. Ich will mir nicht den Hals verrenken, wenn ich dich ansehe.«

D'Allinnius dachte über eine scharfe Antwort nach, doch dann fügte er sich, nickte und nahm Platz. Er presste die Hände zusammen, um das Zittern zu verbergen. Da er nun vor ihr saß, nahm seine Furcht noch weiter zu. Kalte Verachtung lag in ihren Augen, und dahinter brannte Fanatismus.

Bisher war D'Allinnius ihr stets aus dem Weg gegangen. Ihm missfiel die Durchsetzung der Doktrin des Allwissenden, wie die Kanzlerin ihn vertrat, obwohl andere Religionen und auch der Atheismus, dem er selbst anhing, offiziell zugelassen waren.

»Wir wollen eines unmissverständlich klarstellen«, sagte die Kanzlerin. »Ich kann dich persönlich so wenig leiden wie deine Einmischung in Gottes Schöpfung, die dir im Namen der Wissenschaft und der Ingenieurskunst gestattet ist. Ich empfinde keinerlei Achtung für einen Beruf, der es zu seinen Aufgaben zählt, meinen Glauben offen infrage zu stellen. Wie dir bewusst ist, nehmen mich die Aufgaben meiner Position im Übrigen stark in Anspruch.

»Ich glaube, die Advokatin ...«

»Die Advokatin ist nicht hier. Ich dagegen schon.« Die Kanzlerin hielt einen Moment inne und starrte ihn an. »Du wirkst verängstigt, Orin. Das finde ich beunruhigend. Schließlich bin ich nur die von der Advokatin ernannte Vertreterin Gottes auf dieser Erde. Von mir hast du doch gewiss nichts zu befürchten.«

D'Allinnius wurde die Kehle eng. Er langte nach dem Wasserkrug und presste die Lippen fest zusammen, während er das Zittern seiner Hände zu unterdrücken suchte.

»Ich habe nicht mit Euch gerechnet, das ist alles«, sagte er mit trockenen Lippen. »Ich weiß nicht, warum Ihr hier seid.«

»Und das macht dir Angst, nicht wahr, Orin? Dass jemand, der so wichtig ist wie ich, in deinem Haus auf dich wartet. Ich rechne damit, dass Diener sich vor mir fürchten, aber der Meisteringenieur der Advokatin? Was magst du nur Schlimmes getan haben?«

D'Allinnius trank einen Schluck Wasser. Er schwitzte. Seine Gedanken rasten, und er rang verzweifelt um seine Fassung. Doch je mehr er zu sich kam, desto mehr unerfreuliche Gründe für die Anwesenheit der Kanzlerin schossen ihm durch den Kopf. Dabei hatte ihn die Advokatin persönlich Vertraulichkeit schwören lassen.

»Ich habe nichts getan«, sagte D'Allinnius. »Abgesehen davon, dass ich meinen Pflichten nachgekommen bin, wie meine Advokatin es befohlen hat. Sie ist meine Gebieterin, nicht Ihr.« Das Letzte war nur noch ein Flüstern.

Die Kanzlerin beugte sich leicht vor. »Versuche nicht, dich hinter der Toga der Advokatin zu verbergen. Die Gesetze, die auch die Ausübung anderer Religionen erlauben, existieren allein aus politischen Gründen in unwissenden Grenzgebieten. Sie gelten nicht hier, und sie gelten auch nicht in Caraduk. Ich werde jede Ketzerei gegen den Allwissenden ausradieren, wo ich sie auch finde. Das ist meine feste Absicht.«

»Diese Gesetze gelten in der ganzen Konkordanz, Kanzlerin Koroyan. Ihr könnt wie ich nicht darüber entscheiden, wann und wo sie gelten sollten.«

»Hm.« Die Kanzlerin lächelte kalt. »Ich glaube, du wirst feststellen, dass du dich in dieser Hinsicht irrst, Orin. Ebenso irrst du dich, wenn du glaubst, du könntest dich meinen Befehlen widersetzen. Ich muss dich daran erinnern, dass du hier ziemlich allein stehst. Ich bin misstrauisch und will Antworten hören.«

D'Allinnius holte tief Luft. »Ich habe Euch nichts zu sagen.«

»Ein weiterer Fehler«, sagte Koroyan. »Ich würde nur ungern zu Zwang oder, Gott umarme mich, zu Gewalt greifen müssen, aber du machst es mir wirklich schwer.«

»Nichts, was Ihr tut, kann mich veranlassen, den Eid zu brechen, den ich vor meiner Advokatin abgelegt habe.« Innerlich zitterte er jedoch, weil er Koroyans Drohung nur zu gut verstanden hatte.

»Wenn du glaubst, du seist aufgrund deiner Stellung unangreifbar, dann irrst du dich. Die Advokatin mag vor deinen Neigungen die Augen verschließen, aber das heißt nicht, dass sie deshalb weniger abscheulich sind.«

Innerlich sackte er in sich zusammen. »Wie konntet Ihr ...«, begann er. Dann verstummte er.

»Oh, Orin, wie naiv du bist. Ich bin die Kanzlerin des Ordens der Allwissenheit. Nur die Advokatin ist Gott näher als ich. Niemand schlägt mir etwas ab. Jedenfalls nicht lange. Wenn ich um etwas bitte, gehorchen die Menschen. Immer.«

Die Kanzlerin richtete sich auf und machte eine kleine Geste mit der linken Hand. Die beiden Männer erhoben sich, umrundeten den Tisch und stellten sich hinter D'Allinnius.

»Der Missbrauch von Minderjährigen ist ein Verbrechen vor Gott und der Konkordanz«, sagte sie. »Aber ich will wie die Advokatin darüber hinwegsehen, wenn du mir sagst, was ich wissen muss. Ich bin mit der Heiligkeit des Allwissenden ausgestattet. Deshalb muss ich wissen, ob Ketzerei in Worten oder Taten verübt wird. Ich weiß, dass du mit Paul Jhered nach Caraduk gereist bist. Ich weiß auch, dass ihr eine Untersuchung durchgeführt habt. Die

Tatsache, dass der Orden nicht hinzugezogen wurde, beunruhigt mich sehr. Nun sage mir, was hast du unter Vasselis' Banner vorgefunden?«

»Es ist mir nicht erlaubt, es Euch zu sagen.« D'Allinnius musste schwer schlucken. »Und Eure Drohungen können mir keine Angst einjagen. Ich bin geschützt. Fragt die Advokatin.«

»Ich frage dich.«

»Ich werde es Euch nicht sagen.«

Dann legten sich Hände, starke Hände auf seine Schultern. Es roch nach Schweiß und Gewalt. Die Kanzlerin sah ihn mit gespielter Sorge an.

»Bitte zwinge mich nicht, dir wehzutun, Orin.«

Er schüttelte den Kopf und nahm den Rest seines schwindenden Mutes zusammen.

»Ich werde es Euch nicht sagen«, wiederholte er.

»Doch, das wirst du tun.«

Herine war überrascht, wie sehr sie sich freute, Jhered wiederzusehen. Der Schatzkanzler war in den Palast gestürmt und hatte umgehend um eine Audienz nachgesucht. Er hatte sich nicht einmal umgezogen und sich nur oberflächlich gereinigt. Er stank immer noch nach Meer. Sie band ihren Geliebten los und entließ ihn, obwohl sie ihn sehr genossen hatte. Dennoch lächelte sie, als Jhereds Blicke dem schönen jungen Mann nach draußen folgten, der es nach einem aufgebrachten Knurren recht eilig hatte.

»Oh Paul, du bist einfach unmöglich. Du kannst doch nicht meinen Geliebten einschüchtern und mir kaum Zeit lassen, meine Blöße zu bedecken, ehe du hereinplatzt.«

Sie lag in einer, wie sie wusste, ausgesprochen dekorativen Pose auf dem Bett und beobachtete Jhered, der sich auf einer Liege niederließ, mit Wasser verdünnten Wein einschenkte und Früchte auf einen Teller häufte.

»Dann brauchst du schnellere Diener. Ich habe der Frau gesagt, sie solle sich beeilen. Das hat sie offenbar nicht getan.«

»Sie hat es getan und war außer Atem, als sie mit mir sprach. Kann das, was du in Westfallen entdeckt hast, denn wirklich so wichtig sein, oder bist du nur gekommen, um dich für deine Bestrafung zu rächen?«

»Ganz im Gegenteil. Ich danke dir für die faszinierende, wenngleich beunruhigende Reise. Ja, es ist wirklich so wichtig, wie du genau weißt. Komm herüber zu mir, Herine. Ich fühle mich nicht wohl, wenn ich dich auf deinem Bett anstarre.«

Herine lachte, hüllte sich enger in ihren Morgenrock und schnürte ihn mit einem Lederriemen an der Hüfte zusammen.

»Ich habe dich vermisst«, sagte sie. »Wir sollten uns nicht streiten.«

»Besonders verzweifelt warst du anscheinend nicht«, gab Jhered zurück. »Wie ich hörte, waren die Spiele ein Erfolg.«

»Ja, das waren sie. Und wie ich bemerke, hast du deine Rückkehr perfekt abgestimmt«, erwiderte Herine scharf. »Nicht einmal dir dürfte die Stimmung in der Stadt entgangen sein.«

»Ich bin sicher, dass die Bürger in der Stadt sehr glücklich sind«, erwiderte Jhered. »Aber das gilt vielleicht nicht für unsere Freunde in Atreska und Gosland.«

»Den letzten Berichten konnte ich entnehmen, dass unsere Heere im Norden und Süden bedeutende Siege errungen haben, und dass der Osten dem Ansturm der Feinde standhält. Der Sieg ist nahe.«

»Ich bete, dass du recht hast. Wann kommen die nächsten Berichte?«

Herine zuckte mit den Achseln, weil die Diskussion sie langweilte. »In den nächsten sieben bis zehn Tagen.« Sie bedeutete Jhered, ihr etwas Wein einzuschenken. »Also, gibt es nun Hexerei und Ketzerei, oder hat sich Vasselis nur irgendwelchen Täuschungen hingegeben?«

Jhered öffnete die Ledertasche, die er mitgebracht hatte, und zog ein gebundenes Dokument heraus, das er ihr über den Tisch hinweg reichte. Herine nahm es und schlug die erste Seite auf.

»Es sind zwei Dokumente. Dieses ist das kürzere. Es enthält eine Zusammenfassung, Empfehlungen und detaillierte Berichte über alles, was wir gesehen und erfahren haben. Die längere Version enthält außerdem die Genealogie sowie Spekulationen über die Fähigkeiten und die Entwicklung, außerdem die beschworenen Erklärungen aller Männer und Frauen in Westfallen und aller Angehöriger des Hauses Vasselis. Ich lasse sie hier in der Mappe.«

»Ich verstehe.«

Herine begann zu lesen. Sie überflog die Zusammenfassung und sah in einige Berichte. Was sie entdeckte, las sich wie eine reine Erfindung und schlug sie immer stärker in den Bann. Eine unerhörte, gefährliche Erfindung eines perversen Geistes. Am Rande hörte sie, wie Jhered mit ihr sprach. Worte wie »Schutzhaft«, »Waffe«, »Beobachtung« und »Kontrolle« drangen zu ihr durch, aber sie hörte kaum zu, denn sie mochte nicht glauben, dass der Mann, der vor ihr saß, den Bericht als wahr beglaubigt hatte. Beinahe wurde ihr schwindlig, und sie bekam eine Gänsehaut. Heiß strömte das Blut durch ihre Adern, und ihre Handflächen wurden feucht.

Sie konnte nicht anders, sie las den ganzen Bericht gleich an Ort und Stelle und suchte nach einem Ausweg oder nach Hinweisen auf Tricks und Verdrehungen, die den Text als komplizierte List entlarven würden. Jhereds Empfehlungen sprachen von vorsichtiger Aufklärung und späterer Einweihung des Ordens und der Veröffentlichung. Sie behandelten Ängste, mit denen man rechnen musste, wogen dagegen aber die Möglichkeiten für Fortschritt und Entwicklung der Menschheit auf. All das unter dem wachsamen Auge der Advokatur. Die wichtigste Tatsache hatte er allerdings ausgelassen.

»Das ist widerwärtig«, sagte sie, als sie endlich wieder etwas sagen konnte. »Ich habe dich gebeten, unvoreingenommen zu berichten, aber nicht ohne die Führung Gottes. Dies ist eine Beleidigung für den Allwissenden. Was hast du dir dabei nur gedacht?«

»Was du sagst, entspricht genau dem, was ich empfunden habe, als ich die Aufgestiegenen zum ersten Mal sah und mit der Leserin in Westfallen gesprochen habe. Du musst dich allerdings von den Schriften lösen und dies als das sehen, was es ist. Es ist ein Experiment am Rande des Zulässigen, aber eines, das die Natur und somit Gott selbst im Laufe der Zeit ohnehin durchgeführt hätte. Ist das Ketzerei? Das ist die Frage, die mich seitdem beschäftigt.«

»Wie kannst du das auch nur fragen, Paul?« Herine schüttelte voller Enttäuschung den Kopf. »Vielleicht hätte ich dich nicht schicken sollen. Vasselis hat dich offensichtlich beeinflusst.«

»Sage das nicht, solange du nicht jedes Wort in beiden Berichten gelesen hat. Ja, es beunruhigt mich. Aber das sind die Tatsachen ... für die Menschen in Westfallen ist dies buchstäblich das Alltagsleben. Die Aufgestiegenen sind für sie nichts weiter als der nächste Schritt. Das Feuer brennt bereits.«

»Dann muss es gelöscht werden«, sagte Herine. »Paul, ich bin die Erste Sprecherin des Ordens der Allwissenheit. Ich bin seine Vertreterin auf der Erde. Ich habe aus Respekt für dich und Vasselis und im Wissen, dass von Felice Koroyan kein ausgewogenes Urteil zu erwarten ist, erlaubt, dass diese Untersuchung ohne Wissen des Ordens stattfindet. Aber was ich hier gelesen habe ... ich weiß nicht, wie du zu deinen Schlussfolgerungen gekommen bist. Eine Waffe? Sie werden unkontrollierbar sein. Ich verstehe nicht, wie man ihnen erlauben kann weiterzuleben. Wirklich nicht.«

Jhered spannte sich und runzelte die Stirn. »Du kannst doch nicht die Kanzlerin auf sie loslassen. Nicht jetzt.«

Herine schüttelte den Kopf. »Wie du es auch drehst und wendest, was ich hier lese, ist ein Verbrechen, nichts weiter. Und zwar ein Verbrechen, das schon sehr lange stattfindet.« Sie seufzte. »Ich kann solche eklatanten Gesetzesbrüche in der Konkordanz nicht dulden.

Die Leute müssen hierfür vor Gericht gestellt und vom Orden und den Magistraten für schuldig oder unschuldig befunden werden.«

»Ich bitte dich nur, gründlich darüber nachzudenken, ehe du eine Entscheidung triffst. Lies, was wir herausgefunden haben. Denk nach und sprich mit den Leuten.«

»Ich werde mit ihnen sprechen. Hier in Estorr. Und sie werden in Ketten vorgeführt. Ist das deutlich genug?«

»Du redest hier über Arvan Vasselis, Herine. Überlege doch, was es bedeutet.«

»Ich weiß es«, flüsterte sie.

Herine starrte Jhered an, der sich überlegte, wie er weiter vorgehen sollte. Sie wusste, dass er hin und her gerissen war. Bei Gott, der sie umgab, sie hatte selbst eine schreckliche Last auf den Schultern gespürt, als sie ihm geantwortet hatte. Sie würde später alles sehr gründlich lesen. Schließlich war ohnehin nicht an Schlaf zu denken. Allerdings konnte sie sich nicht vorstellen, wie sich ihre Einstellung bis zum nächsten Morgen ändern sollte. Dies bedeutete, dass Arvan Vasselis vor ihr stehen und aller Wahrscheinlichkeit nach anhören musste, wie sie ihn zum Tod auf dem Scheiterhaufen verurteilte.

»Ich werde morgen früh meine Befehle von dir entgegennehmen«, sagte Jhered tonlos. Er stand wieder auf. »Und wenn du willst, dass ich die Betroffenen in Haft nehme, dann werde ich das für dich tun, meine Advokatin.«

»Nein, Paul. Harkov wird gehen. Das ist ein Auftrag für die Palastwache, nicht für dich.«

»Und ich wandere im Kreis herum, bis er mit meinem Freund zurückkehrt, der unter der Last der Ketten gebeugt ist?« Jhered schüttelte den Kopf. »Das wird mindestens dreißig Tage dauern. Es würde mich in den Wahnsinn treiben.«

»Du hast andere Pflichten, um die du dich kümmern musst, Schatzkanzler. Der Marschallverteidiger Yuran hat sich geweigert, an den Spielen teilzunehmen. Er muss aus dem Amt entfernt werden, und mit dir an der Spitze wird das Levium für einen unblutigen Wechsel sorgen.«

»Wer soll an seiner Stelle herrschen?«

»Konsul Safinn natürlich. Wäre ich meiner Eingebung gefolgt, dann hätte er schon seit dem Anschluss auf dem Thron gesessen.«

»Bist du nicht an den Gründen interessiert, warum Yuran nicht gekommen ist? Vielleicht glaubte er, seine Abwesenheit könnte die Angreifer aus Tsard ermuntern, in hellen Scharen über die Grenze zu strömen und sein Land in Aufruhr zu versetzen.«

»Seine Botschaft, als er sich weigerte, enthielt nichts als Verachtung für die Spiele und den Zeitpunkt, an dem sie abgehalten wurden.« Herine zuckte mit den Achseln. »Das war die letzte Beleidigung, die ich mir von ihm habe gefallen lassen.«

Jhered neigte den Kopf. »Wie du willst, meine Advokatin.«

»Ich lasse dir morgen bei Tagesanbruch die Befehle ausfertigen. Bringe Harkov mit.« Sie wartete, bis er genickt hatte und sich zum Gehen wandte. »Paul?« Er blieb stehen, drehte sich aber nicht um. »Danke.«

»Nein. Dies ist nichts, wofür du mir dankbar sein solltest.«

Sie neigte den Kopf. Es dauerte lange, bis sie den Mut fasste, ihre Lektüre fortzusetzen.

33

848. Zyklus Gottes, 14. Tag des Solasauf
15. Jahr des wahren Aufstiegs

In der Nacht hatten gemurmelte Worte die Runde gemacht. Jhered war im Bilde und suchte D'Allinnius im Morgengrauen am Krankenlager auf. Er war bewusstlos gewesen, als man ihn gefunden hatte, und die Durchsuchung seiner Villa hatte ergeben, dass er der einzige Überlebende war. Alle seine Diener waren tot. Nicht gefoltert und geschlagen wie er, sondern hingerichtet. Ihre Hälse waren gebrochen; die Leichen hatte man liegen lassen, damit sie gefunden und den Bräuchen entsprechend bestattet werden konnten.

Als Jhered D'Allinnius betrachtete, wünschte er fast, der Mann sei ebenfalls gestorben. Er hatte schreckliche Verletzungen, und Jhered konnte nur seinen Mut bewundern, dass er sich offenbar geweigert hatte, den Angreifern die Geheimnisse preiszugeben, die sie hören wollten. Die Wundärzte waren nicht sicher, ob er überleben würde, doch Jhered wollte von ihm unbedingt erfahren, wer ihm dies angetan hatte. Jhered war sicher, dass er es bereits wusste, aber gegen den Orden konnte er nur vorgehen, wenn es eine Aussage unter Zeugen gab. Deshalb saß Harkov neben ihm.

D'Allinnius war fast nicht mehr zu erkennen. Sein Gesicht war systematisch zerschlagen worden, der Kiefer gebrochen, die Zähne ausgeschlagen oder abgebrochen. Um die Augen und den Mund war die Haut schrecklich geschwollen, ein Ohr war abgeschnitten, und die Haare waren ausgerissen oder abgesengt. Seine Arme waren gebrochen, er hatte drei Finger verloren, und an den übrigen waren die Nägel ausgerissen. Seine Beine und Füße waren auf ähnliche Weise misshandelt worden.

Am ganzen Körper hatte er Quetschungen, und seine Geschlechtsteile waren mit heißem Eisen verbrannt worden. Inzwischen waren die Teile seines Körpers, die nicht verbunden waren, mit Salben und Ölen eingerieben worden. Jhereds Zorn war beinahe übermächtig. Nichts konnte diese Grausamkeit entschuldigen, und wenn er recht hatte, und der Orden steckte dahinter, dann war dies ein Verbrechen gegen Gott, für das sie würden büßen müssen.

Unter den geschwärzten Lidern zuckten D'Allinnius' Augen, hin und wieder entfloh seinen Lippen ein Wimmern. Jhered strich sich mit einer Hand über den Mund und blickte zur Wundärztin auf, die sich um den Verletzten kümmerte.

»Ihr könnt Euch nicht erinnern, was er gesagt hat?«

»Nein, Herr. Ich war zu weit entfernt, als er zu murmeln begann, und ich konnte ihn nicht dazu bringen, es zu wiederholen.«

»Seid Ihr sicher, dass er bei Bewusstsein war?«, wollte Harkov wissen.

Die Ärztin nickte. »Er hat mich angesehen, seine Augen waren voller Furcht und Schrecken. Wer hat diesem Mann nur so etwas angetan? Ausgerechnet ihm?«

»Das werden wir herausfinden«, sagte Jhered. »Kümmert Euch nicht darum, sondern haltet ihn vor allem am Leben.«

»Das hängt ebenso sehr von Orin ab wie von mir«, sagte sie. »Die Brüche sind geschient, seine Schmerzen habe ich gelindert, und er hat es so bequem, wie es unter diesen Umständen nur möglich ist. Als wer weiß, wie lange er allein in der Villa lag. Dabei hat er viel Blut verloren. Wenn er die Willenskraft besitzt, wird er überleben. Wir wissen allerdings nicht, wie stark sein Geist noch ist.«

Jhered atmete zwischen den Fingern aus, die er vor dem Mund gespreizt hatte, und stützte die Ellenbogen auf das Bett. Er fühlte sich für den Mann verantwortlich, denn er hatte D'Allinnius überredet, sich ihm und Harkov anzuschließen. Er hatte dem Wissenschaftler versichert, ihm würde nichts geschehen, und die Advokatin würde ihn beschützen. So viel zu den Zusagen des Schatzkanzlers.

Er musste befürchten, dass D'Allinnius am Ende zusammengebrochen war, und dass die Folterknechte bereits Vorbereitungen trafen, nach Westfallen zu reisen. Er hatte angeordnet, dass mit der morgendlichen Flut eine kleine Flotte mit zweihundert Leviumkämpfern nach Süden auslief, und seine Spione in der ganzen Stadt ausgesandt, um Informationen zu beschaffen. Anscheinend hatte es vonseiten des Ordens weder am Hafen noch im Amtsgebäude der Kanzlerin ungewöhnliche Aktivitäten gegeben, aber er hatte die Kanzlerin selbst nicht erreichen können, und das machte ihm Sorgen. Manchmal war sie schwer zu finden, aber dies war zu seltsam, um noch ein Zufall zu sein. Die Advokatin gab sich ungewöhnlich einsilbig. Jhered gefiel das nicht.

»Komm schon, Orin, rede mit uns«, sagte Jhered sanft. »Gib uns die Möglichkeit, die zu schnappen, die dir dies angetan haben.«

D'Allinnius hustete. Jhered wischte ihm mit einem kühlen feuchten Tuch den Speichel von den Lippen. Er wurde in Gemächern versorgt, die an den Palast grenzten. Die Gewölbedecke ruhte auf makellos weißen Säulen mit ionischen Kapitellen. Weiches Licht strömte durch große Fenster herein, die auf Springbrunnen und Gärten hinausblickten. Drinnen stand im Augenblick nur ein einziges Bett. Alle freien Flächen im Raum waren mit frisch geschnittenen Blumen und grünen Blättern belegt, deren Düfte wie Balsam in die Nase drangen.

»Nur Mut, Orin. Es ist vorbei. Du bist in Sicherheit. Dieses Mal bist du wirklich sicher. Niemand kann dich hier anrühren, niemand kann dir wehtun.«

»Er wacht auf«, sagte die Ärztin.

Der Wissenschaftler regte sich, bewegte schwach die Arme und

Beine und stieß ein schmerzvolles Wimmern aus. Jhered wünschte, er könnte mehr tun, als ihm nur die Stirn abwischen, die praktisch die einzige nicht verbrannte oder grün und blau geschlagene Stelle an seinem ganzen Körper war.

»Bewege dich nicht, mein Freund«, sagte Jhered. »Ruh dich aus und sprich, wenn du kannst.«

D'Allinnius' Augenlider flatterten, dann öffnete er sie ein wenig. Im Licht verzog er das Gesicht, und in den Augenwinkeln erschienen Tränen. Jhered lächelte.

»Es tut mir leid, dass dir das passiert ist«, sagte er.

D'Allinnius hätte beinahe gelächelt, aber die Prellungen und die rissigen verbrannten Lippen hielten ihn davon ab.

»Das ... ist der Preis des Ruhmes«, quetschte er hervor. Jhered staunte darüber, dass der Mann überhaupt noch scherzen konnte.

»Du musst dich ausruhen«, sagte Jhered und legte ihm eine Hand auf die Schulter.

»Sie wissen alles«, keuchte Orin. »Ich habe mich bemüht.«

»Das ist nicht zu übersehen«, meinte Harkov. »Ihr habt einen unglaublichen Mut bewiesen.«

»Wer war es?«

»Die Kanzlerin«, sagte Orin nach einigem Murmeln und schmerzvollem Keuchen.

Jhered riss vor Schreck den Mund auf und sah sich rasch um. Nur er, Harkov und die Ärztin hatten es gehört.

»Persönlich?«, fragte er, weil er es nicht glauben konnte. Orin nickte, es war eine gequälte Geste. »Warum hat sie dich nicht umgebracht?«

»Sie dachte wohl, sie hätte mich getötet«, sagte Orin. Er stieß die Zunge ein wenig vor. »Ich dachte es auch fast.«

»Sie hätte es leicht glauben können«, warf die Wundärztin ein. »Als er hier ankam, war sein Atem so flach, dass ich schon dachte, er sei tot. Wir brauchten einen Spiegel, um sicher zu gehen, dass eine Behandlung noch der Mühe wert war.«

»Wie gut, dass Ihr einen hattet.« Orin hustete heftig und schauderte, als die Schmerzen durch seinen Körper fuhren.

»Ruhe jetzt«, sagte Jhered. »Schlafe, Orin. Und vielen Dank.«

D'Allinnius sah ihn auf einmal klar und scharf an. »Rettet die Aufgestiegenen. Sie sind doch nur Kinder.«

»Das will ich tun«, versprach Jhered.

D'Allinnius nickte, anscheinend zufrieden, und schloss die Augen. Jhered beobachtete ihn noch einen Augenblick, um sich zu vergewissern, dass er nicht gestorben war. Dann stand er auf, und seine Wut kochte beinahe über.

»Harkov, es scheint so, als sei Eure Aufgabe in Caraduk noch dringender geworden. Und Ihr«, er packte die Ärztin am Arm und drückte fest zu. »Ihr verliert kein Wort über das, was Ihr gerade gehört habt. Kein Sterbenswörtchen.«

Sie starrte zurück. »Ein Arzt redet nie mit Fremden über seine Patienten.«

Jhered ließ sie los. »Dann haltet Euch daran. Es ist ungeheuer wichtig, glaubt mir.«

»Ihr könnt mir vertrauen.«

»Ich hoffe, dabei bleibt es auch.«

Jhered marschierte zur Tür und riss sie auf, eilte durch den Garten und zum Palast, wo er sofort die Schreibstuben der Verwaltung aufsuchte. Er ging an Reihen von Schreibtischen, Papierstapeln und Schriftrollen vorbei. Einige Leute hoben die Köpfe und sahen ihm nach. Er blickte starr geradeaus und hielt seinen Gladius an der Seite fest. Hinter den Schreibstuben betrat er den zentralen Gang, von dem aus Flure zu den Säulengängen und den Gärten hinausführten, außerdem befanden sich hier Audienzzimmer und die Halle der Advokatur. Er eilte weiter, bis er die Privatgemächer der Advokatin erreichte. Es war noch früh, und wenn sie nicht krank war, schlief sie sicher noch.

Gefolgt von Harkov sprang er die breite Treppe hinauf und verscheuchte mit einem kurzen Befehl die Wachen am oberen Ende. Vor Herines Tür standen zwei Leibwächter, die vor seiner Nase ihre Speere überkreuzten.

»Die Advokatin ruht noch, Herr«, sagte einer.

»Dann wird es Zeit, dass sie aufwacht. Ohne sie ist die Konkordanz in Schwierigkeiten.«

»Wir dürfen Euch nicht eintreten lassen, Schatzkanzler Jhered«, sagte der andere.

Jhered richtete sich auf und schaute drohend auf sie herab. »Euer Pflichtbewusstsein gereicht euch zur Ehre«, sagte er. »Aber jetzt befehle ich euch, zur Seite zu treten. Ich muss mit der Advokatin sprechen.«

»Wir dürfen nicht«, beharrte einer nervös.

»Narren«, zischte Jhered. »Ich will ihr doch nichts tun. Euer Zögern verursacht den Schaden. Ach, verdammt.« Er löste seinen Schwertgurt, ließ ihn fallen und schnippte, damit Harkov seinem Beispiel folgte. »Bewacht mich meinetwegen, wenn ihr wollt, aber ich *muss* jetzt mit ihr sprechen.«

Es gab nur eine kurze Verzögerung. Die Wächter betrachteten die kostbar geschmückten Schwertscheiden auf dem Boden und wandten sich wieder an den Schatzkanzler. Sie nahmen die Speere weg.

»Gute Entscheidung.«

Jhered riss die Doppeltür auf und stürmte in den stark duftenden, mit Wandbehängen geschmückten Raum. Auf das Bett, auf dem er zwei Gestalten entdeckte, fiel ein kleiner Lichtbalken. Seine auf dem Marmor hallenden Schritte ließen die beiden auffahren. Herine stieß einen überraschten Schrei aus.

»Keine Sorge, meine Advokatin, hier sind nur Jhered und Harkov.«

Jhered sagte nichts weiter, während er ans Bett trat. Die edlen Laken und die Decken im Grün der Konkordanz waren zerwühlt.

»Was fällt dir eigentlich ein, dass du hier einfach so hereinstürmst?«

»Ich versuche, deine Konkordanz zu retten«, sagte Jhered. »Vor denen, die deine Autorität untergraben, um ihre eigene perverse Ethik durchzusetzen.«

»Wie bitte?«, antwortete sie.

Jhereds Augen hatten sich auf das Zwielicht eingestellt. Herine saß aufrecht vor einem Stapel Kissen. Ihr Haar steckte unter einem Netz, und sie trug ein ärmelloses Nachthemd. Ihr Geliebter hatte sich auf die andere Seite des Betts zurückgezogen und versuchte, möglichst unauffällig zu wirken. Jhered zielte mit dem Finger auf ihn.

»Muss ich dir wirklich noch sagen, was du jetzt zu tun hast?«, knurrte er.

Der Gefährte, schlank und hervorragend in Form, sprang aus dem Bett wie eine aufgescheuchte Katze und rannte zur Tür. Unterwegs schnappte er sich ein Kissen, um sich zu bedecken.

»Eines Tages wirst du mal einen Schritt zu weit gehen«, sagte Herine. »Auch du stehst nicht über dem Gesetz der Konkordanz.«

»Im Gegensatz zur Kanzlerin?«

»Niemand außer mir steht darüber«, erwiderte Herine, die sich wieder ein wenig gefasst hatte.

»Dann musst du sie sofort verhaften lassen. Sie war diejenige, die D'Allinnius gefoltert hat. Persönlich.«

Herine schwieg einen Augenblick. »Dann ist er nicht tot?«

»Was? Nein«, erwiderte Jhered. »Auch wenn mir nicht klar ist, wie er es überlebt hat. Er hat sie jedenfalls identifiziert. Ich kann ihre Verhaftung nicht anordnen, das musst du tun.«

Herine rückte an die Bettkante und stand auf, nahm einen Schal von einem Stuhl und bedeckte sich ein wenig mehr. Dann schoss sie einen bösen Blick auf Harkov ab und ging zu einer ihrer Liegen, wo sie sich setzte und aus einem Krug etwas Wasser einschenkte.

»Dazu ist es zu spät«, sagte sie.

Jhered runzelte die Stirn. »Was meinst du damit? Ist sie bereits in Haft?«

»Nein, aber sie hat Estorr verlassen.«

Das traf Jhered wie ein kalter Guss. »Was? Wann denn?«

»Vor zwei Tagen, spät am Abend.«

»Ich bin verwirrt«, gab er zu. »Wir haben über unsere Vermutungen gesprochen, wer dieses Verbrechen an Orin begangen haben könnte, und du hast mir nicht gesagt, dass sie aufbricht, und hast sie auch nicht aufgehalten?«

Herine spreizte die Finger. »Es scheint mir, als werde in Gottes Namen Gerechtigkeit geübt.«

Jhered öffnete den Mund und schloss ihn sofort wieder, dann wandte er sich an Harkov. »Hauptmann, würdet Ihr bitte in meiner Schreibstube auf mich warten?«

»Mein Herr.« Der Offizier salutierte, indem er die Faust auf seine Brust schlug. Er verneigte sich vor Herine. »Meine Advokatin.«

Als er fort war, wandte Jhered sich voller Zorn an die Advokatin. »Gerechtigkeit? Bist du denn völlig von Sinnen?«

»Ich lasse nicht zu, dass du so mit mir …«

»Verdammt, du wirst mir jetzt zuhören, Herine. Bedeutet dir denn alles, was wir besprochen haben, nichts mehr? Die Kanzlerin wird nach Westfallen fahren, und die Gerechtigkeit, die sie üben wird, bedeutet nichts anderes, als dass die Stadt und alle, die in ihr leben, Unschuldige wie Mittäter, verbrannt werden.

Was ist aus deinem Wunsch geworden, in Estorr über sie zu richten? Die Gesetze der Konkordanz, die dir anscheinend lieb und teuer sind, verlangen, dass es so geschieht. Du darfst dies nicht der Kanzlerin überlassen.«

»Darf ich nicht?« Die Advokatin zog die Augenbrauen hoch. »Es gibt nichts, was ich nicht tun darf, Schatzkanzler Jhered. Warum sollte ich nicht entscheiden, dass dieser klare Fall von Ketzerei von der Kanzlerin des Ordens der Allwissenheit beurteilt wird?«

»Weil du weißt, wie gewalttätig ihr Richtspruch sein wird. Weil du weißt, dass sie die Gesetze der Konkordanz übertreten und sich hinter dem Antlitz Gottes verstecken wird.« Jhered schlug die Hände vor das Gesicht. »Herine, was hast du nur getan?«

»Was ich gleich von Anfang an hätte tun sollen«, sagte sie. »Wenn ich nicht durch meine Treue zu dir und Vasselis geblendet worden wäre.«

»Du machst einen sehr schweren Fehler«, sagte er und hielt inne, als ihm ein weiterer unangenehmer Gedanke kam. »Wusstest du bereits, dass sie Orin persönlich gefoltert hat?«

Herine stand auf und stolzierte ihm entgegen. »Was Orin passiert ist, war sehr unglücklich, und ich bin traurig, dass die Kanzlerin zugegen war. Ich bete, dass er sich erholt, und wenn du auch nur einen Augenblick glaubst, ich würde so etwas gutheißen, dann lasse ich dich sofort aus dem Amt entfernen, das kannst du mir glauben.

Du hast die Grenze erreicht, Paul. Bedränge mich nicht weiter. Ich muss die Konkordanz regieren und habe entschieden, dass Fragen der Ketzerei von denen behandelt werden, die die Erfahrung und das Wissen besitzen, im Namen Gottes ein Urteil zu sprechen. Falls du es nicht begriffen hast, ich meine damit die Kanzlerin.

Wenn du aber glaubst, du solltest zugegen sein, um für Gerechtigkeit zu sorgen, und falls du glaubst, Vasselis sei unfähig, dies zu tun, dann hast du meine Erlaubnis, nach Westfallen zurückzukehren. Du kannst ja versuchen, die Kanzlerin einzuholen.«

Jhered starrte auf sie herab. Er konnte nicht fassen, was er gerade gehört hatte. Diese Frau kannte die Übergriffe der Kanzlerin besser als jeder andere. Noch vor einem Jahr wäre die Kanzlerin zurechtgewiesen und streng beaufsichtigt worden. Jetzt war sie von der Leine gelassen, und Jhered konnte die Advokatin offenbar nicht umstimmen. Ihre Beziehung hatte sich sehr verändert.

»Nein«, sagte er. »Das schafft Harkov auch allein. Ich diene der Sache der Konkordanz besser, wenn ich nach Atreska reise.«

Herine nickte. »Dann werde ich zum zweiten Mal froh sein, dass du nicht hier bist.«

»Ja«, stimmte Jhered zu. »Und wenn ich zurückkehre, werden wir uns zusammensetzen und darüber reden, ob ich noch für die Advokatur arbeiten kann. Denn in der letzten Zeit scheinen sich meine Ansichten darüber, wie wir unseren Bürgern am besten dienen können, grundsätzlich von deinen zu unterscheiden.«

Sie zuckte mit den Achseln. »Deine Reise wird dir Zeit zum Nachdenken geben. Nun geh.«

Jhered verneigte sich, hielt aber noch einmal inne, ehe er ging. »Gibt es sonst noch etwas, das ich wissen müsste? Gibt es Schwierigkeiten, von denen du mir noch nichts erzählt hast?«

»Ich regiere eine riesige Konkordanz. Es gibt immer irgendwelche Schwierigkeiten. Aber keine geht mir so nahe wie diejenige, die jetzt vor mir steht. Geh.«

Jhered verließ den Palast und trat in die warme Morgensonne hinaus. Er holte Harkov in seiner Schreibstube ab, und dann nahmen sich die beiden Männer Pferde und ritten zum Hafen, um die Vorbereitungen ihrer Flotten zu beaufsichtigen. Er selbst nahm zwei Schiffe, mehr standen ihm nicht zur Verfügung. Die Pferde würden es eng haben, aber unmöglich war es nicht. Die Folge war, dass viele Reiter auf Deck nächtigen mussten. Harkovs Flotte bestand aus drei Schiffen. Auf dem Weg nach Port Roulent würden seine Männer wenigstens etwas bequemer schlafen.

Es sollte noch fast den ganzen Tag dauern, bis sie auslaufen konnten, und Jhered hatte nicht die Absicht, die Zeit zu verschwenden.

»Hauptmann Harkov, ich weiß, dass Ihr enge Verbindungen zum Botendienst habt«, sagte er.

»Ja«, stimmte Harkov vorsichtig zu.

»Ich möchte Euch bitten, einige Fragen zu stellen, wenn Ihr wegen Eurer Reise Botschaften an Eure Frau und Eure Angehörigen schickt. Welche Boten sind gekommen, und woher haben sie Botschaften gebracht? Redet direkt mit den Leuten, wenn es Euch möglich ist. Irgendwo gibt es Schwierigkeiten, und wir müssen es wissen. Mir ist nicht klar, was es ist, aber ich fühle mich nicht wohl. Die Konkordanz hat noch größere Schwierigkeiten als nur die Krise in Westfallen, und ich will wissen, was es ist.«

»Herr, die Advokatin hätte es Euch doch sicher als Erstem gesagt«, wandte Harkov ein.

»Liebt Ihr die Konkordanz?«, fragte Jhered.

»Ich würde für sie sterben«, erwiderte Harkov.

»Dann vertraut mir, wie ich Euch vertraue, und tut, worum ich Euch bitte. Die Advokatin ist nicht sie selbst, und wir müssen ihr auch gegen ihren Willen helfen. Es gibt Zeiten, in denen Bürger wie Ihr und ich an den Grenzen des Erlaubten operieren müssen, um das Land, das wir lieben, und auch diejenigen zu retten, die uns beherrschen. Mein sechster Sinn sagt mir, dass dies einer dieser Augenblicke ist.«

34

848. Zyklus Gottes, 20. Tag des Solasauf
15. Jahr des wahren Aufstiegs

Felice Koroyan, die Kanzlerin des Ordens der Allwissenheit und auf Gottes Erden nur der Advokatin untertan, stand im Bug der *Ewige Wahrheit*. Sie konnte die böse Ketzerei schon im Wind riechen.

Die Galeere fuhr allein mit der Kraft der Ruder anmutig nach Port Roulent ein, da die Segel wegen des böigen Landwindes eingerollt waren. Während der siebentätigen Seereise hatten sie Gebete gesprochen, um die Kraft und den Mut für ihre Aufgabe zu finden. Die See war glücklicherweise ruhig geblieben, und so hatten sie ihr Ziel rasch erreicht. Von Port Roulent aus mussten sie noch einmal vier Tage mit Pferd und Kutsche bis Westfallen reisen. Dann würde die Säuberung beginnen, und wer noch für Gott gerettet werden konnte, sollte gerettet werden. Diejenigen, für die es zu spät war, sollten bis in alle Ewigkeit mit den Teufeln im Wind tanzen.

Stolz flatterte die Flagge des Ordens am Mast. Der stilisierte Kreis bestand aus verflochtenen Händen und war auf dem geviertelten Untergrund von Sonne, Baum, Pferd und einander umarmenden Liebenden umgeben. Die goldene und grüne Umrandung zeigte, dass sich die Kanzlerin an Bord befand. Dies war durch die Spähgläser, die auf jedes Schiff gerichtet wurden, das an der Hafenfestung vorbeikam, um an der Anlegestelle für große Schiffe festzumachen, sicher gut zu sehen. Es war eine Ehre, dass sie dem Ort diesen

Besuch abstattete. Wenn es doch nur einen Grund zum Feiern gegeben hätte.

Hörner verkündeten, dass sie in den Hafen einlaufen durfte. Flaggen markierten die Liegeplätze für ihre Schiffe. Eilige Bewegungen am Ufer zeigten, dass man sich überstürzt auf ihre Landung vorbereitete. Während ihr Schiff sich der Hafenmole näherte, suchte Koroyan in der rasch anschwellenden Menge nach ihren Vertretern. Als sie noch einen Tag vom Hafen entfernt gewesen war, hatte sie zwei Brieftauben geschickt. Es wäre ausgesprochen unangenehm gewesen, wenn sie ihren Bestimmungsort nicht erreicht hätten.

»Euer Gnaden.«

Sie drehte sich zu Horst Vennegoor um, dem Ersten Schwertkämpfer des Allwissenden und dem Oberkommandierenden ihrer Streitkräfte. Er hatte eingewilligt, persönlich für den sicheren Ablauf des Verfahrens zu sorgen, das in Westfallen stattfinden würde. Ihm standen einhundert Gottesritter aus der Dritten Legion des Allwissenden zur Verfügung. Eine erfahrene Truppe für die kommende schwierige Aufgabe. Alle Reiter wussten mit Bogen, Schwert und Speer gut umzugehen. Alle waren ergebene Gotteskrieger und darauf vereidigt, der Lehre von Recht und Wahrheit auf Gottes Erde Geltung zu verschaffen.

»Ich habe dich gar nicht kommen hören, Erster Schwertkämpfer«, sagte sie.

Vennegoor neigte den Kopf. Er hatte ein schmales Gesicht und das mittlere Lebensalter bereits erreicht. Das schüttere graue Haar war mit Öl geglättet. Voller Verehrung sah er sie mit seinen warmen braunen Augen an. Diese Augen hatten, zusammen mit seiner sanften Stimme, schon viele Verbrecher verleitet, sich zu verraten.

»Geräuschlosigkeit ist eine Waffe, die man niemals unterschätzen sollte«, sagte er lächelnd. »Doch wenn Ihr es wünscht, trage ich auch Schuhe mit Stahlkappen.«

»Ich bin nicht sicher, was ich mehr fürchten würde, wenn ich das

Ziel deiner Bemühungen wäre«, sagte sie. »Zu wissen, dass du kommst, oder mich umzudrehen und festzustellen, dass du schon da bist. Du wolltest mich sprechen?«

»Eigentlich nur, um Euch auf das Empfangskomitee hinzuweisen«, sagte Vennegoor.

Koroyan kicherte. »Damit verliere ich die Wette über die Fähigkeiten deiner Vögel. Gut so.« Sie blickte wieder zum Hafen. »Wo sind sie?«

»Sie kommen gerade vom großen Haus der Masken herunter.«

Vennegoor deutete auf ein Haus, das etwas abseits vom geschäftigen Hafen auf einem Hügel stand, der die südliche Bucht überblickte. Dort waren die Fischerboote auf den Strand gezogen. Bei der kleinen Truppe von Reitern, die drei Kutschen begleiteten, entdeckte sie nun auch die Flaggen und Banner des Ordens. Genau, wie sie es verlangt hatte. Sie beobachtete den Zug, während die *Ewige Wahrheit* langsam zu ihrem Liegeplatz bugsiert wurde. Ihr Erster Schwertkämpfer wartete neben ihr, die Hand wie immer auf das Heft seiner Waffe gelegt. Andere Ritter standen mit gespannten Bogen bereit. Es war undenkbar, dass ihr in Caraduk jemand nach dem Leben trachtete, aber das war kein Grund, nachlässig zu werden.

Ihre Wächter begleiteten sie, als sie die Laufplanke hinunterschritt, die Arme halb erhoben und die Handflächen nach außen gewandt, um die Ehrenbezeugungen der Bürger entgegenzunehmen. Sie lächelte nach links und rechts und nickte freundlich angesichts der Gebete der Arbeiter, die durch die Gegenwart der Kanzlerin in ihrer Mitte gesegnet wurden. Dreißig Schritte vor ihnen wartete die Erste Sprecherin von Port Roulent an der Spitze ihres Zuges. Sie war abgestiegen und hielt ihr Pferd an den Zügeln, während der kräftige Wind ihre Roben um ihre Beine flattern ließ. In respektvoller Entfernung hatten sich die Menschen versammelt und stimmten in die Gebete und Gesänge ein. Es war ein prächtiger Klang in einer sehr frommen Provinz. Leider war sie im Herzen verdorben.

»Gesegnete Kanzlerin, es ist eine unermessliche Freude«, sagte die Sprecherin und fiel auf ein Knie, eine Hand an die Stirn gelegt und die andere als Symbol für die Wurzeln in der Erde wie eine Kralle auf den Boden gelegt. Ihr rundes Gesicht wirkte angespannt, und sie schwitzte.

»Komm schon, steh auf, Sprecherin Lotheris. Es ist lange her, dass ich dieses Kleinod im Süden besucht habe. Die Ehre und Freude sind ganz auf meiner Seite.«

Sie hatte auch zur Menge gesprochen und spürte die Woge der Dankbarkeit dieser Menschen. Sie nahm Lotheris' feuchte und heiße Wurzelhand in die ihre und küsste sie auf die schwitzende Stirn, um sie zu segnen.

»Ich bin froh, dass Vennegoors Tauben dich erreicht haben«, sagte sie leise. »Das macht unsere unangenehme Aufgabe erheblich einfacher.«

»Alles ist vorbereitet«, versprach Lotheris.

»Wir unterhalten uns in meiner Kutsche«, fuhr Koroyan fort, während sie rasch abschätzte, wie spät es sein mochte. Es war sicher nicht lange nach der Mittagsstunde, und trotz der Brise war die Luft sehr heiß. Sie wandte sich wieder an die Menge. »Sagt allen Bescheid. Ich werde in der Abenddämmerung im Haus der Masken eine Andacht abhalten. Alle sind willkommen, mich anzuhören und Gott zu preisen.«

Darauf erhob sich aufgeregtes Geplapper. Koroyan winkte Lotheris, vor ihr in die Kutsche zu steigen. Sobald die Tür geschlossen war, wendete die Kutsche, und die Begleiter bahnten ihr laut rufend einen Weg. Vennegoor würde ihr mit dem Rest der Abordnung von Sprechern und Kriegern folgen. Diese äußerst vertrauenswürdigen Männer ließen sie niemals im Stich.

»Ich habe für Euch Zimmer in meiner Villa vorbereiten lassen«, sagte Lotheris. »Eure Leute können in der Nähe lagern oder sich am Hafen einquartieren lassen, falls Ihr es wünscht.«

»Nein«, widersprach Koroyan. »Sobald die Andacht vorbei ist, werde ich ein zeremonielles Essen mit dir und der Abordnung einnehmen, und dann werden wir nach Westfallen aufbrechen. Nun sage mir, bevor du mir die Fragen stellst, die du stellen musst, ob meine Bitten erfüllt worden sind?«

»Ich habe Krieger an den Straßen nach Westfallen, Cirandon und an zwei Nebenstraßen postiert. Diejenigen, die wir im Verdacht haben, etwas zu verraten, werden aufgehalten.«

»Brieftauben?«

»Wir tun alles, was wir können. Ich habe Beobachter auf den Dächern und Falkner an den Straßen postiert. Wenigstens werden wir es sehen, wenn Vögel ausgesandt werden, aber wir üben auch Druck aus, dass etwaige Botschaften mindestens einen Tag zurückgehalten werden.«

»Gut. Hast du etwas von Arvan Vasselis gehört?«

»Unseren Informationen zufolge ist er in Cirandon, seine Frau und sein Sohn befinden sich möglicherweise noch in Westfallen. Es ist der bevorzugte Ferienort der Familie. Genaues weiß ich aber leider nicht.«

»Das ist aber interessant«, sagte Koroyan, die sofort gewisse Möglichkeiten erkannte. »Er soll einstweilen ruhig dort bleiben. Diese Situation muss auf die richtige Weise behandelt werden. Es ist besser, wenn er zu Anfang nicht dabei ist. Gut.«

»Es gibt aber noch andere Schwierigkeiten«, fuhr Lotheris fort. »Die Straße nach Westfallen wird genau überwacht. Es heißt, es gebe dort Einschränkungen wegen einer Tierseuche, die aber meiner Ansicht nach schon viel zu lange in Kraft sind, um noch glaubwürdig zu sein.«

»Ich habe hundert Gottesritter dabei, Sprecherin Lotheris. Posten auf dem Weg werden uns nicht aufhalten.«

»Kanzlerin, ich muss einfach fragen. Ich bin sehr schockiert, auch wenn ich alles getan habe, was Ihr in Euren Botschaften verlangt habt. Was ist in Westfallen geschehen? Und was hat Marschall Vasselis damit zu tun?«

Koroyan nickte. »Welcher Leser dient in Westfallen?«

»Elsa Gueran, meine Kanzlerin.«

»Hast du jemals gehört, dass sie irgendein Sterbenswörtchen geäußert hat?«

»Nein«, erwiderte Lotheris. Sie runzelte die Stirn.

»Wenn du mit dem Ersten Sprecher von Cirandon sprichst, wirst du zweifellos feststellen, dass er ähnliche Schwierigkeiten hat und sich sogar behindert fühlt.«

Lotheris nickte. »Das ist wahr, soweit ich mich erinnere, aber ...«

»Dann bleibe Gott treu und höre, was ich dir zu sagen habe. Es ist eine Lektion darüber, dass wir nie in unserer Wachsamkeit nachlassen dürfen. In dem schönsten aller Länder geschieht etwas sehr Böses, und es ist so nahe, dass du es beinahe berühren kannst.« Als sie das Haus der Masken erreichten, war Lotheris' aufgedunsenes Gesicht dunkel und vor Wut verzerrt.

Es geschah ihnen nacheinander, und die Tage der Autorität des Aufstiegs waren lang und freudlos.

Es passte überhaupt nicht zu der prächtig auf Gottes Erde herabscheinenden Sonne. Das Getreide wuchs auf den Feldern, die Früchte reiften in den Bäumen, und die jungen Tiere gewannen Kraft und Gewicht. Sogar die Fische schwammen in größeren Schwärmen denn je umher und schienen nur darauf zu warten, in die ausgeworfenen Netze zu geraten.

In jeder Hinsicht war es ein Solastro, den Gott gesegnet hatte. Westfallen briet in der Hitze, die von der Seebrise gemildert wurde. Es herrschte schönes Wetter, das sich, wie Ardol Kessian sicher wusste, noch eine Weile halten würde. Der Handel florierte und war gewinnbringend, die Feldfrüchte waren schon lange vor der zu erwartenden ausgezeichneten Ernte zu guten Preisen verkauft worden.

Am Haus der Masken fanden viele Feste statt, und die Leute beteten inbrünstig, lächelten und lachten.

Doch insgeheim, abseits der neugierigen Augen und gespitzten Ohren von Besuchern, Händlern und Fremden, beteten die Einwohner auch für die Aufgestiegenen. Die ganze Stadt wusste von ihrem Kampf, und hinter verschlossenen Türen flehte die ganze Gemeinschaft zu Gott, ihnen seine Gnade zu gewähren. Der Strom der Besucher, die mit Genesungswünschen zur Villa kamen, riss nicht ab. Freundlich wurden die Geschenke und Worte angenommen, niemand wurde abgewiesen. Manchmal hielt sie nur noch das Mitgefühl der anderen aufrecht.

Hesther bekam nicht viel davon mit, und sie hatte auch kaum Zeit zu schlafen, zu essen und an etwas anderes zu denken als an die Aufgestiegenen. Wenn sie wirklich einmal ruhte, bedrängten sie die Bilder der Kinder, und oft stieß sie ebenso laute, erschreckte Schreie aus wie ihre Schutzbefohlenen, die im Innern ihrer Körper in irgendwelchen Schlachten gefangen waren.

Vom dritten Tag des Solasauf an hatte es sie alle rasch nacheinander befallen. Hesther konnte die Erinnerungen nicht abschütteln. Die drei Jungen hatten an Mirrons Bett gesessen und ihr zugesehen, wie sie sich wand, wie sie klagte und stöhnte. Alle hatten ihr die Hände aufgelegt, um sie zu trösten, aber ihren Worten hatte die Überzeugungskraft gefehlt, und Hesther hatte die Furcht der Vorahnung in ihren Gesichtern deutlich erkannt. Was einem von ihnen während des Aufstiegs zustieß, traf immer auch alle anderen.

So traurig war es. Diese jugendliche männliche Erregung und die wilden Fantasien, sie könnten bald die Formen von Bäumen, Pferden oder allem anderen annehmen, wurden so schnell zerstört. Sie wichen der schrecklichen Gewissheit der Dinge, die kommen mussten.

Es überraschte niemanden, dass es Ossacer als Nächsten traf. Er war schon immer sehr empfindsam gewesen. Da er von so schwacher Konstitution war, mussten sie sogar um sein Leben fürchten. Arducius und Gorian stützten sich am Tag, den sie zusammen verbrachten, gegenseitig, so gut sie konnten, bis Arducius unvermittelt in einem Säulengang im Garten zusammenbrach.

Gorian war die letzte Zeit, bevor er in Ohnmacht fiel, nicht etwa ängstlich, sondern wütend. Er war sicher, dass dieser Weg zu größerer Macht und besserem Verständnis führte, und fühlte sich hilflos, weil sich der Vorgang seiner Kontrolle entzog. Kessian hatte ausführlich mit ihm gesprochen, worauf sich der Junge schweigend verschlossen hatte. Er machte sich Sorgen, weil er zu fürchten begann, seine Fähigkeiten hätten ihn verlassen.

Als ihn aber drei Tage nach Arducius die Schmerzen seiner Eindrücke zu übermannen drohten, lächelte er und schrie erleichtert auf.

»Aber welche Erleichterung verspürst du jetzt noch, mein Neffe?«, flüsterte Hesther, während sie ihm das feuchte Haar aus der zerfurchten Stirn strich.

Die Aufgestiegenen befanden sich inzwischen alle in einem Zimmer in der Villa. Hier konnten ihre gelegentlichen Schreie Westfallens Einwohner nicht mehr beunruhigen oder das Misstrauen von Fremden erwecken. In den sechzehn Tagen, seit sie alle in diesen Zustand geraten waren und mit sich selbst rangen, unzugänglich für die Hilfe von Menschen und Gott, hatte sich ihre Verfassung nicht mehr geändert.

In den ruhigeren Augenblicken, wenn sie sich nicht am ganzen Körper verspannten und ihre Gesichter nicht beängstigend verzerrt waren, konnten die Helfer sie reinigen und pflegen. Sie bekamen Wasser und verflüssigte Nahrung, vor allem Gemüse und Brot, das sie schluckten, wenn ihnen jemand den Hals streichelte. Ihre Gliedmaßen wurden bewegt, um die verkrampften Muskeln zu lockern und ihrem Schwund entgegenzuwirken. Genna Kessian hatte zusammen mit den Ärzten genaue Regeln aufgestellt, und wer immer die Kinder gerade bewachte, kannte sie und befolgte sie genau.

»Hesther?«

Hesther drehte sich zu Shela Hasi um. Die arme Shela saß neben Arducius auf einem Stuhl. Sie hatte sich härter ins Zeug gelegt als jeder andere und sich Vorwürfe wegen des Zustandes der Kinder gemacht. Tröstende Worte konnten sie kaum aus ihren Schuldgefühlen reißen.

»Entschuldige, ich habe gerade mit Gorian gesprochen. Ich frage mich, ob es ihnen hilft, wenn wir mit ihnen reden.«

»Wir müssen eben alles versuchen«, sagte Shela.

Es war Spätnachmittag, und die Aufgestiegenen genossen eine Ruhepause. Sie waren gefüttert und umgezogen worden und hatten ihre Bewegungstherapie bekommen. Aber auch wenn sie nicht stöhnten oder Unsinn plapperten, schreckten sie immer wieder hoch, bewegten sich nervös und boten allen, die bei ihnen wachten, einen beunruhigenden Anblick. Genna Kessian und Andreas Koll hatten sich schon für die Nacht zurückgezogen. Bald sollten Meera Naravny und Jen Shalke kommen.

Es war fast unmöglich, Meera oder Gwythen von ihren Kindern fernzuhalten, sie fanden einfach keinen Schlaf. Auch die Mütter von Ossacer und Arducius waren sehr beunruhigt. Im Grunde waren sie ganz gewöhnliche Menschen, die ihre Kinder wie alle anderen, die teilnahmen, der Autorität des Aufstiegs anvertraut hatten. Die Identität der Väter wurde vor ihnen geheim gehalten, und so würde es auch immer bleiben. Dieses Wissen war zu gefährlich für sie.

Hesther schaute auf Gorian hinab. Sein Kopf lag auf der Seite, seine Lippen bewegten sich stumm, ein Speichelfaden rann auf sein Kopfkissen. Sie fragte sich, wo er war, ob er eher körperliche Schmerzen litt oder vor allem geistig verwirrt war. Unfähig, die Gefühle zu verstehen und zu beherrschen, die ihn durchfluteten.

Die Tür des duftenden Zimmers öffnete sich, und Kessian trat ein. Er bewegte sich nur unter Schmerzen und schrecklich langsam. Sein

Gesicht war verzerrt und weiß, seine Augen lagen tief in den Höhlen und waren dunkel, und die Falten schienen nie mehr von seiner Stirn weichen zu wollen. Die Sorge um die Aufgestiegenen brachte ihn ebenso sicher dem Tod näher wie seine Lebensjahre. Willem begleitete ihn, auch er ein alter Mann, der jetzt viel älter wirkte, als er nach Jahren zählte. Dennoch fand er in sich immer noch genügend Kraft, damit Kessian sich auf ihn stützen konnte, wenn Genna ruhte.

Hesthers Herz flog ihm entgegen, und sie sprang auf und empfing ihn an der Tür.

»Oh Ardol, du solltest dich doch ausruhen. Komm, stütz dich auf mich. Willem, hol dir einen Stuhl. Du siehst so erschöpft aus.«

»Ausruhen?« Ardols Augen waren feucht, und seine Miene verriet seine Verzweiflung. »Wie könnte ich das tun? Wie könnte das irgendeiner von uns?«

Er stützte sich auf Hesther und ließ sich von ihr ins Zimmer führen. Die freundlich geschmückten Wände mit den Bildern von Tieren, Blumen und Fischen rochen noch nach frischer Farbe. Seine Stöcke klapperten auf dem Boden. Hesther wollte ihn zu einem Stuhl geleiten, doch er sträubte sich.

»Lass sie mich alle ansehen. Lass mich feststellen, ob es irgendein Zeichen gibt.«

Hesther begleitete ihn, als er an den Betten entlangging. Sie spürte, wie hinfällig sein Körper war und hörte seinen rasselnden Atem. Wie jedes Mal, wenn er zu Besuch kam, liefen die Tränen ungehindert über seine Wangen. Das war für jeden, der ihn begleitete, der schlimmste Augenblick des Tages.

Kessian stand an der Schwelle des Todes und wusste nicht, ob er jetzt all das, wofür er sein Leben lang gearbeitet hatte, wieder verlieren würde. Diese vier jungen Menschen waren seine letzte Gelegenheit, einen wahren Aufgestiegenen zu sehen. Diejenigen, die danach zur Welt gekommen waren, zeigten keine Anzeichen eines Durchbruchs. Endlich ließ er sich zu einem dick gepolsterten Lehnstuhl führen, auf den er mit verzweifeltem, müdem Schnaufen sackte.

»Du musst glauben, dass dies ein Teil ihres Wachstums ist. Du musst glauben, dass dies mit dem wahren Erwachen abschließt, und dass alles, was wir bisher gesehen haben, nicht mehr als ein Vorspiel war«, sagte sie, während sie vor ihm kniete und ihm die Hände auf die Knie legte.

Kessian sah sie forschend an. »Wann wird es enden?«, erwiderte er mit matter Stimme. »Wie können wir glauben, dass dies richtig, gut und notwendig ist? Wie kann Gott ihnen dies zumuten? Wie können wir tatenlos neben ihnen stehen?«

»Wir stehen neben ihnen, weil wir sonst nichts tun können. Wir haben ein unbekanntes Gebiet betreten und dürfen nicht im Glauben wanken. Gott wird uns nicht im Stich lassen, und wir, die Autorität, wir werden dich nicht im Stich lassen. Jeder kann der Verzweiflung anheim fallen, aber wir dürfen uns nicht davon überwältigen lassen.«

Kessian legte seine Hände auf die ihren. »Hesther, du bist so stark. Wenigstens weiß ich, dass ich die Autorität den besten Händen überlasse.« Sein Blick wanderte zu den Betten. »Ich würde sie so gern noch einmal lachen sehen.«

Hesther rang sich ein Lächeln ab. »Du wirst noch viel mehr als das sehen. Deine Rückkehr in die Erde steht noch nicht unmittelbar bevor, und das weißt du auch.«

Es klopfte leise und respektvoll an der Tür. Shela stand auf, um zu öffnen. Kovan und Netta Vasselis warteten draußen, Sohn und Mutter. Er war groß und sah gut aus, ein Ebenbild seines Vaters, sie war anmutig und immer noch sehr schön. Beide hatten ihnen in diesen schrecklichen Tagen ihre unerschütterliche Unterstützung gewährt, während der Marschall selbst in Cirandon mit dringenden Angelegenheiten der Konkordanz befasst war, ehe er nach Glenhale reiste. Sie hatten frische Blumen aus ihrem eingefriedeten Garten mitgebracht und warteten auf der Schwelle.

»Dürfen wir sie besuchen?«

»Ich glaube nicht, dass die Gattin und der Sohn unseres geliebten Marschalls eine Erlaubnis brauchen«, erwiderte Hesther, die sofort aufstand und ihr Kleid glatt strich.

»Du überschätzt unsere Bedeutung, Hesther«, widersprach Netta lächelnd. »Außerdem weißt du, was ich meine.«

»Kommt herein«, lud Hesther sie ein. »Ihr wisst doch, dass ihr jederzeit willkommen seid.«

Netta trat zu Shela, die über Arducius wachte, an das vordere Bett. Kovan würdigte die Jungen keines Blicks und strebte sofort zum anderen Ende des Raumes, wo Mirron lag, die im Augenblick sehr still war. Er nahm die Blumen des vergangenen Tages aus der Vase und stopfte die frischen recht unbeholfen hinein. Dann setzte er sich auf den Holzstuhl am Kopfende ihres Betts und legte die alten Blumen auf den Boden.

»Geht es ihr besser?«, fragte er, während er eine ihrer Hände nahm und streichelte.

Hesther schüttelte den Kopf. »Nein, Kovan, ich fürchte nicht. Aber ich bin sicher, dass sie sich irgendwo tief drinnen besser fühlt, weil du bei ihr bist.«

Kovan errötete und lächelte. Netta wandte sich an Hesther.

»Du solltest mich auch hier einteilen«, sagte sie leise. »Ihr seht alle so müde aus.«

»Das ist nicht möglich«, erwiderte Kessian, der nicht aufgestanden war. »Die Autorität muss sich hiermit befassen, auch wenn ich nicht weiß, wie weit wir ohne eure Unterstützung überhaupt gekommen wären.«

»Ich verstehe«, sagte Netta. »Aber falls ihr es euch anders überlegt …«

»Dann werden wir dir sofort Bescheid geben«, sagte Hesther.

»Allerdings beten wir jeden Tag, dass dieser Albtraum bald ein Ende nimmt.«

»Wir gehen jeden Morgen und jeden Abend ins Haus der Masken und beten wie ihr.«

»Wenn ihr euch dort zeigt, helft ihr uns am besten«, sagte Kessian. »Die Tatsache, dass ihr hier seid und uns in aller Öffentlichkeit unterstützt, trägt dazu bei, dass auch das Volk zu uns steht.«

»Es tut mir leid, dass ich das alles ausgelöst habe«, warf Kovan auf der anderen Seite des Zimmers ein.

»Mach dir keine Vorwürfe«, sagte Kessian. »Darüber haben wir schon gesprochen, Kovan. Es ist nicht deine Schuld.«

»Ich habe nachgedacht«, fuhr Kovan fort. »Wenn ich im Obstgarten nicht eingegriffen hätte, dann hätte sie vielleicht noch etwas mehr herausfinden und besser damit umgehen können. Ich habe den Eindruck, dass ich die Veränderung ausgelöst habe.«

»Glaubst du das wirklich?«, fragte Kessian.

»Was sonst?« Er zuckte mit den Achseln.

Kessian kicherte. Das Geräusch erfüllte Hesther mit Freude und Hoffnung.

»Du kannst sicher sein, dass du es nicht ausgelöst hast«, sagte Kessian. »Es hatte mit ihrem Alter und dem Entwicklungsstand zu tun, den sie erreicht hatten. Wenn du es wirklich bei Mirron ausgelöst haben solltest, bliebe ja die Frage, warum die anderen drei nicht munter herumlaufen, oder?«

»Wir wissen so wenig«, sagte Hesther. »So viel Gorian auch geschrieben hat, so etwas konnte er weder bei seinen Versuchspersonen noch bei sich selbst feststellen. Das wurde bisher noch nie aufgezeichnet.«

Kovan sah sie zweifelnd an. »Ich weiß nicht. Zufall, Unfall oder Vorbestimmung. Die Unterschiede sind wohl zu vernachlässigen.«

Hesther wandte sich flüsternd an Netta. »Er ist ein tiefer Denker, was?«

»Er ist klug, wenngleich mitunter ein wenig vorlaut«, sagte Netta, die sichtlich stolz auf ihren Sohn war.

»Wenn er berufen wird, dann wird er einen guten Marschall abgeben«, meinte Kessian.

Sie schwiegen eine Weile, alle beobachteten Kovan, der leise zu Mirron sprach und ihre Stirn mit einem feuchten duftenden Tuch kühlte.

»Er wandert ständig im Garten umher und wartet die ganze Zeit darauf, wieder herkommen zu dürfen.«

»Weiß er denn nicht, dass er nie der Vater ihrer Kinder sein kann?« Kessians Antwort war kaum zu verstehen.

Netta schüttelte den Kopf. »Wir haben mit ihm gesprochen, aber er ist siebzehn, Ardol. Was kümmern ihn die Anforderungen des Aufstiegs? Er glaubt, er könne alles verändern und tun, was immer er will. Er wird es verstehen, wenn er älter wird.«

»Der arme Kerl«, sagte Hesther. »Verbotene Liebe.«

»Mach dir seinetwegen keine Sorgen«, sagte Netta. »Er sieht es nicht so. Und wenn seine Verliebtheit nachlässt, wird sie in ihm immer noch einen engen Freund haben, der den Aufstieg besser versteht als jeder andere außerhalb von Westfallen. Das könnte sich in den kommenden Jahren als unschätzbarer Vorteil erweisen.«

Hesther beobachtete ihn. Sein Gesicht war voll jugendlicher Leidenschaft für Mirron. Sie konnte Netta nicht zustimmen, jedenfalls nicht, was die Annahmen über die Zukunft anging. Das sah nicht nach einer Verliebtheit aus, die bald wieder verfliegen würde. Es dauerte eine Weile, bis ihr bewusst wurde, was da gerade vor sich ging. Kovan sprach leise mit Mirron, sein Gesicht war dicht über ihrem, und er hatte eine ihrer Hände umfasst. Mirrons freier Arm kam schläfrig hoch, und sie streichelte sein Gesicht. Er lachte erstickt und erfreut.

»Was tust du hier?«, fragte sie mit klarer, ruhiger Stimme.

»Hallo, schöne Dame«, sagte er.

Hesther und Shela eilten an Mirrons Bett. Netta war bei Kessian geblieben, um ihm beim Aufstehen zu helfen. Er rief heiser, jemand solle Gwythen holen. Mirron machte einen völlig verstörten Eindruck. Sie hatte unverwandt Kovan angestarrt, dessen Lächeln die finsterste Nacht hätte erhellen können, aber nun wandte sie sich an Hesther und runzelte die Stirn.

Hesther blickte auf sie herab. »Deine Augen«, entfuhr es ihr. »Sie sind so schön.«

Das waren sie. Sie schienen von innen heraus zu strahlen und durchliefen alle Regenbogenfarben. Es war außerordentlich.

»Was ist hier los?«, wollte Mirron wissen.

Erst jetzt sah sie sich um und fuhr zusammen, als sie erkannte, dass die drei Jungs rechts neben ihr lagen und sie sich nicht in ihrem eigenen Zimmer befand.

»Erinnerst du dich noch, was geschehen ist, als du das letzte Mal wach warst?«, fragte Kessian, als er an ihr Fußende getreten war.

»Ich ... was tun alle hier? Was ist mit ihnen los?«

»Gleich«, sagte Hesther. »Antworte dem Vater.«

»Ich konnte es nicht ausblenden«, erklärte Mirron. »Es wollte nicht aufhören und überflutete mich. Du warst dabei, du musst es gesehen haben.«

»Wir haben es gesehen«, bestätigte Kessian. »Erinnerst du dich an irgendetwas, das du seitdem erlebt hast?«

Mirron kicherte. »Ich habe nur geschlafen. Jetzt geht es mir wieder gut.«

»Es ist noch viel mehr passiert.« Kessians ernste Antwort trieb ihr das Lachen sofort wieder aus. »Du hast am dritten Tag das Bewusstsein verloren, heute ist der zwanzigste.«

Sie riss den Mund weit auf und stammelte nach einigen Augenblicken: »Siebzehn Tage?« Kessian nickte.

Mirron blickte wieder zu den anderen Aufgestiegenen und schüttelte den Kopf. »Ich habe nur gelernt, wie ich es unterdrücken kann. Nein, so meine ich das nicht. Es hört ja niemals auf, aber ich lerne, wie ich es unter meine Kontrolle bringen kann, wie das Feuer und den Regen, bei denen ich es schon weiß. Allerdings kommt es mir vor, als wäre die Spanne viel kürzer gewesen. Waren es wirklich siebzehn Tage? Und was ist mit meinen Augen?«

»Wir zeigen es dir gleich in einem Spiegel«, versprach Kessian. »Nun sage mir, wie du dich jetzt fühlst.«

Mirron hielt inne und dachte nach. Ein warmes Gelb lief über ihre Iris, bevor die Augen sich beruhigten und ein sanftes, pulsierendes Blau zeigten. »Ich kann alles spüren, es ist ganz warm hier.« Sie legte die Hand auf den Bauch. »Und hier.« Sie berührte ihren Kopf. Dann entzog sie Kovan ihre Hand, hob beide Hände und wackelte mit den Fingern. Schließlich sah sie Kessian offen an. »Ich kann alles hier halten. Alles.«

35

848. Zyklus Gottes, 20. Tag des Solasauf
15. Jahr des wahren Aufstiegs

Die erste Abteilung von Yurans hastig zusammengestellter Bürgermiliz hatte Haroq bereits mit dem Auftrag verlassen, das eigene Land zu verteidigen. Rüstungen und Waffen hatte ihnen die Rüstkammer von Haroq zur Verfügung gestellt, und die Münzen in ihren Börsen stammten aus den Kisten mit den Steuergeldern. Der Marschall war froh über die unmittelbaren Ergebnisse dieser Maßnahme. Ihm war klar, dass er damit ein Risiko einging, aber allein schon die Minderung der Spannung in der Stadt war Grund genug gewesen.

Er hatte die Verteidigung des Landes wieder in die Hände seines Volks gelegt, obwohl in Tsard so viele unter dem Banner der Konkordanz marschierten. Zwar besaß seine Miliz weder die neuesten Rüstungen noch die schärfsten Klingen, aber dafür waren sie von einem erneuerten Glauben an ihren Marschall beseelt. Da Yuran jeder Einheit gut ausgebildete Soldaten mitgegeben hatte, glaubten sie wirklich, etwas ausrichten zu können.

Die Aufstände und Demonstrationen hatten jedenfalls rasch nachgelassen, und in Haroq war es wieder ruhig geworden. Jetzt mussten sich seine Maßnahmen bewähren. Er wartete auf die Berichte der Milizen, wie tief und in welcher Zahl die Angreifer aus Tsard eingedrungen waren. Es war nötig, die Menschen daheim aufzumuntern, damit sie die Ernte einbrachten, bevor Dusas den Boden wieder gefrieren ließ. Er musste die Leute auf seiner Seite wissen, damit der zivile Ungehorsam aufhörte.

Yuran genoss zusammen mit Megan ein spätes Abendessen. Er hatte das Siegel einiger guter Weinflaschen geöffnet und seinen Köchen befohlen, klassische Gerichte aus Atreska und Tsard zuzubereiten. Die Fenster im großen Speisesaal mit der gewölbten Decke standen offen, damit die Nachtluft hereinkam, und Yuran freute sich darüber, dass der leichte Wind keinen Lärm hereintrug, der von Zwietracht und Gewalt kündete.

So sehr er sich auch bemühte, wenn die Estoreaner zu Besuch kamen – er konnte sich nicht damit anfreunden, im Liegen zu speisen, und so saß er mit Megan an einem richtigen Tisch mit richtigen Stühlen, die gerade Lehnen hatten. Kerzenleuchter vertrieben die Dunkelheit, an den mit Gobelins geschmückten Wänden standen Diener bereit und warteten auf sein Zeichen. So hielt man es in Atreska. Im Grunde hielt man es überall so, abgesehen von Estorea und den Caradukiern, die ihnen aus der Hand fraßen.

»Marschall?«

»Entschuldige, Megan. Ich war meilenweit entfernt.«

»Ihr habt den Kopf geschüttelt. Stimmt etwas nicht?«

»Doch, doch. Es ist alles in Ordnung«, erwiderte Yuran. »Wie sollte es auch anders sein?«

Megan war nicht nur klug, einfallsreich und intelligent. Sie hatte nicht nur seine Stadt und vielleicht sein ganzes Land vor dem Bürgerkrieg gerettet. Sie war außerdem auch sehr, sehr hübsch. Vielleicht trübte der Wein seine Sehkraft, aber seine Ratgeberin schien sich in seiner Gegenwart ausgesprochen wohlzufühlen. Nie war sie nervös oder verging vor Ehrfurcht. Auch hatte sie nicht ängstlich reagiert, als er sie darum gebeten hatte, ihm Gesellschaft zu leisten. Vielleicht hatte sie es sogar schon erwartet und sich darauf gefreut. Vielleicht hatte sie es die ganze Zeit geplant.

Yuran konnte nur hoffen, dass dies tatsächlich zutraf. Er hob seinen Kelch und trank noch einen Schluck.

»Wie gefällt dir das flambierte Ziegenherz?«

»Interessant«, erwiderte sie. »Es ist nicht die Kost, an die ich sonst gewöhnt bin, mein Herr.«

»Bitte«, sagte er. »Dies ist ein zwangloses Abendessen. Ich heiße Thomal.«

Megan errötete und nickte. »Danke«, erwiderte sie.

»Das ist das Mindeste, was ich für die Retterin meiner Nation tun kann.«

»Oh, ich glaube, damit geht Ihr doch ein wenig zu weit«, sagte sie. »Vielleicht war es doch nicht mehr als die Stadt.«

Yuran platzte vor Lachen laut heraus, und Megan stimmte ein. Er drohte ihr schelmisch mit dem Finger. »Das ist genau das, was ich so an dir schätze. Du bist ehrlich und hast keine Angst.«

»Ich bin eine stolze Atreskanerin, mein Herr ... Thomal. Ich will alles tun, damit unser Land sicher ist.«

»Dann sollte ich vielleicht dich schicken, damit du für mich bei der Advokatur vorsprichst. Diese Del Aglios hört vielleicht eher auf dich als auf mich.« Erst als er es aussprach, wurde ihm bewusst, dass dies gar nicht so abwegig war

»Wenn Ihr es wünscht«, erwiderte Megan.

»Andererseits würde es mir nicht gefallen, wenn du zu lange nicht in meiner Nähe wärst«, fuhr er beinahe flüsternd fort.

Megan ließ den Kopf sinken, und er war voller Bedauern.

»Es tut mir leid, ich bin zu weit gegangen.«

Doch sie schüttelte den Kopf und sah ihn wieder an. Tränen rollten ihr über die Wangen. »Nein, bist du nicht«, sagte sie. »Es geschieht nur nicht oft, dass die Worte, die man in Träumen hört, tatsächlich ausgesprochen werden, wenn man wach ist.«

Sein Bedauern wich einer grenzenlosen Erleichterung. Glücklich lehnte er sich wieder an und war nicht sicher, was er nun tun sollte.

Er betrachtete sie und bemerkte, dass sie beide wie schwachsinnig grinsten. Bis ein Hämmern an der Tür des Esszimmers den kostbaren Augenblick störte.

»Guter Gott im Himmel, kann man denn keinen Augenblick Frieden haben?«, rief er und knallte die Faust auf den Tisch. »Entschuldige, Megan.«

Er rückte vom Tisch ab, stand auf und winkte einem Diener unwirsch, er möge die Tür öffnen. Ein älterer Adjutant stolperte beinahe über die Schwelle, als er überstürzt eintrat.

»Das sollte jetzt aber wirklich sehr wichtig sein«, knurrte Yuran.

»Das ist es, Marschall.« Er hielt inne und warf einen fragenden Blick zu Megan.

»Sprich. Megan muss es sowieso erfahren, was auch immer es ist.«

Der Adjutant nickte. Yuran runzelte die Stirn. Der Mann schwitzte, und seine Hände zitterten, als hätte er sich körperlich völlig verausgabt.

»Gerüchte machen in der Stadt die Runde«, erklärte er. »Ihr werdet es bald durchs Fenster hören. Es sind Legionen aus dem Kriegsgebiet eingetroffen. Ein völlig chaotischer Haufen.«

»Das haben wir schon öfter erlebt. Deserteure, Flüchtlinge nach einem Rückschlag.« Yuran zuckte mit den Achseln. »Was besagen die Gerüchte denn?«

»Eigentlich sind es gar keine Gerüchte. Ich habe mit einem Soldaten gesprochen.« Der Adjutant holte tief Luft. »Im Osten ist die gesamte Front zusammengebrochen. Die Truppen der Konkordanz wurden geschlagen. Die Tsardonier marschieren nach Atreska.«

»Was?« Yuran konnte nicht glauben, was er gerade gehört hatte.

»Wenn man den Leuten glauben kann, dann sind es etwa fünfzigtausend.«

Yuran setzte sich wieder und hob die Hände. »Ich ... was habe ich gesagt? Was habe ich immer wieder gesagt, seit der Feldzug begonnen hat? Sie haben sich zu sehr auf die Fronten verlassen und nichts in Reserve gehalten.« Er schüttelte den Kopf, als ihm bewusst wurde, wie schlimm die Lage war. »Oh guter Gott der Meere, wir sind ohne Verteidigung.« Er wandte sich wieder an den Adjutanten. »Wie lange noch, bis sie hier auftauchen?«

»Die Überlebenden, die bisher eingetroffen sind, kamen alle zu Pferd. Ein Teil der Starken Speere, der Neunten Ala aus Atreska. Sie haben die Fußtruppen weit hinter sich gelassen, aber es ist damit zu rechnen, dass die ersten tsardonischen Kavalleristen höchstens fünf Tage hinter ihnen sind, vielleicht auch nur drei. Die Hauptstreitmacht des Heeres ist in spätestens zehn Tagen zu erwarten.«

»Sie benutzen unsere Straßen«, flüsterte Yuran.

»Die werden das Fortkommen der Feinde sicher erleichtern.« Der Adjutant neigte den Kopf. »Marschallverteidiger, wie lauten Eure Befehle?«

»Befehle ...?«

Yuran spürte ein erdrückendes Gewicht auf der Brust. Er konnte kaum noch klar denken und schwitzte am ganzen Körper. Seine Gedanken rasten und kamen zu keinem Ergebnis, denn was er sah, war der Untergang. Sein Kopf fühlte sich an, als wäre darin ein Schmelzofen entfacht worden.

»Marschall?«

Yuran schüttelte heftig den Kopf, um wieder zu sich zu kommen, und hob eine Hand. Sie zitterte, aber das war ihm egal. Dann wandte er sich an Megan.

»Es ist mir wohl nicht bestimmt, ein friedliches Leben zu führen, was?«, sagte er.

»Wir werden dir folgen, was immer geschieht«, sagte Megan. »Sage uns nur, was wir tun sollen.«

Ihre Miene, voller Liebe und Vertrauen, gab ihm die Tatkraft zurück. Yuran richtete sich auf.

»Ruft meine Kommandanten zusammen. Ich will wissen, welche Kräfte ich noch zu unserer Verteidigung einsetzen kann. Vielleicht können wir sie nahe der Grenze aufhalten. Ich werde eine Proklamation verfassen, die in der ganzen Stadt verbreitet werden soll, um den Einwohnern mitzuteilen, was uns bevorsteht. Zündet die Signalfeuer an. Atreska ist wieder im Krieg, und wir müssen so viele Menschen wie möglich innerhalb der Mauern unserer Städte schützen.« Dann drehte er sich wieder zu seinem Adjutanten um. Die anfängliche Verzweiflung war einer unbändigen Wut gewichen. »Außerdem will ich sofort den estoreanischen Konsul sehen. Geh jetzt.«

Der Adjutant verließ das Zimmer. Yuran lauschte seinen Schritten, die draußen auf dem Flur verhallten. Durch die Fenster drangen die Geräusche der Stadt herein, die ängstlich erwachte. Sobald die Signalfeuer entfacht waren, würde die Furcht auf ganz Atreska übergreifen. Die Familien der Soldaten, die am Feldzug in Tsard teilgenommen hatten, würden jeden Überlebenden, der durch ihre Tore kam, mit Fragen bestürmen und Informationen über die Vermissten verlangen. Sie würden nach jedem Strohhalm greifen, um die Hoffnung zu nähren, dass ihre Liebsten der Katastrophe entkommen waren. Die Geschichten würden, angefacht von der Invasion, wie ein Lauffeuer durch das Land rasen.

Megan stand auf und kam um den Tisch herum zu ihm. Sie umarmten sich innig und schmiegten die Gesichter an die Schulter des anderen. Schließlich zog Yuran sich wieder zurück.

»Es ist traurig, dass unsere erste Umarmung zugleich ein Abschied ist«, sagte er.

»Mein Herr?« Megan runzelte die Stirn.

»Für den Augenblick wirst wenigstens du in Sicherheit sein. Du bist bereit, höhere Ämter zu übernehmen, und du wirst nach Estorr reisen, um meine Botschaften zu überbringen und Verstärkung zu verlangen. Wir werden unser Land nicht kampflos aufgeben. Jetzt ist es an der Zeit, dass die Konkordanz zu ihren Völkern steht.«

Er fuhr mit einem Finger über Megans Wange. Sie nahm seine Hand und drückte sie fest.

»Du kannst im Morgengrauen mit einem Boot auf dem Teel bis Byscar fahren. Wenn das Wetter gut ist, müsstest du in dreizehn Tagen in Estorr eintreffen. Ich gebe dir einen Befehl und mein Siegel mit, damit du ein Schiff und die Mannschaft in Dienst nehmen kannst.«

»Ich sollte an deiner Seite stehen, Marschall«, wandte Megan ein.

»Du wirst mir und Atreska in Estorr besser dienen, Megan.« Er beugte sich vor und küsste sie auf die Lippen. »Die beste Möglichkeit, wieder zusammen zu sein, besteht jetzt darin, getrennt zu arbeiten.«

Megan nickte. »Ich werde mein Bestes tun.«

»Ich weiß, dass du nichts anderes tust.«

Sie umarmten sich noch einmal, und dann sah Yuran ihr hinterher und konnte das Gefühl nicht loswerden, dass die Konkordanz ihm schon wieder etwas geraubt hatte, das er liebte.

Dieses Mal kam Sentor Rensaark mit einem Heer, das ihm und seiner Reitertruppe in einigem Abstand folgte, über die tsardonische Grenze nach Atreska herein. Seine jahrelange Vorarbeit war nicht vergebens gewesen. In der frühen Morgendämmerung beobachtete er, wie Korls Auge über den Bergen aufstieg, und wusste, dass der Sieg für seinen König zum Greifen nahe war. Er ritt an der Spitze von fünfhundert Steppenkavalleristen, von denen mehr als die Hälfte nach dem ruhmreichen Sieg in Scintarit zu ihm gestoßen waren. Unterhalb der Anhöhe, auf der er angehalten hatte, lag eine der zweihundert Grenzfestungen, mit denen die gesamte atreskanische Grenze gesichert war. Die Flagge der Konkordanz flatterte träge im Wind.

Er hob den Speer quer über den Kopf, und die Kavallerie trabte die letzte Meile bis zur Festung. Das dumpfe Trommeln der Hufe und die Staubwolke kündigten ihr Kommen an. Es war offensichtlich, dass sie bemerkt worden waren, denn auf einmal wurde die

Flagge der Konkordanz eingeholt und stattdessen das Banner des früheren Königreichs Atreska aufgezogen. Rensaark lächelte. Genau wie früher.

Fast schon im Schatten der Festungswälle zügelten sie ihre Pferde. Er stieg ab und ging zu dem mit Eisen verstärkten Tor. Ein Torflügel wurde geöffnet, und ein grauhaariger Mann mit einem verbeulten, fleckigen Brustharnisch über einer hellen wollenen Tunika schlenderte heraus. Er hatte eine gemütlich qualmende Pfeife im Mund.

»Wie ich sehe, habt ihr eure Einkünfte nicht für neue Ausrüstung ausgegeben, Zenturio Danler«, sagte Rensark.

Der vernarbte Mann, der selbst für einen Atreskaner ausgesprochen zynisch war, zuckte mit den Achseln. »Es kann nicht schaden, den Inspektoren zu zeigen, dass unser Sold kaum mehr ist als ein Almosen. Wie ich sehe, hast du mehr Leute mitgebracht als sonst. Ich nehme an, das füllt meine Börse noch weiter auf.«

Rensaark lachte. »Dass du es auch immer wieder versuchen musst, Zenturio. Nein, das bedeutet es nicht.« Er schnippte mit den Fingern, worauf einer seiner Männer abstieg und mit einer kleinen Holzkiste kam. »Aber hier ist das Gold, das wir dir schuldig sind. Es wird das letzte sein.«

Danler zog die Augenbrauen hoch. »Ach?«

»Du hast unseren beiden Ländern treu gedient«, sagte Rensaark. »Gewiss hast du die Überlebenden der konkordantischen Heere auf der Flucht vorbeirennen sehen.«

»Deserteure kommen hier regelmäßig vorbei«, sagte er. »Wer bin ich, dass ich sie aufhalten würde? In der letzten Zeit sind es womöglich mehr geworden, aber im Kampf ergeht es Feiglingen gewöhnlich schlecht.«

»Dann will ich dir berichten, dass die Konkordanz in Scintarit geschlagen wurde. Ihre Streitkräfte sind besiegt und von hier bis Sirrane im Norden und Kark im Süden aufgerieben. Wir haben den größten Sieg in der Geschichte unseres Königreichs errungen, und Tsard marschiert nach Estorr, um dessen Mauern einzureißen. Du hast für deine Zukunft vorgesorgt, indem du zu unserem Sieg beigetragen hast. Du und der Nachschubweg, den wir bereits bis tief nach Atreska hinein aufgebaut haben, werden uns helfen, die Konkordanz zu zerschlagen. So wird es auch in Gestern und Gosland gehen.«

Furcht spiegelte sich in Danlers Augen, als er die Kiste in Empfang nahm. »Lachst du mich aus?«

Rensaark schüttelte den Kopf. »Wir waren einst Freunde und werden es wieder sein. Du weißt, was wir von Atreska wollen, und ich bin hier, um dich um einen letzten Gefallen zu bitten. Sprich mit den Soldaten in den Festungen, die der deinen am nächsten sind. Gib die Botschaft an der ganzen Grenze weiter. Die tsardonischen Truppen werden in dieses Land vorstoßen und sollen als Freunde begrüßt werden. Sorge dafür, dass wir nicht aufgehalten werden.«

Danler nagte an der Unterlippe, nickte aber schließlich.

»Du hast nichts zu befürchten, mein Freund, und du solltest dankbar sein. Das Heer wird in zwei Tagen kommen. Sorge dafür, dass dann die richtigen Flaggen wehen.«

Rensaark bemerkte eine Bewegung am Horizont. Rauchwolken stiegen in den Himmel auf, und die Abstände waren zu regelmäßig, als dass es Zufall sein konnte.

»Was ist das?«, fragte er.

»Signalfeuer«, erklärte Danler. »Atreska glaubt, es sei von einer Invasion bedroht. Sobald ich das Feuer auf meinem Dach anzünde, werden es auch alle Grenzorte wissen.«

Rensaark lächelte. »Glaube mir und nicht deinen Feuern. Es gibt keine Invasion. Nicht aus Tsard. Die Invasion hat hier schon vor mehr als einem Jahrzehnt stattgefunden. Wir wollen euch befreien.«

»Halte mich nicht zum Narren, Rensaark.«

»Die Zeit wird deine Sorgen vertreiben«, erwiderte Rensaark. »Ich muss jetzt gehen, denn ich will mit eurem Marschall sprechen. Es ist an der Zeit, dass auch er es versteht.«

Yuran hatte den affektiert lächelnden, überheblichen Konsul im Thronraum an eine Wand gedrängt. Seine Männer hielten die konkordantische Leibwache zurück. Yuran hatte gewartet, während die Furcht in seiner Stadt ständig zugenommen hatte und die Signalfeuer die Kunde im Land verbreiteten. Als der Konsul sich endlich herabließ, bei ihm zu erscheinen, sah Yuran vor seinem inneren Auge nur noch eine Farbe.

»Die Legionen werden sich neu formieren, während der Feind vorrückt. Die Tsardonier werden Haroq nie erreichen.«

Yuran drückte etwas fester zu, bis der Konsul husten musste. Er war ein kleiner Mann mit kurz geschnittenem schwarzem Haar und einem Bauch, der dank des luxuriösen Lebens angeschwollen war.

»Euer teures Heer existiert nicht mehr«, rief er. Sein Speichel spritzte dem Konsul ins Gesicht, und er schüttelte ihn bei jedem Wort. »Sie haben keine Anführer mehr, sie haben Angst, und sie sind besiegt. Ihr habt mich und meine Leute in Eurer Überheblichkeit und in Eurer Taubheit gegenüber meinen Warnungen jeglicher Verteidigung beraubt. Wohin können wir uns jetzt wenden?«

Der Konsul hob beschwichtigend die Arme. Eine erbärmliche Geste.

»Ich verstehe Eure Sorgen.«

»Ihr habt keine Ahnung, worüber ich mir Sorgen mache. Ihr verlasst niemals Eure Villa und fresst Euch auf meine Kosten voll. Ihr seht nichts und versteht nichts. Fünfzigtausend tsardonische Krieger nähern sich meinen Grenzen, und ich habe drei Legionen. Drei! Keine davon hat Kampferfahrung, keine von ihnen wurde jemals im Gefecht eingesetzt.«

»Selbstverständlich sollt Ihr eine bessere Verteidigung bekommen«, sagte der Konsul. »Ich werde sofort mit meinen Ratgebern nach Estorr zurückkehren und die Advokatin unterrichten, dass ...«

Yuran lachte ihm laut und offen ins Gesicht. »Oh nein, mein Wiesel, das werdet Ihr nicht tun. Wenn ich durch die Hand des Königs von Tsard sterben soll, dann werdet Ihr neben mir stehen.«

Jetzt zeigte der Konsul echte Angst. »Ich ...«

»Ihr dachtet daran zu fliehen. Selbst nach den Maßstäben der konkordantischen Konsuln seid Ihr ein Waschlappen. Ich habe bereits eine Delegation nach Estorr geschickt. Die meisten Einnehmer haben meine Leute begleitet, um ihnen Glaubwürdigkeit zu verleihen. Wenn sonst nichts, dann haben sie wenigstens Mut und verdienen die Anerkennung der Advokatur. Ihr dagegen habt keines von beiden. Ihr werdet die Stadt nicht verlassen. Genauer gesagt, werdet Ihr Eure Villa nicht mehr verlassen, solange ich es nicht ausdrücklich gestatte.«

Der Konsul stammelte etwas Unzusammenhängendes. Yuran stieß ihn noch einmal gegen die Wand.

»Der Krieg kommt in mein Land, und Ihr, mein rückgratloser Aufpasser, werdet ihn mit mir zusammen durchstehen.«

36

848. Zyklus Gottes, 25. Tag des Solasauf
15. Jahr des wahren Aufstiegs

Der Morgen dämmerte, und Kanzlerin Koroyan war wütend. Ihr Wagen fuhr hinter dem Ersten Schwertkämpfer Vennegoor und den Gottesrittern, als sie einen Wachtposten überfielen. Sie lehnte sich aus dem Fenster und konnte rennende Männer erkennen. Einer sprang auf ein Pferd und galoppierte in Richtung Stadt davon. Ein offenbar lange geübtes Manöver.

Vennegoor hob drei Finger, worauf drei Reiter die Verfolgung aufnahmen. Die anderen ritten in einem Bogen, um jeden weiteren Fluchtversuch zu unterbinden. Vor ihnen standen acht Männer in der Uniform des Marschalls Vasselis. Sie gehörten seiner persönlichen Truppe und keiner konkordantischen Legion an und waren vernünftig genug gewesen, weder eine Waffe zu ziehen, noch einen Pfeil auf die Bogensehne zu legen.

Vennegoor stieg ab, als Koroyans Kutsche klappernd anhielt. Er öffnete für sie die Tür und begleitete sie zu den Wächtern. Es waren offenbar erfahrene Soldaten. Keiner zeigte sonderliche Angst, was für ihre Treue gegenüber Vasselis und ihrem Glauben an den Orden ein beredtes Zeugnis ablegte. Die Wappen des Ordens hatten sie natürlich längst bemerkt.

»Ihr steht unter Anklage, Ketzerei verübt und das Böse in der Stadt Westfallen beschützt zu haben«, sagte sie und beobachtete, wie sich die Furcht in ihre Mienen schlich. »Außerdem seid ihr angeklagt, den Orden bei der Durchführung seiner Aufgaben zu behindern. Ihr beherbergt und beschützt eine ketzerische Leserin. Ich, Felice Koroyan, Kanzlerin des Ordens der Allwissenheit, klage euch dieser Vergehen an. Wie bekennt ihr euch?«

Felice sprach bewusst neutral und sachlich, obwohl sie innerlich kochte. Zum dritten Mal hatte sie sich gezwungen gesehen, Leute anzuklagen, die nur auf Befehl von Vasselis handelten. Zum dritten Mal konnte sie deren Furcht fast körperlich spüren.

Sieben der acht sanken auf die Knie und legten die Hände auf den Boden. Der Hauptmann nahm den Helm mit dem Federbusch ab und hielt ihn vor seine Brust. Er war noch recht jung und hielt sich wie ein Berufssoldat, auch wenn er sie, genau wie seine Leute, in stummem Schrecken anstarrte.

»Sprecht«, forderte Vennegoor sie auf. »Die Kanzlerin hat euch etwas gefragt.«

»Wir sind nicht schuldig«, sagte der Hauptmann, der offenbar Mühe hatte zu glauben, was sich vor seinen Augen abspielte. »Wir bewachen wie befohlen die Straße. In Westfallen hat es einen Ausbruch von Rinderseuche gegeben, und die Stadt steht unter Quarantäne. Bei allem Respekt, meine Kanzlerin, muss ich Euch bitten umzukehren.«

Felice war nicht anzusehen, was in ihr vorging. »Das Gleiche haben uns auch schon die beiden ersten Posten gesagt, auf die wir gestoßen sind. Weißt du, warum wir dennoch hier sind? Wir sind hier, weil Gottes Werk sich nicht durch Lügen behindern lässt. Rinderseuche …« Sie schüttelte den Kopf. »Komme ich dir vor, als wäre ich schwachsinnig?«

»Nein, meine Kanzlerin.«

»Nein«, bestätigte Felice. »Warum tischst du mir dann diese Unwahrheit auf? Dieser Ausbruch von Rinderseuche, der angeblich die unglücklichen Einwohner von Westfallen getroffen hat, hält schon viel länger an, als es der Wissenschaft und dem Verstand nach möglich ist. Inzwischen müsste jedes Tier in der Stadt verendet oder die Krankheit geheilt sein. Wenn dir keine bessere Antwort einfällt, dann kann ich nur folgern, dass du schuldig bist.«

»Bitte, meine Kanzlerin, wir sind gewöhnliche Soldaten und Bürger. Wir befolgen Befehle und legen die Treue an den Tag, die unser Marschallverteidiger von uns erwartet.«

»Selbst wenn das bedeutet, Gott den Rücken zu kehren?« Felice fuhr endgültig aus der Haut. »Selbst wenn das bedeutet, dass vor euren Augen das Böse geboren wird und blüht? Verlangt und verdient nicht euer Gott ebenso wie ich eure Achtung?«

»Selbstverständlich, meine Kanzlerin.«

»Dann erweise mir diesen Respekt«, fauchte sie. »Sag mir die Wahrheit.«

»Ich stelle nicht die Befehle meines Marschalls infrage. Bitte, Kanzlerin, wir sind unschuldig.«

»Lügner«, schaltete sich Vennegoor daraufhin ein. »Wir kennen die Fragen, die ihr denen stellt, die nach Westfallen reisen. Wir wissen auch, was ihr diejenigen fragt, die den Ort wieder verlassen. Es ist eine Quarantäne, die das Böse schützt. Ihr seid der Ketzerei so schuldig wie euer Marschall und eure Aufgestiegenen.«

Der Hauptmann reagierte und senkte ein wenig den Kopf.

»Schuldig«, sagte sie.

Hinter ihr wurden hundert Bogen gespannt. Die Wächter gerieten in Panik. Sie flehten um Gnade und Milde und suchten ihren Glauben zu beweisen. Felice schüttelte den Kopf.

»Euer Gott bittet euch nur, seinen Geboten zu folgen und die Erde von denen freizuhalten, die den Glauben unterhöhlen. Das habt ihr nicht getan. Ihr habt keine glaubwürdige Verteidigung, ihr seid euch der Gegenwart des Bösen bewusst, und deshalb befinde ich euch im Sinne der Vorwürfe für schuldig. Ihr werdet zum Tode verurteilt und dürft niemals die Umarmung Gottes spüren.«

»Ihr habt nicht die Autorität, ein solches Urteil zu vollstrecken.« Der Hauptmann der Wache hatte endlich seinen Mut wiedergefunden.

»Du wirst feststellen, dass du dich in diesem Punkt ebenso irrst wie in vielen anderen«, erwiderte Vennegoor.

Einer der Wächter verlor die Nerven und rannte weg. Vennegoor hob den Arm und ließ ihn wieder sinken. An den Flanken der im Halbkreis aufgestellten Reiter summten die Bogensehnen. Pfeile verdunkelten einen Augenblick lang den Himmel und trafen die Wächter. Eine Vielzahl von Schäften durchbohrte jeden Körper, sie waren sofort tot. Felice schüttelte den Kopf.

»Verbrennt sie. Die Teufel sollen sie bekommen. Das Urteil ist vollstreckt.« Sie ließ sich auf ein Knie nieder. »Wir wollen beten.«

Arducius lief durch Westfallen zum Meer. Seine Freunde waren bei ihm. Ossacer hatte ihm eine Hand auf den rechten Arm gelegt, obwohl er eigentlich keine Hilfe mehr brauchte. Inzwischen konnte er viel besser mithilfe der Energiebahnen sehen, auch wenn es immer noch anstrengend war. Mirron ging ein Stückchen vor ihnen und plauderte mit Kovan, der stolz einherschritt, eine Hand lässig auf den Schwertknauf gelegt. Gorian schlenderte links neben ihm, wie es seine Art war. Er kaute an einem Grashalm, und jedes Mal, wenn er Mirron und Kovan betrachtete, lächelte er leicht.

Es war der Nachmittag eines von Gott gesegneten Tages, und das Leben der Erde brandete mächtig durch die Aufgestiegenen. Arducius spürte es wie ein Grollen, das seinen ganzen Körper erbeben ließ. Er konnte sich noch gut erinnern, wie schmerzhaft es gewesen war, sich mit allem verbunden zu fühlen, und an die Erleichterung in den Mienen der Autorität, als er wieder zu sich gekommen war. Zu glauben, das bisherige Herumspielen mit den Elementen sei schon das Erwachen gewesen ... Es war nur das Vorspiel gewesen. Alles, was sie gelernt hatten, waren nur Schritte auf dem Weg gewesen, bis sie die wahre Energie aufnehmen konnten, die wahren Lebenslinien.

Was sie jetzt empfanden, war eine ganz andere Größenordnung als das Vorherige. Kein Wunder, dass ihre Körper und Geister sich zuerst gesträubt hatten. Sie hatten es nicht akzeptieren und kontrollieren können. Sie vermochten immer noch nicht richtig zu steuern, was sie empfanden, und mussten ihre Arbeiten sehr sorgfältig vorbereiten. Auch jetzt konnten sie noch nicht wagen, ihre Möglichkeiten ganz auszuschöpfen. Es machte ihnen Angst, und Vater Kessian hatte sie gewarnt, es vorsichtig anzugehen. Sie hielten sich an den Rat.

An diesem Tag hatten sie frei, sie mussten nicht lernen, und wollten schwimmen und segeln gehen. Kovan sollte bei einigen Wettkämpfen über Wasser als Schiedsrichter fungieren und mit einem Stundenglas die Zeit messen, wenn sie bunte Steine vom Grund heraufholten, die er vorher hineingeworfen hatte. Arducius liebte solche Spiele. Sie stärkten die Verbundenheit der Aufgestiegenen und trugen hoffentlich auch dazu bei, den Bruch zwischen Kovan und Gorian zu kitten. Vielleicht war das aber auch zu viel erwartet. Besonders wenn das Objekt ihres Zwistes bei ihnen war. Er wünschte, Mirron würde den Konflikt ernster nehmen, aber sie schien es zu genießen.

Die Fischereiflotte war draußen in der Bucht, als sie am Strand ankamen. Nur eine Handvoll Boote lag noch am Ufer. Diener aus dem Haushalt hatten Kovans Einmaster schon aufgetakelt, und wie immer in der letzten Zeit waren einige Soldaten des Marschalls zugegen. Kovan war guter Dinge. Sein Vater war am Vorabend unerwartet eingetroffen, nachdem er am Phristos-See und in Glenhale zu tun gehabt hatte. Seine Anwesenheit gab der ganzen Stadt neuen Auftrieb, denn seit der Untersuchung lebten die Bürger in ständiger Sorge. Wenn er da war, fühlten sie sich sicher.

Gorian kniete am Ufer nieder und steckte eine Hand ins Wasser. Der aufkommenden Flut entgegen liefen kleine Wellen hinaus. Arducius kam zu ihm.

»Ist er da draußen?«

Gorian drehte sich lächelnd und mit strahlenden dunkelblauen Augen zu ihm um. »Ja«, sagte er. »Er kommt zu uns.«

Der Delfin brach dreißig Schritte weiter draußen durch die Oberfläche und schwamm bis ins Flachwasser. Gelegentlich hob er den Kopf und schnatterte in ihre Richtung.

»Er freut sich«, sagte Gorian. »Vielleicht ist da draußen ein großer Schwarm.«

»Wenn er da ist, dann hat Jen ihn zweifellos gefunden«, sagte Arducius.

»Zweifellos«, stimmte Gorian zu. »Eines Tages werden wir keine Fischereiflotte mehr brauchen. Dann können wir die Fische direkt bis zum Strand treiben.«

Arducius lachte. »Das glaube ich nicht, Gorian.«

»Du kannst es ruhig glauben«, sagte Gorian. Sein Gesicht war wieder ernst.

Ein Stück entfernt hatten die Diener das Boot schon zu Wasser gelassen und hielten es dicht vor dem Strand fest. Kovan war bereits an der Ruderpinne.

»Kommt her«, sagte er. »Steigt ein. Der Wettkampf beginnt.«

Auf einmal durchbrachen Glockenschläge den friedlichen Nachmittag. Der Delfin tauchte unter und verschwand. Die Wächter des Marschalls sprangen sofort auf und blickten zum Abhang, auf dem der Wachturm stand, der die Straße nach Cirandon schützte. Kovan kletterte aus dem Boot, die Aufgestiegenen versammelten sich um ihn.

»Was ist da los?« Ossacer hielt sich an Arducius' Arm fest.

»Sie geben Alarm«, sagte Kovan. »Nephis, nimm die Abteilung aus unserer Villa. Hole meinen Vater, er ist oben am See. Ich bringe die Aufgestiegenen in die Villa der Autorität.«

»Ja, Herr«, sagte Nephis. Er und zwei seiner Kameraden rannten sofort los. Die anderen beiden stellten sich neben Kovan.

»Kommt«, sagte Kovan. »Ihr müsst in Deckung gehen.«

»Warum können wir nicht einfach aufs Meer hinausschwimmen?«, fragte Gorian.

»Nein«, entschied Kovan. »Ihr kennt doch die Absprachen. Außerdem könnt ihr nicht ewig da draußen bleiben. Kommt mit.«

»Du hast mir gar nichts zu befehlen«, erwiderte Gorian.

Arducius spürte, wie Ossacer seinen Arm fester packte. Er sah sich um und bemerkte auch Mirrons Miene. Sie starrte zur Anhöhe hinauf, wo immer noch die Glocken läuteten und Soldaten rannten. Dann wandte er sich an Gorian.

»Dies ist nicht der richtige Augenblick. Sie haben Angst. Wir werden tun, was Vater Kessian will, denn sonst weiß die Autorität nicht, wo sie uns finden kann.«

Gorian funkelte ihn an, dann nickte er. Kovan entspannte sich.

»Los jetzt«, sagte er.

»Sie kommen.« Mirron deutete zum Hügel.

Arducius blickte hinauf. Reiter strömten über die Kuppe. Viele Reiter.

»Wer sind sie?«, fragte er.

»Das ist egal«, sagte Kovan im Befehlston. »Lasst uns gehen. Beeilt euch.«

Er hetzte die Straße hinauf, die links neben dem Forum entlangführte. Das war der schnellste Weg zur Villa, wo sie hoffentlich in Sicherheit waren. Vor ihnen herrschte heillose Verwirrung. Rennende, laufende und rufende Menschen kreuzten ihren Weg. Die meisten wollten nach Hause, aber viele rannten einfach nur vor den Reitern davon, Richtung Westfallen oder zum Strand hinunter.

Arducius vergewisserte sich, dass die anderen dicht bei ihm blieben. Mirrons Gesicht spiegelte die Angst wider, die er selbst empfand. Ossacer benutzte die Energiebahnen in der Luft, um den Weg zu finden, hielt sich zur Sicherheit aber an Arducius' Arm fest. Gorians Gesicht war dunkel und zornig. Wütend blickte er zu den Eindringlingen hinauf, wer sie auch waren. Arducius betete, dass es sich um Truppen der Advokatur handelte. Wenn es der Orden war, dann steckten sie in großen Schwierigkeiten.

Durch die Tageshitze und das schnelle Laufen begann er zu schwitzen. Die Schweißtropfen rannen ihm über den Rücken, an den Seiten herunter und übers Gesicht. Er war den anderen voraus, Vasselis' Soldaten bildeten die Nachhut. Die Leute gingen ihnen aus dem Weg und riefen, sie sollten sich verstecken, weglaufen und verschwinden.

Am Forum bogen sie nach links ab und rannten eine steile, enge Pflasterstraße hinauf. Kovan behielt das Tempo bei, die Aufgestiegenen folgten ihm. Laut hallten die Stiefel der Soldaten auf dem Stein. Seine Angst nahm mit jedem Schritt zu. Schließlich verließen sie die Straße und eilten durch die Felder zur Villa. Am Horizont erschien eine dunkle Linie, die sich rasch nach rechts ausbreitete.

»Oh nein«, sagte Kovan. »Schneller, schneller.«

Es waren noch mehr Reiter. Sie hatten die Straße verlassen und kamen durch die Felder herüber, um den Fluchtweg zum See und zum Fluss in Richtung Glenhale abzuschneiden. Arducius' Herz hämmerte, als würde es gleich zerspringen. Die Unsicherheit, die sich in der Stadt ausbreitete, konnte er körperlich spüren. Der Boden bebte unter den Hufschlägen. All diese Eindrücke prallten in ihm zusammen, als lägen die Lebenslinien miteinander im Widerstreit und rissen sich gegenseitig ins Unglück. Seine Brust wurde eng.

Inzwischen waren sie oberhalb der Stadt und in der Nähe der Villa. Die ersten Reiter hatten schon das Zentrum von Westfallen erreicht. Sie wandten sich zum Haus der Masken, umrundeten Vasselis' Villa und kreisten die Stadt auf der Landseite völlig ein. Panik lag in der Luft, und Arducius spürte, dass Mirron zu schnell atmete.

»Ruhig, Mirron«, redete er auf sie ein. »Es wird alles gut.«

»Sie wollen uns holen«, sagte sie. »Die wollen uns abholen.«

»Sie werden euch nicht bekommen«, versprach Kovan, der sich kurz umgedreht hatte. »Lauft weiter, ich beschütze euch.«

Sie waren jetzt auf freiem Feld und rannten, so schnell sie konnten. Die Villa war nur noch ein paar Hundert Schritte entfernt; auf dem Grundstück und vor den Mauern standen Vasselis' Soldaten bereit. Gerade rannten drei durchs Haupttor heraus und wandten sich nach rechts. Fünf Reiter kamen den Weg herauf. Sie wurden angerufen, dass sie anhalten sollten, doch sie ignorierten die Rufe.

Darauf zogen die Kämpfer ihre Schwerter, und der Stahl funkelte im Sonnenlicht. Arducius hielt den Atem an. Die Reiter hielten immer noch nicht an. Die Soldaten machten sich bereit. Es gab ein Getümmel, als die beiden Gruppen aufeinandertrafen. Eine Klinge fuhr in das Gesicht eines Soldaten, der Hieb riss ihn von den Beinen, er ging taumelnd zu Boden und blieb hinter den Pferden leblos liegen. Blut. Überall auf dem sandigen Boden war Blut.

Mirron kreischte und blieb stolpernd stehen, die Hände vor den Mund gepresst. Arducius wurde übel. Auf der anderen Seite der Villa kamen weitere Reiter. Sie schienen überall zu sein, und alle Pferde trugen als Brandzeichen einen Kreis aus Armen mit verschränkten Händen.

Kovan blieb stehen und streckte die Arme zu beiden Seiten aus, um die Aufgestiegenen aufzuhalten. Zwei Soldaten seines Vaters bauten sich mit gezogenen Schwertern neben ihm auf. Vor ihnen rannten die Überlebenden des Angriffs zu ihrem gefallenen Kameraden. Währenddessen machten die Reiter kehrt und kamen in ihre Richtung. Pfeile lagen in gespannten Bogen.

Arducius bemerkte weitere Reiter, die sich ihnen auf der Straße näherten. Wieder andere stiegen ab und rannten durch die Tore in die Villa. Unten in der Stadt ertönten laute, ängstliche Rufe. Pferde wieherten und schnaubten, Hufe stampften auf dem Pflaster.

»Bleibt bei mir«, sagte Arducius, der die Aufgestiegenen hinter sich gesammelt hatte. »Haltet die Köpfe gesenkt, damit sie uns nicht erkennen.«

»Es ist der Orden«, zischte Gorian. »Sie sind gekommen, um uns zu töten.«

»Das weißt du nicht sicher«, wandte Arducius ein.

»Wir können sie aufhalten«, erwiderte Gorian.

Arducius sah ihn böse an. »Wir werden unsere Kräfte nicht benutzen, um jemandem etwas anzutun. Unsere einzige Möglichkeit ist, ihnen zu beweisen, dass wir eine Kraft des Guten sind. Du weißt doch, was Vater Kessian von uns erwartet.«

Die Hufschläge waren nahe und sehr laut. Arducius schielte mit gesenktem Kopf hinüber. Vier Reiter kamen zu ihnen. Zwei hatten Bogen, die anderen Schwerter. Mirron schlotterte vor Angst. So etwas hatten sie noch nicht erlebt – diese Gewalt, das Blut auf dem Boden, die Waffen, die auf sie zielten.

Ossacer fasste Arducius am Arm. »Ich kann mich nicht konzentrieren«, klagte er mit leiser, ängstlicher Stimme. Er hustete. »Ich kann es nicht fassen.«

»Schon gut«, sagte Arducius. »Stütz dich auf mich. Gorian, kümmere dich um Mirron.«

Gorian nahm sie in einen starken Arm, und sie lehnte sich an ihn. Arducius war nicht sicher, wer von ihnen die größte Angst hatte. Dann sprach einer der Reiter und bestätigte ihre größten Ängste.

»Bürger von Westfallen, ihr werdet euch auf eurem Forum versammeln. Hier herrscht das Böse. Ketzerei gegen Gott. Eure Aufgestiegenen werden entlarvt und vor Gericht gestellt. Alle, die an diesem Verbrechen beteiligt waren, werden verurteilt. Steckt die Schwerter weg und bewegt euch.«

37

848. Zyklus Gottes, 25. Tag des Solasauf
15. Jahr des wahren Aufstiegs

Wenigstens wussten die Ordensritter nicht, wer von ihnen die Aufgestiegenen waren, aber es würde nicht lange dauern, bis sie es herausfanden. Im Augenblick gaben sie sich damit zufrieden, die Einwohner auf dem Forum festzuhalten. Die Hitze war bedrückend, die Angst war groß. Still und schweigend standen die überrumpelten Bürger da, oder sie drehten sich um und starrten die Reiter an, die das Forum an allen Seiten bewachten.

Auf der Bühne des Oratoriums und vor der Sonne geschützt standen sechs Menschen. Vier waren Soldaten, Gotteskrieger in voller Rüstung. Die anderen beiden waren Horst Vennegoor, der Kommandant der Ordenssoldaten, und Felice Koroyan, die Kanzlerin. Stolz hatte sie sich aufgebaut, groß und schlank, und starrte verächtlich auf die Menschen herab. Sie hasste sie jetzt schon, obwohl sie nichts über sie wusste.

Die Aufgestiegenen standen mit Kovan mitten in der Menge. Die Soldaten waren an einen anderen Ort geführt worden. Kovan hatte es geschafft, seinen Gladius in den Falten seines leichten Umhangs zu verbergen. Die Waffe gab ihnen einen gewissen Trost. Gorian und Arducius hatten gestritten und sich angefaucht. Gorian wollte etwas tun, einen Sturm oder ein Unwetter auslösen. Die Bühne stürmen und die Kanzlerin schnappen. Arducius hatte ihm gesagt, er solle sich ruhig verhalten, aber es war offensichtlich, dass Gorian nicht ewig stillhalten würde.

»Du weißt nicht einmal, ob du das, was du willst, überhaupt tun kannst«, sagte Arducius.

»Sei nicht so dumm, Ardu«, gab Gorian hitzig zurück. »Du fühlst doch das Gleiche wie ich. Wir können es alle. Die Energie des Windes spornt dich ebenso an wie mich. Dich sogar noch mehr, weil du ein Windleser bist. Du kennst die Kräfte, die unter den Steinen des Forums schlummern. Wir können sie bändigen.«

»Aber was nützt das schon? Du kannst sie nicht alle verscheuchen, es sind zu viele. Und wenn du es getan hast, hast du Falten und bist erschöpft und kannst nicht mehr weglaufen. Du hättest dich ihnen gezeigt und wärst hilflos. Warte noch.«

»Worauf denn? Sollen wir warten, bis sie uns entdecken, indem sie uns einfach nur in die Augen schauen?« Gorians Augen zeigten ein wirbelndes Braun, während er die Kraft unter seinen Füßen spürte und in sich aufnahm. »Wir können doch nicht hier herumstehen und überhaupt nichts tun. Da könnten wir uns auch gleich selbst die Kehle durchschneiden. Verstehst du nicht, dass sie sowieso schon über uns Bescheid wissen? Sie wussten, wo unser Villa ist, und sie kannten die Villa des Marschalls und das Haus der Masken. Irgendjemand hat ihnen alles verraten.«

Kovan wandte sich an ihn. »Hör auf Ardu«, sagte er. »Bleibe ruhig und warte. Wir sind nicht hilflos. Mein Vater und die Autorität sind noch nicht da. Das bedeutet, dass sie noch nicht gefunden wurden.«

»Und was dann? Glaubst du denn, Vater Kessian und Willem werden sie verscheuchen? Sie sind alte Männer. Und dein Vater hat nicht genug Leute. Wir müssen selbst etwas unternehmen.«

»Noch nicht«, widersprach Arducius. »Bitte, Gorian, verrate uns nicht alle.«

Gorian wandte sich an Mirron, die bekräftigend nickte.

»Bitte«, sagte sie und streckte die Hand zu ihm aus. »Hör auf sie.«

Gorian hatte jedoch damit recht, dass der Orden bereits im Bilde war. Die Angst ergriff Mirrons Herz. Ordenskrieger drängten sich durch die Menge, Empörung breitete sich aus. Sie kamen von allen Seiten. Es war nur eine Handvoll, aber sie begutachteten jeden und ließen keinen aus. Und so sehr sie sich auch bemühten, sich nichts anmerken zu lassen, die Einwohner blickten immer wieder heimlich in die Richtung der Aufgestiegenen. Nicht anklagend oder vorwurfsvoll, sondern voller Mitgefühl. Mirron wünschte, die Leute hielten sich zurück, denn so erregten sie erst recht die Aufmerksamkeit der Ordenskrieger.

»Schlagt die Augen nieder«, flüsterte Arducius. »Seht den Boden an. Was auch geschieht, schaut nicht auf.«

Wann immer sie sich umdrehte, konnte Mirron beobachten, wie die Krieger Leute packten und zum Oratorium stießen, wo die Kanzlerin stand. Es gab böse Worte, gelegentlich sogar ein Handgemenge und einen Schmerzensschrei. Einige Leute rangen miteinander, und im Sonnenlicht blitzte abermals Metall. Sie schauderte. Es erinnerte sie an den Mann, dessen Tod sie vor der Villa beobachtet hatte. Solche Gewaltausbrüche in ihrer Heimat. Sie hätte nie geglaubt, so etwas einmal erleben zu müssen.

Die Soldaten näherten sich.

»Wehrt euch nicht«, sagte Arducius. »Tut, was sie sagen. Gorian, das schließt dich ein.«

»Schon gut«, zischte Gorian, immer noch voller Zorn.

Jemand legte ihr eine Hand auf die Schulter.

»Geh nach vorn«, befahl der Krieger. »Sofort. Stell dich zu den anderen.«

Sie nickte und starrte seine Stiefel an. Er legte ihr eine Hand in den Rücken und stieß sie. Sie schrie auf.

»Nimm die Finger von ihr«, sagte Gorian.

»Werde ja nicht frech, Bursche«, bellte der Soldat. »Geh mit ihr. Du auch. Alle fünf. Lauft, sonst bekommt ihr meinen Stiefel in den Hintern.«

Die Aufgestiegenen und Kovan drängten sich durch die Menge, die sich vor ihnen teilte. Ein Hund lief vor ihnen, über den Arducius stolperte. Andere Hände berührten sie, doch diese waren freundlich und ermunternd wie die Worte, die sie begleiteten. Mirron bedankte sich murmelnd. Vor der Menge schirmte eine Reihe von Kriegern das Oratorium ab.

Links trennten Soldaten des Ordens eine kleine, aber stetig wachsende Gruppe von den anderen. Die Aufgestiegenen wurden ebenfalls in diese Gruppe geschoben. Mirron sah sich rasch um. Kovan war mit seinen siebzehn Jahren anscheinend der Älteste unter ihnen. Einige waren erst zehn Jahre alt. Zu viele starrten die Aufgestiegenen mit anklagenden Mienen an, die ihre Verwandten und Eltern nicht gezeigt hatten. Kovan bemerkte es, drängte sich durch die bisher dreißig oder vierzig Köpfe starke Gruppe und erklärte ihnen flüsternd, warum sie sich zurückhalten sollten. Ein falsches Wort, und die Aufgestiegenen wären entlarvt.

»Es tut mir leid«, sagte Mirron flüsternd zu einem Mädchen, das neben ihr stand, während eine Katze um ihre Beine strich. »Dir wird nichts passieren, mach dir keine Sorgen.«

Oben auf dem Oratorium trat jetzt die Kanzlerin vor. Mit lauten Rufen geboten die Soldaten den Leuten auf dem Forum Schweigen.

»Einige von euch fragen sich vielleicht, warum ich hier bin und warum ihr euch vor mir versammelt habt«, begann sie, während sie die ganze Zeit die Jugendlichen auf der rechten Seite anstarrte. Mirron konnte die Abscheu der Frau fast körperlich spüren. »Ich glaube aber nicht, dass die Zahl der Schuldigen sehr hoch ist. Vermutlich sind auch einige unschuldige Besucher hineingeraten, und euch möchte ich versichern, dass ihr nichts zu befürchten habt. Gott ist bei euch, auch wenn er den Ort verflucht, an dem ihr euch gerade befindet.

All jenen, die hier leben, will ich aber eines sagen. Ihr habt hier einen wundervollen Ort. Manche würden sogar sagen, ein Paradies, das Gott mit guter Erde und ergiebigen Fischgründen gesegnet hat. Es ist ein Geschenk. Dennoch habt ihr es durch das Böse verderben lassen. Dieses Böse hat jeden Winkel und jede Villa durchdrungen. Ihr habt aus eurer Mitte Kinder hervorgebracht, die sich über Gott erheben wollen. Kinder, von denen ihr glaubt, sie wären fähig, die Elemente der Erde, des Himmels und des Meeres, alle Tiere und die Bäume zu manipulieren ... sogar andere Menschen, ob diese es wollen oder nicht.

Die Natur in ihrer Pracht und mit ihren Schrecken ist da, damit wir sie genießen, achten und erhalten. Es ist uns nicht gegeben, sie zu beherrschen, zu ändern oder zu kontrollieren. Das ist Ketzerei.«

Sie hielt inne und ließ den Blick über die Menge schweifen. Die Menschen waren völlig still. Keiner wagte, auch nur einen Fuß zu rühren. Nur die Zikaden auf den Feldern und die Vögel am Himmel riefen und sangen weiter.

»Ich werde all jene entlarven, die schuldig sind, und vor Gott Gerechtigkeit an ihnen üben. Was bedeutet das nun? Vielleicht haben einige, die ihren Ängsten angesichts der hier verübten Verbrechen Ausdruck verliehen, übertrieben. Vielleicht suche ich nur eine Handvoll Verbrecher und vier gequälte Menschenwesen, deren Körper Kräfte bergen, die sie weder verstehen noch kontrollieren können.«

Mirron sackte an Gorians Seite, der sie tröstend hielt, in sich zusammen. Er hatte ihr die Hände um die Hüften gelegt und drückte sie an sich. Sie versuchte, nicht zu weinen, aber es war so schwer, ihre Furcht zu unterdrücken. Sie hatte das Gefühl, die Kanzlerin starre sie direkt an und spreche direkt zu ihrem Herzen, um sie zu einem Geständnis zu bewegen. Sie presste die Lippen zusammen, damit das Zittern aufhörte.

Rings um die Gruppe junger Bürger sammelten sich Hunde und Katzen. Sie wollten zu Gorian. Wie lange würde es noch dauern, bis das auch der Orden bemerkte? Sie versuchte, die Tiere mit ihren Gedanken zu beeinflussen und fortzuschicken. Das hätte eigentlich Gorian selbst tun sollen, aber der war völlig von seiner mühsam unterdrückten Wut auf die Kanzlerin eingenommen.

»Seid gewiss, dass ich die Urheber dieser Verbrechen entlarven werde. Ich meine jene, die die Erschaffung dieser Aufgestiegenen erlaubt haben und sie jetzt beschützen. Ich will euch auch erinnern, dass ihr euch, falls ihr sie deckt oder euch auch nur weigert, sie zu benennen, wenn ihr danach gefragt werdet, ebenso schuldig macht, wie sie es schon sind.

Denkt darüber nach. Gott schaut wohlwollend und gnädig auf alle herab, die bereuen und zum wahren Glauben zurückkehren. Auf jeden, der sich von der Verblendung lossagt, die es hier gibt. Einige von euch werden sich vielleicht von dem fehlgeleiteten Wunsch leiten lassen, diese Ketzer zu beschützen. Ich werde euch zeigen, warum das ein sehr schlimmer Fehler wäre.«

Sie winkte Vennegoor.

»Bringt sie herauf!«, bellte er.

Links und rechts vom Oratorium entstand eine Unruhe, und dann wurde die Autorität hinaufgeführt. Es waren alle außer Jen Shalke, die noch mit der Fischereiflotte draußen war. Vater Kessian kam als Erster, er wirkte schrecklich alt und gebrechlich.

»Oh nein«, stöhnte Mirron, der die Tränen über die Wangen liefen. »Wie können sie ihm das antun?«

Er bemühte sich, stolz dreinzuschauen, aber er musste sich mühsam auf seine beiden Stöcke stützen und konnte nicht ohne Hilfe dorthin gehen, wo sie ihn haben wollten. Neben ihm war Genna, dann kamen Willem, Andreas, Hesther, Meera und Gwythen. Sie schienen unverletzt, aber ihnen war anzusehen, wie sehr die Gefangennahme sie belastete. Alle mussten sich aufstellen.

»Ich werde nicht zulassen, dass sie ihm etwas tun«, murmelte Gorian.

»Ich auch nicht«, sagte Kovan, der neben ihnen stand. »Nicht ihm. Sie werden es nicht wagen, ihn anzurühren.«

»Sie wollen nicht, dass wir uns verraten«, warnte Arducius. »Vergesst das nicht. Wir dürfen uns nicht opfern.«

»Ich werde nicht tatenlos zusehen«, wiederholte Gorian. »Und wenn ich mich dabei verrate, meinetwegen.«

Mirron hörte ein Keuchen und blickte in die Richtung, in die viele Finger zeigten. Von links schleppten zwei Ordenskrieger jemanden auf die Plattform. Jemand rief einen Namen, den die Menge zornig wiederholte. Mirron sah genau hin. Ja, sie war es.

Elsa Gueran, deren Gesicht nur noch eine Maske aus Blut und wirren Haaren war, in unordentlichen, zerrissenen und blutigen Roben. Obwohl sie nichts weiter getan hatte, als zu lächeln, zu lieben und Gottes Wort zu predigen. Zornige Rufe wurden laut, Fäuste wurden drohend gehoben. Rings um das Forum wurden Bogen gespannt, und hier und dort schritten Ordenssoldaten ein und unterbanden mit Tritten und Schlägen die Unruhe.

»Warum seid ihr so zornig?«, rief die Kanzlerin. »Diese Frau hat geschworen, fromm und nur unserem Gott treu zu sein. Dennoch hat sie nicht nur untätig die Ketzerei in eurer Mitte geduldet, sondern sie sogar aktiv unterstützt. Ihr solltet mir zujubeln, weil ich ihre Verbrechen aufdecke und sie dafür bestrafe. Ihr müsst an eure Leserin glauben. Aber wie könnt ihr an eine glauben, die Gott den Rücken kehrt?«

Wieder breitete sich Schweigen auf dem Forum aus. Wie alle anderen wusste Mirron genau, dass es keine Gerechtigkeit geben würde. Es würde keine Anhörungen und keine Verhandlungen geben. Unter dem Schleier der Gottesfurcht und mit Billigung der Kanzlerin würde es Hinrichtungen geben, obwohl sie doch mehr als jeder andere die Aufgabe hatte, jeden zu beschützen, der auf Gottes Erde wandelte. Auf der Bühne hatte jedoch der erste Akt eines grässlichen Dramas begonnen, das vor den verängstigten, wie gebannt zuschauenden Einwohnern aufgeführt wurde.

»Was habt Ihr sie denn überhaupt gefragt?« Kessians Stimme zitterte, war aber voller Leidenschaft. »Kümmerte Euch die Wahrheit, oder suchten Eure Schläger nur einen Vorwand, um eine unschuldige Frau zu verprügeln? Wie kommt es, dass die Unwissendste unter uns allen über uns richten soll? Wie kommt es, dass Ihr, die Ihr doch neue Gründe suchen solltet, um Gott zu preisen, kaum dass Ihr sie findet, Euch so bedroht fühlt, dass Ihr die Menschen tötet, um alles wieder zu unterdrücken?«

Mirrons Herz sang, als sie seine Stimme hörte, und einen Moment lang wich die Todesangst von Westfallen. Doch während er gesprochen hatte, war Koroyan zu ihm geschlendert. Jetzt stand sie vor ihm. Er zuckte mit keiner Wimper.

»So gut gewählt sind die Worte des Bösen«, sagte sie. »So verführerisch ist deine Stimme, Ardol Kessian, Vater dieser Ketzerei. Wie immer suchen sich alle, die Gott vernichten wollen, in das Gewand der Rechtschaffenheit zu kleiden.«

»Vernichten?«, erwiderte Kessian entsetzt. »Wollt Ihr uns nicht zuhören, Kanzlerin? Wollt Ihr nicht sehen, was hier geschieht, und dass alle, die daran beteiligt sind, fest an die Heiligkeit Gottes glauben?«

»Ich will es nicht sehen, ich wage es nicht anzusehen«, erwiderte Koroyan.

»Ihr wagt es nicht anzusehen, weil Ihr fürchtet, die Wahrheit zu erkennen.«

Mirron keuchte. Elsa hatte sich eingeschaltet. Ihre Stimme war undeutlich aufgrund ihrer Verletzungen, aber sie hielt den Kopf aufrecht, während ihre Häscher sie noch an den Armen gepackt hatten. Koroyan fuhr auf dem Absatz herum und schritt über das Oratorium zu ihr hinüber, um anklagend mit dem Finger auf Elsa zu zeigen.

»Seht ihr?«, rief sie an die Menge gewandt. »Seht ihr die Verdorbenheit, die das Böse mit sich bringt? Die Verwirrung dieses einst reinen Geistes?« Sie fasste Elsa am Kinn. »Beinahe empfinde ich

Mitleid mit dir, Mädchen. Denn du bist es, die nichts sieht. Ich muss mich deiner Wahrheit nicht stellen. Ich *bin* die Wahrheit.«

»Dann seid Ihr blind«, erwiderte Elsa. »Denn nur die Blinden können den Glauben und die Liebe zu Gott in dieser Stadt übersehen.«

Koroyan trat einen Schritt zurück, ihr Gesicht war vor Verachtung verzerrt. »Diese Beleidigungen gehen zu weit«, sagte sie. »Du hast bereits Verbrechen gestanden, die mit dem Tode und dem Verstreuen der Asche für die Windteufel bestraft werden. Jetzt wagst du es auch noch, meinen Glauben infrage zu stellen?«

»Ich bitte Euch nur, die Augen zu öffnen«, erwiderte Elsa.

»Nicht ich bin es, die von ihren eigenen Augen getäuscht wird.«

»Lasst euch nicht von ihr fangen!«, rief Elsa zur Menge und für jeden, der es hören wollte. »Lasst euch nicht von ihr einreden, wir wären Gott nicht ergeben. Lasst euch nicht von ihr davon abbringen ...«

Fast zu schnell, als dass man es mit dem Auge verfolgen konnte, packte die Kanzlerin Elsas Haar und riss ihren Kopf zurück. Ihre Gewänder wallten, und Mirron sah Silber blitzen, das sich von links nach rechts bewegte. Als sie wieder zurücktrat, spritzte das Blut aus Elsas Kehle, und Koroyans Gewänder und Hände waren rot gefärbt.

»Bringt mir Wasser, damit ich diesen Dreck abwaschen kann«, sagte sie. »Das Urteil ist vollstreckt.«

Nach dem betäubten Schweigen erhob sich ein Sturm des Zorns. Alle schrien und stießen Verwünschungen aus, und zwischen den Säulen des Forums hallte das Wort »Mörderin«. Die Menge geriet in Bewegung, und wieder trieben die Soldaten des Ordens die Menschen mit gezogenen Schwertern und gespannten Bogen zurück. Kovan und Arducius hielten Gorian mit Mühe fest, Ossacer klammerte sich an Mirron, die ihrerseits zur Bühne blickte, wo die Autorität von Soldaten zur Seite geschoben wurde. Sie gestikulierten und weinten, wollten sich zu Elsa vordrängen, die vor ihren Augen ihr Leben aushauchte. Die Soldaten hatten sie fallen lassen, sie starb allein.

Genna stützte Vater Kessian, der keuchend zu sprechen versuchte. Er hielt sich den linken Arm, als hätte er Schmerzen. Seine Stimme erhob sich schließlich über den Tumult, doch er bekam kaum die Worte heraus, weil er Mühe hatte zu atmen.

»Dies ist kein Prozess und keine Gerechtigkeit«, sagte er, bei fast jedem Wort keuchend. »Dies ist Mord aufgrund von Unwissenheit und Angst. Ihr mögt uns so viel Böses vorwerfen, aber der einzige Mensch, der zu Schaden gekommen ist, starb durch Eure Hand.« Er hielt inne und sackte in sich zusammen. Genna und jetzt auch Willem, der auf der anderen Seite bei ihm stand, hielten ihn aufrecht. Beide flüsterten mit ihm.

Angst durchzuckte Mirron, und ringsum verkrampften sich auch die anderen Aufgestiegenen. Koroyan konzentrierte sich wieder auf ihn und schritt über die Bühne wie die Heldin in einem Schauspiel.

»Ich würde die Ausbreitung des Bösen auch dann verhindern, wenn es mich zwingen würde, jeden Menschen in dieser Stadt zu verbrennen«, verkündete sie.

»Ihr habt nicht die Befugnis dazu«, erwiderte Kessian mit rotem gequältem Gesicht. »Wo ist das Siegel der Advokatur?«

»Ich handle mit der Macht Gottes.«

»Ihr handelt aus eigenen Interessen. Euch erkenne ich nicht als meine Kanzlerin an.«

Koroyan versetzte ihm mit dem Handrücken eine Ohrfeige. Er taumelte zurück und dann wieder vor. Genna kreischte. Dieses Mal versuchte niemand, Gorian aufzuhalten. Alle waren bei ihm und wussten, was sie zu tun hatten.

Zwei Soldaten versperrten ihnen den Weg. Die Luft war heiß und trocken, die Energiebahnen standen deutlich vor Mirrons Augen. Sie zog die Energie in sich zusammen und spürte, wie die Hitze durch ihre Adern raste und sich unter der Kontrolle ihres Geistes verstärkte. Sie lenkte sie durch ihre Hände und presste die Handflächen aneinander, um sie in sich zu halten. Vor ihr hatten Kovan und Gorian die anderen Kinder beiseite gestoßen. In ihrer Verwirrung und in ihrem Zorn öffnete Mirron die Handflächen, und die Flamme fuhr hinaus. Vom Metall angezogen, prallte sie gegen die Helme und Brustharnische der beiden Soldaten und riss sie um.

Im Nu waren die Aufgestiegenen an ihnen vorbei und rannten zum Oratorium. Ein Wind wehte über das Forum und wirbelte eine Wolke aus Sand und Staub auf. Arducius lief mit ausgestreckten Armen und lenkte den Sturm, der die Bogenschützen vor ihnen blendete und störte. Sie schossen einige Pfeile ab, die aber wirkungslos im Wind verschwanden.

Die Leute auf der Bühne hatten Mühe, auf den Beinen zu bleiben. Gorian und Kovan hatten die Seitentreppe erreicht. Auf einmal stand Kovan vor einem Ordenskrieger, blockte dessen Stoß mühelos ab und drosch dem Mann das Heft seines Schwerts ins Gesicht, worauf er zu Boden ging. Gorian rannte an ihm vorbei und achtete auf dem Weg zu Vater Kessian und der Kanzlerin nicht einmal auf Vennegoor.

Mirron folgte ihm sofort, auch Ossacer kam, und als Kovan seine Schwertspitze auf die Kehle der Kanzlerin gerichtet hatte, besänftigte Arducius den Sturm. Stille kehrte ein, durchbrochen vom Geräusch nahender Pferde. Die Menge keuchte, als Sand und Staub herabfielen und die Unsicherheit wieder um sich griff. Mirron hatte keine Ahnung, was sie als Nächstes tun sollte. Sie fragte sich, ob das überhaupt jemand wusste. Inzwischen hatten die Aufgestiegenen Kessian umringt, und die Soldaten waren zurückgewichen, ob aus Angst oder Verwirrung, das wusste sie nicht.

Aus allen Richtungen zielten Bogenschützen auf sie. Sie sah sich im Oratorium um. Koroyan ignorierte die Schwertspitze und starrte die Aufgestiegenen ungläubig an. Vennegoor hatte die Hand an den Schwertgriff gelegt.

»Nicht«, sagte Kovan. Er stand hinter der Kanzlerin und hatte ihr eine Hand auf die Schulter gelegt. »Nehmt die Hand da weg und befehlt euren Männern, die Waffen niederzulegen. Ich will die Kanzlerin nicht verletzen, aber ich werde es tun, wenn ich muss. Wenn auch nur ein Pfeil abgeschossen wird …«

»Ruhig, junger Mann«, sagte Vennegoor. Seine Stimme war schwach, und wie die Kanzlerin beobachtete er die Aufgestiegenen. Als er mit beiden Händen eine Geste machte, senkten die Krieger ihre Bogen. »Niemand muss verletzt werden.«

»Dazu ist es zu spät.« Gorian hatte sich gesetzt und wiegte Kessians Kopf in seinem Schoß. Der Vater atmete noch, aber nur sehr schwach. Ossacer hatte ihm die Hände aufgelegt und tat, was er konnte, um ihm zu helfen. »Ihr habt schon mehr Schaden angerichtet, als Ihr Euch vorstellen könnt.«

»Da seid ihr also endlich«, sagte die Kanzlerin. Ihr Gesicht war bleich, und auch ihre Stimme zitterte. »Diejenigen, die Gott abschaffen und über uns alle herrschen wollen. Eure Vorführung hat nur eure Schuld bestätigt. Es ist abscheulich. Schrecklich, schockierend und abscheulich. Und es muss aufhören. Hier und heute.«

Die Pferde näherten sich, und Vennegoor fasste sich wieder.

»Was willst du nun tun?«, sagte er zu Kovan. »Wir sind einhundert, und du hörst, dass sich weitere nähern. Du hast nur ein Schwert und ein paar, die wider alle Vernunft und gegen den Glauben einen Sturm erschaffen können. Du kannst nicht gewinnen. Lege das Schwert nieder, Junge. Lass geschehen, was geschehen muss.«

»Ihr werdet alle sterben, bevor ihr auch nur einen von uns verletzt«, sagte Gorian.

»Damit beweist ihr, dass das Böse in euch steckt«, sagte die Kanzlerin.

»Ich beschütze nur meine Leute«, sagte er. »Ihr habt keine Ahnung, was ich tun kann.«

Kessian fasste Gorians Hand. Als er die Augen öffnete, war Mirron unendlich erleichtert. Doch der Augenblick verging rasch. Ossacer schossen die Tränen in den Augen und rannen über seine Wangen.

»Tu es nicht, Gorian«, flüsterte Kessian. »Tu es für mich, lass es bleiben. Gib ihnen nicht den Grund, den sie brauchen. Hilfe ist unterwegs.«

»Für dich, Vater«, sagte Gorian nickend. Seine Stimme brach beinahe. »Aber nur für dich.«

»Guter Junge«, sagte der Alte. »Guter Junge. Vergiss nicht deine Bestimmung.«

Dann erschlaffte seine Hand, und er schloss die Augen. Alle Aufgestiegenen spürten, wie Grau sich zu Schwarz verdunkelte. Die Lebenslinien verblassten. Ein gesegnetes Leben verging.

»Nein!«, schrie Mirron. »Nein!«

Sie heulte und schmiegte den Kopf an Gennas Brust. Ihre ganze Welt war ein Scherbenhaufen. Ringsherum hörte sie Rufe. Kovans Stimme war stark und ruhig, Gorian war wütend und vorwurfsvoll. Arducius wollte sie zusammenhalten, konnte sich aber kaum verständlich machen, weil er schluchzte. Der Wind kam wieder auf. Donner krachte an einem Himmel, der von aufziehenden Wolken verdunkelt wurde. Sie hörte Lärm und rennende Füße. Schwerter klirrten, und schließlich übertönte eine einzige, befehlsgewohnte Stimme den Lärm und rief alle zur Ordnung.

38

848. Zyklus Gottes, 25. Tag des Solasauf
15. Jahr des wahren Aufstiegs

Vasselis musste besonnen handeln und seine Soldaten mit ruhiger Hand führen. Nachdem er Netta am See in einem Versteck unter Bewachung zurückgelassen hatte, kehrte er mit zehn Soldaten zurück. Als er sich der Stadt näherte, sah er schon die Menge auf dem Forum und wusste, dass der Orden nach Westfallen gekommen war.

Zwangsweise Versammlung und öffentliche Denunziation, das war ihre Methode. Die Frage, wie sie von den Aufgestiegenen erfahren hatten, musste warten.

Er galoppierte zum Eingang des Forums und zum Oratorium und teilte seine Truppe auf, um beide Treppen gleichzeitig anzugehen. Auf jeder Seite standen drei Wächter. Er ritt nach rechts. Pfeile erledigten die ersten beiden, dann sprang er vom Pferd, um den Dritten anzugreifen. Er zog seine Kavallerieklinge.

»Die Waffe weg«, sagte er.

Über ihnen auf dem Oratorium fielen barsche Worte, dann ertönte ein bekümmerter Schrei. Als der Ordenskrieger vor ihm nicht weichen wollte, griff Vasselis ihn an. Ihre Klingen prallten aufeinander, er drückte den Gegner nach rechts und schlug mit der linken Faust zu. Der mit Eisen verstärkte Handschuh brach dem Mann den Unterkiefer, und er sackte sofort zusammen. Vasselis stieß ihm die Klinge durch den Bauch und sprang über den leblosen Körper hinweg, die Treppe hinauf.

Oben angekommen, sah er seinen Sohn, *seinen Sohn*, der eine Klinge an den Hals der Kanzlerin hielt. Horst Vennegoor stand stocksteif neben ihm. Auf der anderen Seite des Oratoriums drängten sich die Autorität und die Aufgestiegenen aneinander. Überall schrien und weinten Leute, und er sah Gorians wütende Miene. Am Himmel sammelten sich Gewitterwolken, und unten auf dem Forum jubelten die Bürger von Westfallen, als sie ihn und seine Männer erkannten.

»Ich will hier Ruhe und Ordnung haben!«, brüllte er. »Ruhe und Ordnung!«

Der Himmel klärte sich, und der Wind schlief ein. Jetzt hörte er nur noch jemanden weinen. Er wandte sich an die Kanzlerin, etwas Blut tropfte von seiner Schwertspitze. Seine Männer hatten die Ordenskrieger auf dem Oratorium zurückgedrängt und entwaffneten sie, um die Autorität und die Aufgestiegenen zu schützen.

»Löse deinen Schwertgurt, Horst. Ich will nicht auch noch dein Blut auf meiner Klinge sehen«, sagte er. »Und gib den Befehl, dass sich deine Krieger zurückziehen. Ihr werdet alle hier verschwinden.«

Vennegoor nickte leicht und hob die Hände zum Gürtel. Vasselis stand inzwischen dicht vor der Kanzlerin und erkannte die Furcht hinter ihrem stolzen Gehabe. Allerdings fürchtete sie nicht um ihr Leben, sondern vor allem das, was sie gesehen hatte.

»Es ist gut, Kovan, du kannst dich jetzt zurückziehen. Ich bin stolzer auf dich, als ich es mit Worten ausdrücken kann.«

»Ihr zieht sogar Euren Sohn hinein«, sagte Koroyan. »Kennt Eure Selbstsucht denn überhaupt keine Grenzen?«

Vasselis wartete, bis sein Sohn das Schwert in die Scheide gesteckt und sich zu den Aufgestiegenen gesellt hatte. An diesem Tag war er zum Mann gereift. Auf seine Weise war dieses Erwachen für ihn ebenso wichtig wie das Erwachen derjenigen, die er beschützte. Und dies auch noch im Angesicht solcher Brutalität und Gewalt. An einem anderen Tag hätte Vasselis darüber gelächelt, aber nicht heute.

»Kovan, du bist jetzt für sie verantwortlich. Nimm sie mit. Du weißt, was du zu tun hast.«

»Sie hat Vater Kessian getötet«, rief Gorian.

»An dieser Stelle wird es enden«, sagte Vasselis, auch wenn ihm das Herz brach. »Geht jetzt, solange ihr noch könnt. Hier seid ihr nicht mehr sicher.«

»Sie werden nicht weit kommen«, drohte Koroyan. »Wir kennen ihre Gesichter. Ihre Augen sind der Beweis für ihre Schuld. Und Ihr werdet mit ihnen verbrennen, Marschall. Eure Zeit ist abgelaufen.«

»An Eurer Stelle würde ich kein weiteres Wort mehr sagen, Felice. Ihr habt für einen Tag schon genug Schaden angerichtet.

Er blickte nach links, wo Elsa in ihrem Blut lag, das Haar bewegte sich leicht in der Brise. Rechts lag Kessian reglos und tot.

»Ich bin hier, um ...«

»Schweigt!« Vasselis legte seinen ganzen Zorn in das eine Wort. »Wenn Ihr nicht das Siegel der Advokatin vorweisen könnt, habt Ihr keine Befugnis, irgendein Urteil zu sprechen. Dies ist mein Land, dies sind meine Leute. Ich werde nicht zögern, jeden niederzustechen, der sie bedroht.«

Das Jubelgeschrei, das hinter ihm losbrach, war lang und anhaltend. Er nickte, drehte sich aber nicht um, sondern beugte sich nahe zu Koroyan vor.

»Felice, Ihr könnt versuchen, Euren Willen durchzusetzen, dann werde ich Euch vor den Augen dieser unschuldigen, gesetzestreuen Menschen demütigen. Oder Ihr könnt es lassen, und dann werden wir beide an einem anderen Tag vor der Advokatin stehen, um uns zu rechtfertigen. Wie soll es sein? So oder so werden die Aufgestiegenen unbehelligt diesen Platz verlassen.«

Koroyan betrachtete die Aufgestiegenen, die fast mit Gewalt von

Ardol Kessians Leichnam weggezogen werden mussten. Sie lächelte humorlos.

»Ihr seid ein Ketzer und werdet brennen«, sagte sie. »Ich frage mich, wie viele Männer Ihr überhaupt hier habt.«

»Verdammt sollt Ihr sein, Felice. Verdammt sei Eure Asche im Wind.« Er drehte sich um. »Lauf, Kovan, lauf!«

Arducius konnte vor Tränen kaum etwas sehen. Einer von Vasselis' Soldaten hatte ihn hochgezogen und zusammen mit den anderen Aufgestiegenen und der Autorität die Treppe hinunterbugsiert. Von den Seiten des Forums kamen Pfeile geflogen, die klickend auf Stein prallten oder über ihre Köpfen pfiffen. Nur Genna war bei Vater Kessian geblieben, der in der heißen Nachmittagssonne hingestreckt auf der steinernen Bühne lag. Mirrons Schreie, als sie fortgerissen und weggeschoben wurde, würde er nie vergessen. Er hatte keine Ahnung, was mit Marschall Vasselis geschehen war.

Überall schrien Menschen, Gewalt lag in der Luft. Er und die anderen waren mitten in einer Menschenmenge und sahen nur noch rennende Beine und rudernde Arme. Vasselis' Männer liefen vor und hinter ihnen. Hesther, Meera und Gwythen begleiteten sie, während Willem und Andreas, die zu alt waren, um so schnell zu rennen, irgendwo Schutz suchten. Doch sie waren nicht das Ziel, nicht in diesem Augenblick.

Die Ordenskrieger hatten den Ring um das Forum aufgelöst und versuchten, sich durch die Menge zu drängen, die sie bei jedem Schritt behinderte. Kovan führte die Aufgestiegenen durch eine Gasse und dann eine schmale Straße hinunter, die parallel zum Forum verlief und hinunter zum Strand führte. Flankiert von den Männern seines Vaters rannte er, so schnell er konnte. Gorian war direkt hinter ihm.

Ossacer war unsicher, er konnte sich nicht auf die Energiebahnen im Himmel einstimmen, um den Weg zu finden. Einer der Soldaten führte ihn. Der Krieger hatte mit seiner behandschuhten Hand den Rücken von Ossacers Tunika gepackt und ihn fast vom Boden gehoben. Mirron wurde auf ähnliche Weise mitgeschleppt. Sie war mehr als einmal gestolpert, bis ein Soldat sie sich über die Schulter geworfen hatte, von wo aus sie nun Arducius anstarrte. Ihre Miene war starr vor Entsetzen, und sie weinte stumm.

»Ich bin hier, Mirron«, keuchte er. »Ich bin hier.« Er glaubte nicht, dass sie ihn überhaupt hörte.

Sie wurden gehetzt, der Orden war hinter ihnen her. Links neben ihm prallte ein Pfeil gegen ein Gebäude.

»Schneller!«, rief ein Soldat. »Seht nicht zurück.«

Vor ihnen stürmten drei Männer auf die Straße. Wieder flogen Pfeile. Einer traf einen Soldaten im Gesicht, der Mann kippte sofort um und taumelte links gegen eine Mauer. Kovan und der andere Soldat griffen an. Beide hatten ihren Gladius gezogen und hielten ihn mit beiden Händen. Arducius konnte kaum alles aufnehmen, was direkt vor ihm geschah.

Kovan zögerte nicht. Er schlug zu, und ein Bogenschütze fiel. Die Klinge hatte seine leichte Kavallerierüstung durchschlagen und war tief in seinen Körper eingedrungen. Vasselis' Kämpfer wehrte einen Schwertstreich ab und trieb dem Gegner seine Klinge in den Hals. Blut spritzte und besprenkelte Arducius' Gesicht, als dieser vorbeirannte. Er musste über den Körper springen, aus dem zuckend das Leben wich. Der dritte Gegner schoss einen weiteren Pfeil ab, verfehlte aber sein Ziel. Kovan schlug ihm die Hände ab. Der Mann heulte und stürzte. Sein Schmerzensschrei traf Arducius wie ein Speer. Er spürte das Aufbranden der Energie, als der Körper des Mannes gegen die Verletzungen ankämpfte. Die Straße färbte sich rot.

Arducius keuchte vor Anstrengung. Im Rennen wischte er sich das Gesicht ab. Von hinten kamen wieder Pfeile geflogen, die aber nicht trafen, weil die Schützen im Laufen schossen. Er durfte jetzt nicht anhalten oder langsamer werden. Das Brüllen der Menge auf dem

Forum war auch hier noch zu hören, gedämpft durch die Häuser. Das Trampeln der Stiefel auf dem Pflaster dröhnte ihm in den Ohren. So vieles, das seine Aufmerksamkeit forderte, und dabei konnte er nichts weiter tun, als einen Fuß vor den anderen zu setzen.

Am Ende der Straße kamen sie auf einer freien Fläche im Sonnenlicht heraus. Weiter unten lagen der Hafen, der Strand und das offene Meer. Hunde liefen neben ihnen und bellten wie verrückt. Von rechts kamen Leute gerannt. Ordenskrieger, Vasselis' Männer und gewöhnliche Bürger. Von Anfang an war klar gewesen, in welche Richtung die Aufgestiegenen sich wenden würden. Es war ihre einzige Hoffnung, rasch zu fliehen.

Die Pfeilschüsse hörten nicht auf, aber jetzt blieben einige von Vasselis' Soldaten hinter ihnen stehen. Sie riefen den Aufgestiegenen zu, sie sollten weiterlaufen, drehten sich um und griffen die Bogenschützen des Ordens an, die ihnen folgten. Arducius hatte nur Augen für das, was vor ihnen lag. Am Strand war Kovans Boot bereits aufgetakelt und bereit. Fünf von Vasselis' Kriegern standen davor, spannten die Kompositbogen und schossen einen Pfeil nach dem anderen ab.

Arducius wollte nicht hinschauen, aber er konnte nicht anders. So viele Ordenskrieger folgten ihnen. Sie hatten die letzten Häuser jenseits des Forums bereits hinter sich gelassen und rannten auf dem freien Gelände, das die Stadt vom Strand trennte, durch das hohe braune Gras. Hinter ihnen folgten die aufgebrachten Einwohner.

Kovan führte sie zur Hafenmole, aber das Boot würden sie nicht rechtzeitig erreichen.

»Ins Wasser!«, rief Arducius. »Aufgestiegene, los jetzt. Kovan, du musst uns vor der Küste aufnehmen.«

Kovan nickte und winkte seinen Männern, ihn zu begleiten. Sie setzten Mirron ab und gaben Ossacer frei. Dann drehten sich die Soldaten um und folgten Kovan. Die Autoritäten versammelten sich um die Aufgestiegenen.

»Wir haben nicht mehr viel Zeit«, sagte Hesther, deren Gesicht vor Sorgen und vom angestrengten Rennen verzerrt war.

»Ihr müsst mitkommen«, sagte Gorian.

»Das können wir nicht«, erwiderte Meera und nahm ihren Sohn in die Arme. »Du musst von hier verschwinden. Uns wird schon nichts passieren, der Marschall wird uns beschützen.«

»Ich will nicht gehen«, schluchzte Ossacer. »Bitte, ich will nicht gehen.«

»Es ist nicht für immer«, sagte Hesther. »Du bist wieder hier, ehe du dichs versiehst.«

»Ich gehe nicht weg«, sagte Mirron. »Ich lasse dich nicht allein. Ich lasse keinen von euch allein.«

Gefährlich nahe prallte ein Pfeil auf die Mole. Über das Wasser hallte das Klirren von Schwertern herüber. Gwythen drückte Mirron fest an sich.

»Es ist zu gefährlich«, sagte sie. »Komm schon, junge Dame, wir haben doch darüber gesprochen. Wir wussten, dass es dazu kommen konnte.«

Arducius empfand die gleiche Angst, die er auch in ihren Mienen erkannte. Doch sie konnten jetzt nicht hierbleiben, so viel war klar.

Hesther sah sich um und klatschte in die Hände. »Los jetzt, geht. Arducius, du passt auf sie auf. Gorian, zügle dein Temperament. Mirron, hör auf dein Herz. Ossacer, alles kann geheilt werden. Und jetzt geht. Wir schirmen euch ab.«

Arducius nickte, streifte die Sandalen ab und führte sie ins Wasser des Hafenbeckens, wo sie nicht mehr zu sehen waren.

Kovan schaute nicht zurück. Sein Boot schien schrecklich weit entfernt zu sein, und die Feinde schlossen auf. Er lief mit drei Männern die Hafenmole entlang. Die Bogenschützen, die das Boot bewachten, schossen unentwegt, mussten aber achtgeben, um nicht etwa unschuldige Bürger zu treffen.

»Schwerte und Schilde!«, rief Kovan.

Die Männer vor ihm hatten es gehört. Sie warfen die Bogen weg, hoben rechteckige Schilde und zogen ihre Schwerter. Dann verteilten sie sich am Heck, während die Diener am Bug ins Wasser wateten und das Boot so weit nach draußen zogen, dass es jederzeit auslaufen konnte.

Mindestens sechs Ordenskrieger waren der Hauptmeute der Feinde und Verbündeten voraus und würden das Boot vor Kovan erreichen. Hinter ihnen wurden zwei weitere langsamer, um Pfeile abzuschießen. Einer wurde vom ausholenden Nackenschlag eines kräftigen Bauern aus Westfallen umgeworfen, der zweite sah sich auf einmal von einer johlenden Menge umringt.

Unter Kovans Füßen knirschte der Sand. »Wenn ich weg bin, hört ihr so bald wie möglich zu kämpfen auf. Es ist schon zu viel Blut geflossen.«

»Ja, Herr.«

Die Ordenskrieger erreichten das Boot, sie hatten kleine Schilde an die Arme geschnallt und waren mit Kavallerieschwertern bewaffnet. Die Verteidiger machten sich bereit und duckten sich, um die ersten Hiebe abzufangen. Mit lautem Knallen prallten die Schwerter auf die Schilde. Sofort danach stießen sie die Schilde vor und drängten die Gegner zurück, um Raum für den Gegenangriff zu schaffen. Die Klingen zuckten, aber keine fand ein Ziel.

»Haltet sie auf«, rief Kovan.

Doch vom anderen Ende des Strandes, aus der Richtung des Hauses der Masken, kamen noch weitere Krieger angerannt, denen sich niemand in den Weg stellte.

»Links von euch, links«, rief einer der Soldaten, die bei Kovan waren.

Die Männer am Bug hatten jedoch mit den angreifenden Schwertkämpfern genug zu tun und hörten es nicht. Man konnte nichts für sie tun außer hoffen, dass die Pfeile ihre Ziele verfehlten. Kovan war nur noch zwanzig Schritte entfernt und bot selbst ein hervorragendes Ziel. Die Gegner blieben stehen, suchten einen guten Stand, zielten und schossen. Ein halbes Dutzend Pfeile zischte durch den klaren blauen Himmel. »Vorbei, vorbei«, flehte Kovan unwillkürlich.

Ein Pfeil fand sein Ziel und bohrte sich seitlich in den Hals eines Soldaten, riss ihn von den Füßen; er prallte gegen den Kämpfer neben ihm. Drei Ordenskrieger rannten sofort vorbei und griffen die Männer an, die am Boot warteten. Sie wichen vor den Schwertkämpfern zurück und hoben die Hände, um sich zu ergeben. Auf der Stelle wurden sie im Flachwasser niedergemacht, das Blut spritzte ins Wasser.

»Nein!«, schrie Kovan. Dann murmelte er: »Sie haben sich doch ergeben. Sie waren unbewaffnet.«

Der Schreck war zu viel für ihn, er blieb unsicher stehen. Nicht so die Männer seines Vaters. Sie rannten weiter und griffen an, und Kovan sah ihnen nach, wie sie dem Feind den Tod bringen wollten. Vergeltung und Rache. Ihm wurde übel.

Einer seiner Kämpfer sprang brüllend über den Bug des Bootes und schlug mit seiner Klinge zweihändig nach einem unvorbereiteten Gegner. Die Klinge grub sich tief in die Hüfte des Wächters und warf ihn seitlich von den Beinen; er fiel ins Wasser. Ein weiterer Ordenskrieger lenkte mit seinem Schild den Schwertstreich ab, verlor aber das Gleichgewicht und rutschte im Sand aus. Der nächste Hieb fuhr unter seinem Schutz hindurch, brachte ihm einen Schnitt an der Seite bei und verletzte seine Rippen. Der dritte Mann drehte sich um und rannte weg.

Am Heck des Bootes konnten die Verteidiger die Angreifer mühelos abhalten. Kovan hatte genug gesehen, und auf einmal musste er gegen die Tränen ankämpfen. Im klaren blauen Wasser breiteten sich dunkle Flecken aus, Leichen trieben mit dem Gesicht nach unten. Er rannte direkt in einen Ordenskrieger hinein und warf ihn um.

»Genug!« Er baute sich zwischen den Parteien auf. »Hört auf, hört auf.«

Es fiel ihm schwer, die richtigen Worte zu finden, zumal er vor Anstrengung keuchte. Ein Ordenskrieger hob das Schwert. Sofort nahmen ihn Kovans Männer in die Zange.

»Steckt die Klingen weg«, sagte Kovan. »Sie sind fort, und ihr werdet mich nicht daran hindern, dieses Boot zu nehmen.«

»Du wirst brennen, Ketzer«, sagte ein Krieger. »Dein Vater wird dir nicht helfen, weil er am Marterpfahl neben dir brennen wird.«

»Du wirst dem Herrn Vasselis die gebührende Achtung erweisen«, fauchte ein Soldat.

Kovan schüttelte den Kopf. In der Stadt hatte die Verfolgungsjagd unterdessen ihr Ziel verloren. Die Männer seines Vaters hatten es mit größeren Gruppen von Ordenskriegern zu tun. Die Wut der Einwohner legte sich, und schon riefen die Anführer, die anderen sollten aufhören zu kämpfen, oder stießen sie weg. Am Forum ertönten Hornsignale. Zwei verschiedene Töne.

»Haltet sie zurück, während ich ablege«, sagte Kovan.

Das Boot schwamm bereits und wiegte sich querab vom Strand auf den sanften Wellen. Er preschte durchs Wasser, drehte den Bug zum Meer herum und zuckte zusammen, als die Hand eines Toten sein Bein streifte. Das Blut im Wasser ignorierte er, während er seitlich am Boot entlangging und am Heck hineinkletterte. Dann fasste er mit einer Hand das Hauptsegel, nahm es herum und zurrte die Seile fest. Die andere Hand legte er auf die Ruderpinne. Das Boot entfernte sich vom Ufer. Er blickte noch einmal nach Westfallen zurück und fragte sich, ob er die Stadt und seine Eltern jemals wiedersehen würde. Schließlich gab er sich einen Ruck und segelte in die Bucht, um nach den Aufgestiegenen zu suchen.

Vasselis und drei seiner Männer hielten die Kanzlerin und Vennegoor unter Bewachung, bis die Hörner ertönten, die seine und ihre Kräfte zurückriefen. Er lauschte, bis die Panik allmählich nachließ und einem ohnmächtigen Zorn und Kummer wich. Das Forum glich einem Schlachtfeld. Vasselis mochte seinen eigenen Augen nicht trauen.

Er zählte zwanzig Tote, bei den meisten knieten Angehörige, die sich um sie kümmerten. Darunter waren zwei Ordenskrieger, die im allgemeinen Getümmel während der Flucht der Aufgestiegenen umgekommen waren. Die anderen jedoch waren gewöhnliche Bürger, die zur falschen Zeit am falschen Ort gestanden hatten.

»Ich will sehen, ob ich ihnen helfen kann.«

Es schmerzte, diese Stimme zu hören. Sie klang leer, verloren und schrecklich einsam. Genna Kessian. Vasselis drehte sich zu ihr herum. Von einem seiner Soldaten gestützt, richtete sie sich gerade auf. Sie wischte die Hände an ihrer Tunika ab und starrte ihn an, flehte ihn an, ihr die Hilfe zu gewähren, die ihr niemand geben konnte.

»Die Ärzte kümmern sich um die Verletzten, Genna. Bitte, lass uns dir jetzt helfen. Dir und Ardol.«

Sie nickte, und er sah, wie die Kraft sie verließ. Sie schwankte, und der Soldat zog sie an sich und hielt sie aufrecht.

»Bringe sie und Vater Kessian ins Haus der Masken. Suche den Laienleser, damit eine Andacht stattfindet.«

»Ja, Marschall.«

Die Kanzlerin gab ein verächtliches Geräusch von sich. Er drehte sich zu ihr um.

»Habt Ihr etwas zu sagen, Kanzlerin?«

»Er wird das Haus durch seine Gegenwart entweihen. Genau wie ihr alle.«

Einen Herzschlag lang hatte Vasselis Lust, sie einfach niederzustrecken. Das Zucken seines Schwertarms entging ihr nicht.

»Nein«, sagte er, ebenso zu sich selbst wie zu ihr. »Denn dann wäre ich ein gewöhnlicher Mörder wie Ihr.« Er nickte in Kessians Richtung. »All das im Namen Gottes? Ihr habt ihn ebenso zielsicher ermordet, als hättet Ihr ihm ein Messer ins Herz gestoßen. Ich habe diesen Mann geliebt. Er und Genna sind meine ältesten Freunde. Ich kann jeden, der da auf dem Forum liegt, beim Namen nennen. Es waren friedliche, treu ergebene Bürger.« Er hob die Stimme. »Was habt Ihr nur getan?«

Koroyan starrte ihn an, als wäre er ein Schwachsinniger. »Ich habe Ketzerei entdeckt und Gerechtigkeit geübt«, sagte sie.

»Das ist ein Wort, das zu benutzen Euch nicht zusteht.« Vasselis schüttelte den Kopf. Es fiel ihm schwer, die Gefühle im Zaum zu halten, die in ihm tobten. Auf einer Seite lag Kessian, auf der anderen Elsa. Beide waren tot. »Soll ich Euch über das Forum führen? Soll ich Euch den tundarranischen Tuchhändler zeigen, der dort tot liegt?«

»Manchmal müssen zum Wohle eines höheren Guts auch Unschuldige sterben.«

»Euer Gott soll Euch verdammen, Kanzlerin Koroyan, wer er auch ist. Hier ist jeder unschuldig.«

»Nein, Marschall, das trifft nicht zu. Ich habe die Wahrheit durch Geständnis und Gebet herausgefunden, bis Ihr Euch eingemischt habt. All dieses Blut klebt an Euren Händen. Ihr solltet in Cirandon sein und die letzten Tage Eurer Befehlsgewalt genießen.«

»Ja, Ihr habt wohl nicht damit gerechnet, dass ich hier auftauche, was? Ihr solltet längst wissen, dass ich Eure Spione grundsätzlich nicht in alle meine Pläne einweihe. Wisst Ihr, was mir wirklich zu schaffen macht? Es ist die Tatsache, dass Ihr glaubt, Ihr könntet damit durchkommen. Ihr habt keinerlei Befugnis der Advokatin. Eure Handlungen sind nicht rechtmäßig, und all Euer Geschwätz über die Heiligkeit des Ordens wird Euch dieses Mal nicht retten.

Ich würde Euch selbst in Haft nehmen, aber vielleicht interessiert Euch zu erfahren, dass Hauptmann Harkov mit zweihundert Leviumkämpfern und Soldaten der Palastwache hierher unterwegs ist. So kann ich Euch und Eure Schläger gleich ihm übergeben. Er müsste im Laufe des Tages eintreffen.«

Koroyan kicherte. »Wie wenig Ihr doch über das Wirken der Advokatur wisst, Marschall Vasselis. Er kommt nicht her, um Euch vor mir zu beschützen. Er kommt, um Euch zu verhaften. Ich bin lediglich vor ihm hier eingetroffen. Am Ende werde ich siegen.«

Vasselis sah in ihren Augen, dass sie zum ersten Mal, seit ihre Unterhaltung begonnen hatte, die schlichte Wahrheit sprach.

39

848. Zyklus Gottes, 25. Tag des Solasauf
15. Jahr des wahren Aufstiegs

Ossacer und Mirron wollten überhaupt nicht mehr mit Weinen aufhören. Die Sonnenhitze brannte auf sie herab und hatte sie rasch getrocknet, nachdem sie in Kovans Boot geklettert waren, aber sie schauderten alle. Arducius hielt Ossacer fest, Gorian kümmerte sich um Mirron, und alle starrten einander an oder blickten nach Westfallen zurück, das hinter ihnen allmählich am Horizont verschwand. Abgesehen von einigen ermunternden Bemerkungen und Dankesworten, als sie das Wasser verließen, hatten sie kein Wort gesprochen. Auch jetzt waren nur das Schluchzen, das Plätschern der Wellen und das Knattern des Windes im straff gespannten Segel zu hören.

Kovan überließ sie vorerst sich selbst. Er war so blass und verängstigt wie die anderen. Die Last dieser plötzlichen, unerwarteten Verantwortung bedrückte ihn, während sein Blick staunend zu den Aufgestiegenen wanderte. Dennoch führte er sicher die Ruderpinne und lenkte das Boot in einem weiten Bogen in die Bucht hinaus zum breiten Kanal, der schließlich ins offene Meer mündete. Da draußen wartete irgendwo eine Galeere auf sie, die ebenso für diesen Notfall wie als Schutz für die Genastrobucht ständig dort lag. Allerdings war die Besatzung nicht über die Ankunft der Aufgestiegenen unterrichtet.

Sie hatten sich an den Genastrofällen versteckt, bis sie Kovans Boot an der Oberfläche spürten. Gorian hatte den Delfin gerufen, der neben ihnen schwamm, immer ein Auge auf sie gerichtet und ängstlich schnatternd.

Nun erhoben sich vor ihnen dunkel und drohend die mehrere Hundert Fuß hohen Klippen zu beiden Seiten des Kanals. Seevögel kreisten dort oben. Der Wind frischte auf, während er durch den Kanal fuhr, und beschleunigte ihre Flucht. Hinter ihnen eilten die Fischerboote und Jen Shalke so schnell sie konnten in den Hafen zurück. Erst beim Anblick des einsamen Bootes war den Fischern bewusst geworden, was geschehen war. Sie hatten den Aufgestiegenen Essen, Wasser und Reservekleidung überlassen und sich voller Zorn auf den Weg gemacht. Jen Shalke hatte sie nur widerstrebend ziehen lassen. Auch ihre Unschuld war zerstört. In einem Boot bewahrte sie ein wundervolles Stück Koralle auf, das sie für Vater Kessian aufgelesen hatte. Jetzt würde es nur noch sein Grab schmücken.

Als Ossacer sich regte, sah Arducius ihn an. Das tränenüberströmte Gesicht verriet, wie fassungslos und verletzt er war. Arducius fühlte mit ihm. Vater Kessians Tod hatte ein schreckliches Loch gerissen, aber für Ossacer musste alles noch viel schlimmer gewesen sein, denn er hatte dem Vater im Augenblick des Todes die Hände aufgelegt.

»Warum konnte ich ihn nicht retten? Ich wollte ihm meine eigene Lebensenergie geben, aber sie wollte nicht hinein.«

»Ihm hätte niemand mehr helfen können«, erwiderte Arducius.

»Um sein Herz war alles ganz grau«, schluchzte Ossacer. »Ich habe gespürt, wie er ging. Ich wollte ihn halten, aber ich konnte nicht. Ich konnte es einfach nicht.«

Arducius drückte Ossacer fest an sich. Auch er fühlte sich hilflos. Mehr als alles andere wollte er weinen, aber er musste stark sein.

»Es ist nicht deine Schuld, Ossacer«, sagte Gorian.

Arducius schauderte. Es waren die ersten Worte, die Gorian seit ihrer Flucht gesprochen hatte, und seine Stimme klang kalt und teilnahmslos. Auch Mirron spürte es und schaute zu ihm auf.

»Wir wissen jetzt, wer unsere wahren Feinde sind«, fuhr Gorian fort. »Es sind alle, die den Allwissenden anbeten.«

»Ach, hör doch auf, Gorian. Das ist nicht wahr«, widersprach Arducius.

»Wirklich nicht? Ich rede nicht von Elsa, der Autorität oder dem Marschall. Doch wir leben nicht mehr in Westfallen, und die Welt da draußen mag uns nicht.« Er sah sich um und bekam nicht die Reaktion, auf die er gewartet hatte. So hob er die Stimme. »Seid ihr so blöd? Die Kanzlerin ist persönlich gekommen, um uns zu verbrennen. Sie hat hundert Krieger mitgebracht. Welchen Beweis braucht ihr noch? Wir haben Glück, dass wir noch leben, und die einzige Möglichkeit, am Leben zu bleiben, ist, davon auszugehen, dass jeder, den wir treffen, unser Feind ist. Wahrscheinlich werden wir eher bei den Gottlosen in Tsard neue Freunde finden.«

Arducius starrte den Boden des Bootes an.

»Du hast sie erlebt«, fuhr Gorian etwas leiser fort. »Die Krieger und die Kanzlerin auf dem Oratorium. Sie hatten Angst, als sie sahen, was wir getan haben. Der Wind und die Hitze. Gerüchte verbreiten sich schnell. Der Marschall sagte das jedes Mal, wenn er mit uns geredet hat. Bald werden alle über uns Bescheid wissen. Sie werden wissen, was es mit unseren Augen auf sich hat, und sie werden Angst vor uns haben, weil der Orden ihnen einredet, wir wären böse. Sie werden dem Orden glauben. Du weißt doch, wie die Leute sich verhalten, wenn sie etwas fürchten, oder?«

Es dauerte eine Weile, bis Mirron antwortete. »Sie vernichten es«, flüsterte sie.

»Ich werde da sein«, erklärte Kovan. »Niemand wird euch etwas tun, wenn ich es verhindern kann.«

»Du kannst sie nicht aufhalten«, meinte Gorian nicht unfreundlich. »Niemand kann das.«

»Ich bringe euch in Sicherheit. Ich verspreche es.«

»Und was dann?« Gorian breitete die Arme aus. »Was geschieht, wenn der Orden uns in Gestern oder Sirrane findet, oder wo auch immer wir mit deiner Hilfe landen? Was hat dein Vater für diesen Fall geplant? Sollen wir unser ganzes Leben auf der Flucht verbringen, niemals eine Heimat finden und immer Angst haben, dass wir doch noch erwischt und verbrannt werden?«

»Zuerst müsst ihr in Sicherheit sein, und dann können wir die Leute überzeugen, dass ihr nicht böse seid«, erwiderte Kovan.

»Wie denn?« Mirrons Frage klang wie ein verzweifelter Schrei. »Ihre Gedanken sind vergiftet, sie wollen uns umbringen.«

»Alles, was wir hatten, ist verloren«, warf Ossacer ein. Seine Stimme war wie Eis in der Tageshitze. »Wir werden niemals mehr nach Hause kommen, wir werden niemals unsere Freunde und Angehörigen wiedersehen.«

Ein Schauer durchlief Arducius. Er war mit allem ringsum verbunden. Mit dem Meer, dem Wind, der Energie in der Luft und allen Lebewesen. Dennoch fühlte er sich ausgestoßen und schrecklich einsam.

»So wird es nicht sein«, widersprach Kovan. »Die Autorität wird überleben. Es gibt immer eine neue Generation, die das Potenzial für den Aufstieg hat. Mein Vater ist mächtig und einflussreich. Er wird mit den Leuten reden, damit sie es verstehen.«

Gorian schnaubte verächtlich. »Du hast keine Ahnung.« Er deutete in Richtung Westfallen. »Vielleicht ist alles schon niedergebrannt. Dein Vater könnte längst tot sein. Vielleicht sind wir die einzigen Aufgestiegenen, die es jemals geben wird.«

»Wir dürfen die Hoffnung nicht verlieren«, sagte Kovan. »Wir müssen denen vertrauen, die wir zurückgelassen haben.«

»Nein«, widersprach Gorian, und die Kälte war wieder in seiner Stimme. »Wir müssen annehmen, dass es außer uns niemanden mehr gibt. Das ist die einzig sichere Annahme. Nun, Kovan, Sohn des

Arvan Vasselis, damit bist du der Beschützer der vier wichtigsten Menschen auf der Welt. Wir sind einzigartig. Also sieh zu, dass uns nichts passiert, was?«

Arducius blickte zu Kovan, dessen Hände sich um die Ruderpinne verkrampften, als er nach vorn blickte. Er schüttelte den Kopf und bewegte tonlos die Lippen, während er seine verwirrten Gedanken zu ordnen suchte.

»Es wird uns besser gehen, sobald wir auf dem Schiff sind«, sagte er schließlich und war wieder der siebzehnjährige Sohn von Vasselis und nicht mehr der Schwertkämpfer, der sie gerettet hatte. »Sie werden wissen, was zu tun ist. Mein Vater hat es ihnen sicher gesagt, und dann wird alles gut.« Er wandte sich an Mirron. »Du wirst schon sehen, es wird alles gut.«

Mirron schmiegte den Kopf an Gorians Brust und begann wieder zu weinen. Arducius blickte zum Horizont und wünschte sich, er wäre nicht als Aufgestiegener geboren worden.

Marschall Thomal Yuran stand auf den Wällen von Haroq. Die Tore waren noch geöffnet, und der deprimierende Zustrom der Flüchtlinge ließ nicht nach. Innerhalb der Mauern wurden sie zu Gärten und Lagerhäusern geleitet, wo notdürftige Unterkünfte und Küchen eingerichtet worden waren. Andere wurden auf allen verfügbaren Schiffen untergebracht, damit sie den Teel hinab bis nach Byscar, Atreskas Haupthafen am Tirronischen Meer, gebracht werden konnten.

In den fünf Tagen, die ihm gewährt worden waren, hatte er alles Menschenmögliche getan. Megan war mit den Botschaften für die Advokatin aufgebrochen. In ganz Atreska brannten die Leuchtfeuer und bereiteten die Bevölkerung auf die Invasion vor. Er hatte nach Gosland im Norden und Gestern und Estorr im Süden Brieftauben ausgeschickt, außerdem Boten mit den gleichen Nachrichten zu Pferd und auf Schiffen.

Seine militärischen Kommandanten hatten ihm bestätigt, dass der größte Teil seiner Landesverteidigung an der tsardonischen Grenze verstreut war. Auf der zentralen Ebene lagerten noch einige Reserveeinheiten. Nach der Staubwolke zu urteilen, die sich in den klaren Solastrohimmel erhob, hatte der Feind sich nicht von den äußeren Verteidigungsanlagen aufhalten lassen. Aus den letzten Berichten seiner Späher wusste er, dass sich etwa fünfhundert Krieger der Steppenkavallerie näherten, die vermutlich seine Kapitulation verlangen würden.

Er hatte alle Legionäre, die er nur erreichen konnte, zurückgezogen, um die Stadt und das Seengebiet im Südosten zu verteidigen, das den Teel speiste. Dies war seine einzige Fluchtmöglichkeit und die einzige Nachschublinie, die er verteidigen konnte. Die Stadt Haroq war schwer einzunehmen, wie auch die Konkordanz schon vor einem Jahrzehnt festgestellt hatte. Also wiederholte sich die Geschichte. Ihm standen siebentausend Kämpfer in zwei unvollständigen Legionen zur Verfügung. Mit etwas Mut, Glück und Geschicklichkeit konnten sie sich halten, bis Verstärkung aus den entlegenen Regionen von Atreska, aus Neratharn und Estorea, Phaskar und Avarn eintraf.

Allerdings fragte er sich, ob er tatsächlich den Willen hatte, sich gegen ein Heer zu stellen, das dem Vernehmen nach über dreißigtausend Köpfe zählte. Gosland sah sich möglicherweise von einer ähnlich großen Armee bedroht. Falls Jorganesh noch standhielt, gab es vielleicht Hoffnung, dass Gestern genügend Kräfte zur Verteidigung beisteuern konnte.

In der Stadt griff die Panik um sich. Lebensmittel wurden rationiert, und für Unterkünfte wurden Höchstpreise bezahlt. Einigen Flüchtlingen war es gelungen, einen großen Teil ihrer Habe mitzunehmen, aber diejenigen, die er jetzt kommen sah, besaßen kaum mehr als die Kleider auf dem Leib. Wie sollte er für all diese Menschen sorgen? Überall waren die alten Schreine wieder aufgestellt oder neu errichtet worden, da die einheimischen Atreskaner Trost bei ihren alten Göttern und Geistern suchten. Wohin er auch schaute, die Menschen streiften die Lebensart der Konkordanz ab.

»Da seht Ihr, was Eure Politik uns eingebracht hat«, sagte er zum estoreanischen Konsul Safinn, der neben ihm stand.

Der Konsul trug seine formelle Toga mit der grünen Schärpe der Konkordanz und hatte vor den Augen der Bürger von Haroq eine stolze Haltung eingenommen. Hinter der Fassade spürte Yuran dennoch die Angst des Mannes, dem es nicht anders erging als allen Würdenträgern der Konkordanz und den paar Einnehmern, die in der Stadt festsaßen. So oder so, niemand durfte hinaus, solange der Konflikt nicht beigelegt war.

»Dazu fällt Euch wohl nichts ein, was?« Yuran schüttelte kichernd den Kopf. Ihm war heiß unter der polierten Rüstung und dem Helm mit dem Federbusch, aber er würde beides erst ablegen, wenn die Schlacht vorüber war. »Ihr könnt nicht verleugnen, was jeder Einwohner meiner Stadt sieht und was jeder Flüchtling fürchtet, der da unten durch die Tore läuft. Zwar kommt jetzt erst eine Handvoll Reiter, aber unter der großen Staubwolke am Horizont marschieren Zehntausende Kämpfer der tsardonischen Infanterie und Kavallerie. Vergesst nicht, dass Eure Herrscher in Estorr noch nicht einmal wissen, dass die Invasion begonnen hat. Sie werden es erst erfahren, wenn meine Brieftauben sie erreichen.

Einstweilen sitzen sie dort, trinken Wein und genießen ihr süßes Leben, während wir auf diesen Mauern sterben müssen. Dabei fühlt Ihr Euch nicht sehr wohl, was? Wo ist nun das Vertrauen in Eure Macht?«

»Gesteris' Legionen werden sich neu formieren und aufstellen. Sie wurden verstreut, nicht abgeschlachtet, und die Tsardonier sind dumm, wenn sie glauben, sie hätten die Konkordanz mit einem einzigen Sieg bezwungen. Haltet Eure Mauern, Marschall, und aus allen Richtungen wird Hilfe kommen.«

Yuran starrte den Konsul an, der seinerseits unverwandt die sich nähernde Staubwolke im Auge behielt.

»Ihr verschließt die Augen vor der Realität«, sagte er. »Habt Ihr nicht den Legionären zugehört, die blutend durch die Tore gestolpert kamen? Aufgerieben wurden sie gewiss, und viele von ihnen gerieten in Gefangenschaft. Wie viele sind noch da draußen, die den Willen und die Geschicklichkeit haben, sich erneut einem Feind zum Kampf zu stellen, der sie vernichtend geschlagen hat?

Ihr habt noch nie die Gefahren der Schlacht erlebt und sicher nicht die Bitterkeit einer völligen Niederlage geschmeckt. Ich habe Jahre gebraucht, um so aufrecht stehen zu können wie jetzt. Ihr seid ein Narr, Safinn. Als Narr geboren, und als Narr werdet Ihr sterben. Seht zu und lernt.«

Als die Sonne den Zenit erreichte und die Hitze beinahe unerträglich wurde, trat Yuran in den Schatten des Torhauses. Männer, Frauen, Kinder und erschöpfte Soldaten strömten in hellen Scharen durch die Tore. Seine Stadtmiliz und die Erste Ala von Haroq, die Steinkrieger, wiesen die Neuankömmlinge ein.

Unterdessen war die tsardonische Kavallerie näher gekommen und höchstens noch eine Stunde entfernt. Von seinen eigenen Reitern begleitet, kamen sie mit der Parlamentärsflagge, wie er es erwartet hatte. Er ordnete an, dass die Flüchtlinge zum Osttor ausweichen sollten, und vernahm das beruhigende, dumpfe Klappern, als die großen Eisentore unter seinen Füßen geschlossen wurden und das Fallgatter an seine Position fuhr.

Dann befahl er, auf dem Torhaus die Parlamentärsflagge zu hissen, und trat auf den Balkon hinaus, der als Schutz gegen die Hitze mit einem Baldachin versehen war. Wie unpassend das wirkte. Der Balkon war wundervoll gearbeitet, seine Schnitzereien zeigten die Siegesfeiern nach der Aufnahme in die Konkordanz. Er war als Bühne angelegt worden, auf der Würdenträger und Verbündete aus dem ganzen Reich gebührend empfangen werden konnten. Jetzt stand er dort und erwartete die Vorhut einer Invasionsarmee.

Am Torhaus und auf den Wällen standen Bogenschützen bereit.

Auf den Türmen, die alle dreihundert Schritte die Mauer unterbrachen, warteten Ballisten, Onager und Katapulte mit Doppelfedern auf die Befehle, das Feuer zu eröffnen. Niemand würde ohne seinen ausdrücklichen Befehl schießen. Er kannte die Tsardonier, wahrscheinlich war mit einer Demonstration ihrer Überlegenheit zu rechnen. Er wollte sich nicht zu unüberlegten Reaktionen hinreißen lassen, und seine Schützen und Bogenschützen wussten genau, was ihnen blühte, wenn sie gegen seine Befehle verstießen.

»Aus solcher Nähe habt Ihr noch nie einen Feind gesehen, nicht wahr, Safinn?« Yuran empfand eine Verachtung, die er nicht in sich vermutet hätte. »Ich kann Eure Angst riechen. Wie Kot, der in der Hitze kocht. Wie erbärmlich. Jetzt wisst Ihr nicht mehr, wohin Ihr fliehen sollt, nicht wahr? Ihr könnt nichts mehr tun, außer Euch dem Feind zu stellen und ihn zu besiegen, oder zu Gott zu beten, er möge Euch einen raschen Tod gewähren. Was werden die Tsardonier wohl mit den Gesandten ihrer Todfeinde tun? Ich sollte Euch die Narbe auf meinem Rücken zeigen. Sie wurde mir von dem Gladius zugefügt, den ich jetzt an meinem Gürtel trage. Eine Handbreit tiefer, und ich würde nicht hier stehen.« Er atmete aus und sah den Konsul an. »Die Narbe verdanke ich einem Estoreaner, der mir die Nieren herausschneiden wollte.«

»Worauf wollt Ihr eigentlich hinaus?«, fragte Safinn, der zitterte wie Espenlaub.

»Darauf, dass Euer luxuriöses Leben vorbei ist. Darauf, dass Ihr jetzt der Mann sein müsst, den Eure Advokatin in Euch zu sehen glaubt. Ich bin hier der Marschallverteidiger, aber Ihr seid der höchste Beamte der Advokatur. Findet Ihr in Euch den Mut, Euch dem Feind zu stellen, wie ich es vor einem Jahrzehnt getan habe? Seid Ihr bereit, den höchsten Preis dafür zu entrichten, wie ich es war?«

»Ich werde tun, was meine Advokatin von mir erwartet«, sagte Safinn.

»Das werden wir bald sehen.«

Die tsardonische Steppenkavallerie näherte sich diszipliniert und stellte sich mit einer Präzision auf, die Yuran nur bewundern konnte. Er hatte die Steppenkavallerie lange nicht mehr gesehen, und ihre Fähigkeiten waren gewiss nicht geringer geworden. Nach dem Manöver standen sechs Reiter im Zentrum in Rufweite des Balkons. Die anderen hatten einen weiten Bogen um sie gebildet. Jeder zweite war mit einem Bogen bewaffnet, die anderen hielten Lanzen mit Bannern aufrecht.

Im Zentrum erkannte Yuran zwischen einigen Bogenschützen den Sentor, der die Kavallerie anführte. Ein Reiter hielt die Parlamentärsflagge – weiße und gelbe Kreishälften, von einem schräg verlaufenden Strich getrennt. Der Sentor stieg nicht ab, sondern betrachtete den Balkon und die Mauern links und rechts. Sein leichtes Lächeln entging Yuran keineswegs.

Zugleich wurde ihm bewusst, wie still es auf einmal in der Stadt geworden war. Die Menschen verstummten, als sich herumsprach, dass die Tsardonier vor den Mauern standen. Jetzt würde sich ihr Schicksal entscheiden. Es war ein ängstliches und ergebenes Schweigen.

»Ich nehme an, ich spreche mit Marschallverteidiger Yuran, dem Herrscher des Königreichs Atreska«, sagte der Sentor in der tsardonischen Umgangssprache.

»So ist es.« Yuran antwortete auf die gleiche Weise und nahm Safinns Nervosität mit Genugtuung zur Kenntnis. »Ich wüsste gern deinen Namen, Sentor.«

»Rensaark«, erwiderte der Mann. »Adjutant des Regenten von Tsard, seiner Hoheit König Khuran. Meine Gegenwart hier beweist, dass er noch lange König bleiben wird.«

»Das wird sich zeigen«, erwiderte Yuran. »Ein einziger Sieg entscheidet noch nicht den Krieg.«

»Deine Parlamentärsflagge«, sagte Rensaark, indem er auf das am Balkon hängende Tuch deutete, »ist die atreskanische, nicht wahr? Ein Symbol deiner Vergangenheit.«

»Die Konkordanz glaubt nicht an Verhandlungen«, erwiderte Yuran.

»Nein«, sagte Rensaark. »Dieser Mann da neben dir ... ist er ein Mann der Konkordanz?«

»Der Konsul Safinn aus Estorea.«

»Ich verhandle nicht mit der Konkordanz«, sagte Rensaark.

Er murmelte einige Worte, die Yuran nicht verstand, und machte eine kleine Geste. Schneller, als Yurans Augen es verfolgen konnten, legte einer seiner Begleiter einen Pfeil in den Bogen und schoss ihn ab. Der Schaft traf Safinns Kehle und drang von unten in den Mund ein. Safinn riss den Mund, aus dem das Blut sprudelte, weit auf, und griff nach dem Schaft. Sprechen konnte er nicht, denn die Pfeilspitze hatte seine Zunge durchbohrt. Flehend starrte er Yuran an, während er zu Boden sank.

»Der höchste Preis«, sagte Yuran. »Möge Euer Gott Euch umarmen.«

Safinn kippte auf die Seite, die Hände immer noch hilflos an die Kehle gepresst, und erstickte an seinem Blut, am Holz und am Metall. Yuran hob beide Hände, damit seine Leute nicht zurückschossen.

»Dann rede mit Atreska«, sagte er. »Was hast du mir zu sagen?«

Rensaark nickte. »Wir wollen uns nicht anschreien. Triff mich am Tor und lass uns wie zivilisierte Menschen reden.«

»Bist du sicher, dass wir das sind?«

»Hör mich an, dann erfährst du es«, sagte Rensaark.

40

848. Zyklus Gottes, 25. Tag des Solasauf
15. Jahr des wahren Aufstiegs

Sie saßen allein an einem schlichten Tisch in der Wachstube des Torhauses. Beide waren unbewaffnet. Diener hatten etwas zu essen und Wasser gebracht. Die Tsardonier standen mit ihren Pferden vor dem Tor, das jetzt aus Höflichkeit geöffnet war, auch wenn es sicherheitshalber von atreskanischer Infanterie scharf bewacht wurde. Rensaark hatte nicht einmal einen Leibwächter mitgebracht.

»Wenn ich nicht bei Einbruch der Nacht wieder draußen erscheine, wird das tsardonische Heer die Mauern niederreißen, um meinen Leichnam zu bergen. Wo wärst du dann?«, hatte er gesagt.

Yuran hatte lange geschwiegen, und Rensaark war für das Schweigen dankbar gewesen.

»Weißt du, wann ich das letzte Mal nicht die Geräusche von Pferden im Ohr hatte? Entweder unter mir oder nachts im Lager? Seit vielen Tagen habe ich nicht mehr hinter dicken Mauern wie diesen gefröstelt.«

»Dies ist eine schwer einzunehmende Stadt«, erwiderte Yuran, der ein wenig verwirrt über das Gehörte war.

»Es ist erst ein einziges Mal gelungen«, bestätigte Rensaark.

»Die Legionen der Konkordanz sind ein furchtbarer Gegner.«

Darauf lächelte Rensaark. »Das waren sie vielleicht einmal, aber heute gilt dies vor allem für die Tsardonier. Wir haben sie gewarnt, wie wir in den letzten Jahren dich gewarnt haben. Kämpfe nicht gegen uns. Wir sind zu stark.«

»Sentor, ich würde wirklich nicht gern glauben, dass du mit mir spielst, nur weil du irrigerweise an deinen unausweichlichen Sieg glaubst«, erwiderte Yuran. »Du bist gekommen, um mit mir zu reden. Stelle deine Forderungen.«

»Marschall, ich begreife, dass du von Konflikten zerrissen bist«, sagte Rensaark.

»Wirklich?« Yuran zog die Augenbrauen hoch. »Mir war noch gar nicht klar, dass ich überhaupt welche habe.«

»Vor zehn Jahren wären wir uns als Freunde und Handelspartner begegnet. Tsard war keine Bedrohung für euch.«

»Natürlich nicht«, erwiderte Yuran scharf. »Ihr brauchtet uns als Puffer gegen die Konkordanz. Bis die Konkordanz uns angegriffen hat, gab es unzählige Grenzkonflikte zwischen uns. Estorea hat schließlich nicht jede Grenzfestung errichtet.«

»Du übertreibst«, widersprach Rensaark.

»Du hast ein kurzes Gedächtnis«, sagte Yuran. »Aber du bist wohl kaum hergekommen, um über unsere Geschichte zu reden.«

Rensaark zuckte mit den Achseln. »In gewisser Weise schon. Die Tatsache, dass ich nicht mit einem großen Aufgebot hierhermarschiert bin, um dich zur Kapitulation aufzufordern, hat sehr viel mit unserer Geschichte zu tun. Unsere Beziehungen waren vielleicht nicht immer frei von Streit, aber wir haben andererseits auch nie einen offenen Krieg geführt. Wir würden es auch jetzt nicht tun, hätte die Konkordanz uns die Hand der Freundschaft gereicht, statt uns anzugreifen. Von Herzen gern hätten wir eingeschlagen, hätte sie es getan.

Aber was bleibt uns anderes übrig, als uns jetzt gegen die ganze Konkordanz zu wehren? Glaubst du nicht, es schmerzt auch uns, wenn wir euer Land überfallen, um unseren Standpunkt zu verdeutlichen?«

»Halte mich nicht zum Narren«, sagte Yuran. »Ich habe die Folgen eurer Schmerzen gesehen. Verschleppte Menschen, niedergebrannte Dörfer, enthauptete Leichen. Verbrannte Leser und Sprecher. Ihr habt mehr Grausamkeit über mein Land gebracht, als es die Konkordanz je getan hat.«

Rensaarks Miene wurde hart. »Weil du unsere Gesandten und unsere Bitten, mit uns zu reden, in den Wind geschlagen hast.«

»Was blieb mir denn anderes übrig? Wir liegen mit euch im Krieg. Atreska ist ein Teil der Konkordanz. Der Konsul hat mir verboten, mit euch zu reden.«

»Nun ist er nicht mehr da«, knurrte Rensaark. »Und ich rede mit dir als einem Atreskaner. Die Konkordanz muss aufgehalten werden. Diese rücksichtslose Expansion bedroht uns alle. Wenn Tsard nicht standhält, worauf wird sie dann als Nächstes das Auge richten? Sirrane? Kark?«

»Du siehst immer nur den Krieg«, sagte Yuran, der sich sehr bemühte, ruhig zu bleiben. »Ja, ich bin unglücklich darüber, dass Atreska zwischen die Fronten gerät, aber wenn Tsard geschlagen wird, dann bin ich näher am Herzen der Konkordanz. Dieses Herz schlägt friedlich, und die Bewohner leben in Wohlstand und Sicherheit. Niemand in Phaskar, Caraduk oder Bahkir muss sich Sorgen machen, dass Angreifer kommen und die Ernte verbrennen. Trotz allem, was ich vor einem Jahrzehnt über die Konkordanz dachte, hat der Anschluss meinem Land eine gewisse Stabilität gebracht, die wir noch nie erleben durften. Eine Stabilität, die Tsard seitdem Tag für Tag untergraben hat.«

»Weil Estorea sich entschlossen hat, vor deinen Grenzen ein neues Schlachtfeld zu eröffnen«, erwiderte Rensaark. »Gegen den Wunsch vieler Menschen deines Landes und gegen den Willen von Tsard. Wo ist jetzt deine gewisse Stabilität? Sie war eine Totgeburt. Wo ist die Verteidigung, da eure Heere geschlagen wurden? Was glaubst du, wo die nächste Schlacht stattfinden wird?«

Yuran senkte den Blick. Rensaark hatte recht. Wie kurz der Frieden in Wahrheit doch gewesen war.

»Haben deine Bürger durch den Anschluss an die Konkordanz wirklich einen Vorteil gehabt? Ihre Religion ... unsere Religion wird unterdrückt. Deine Leute werden so stark besteuert, dass sie sich kaum noch ernähren können, und die jungen Männer und Frauen werden zum Dienst in die Legionen eingezogen. Wozu? Der Grund ist die Eitelkeit eurer Advokatin und ihr Wunsch, über das größte Reich zu herrschen, das es je auf dieser Welt gab. Das ist ihr persönlicher Ehrgeiz.«

Yuran schüttelte den Kopf. »Nein. Du bist ihr nie begegnet. Ich dagegen schon. Trotz all ihrer Fehler und ihrer Blindheit wünscht sie wirklich Frieden und Wohlstand für alle ihre Untertanen. Sie begreift allerdings, dass es notwendig sein kann, einen Krieg zu führen, um dieses Ziel zu erreichen.«

»Außerdem begreift sie, dass es notwendig ist, die eroberten Gebiete zu unterdrücken«, ergänzte Rensaark. »Marschall, ich weiß, was du willst, und ich weiß, dass es dem Wunsch deines Volks entspricht. Ich rede mit den Menschen. In deinem ganzen Land gibt es Dörfer, in denen die Flagge der Unabhängigkeit weht. Wir wollen euch nichts Böses. Wir wollen euch nur das zurückgeben, was ihr selbst wollt. Eure Freiheit, euch selbst zu regieren.«

Yuran betrachtete Rensaarks hartes Gesicht. Der Sentor hatte ausgesprochen, was er sich erträumte, und er wusste es.

»Mehr als dreißigtausend Kämpfer marschieren auf Haroq zu«, sagte Rensaark. »Wir haben nicht den Wunsch, das Blut auch nur eines einzigen weiteren Atreskaners zu vergießen. Hilf uns. Hilf Tsard, dieser Welt ihr natürliches Gleichgewicht zurückzugeben. Hilf uns, die Konkordanz zu zerschlagen.«

Yuran seufzte und rieb sich über das Gesicht. »Das ist schwierig«, antwortete er. »Ich brauche Zeit zum Nachdenken.«

»Es gibt wenig nachzudenken, abgesehen davon, dass du dein

Volk vor den Verwüstungen eines Krieges schützen musst, der nicht in ihrem Land ausgetragen werden sollte. Aber das wird geschehen, wenn du dich jetzt weigerst. Meine Generäle sind nicht in der Stimmung, lange anzuhalten und zu diskutieren.«

»Du musst mir etwas Zeit geben«, wiederholte Yuran.

Sein Herz raste. Er fühlte sich, als hätte ihm jemand mitten ins Gehirn gestochen. Er bekam Kopfschmerzen. Einen Feind, der seine Stadt einnehmen wollte, konnte er verstehen. Aber dies ... Er betrachtete Rensaark und fragte sich, ob dessen Worte schöne Lügen oder eine ehrliche Einschätzung waren.

»Du hast einen Tag«, willigte Rensaark ein. »In der Zwischenzeit werde ich dir zeigen, warum du uns vertrauen solltest. Dies ist keine Invasion, sondern eine Befreiung. Ich werde es dir beweisen.«

Yuran sah ihn mit seiner Kavallerie abrücken und kehrte schweigend in seine Burg zurück. Er fragte sich, ob er in einer Stadt lebte, die er verteidigen konnte, oder ob er in einem Gefängnis auf seine Hinrichtung wartete.

Während des restlichen Tages dachte er verzweifelt nach. Wie konnte er sich jetzt von der Konkordanz abwenden, nachdem er sich ein Jahrzehnt lang für das eingesetzt hatte, was sie verkörperte? Wie konnte er sie aufgeben, wo er doch in Estorea als Held gelten würde, wenn er den Schulterschluss suchte? Wie konnte er es nicht tun, da er wusste, dass jeder Widerstand gegen die Tsardonier nur dazu führen würde, dass auf seinen Feldern das Blut seines eigenen Volks vergossen wurde? Gut möglich, dass Rensaark log. So oder so wurde der Krieg vielleicht bald schon vor seiner Türschwelle ausgefochten. Es war denkbar, dass er einfach nur eine Oberherrschaft gegen eine andere austauschte. Auf beiden Seiten von Völkern bedrängt, die ganz ähnliche Versprechungen hinsichtlich der langfristigen Zukunft von Atreska machten, fand er keinen Ausweg. Er war allein. Jetzt verfluchte er die Tatsache, dass er Megan fortgeschickt hatte. Sie hätte ihm helfen können, einen klaren Gedanken zu fassen.

Als sich die Dämmerung über die Stadt senkte, blieb draußen alles ruhig. Er hatte alle vier Tore für die Flüchtlinge wieder öffnen lassen und sich mit dem Großteil seiner Truppen von den Mauern zurückgezogen. Nachdem die tsardonische Kavallerie sich entfernt hatte, war kein allgemeiner Alarm ausgelöst worden. So schöpften die Menschen wieder etwas Hoffnung, aber vor allem waren sie verwirrt. Eine kleine Atempause. Denn am nächsten Tag wäre der Feind wieder da.

Yuran konnte nichts weiter tun. Er musste warten, ob Rensaark sein Versprechen wahr machte. Allerdings traf ihn die Größe der tsardonischen Geste völlig unvorbereitet.

Im Morgengrauen wurde er geweckt und eilte in einer Kutsche zu den Mauern, während die Einwohner von Haroq jubelten und seinen Namen riefen. Niemand wollte ihm verraten, was der Grund dafür war, denn alle gingen davon aus, dass er es bereits wusste, und er war ein viel zu erfahrener Politiker, um ihnen solche Vorstellungen wieder auszutreiben. Vielleicht hatte es auch gar nichts mit den Tsardoniern zu tun, vielleicht näherten sich die Legionen der Konkordanz, die seine Stadt beschützen würden.

Als er den Balkon erreichte, blickte er auf ein Meer von atreskanischen Soldaten und Kavalleristen hinab. Rensaark war bei ihnen, und ständig stießen weitere Verbände hinzu. Sie jubelten, als sie ihn sahen, schwenkten die Banner ihrer Legionen und winkten mit erhobenen Fäusten. Die Gefühle drohten ihn zu überwältigen, und er musste sich beherrschen, als ihm die Tränen in die Augen schossen. Im Laufschritt verließ er den Balkon, befahl den Wächtern, das Tor zu öffnen, und ging ihnen entgegen, um sie persönlich zu begrüßen. Rensaark stieg vor seinen Leuten ab und ging ihm entgegen.

»Wir wollen euch nichts Böses«, sagte der Sentor. »Hier ist mein Beweis. Schlagt euch auf unsere Seite und gewinnt eure Unabhängigkeit zurück.«

»Wie viele sind es?«, fragte Yuran.

»Soldaten und Reiter der Neunten Ala, die Starken Speere, und die Achte Ala, die Haizähne. Mehr als sechstausend Männer und Frauen. Es tut uns um jeden leid, der in Scintarit sterben musste. Diese hier übergeben wir dir bedingungslos und voll bewaffnet.«

Als er die letzte Bemerkung hörte, fuhr Yuran erschrocken auf. Rensaark entging dies nicht, und er nickte.

»Du kannst uns nicht besiegen«, sagte er. »Das wird dir jeder dieser tapferen Bürger bestätigen. Es liegt auch keine Gefahr darin, sie freizulassen und dir zu übergeben. Sorge dafür, dass nicht noch mehr atreskanisches Blut im Namen einer Konkordanz vergossen wird, die unfähig ist, euch zu verteidigen. Schicke die Leute wieder in ihre Häuser und Villen. Lasse sie friedlich auf ihren Feldern und in den Werkstätten arbeiten. Erkläre heute noch deine Unabhängigkeit. Tu es, Marschall, denn wir werden nicht mehr umkehren. Der Krieg wird zur Konkordanz getragen. Sorge dafür, dass es nicht dein Krieg ist.«

Schon bevor er aus dem Bett gescheucht worden war, hatte Yuran es gewusst. Am Ende gab es keine andere Möglichkeit. Yuran blickte an Rensaark vorbei zu seinen Bürgern. Da waren sie. Bereit, wieder in ihre Häuser und zu ihren Familien zurückzukehren. Bewaffnet und gerüstet.

»Wenn ich mich dafür entscheide, brauche ich verbindliche und verlässliche Zusagen von deinem König. Innerhalb und außerhalb meines Landes werden die Agenten der Konkordanz mich und alle hetzen, die zu mir stehen. Und wenn ich dich einlade, dann bin ich mir dabei keineswegs sicher, dass deine Truppen jemals wieder abziehen werden.«

»Deine Sorgen sind nur zu verständlich«, erwiderte Rensaark, während er sich lächelnd verbeugte. »Deshalb werden ich und mein General bei dir in der Burg sitzen, ehe die tsardonischen Truppen auch nur einen weiteren Schritt in dein Land hinein tun. Dies ist der erste Schritt auf dem Weg zur Befreiung für dich und dein ganzes

Volk. Öffnet eure Schreine, riecht den Duft der Freiheit. Wir sind eure Freunde und Verbündeten. Zusammen können wir die Konkordanz besiegen.«

»Zusammen?«

»Oh ja«, sagte Rensaark. »Tsardonier und Atreskaner werden Seite an Seite nach Estorr marschieren. Unabhängigkeit ist dein Geschenk. Sie anderen zu bringen, deine Bestimmung.«

Der Teel war ein breiter, frei dahinfließender Strom, dessen Mündung den Gezeitenkräften des Tirronische Meers unterworfen war. Paul Jhered und sein Levium legten nur einen kurzen Zwischenstopp in Byscar ein, wo der größte Teil der atreskanischen Flotte vor Anker lag, um die Vorräte zu ergänzen und danach durch das Flussdelta weiterzureisen. Im unteren Flusslauf nutzten sie die Gezeiten und die Kraft ihrer Ruderer und kamen gut voran, bis sie schließlich den Tiefwasserkai in Haroq erreichten.

Mit der Flagge und dem bestickten Segel der Einnehmer waren die *Falkenspeer* und ihr Schwesterschiff, die *Falkenpfeil*, unverwechselbar. Jhered war an die neugierigen Blicke der Menschen in den Dutzenden Siedlungen am Fluss und auf den zahlreichen anderen Wasserfahrzeugen gewöhnt. Zwei Tagesreisen vom Hafen entfernt hatte der Verkehr jedoch schlagartig zugenommen. An den Ufern hatten atreskanische Legionäre Befestigungen errichtet, und in der Ferne war Kavallerie zu erkennen gewesen, die auf den Ebenen und im Seengebiet patrouillierte. Der Rauch von Leuchtfeuern stieg am Horizont empor.

Jhered hatte es beobachtet, während er unweigerlich die richtigen Schlüsse zog. So etwas hatte er als kleiner Junge in seiner Heimat schon einmal erlebt. Atreska bereitete sich auf eine Invasion vor, oder zumindest ging man im Land davon aus. Alle Anzeichen waren vorhanden, und dies erklärte auch die Verwünschungen, die ihnen entgegengeschleudert worden waren. Irgendwann hatte er eine Abteilung seiner Leviumkrieger ein Beiboot nehmen und einen der überladenen Flusskähne aufbringen lassen, der nach Südwesten unterwegs war. Er hatte den kurzen Wortwechsel an Bord verfolgt und die Berichte seiner Addos gehört. Offenbar waren bereits Botschaften an die Konkordanz und Estorr übermittelt worden, und so hatte er seine Reise fortsetzen können.

Jetzt kamen die weitgehend leeren Liegeplätze in Sicht. Die Mole war voller Männer und Waffen, die auf die nächste Transportgelegenheit warteten. Er wandte sich an seine zehn kommandierenden Offiziere.

»Es ist immer noch nicht klar, ob Atreska tatsächlich eine Invasion droht. Die Gerüchte über solche Gefahren sind oft übertrieben. Aber wie das wahre Bild auch aussieht, die Stadt steht unter großer Anspannung, und schon in angenehmeren Zeiten sind wir nicht sonderlich beliebt.«

»Vielleicht solltet Ihr Euch verkleiden, mein Schatzkanzler«, sagte Appros Harin unter allgemeinem Gelächter.

Jhered nickte und verzog sein Gesicht, das prominenteste der ganzen Konkordanz. »Vielleicht sollte ich mir die Beine hochbinden und auf Knien laufen, um sie zu täuschen.« Mit erhobener Hand bat er um Ruhe. »Allerdings ist das ein guter Einwand. Tragt eure Mäntel und Abzeichen nicht deutlicher als unbedingt nötig. Wir müssen alles Menschenmögliche tun, damit wir nicht den Zorn der Stadt erregen.« Er hielt inne, seine Miene verhärtete sich.

»Ihr seid schon einmal mit mir nach Haroq und in andere Gegenden von Atreska gereist, und genau deshalb seid ihr jetzt hier. Wir sollen eigentlich Yuran seines Amtes entheben und vorübergehend Konsul Safinn einsetzen. Das ist jetzt vielleicht nicht mehr möglich, deshalb darf kein Wort davon verlauten. Wir müssen Folgendes tun.

Harin, nimm deine neunzig Leute und verteile sie in der Stadt. Die Basilika, die Krankenhäuser, die Garnison und die Legionen. Finde heraus, was du kannst, am besten von Flüchtlingen, die

Schlachten überlebt haben, falls du welche findest. Wenn du niemanden findest, ist das schon aufschlussreich genug. Stelle dich den Kommandanten der einheimischen Kräfte vor. Sie neigen weniger dazu, in Panik zu geraten, und können dir ein objektives Bild vermitteln.

Ich werde zehn Kämpfer mitnehmen und zur Burg gehen, um mit Appros Menas, ihrer Gruppe und unserem bald abzusetzenden Marschall reden. Meine Damen und Herren, wir werden zu Fuß gehen. Vom Hafen aus ist die ganze Stadt gut zu erreichen, und ich will nicht mit einer berittenen Truppe unnötige Aufmerksamkeit erregen.« Er ließ den Blick über seine Leute schweifen und vergewisserte sich, dass sie alles verstanden hatten.

»Wir halten über dieses Schiff hier Verbindung oder leiten Botschaften über die Schreibstube der Einnehmer in der Burg weiter. Behaltet den Hafen im Auge. Falls wir die Flagge der Einnehmer einholen, bedeutet dies, dass wir schnell aufbrechen müssen. So oder so meldet ihr euch bis zum Abend an Bord des Schiffes zurück.« Er hielt inne. »Vielleicht stehen die Dinge nicht so schlimm, wie wir gehört haben, aber zweifellos hat irgendetwas Haroq und Yuran einen großen Schrecken eingejagt. Haltet die Augen offen. Übersehт nichts. Vertraut niemandem außer eurem Levium und den Rüstungen der Konkordanz. Bereitet eure Leute vor.«

Kaum dass die Schiffe festgemacht hatten und die Laufplanken polternd ausgelegt waren, eilten die Einnehmer in die Stadt. Jhered übernahm die Führung und nickte einigen Soldaten zu, die auf der Mole postiert waren. Er hörte viele Bemerkungen, aber nur wenige waren es wert, dass er darauf antwortete oder sie überhaupt zur Kenntnis nahm. Er war daran gewöhnt.

»Na, wollt Ihr die Steuern eintreiben, Schatzkanzler?«

»Wenn die Tsardonier nur nicht vor Euch hier waren.«

»Entweder das, oder wir haben das Geld seit einem Jahrzehnt zum ersten Mal für uns selbst ausgegeben.«

»Ich an Eurer Stelle würde sofort wieder abreisen, Schatzkanzler Jhered.« Das ließ ihn innehalten. Er sah einem erfahrenen Soldaten in die Augen. Der Mann, schon über die mittleren Jahre hinaus, hockte auf einem Fass. »Hier könnt Ihr nichts mehr tun.«

»Es gibt immer etwas, das man tun kann«, entgegnete Jhered.

»In Eurem Fall wäre dies vor allem, bald abzureisen und alle zu alarmieren, die Ihr nur erreichen könnt, Herr.« Der Soldat war ein Zenturio mit einer nachlässig polierten Rüstung. »Nichts kann Atreska jetzt noch für die Konkordanz retten.«

»Steh auf, wenn du mit einem Vorgesetzten sprichst.« Jhered schüttelte den Kopf. »Du gibst deinen Männern ein schlechtes Beispiel.«

Der Zenturio spreizte die Finger. Jhered runzelte die Stirn. Alle anderen Soldaten, die sie bisher getroffen hatten, waren Atreskaner gewesen. Dieser hier nicht. Er hatte einen üblen Sonnenbrand und sprach nur mit einem leichten Akzent. Er kam aus einer ländlichen Gegend in Tundarra. Jhered winkte Appros Harin, er solle schon weitergehen.

»Ich war dort, mein Herr. In Scintarit. Bin nur entkommen, weil ich an diesem Tag das Lager bewacht habe. Es tut mir leid, aber meine Rüstung hat ziemlich gelitten.«

»Was ist da draußen geschehen? Was ist aus Gesteris geworden?«

Der Zenturio sah sich nach links und rechts um, weil ihm bewusst wurde, dass neugierige Ohren sein Gespräch mit Jhered belauschten. Er winkte den Einnehmer näher heran.

»Es war eine Katastrophe von einer Größenordnung, die die gesamte Konkordanz erschüttern wird, Schatzkanzler Jhered. Aber Ihr habt jetzt nicht genug Zeit, Euch die Geschichte anzuhören. Etwas ist falsch an dem, was der Marschall tut. Er hat mit den Tsardoniern verhandelt.«

»Dann sind sie schon hier?« Jhered riss die Augen weit auf.

»Ein paar. Steppenkavallerie.«

»Warum redet er mit denen?«

Der Zenturio zog die von der Sonne gebleichten Augenbrauen hoch. Seine vernarbte Stirn legte sich in unordentliche Falten. »Aus alter Freundschaft vielleicht?«, sagte er.

»Name und Legion«, verlangte Jhered.

»Autin, Herr«, erwiderte der Mann, der endlich aufstand. »Vom Tundarranischen Donner.«

»Du bist von allen deinen Pflichten entbunden.« Jhered winkte einem Leviumkrieger. »Führe den Zenturio auf das Schiff. Ich möchte seine Geschichte auf der Heimfahrt hören, wann immer das sein wird.«

Autin salutierte. Der Mann hatte einen leicht irren Blick, er hatte schon zu viel gesehen, und das fraß ihn auf.

»Tausende atreskanische Soldaten wurden heute Morgen hier freigelassen, Herr«, fügte Autin noch hinzu, bevor er ging. »Bewaffnet und unverletzt. Ehemalige Gefangene aus Scintarit. Was glaubt Ihr, warum die Tsardonier das getan haben?« Wieder zog er die Augenbrauen hoch.

Jhered wandte sich an die übrigen neun Leviumkrieger. »Es scheint, als hätten wir hier einiges zu erledigen.«

Haroq war eine klassische, von Mauern geschützte und gut verteidigte atreskanische Stadt, wofür Jhered an diesem Tag ausgesprochen dankbar war. So konnte er seine Leute rasch über breite Hauptstraßen führen, die ständig frei gehalten wurden, um reibungslos Truppen vom und zum Hafen bringen zu können. Auf einer Anhöhe im Zentrum gelegen, überragte die Burg die ganze Stadt.

Als sie im Westen das Forum umrundeten, konnte er einen Blick auf das wahre Haroq werfen. Dort drängten sich Menschen, die nicht mehr wussten, wohin. Erschreckt und verloren wanderten sie ziellos umher. Sie schliefen unter freiem Himmel und warteten auf das Donnern der Geschütze. Jhered wusste keinen Trost. Hoffentlich musste es nicht so weit kommen.

Die Einnehmer marschierten zielstrebig durch die Tore der Burg. Sie warteten nicht darauf, dass ein Hornsignal ihr Kommen ankündigte. Auf der ganzen Burg herrschte hektisches Treiben. Im Hof klapperten die Hufe von Pferden, und Soldaten brüllten. Vollgepackte Wagen ratterten über das Pflaster. Boten rannten in Dutzende von Richtungen. Links warteten hinter einer Sperrkette von Legionären gewöhnliche Bürger darauf, ihre Gesuche vortragen zu dürfen. Jhered glaubte nicht, dass es heute eine Anhörung geben würde.

Er warf einen Blick zu dem mit Türmchen verstärkten und mit Zinnen versehenen Burgfried, der schon immer ein hässliches Gebäude gewesen war. Es hatte gewisse Bemühungen gegeben, es mit estoreanischer Architektur zu verschönern. Stellenweise waren von Gravuren verzierte Marmorblöcke eingearbeitet worden, und hier und dort hatte man geschmückte Säulen aufgestellt, an denen die Banner der Nationen der Konkordanz wehten. Es sollte ein Weg für einen triumphalen Einzug sein, aber die Banner waren zerrissen und der Marmor schmutzig. Ansonsten hatte Yuran viele Traditionen des alten Atreska beibehalten. Vielleicht hätte die Advokatin sich deshalb viel früher Sorgen machen müssen.

Hinter dem Torhaus betrat er den unordentlichen inneren Hof. Ungefähr zehn Jahre zu spät war dort ein zentraler Brunnen eingerichtet worden. Das Hypokaustum würde wahrscheinlich niemals mehr gebaut werden. Der Hof war ein breiter runder Platz, zwischen dessen Pflastersteinen das Unkraut spross. Die unzerstörten inneren Mauern erhoben sich als beeindruckende graue Fläche, die von geäderten Scheiben und Fensterläden unterbrochen wurde.

Jhered deutete nach vorn. »Stalos, du kommst mit mir zu Yuran. Ihr anderen sichert die Diensträume der Einnehmer. Wir nehmen alle Kisten mit, die wir finden. Sage Menas und ihrer Gruppe, dass sie mit uns abrücken sollen. Wartet hier auf mich.«

»Ja, Herr.«

Die Hand auf den Knauf seiner Kavallerieklinge gelegt, eilte Jhered um den Brunnen herum zur breiten Marmortreppe, die zu den prächtigen Privatgemächern des Marschalls führte. Hier herrschte eine unbehagliche Stille, ganz anders als auf dem geschäftigen Hof.

»Hoffentlich ist er überhaupt da«, murmelte Jhered.

»Schatzkanzler?«

»Schon gut, Addos. Halte nur die Augen offen und die Hand in der Nähe des Schwerts. Hier stimmt etwas nicht.«

Jhered kannte den Weg genau. Auf der Treppe nickte er den Wachen zu und spürte ihre Blicke im Rücken, bis er die riesige, mit Flaggen geschmückte Haupthalle erreichte. Dort drinnen waren auf Naturstein zwischen den Säulengängen Mosaiken ausgelegt. Er wandte sich nach links und lief eine breite Treppe hinauf, bis er den obersten Absatz erreichte.

Vor ihm erstreckte sich nun ein breiter, mit Laternen ausgeleuchteter Durchgang, der einen leichten Bogen nach links beschrieb. Die Doppeltür, hinter der Yurans Speisesaal lag, war bewacht. Überrascht und ein wenig ängstlich erkannten die Soldaten, wer sich ihnen näherte. Sie kreuzten vor der mit Schnitzereien verzierten Tür die Speere.

»Sagt dem Marschall, dass ich hier bin«, befahl Jhered. »Ich muss sofort mit ihm sprechen.«

»Er ist in einer Sitzung, Schatzkanzler.«

»Das ist nicht zu übersehen«, erwiderte Jhered. »Unterbrecht ihn.«

Die Wächter nahmen Haltung an. »Er darf nicht gestört werden, Herr. Bitte.«

Drinnen war lautes Lachen zu hören.

»Ich werde euch nicht zweimal bitten, und eure Speere werden uns nicht aufhalten. Einer von euch wird ihm sagen, dass wir hier sind, oder ich melde mich selbst an.«

Die Wächter sahen ihn einen Moment lang finster an, nahmen aber schließlich ihre Speere weg. Er nickte.

»Es tut mir leid«, sagte einer.

»Wie bitte?«

Der Wächter zuckte mit den Achseln und öffnete die Tür. Jhered trat ein.

»Marschall Yuran«, begann er, während er in den Raum marschierte. »Ich würde gern ebenfalls Euren Scherz hören. Ich ...«

Der Raum war voller Tsardonier.

Danksagung

Dieses Buch ist das Ergebnis einer gewaltigen Anstrengung vieler Menschen. Von den künstlerischen Mitarbeitern bis zum Lektorat muss ich vielen Menschen danken. Ganz besonders möchte ich Simon Spanton erwähnen, der mich beim Schreiben unerschütterlich unterstützte und mir mit Ratschlägen zur Seite stand. Gillian Redfearn war ein Segen in der Gestalt eines redaktionellen Mitarbeiters. Graham Diss, der mich jeden Monat besuchte, kann gar nicht genug gelobt werden.

Auch möchte ich dem viel zu jung verstorbenen David Gemmell danken, der mich immer wieder mit Anregungen unterstützt hat. Howard Morhaim ermunterte mich, zuversichtlich in die Zukunft zu schauen, und Robert Kirby war stets für mich da. Ich danke Ariel, meiner herausragenden Webmasterin, und außerdem Pete, George, Dave und Dick … ihr seid gute alte Freunde, ohne die ich nicht zurechtgekommen wäre.

Schließlich danke ich auch Dan Westfallen, der dem Herzen des Buch seinen Namen geliehen hat, und William Montanero, der sich so sehr dafür eingesetzt hat, dass mein Internetforum ein Erfolg wurde, und natürlich auch allen Forumtsteilnehmern – ihr habt mir an manch schlechtem Tag ein Lächeln entlockt. Ich danke euch.

www.jamesbarclay.com